OLIVER BUSLAU

Die Orpheus-Prophezeiung

GOLDMANN
Lesen erleben

Buch

Die junge Geigerin Mara Thorn ist ein international gefeierter Star der Musikszene. Tausende bejubeln ihre Konzertshows, bei denen sie im spektakulären Outfit aus Ledermini, Netzstrümpfen und hohen Boots ihre legendäre Schwarze Violine spielt. Hinter der Teufelsgeigerin verbirgt sich jedoch eine sensible Künstlerin, die ihren Aufstieg dem Management des amerikanischen Elektronik-Tycoons John S. Gritti verdankt. Gritti ist nicht nur Maras Manager, sondern auch ihr väterlicher Freund. Umso schlimmer ist es für sie, als er am Tag ihres Konzerts in Berlin nicht rechtzeitig zu ihr ins Hotel kommt. Stattdessen erhält Mara kurz vor ihrem Auftritt einen seltsamen Anruf von Gritti, der anscheinend in seinem Wagen unterwegs ist. Nach wenigen Sekunden wird die Verbindung unterbrochen.

Mara ist voller Sorge, aber höchst professionell spielt sie ihr Konzert. Doch nach der Show überbringen zwei Polizeibeamte die schreckliche Nachricht: Gritti sei bei einem Verkehrsunfall ums Leben gekommen. Mara glaubt nicht eine Sekunde an die Unfallversion, sondern geht von einem Verbrechen aus. Ihr Verdacht bestätigt sich, als sie einen anonymen Brief mit der Warnung erhält, sie solle gut auf ihre Geige aufpassen, diese sei der Schlüssel zu einem gefährlichen Geheimnis. Da die Polizei Mara nicht ernst nimmt, weiß sie nicht, wem sie sich anvertrauen kann. Kurz darauf lernt sie jedoch den jungen Wiener Antiquar Jakob Lechner kennen und glaubt in ihm endlich einen Verbündeten gefunden zu haben. Aber dann verdichten sich die Anzeichen, dass Lechner einer mysteriösen Geheimgesellschaft angehört …

Informationen zu Oliver Buslau
sowie zu lieferbaren Titeln des Autors
finden Sie am Ende des Buches.

Oliver Buslau

Die Orpheus-Prophezeiung

Thriller

GOLDMANN

Dieses Buch ist auch als E-Book erhältlich.

MIX
Papier aus verantwortungsvollen Quellen
FSC® C014496

Verlagsgruppe Random House FSC® N001967
Das FSC®-zertifizierte Papier *München Super* für dieses Buch
liefert Arctic Paper Mochenwangen GmbH.

1. Auflage
Originalausgabe Dezember 2013

Umschlaggestaltung: UNO Werbeagentur München
Umschlagfoto: FinePic®, München
Redaktion: Gerhard Seidl
BH · Herstellung: Str.
Satz: IBV Satz- u. Datentechnik GmbH, Berlin
Druck und Bindung: GGP Media GmbH, Pößneck
Printed in Germany
ISBN: 978-3-442-46512-5
www.goldmann-verlag.de

Besuchen Sie den Goldmann Verlag im Netz.

Durch die Nacht, die mich umfangen,
Blickt zu mir der Töne Licht.

CLEMENS BRENTANO

Prolog

Hatte Gott gesprochen?

Oder Satan?

Padre Antonio war klar, dass die Wege des Herrn unergründlich waren. So unergründlich, dass man manchmal teuflische Absichten dahinter vermuten konnte. Und dass umgekehrt der Teufel süßeste Hoffnungen zu wecken und sogar zu erfüllen pflegte, um den so Verlockten ins Verderben zu führen.

Nachdenklich blickte der Priester an der Fassade der Kirche San Giorgio empor. An *seiner* Kirche, in der er mehr als sein halbes Leben dem Herrn diente. Beklemmung quälte ihn. Immer wieder hatte er versucht, sie abzuschütteln, aber es gelang ihm nicht.

In etwa sieben Metern Höhe stand ein Arbeiter auf einer Leiter und untersuchte die Fassade.

Äußerlich war an dem Bauwerk nichts Außergewöhnliches zu sehen. Doch das hieß gar nichts. Irgendwo im Inneren konnte das Schreckliche lauern.

Herr, gib, dass wir noch einmal davongekommen sind, betete Antonio. Gib, dass wir es auch diesmal geschafft haben.

Er ging die paar Schritte zu der Leiter und wandte sich nach oben. »Wie sieht es aus?«, rief er.

Der Arbeiter antwortete etwas Unverständliches. Es klang nicht beunruhigend. Und wenn schon, dachte Padre Antonio. Es ging ja nicht nur um die Fassade. Es ging um die Fundamente, um die Statik der riesigen Wände, des Turms.

Im Inneren war der Ingegnere mit einigen weiteren Leuten bei der Arbeit. Padre Antonio wusste nicht, wie lange sie brauchen würden.

Im selben Moment setzte sich die Glocke im Turm in Bewegung und schickte vier einzelne Schläge in den Himmel über der kleinen Stadt. Dann folgten zwei weitere, etwas tiefer gestimmte. Vögel stoben auf und flogen als schwarze Silhouetten davon.

Vierzehn Uhr. Jetzt begann die Beichtstunde. Wenn jemand auftauchte, der seine Sünden vergeben haben wollte, würde der Padre ihn wegschicken müssen. Das Gotteshaus durfte nicht betreten werden.

Seit Wochen war niemand mehr zur Beichte gekommen. Die Kirchen litten an Besucherschwund. Wenn der Padre daran dachte, spürte er Hilflosigkeit, manchmal auch Zorn. Doch er würde weitermachen. Unerbittlich. Und wenn er irgendwann der Letzte sein sollte, der noch in den Gottesdienst ging. Wenn er die Messe nur noch für sich alleine las.

Die Leiter vibrierte. Der Arbeiter, ein kugelrunder Mann in blauer Arbeitshose, stieg herunter. Er nahm den gelben Helm ab und strich sich über das verschwitzte Haar.

»Ich kann nichts finden, Padre. Hier vorn sieht alles gut aus. Sie müssen sich wohl keine Sorgen machen. Drüben in Mugello ist es viel schlimmer.«

Der Padre nickte. Gott sei Dank. Es war wieder einmal gut gegangen.

»Warten Sie noch, bis der Ingegnere kommt«, sagte der Arbeiter. »Ich packe schon mal zusammen.«

Der Platz vor der Kirche war menschenleer. Wo sonst vor allem um diese Zeit reges Treiben herrschte, ging es zu wie in einer Totenstadt.

Man konnte es den Leuten nicht verdenken. Ihnen stand nicht der Sinn danach, auf den Plätzen zu flanieren oder sich zu unterhalten.

Zwei Tage war es her, dass am frühen Morgen gegen vier

Uhr die Erde gebebt hatte. Zwölf Sekunden, hatten die Nachrichten später gemeldet, aber diese Zeit war jedem, der die Naturkatastrophe miterlebt hatte, wie eine Ewigkeit erschienen.

Padre Antonio war schlaftrunken und wie in einem Reflex aus dem Bett gestürzt. Ihn hatte gerade ein schrecklicher Traum gequält, der etwas mit seiner Zeit im Priesterseminar zu tun hatte. Doch als er im Schlafanzug neben dem Bett stand und das gewaltige, formlose Rumpeln unter sich spürte, waren alle nächtlichen Hirngespinste wie weggeblasen.

Er war auf die Straße gelaufen und auf dem Kirchplatz stehen geblieben, während viele andere ebenfalls aus ihren Häusern gestürmt waren. Ein fahler Fleck am Himmel dem Kirchturm gegenüber wetteiferte gerade mit dem Schein der Straßenlaternen. Es war das erste Morgenlicht des Ostens.

Wie beim Jüngsten Gericht, war es dem Padre durch den Kopf gegangen. Von Osten kommt das Heil. Von Osten wird *er* kommen …

Aber es war nicht die Apokalypse, die die Menschen hier erlebten. Es war ein Naturschauspiel, wie es in der Toskana, aber auch in anderen Gebieten Italiens immer wieder vorkam.

Der Padre schüttelte die Erinnerungen ab. Die Gestalt des Ingegnere erschien in der offenen Kirchentür. Er trug keinen Overall wie der Arbeiter, sondern einen dunklen Anzug, sodass er wie ein Manager wirkte. Unter seinem Arm klemmte eine schwarze Ledermappe.

Der Padre spürte, wie sein Herz bis zum Hals schlug.

»Alles in Ordnung«, sagte der Ingegnere. »Sie können die Kirche betreten und Ihre Gottesdienste feiern. Es gibt nicht das geringste Problem.«

Der Priester nickte erleichtert. »Das sind gute Nachrichten. Darf ich Sie vielleicht zu einem Kaffee einladen? Ich würde mich freuen, wenn …«

Der Ingegnere winkte ab. »Tut mir leid. Es warten noch andere darauf, dass ich mir ihre Gebäude ansehe.«

Er lächelte glatt, und als er die Stufen vor der Eingangstür hinuntergegangen war, blieb ein Hauch Rasierwasserduft zurück. Drei weitere Arbeiter kamen aus der Kirche. Im Vorbeigehen grüßten sie den Padre kurz und gingen dann zu ihrem Wagen, den sie neben dem kleinen schwarzen Mercedes des Ingegnere auf dem Kirchplatz abgestellt hatten. Auf der Seitentür prangte das Logo des Ingenieurbüros.

Der Padre atmete tief durch. Das Duftwässerchen hatte sich verflüchtigt, und es kam dem Priester so vor, als schmecke die Luft jetzt besser. Nach Erde und Gras, nach den Nadelbäumen der Toskana.

Als die beiden Wagen hinter der nächsten Ecke verschwunden waren, drehte er sich um und ging die wenigen Schritte in den Kirchenraum. Niemand würde zur Beichtstunde kommen. So konnte er seinem Herrn alleine nahe sein.

Immer wenn er die Kirche betrat, erlebte er so etwas wie eine seelische Befreiung. Es war, als fielen alle Sorgen, alle Nöte von ihm ab. Er fühlte sich Gott nah – und das bedeutete, dass er sich zugleich klein, aber auch ungeheuer stark vorkam. Es war, als lade sich in seinem Inneren eine Batterie auf.

Jetzt war dieses Gefühl viel stärker als sonst. Es war überwältigend.

Seine Schritte hallten noch in dem riesigen Raum, da ließ er sich vor dem Altar auf die Knie nieder – gleich auf den harten, kalten Stufen, ohne einen Blick auf den zu werfen, den er anbetete: den Gekreuzigten, dessen mattgraue Gestalt im Hintergrund zu erkennen war. Die Figur, die ein Handwerker im 18. Jahrhundert aus Holz geschnitzt, bemalt und lackiert hatte, schimmerte in dem diffusen Licht.

Der Padre bekreuzigte sich.

Danke, Herr, dass uns nichts geschehen ist. Hilf denen, die an dem Erdbeben nicht so glimpflich vorbeigekommen sind …

Herr, ich bitte Dich, lass die Verletzten wieder genesen. Und gib ihnen die Erleuchtung, dass nur Du es warst, der sie vor größerem Unheil bewahrt hat. Schick sie in den Schoß Deiner Kirche zurück. Vertraue sie Deinem Diener an, der sich glücklich schätzen wird, die verlorenen Schäflein wie eine Herde zusammenzuhalten. Bald ist Sonntag, und wie herrlich wäre es, die nächste Sonntagsmesse zu einem Dankgottesdienst …

»Padre?«

Die Stimme drang nur langsam in sein Bewusstsein. »Padre, bitte … hören Sie mich?«

Sie klang heiser, diese Stimme. Lag das nur daran, dass der Mensch, dem sie gehörte, zu flüstern versuchte?

»Kann ich Sie sprechen? Bitte. Es ist wichtig.«

Die Beichtstunde. Padre Antonio hatte sie vergessen.

Er beendete sein Gebet, machte ein Kreuzzeichen und erhob sich. Da stand eine kleine, dickliche Gestalt. Der Padre kannte den Jungen. Er war einer von denen, die abends oft auf dem Platz vor der Kirche herumlungerten. Sie hatten stets ihre Mopeds dabei, sorgten für einen Heidenlärm, und vor allem nach dem Wochenende musste Renzo, der Küster, am Morgen haufenweise Scherben von leeren Getränkeflaschen zusammenkehren.

»Was willst du?«, fragte der Priester. »Ich bin beschäftigt.«

Der hoffnungsvolle Gesichtsausdruck, mit dem er den Padre angesprochen hatte, wich einer Miene der Bestürzung.

»Aber ich dachte …« Der Junge brach ab, suchte nach Worten.

»Ich muss die Beichte abnehmen. Ich habe zu tun.«

Die Bestürzung verschwand, und das runde Gesicht strahlte.

»Aber deswegen bin ich hier.«

»Tatsächlich?«

»Aber sicher, Padre.«

Der Priester überlegte. War es jetzt schon so weit gekommen, dass ihm die Jugendlichen aus dem Dorf in der Beichte einen Streich spielen wollten? Da gab es nur ein Gegenmittel: Strenge.

»Ich kann mich nicht erinnern, dass du jemals in der Sonntagsmesse gewesen bist.«

Der Junge nickte. »Sie haben recht. Aber ich habe so wenig Zeit. Zu Hause bete ich regelmäßig. Zweimal am Tag. Wirklich. Das kann ich Ihnen versichern.«

Padre Antonio runzelte die Stirn. Wer war dieser Junge? Von seinem Äußeren her mochte er siebzehn oder achtzehn sein, aber irgendetwas wirkte, als sei er jünger. Er machte nicht den Eindruck dieser Machos, die sich vor der Kirche mit Mädchen kabbelten. Und wenn Padre Antonio sich recht erinnerte, hatte er ihn immer etwas abseits stehen sehen.

»Wie heißt du?«

»Tino. Tino Fasone.«

Fasone … Das war die riesige Familie, die irgendwo hinter San Michele auf einem alten Bauernhof lebte. Padre Antonio hatte vor vier Jahren die Großmutter beerdigt. Einzelne Informationen kamen ihm in den Sinn: Der Vater, der sie pflegte, war alleine mit vier Söhnen. Er arbeitete in Florenz und fuhr jeden Morgen in aller Frühe zur Arbeit. Die Söhne waren sich selbst überlassen.

»Wie geht es deinen Brüdern? Und deinem Vater?«

»Der Vater ist tot, Padre. Meine Brüder arbeiten auf dem Bau. Mal hier, mal da. Kann ich mit Ihnen sprechen?«

Der Priester war milde gestimmt. Dieser Junge hatte kein leichtes Leben. Und wenn er ihm helfen konnte … Jetzt tat es ihm leid, dass er so abweisend reagiert hatte.

»Komm mit zum Beichtstuhl.« Er berührte Tino an der Schulter. »Was arbeitest du?«

»Wenig. Ich bin zu ungeschickt. Zu dumm.« Jetzt wurde dem Padre klar, was mit dem Jungen nicht stimmte. Er war zurückgeblieben.

Der Beichtstuhl wirkte wie eine düstere Kiste, ein Verschlag aus dunklem Holz. War es nötig, sich dort hineinzuknien? Vielleicht sollte er sich mit Tino lieber in einer der Kirchenbänke unterhalten. Allerdings war das nicht korrekt. Die Beichte war ein Sakrament, das bestimmten Regeln zu folgen hatte.

»Wir müssen da reingehen, damit es wirkt, richtig?« Tino runzelte die Stirn.

»Das ist richtig. Aber du musst dich nicht fürchten. Wir werden uns in Ruhe unterhalten. Niemand kann uns stören.«

»Ich habe keine Angst … Es ist nur …«

Padre Antonio zog den Vorhang zur Seite. »Ja?«

»Ich möchte, dass es schnell vorüber ist. Wissen Sie … Ich habe etwas Furchtbares gesehen. Ich glaube, es war eine Art Strafe.«

»Und was war das?«

Tino sah sich um, als wolle er überprüfen, dass außer ihnen wirklich niemand in der Kirche war. Dann beugte er sich vor und flüsterte, wobei er große Augen machte: »Die Hölle, Padre. Sie ist mir erschienen. Ich wurde hingeführt und sollte hinabsteigen.«

Der Priester nahm stechenden Mundgeruch wahr.

»Aber ich bin abgehauen. Und es war nur wegen dieser Deutschen, verstehen Sie?«

Es gelang Padre Antonio, Tino dazu zu bringen, sich in den Verschlag zu knien. Er selbst nahm in dem mittleren Bereich Platz und schloss die Tür. Das Gesicht des Jungen war hinter einem vergitterten Fensterchen nur noch zu erahnen.

Padre Antonio verzichtete auf die üblichen Einleitungsformeln. Auch er wollte schnell mit der Sache fertig werden. Sollte dieser Tino seine Hirngespinste formulieren. Dann konnte der Padre ihn wegschicken. Und ihn ein paar Ave-Maria beten lassen. »Nun erzähl«, forderte er den Jungen auf.

»Es … war gestern. Am Morgen. Ich bin zur Arbeit gefahren.«

»Ich dachte, du arbeitest nicht?«

»Na ja, ich helfe.«

Padre Antonio verstand. Tino übernahm Handlangerdienste.

»Ziemlich weit draußen, hinter Mugello. Da ist das Haus von einem deutschen Professore. Sie waren sowieso dabei zu renovieren. Bei dem Erdbeben sind ein paar Dachziegel heruntergerutscht. Ennio wollte, dass ich neue besorge.«

In Tinos Stimme mischte sich Stolz. Er schien seine Arbeit zu lieben.

»Wer ist Ennio?«

»Der Anstreicher, Padre. Also: Mein Moped hat einen Anhänger. Also kein Problem. Ich besorge die Ziegel. Ich fahre in aller Frühe los. Und wie ich gerade an der Stelle bin, wo die Straße in Kurven durch die Hügel geht, gibt mein Moped den Geist auf. Ich steige ab und schaue mich um. Und da sehe ich zwischen den Bäumen etwas Glänzendes. Da parkt ein Wagen. Der Wagen des Professore. Des deutschen Professore, dessen Haus ich reparieren sollte, verstehen Sie?«

»Ich kann dir folgen. Aber was ist daran so schlimm?«

»Was für ein Glück!«, fuhr Tino fort, als hätte er den Einwand gar nicht gehört. »Ich renne auf das Auto zu. Es sind auch Leute drin. Seine Tochter. Sabine heißt sie. Ein schönes Mädchen, Padre. Sie können sich nicht vorstellen, *wie* schön. Als ich gerade rufen will, geht die Tür von dem Auto auf, und Sabine und ein Mann steigen aus. Sie laufen weg. Den Mann habe ich aber erkannt. Es war Alberto aus dem Supermarkt, den kennen Sie doch sicher – so ein stämmiger, kräftiger.«

Der Padre kannte ihn nicht. Aber ihm dämmerte, worauf die Geschichte hinauslief.

»Die haben mich gar nicht beachtet«, rief Tino. »Sie waren nur mit sich selbst beschäftigt. Sie können sich nicht vorstellen, *was* die vorhatten.«

»Doch, das kann ich«, entfuhr es dem Priester.

»Ich musste doch die Dachziegel liefern. Und ich musste mit Sabine reden. So bin ich hinterher. Sie sind so schnell gelaufen, dass ich kaum mitkam. Durch das Gebüsch den ganzen Hügel rauf. Sie haben gelacht und rumgealbert. Manchmal, wenn ich sie zwischen den Büschen aus den Augen verloren hatte, konnte ich sie nur noch hören. Irgendwann waren sie weg. Ich stand alleine in der Wildnis. Ich hatte Mühe, zur Straße zurückzufinden.«

Padre Antonio schüttelte den Kopf. Fast war er geneigt zu glauben, dass man ihm doch einen Streich spielte. Was wollte Tino hier? Was belastete ihn? Sicher hatte er ein Auge auf diese Sabine geworfen – die Tochter eines der vielen Deutschen, die für die Toskana schwärmten und sich hier ein Haus leisteten. Aber das war doch normal. Und was sollte das Gerede von der Hölle?

Tino holte Luft. Die Geschichte schien noch nicht zu Ende zu sein. »Als ich dann weiterging …« Tinos Stimme hatte sich gesenkt und wirkte heiser. »Da lagen sie mitten im Gras. Nackt …«

»Haben sie dich bemerkt?«, fragte der Padre schnell.

Tino antwortete nicht. Der Padre sah hinter dem Fensterchen eine Bewegung. Der Junge schüttelte den Kopf.

»Aber … Ich habe zugesehen.«

»Bist du sicher, dass sie dich nicht bemerkt haben?«

»Ja. Sonst hätten sie ja nicht weitergemacht.«

»Wie lange hast du sie beobachtet?«

»Ein, zwei Stunden.«

»Und dafür soll ich dir jetzt die Absolution erteilen?«

»Ist es denn eine Sünde?«

»Allerdings!«

»Ich dachte es mir. Denn kurz darauf zeigte mir der Herrgott, dass es eine Sünde war.«

»Was meinst du damit? Haben die beiden noch etwas anderes getan?«

»Es geschah, als sie schon weg waren. Es hat mich sehr verwirrt, Padre. Sehr aufgeregt. Wissen Sie, mein Bruder schaut sich manchmal solche Filme an, und meinen Vater hat das sehr erzürnt …«

Dem Priester wurde klar, dass Tino immer noch von dem Liebesspiel der beiden sprach. Er spürte eine dumpfe Erregung und versuchte, sie zu unterdrücken.

»Was ist denn nun hinterher geschehen?«, fragte er. Ungeduld hatte ihn gepackt.

»Mir wurde klar, welche Sünde ich begangen hatte. Ich meine, die beiden natürlich auch. Aber in erster Linie ich.«

»Was soll das heißen?«

Tino sog wieder Luft ein und sagte: »Die Hölle öffnete sich.«

»Was?«

»Ich habe mich auf dem Rückweg zur Straße wieder verlaufen und bin auf der Suche nach einem Weg hügelaufwärts geraten. Da war so eine Art Hohlweg. Als wenn dort einmal eine kleine Straße gewesen wäre. Und mit einem Mal löste sich von irgendwo etwas vom Hügel und rutschte genau vor mich auf den Weg. Als sollte ich dort oben eingesperrt werden. Und die Hölle tat sich auf.«

Ein Nachbeben, dachte der Padre. Und dabei hat es einen kleinen Erdrutsch gegeben.

»Da war plötzlich ein Eingang«, fuhr Tino fort. »Oben am Berg. Es ist ein Schlund, Padre, ein Höllenschlund. Eisige Luft stieg daraus hervor. Der eisige Atem des Teufels.«

Tinos Stimme wurde rau, er raunte beinahe, und die bildhaften Worte des Jungen erzeugten bei Padre Antonio eine Gänsehaut.

»Woher weißt du, dass es der Eingang zur Hölle war?«

»Weil ich gesündigt habe, Padre. Es war eine Drohung. Und als ich hinaufstieg und hineinsah, hatte ich keinen Zweifel mehr.«

»War denn da etwas zu sehen?«

»Das sagte ich doch schon. Die Schwärze.«

Der Padre schüttelte den Kopf. Was erzählte der Junge da? Konnte es wirklich wahr sein?

»Ich dachte, das kann doch kein Zufall sein …«

Ein eisiges Gefühl kroch von irgendwo in dem Padre hoch. Mein Gott, dachte er. Die Geschichte *ist* wahr. Und nach so langer Zeit …

»Wo war das genau?«, fragte er.

»Wie ich gesagt habe …« Tino wiederholte es. »Muss ich jetzt in die Hölle?«, fragte er.

»Was hast du danach getan?«

»Ich bin weggelaufen. So schnell ich konnte. Irgendwann war ich dann an der Straße. Das Auto vom Professore war schon weg. Ich musste den ganzen Weg zu Fuß gehen. Der Professore hat es aber nicht tragisch genommen. Er arbeitet sowieso den ganzen Tag in seinem großen Zimmer mit den vielen Büchern. Dabei dachte ich, sie hätten das teure Haus gekauft, um darin Ferien zu machen. Und seiner Tochter war es egal.«

»Hat sie dich auf die Begegnung angesprochen? Hat sie dich vielleicht doch bemerkt?«

»Padre, muss ich jetzt in die Hölle?« Tino schluchzte plötzlich.

Der Padre legte sich eine Erklärung zurecht, die zwar bei Licht betrachtet völliger Blödsinn war, aber in diesem Fall ging es nicht anders.

»Hör mir zu, mein Sohn. Manchmal schickt der Himmel Bilder … Bilder, die von deinem Gewissen kommen. Dein Gewissen hat gewusst, dass du etwas Unrechtes getan hast, und so hat es dir das Bild von der Hölle eingegeben. Dass du zu mir gekommen bist, war richtig, und genau das wird dich davon auch wieder befreien.«

»Wirklich?«, fragte Tino und schniefte.

»Wenn du ein paar Bedingungen einhältst.« Der Padre ging zu den Formeln über, die das Ende der Beichte einleiteten. Noch nie waren ihm diese Gesten so leer und nur symbolisch vorgekommen wie jetzt.

»*Ego te absolvo* … Gehe hin in Frieden.«

»Was muss ich tun?«

»In erster Linie musst du alles für dich behalten. Erzähle niemandem davon. Das ist das Wichtigste. Du würdest sonst das Mädchen in Schwierigkeiten bringen. Und das willst du doch nicht.«

»Auf keinen Fall, Padre.«

»Siehst du, du bist reinen Herzens. Darauf kommt es an. Und erzähle auch niemandem etwas von der Höllenvision. Du würdest damit nur verraten, dass sich dein Gewissen geregt hat. Fahr wieder zu deiner Arbeit, sei tüchtig – dann wird alles gut.«

»Danke, Padre.«

Es gab ein schabendes Geräusch, als Tino den Beichtstuhl verließ. Draußen verabschiedete er sich und ging schnell durch die Kirche davon.

Padre Antonio blickte zu dem Gekreuzigten, der matt in dem diffusen Licht glänzte. Und ich glaubte, das Erdbeben habe uns verschont, dachte er. Deine Wege sind wirklich unergründlich …

Er verließ die Kirche und ging hinüber ins Pfarrhaus. Die alte Gina, seine Haushälterin, kochte gerade Kaffee. Er blickte in das kleine Speisezimmer. Der Tisch war gedeckt. Kuchen stand bereit.

»Tut mir leid, keine Zeit«, murmelte der Padre und zog sich in sein Arbeitszimmer zurück.

Für den Rest des Tages studierte er Karten von der Gegend. Er blätterte in alten Büchern und machte sich Notizen.

Am nächsten Morgen nach der Frühmesse, zu der gerade mal drei Gläubige erschienen waren, sagte er Gina etwas von einer kranken Frau in Mugello, die er besuchen müsse. Dann nahm er die Tasche mit der Ausrüstung, packte sie in seinen kleinen Fiat, stieg ein und fuhr los.

Er war den ganzen Tag unterwegs. Als er bei Einbruch der Dunkelheit zurückkehrte, fiel er für die halbe Nacht ins Grübeln. Am nächsten Morgen fasste er einen Entschluss.

TEIL 1:

Die Schwarze Violine

1

Ein Kellner näherte sich der abgelegenen Ecke der Hotelbar und stellte ein Tablett vor Mara ab. Darauf standen Kaffeekanne, eine Tasse und ein kleines Porzellangefäß mit Portionen verschiedener Zuckersorten. Mara bekam eingeschenkt, und dieser Moment gab ihr Gelegenheit, um über die letzte Frage des Reporters nachzudenken, der ihr gegenübersaß – ein älterer Mann mit grauem Haar und karierter Jacke, der leicht vorgebeugt verharrte. Das schwarze Aufnahmegerät, das auf dem Tisch stand, war auf Mara gerichtet.

Sie nahm einen Schluck Kaffee und blickte auf das kleine Mikrofon.

»Wie war die Frage noch mal?«

Der Reporter räusperte sich.

»Warum spielen Sie keine richtige Klassik? Warum dieses bearbeitete Zeug?« Er lächelte ansatzweise und zeigte gelbliche Zähne. »Es heißt, Sie hätten gar keine richtige Ausbildung. Liegt es vielleicht daran?«

Im Hintergrund, an der Bar, saß die PR-Managerin Chloe, das Klemmbrett in der Hand, auf einem der mit rotem Samt bezogenen Hocker und sah Mara auffordernd an. Plötzlich fiel ihr ein, was sie sagen musste.

»Ich spiele die Musik, die mir gefällt.«

Der Journalist nickte, als hätte er diese Antwort erwartet. »Ohne kommerzielle Hintergedanken? Es ist ja kein Geheimnis, dass man mit richtiger Klassik kaum noch Zuhörer erreicht. Außer man ist Weltklasse.«

Zum Glück konnte der Reporter Chloe nicht sehen, die jetzt böse die Stirn runzelte. Die Managerin hatte Mara gewarnt. Der Mann hatte einen Doktortitel und gehörte zu den Hardlinern, die es als Untergang des Abendlands ansahen, wenn jemand auf einer Violine Popmusik spielte.

»Was ist falsch daran, Musik zu machen, die die Menschen erreicht? Ich denke nicht in den Kategorien von E- und U-Musik. Für mich gibt es nur gute und schlechte Musik. Und ich versuche, möglichst gut zu spielen. Offenbar gelingt mir das.«

Der Journalist blickte wieder auf seine Karteikarten, die er in der Hand hielt. Mara war klar, dass ihre Antwort zu glatt geklungen hatte. Wie auswendig gelernt.

»Sprechen wir einmal über Ihre Violine.«

Mara nickte freundlich, obwohl sie innerlich zusammengezuckt war. Ihre Geige, die sie für sich selbst Tamara nannte, war ein heikles Thema.

»Woher stammt sie? Sie sieht außergewöhnlich aus …«

Mara sagte, was man überall im Internet nachlesen konnte und was sie schon in vielen Interviews gesagt hatte.

»Sie ist das Geschenk eines Fans.«

In gewisser Weise stimmte das sogar.

»Eines reichen Fans?«

»Eines anonymen Fans.«

»Sie sind also sicher, dass dieser Fan nicht Mr Gritti ist?«

»Ganz bestimmt nicht. Ich besaß sie schon, bevor er mich entdeckte.«

»Trotzdem könnte er der Spender sein, oder nicht?«

Mara ordnete ihre Gedanken. Niemand wusste, wo das Instrument herkam. Niemand wusste, wer es ihr geschenkt hatte. Und wenn es Gritti war und er nicht wollte, dass man dahinterkam, dann sollte man das auf sich beruhen lassen.

»Ist es möglich, das Instrument anzusehen?«

Auf diese Frage war die Antwort klar. »Leider nicht.«

»Warum? Hat ein Sachverständiger die Violine schon einmal untersucht?«

Mara spürte, wie in ihrem Bauch ein harter Klumpen wuchs, und sah an dem Reporter vorbei Hilfe suchend zu Chloe hin. Sie hasste Interviews. Und ganz besonders hasste sie sie, wenn sie am Tag eines Konzerts stattfanden. In wenigen Stunden musste Mara auf der Bühne stehen – umgeben von Lasern und vor einer riesigen LED-Wand, vor Tausenden von Fans. In einer solchen Situation konnte sie keine anderen Termine gebrauchen. Chloe war jedoch der Ansicht, dass Pressearbeit ein wichtiger Aspekt für den Erfolg war. Und so schleppte sie einen Journalisten nach dem anderen an. Zum Glück war dieser alte Typ heute der letzte.

»Ich möchte keine Fragen über meine Geige beantworten«, sagte Mara.

»Eine vielleicht doch noch … Was hat es mit dem Zeichen auf sich?«

Die PR-Managerin wirkte einen Moment genauso erschrocken wie Mara, doch sie fing sich sofort wieder.

Das Zeichen? Woher wusste dieser Typ etwas von dem Zeichen?

Was soll ich sagen?, dachte Mara. Zum Glück glitt die PR-Managerin jetzt von ihrem Hocker und näherte sich ihrer Ecke. Mara überbrückte den Moment und nahm einen Schluck Kaffee.

»Noch eine Minute«, sagte Chloe. »Ich bitte um Ihr Verständnis. Frau Thorn hat einen anstrengenden Auftritt vor sich und muss sich vorher noch ausruhen.«

Der Journalist nickte. »Gut. Nur die eine Frage. Was ist mit dem Zeichen? Was bedeutet es?«

Mara setzte die Tasse ab. »Ich weiß nicht, was Sie meinen.«

»Es heißt, die Geige besitze eine eigenartige Gravur. Sie könnte Hinweise auf ihre Herkunft geben.«

Mara riss sich zusammen, setzte ein Lächeln auf, das sie für verführerisch hielt, und öffnete ihre Beine ein wenig. Sie trug einen schwarzen Ledermini mit Netzstrümpfen. Die Füße steckten in Boots, die bis über die Knöchel gingen. Der Blick des Journalisten wanderte nach unten. Ein billiger Trick, aber er wirkte.

»Ich habe die Geige jeden Tag in diesen Händen.« Mara schob die Arme nach vorn und zeigte ihre Finger. »Wenn es da etwas Besonderes gäbe, wüsste ich es. Glauben Sie nicht alles, was im Internet steht. Hören Sie lieber meine Musik.«

Sie bemerkte Schweißtropfen auf der Stirn des Mannes.

»War es das?«, fragte Chloe von hinten. »Dann bitte ich, das Interview zu beenden.«

»Eine Frage dürfen Sie noch«, sagte Mara, die plötzlich das Gefühl hatte, den Typen auf ihre Weise besiegt zu haben.

Der Blick ihres Gegenübers wanderte wieder nach oben. »Werden Sie denn jemals die Geige jemandem von der Presse zeigen? Oder einem Sachverständigen?«

»Das weiß ich noch nicht. Das heißt – warum sollte ich?«

Chloe kam näher heran und stellte sich neben Mara. Der Journalist stand auf, nahm sein Aufnahmegerät und verabschiedete sich.

Kaum war er in Richtung Hotelausgang verschwunden, funkelte Chloe Mara durch ihre Brille böse an. Die PR-Managerin hätte eine Kollegin des Reporters von eben sein können. Auch bei ihr rahmte das dunkle Gestell die Augen dick ein. Wahrscheinlich wollte sie sich damit einen intellektuellen Anstrich geben, doch in Wirklichkeit ähnelte sie so mehr einer beleidigten Gouvernante. Ihre dürre Figur, die auf eine Essstörung schließen ließ, tat ein Übriges dazu.

»Was habe ich dir gesagt?«, giftete sie. »Diese Spielchen mit Unter-den-Rock-Gucken ziehen bei diesen Kulturkritikern nicht.«

Für einen Moment schien der Stein, der in Maras Magen zu liegen schien, leicht zu werden. »Ich habe schon den Eindruck …«

»Der geht jetzt in die Redaktion und saugt sich irgendwas

aus den Fingern von wegen kaum bekleidete Geigennymphe oder viel Haut, wenig Substanz oder was weiß ich. Du kennst diese Geschichten doch zur Genüge von Vanessa-Mae.«

»Was hätte ich machen sollen? Ihm irgendwas über die Geige erzählen? Ich weiß doch selber nichts.«

Chloe fixierte sie. »Darüber müssen wir gelegentlich noch mal reden. Wenn die Tour vorbei ist. Oder morgen.« Sie drehte sich um und stiefelte hinaus.

Mara stand auf, ging durch den Nebenausgang der Bar zum Aufzug und fuhr hinauf in ihr Zimmer.

Hinter den Scheiben erstreckte sich der bedeckte frühherbstlich graue Himmel Berlins. Die Wohnblocks waren ein Meer aus gezackten Firsten, aus Türmchen, Antennen und wie tote Augen dreinblickenden Fenstern. Auf einer vorgeschobenen kleinen Terrasse hinter einem verrosteten Geländer wehte Wäsche im Wind. Auf einem anderen Balkon leuchtete als einziger Farbfleck inmitten der Tristesse ein gelbes Dreirad.

Mara genoss eine Weile die Stille. Dann wandte sie sich ab. Neben dem eingebauten Hotelschreibtisch mit dem Fernseher lag ihr Geigenkasten. Sie nahm ihn, legte ihn auf das Bett und öffnete die Schnappverschlüsse. Eingefasst in grünen Samt lag Tamara da – die Violine, die Mara stets begleitete. Der Lack der Geige glänzte. Das Holz war sehr dunkel. Tiefschwarz, als sei das Instrument einmal Feuer ausgesetzt gewesen, oder der Geigenbauer habe es mit Flammen gebeizt. Einzig der Steg war hell – das geschwungene, dünne Holzstück, über das die Saiten liefen.

Mara hatte ein wenig darüber nachgeforscht, woher die dunkle Färbung kam. Ob es Instrumentenmacher gab, die mit schwarzen Lacken arbeiteten. Aber sie hatte nichts herausfinden können, und sie hatte entschieden, dass es vielleicht besser war, nicht alle Geheimnisse des Instruments zu lüften.

Denn Tamara war ein Geschenk. Mit ihr hatte Maras Laufbahn begonnen. Mit ihr war sie erst eine wirkliche Musikerin geworden. Es war wie die Liebe zu einem faszinierenden Unbekannten.

Sie nahm Tamara heraus, hielt sie in das Licht und blickte durch eines der F-Löcher in das dunkle Innere. Die graue Helligkeit beleuchtete das Zeichen. Eingebrannt in das Holz, das auf der Innenseite hell und unlackiert war.

Aber war das überhaupt das, für das es Mara hielt – und dieser Journalist von eben auch? War es eine bewusst angebrachte Markierung? Oder nur eine Unregelmäßigkeit im Holz?

Die Punkte lagen wie die Ecken eines Fünfecks zueinander, ein weiterer befand sich ein paar Millimeter außerhalb. Eigentlich war es nichts – wenn diese Punkte nicht in derselben Größe und in denselben Proportionen noch an einer anderen Stelle vorgekommen wären …

Mara betrachtete sie wie schon so oft zuvor, dann legte sie die Geige hin und ging ins Bad. Vor dem Spiegel drehte sie sich um und schob den Kragenrand ihres schwarzen T-Shirts zur Seite, sodass die Schulter freilag.

Sie konnte in dieser Position nur aus den Augenwinkeln nach hinten sehen, aber das, was sich auf ihrer Schulter befand, war deutlich zu erkennen: dasselbe Muster. Diesmal in Form von Leberflecken.

Mara wusste nicht, was das zu bedeuten hatte. Ihr gesunder Menschenverstand sagte ihr, dass es sich nur um einen Zufall handeln konnte.

Sie fragte sich, was geschehen würde, wenn die Presse dahinterkam.

Chloe würde es als gelungenes PR-Thema begrüßen.

Doch Mara spürte Widerwillen. Sie wusste zu wenig über sich selbst, als dass sie gewollt hätte, dass noch mehr Geheimnisse über sie bekannt wurden. Erst wollte sie selbst diese Geheimnisse lösen. Irgendwann.

Sie ging ins Zimmer zurück und sah auf die Uhr. In einer Stunde wurde sie abgeholt.

Sie nahm ihr Handy und rief Chloe an.

»Ist John zurück?«, fragte sie.

»Nein.«

»Wo ist er? Wir … müssen noch was besprechen.«

»Er wird schon kommen.«

Chloe wirkte wie eine genervte Lehrerin, die auf der Klassenfahrt von den Grundschülern gelöchert wurde, wann man endlich da sei.

Mara sagte nichts. Sie legte einfach auf. Es war sinnlos, mit Chloe darüber zu sprechen, wie sehr sie John Grittis Nähe brauchte. Vor allem, wenn ein Konzert bevorstand.

Früher, als sie noch unbekannt gewesen war und in irgendwelchen Underground-Locations auftrat, hatte sie oft darüber gelächelt, wenn sie las, welch emotionale Macht Manager über die Musiker besaßen. Heute hatte Mara verstanden, dass sie die Menschen waren, die ihre Schützlinge über eine Brücke in ein Land führten, von dem Mara nie gedacht hatte, dass es überhaupt existierte: eine Welt, in der sie sich um nichts zu kümmern brauchte, als ihre Violine anzusetzen und zu spielen.

John sorgte für alles: nicht nur für die Auftrittsmöglichkeiten, sondern auch für die Konzepte ihrer Konzerte, für die Arrangements, das Orchester, das Marketing, das ganze Drumherum.

Anfangs hatte sie gedacht, er hätte es auf sie abgesehen – auch das war so ein Klischee –, und dieser Gedanke hatte sie ebenfalls belustigt. Sie mit ihren sechsundzwanzig Jahren und er mit seinen knappen sechzig. Doch schnell wurde ihr klar, dass es um etwas anderes ging. Dass Gritti nicht sie, sondern die Musik liebte – und sich auf seine Weise damit beschäftigte. Nicht mit dem Musikinstrument in der Hand, aber als Konzernchef, dessen Geld in Elektronikunternehmen, in Plattenfirmen, in Software-Start-ups und wo sonst noch steckte.

Mara hatte nur in seine dunklen Augen zu sehen brauchen, die das ausdrucksstarke, faltige Gesicht dominierten.

»Ist er immer noch nicht da?«

Fast unbewusst hatte Mara das Telefon genommen und auf die Wiederwahltaste gedrückt.

»Ich sage dir, wenn er kommt, okay? Wahrscheinlich wird er sich sowieso sofort bei dir melden.«

Jetzt nerv mich nicht weiter, sagte der Ausdruck in Chloes Stimme.

Als sie aufgelegt hatte, warf sie einen Blick auf Tamara. Es war sicher nicht schlecht, sich ein wenig einzuspielen. Das bedeutete, dass es nun wirklich ernst wurde mit dem Konzert, dass die Vorbereitungen liefen. Doch alles in ihr sperrte sich gegen den Gedanken, dass sie das Konzert anging, während John noch immer auf sich warten ließ. Wo war er nur?

Sie sollte *ihn* anrufen.

Ganz einfach.

Sie holte seine Nummer aus dem Speicher.

The number you have called is temporarily not available …

Sie warf sich aufs Bett und griff nach ihrem Notebook, das auf dem Nachttisch lag. Nein, sie konnte nicht an das Konzert denken. Erst, wenn alles in Ordnung war. Wenn sie mit John gesprochen hatte.

Automatisch klickte sie das Twinworld-Symbol an. Im Hotel gab es WLAN, sie war eingeloggt, die Verbindung war ordentlich, und wenige Sekunden später spazierte ihr Avatar durch eine künstliche Landschaft: Es war ein Strand mit ein paar Pavillons, Palmen und Strandliegen. Wenn man sie aktivierte, brachte man die virtuellen Stellvertreter dazu, sich hinzulegen und sich zu sonnen.

Maras Avatar trug einen Bikini. Sie hatte sich bei ihrem letzten Besuch hier am Strand herumgetrieben und sich eine Weile mit Deb unterhalten.

Jetzt war außer ihr niemand auf der SIM, dem virtuellen

territorialen Bereich, wo sich ihr Avatar befand. Sie aktivierte ihre Freundesliste. Deb war nicht online.

Maras Unruhe nahm zu.

Beruhige dich, sagte sie sich immer wieder.

John wird schon kommen.

Das Konzert wird gut werden.

Immer wenn du Tamara in die Hand nimmst, geschieht das große Wunder. Immer. Du kannst sicher sein. John ist auf dem Weg zu dir. Jeden Moment ist er da. Und alles wird gut.

Sie schloss das Programm und klappte das Notebook zu. Ein kleiner Energieschub hatte sie erfasst. Sie stand auf und griff nach der Violine. Die Beruhigung, die sie sich vorgestellt hatte, trat ein. Endlich.

Wenn sie Tamara in der Hand hatte, spürte sie so etwas wie Geborgenheit, Wärme, Heimat …

Sie nahm den Bogen, strich die Saiten an. Sie musste nicht einmal stimmen. Es war, als habe Tamara nur darauf gewartet, von ihr berührt und gespielt zu werden.

Der Klang war sahnig voll und ausdrucksstark, gesanglich – als würde nicht Mara ihre musikalischen Ideen zum Ausdruck bringen, sondern als würde Tamara selbst zu erzählen beginnen. Fast unbewusst tauchte Mara in eines ihrer Stücke ein – Improvisationen über den berühmten Kanon von Pachelbel, diese kreisende Melodie ohne Anfang und Ende, bei der man den Eindruck hatte, sie sei ein Symbol der sich ewig drehenden Erde, ein Karussell, das einen ständig umgab, und wenn man die Geige nahm und zu spielen begann, sprang man an einer beliebigen Stelle auf, ließ sich eine Weile mittragen und lauschte den tiefgründigen Geheimnissen der Welt nach.

Sie gab sich Tamaras Melodien hin, bis sie durch ein Geräusch gestört wurde. Sie setzte die Geige ab und horchte in die plötzliche Stille.

Hatte es geklopft?

Nein. Es war ihr Klingelton. Jemand rief an.

JG blinkte auf dem Display.

Plötzlich raste Maras Puls.

Sie zwang sich, die Geige ordentlich hinzulegen. Dann griff sie zum Handy und drückte den grünen Knopf.

2

Unvermittelt war es dunkel um ihn her. Als hätte man das Licht ausgeschaltet und ihn in einem riesigen Raum allein gelassen.

Doch da war jemand. Sein Gegenüber schien ihn zu beobachten, die Fähigkeit zu haben, durch die Finsternis hindurchzusehen.

Das beruhigte ihn. Genau wie die Stimme, die jetzt aus dem großen Raum zu ihm drang – weich und fürsorglich. Eine etwas raue, aber volltönende Männerstimme.

»Beginnen wir …«

Er nickte in das Dunkel, und das unsichtbare Gegenüber musste es bemerkt haben.

»Wir fangen mit dem Namen an. Wie heißt du?«

»Mein Name ist Zenodotos. Aber ich möchte Zeno genannt werden.«

»Warum?«

»Da, wo ich lebe, sprechen wir viel miteinander. Wir diskutieren und wir debattieren über alle mögliche Themen.«

»Was hat das mit deinem Namen zu tun?«

»Es bleibt nicht unbedingt die Zeit, alle Silben auszusprechen. Nach und nach ging man dazu über, den Namen zu verkürzen.«

Dem Mann im Dunkel schien diese Antwort nicht zu behagen. Und wenn schon. Es war die Wahrheit. Was konnte er dafür?

»Möchten Sie wissen, wo ich lebe? Wann ich lebe?«

»Keine allgemeinen Aussagen«, sagte der Mann. »Beherrsche dich. Und sprich nicht so viel. Beantworte nur die Fragen.«

Er nickte wieder.

»Beschreibe mir, wie es in deiner Umgebung aussieht ... Oder fangen wir ganz einfach an: Bist du im Freien oder in einem Raum?«

»Ich bin in einem Raum. Ich kann aber durch ein großes Fenster nach draußen schauen.«

»Welche Tageszeit haben wir? Tag oder Nacht?«

»Tag. Es müsste die Mittagsstunde sein.«

»Was siehst du, wenn du hinausblickst?«

»Das Meer. Es ist eine stille, glatte Fläche. Graublaue Farbe. Es herrscht kaum Wind. Drei Segelschiffe ziehen ihre Bahn. Sie werden wegen der Flaute gerudert.«

»Beschreibe sie genauer.«

»Sie sind aus Holz. Ich kann die Reihe der Ruder sehen, die in das Meer taucht. Wie die Beine eines Tausendfüßlers. Sogar die Kommandos für die Mannschaft dringen an mein Ohr.«

»Wie viele Masten?«

»Drei. Sie bewegen sich in Richtung Hafen.«

»Kannst du den Hafen sehen?«

»Nein. Aber ich weiß, dass er da ist. Ich weiß, in welcher Stadt ich mich befinde.«

»Sag es nicht. Beschreibe lieber den Raum, in dem du dich aufhältst. Bist du alleine?«

»Im Moment schon. Aber es kommen oft andere Menschen her. Heute ist es ruhig. Und um diese Stunde besonders.«

»Gut. Nun erkläre mir, wie es dort aussieht.«

»Der Raum ist groß. Ein Saal. Er ist von einzelnen Säulen durchsetzt, an deren Kapitellen sich Gesichter aus Stein befinden.«

»Gesichter?«

»Ja, ich glaube, es sind Masken.«

»Was ist an den Wänden zu erkennen?«

»Sie sind mit Regalen bedeckt. Der Raum ist sehr hoch, sodass an einigen Stellen Leitern bereitstehen, um die obersten Reihen zu erreichen.«

»Was befindet sich darin? Beschreibe es ganz genau.«

Zeno zögerte einen Moment. Er erlebte nicht nur den optischen Eindruck des Orts, an dem er sich befand, sondern er war ganz und gar dort. Er schmeckte das Aroma von Tang und Salz. Wenn er auf die Geräusche lauschte, die von der nahen Stadt herüberdrangen, erkannte er das typische Durcheinander von menschlichen Stimmen, von Rufen, vom Geschrei der Zugtiere – weit in der Ferne, vom Hafen her.

»Woran denkst du?«

»Entschuldigung. Ich habe mich dem Eindruck dieser Welt hingegeben. Ich konnte nicht anders.«

»Tu jetzt, was ich gesagt habe. Beschreibe, was sich in den Regalen befindet.«

»Es sind Schriften.«

»Bücher?«

»Nein, es sind Rollen. Schriftrollen.«

Der Mann hielt kurz inne, und Zeno kam es so vor, als hätte ihn selbst ein wenig nervöse Erregung erfasst.

»Bist du sicher?«, fragte er nach, und die Stimme zitterte.

Zeno konnte sich vorstellen, warum.

»Kannst du die Schriftrollen lesen?«

»Dazu müsste ich eine herausnehmen.«

»Tu es«, rief der Mann ungeduldig. »Oder ist es dir nicht möglich?«

Zeno drehte sich zu einem der Regale um. Es waren polierte, sehr stabile Holzgestelle, in der Wand verankert. Die Rollen stapelten sich darauf. Ein seltsamer Geruch ging von ihnen aus. Wahrscheinlich war es das frische Pergament, das so roch – vermischt mit der Tinte. Pergament war ja nichts anderes als eine Art Papier aus Tierhäuten anstatt aus Pflanzenfasern. Zeno hatte so etwas schon oft gesehen, aber niemals in ganz neuem Zustand.

Nun stand er vor einem Regal und streckte die Hand aus.

»Ich habe eine Rolle in der Hand«, sagte er.

»Öffne sie. Mach schnell.« Es war deutlich zu spüren, dass der Mann von Ungeduld erfasst wurde.

Zeno zog. Die Rolle war recht lang. »Ich muss sie irgendwo ablegen«, erklärte er.

»Gibt es dafür keine Vorrichtungen?«

»Zwischen den Säulen stehen einzelne Tische«, sagte er. »Sie haben genau die richtige Breite.«

»Dann beeile dich.«

Zeno spürte, wie ihm die Rolle schwer wurde. Seltsam, dabei konnte sie doch gar nicht so viel Gewicht besitzen. Sie besaß einen Durchmesser von kaum fünf Zentimetern. Ihm brach der Schweiß aus, als er sie zum Tisch trug.

»Was ist?«

»Sie hat immenses Gewicht. Ich weiß nicht, woran es liegt. Sie scheint aus Stein zu sein.«

»Kümmere dich nicht darum. Öffne sie!«

Zeno versuchte, den oberen Teil zur Seite zu rollen, um die Schrift sichtbar zu machen. Um wenigstens den Anfang lesen zu können.

»Siehst du schon etwas?«

»Nein … aber gleich.«

Zeno stemmte sich mit dem gesamten Oberkörper gegen die Rolle. Es war, als würde sie eine unbekannte Macht zusammenhalten.

»Ich höre Schritte«, sagte er. »Da kommt jemand.«

»Kannst du etwas lesen?«

»Ich schaffe es nicht, sie zu öffnen.«

Zeno unternahm einen letzten verzweifelten Versuch. Jetzt waren die Geräusche ganz nah. Zwischen den Säulen bewegten sich Gestalten. Zeno kannte sie.

»Wer kommt da?«, fragte der Mann.

»Es sind …« Zeno wusste es nicht mehr. Die Namen waren

ihm entfallen. Wie war das möglich? Vor einer Sekunde hatte er sie noch gewusst. Das Bild des Saals schrumpfte, schwarzer Rand umfasste es, und dieser Rand wurde breiter und breiter, sodass es wirkte, als verschwinde das Bild in einem dunklen Tunnel. All die anderen Eindrücke – die Gerüche, der Lärm vom Hafen – verschwanden. Schließlich blieb nur noch ein heller kleiner Punkt übrig, der wie eine Seifenblase zerplatzte, und dann stand Zeno wieder inmitten der Dunkelheit.

»Was ist nun?«, fragte der Mann.

»Es ist vorbei. Ich bin ... im Nirgendwo.«

Der Mann schluckte. »Nun gut. Wie fühlst du dich?«

»Müde. Erschöpft.«

»Wir werden das bald wiederholen.«

Zeno nickte.

»Aber du weißt, was geschieht, wenn dir Irrtümer unterlaufen?«

Er atmete tief durch und hörte auf die Stimme. Weitere Anweisungen wurden erteilt.

Und im nächsten Moment war die Dunkelheit verschwunden.

3

John Gritti versuchte, den Oberkörper zu bewegen, aber es ging nicht. Ein metallischer Gegenstand wurde gegen seinen Nacken gepresst. Er fühlte sich an wie die Mündung einer Pistole.

»Ruhig bleiben«, rief der Unbekannte auf dem Rücksitz gerade so laut, um den Lärm in der Fahrerkabine zu übertönen.

Sie befanden sich auf der Straße Richtung Potsdam. Der Mann, der irgendwie ins Auto eingedrungen war und Gritti überrascht hatte, dirigierte die Fahrt.

»Sagen Sie mir doch endlich, was Sie vorhaben. Wohin fahren wir?«

Anstatt zu antworten, rammte der Unbekannte die Waffe noch fester in Grittis Fleisch.

Was geschah hier? Wer war der Mann? Er verfolgte einen Plan, aber welchen? Es ging wohl nicht darum, das Auto zu stehlen. Oder war das eine Entführung?

Der Unbekannte war kein Deutscher, so viel stand fest. Er sprach amerikanisches Englisch. Gritti glaubte, einen leichten Südstaatenakzent herausgehört zu haben.

»Warum wollen Sie einen Landsmann entführen?«, fragte er.

Von hinten kam Schweigen. Gritti hatte das Gefühl, als habe sich der Mann nach vorn gebeugt. Es kam ihm vor, als könne er im Nacken den Atem des Unbekannten spüren.

»Wollen Sie Geld? Ich kann Ihnen welches geben. Wahrscheinlich mehr, als Sie ausgeben können. Lassen Sie uns einfach reden.«

Schon während er die Worte aussprach, überlegte er fieberhaft, welche seiner geschäftlichen Konkurrenten so weit gehen würden, ihn zu entführen, um einen Vorteil herauszuschlagen. Eigentlich fiel ihm nur einer ein, der dazu bereit wäre. Und der hatte sogar einen Wohnsitz in Potsdam.

»Hat Michael Potter etwas damit zu tun? Arbeiten Sie für ihn?«

Das leise Lachen des Mannes übertönte das Rauschen des Motors.

»Ich schlage vor, dass du endlich mal die Schnauze hältst«, sagte er, und das war der längste Satz, den Gritti von ihm bis jetzt gehört hatte. »Bald wirst du ohnehin für immer schweigen.«

Gritti bremste vor einem Stau, schaltete einen Gang hinunter. Der Stoff seines Hemds rieb auf seiner Haut, und er spürte, dass er stark geschwitzt hatte.

Der Mann wollte ihn töten!

Gritti hatte sich immer für einen abgebrühten Businessmann gehalten, und er war auch schon in viele schwierige Situationen geraten, aber noch nie hatte ihn jemand so offen mit dem Tode bedroht.

»Was wollen Sie?« Seine Stimme klang fremd und krächzend.

»*Shut up!* Bieg hier nach rechts ab.«

»Wie weiter?«

»Das sage ich dann.«

Es ging eine Weile im Schritttempo weiter, und Gritti hatte Gelegenheit, in die benachbarten Autos zu blicken. Auf der Spur links neben ihm schlich ein Van, in dem eine ganze Familie saß. Die Kinder drückten sich an den Seitenscheiben die Nasen platt und lächelten herüber. Gritti versuchte zurückzulächeln.

Offenbar sorgte der Mann hinter ihm perfekt dafür, dass man nicht erkannte, wie er den Fahrer mit einer Waffe bedrohte.

Die Panik in Gritti hatte sich wieder gelegt und kühler Überlegung Platz gemacht. War es möglich, den Menschen in den anderen Fahrzeugen ein Zeichen zu geben? Er konnte die Bremslichter in Morsezeichen aufleuchten lassen – sodass sich das Signal SOS ergab …

Er versuchte es. Was kam zuerst? Dreimal lang oder dreimal kurz? Egal – er trat auf das Pedal, wechselte immer zwischen drei Mal lang und drei Mal kurz hin und her. Aber was glaubte er, was passieren würde? Dass jemand das Zeichen erkannte, ausstieg, nach vorn kam und ihn fragte, ob etwas passiert war?

Jetzt floss der Verkehr wieder. Gritti erhöhte das Tempo auf siebzig Stundenkilometer.

»Rechts raus«, wiederholte der Mann auf dem Rücksitz.

»Was würden Sie tun, wenn ich nicht gehorche?«

»Wenn ich du wäre, würde ich es nicht darauf ankommen lassen«, kam es von hinten. »Fahr weiter. Und schau nur geradeaus.«

Ein metallisches, klackendes Geräusch ertönte. Der Unbekannte hatte den Hahn seiner Pistole gespannt.

Ruhig atmen, sagte Gritti sich. Noch bist du nicht tot. Es muss eine Chance geben, diesem Irrsinn zu entkommen. Es muss einfach. Nur wer nicht mehr kämpft, hat verloren.

Aber er kämpfte ja nicht. Er wusste nicht, wie er kämpfen sollte.

Sein Blick fiel auf den Tacho. Die Digitaluhr unter der Geschwindigkeitsanzeige stand auf 17:43. Mara war sicher im Hotelzimmer und bereitete sich auf ihren Auftritt vor. Bestimmt fragte sie sich, wo er blieb. Das Mädchen brauchte Beistand vor einem Konzert. Und obwohl Gritti fast vierzig Jahre älter war als sie, hatte er als Einziger die Macht, ihr diesen Beistand zu geben.

Du Idiot, schalt er sich. Du bist gerade Opfer eines Verbrechens geworden. Vielleicht wird man dich töten. Und du denkst an Mara.

Doch der Gedanke hatte ihn auf eine Idee gebracht.

Sein Handy steckte in der Ablage der Fahrertür. Der Mann hinter ihm schien sich so positioniert zu haben, dass er rechts an Gritti vorbeisah. Wahrscheinlich achtete er auf die Straße. Und er hielt die Pistole wohl mit der linken Hand.

Ein Linkshänder …

Gritti war Rechtshänder und versuchte nun, mit der linken Hand nach dem Mobiltelefon zu tasten. Es war nicht eingeschaltet, und es würde eine Weile dauern, bis eine Verbindung zustande kam. Doch es war seine einzige Chance.

Er streckte die Finger aus und berührte die Tasten. Er suchte den Knopf links unten und drückte. Dabei zählte er sehr langsam bis fünf …

»Was machst du da?« Der Unbekannte sprach direkt neben Grittis Ohr.

»Nichts.«

Er zog seine Hand zurück und griff nach einem Papiertaschentuch, das in seiner Hosentasche steckte. Er hustete und übertönte das leise elektronische Piepsen, mit dem das Handy signalisierte, dass es bereit für die PIN war.

»Jetzt links abbiegen«, befahl der Mann. »Fädele dich auf der Spur ein.«

Wieder musste er an einer Ampel halten. Die Schilder wiesen nach Potsdam.

Ob doch Potter dahintersteckte?

Die Ampel wurde grün. Beim Abbiegen gelang es Gritti, die vier Zahlen in das Handy zu tippen. Das Telefon war nun bereit.

»Beide Hände auf das Lenkrad«, kam es von hinten. »Fahr schneller.«

Gerade kamen sie an einem Schild vorbei, das siebzig Stundenkilometer als Höchstgeschwindigkeit anzeigte.

»Hier ist Geschwindigkeitsbegrenzung.«

»Egal.«

»Sollen wir in eine Radarfalle fahren? Wollen Sie erkannt werden? Von mir aus.«

Gritti gab Gas.

»Stopp«, rief der Mann. »Du hast recht. Bleib bei siebzig.«

Sie hatten jetzt die Besiedlung westlich von Berlin hinter sich gelassen und fuhren durch Wald. Zwischen den Bäumen erschien ab und zu eine schiefergraue Wasserfläche.

»Darf ich noch mal das Taschentuch herausholen?«, fragte Gritti. »Ich meine, ein neues.«

Wieder schalt er sich einen Idioten. Wenn er dem Mann ankündigte, was er vorhatte, würde der vielleicht genau kontrollieren, was er tat. Und dabei das Handy entdecken, das jetzt, kurz nach dem Einschalten, wahrscheinlich auch noch beleuchtet war.

Sie erreichten den Saum des Walds. Die Straße führte in einem weiten Bogen an freien Feldern und Weiden vorbei.

Gritti schaltete hoch, und in dem Moment, in dem er die rechte Hand wieder an das Lenkrad brachte, griff er beherzt zu dem Telefon. Er drückte auf den großen Knopf, den er im oberen Teil des Tastenfelds fand. Jetzt war das Handy bereit für eine Nummer.

»Lass das«, schrie der Mann so laut, dass Gritti erschrak. Der Wagen schlingerte, die Reifen quietschten. Gritti trat auf die Bremse, und es gelang ihm gegenzulenken. Das Auto ruhte wieder sicher auf der Straße. Vom Rücksitz kamen Geräusche. Offenbar hatte der Mann das Gleichgewicht verloren, war zur Seite gerutscht und rappelte sich jetzt auf.

Er ist nicht angeschnallt, dachte Gritti.

Eine neue Chance.

Sie waren wieder ein Stück durch Wald gefahren, allerdings nur wenige Hundert Meter. Nun lag freie Strecke vor ihnen – schnurgerade Straße. Kaum Bäume. Weidenzäune links und rechts. Ab und zu bog ein Feldweg ab.

»Was hast du da?«, fragte der Mann.

Er arbeitete sich rechts neben Gritti vorbei. Gritti machte einen Schlenker mit dem Wagen, diesmal quietschten die Reifen lauter. Gleichzeitig griff er mit der linken Hand zum Handy und drückte die Wahltaste erneut.

Jetzt baute das Telefon die Verbindung zum letzten Gesprächspartner auf, den er angerufen hatte. Gritti wusste nicht, wer das war. Mara vielleicht. Oder Chloe.

Egal. Es blieb keine Zeit, die Notrufnummer zu wählen.

Etwas Hartes traf ihn am Kopf und sorgte dafür, dass sich für den Bruchteil einer Sekunde ein schwarzer Schatten vor seinen Augen herabsenkte. Gleichzeitig schob sich der Körper des Fremden weiter nach vorn. In Gritti flammte plötzlich heißer Zorn auf. Er riss das Steuer herum und trat auf die Bremse.

Einen Moment lang, der ewig zu dauern schien, drehten sich die Weidezäune, das Grün und die Bäume. Die Kontur eines Hauses in der Ferne kam in Sicht, und mitten in diese verzögerte Sequenz hinein hörte Gritti Maras Stimme, die wieder und wieder sagte: »Hallo?«

Dann raste vor dem Kühler eine Linienreihe aus Stacheldraht heran. Es gab einen Ruck, als der Wagen den Zaun durchbrach. Der Unbekannte stieß einen Fluch aus. Immer noch war da Maras Stimme, aber vielleicht war sie auch nur noch in Grittis Kopf. Plötzlich zog ihn etwas hart auf die Seite, dann nach unten, und ihm wurde klar, dass sich der Wagen überschlagen hatte und auf dem Dach weiterrutschte.

So fühlt sich das also an, was du so oft im Fernsehen und im Kino gesehen hast, dachte er, und im selben Moment endete die Rutschpartie in einem gewaltigen Hammerschlag, der den Wagen stoppte und Gritti das Gefühl gab, alle Knochen in seinem Körper seien zu Brei zermalmt worden.

Seltsam, welche Gedanken ihm durch den Kopf gingen, während er die Augen aufriss, sich aber gleichzeitig sein Sichtfeld weiter einengte, als hätte ihn jemand in einen Sack gesteckt und sei nun dabei, die Öffnung immer fester zuzubinden …

Hatte er wirklich Mara angerufen?

Hatte er noch einmal die Ruftaste gedrückt?

Dann verschluckte ihn die Schwärze vollends.

Zuerst hörte Mara nur ein Rauschen, und sie wusste, was das bedeutete: John saß im Wagen. Sicher würde er ihr sagen, dass er gleich im Hotel war.

Umso seltsamer, dass er sich nicht meldete.

Wahrscheinlich war die Verbindung schlecht.

»Hallo?«, rief Mara. »Hörst du mich?«

Das war kein normales Rauschen, wie sie es als Hintergrundgeräusch beim Autofahren kannte. Da waren Stimmen im Hintergrund.

Mara presste das Telefon ans Ohr.

Da fluchte jemand. Auf Englisch.

»Hallo?«, rief sie wieder. »John? Was ist los?«

Vielleicht war er aus Versehen auf die Wiederwahltaste gekommen. Vielleicht war das Handy in seiner Tasche, und er wollte sie gar nicht anrufen.

Jetzt gab es dort, wo John war, einen dumpfen Knall. Jemand schrie. Und dann schrie jemand anderes. Die Stimmen waren deutlich zu unterscheiden.

»Hallo …«, rief Mara immer wieder. »Hallo …«

Etwas quietschte, es knallte wieder.

Und mit einem Schlag verstummte die rauschende Kulisse. Stattdessen: Stille. Bedrückende, unheilschwangere Stille.

»Hallo?«, rief Mara noch einmal. Regelmäßiges Tuten war zu hören. Ein dumpfes Klopfen … Gleichzeitig mit dem Besetztzeichen? Das konnte nicht sein.

Es dauerte ein paar Sekunden, bis Mara klar wurde, dass jemand an die Tür des Hotelzimmers hämmerte.

Was war jetzt los? Niemand durfte Mara vor dem Konzert

stören. Das war eine feste Regel, an die sich alle hielten. Nur John durfte bei ihr sein, wann er wollte.

Es hämmerte erneut. Stärker.

Mara kam ein völlig wahnsinniger Gedanke. Alles war ein Irrtum. Das war nicht John, der sie eben angerufen hatte. Jemand hatte sein Handy gestohlen, oder er hatte es verloren, und jemand hatte es gefunden. Und die letzten Nummern ausprobiert – in einer S-Bahn oder sonst wo.

Mara ging zur Tür, riss sie auf – und da stand Chloe, die sofort losredete und gleichzeitig mit ihrem Klemmbrett herumfuchtelte.

»Wir haben noch ein Interview reinbekommen, das müsstest du morgen früh machen. Es ist wirklich wichtig – ein Fernsehteam …«

Mara spürte, wie ihre Beine weich wurden. »Chloe«, sagte sie. »Hör mir zu … Chloe!«

Als keine Reaktion kam, schrie sie fast, und endlich sah Chloe auf, schob sich die Brille, die auf ihre Nasenspitze gerutscht war, nach oben.

»Hat sich John gemeldet?«, fragte Mara. »Ist er endlich gekommen?«

»Ich habe dir gesagt, dass ich dir Bescheid gebe, sobald er da ist. Kannst du damit nicht endlich mal aufhören?«

»Das heißt, du hast in den letzten ein, zwei Stunden nichts von ihm gehört?«

»Er ist ein erwachsener Mann, der viel Arbeit hat und im Übrigen tun und lassen kann, was er will, ohne sich bei mir oder bei dir abzumelden. Was soll das?«

»Er hat mich gerade angerufen.«

Chloe reagierte mit einem Stirnrunzeln, das den Eindruck von Hochnäsigkeit, der ohnehin in ihr Gesicht eingegraben zu sein schien, noch verstärkte. »Und warum nervst du mich dann mit deiner Fragerei? … Um auf das Interview zurückzukommen, wir müssen da noch ein paar Sachen klären, denn das Fernsehteam will dich mit der Geige haben. Ich weiß ja, dass du das nicht so gerne machst, aber …«

»Chloe, John ist irgendwas passiert. Ich glaube, er hatte einen Unfall oder so was.«

Die PR-Managerin sah erneut auf. »Ist sein Auto kaputt?«

»Ich weiß es nicht.«

»Hat er nichts gesagt?«

»Es hörte sich an, als sei ich über das Telefon Zeuge eines Unfalls geworden. Als sei es gerade passiert, als wir telefonierten.«

Chloe sah Mara streng an, zog ihr eigenes Handy hervor und drückte einen Knopf. »Dann gucken wir doch mal, was los ist, anstatt hier so neurotisch herumzuzittern.« Sie wählte. Wartete. »Er ist nicht zu erreichen«, stellte sie nach einigen Sekunden fest.

»Verdammte Scheiße, da ist was passiert«, sagte Mara.

»Das ist nicht gesagt. Entspann dich.«

»Entspannen? Wenn John was passiert ist?«

»Nun sei mal professionell und mach deinen Kopf klar für das Konzert. Da warten ein paar Tausend Fans auf dich. Denen bist du was schuldig.«

John bin ich auch was schuldig, dachte Mara. Das allermeiste. Alles. Mein ganzes Leben eigentlich.

»Du wirst doch wohl mal ein Konzert spielen können, ohne dass Onkel John vorher kommt und dir die Hand tätschelt, oder? Wie ich gesagt habe: Sei professionell. *The show must go on.*«

Mara spürte, wie sich in ihrem Inneren ein großes Loch auftat. Eine Leere, die schmerzte und die sie ganz und gar zu verschlucken drohte. »Ich kann nicht spielen«, sagte sie. Ihr Mund war trocken, ihr Nacken plötzlich ganz steif.

»Wie bitte? Nun hör mir mal zu. Du *wirst* spielen. Und wenn ich dich auf die Bühne schleifen muss, klar? Was würde John sagen, wenn er jetzt hier wäre? Was würde er sagen, wenn ich ihn an die Strippe bekäme und er irgendwo rund um Berlin mit seinem Auto steht und tatsächlich einen kleinen Unfall hat und deswegen nicht kommen kann? Zumindest nicht vorher? Zum Konzert wird er garantiert da sein. Es gibt ja Taxis. Also – was würde er wohl sagen?«

»Er würde sagen, ich soll spielen«, sagte Mara leise, den Kopf gesenkt.

»Dann verstehen wir uns ja. Ich mache das mit dem Interview morgen klar. Du wirst gleich abgeholt. Bis dann.«

Sie verließ den Raum und schlug die Tür hinter sich zu. Der Knall schien noch eine Weile in der Luft zu verharren.

4

Im Vorbeifahren erkannte Mara sich selbst – als riesige Figur auf einer Plakatwand. Sie hielt die Violine nicht wie eine Virtuosin, sondern eher wie einen Tennisschläger, wie eine Waffe oder wie ein Ruder. Die Hand umfasste das Griffbrett, der glänzende Korpus war dem Betrachter wie eine Drohung entgegengestreckt, wodurch ein dreidimensionaler Effekt entstand. Als ob das nicht schon als Hingucker gereicht hätte, wehte Maras Haar, tiefschwarz gefärbt, im Wind. Sie erinnerte sich noch genau an das Fotoshooting. Sie hatte im Sturm eines riesigen Ventilators gestanden – hinter ihr nichts als eine weiße Leinwand. Der Computer sorgte dafür, dass ihre Figur auf dem Plakat nun vor einem rötlichen Hintergrund zu sehen war. Sodass es aussah, als käme Mara direkt aus der Hölle.

Mara, die Teufelsgeigerin.

Sie war wohl die Einzige, die dazu fähig war, die wahre Mara auf dem Bild zu erkennen, denn die Frau auf dem riesigen Bild hatte nur wenig mit ihr gemeinsam: das schmale, helle Gesicht, die schwarzen Haare. Doch die Mara auf dem großformatigen Papier war eine Gothic Lady – Leder, Netzstrümpfe, blutroter Lippenstift.

Bald tauchte das zeltartige Dach des Tempodroms auf – die Konzerthalle, wo Mara spielen würde.

Der Wagen hielt. Mara stieg aus, den Geigenkasten an der Hand. Sofort wurde sie in Empfang genommen und von dem sehr genauen Zeitplan verschluckt, der jedem Konzert voranging.

Sie bezog ihre Garderobe, nahm Tamara hervor und stimmte sie in Ruhe. Das Gefühl, ihr vertrautes Instrument in Händen zu halten, sorgte für ein wenig Geborgenheit.

Kurz darauf kam ein Techniker und bat sie zum Soundcheck.

Auf der Bühne saß bereits das Orchester – alle noch in normaler Kleidung, in Jeans, Pullis, die Frauen in Schlabberkleidern, Baumwollröcken. Zwanzig Streicher, Holz- und Blechbläser, eine Menge Percussion mit Drumset, Glocken, Gongs und Xylophonen, der Pianist. Marc, der Dirigent, begrüßte sie kurz.

»Alles klar? Können wir anfangen?«

Mara nickte nur. Niemand nahm ihr übel, dass sie wenig sprach. Sie war bekannt dafür. Auch im Konzert würde sie nichts sagen und nur Tamara sprechen lassen. Es gab keine Moderation, keine Zwischentexte.

Am Anfang war das ein Problem gewesen, denn eigentlich erwartete man von einem Künstler wenigstens ein paar Worte an das Publikum. Andere Geiger wie Nigel Kennedy oder David Garrett unterhielten das Auditorium sogar mit kleinen Geschichten aus ihrer Studienzeit, sie erklärten ein wenig die Musik – plauderten über Vivaldi, Beethoven und Brahms.

Mara fühlte sich dazu nicht in der Lage. Außerdem hatte sie keine Studienzeit absolviert, von der sie berichten konnte. Sie war nie an der Juilliard School of Music in New York gewesen wie David Garrett. Sie hatte niemals Unterricht bei einer Größe wie Yehudi Menuhin gehabt wie Nigel Kennedy.

Sie galt als Naturtalent, mit nichts ausgestattet als ein bisschen Unterricht in der Frühzeit als Schülerin, als sie noch bei ihren Pflegeeltern in Hannover lebte. Mit sechzehn war sie ausgerissen. Und hatte ein Leben auf der Straße geführt.

John Gritti hatte ein Konzept daraus gemacht: Mara, die Unnahbare. Mara, die Geheimnisvolle. Mara – die Frau, die nur durch ihre Geige spricht.

Sie befestigte am Steg der Violine ein kleines kabelloses

Mikro. Marc nickte ihr noch einmal zu. Dann spielten sie alle Programmnummern an, in jeweils wenigen Takten.

Als sich Mara umdrehte, sah sie, dass parallel zum Soundcheck die Probe für die LED-Wand lief – die optische Show, die das Konzert begleitete. Jedes Stück besaß ein eigenes Design, war in eine besondere Welt aus Farben und sich bewegenden Mustern getaucht.

Rotes Licht lag zum Beispiel über der Ouvertüre – einem Medley aus Filmkompositionen und anderen Melodien, die im Laufe des Abends als ganze Songs zu hören sein würden. Der Beginn gehörte dem Orchester alleine. Mara hatte auf dem Höhepunkt des Stücks, in eine plötzliche Pause hinein, auf einen Schlag zu erscheinen und das Publikum mit einer atemberaubend schnellen Passage zu begeistern. Man sah in diesem Moment nur ihren schwarzen Schatten, dann wurde sie von einem starken Deckenspot angeleuchtet und stand in gleißender Helligkeit, während das Orchester wieder einsetzte …

Nach gut zwanzig Minuten war der Soundcheck zu Ende, und Mara ging zurück in ihre Garderobe. Dort warteten die Stylisten, um sie in die Gothic Lady zu verwandeln, die auf den Plakaten zu sehen war.

Noch eine Stunde bis zum Konzertbeginn.

Chloe schaute herein. Mara war fertig, hielt Tamara in der Hand und spielte sich ein. Immer wieder ging sie die erste schwierige Stelle durch, mit der das Konzert begann. Es war einer der schwierigsten Momente des ganzen Abends. Wenn das Programm erst mal lief, war es leichter.

Sie setzte Tamara ab. »Was ist mit John?«

»Er hat sich nicht gemeldet. Ich habe ein paar Kontakte angerufen, die er heute getroffen hat. Er hat alle Termine wahrgenommen, die er machen wollte. Er muss auf dem Weg ins Hotel aufgehalten worden sein.«

»Glaubst du nicht, man sollte langsam mal die Polizei informieren?«

»Unsinn. Wenn das die Presse erfährt! Es geht keinen was an, wo er ist.«

»Aber ihm ist was passiert. Da bin ich ganz sicher. Versuch's doch mal in den Krankenhäusern.«

Chloe runzelte die Stirn, schüttelte den Kopf und ging. Als die Tür geschlossen war, spürte Mara mit einem Mal eine furchtbare Einsamkeit. Ihre Finger schienen plötzlich zu Eis gefroren zu sein, steif, bewegungsunfähig.

Ich hätte das Konzert absagen sollen, dachte sie. Einfach absagen. Mich darum kümmern, was mit John ist. Es kann nicht sein, dass er mich so alleine lässt. Unmöglich.

Die Tür ging auf. »Zwei Minuten«, sagte jemand. »Ouvertüre läuft schon.«

Als wäre sie nicht sie selbst, nahm sie Tamara und ging hinaus in den Flur und Schritt für Schritt in Richtung Bühne. Die bombastische Musik wurde mit jedem Schritt lauter.

Sie nahm ihren Platz ein. In diesem Moment hatte sie endgültig das Gefühl, nicht mehr selbst zu bestimmen, was geschah. Irgendetwas zog sie durch die Ereignisse. Sie folgte nur den Klängen, die um sie herumflossen wie ein Meer aus Tönen – sie folgte den Melodien, darunter Themen aus *Star Wars* oder *Fluch der Karibik*. Dann kam ein ruhigerer Teil mit ihren eigenen Titeln, die sie im zweiten Teil in voller Länge spielen würde – Stücke mit romantischen Namen wie »Yearning« oder »Horizons of Harmony«.

Die Blechbläser setzten ein, färbten den ohnehin schon massiven Orchesterklang mit Messingglanz. Mara stand inmitten des flammenden Rots, setzte die Violine an, denn jetzt kam der Moment, in dem man ihre Silhouette erkannte. Sie stand in Positur. Der Einsatz kam, und ihre Finger spielten und spielten – wie von selbst. Maras Geist hatte sich in einem Loch verkrochen, voller Angst, aber ihre Fassade, die immer weiter Musik produzierte, stand fest, und wie aus weiter Ferne hörte sie den Jubel des Publikums nach dem ersten Solo.

Danach kam der Klassik-Teil, das Licht wurde etwas milder, wechselte nach und nach über Violett zu Blau. Maras Finger spielten eine Zusammenstellung aus Themen des großen Geigenvirtuosen Paganini und Sarasates *Zigeunerweisen*. Die LED-Wand produzierte virtuelle Landschaften mit einem schwarzblauen Himmel, auf dem dramatisch die Wolken jagten. Die Dramatik passte gut zum folgenden Set mit Filmthemen wie *Star Wars: Episode 1 – Die dunkle Bedrohung*, in das der Arrangeur einen elektronischen Chor eingebaut hatte. Das Stück war ein einziges Voranpeitschen mit rasenden Violinläufen im Orchester und knalligen, spitzen Trompetenläufen, die Maras Begleitern einiges abverlangten. Doch über allem erhob sie sich ganz allein, mit ihrer Schwarzen Violine, in selbstbewusster Siegerpositur – das eine Bein nach vorn gestellt und geigend, als gälte es, die Welt zu retten.

Sie folgte blind dem Geschehen, gab sich ihm einfach hin. In weiten Variationen trieb sie über den berühmten Pachelbelkanon dahin, ein ruhiges, aber sich gewaltig steigerndes Stück, in dem sie von Projektionen sich drehender Kreise eingehüllt war – virtuelle Zahnräder, die in einer verwirrenden, aber perfekten Konstruktion ineinandergriffen und das Gefühl vermittelten, Mara sei Teil einer großen universellen Maschine.

Endlich erreichte sie den Höhepunkt des letzten Stücks vor der Pause. Mara nahm den Applaus, die Pfiffe und Rufe der Fans entgegen und marschierte mit langen Schritten von der Bühne.

In den kleinen neonbeleuchteten Gang zurückzukehren war wie der Sprung aus einem lärmenden Maschinenraum in ein verlassenes Parkhaus. Mara ging weiter, alle wichen ihr aus. Nur Chloe nicht, die vor der Garderobentür stand.

Mara drängte sich an ihr vorbei. Drinnen warteten zwei Männer auf sie. Der eine hatte sich auf die kleine Couch gesetzt und erhob sich, als Mara hereinkam.

»Was ist los?«, fragte sie. »Wer sind Sie?«

»Mein Name ist Langner«, sagte der Mann, der aufgestanden war. »Und das ist mein Kollege Teltow.«

Mara blinzelte. Sie war immer noch so von der Show gefangen, dass ihr erst jetzt auffiel, dass die beiden Männer Uniform trugen. Aus den Augenwinkeln nahm sie wahr, dass sich Chloe hereindrückte.

»Sie sind Mara Thorn«, stellte Langner fest.

»Allerdings.«

»Wir müssen mit Ihnen sprechen. Dringend.«

5

Quint zog die Tür hinter sich zu und blickte auf das schmale Bett mit der grauen Tagesdecke, auf den einfachen Tisch und den kleinen Sessel, dessen Bezug wohl einmal dunkelrot gewesen war. Jetzt wirkte er ausgebleicht, und der Stoff war abgeschabt. Sicher war er durchgesessen und unbequem.

Er zog es vor, auf dem Bett Platz zu nehmen.

Er hatte keine Ahnung, ob ihm die Frau an der Rezeption dieses kleinen Hotels am Rande von Berlin den amerikanischen Touristen abgenommen hatte, der sich die deutsche Hauptstadt, Potsdam und Brandenburg ansehen wollte. Es war ihm auch egal. Er wusste, dass für die meisten Deutschen die Amerikaner nach wie vor zu einem Völkchen mit seltsamen Angewohnheiten gehörten. Man ließ ihn in Ruhe, und das reichte.

Er zog sein Handy heraus und schaltete es ein. Das Telefon zeigte siebzehn Anrufe in Abwesenheit. Er drückte auf Rückruf, und sofort meldete sich eine Frauenstimme.

»Wo haben Sie gesteckt?«

Quint kannte von der Frau nur diese Stimme. Ihr vibrierendes Timbre besaß eine faszinierende Ausstrahlung, die so stark war, dass er sich schon oft gefragt hatte, wie die Frau wohl aussah. So etwas hatte er selten erlebt. Normalerweise waren es Bilder, die ihn erregten, und keine Stimmen.

Jetzt klang sie allerdings nicht so verrucht wie sonst. Sie hatte die erotische Dimension verloren, wirkte eher spitz und kalt.

Quint konzentrierte sich. Es ging ums Geschäft.

»Es ist alles erledigt«, sagte er.

»Das heißt, Sie haben es getan?«

»Das heißt es.«

»Sie haben ihn … umgebracht?«

Quint sprach gut genug Deutsch, um zu bemerken, dass sich die Aussagen der Frau im Kreis drehten. Wahrscheinlich hatte er sie falsch eingeschätzt. Nach dem, was er von ihr wusste, war sie eine toughe, starke Persönlichkeit. Jetzt, wo die erste Station dessen, was sie erreichen wollte, erreicht war, schien sie plötzlich unkontrolliert, irrational zu werden. Und sie beging auch noch einen groben Fehler.

»Was haben wir abgesprochen?«, sagte er.

»Ich verstehe. Ich soll nicht am Handy …«

»Es ist, wie gesagt, alles erledigt«, fiel ihr Quint ins Wort. »Details folgen. Wenn Sie möchten, persönlich.«

Ja, dachte er. Persönlich wäre nicht schlecht. Endlich würde er die Frau hinter der Stimme einmal zu sehen bekommen …

»Dazu wird es Gelegenheit geben. Aber jetzt geht es weiter. Wie schon angedeutet.«

Quint wartete darauf, dass sie weitersprach, aber sie schien nachzudenken. Zeit, etwas anderes in Erinnerung zu bringen.

»Sie denken daran, dass ich die zweite Rate meines Honorars erhalte?«

»Ja, ja natürlich.«

»Ich habe Ihnen die Daten online zukommen lassen.«

»Kein Problem.«

»Das ist gut. Was soll nun als Nächstes geschehen?«

»Sie müssen Mara im Auge behalten.«

»Was meinen Sie damit?«

»Die Sache wird ihr nahegehen. Wir müssen sicher sein, dass sie nicht abtaucht. Zuzutrauen wäre es ihr.«

»Kennen Sie sie so gut?«

»Sehr gut sogar, glauben Sie mir.«

Es würde nicht lange dauern, bis die Nachricht über Grittis Tod bei den Musikleuten inklusive Mara ankam. Es war besser, sofort aufzubrechen.

»Haben Sie verstanden?«, fragte die Frau.
»Selbstverständlich. Denken Sie an das Honorar.«
Quint beendete das Gespräch. Dann sah er auf die Uhr.
Die nächste Viertelstunde verbrachte er damit, einen Laptop aufzubauen, sich ins Internet einzuloggen und einige Recherchen über Mara Thorn anzustellen. Schließlich loggte er sich in eine Website in der Schweiz ein und gab einen vierzehnstelligen Code ein. Eine Tabelle erschien. Sie zeigte die aktuellen Bewegungen auf seinem Konto.
Weitere fünfzigtausend Dollar waren heute eingegangen. Sehr gut.
Quint schaltete den Computer aus und machte sich auf den Weg.

»Hätte das nicht Zeit bis später gehabt?« Chloe funkelte die beiden Beamten an und stellte sich zwischen sie und Mara. »Frau Thorn muss ein Konzert geben.«
»Aber jetzt ist ja wohl Pause«, sagte Langner seelenruhig und zog einen Notizblock heraus.
Ein Gefühl der Schwäche rollte über Mara hinweg. Die Tür der Garderobe stand immer noch offen. Auf dem Flur drängten sich Leute vom Organisationsteam.
»Gehen Sie raus«, sagte Chloe. »Sofort. Ich muss erst mit Mara reden. Sie sind gleich dran.«
Eine Sekunde sah Mara die Polizisten zögern. Doch dann verließen sie den Raum, und Chloe schloss die Tür. Die plötzliche Ruhe tat Mara gut. Sie legte die Violine in den Kasten, ließ ihn aber offen und setzte sich auf einen Stuhl vor dem kleinen Schminktisch.
»Er ist tot, oder?«, sagte sie. »Lüg mich bitte nicht an.«
Die PR-Managerin, die an der Tür lehnte, blickte nach unten. Unglaublich, wie verletzlich sie plötzlich wirkte. Das war eine ganz neue Seite an ihr, und Mara war klar, dass sie recht hatte.

»Ein Autounfall«, sagte Chloe leise.

»Wirklich tot?«, hakte Mara nach.

Chloe nickte nur, und Mara hatte plötzlich das Gefühl, eine eiserne Hand greife um ihren Oberkörper und drücke ihr die Luft und das Blut ab. Es pochte in ihrem Kopf, sie atmete schwer.

»Wie ist es passiert?«, fragte sie.

»Sie wissen es nicht genau. Es hat ohnehin eine Weile gedauert, bis sie herausgefunden haben, dass …« Chloe stockte, nahm die Brille ab und wischte sich über das Gesicht.

»Was meinst du?«, fragte Mara.

Sie schüttelte den Kopf. »Ach, vergiss, was ich gesagt habe.«

»Was soll das heißen, sie haben eine Weile gebraucht?«

»Du musst dich jetzt entspannen, Mara. Du hast ein Konzert zu spielen.«

Mit ungeheurer Wucht brach sich der ganze Druck, der sich in Mara aufgebaut hatte, plötzlich Bahn. »Ein Konzert?«, stieß sie wütend aus. »Du glaubst doch nicht im Ernst, dass ich da noch mal rausgehe. Nach dieser Nachricht.«

Chloe wischte noch einmal über ihre Augen, setzte die Brille auf und sah Mara streng an. »Selbstverständlich wirst du da rausgehen. Was stellst du dir denn vor? Da läuft eine Show. Die kannst du vielleicht abbrechen, wenn du selbst mit dem Kopf unter dem Arm herumläufst, aber doch nicht, wenn John etwas passiert.«

»Ich kann nicht«, rief Mara. »Wie soll ich mich auf meine Musik konzentrieren … nach so was …«

»Wir wissen alle, dass du dich darauf nicht zu konzentrieren brauchst. Dass es nur so aus dir rausfließt. Lass es eben fließen, Mara. John hätte nichts anderes gewollt. Mach deinen Job! Spiel!«

»Sag mir erst, was genau passiert ist.«

»Die Pause ist gleich vorbei, und du musst noch mal in die Maske. Und du musst dich umziehen.«

»Sag mir, was passiert ist, Chloe. Sonst setze ich keinen Fuß mehr auf diese Bühne.«

»Ich erzähl es dir später.«

Mara stand auf. »Willst du es darauf ankommen lassen? Versuch's nur. Entweder du redest, oder ich bleibe hier drin.« Durch die hohen Absätze ihrer Stiefel war sie etwas größer als die PR-Managerin, sodass Chloe zu ihr aufblicken musste.

»Er hatte einen Unfall.«

»Das weiß ich schon.«

»Er ist von der Straße abgekommen. Zu schnell gefahren. Oder ein Tier hat ihn abgelenkt oder sonst was. Mehr wissen sie nicht.«

»Mein Gott«, entfuhr es Mara. »Kann das so einfach passieren? War ein anderes Fahrzeug beteiligt?«

Chloe seufzte. »Ich weiß es auch nicht. Das heißt, auch das wissen sie nicht. Sie müssen erst das Autowrack genauer untersuchen. Jedenfalls scheint es keine Zeugen zu geben ... Bitte, Mara, geh dich jetzt vorbereiten. Spiel die zweite Hälfte. Das gibt sowieso einen Riesenrummel mit der Presse, und wer weiß, was Johns Tod für die Tour bedeutet ... Mach jetzt bitte du uns wenigstens keinen Ärger. Ich weiß, es ist schwer für dich, aber wir unterstützen dich alle ... Verdammt noch mal ...«

Plötzlich liefen bei Chloe die Tränen, und dann tat sie etwas, was sie noch nie getan hatte. Sie streckte die Arme aus, umschlang Mara und drückte sie an sich. Mara spürte Chloes knochigen Körper, fühlte sich bedrängt durch den ungewohnten Gefühlsausbruch der Managerin. Vorsichtig entledigte sie sich der Umarmung.

»Kannst du mir die Bullen vom Hals halten?«, fragte Mara. »Ich steh das ohnehin nicht durch. Und wenn sie mich jetzt gleich löchern, erst recht nicht.«

Chloe machte sich los. »Ich versuch's.«

»Du kannst ihnen ja von dem merkwürdigen Anruf erzählen.«

»Was für ein Anruf?«

»Von John. Weißt du nicht mehr? Im Hotelzimmer. Du bist kurz danach zu mir gekommen …«

Chloe nickte, vollkommen abwesend, und ließ sie alleine.

Nach dem Umziehen und dem erneuten Besuch der Stylistin hatte Mara noch wenige Minuten für sich. Sie setzte sich vor den Spiegel und blickte ihrem Ebenbild entgegen. Warum musste sie sich eigentlich für die zweite Hälfte wieder komplett verwandeln? Warum konnte sie nicht einfach als Mara auftreten, wie damals in den Klubs, in denen John sie entdeckt hatte? Damals, als alles anfing …

Sie stand auf. Nun erschien ihre gesamte Gestalt in dem Spiegel. Das Minikleid kam ihr nach der schrecklichen Nachricht über John fast obszön vor.

Sie nahm Tamara, stimmte sie erneut, nahm mit der anderen Hand den Bogen und marschierte hinaus – der lärmenden Geräuschwolke aus dem Saal entgegen. Links und rechts säumten Mitglieder des Technikteams den Weg. Mara, tief zurückgezogen in ihrem Körper und die Welt wie aus einem U-Boot betrachtend, sah, wie sich verschiedene Emotionen auf ihren Gesichtern spiegelten. Trauer, Erstaunen, Bitterkeit, aber auch Mitleid. Sie kam auch an den beiden Polizisten vorbei, die ihr aber nur kurz zunickten.

Nun konnte sie schon das Orchester sehen. Die Musikerinnen und Musiker saßen mit dem Rücken zu ihr. Jemand hatte Marc ein Zeichen gegeben, und als Mara den letzten Durchgang zur Bühne erreicht hatte, begannen sie zu spielen. Es war ein kurzes Vorspiel, das die zweite Konzerthälfte eröffnete – eingeleitet von massiven Fanfaren der Blechbläser, bei denen Mara plötzlich die Assoziation hatte, es seien die Posaunen zum Jüngsten Gericht. Kurz darauf fiel der monumentale Klang in sich zusammen, und die Streicher legten einen weichen Klangteppich. Sechzehn Takte, und Mara hatte ihren Einsatz. Bei den breiten Akkorden, die jetzt in die Tiefe der Bratschen und Celli hinabsanken, hatte sie immer das Gefühl, sie markierten den Weg für sie in das Stück hinein, wie eine klingende Brücke, auf deren Pfeilern sie ihre Melodien ausbreitete.

Sie ging ein paar Schritte und wusste, dass sie nun ganz und gar zu erkennen war – nicht nur als Silhouette. Im Saal brandete Jubel auf. Mara konnte die Menschen da unten nur erahnen, denn die Scheinwerfer blendeten sie. So hatte sie trotz des Widerhalls in dem großen runden Saal das Gefühl, mit sich und ihrer Musik alleine zu sein.

»Nothing else matters.« Der Titel war durch die Version der Gruppe Metallica berühmt geworden. Ein langsames Stück, das sich immer weiter steigerte, und mit jeder Tonfolge schien Mara etwas Schwerkraft zu verlieren. Nach einer Solopassage setzten die Streicher wieder ein, und gleich kam der Übergang zu einem neuen Lied – einem eigenen Titel, den sie »Horizons of Harmony« genannt hatte.

Die Melodie dazu war ihr tatsächlich im Traum eingefallen – kurz nachdem die Sache mit John Gritti ihren Lauf genommen hatte und die Probleme mit Björn endlich ausgestanden waren …

Wie eine düstere Drohung legte sich plötzlich Stille über den Saal. Mara spürte, wie in ihrem Inneren etwas Heißes aufzuckte. Sie suchte Marcs Blick.

Sie hatte einen Fehler gemacht. Eigentlich hätte jetzt die Überleitung zu »Horizons of Harmony« kommen müssen, aber sie war ausgestiegen. Und mit ihr auch das Orchester.

Der Gedanke an Johns Tod fuhr als blitzartiger Schmerz durch sie hindurch, und plötzlich kam ihr eine Idee.

Sie wusste nicht, ob es funktionieren würde, aber sie zog die Violine an sich heran. An einem der F-Löcher saß das Mikrofon, das ihr Spiel zu dem Verstärker schickte. Sie räusperte sich, und man hörte es im ganzen Saal. Dann sprach sie in die gespannte Stille hinein: »Das nächste Stück ist für John Gritti.«

Anschließend gab sie dem Dirigenten ein Zeichen. Das Orchester begann am Anfang von »Horizons«, sie konnte gut einsteigen und spielte und spielte – so wie noch nie zuvor in ihrem Leben.

6

Er tauchte in die Schwärze ein und bemühte sich, sie zu lichten, sie wieder in den schönen Ort am Meer zu verwandeln, den er beim letzten Mal besucht hatte. Vergeblich.

»Wie heißt du?«, ließ sich die tiefe Männerstimme vernehmen.

»Warum fragen Sie das? Ich habe es Ihnen beim letzten Mal schon gesagt.«

Ganz kurz schien sich die Finsternis zu lichten, doch der Ärger über die überflüssige Frage schien den winzigen, zerbrechlichen Lichtfleck verscheucht zu haben.

»Antworte!«

»Ich heiße Zenodotos, aber man nennt mich Zeno.«

»Warum?«

»Auch das haben Sie mich schon gefragt.«

Verdammt. Er durfte nicht aufsässig sein. Er musste gehorchen. Es war klar, dass seine abwehrende Haltung daran schuld war, dass ihm etwas den Zutritt verwehrte. Seine Seele war nicht bereit.

»Ich möchte es noch einmal hören …«

Zeno versuchte, sich zu erinnern. Vielleicht war es wichtig, genau dieselben Worte zu wählen wie beim letzten Gespräch. Würde ihm das gelingen?

»Wir sprechen viel miteinander – dort, wo ich lebe. So hat es sich ergeben, dass man die Namen abkürzt.«

Sein Gegenüber schwieg ein paar Sekunden. Dann sagte der Mann: »Du lügst.«

Die Aussage stand wie eine harte Drohung im Raum. Zeno wusste, was das bedeutete.

»Warum sollte ich?«, fragte er.

»Dafür gibt es viele Gründe. Aber darf ich dich daran erinnern, was geschieht, wenn wir ein Mitglied der Lüge überführen?«

»Ich lüge nicht, und ich bin mir keiner Schuld bewusst.«

»Das wird sich zeigen.«

»Prüfen Sie mich, wenn Sie wollen. Sie werden alles bestätigt finden.«

»Wir haben es getan. Und wir sind anderer Ansicht.«

»Aber …«

»Schweig. Du solltest jetzt nichts mehr sagen. Nur das, wonach du gefragt wirst. Das ist deine einzige Chance, wie du weißt. Wer einmal die Grenze überschritten hat und versagt, wird nie wieder eine Chance haben. So sind die Regeln.«

Ja, so waren die Regeln. Zeno wusste es. Aber er war sich so sicher gewesen. Aber war das überhaupt möglich? Sich *ganz* sicher zu sein? War nicht immer ein gutes Stück Glaube im Spiel? Und wer glaubte, konnte doch auch irren, oder nicht? Außer er starb in einem bestimmten Glauben, und wenn die Zeit gekommen wäre, den Irrtum zu erkennen, war er tot. Für Zeno würde es härter werden. Er würde noch im Leben zu spüren bekommen, dass er sich geirrt hatte.

»Was möchten Sie wissen?«, fragte er.

»Ich bin derjenige, der Fragen stellt. Mach dich bereit.«

»Ich bin bereit.«

»Gut … Wo bist du?«

Zeno versuchte erneut, sich das Bild des Orts zurückzuholen, den er beim letzten Mal besucht hatte. Ohne Erfolg.

»Ich weiß es nicht«, sagte er.

»So, so, du weißt es nicht …«

Je mehr er versuchte, das Bild in seinem Kopf zum Leben zu erwecken, desto vernagelter schien alles zu sein. Dabei war es doch ganz einfach! Der Raum mit den Schriftrollen. Das Fenster zum Meer. Die Schiffe, die unten in der Nähe der

Bucht ihre Bahn zum Hafen zogen. Möwengeschrei. Die Rufe und das Gepolter, das von den Landekais herüberkam. Der Geruch nach Seewasser, nach Meereswind, nach Fisch …

Die Dunkelheit blieb.

»Du hast deine Chance gehabt«, sagte der Mann.

»Aber vielleicht funktioniert es nicht immer«, sagte Zeno. »Vielleicht muss man in der richtigen Stimmung sein …«

»Du bist nicht Zeno.«

»Was soll das heißen?«

»Was du sagst, passt nicht zu dem, was wir sicher wissen. Du hast es dir nur angelesen.«

»Aber wenn dem so ist … wenn ich es nicht bin … irgendjemand bin ich … und ich habe mich eben nur geirrt.«

»Wir können niemanden gebrauchen, der sich durch Angelesenes ablenken lässt.«

Was der Mann sagte, klang rigoros. Zeno wurde immer mehr klar, dass er tatsächlich verloren hatte. Wenn das so weiterging, würde er den Raum nicht lebend verlassen.

»Erklären Sie es mir. Was habe ich falsch gemacht?«

»Erklären? Da hätte ich viel zu tun. Die Alten Seelen erklären nicht. Damit haben wir uns viel zu lange aufgehalten. Wer versagt, ist eine Gefahr für uns.«

»Aber ich bin Ihnen doch immer von Nutzen gewesen. Und warum Gefahr? Ich weiß doch viel zu wenig über Sie, um tatsächlich eine Gefahr zu sein.«

»Deine Verdienste sind unbestritten. Aber als du über die Schwelle gegangen bist, als du für dich in Anspruch genommen hast, selbst eine Alte Seele zu sein, hast du dich in Gefahr begeben. Und das wusstest du.«

Zeno schwieg betroffen. Eigentlich hätte er in Panik verfallen müssen. Sein Leben war hier zu Ende. Aber das war so surreal, dass er es nicht glauben konnte. Und das war wohl der Grund dafür, dass er seltsam gelassen blieb.

Doch dann flammte Licht auf. Für den Bruchteil einer Sekunde hoffte er, es doch noch geschafft zu haben. Sich dort zu befinden, dort, wo es große Geheimnisse zu ergründen gab. Die größten Geheimnisse der Menschheit. An einem Ort, wo noch keine Alte Seele jemals hingekommen war. Er wäre der Erste gewesen. Und er hätte sich nicht nur Verdienste errungen, sondern noch etwas viel Wertvolleres: Erkenntnis.

Doch er war im Hier und Jetzt. Er saß in einem großen holzgetäfelten Zimmer dem Mann gegenüber. Ein blanker Schreibtisch von rötlichem Holz und einer fantastischen Maserung, die an Flammen erinnerte, trennte ihn von dem Mann, der in einem Sessel verharrte und hinter dem Bücherregale die Wand bedeckten. Bei seinem ersten Besuch hatte Zeno dieses Ambiente beeindruckt. Jetzt hatte er keinen Blick dafür – zumal der Mann eine Pistole auf ihn gerichtet hielt.

»Sie wollen mich wirklich erschießen?«, fragte Zeno – immer noch ungläubig, aber in dem Moment, in dem er die Worte aussprach, wurde das, was dahinterstand, unangenehm real. Die letzten Sekunden seines Lebens verrannen.

»Wenn du wenigstens einen Blick in die Schriftrolle hättest werfen können«, sagte der Mann. »Einen einzigen Blick nur. So ein Dokument wäre ein wichtiger Beweis gewesen. Aber du bist ja im richtigen Moment ausgestiegen. So, wie es übrigens viele Betrüger tun.«

»Ich bin kein Betrüger.«

»Ich wette, du kannst noch nicht mal richtig Altgriechisch.«

»Aber sicher.« Zeno begann zu zitieren: »*Ạndra moi ẹnnepe, Moụsa, polỵtropon, họs mala pọlla / plạnchthē, epeị Troiẹ̄s hierọn ptoliẹthron epẹrse: / pọllōn d’ạnthrōpọn iden ạstea kaị noon ẹgnō, / pọlla d’ ho g’ ẹn pontọn pathen ạlgea họn kata thỵmon, / ạrnymenọs hēn tẹ psychẹ̄n kai nọston hetaịrōn.*«

»Schulgriechisch. Jedes Kind kennt den Anfang von Homers *Odyssee*. Das meine ich natürlich nicht. Ich meine die richtige Aussprache der Alten. Verstehst du?« Etwas knackte. Der Mann hatte den Hahn der Pistole gespannt.

Würde er ihn hier drin einfach abknallen?

»Keine Sorge«, sagte der Mann, »ein paar Sekunden hast du noch. Wir gehen dafür in den Keller.«

»Und wenn ich die Schriftrollen entziffern kann?«

»Ja, wenn … An diesem Wort sind schon viele gescheitert.«

»Oder wenn ich jemanden kenne, der es kann?«

»Wie meinst du das? Wir sind seit Jahren auf der Suche.«

Zeno spürte, dass er ein wenig Oberwasser bekam. Er hatte einen Spalt entdeckt, durch den unverhofft frische Luft drang.

»Sie haben gesagt, meine Belesenheit lenke mich ab. Aber meine Belesenheit führt auch dazu, dass ich einiges weiß, was Ihnen nützen kann.«

»Wir haben selbst Wissenschaftler in unseren Reihen, die uns mit Informationen versorgen.«

»Das meine ich nicht. Es geht darum, dass es jemanden gibt, der die Schriften, die Sie suchen, nicht nur lesen kann. Ich meine …«

»Sondern?«

»Bitte tun Sie die Pistole weg.«

Der Mann senkte die Waffe tatsächlich. Er brauchte keine Angst zu haben, dass Zeno fliehen könnte. Das Haus war wie eine Festung. Man kam nicht hinaus, wenn sie einen nicht ließen.

»Ich lüge nicht, und ich möchte, dass Sie ganz ernst nehmen, was ich Ihnen sage. Bitte vertrauen Sie mir.«

Der Mann sah Zeno an. Seine Augen waren schwarz, höllisch schwarz, und Zeno fragte sich, was sie bereits gesehen hatten.

»Ich kenne jemanden, der die Schriften nicht nur lesen kann. Jemanden, der sie geschrieben hat.«

Der Mann starrte noch einen Moment. Dann hob er den Kopf ein wenig, und Zeno glaubte, dass er niesen musste. Aber er brach in tiefes, langsames Gelächter aus. Zeno wusste nicht, wie er reagieren sollte. So blieb er mit ausdrucksloser Miene sitzen und wartete, bis der Lachanfall vorbei war.

»Mit dieser Masche«, sagte der Mann, »sind schon andere gekommen. Das ist nun wirklich nichts Neues.«

»Ich sage die Wahrheit. Geben Sie mir eine Chance. Lassen Sie es mich erklären. Es dauert nicht lange. Dann können Sie tun, was Sie wollen.«

»Das kann ich jetzt schon.«

»Dann tun Sie es.«

In Zeno brodelte die Angst, doch es gelang ihm immerhin, sie nicht zu zeigen. Er lehnte sich zurück und verschränkte die Hände hinter dem Kopf. So bot er sich dem Mann dar. Hilflos. Als Opfer. Ausgeliefert.

Eine Weile herrschte Schweigen im Raum.

»Also gut«, sagte der Mann schließlich. »So eilig haben wir es nicht. Ich höre.«

Mara erwachte, und die Erinnerungen an den vergangenen Tag fielen über sie her wie ein Rudel Wölfe. Der Gedanke, dass John tot war, brannte in ihrem Inneren wie eine Fackel.

Ihr Handy zeigte kurz vor zehn. Jeden Moment würde der Alarm losgehen, den sie am Abend zuvor eingestellt hatte. In einer Stunde musste sie im Polizeipräsidium sein und mit den beiden Beamten sprechen. Chloe hatte es geschafft, sie auf den nächsten Tag zu vertrösten – und den Termin ins Präsidium nach Tempelhof verlegt.

»Was glaubst du, was hier los ist, wenn sie dich mit einem Streifenwagen im Hotel aufsuchen?«, hatte sie gesagt und gelacht. »Wir müssen der Presse nicht noch mehr Brocken für Skandale liefern. Aber es war cool von dir, dieses eine Stück nach der Pause Gritti zu widmen. Wirklich super.«

Mara hatte sich nach ihrem Auftritt mitten in einem Pulk von Journalisten wiedergefunden – Blitzlichtgewitter, Fernsehkameras, man schob ihr Mikrofone entgegen. Auf den

Schaumstoffüberzügen erkannte Mara die Logos der großen Fernsehsender, die meisten waren vom Privatfernsehen.

»Gritti ... was sagst du zu seinem Unfall? Was empfindest du jetzt? Stand er dir wirklich so nahe, wie es heißt ...«

Sie schob die tobende Erinnerung an den vergangenen Abend beiseite, stand auf und ging unter die Dusche. Anschließend schlüpfte sie in ihre Alltagsklamotten, die etwas bunter als ihr Outfit auf der Bühne waren: blaue Jeans, ein gelb-grün-rot gemusterter Pullover, Sneaker, eine Lederjacke. Aufs Frühstück konnte sie verzichten. Genau wie darauf, sich mit Chloe zu unterhalten, bevor sie aufbrach. Warum sollte sie nicht einfach alleine losgehen? Und endlich zur Ruhe kommen? Über Johns Tod nachdenken?

Sie verließ das Zimmer, ging Richtung Aufzug. Dort verbrachte sie ein paar Minuten in der geräumigen Ausbuchtung des Flurs. Es war still, irgendwo rauschte eine Lüftung, das war schon alles, aber dann wurde ihr klar, dass hinter diesem Geräusch, in noch größerer Ferne, Stimmengewirr erklang. Sicher aus dem Frühstücksraum oder von der Rezeption. Da war wohl eine Reisegruppe gerade dabei auszuchecken.

Der Fahrstuhl kam und ließ ein einsames Glockengeräusch ertönen. Sie stieg ein, fuhr nach unten, und als sich die Aufzugtüren öffneten, schwappte der ganze Schwall von Lärm über sie.

»Da ist sie! Mara!«

Die Lobby war voller Menschen, die allesamt auf sie losstürmten. Instinktiv drückte sie auf einen der Knöpfe, viel zu langsam schloss sich die Tür. Mara wurde von Blitzlichtgeflacker übergossen. Finger griffen in den Aufzug, dann hatte sich endlich die Fläche aus faltbaren Metallteilen zwischen sie und die Journalisten geschoben, und die Kabine ruckte an. Sie fuhr nun abwärts, nur ganz kurz, ein einziges Stockwerk tiefer.

Sie fand sich in einem von Neonlichtern erhellten Flur wieder, folgte einem Gang und öffnete eine eiserne Tür.

Sie war in der Tiefgarage gelandet.

Vorsichtig sah sie sich um. Offenbar rechnete niemand damit, dass sie hier unten war. Das konnte sich jedoch jeden Moment ändern. Sie rannte an der langen Reihe der abgestellten Fahrzeuge vorbei – der Stelle entgegen, wo Tageslicht hereinfiel. Hier ging es auf die Rampe, die nach draußen führte.

Das Gitter war geschlossen.

Musik erklang in Maras Tasche. Ihr Handy. In dem Moment, in dem sie sich meldete, fiel ihr die Kette auf, die von der Decke hing. Sie zog daran, und rasselnd ging das Tor auf.

»Mara? Wo bist du?«

Es war Chloe. »Was ist das da im Hintergrund? Bist du nicht auf deinem Zimmer?«

»Nein, bin ich nicht.«

»Wo bist du?«

Mara lief die Rampe hinauf. Sie führte auf eine schmale Nebenstraße. Oben angekommen sah sie sich um. Plötzlich rief jemand etwas – ein gutes Stück entfernt.

»Ich bin unterwegs zur Polizei.«

»Da hätten wir doch einen Fahrer bestellen können. Pass auf, dass du nicht den Journalisten in die Finger gerätst. Wir geben nachher eine Pressekonferenz. Die Fernsehsache, wegen der ich gestern mit dir gesprochen habe, ist gestorben. Das heißt, sie ist verschoben …«

Sehr weit entfernt kamen sie um die Ecke gelaufen. Einige hatten schwer zu tragen an ihren Kameras und all dem anderen Equipment. Mara wandte sich der anderen Richtung zu – zur Friedrichstadt hin.

»Sitzt du nicht im Auto?«, rief Chloe. »Bist du etwa auf der Straße?«

»Sie folgen mir.«

»Bist du verrückt?«

Mara erreichte eine größere Straße. Ein Stück weiter standen Taxis. Sie versuchte, eine Lücke im dichten Verkehr zu finden. Gehupe ertönte, Geschrei, quietschende Reifen. Sie stieg in das erste Taxi und knallte die Tür zu.

»Wo soll's hingehen, junge Frau?«, fragte der Fahrer gemütlich.

»Fahren Sie einfach los.«

»Aber Sie müssen doch wissen, wo es hingehen soll …«

»Geradeaus«, befahl Mara, und als sich das Auto endlich in Bewegung setzte, wurde ihr klar, dass sie auf den roten Knopf gedrückt und Chloe abgewürgt hatte.

Auf der anderen Straßenseite kamen jetzt die Journalisten an. »Haben Sie mit denen was zu tun?«, fragte der Taxifahrer. Mara nickte nur. Im selben Moment ging der Klingelton ihres Telefons wieder los.

»Was ist nun?«, fragte Chloe. »Brauchst du Hilfe?«

Mara erklärte, dass sie im Taxi saß.

»Umso besser. Sieh zu, dass du um zwölf wieder da bist. Die Adresse vom Präsidium hast du? Tempelhof. Platz der Luftbrücke. Tempelhofer Damm. Die Beamten heißen Langner und Teltow.«

Mara gab die Adresse an den Fahrer weiter, und bald wurde das hohe Denkmal der Luftbrücke sichtbar – ein aus dem Boden aufsteigendes flaches Stück Beton, das sich nach oben hin verbreiterte und in drei kleinen Auswüchsen auslief. Mara hatte gehört, dass die Berliner das Werk scherzhaft »Hungerkralle« nannten. Es stand in einer Parkanlage, die im Sommer sicher leuchtend grünen Rasen trug, aber jetzt, im Herbst aus nichts als einer braungrauen Fläche bestand. Im Hintergrund erhoben sich die Gebäudekästen des alten Tempelhofer Flughafens.

»Bitte nehmen Sie doch Platz.«

Für den Bruchteil einer Sekunde war Mara nicht klar, dass man sie meinte. Dass man in einem Polizeibüro höflich mit ihr umging. Früher, als sie noch mit Björn zusammen gewesen war – noch vor der Zeit, als es mit den Konzerten in den Kellern angefangen hatte –, war sie oft an einem solchen Ort gewesen. Allerdings als Verdächtige, als jemand, der etwas zu verbergen hatte, als jemand, hinter dem sich beim nächsten falschen Wort die schweren Eisentüren schlossen. Viele Male hatte Mara sogar auf der harten Pritsche im Polizeigewahrsam übernachtet.

»Danke, dass Sie gekommen sind.«

Der Polizist klemmte sich hinter seinen Schreibtisch und sah Mara an. Auch der Blick war ganz anders als damals. Das hier war nicht der Blick eines Raubtiers, das jeden Moment von der Kette gelassen wurde. Es war ein freundschaftlicher Blick. Nein, das stimmte nicht. Eher ein väterlicher …

»Mein Name ist Langner«, sagte der Mann und faltete die Hände, als wolle er beten. Mara fiel auf, dass seine Hände sehr gepflegt waren. An der rechten Hand glänzte ein goldener Ehering. »Ich weiß nicht, ob Sie sich an uns erinnern. Ich meine, an mich und meinen Kollegen Teltow. Er kommt gleich. Aber um Zeit zu sparen, können wir ja schon mal anfangen. Ich nehme an, dass Sie noch andere Dinge vorhaben. Wann geben Sie denn Ihr nächstes Konzert?«

»Mein nächstes Konzert? Ich glaube, übermorgen …«

Langner lächelte. »Meine Tochter ist ein großer Fan von Ihnen. Könnten Sie mir vielleicht … Ein Autogramm? Natürlich erst nachher, wenn wir fertig sind.«

»Ja, doch sicher. Gerne. Das freut mich. Ich meine, dass Ihre Tochter … Wie alt ist sie denn?«

»Zwölf«, sagte der Polizist mit Stolz in der Stimme.

Mara nickte. Ihr Mund war plötzlich trocken. Autogramm hin oder her. Small Talk hin oder her. Sie musste loswerden, was ihr auf dem Herzen lag. »Sie denken, es war ein Unfall, oder?«

Der Beamte sah auf ein Blatt, das vor ihm auf dem Tisch lag. »Davon gehen wir aus.«

»Ich glaube das aber nicht.«

Langner runzelte die Stirn und blickte auf. »Wie kommen Sie darauf? Ich meine, Sie waren doch gar nicht dabei?«

»Das Letzte, was ich von Gritti gehört habe, war ein Anruf.«

»Und?«

»Ich glaube, dass es im Moment des Unfalls war. Ich habe lange darüber nachgedacht, und mir kommt es so vor, als habe er mir etwas sagen wollen …«

Langner lehnte sich zurück und verschränkte die Arme vor dem Bauch. »Sie meinen, er hat Sie angerufen, als er von der Straße abkam?«

»Ja, genau. Ich glaube, gut zwei Stunden vor dem Konzert. Kommt das zeitlich nicht hin?«

»Schon.« Die verschränkten Arme gingen auseinander. »Aber damit wir uns richtig verstehen: Herr Gritti rief Sie an. Er sagte etwas zu Ihnen und kam von der Straße ab. So weit korrekt?«

»Ja.« Mara nickte. Sie war froh, dass man ihr zuhörte. Plötzlich fiel ihr Chloe ein.

»Aber das bleibt doch unter uns?«, fügte Mara hinzu. »Ich meine, es kommt nicht in irgendeinen Pressebericht oder so?«

Langner schüttelte den Kopf. »Machen Sie sich darüber mal keine Sorgen. Es geht jetzt erst mal darum, Klarheit über die Vorgänge zu erhalten. Also noch mal ganz genau: Sie glauben, Herr Gritti habe mit seinem Handy telefoniert, und das sei der Grund, dass er von der Straße abgekommen ist?«

»Nein, ich denke …«

Die Tür des Büros öffnete sich, und der zweite Polizist kam herein. Langner sah kurz zur Seite, wandte sich wieder Mara zu, aber sie blickte auf den anderen Beamten, dessen Blick und Gesichtsausdruck sie an den eines bissigen Hundes erinnerte. Plötzlich war das Gefühl wieder da – das Gefühl des Ausgeliefertseins, das Gefühl, in irgendeine Zelle gebracht zu werden.

Reiß dich zusammen, sagte sie sich. Du kannst hier gleich ganz in Ruhe rausmarschieren, du musst sie nur endlich davon überzeugen, dass …

»Das ist mein Kollege. Herr Teltow«, sagte Langner.

Mara nickte ihm kurz zu.

Teltow würdigte sie keines Blicks. Stattdessen nahm er die Mütze ab und wischte sich mit der Hand über sein dunkles Haar. Dann ließ er sich in einen Drehstuhl plumpsen und sagte: »Haben wir jetzt endlich alles? Wir können nicht ewig mit dem verbrannten Ami weitermachen.«

Verbrannter Ami? »Heißt das, er ist in seinem Auto *verbrannt*?«, fragte sie.

Langner verzog den Mund, als spüre er genau wie Mara Schmerzen bei Teltows ungehobelter Ausdrucksweise.

»Was dachten Sie denn?«, rief der Kollege mit rauer Stimme. »Das wollten wir Ihnen ja gestern beim Konzert schon sagen. Er ist zu schnell gefahren. Und wahrscheinlich war er betrunken. Oder hat Drogen genommen. Das scheint ja in der Musikbranche so üblich zu sein.«

»Frau Thorn sagte, er sei durch sein Handy abgelenkt gewesen«, wandte Langner ein.

»Ach? Und woher wollen Sie das wissen?«

»Nein, es war doch nicht das Handy«, rief Mara. »Er hat mich angerufen. Gerade, als der Unfall passierte.«

»Was für ein Zufall«, sagte Teltow mit brummendem Unterton.

»Aber ich hatte das Gefühl, da war noch eine andere Person im Wagen. Er hat mit jemandem gesprochen.«

Teltow nickte. »Sicher. Schließlich wollte er telefonieren, oder? Aber die Person, von der Sie sprechen, hätte ja auch in dem Wrack sein müssen.«

Langner beugte sich zu Mara vor. »Sind Sie denn ganz sicher? Vielleicht war im Auto das Radio an … Oder haben Sie vielleicht verstehen können, was er sagte?«

Mara spürte, wie ihr Herz wild zu klopfen begann. Schon die körperliche Nähe dieses Teltow war ihr zuwider.

»Erinnern Sie sich«, sagte Langner, während sein Kollege den Kopf schüttelte.

Mara blickte auf ihre Knie, lenkte sich ab, versuchte, in ihr Inneres zu sehen. Was hatte sie gehört, als Gritti anrief? Sie wusste nur noch, dass jemand etwas rief. Dass es knirschte und knallte. »Ich habe Gritti gehört. Oder jemand anderen«, sagte sie schließlich.

»Sie wissen es also nicht«, rief Teltow.

»Und dann hat es geknallt. Und gequietscht …«

Teltow stand auf. »Wir bleiben dabei. Unfall. Danke, dass Sie uns die Sache mit dem Handy erzählt haben. Wir schreiben es in den Bericht. Wiedersehen.« Er verließ den Raum.

»Mehr kann ich nicht tun, Frau Thorn«, sagte Langner.

Mara nickte.

»Kann ich jetzt gehen?«

»Natürlich.«

Sie war aufgestanden und hatte bereits die Tür erreicht, da rief sie Langner noch einmal zurück.

»Frau Thorn?«

Sie drehte sich um.

Er hielt ein Blatt in die Höhe. »Das Autogramm, bitte.« Er gab ihr einen Zettel von einem Notizblock.

»Wie heißt Ihre Tochter?«

»Alexandra.«

Für Alex – bleib cool. Mara.

Langner strahlte. »Danke«, sagte er.

7

Hinter der Glastür, durch die sie ins Freie trat, empfing sie die Kälte des Herbstes. Die Luft war feucht und geschwängert von Abgasen. Auf dem Tempelhofer Damm toste der Verkehr. Die Tristesse des Großstadtpanoramas verstärkte ein Gefühl, das sie immer deutlicher spürte und das sie nun zu überwältigen drohte. Das Gefühl von Einsamkeit. Es graute ihr davor, ins Hotel zurückzukehren. Chloe hatte eine Pressekonferenz angekündigt. Mara hasste solche Veranstaltungen.

Es gab keine Taxis. Und warum sollte sie auch eins nehmen? Sie beschloss, zu Fuß in die Innenstadt zurückzulaufen, und kaum war sie ein paar Schritte gegangen, wurde ihr klar, wie sie das vermisste. Früher war sie oft so durch die Stadt gestreift. Sie hatte gebettelt. Und dabei sogar Stolz empfunden, weil sie nicht zu den normalen Punkern gehörte. Sie trug ja einen Geigenkasten in der Hand. Sie war Künstlerin. Sie war etwas Besonderes.

Der Wind fuhr ihr in den Kragen ihrer Jacke. Sie trug keinen Schal und zog das Leder fester an sich. Sie wusste grob, in welche Richtung sie gehen musste. Nicht weit entfernt, jenseits des Columbadamms, lag der alte Luisenstädter Friedhof, und dahinter der Volkspark Hasenheide – jetzt eine herbstliche Einöde. Sie beschloss, ihn diagonal zu durchqueren.

War sie hier jemals gewesen – damals, als eine andere Mara, die gerade die Schwarze Violine erhalten hatte?

Sie überlegte, aber die Erinnerungen schoben sich übereinander. Sie waren schwer in die richtige Chronologie zu bringen.

Sie wusste noch, wie sie sich mit ihrer Geige Tamara anfreundete, die ihr ein Unbekannter zum achtzehnten Geburtstag geschenkt hatte. Sie lebte und spielte damals in Berlin.

Sie war schon zwei Jahre zuvor aus dem spießigen Haushalt ihrer Pflegeeltern abgehauen. Und hier wartete die Freiheit. In den Kellern. Zwischen Punkern, Grufties, Emos und wie sie sich alle nannten. Und bei einem der Auftritte erschien auf einmal jemand, der dort ganz und gar nicht hinpasste.

Ein älterer Mann. Dunkle Kleidung. Ein faltiges, ausdrucksstarkes Gesicht, das in der Dunkelheit um ihn herum zu schweben schien. Der Mann stand nur da und betrachtete Mara, die mit ihrer kleinen Band spielte. Fast hätte sie ihr nächstes Solo vermasselt, aber das wäre nicht so schlimm gewesen. Sie spielten ja keine Klassik, wo es auf jede richtige Note ankam. Sie jammten, sie gaben sogenannte Ein-Euro-Konzerte. Manchmal waren sogar Penner unter den Zuhörern, die sich zwischen den kahlen gemauerten Wänden zwei Stunden zu Hause fühlten, gemütlich neben ihren mit Habseligkeiten gefüllten Einkaufswagen saßen und zuhörten.

Nach dem ersten Besuch vergaß Mara den Mann, doch dann kam er wieder. Hörte wieder zu, starrte sie wieder an. Und so langsam fühlte sie sich ein wenig verfolgt – vor allem, als er beim fünften Mal oder so draußen vor dem von Graffiti verschmierten Eingang stand. Neben ihm wartete eine dunkle Limousine.

Mara versuchte tough zu sein. Angriff ist die beste Verteidigung, dachte sie und fragte: »Na? Hat es Ihnen gefallen?«

Er nickte nur. Und als sie stehen blieb, weil sie doch irgendwie erwartete, dass er noch mehr sagte, fragte er plötzlich: »Woher hast du die Violine?«

»Was geht Sie das an?« Im selben Moment war ihr klar, dass sie einen Fehler gemacht hatte. Vielleicht war das Instrument Diebesgut. Sie wusste ja nicht, wo es herkam. Wenn sie Pech hatte, war es sehr wertvoll, stammte womöglich aus irgendeinem Museum, und der Mann war jemand, der das

Ganze aufklären sollte. Wenn sie *großes* Pech hatte, dachte man noch, sie hätte etwas mit einem Diebstahl zu tun, und sie wanderte in den Knast. Niemand würde ihr abnehmen, dass sie die Geige geschenkt bekommen hatte.

Am besten, dachte Mara, klärten sie das gleich hier und jetzt. Sie wollte wissen, woran sie war.

»Warum interessiert Sie das?«, fragte sie.

»Die Geige gar nicht«, behauptete er plötzlich. Mara hatte das deutliche Gefühl, dass er nicht die Wahrheit sagte. »Ich bin mehr daran interessiert, was du damit anstellst.«

Was sollte das nun heißen?

Er griff in die Tasche und hielt ihr etwas hin. Die Visitenkarte einer Musikfirma. Eines Plattenlabels. Und einer Konzertagentur.

»Ruf mich an«, sagte er.

Und erst jetzt las sie den seltsamen Namen des Mannes. Er klang italienisch.

Gritti.

Der Handyton riss Mara aus ihren Erinnerungen zurück auf die Hasenheide. Sie griff nach dem Telefon. Im selben Moment traf sie eine Windbö, die über die freie Fläche fegte. Und als sie sich umdrehte, um hinter einem Baum Schutz zu suchen, entdeckte sie den Mann. Eine dunkle Gestalt, die sie anstarrte.

Als sei Gritti wiederauferstanden aus ihrer Erinnerung und betrachte sie wie damals erst einmal ruhig, bevor er sie ansprach. Aber es war nicht Gritti. Der Typ da hinten hatte eine ganz andere Figur. Und er hatte dunkles, glatt anliegendes Haar. Eng zusammenstehende Augen. Insgesamt eine dünne, fast hagere Gestalt. Er stand da wie der typische Serientäter, der in Parks nach Opfern sucht. Kaum hatte Mara ihn bemerkt, drehte er sich um und verschwand auf einem Nebenweg.

Im Telefonhörer fauchte der Wind. Sie musste sich das andere Ohr zuhalten.

»Mara?«, rief Chloe. »Bist du fertig bei der Polizei? Wann kommst du?«

»Ich bin auf dem Rückweg.«

»Sitzt du im Taxi?«

»Nein, ich bin zu Fuß unterwegs.«

»Zu Fuß?« Chloe schrie fast. »Wieso gehst du zu Fuß? Hör mal zu, in zwanzig Minuten geht das hier los, und du hast gefälligst da zu sein. Die Presse wartet schon.«

Ich weiß, dachte Mara. Ich habe sie ja gesehen, als ich wegfuhr. Das brauchst du mir nicht zu sagen.

»Wenn du jetzt einfach so durch die Stadt läufst, könnte dich jemand erkennen. Wo genau bist du? Ich lasse dir ein Taxi schicken.«

Mara seufzte. »Ich bin ja gleich da. Lass mich doch noch etwas durchatmen.«

Sie sah wieder zu der Stelle hin, wo der Mann verschwunden war. Erst jetzt kam ihr der Gedanke, dass es sich auch um einen Journalisten gehandelt haben könnte. Wahrscheinlich hatte Chloe doch recht. Was sollte sie tun, wenn sie hier plötzlich von Presseleuten gestellt wurde?

»Sag mir, wo du bist«, beharrte Chloe.

»Hasenheide.«

»Die junge Dame hat also einen Ausflug ins Grüne gemacht. Sieh zu, dass du dich nicht erkältest. Graefestraße – kennst du die? Sie geht genau auf die Hasenheide zu. Da ist ein Minigolfplatz. Dort wirst du abgeholt. Bis gleich.«

Die Leitung war unterbrochen. Mara sah sich um. Sie war ganz alleine in dem Park. Sie hielt sich nach Norden, ließ sich aber Zeit. Dabei hörte sie im Geist Johns Stimme. Wie er zu ihr gesprochen hatte – vor ihrem ersten Konzert, vor ihrem ersten großen Zusammentreffen mit der Presse.

»Du bist die Hauptfigur«, hatte er immer wieder gesagt. »Verhalte dich fair, aber lass sie nie vergessen, dass es letztlich um dich geht. Das heißt nicht, dass du dir irgendwelche

Starallüren angewöhnen sollst. Aber du musst auch innerlich bereit sein für die Musik, für Interviews und all das. Und erst wenn du bereit bist, kannst du es auch leisten.«

Sie gelangte an die vereinbarte Stelle. Das Taxi wartete schon. Mara wollte darauf zugehen, da stellte sich ihr jemand in den Weg.

Ein junges Mädchen mit Ketten und Piercings, in abgewetzter Motorradjacke und Stiefeln, die geradezu nach Schuhcreme schrien. Die Jeans mit Edding verziert, das Haar halb geschoren und der restliche Schopf lila eingefärbt.

»Hast du mal 'nen Euro?«, leierte sie, und man merkte, dass sie diesen Satz heute schon Hunderte Male gesagt hatte – obwohl erst Vormittag war. »Oder ein bisschen Kleingeld?«

»Hau ab«, rief der Taxifahrer, der ausgestiegen war, »sonst mach ich dir Beine.«

Das Mädchen sah zu Boden. Mara tat es leid, diesen resignierenden Blick zu sehen. War sie früher auch so gewesen? Hatte sie Mitleid ausgelöst?

»He, bleib hier.«

Sie kramte in ihrer Tasche und gab dem Mädchen einen Fünf-Euro-Schein. Die resignierten Augen weiteten sich, nun erst sah die Punkerin Mara an.

»He, du siehst aus wie Mara. Du *bist* Mara. Willst du nicht mal bei uns was spielen? Bauwagenplatz Roter Damm. Komm doch mal vorbei. Frag nach Jojo.«

Mara konnte kaum glauben, dass sie einfach so erkannt worden war. Was würde Chloe sagen, wenn sie ein Konzert bei den Punkern gab? Wie in den alten Zeiten. John hätte sicher nichts dagegen gehabt. Vielleicht konnte sie Chloe das Ganze ja als PR-Gag verkaufen. Aber das wäre nicht dasselbe. Es wäre unehrlich.

Der Taxifahrer, der sich hinter sein Steuer gesetzt hatte, drückte auf die Lichthupe. »Wird das jetzt mal was?«, rief er.

»Fick dich, du Arschloch!«, schrie das Mädchen in seine Richtung. Dann wandte es sich wieder Mara zu: »Und?«

»Vielleicht. Mal sehen. Ist nicht so einfach.«

Das Mädchen steckte den Schein ein, nickte nur und ging davon.

Mara stieg ins Taxi.

»Sie wissen, wo es hingeht?«

»Weiß ich, junge Frau.«

Der Wagen fuhr an. Mara ließ sich in die Polster des Rücksitzes sinken.

Zeno öffnete das Browserfenster und ließ den Blick über die Schlagzeilen gleiten. Ganz oben war das Foto von Mara Thorn zu sehen. Sie hielt die Schwarze Violine in der Hand. Das Bild war bei einem Konzert entstanden. Doch was Zenos Aufmerksamkeit viel stärker als das Bild auf sich zog, war der Text.

John S. Gritti – Maras Entdecker, ihr Mentor, ihr Manager – war ums Leben gekommen.

Am Ende gab es einen Link zu mehr Informationen, doch die Redakteure der Website hatten das Ganze aufgebauscht. Im Grunde kam da nur Material über Gritti selbst. Seine Biografie, soweit man sie kannte. Kaum etwas zu seinem Tod. Es war ein Verkehrsunfall, so viel stand fest. Der Amerikaner war angeblich mit überhöhter Geschwindigkeit mit einem Leihwagen in der Nähe von Berlin unterwegs gewesen.

Mara Thorn hatte noch keine Stellungnahme abgegeben. Sie entzog sich bisher der Presse.

Zeno schob die Maus beiseite und starrte nachdenklich auf den Monitor.

War das ein Zufall?

Oder ein Zeichen?

Ein Zeichen dafür, dass er nicht der Einzige war, der sich mit Maras Geheimnis befasste?

Aber was hätte jemand, der etwas über Mara herausfinden wollte, von Grittis Tod?

Es sei denn …

Zeno zwang sich, den schockierenden Gedanken zu Ende zu denken.

Es sei denn, sie waren schon so nah herangekommen, dass Gritti ein unliebsamer Mitwisser geworden war.

Dann hätte ihn jemand ermordet.

Zeno schüttelte den Kopf. Er sah Gespenster.

Trotzdem.

Er musste handeln.

Die Gefahr, dass man ihm zuvorkam, war groß.

8

Chloe nahm Mara schon in der Tiefgarage in Empfang. »Nun komm. Wir sind spät dran.«

Sie eilten die Treppe hinauf, und mit jedem Schritt wurde der Lärm größer. Ein Flur, eine Glastür, und dann stand Mara der Menge der Journalisten gegenüber, die die Lobby des Hotels füllte. Chloe rief den schwarz gekleideten Security-Leuten, die sie offenbar eigens von der Veranstalterfirma des Konzerts übernommen hatte, etwas zu. Mara konnte es im Lärm nicht verstehen. Man brachte sie in einen großen Raum, an dessen Stirnseite ein langer Tisch aufgebaut war. Zwischen den Stuhlreihen standen Leute herum und unterhielten sich.

»Nach vorn«, rief Chloe und schob Mara weiter. Dann saßen sie dort, blickten in den Raum, der sich nach und nach immer mehr füllte. Mara wurde am Rand platziert, was sie wunderte, denn war sie nicht die Hauptperson? Ging es nicht darum, wie *sie* Johns Tod verkraftete und was das für ihre Konzerte bedeutete? Außerdem hatte es nicht wie sonst üblich ein Briefing gegeben. Eine kurze Absprache, wie die Konferenz ablief und wie auf bestimmte Fragen zu reagieren war.

Chloe setzte sich neben sie. Marc nahm auf der anderen Seite Platz. In der Mitte des Tischs blieben zwei Stühle frei. Welchen Sinn sollte diese Lücke haben?

»Wer kommt denn noch?«, fragte Mara Chloe, die gerade mit einer Frau im Kostüm redete. Mara erkannte in ihr die Klatschkolumnistin, mit der sie auch einmal ein Interview gemacht hatte.

Sie versuchte zu verstehen, was die PR-Managerin mit der Frau besprach, aber die Geräuschglocke um sie herum war so dicht, dass sie nur einzelne Wörter verstand: Gritti, Unfall, Polizei – und dann immer wieder ein Wort, das Mara als »Vertrag« identifizierte. Was sollte das bedeuten? Chloe hatte ihr eingeschärft, mit Journalisten nicht über Geschäftliches zu reden, schon gar nicht über Geld. Durchbrach sie jetzt ihr eigenes Prinzip?

Was gab es denn da zu bereden? Natürlich hatte Mara mit John einen Vertrag über die Konzerte abgeschlossen ...

Ein Schreck durchfuhr sie. Was sah der Vertrag eigentlich vor, wenn John starb?

»Was hast du gesagt?«, fragte Chloe.

Die Journalistin hatte sich in die erste Reihe gesetzt und zeigte ihre Beine, die für eine Frau, die wahrscheinlich auf die sechzig zuging, gar nicht so schlecht aussahen.

»Wer kommt noch?«

»Wirst du schon sehen.«

»Warum sagst du es mir nicht?«

»Weil wir jetzt anfangen.«

Ein elektronisches Klingeln ertönte. Chloe nahm ihr Smartphone aus der Tasche, las eine SMS und drückte sie weg.

Mara wollte noch etwas sagen, doch dann streckte Chloe die Hand aus, tippte an das Mikrofon, das vor ihr auf dem Tisch stand, und knipste am Griff des Geräts einen kleinen Schalter an.

»Kann man mich jetzt hören?«, fragte sie, und ihre Stimme erklang über die Lautsprecher. »Danke, dann können wir anfangen. Ich bitte um Ruhe.«

Mara versuchte, ein gelassenes Gesicht zu machen. Doch ihre innere Unruhe wuchs. Es hatte vorher keine Besprechung gegeben. Keine Absprachen, wie es normalerweise üblich war. Es war doch eine heikle Situation. Überhaupt nicht zu vergleichen mit einer Tourneeeröffnung oder der Präsentation einer neuen CD. Hier war ein Unglück passiert. Einer der führenden Köpfe des ganzen Mara-Projekts war tot.

Mara fiel ein, dass Gritti es tatsächlich immer so genannt hatte: »Mein Mara-Projekt.« Am Anfang hatte sich Mara dabei wie eine Sache, ein Ding, ein Objekt gefühlt, aber nach und nach hatte sie verstanden, dass es so nicht gemeint war. John wollte damit zum Ausdruck bringen, dass er die Unterstützung ihrer Musik als ein großes Lebensziel ansah, als etwas, das ihn bis zu seinem Lebensende beschäftigen würde.

Was ja nun auch der Fall war. Nur hatte niemand geahnt, wie schnell dieses Ende kommen sollte.

Chloe setzte ihre Ansprache fort. »Ich begrüße Sie zu unserer Pressekonferenz. Ich mache keine langen Worte. Sie haben alle mitbekommen, was passiert ist. John S. Gritti, der Mann, der Mara entdeckt und gefördert hat, ist gestern Abend bei einem Verkehrsunfall ums Leben gekommen.« Sie machte eine Pause, die Mara kalkuliert vorkam. »Natürlich hat uns diese Nachricht alle schockiert. Wir haben es mitten im Konzert erfahren. Mara erfuhr es in der Pause, und sie hat ja dann auch entsprechend reagiert. Ich glaube, das ist das Einzige, was eine Künstlerin in einem solchen Moment tun kann. Und es ist sicher das Persönlichste …«

Gemurmel entstand im Saal. Nun war die PR-Managerin das Motiv der Blitzlichter.

»Was sagen Sie dazu, Mara?«, rief jemand aus der hinteren Reihe. »Können wir ein Statement haben?«

Mara blickte über die Menge. Die meisten hatten Diktiergeräte in der Hand, andere saßen mit dem Notizblock oder dem Notebook bereit.

»Sie haben recht«, sagte Chloe. »Ich übergebe das Wort an Mara. Nach Gritti ist sie ja die Person, um die es geht.«

Mara hatte kein eigenes Mikro. Chloe schob ihr das Gerät von sich ein Stück hinüber. Ein paar Sekunden verbrachte Mara damit, darauf herumzuklopfen, aber es war noch an. Sie musste nur sprechen.

»Natürlich bleiben«, hatte John ihr immer geraten. »Nicht

alles verraten, aber in dem, was man sagt – auch wenn es nur wenig ist – immer natürlich bleiben. Bleibe immer du selbst. Das kommt am besten an, und das rührt die Menschen am meisten.«

Es schien noch leiser im Raum zu werden.

»Danke«, sagte Mara, und ihre Stimme kam ihr fremd vor. Tief und brüchig. Schwach. Sie räusperte sich.

»Was hat Ihnen Gritti bedeutet?«, rief jemand von hinten. »Stimmt es, dass er Ihr Geliebter war?«

Sofort riss Chloe das Mikro an sich. »Sie haben nachher noch Gelegenheit, Fragen zu stellen. Und bitte unterlassen Sie diese Unterstellungen. Hier geht es um Pietät.«

Mara bekam das Mikrofon wieder hingestellt. Reiß dich zusammen, dachte sie. Du wirst doch wohl ein paar vernünftige Sätze über Johns Tod hinkriegen. Das bist du den Fans doch schuldig. Und vielleicht ist es ja auch eine gute Gelegenheit, ihnen zu zeigen, wer du wirklich bist …

Sie musste über diesen Gedanken fast ein Grinsen unterdrücken.

Wer du wirklich bist …

Sie wusste es ja selbst nicht. Und sie hätte es so gerne gewusst. Sie hatte sehr gehofft, es mit Grittis Hilfe herauszufinden. Und dass das jetzt für alle Zeiten nicht mehr möglich sein sollte, machte sie mit einem Schlag noch trauriger. Es war, als hätte sich in ihr etwas geöffnet und entlasse eine Flut von Bitternis in ihrem Inneren.

Und mit einem Mal wurde ihr bewusst, dass sie weinte. Kaum einen Atemzug später wurde es auch den Journalisten klar. Die Kameras klapperten und blitzten. Es wurde in Laptops getippt und geschrieben.

Ehrlich sein, natürlich sein, sich treu bleiben. Selbst wenn man weinte. Auch wenn die ganze Welt zusah.

»Gritti wollte mir zeigen, wer ich bin«, sagte sie, und jetzt klang ihre Stimme voller, aber ein wenig weinerlich. »Ich habe es noch nicht ganz herausgefunden, es war leider noch nicht so weit. Aber die Musik zeigt mir den Weg. Und ohne Gritti hätte ich diese Musik nie gemacht.«

»Liebten Sie ihn?«

Die Frage kam von ganz vorn. Es war die Frau im Kostüm. Chloe wollte das Mikro an sich ziehen, aber diesmal war Mara vorbereitet und hielt es fest.

Sie nickte. »Ja«, sagte sie nur.

Tastengeklapper, Kritzeln, Fotografieren. Tuscheln im Hintergrund.

Ein befreiendes Gefühl durchfuhr Mara. Sollten sie es doch schreiben. Sollten sie doch denken, was sie wollten.

Sollten sie es doch auffassen, als sei das Verhältnis zwischen ihr und John ein schmutziges Verhältnis gewesen, etwas Sexuelles, was ja in den Augen dieser Art von Presse immer gleich etwas Schmutziges war.

Natürlich bleiben, ehrlich bleiben.

Chloe machte ein verbissenes Gesicht. Wahrscheinlich war sie der Ansicht, dass Mara einen Fehler gemacht hatte. Egal. Wenn es vor so einer PK keine Besprechung gab, tat sie eben das, wozu sie aufgefordert wurde. Chloe wollte ansetzen und etwas beisteuern, als etwas Überraschendes geschah.

Auf der gegenüberliegenden Seite des Raums öffnete sich die Tür. Zwei Männer kamen herein, sahen nicht nach links oder rechts, sondern bahnten sich zielstrebig und selbstbewusst im Mittelgang ihren Weg nach vorn. Der eine Mann – ein Glatzkopf in dunkelgrün kariertem Sakko und grauer Hose – sagte etwas zu einem Journalisten, der seine Mappe im Mittelgang abgestellt hatte und sie sofort beiseiteräumte. Ihm folgte der zweite Besucher: schwarzer Anzug, weißes Hemd mit offenem Kragen. Mara schaute in seine Augen, und ein schmerzhafter Stich zuckte durch ihren Körper, als sie für einen Moment John zu sehen glaubte. Eine jüngere Ausgabe. Und in diesem Moment wusste sie, wer das war:

Grittis Bruder Al. Sie hatte ihn nie persönlich getroffen. Auch er war im Mediengeschäft, machte irgendetwas mit Film, aber Mara wusste es nicht genau. Während die beiden Männer auf die andere Seite des Tischs kamen und die freien Plätze ansteuerten, nahm Chloe das Mikro wieder an sich.

»Meine Damen und Herren«, sagte sie. »Begrüßen Sie mit mir John Grittis Bruder Alfred und Mr Kohn – seinen Anwalt.« Auf den Gesichtern der Journalisten machte sich wenig Begeisterung breit. Eher Ratlosigkeit. »Alfred Gritti wird seinen Bruder beerben«, erklärte Chloe. »Er ist eigens in der Nacht nach Berlin gekommen, um eine Erklärung dazu abzugeben, wie es mit Maras Tournee weitergeht. Falls noch detaillierte Fragen aufkommen, steht Ihnen Mr Kohn zur Verfügung. Bitte haben Sie Verständnis dafür, dass Mr Kohn nur Englisch spricht. Mr Gritti spricht jedoch Deutsch. Bitte sehr …«

Die beiden Männer hatten Platz genommen, und auf einmal war es, als zögen sie die ganze mentale Energie, die in dem Raum herrschte, an sich. Mara, die ja ohnehin am Rand des Tischs saß, fühlte sich wie das fünfte Rad am Wagen, sie fühlte sich überflüssig. Wie eine anonyme Verhandlungsmasse. Kapital, das auf einer Bank liegt und über das in irgendwelchen Versammlungen entschieden wurde.

Hätte Grittis Bruder nicht erst mit ihr sprechen können, bevor er an die Öffentlichkeit ging?

Wie kam er dazu, eine Erklärung dazu abzugeben, wie es mit ihren Konzerten weiterging?

Natürlich ging es weiter wie bisher …

Oder etwa nicht?

Am liebsten hätte sich Mara selbst gemeldet, um eine Frage zu stellen, als ob sie eine Journalistin wäre, aber das ging natürlich nicht.

»Wird sich etwas an der Tourneeplanung ändern?«, fragte jemand aus der hinteren Reihe.

Al Gritti zeigte ein künstliches Lächeln. »Ich denke nicht«, sagte er in gutem Deutsch, aber mit deutlicherem amerikanischem Akzent als sein Bruder. »Maras Tournee scheint erfolgreich zu sein. Warum sollte sich etwas ändern?«

Eine Frau meldete sich: »Welche Pläne haben Sie nach der Tournee?«

»Das weiß ich noch nicht. Entschuldigen Sie bitte, aber Johns Tod hat mich sehr überrascht und schockiert. Wir konnten noch keine Entscheidungen treffen.«

»Ihr Bruder hat viele unterschiedliche Geschäfte in der Musikbranche gemacht. Zum Beispiel hat er schon in den Siebzigerjahren mit der psychologischen Wirkung von Musik experimentiert und soll auch zu Ergebnissen gekommen sein, die niemals veröffentlicht wurden. Wie gehen Sie mit diesem Erbe um?«

Gritti runzelte die Stirn. »Wie meinen Sie das?«, fragte er.

»Es heißt«, fuhr die Journalistin fort, »dass viele Forschungsergebnisse, die Ihr Bruder erarbeiten ließ, brachliegen.«

Er schwieg, dann beugte sich Mr Kohn zu ihm herüber und flüsterte ihm etwas ins Ohr.

»Tut mir leid«, sagte Gritti, »davon weiß ich nichts.«

»Nächste Frage«, warf Chloe ein.

Jemand in der ersten Reihe hob die Hand. Es war die Frau im Kostüm. Gritti musterte sie und lächelte, als fühle er sich gezwungen, ihren Beinen ein Kompliment zu machen.

»Sagen Sie uns doch bitte etwas zu dem Verhältnis, das Sie zu Ihrem Bruder hatten. Haben Sie sich oft gesehen? Haben Sie zusammengearbeitet? Mochten Sie sich?«

Gritti schüttelte den Kopf. »Natürlich gab es Probleme – wie bei allen Brüdern … Ich denke, das ist normal.«

Die Frau hatte den Block auf dem Schoß, den Kugelschreiber hielt sie bereits in der Hand, aber sie schrieb nicht. »Könnten Sie bitte etwas konkreter werden?«

»Wir sind zusammen aufgewachsen. Sicher wissen Sie, dass

wir aus Hollywood kommen. Unser Vater war … wie sagt man …« Er murmelte etwas vor sich hin …

Chloe half aus. »Studioleiter«, sagte sie.

Gritti nickte. »Genau, er war Studioleiter beim Film. Mein Bruder hat sich schon früh mit Filmmusik beschäftigt. Mich dagegen hat mehr die Kameraarbeit interessiert …«

Die Frau schrieb immer noch nicht. Mara nahm an, dass Gritti Fakten vortrug, die man überall nachlesen konnte.

»Wissen Sie, mein Bruder ist … war zehn Jahre älter als ich. Das ist schon ein Unterschied. Er hat Anfang der Siebzigerjahre in Kalifornien seine erste Firma gegründet, da war er Anfang zwanzig. Ich war ein Teenager.«

»Was für eine Firma war das?«, fragte jemand dazwischen.

Gritti hob die Schultern. »Sie hatte mit Musik und Computern zu tun. Damals war das etwas ganz Neues …«

»Hatte Ihr Bruder auch eine musikalische Ausbildung?«

»Nein«, sagte Gritti. »Aber er hat mir mal gesagt, eine Sache hätte ihn immer sehr fasziniert, und das hätte seine Liebe zur Musik geweckt.«

Die Frau im Kostüm meldete sich wieder.

»Und was war das?«

Gritti machte eine Kunstpause, ließ seinen Blick über alle Journalisten schweifen. Dann sagte er: »Unsere Mutter. Er hat sie sehr geliebt. Sie ist früh gestorben, und ich kann mich kaum an sie erinnern. Aber eines hat ihn wohl fasziniert.« Wieder eine Pause. Mara war klar, dass er es nun ganz und gar darauf anlegte, gehört zu werden.

Die Stifte berührten die Blöcke, Finger schwebten schreibbereit über den Tastaturen.

»Sie hat wohl wunderbar Geige gespielt«, sagte er.

Kurz darauf und nach einer weiteren Blitzlichtkaskade, in deren Mittelpunkt vor allem Gritti und sein Anwalt standen, erklärte Chloe die Pressekonferenz für beendet. Mara wurde nicht extra aufgefordert, den Raum zu verlassen. Sie folgte einfach Gritti, Kohn, Chloe und Marc durch einen Gang bis zur Glastür des Restaurants, das vollkommen leer war. Die Tische waren sauber gedeckt, aber verwaist.

Gritti und Kohn blieben stehen und sahen sich um.

»Mit Marc rede ich später«, sagte Gritti. »Mit Chloe auch. Mara kommt mit hinein.«

Hinter dem Glas erschien eine Hotelangestellte und zog die Tür auf. Die beiden Männer betraten den Raum. Der Anwalt spielte den Kammerdiener und schob für Gritti sogar einen Stuhl zurück, damit sich sein Mandant komfortabler hinsetzen konnte.

»Nun geh schon«, flüsterte Chloe.

»Er hätte wenigstens mal guten Tag sagen können«, sagte Mara. »Ich bin doch nicht seine Marionette.«

»Er ist der Boss. Er hat eine weite Reise hinter sich. Und er ist Geschäftsmann. *Time is money*. Geh rein. Rede mit ihm. Und fertig.« Sie schob Mara sanft, aber bestimmt durch die Tür.

Hinter Mara schloss sich die Tür des Restaurants. Sie war nun allein mit den beiden Männern. Sie studierten die Speisekarte, die ein Kellner gebracht hatte.

Sie ging weiter. Der Anwalt hatte in der Zwischenzeit das Besteck weggeschoben, einen dicken Ordner aus seiner Tasche gezogen und ihn geöffnet.

Dann blickte Gritti endlich auf. »Schön, dass wir uns auch mal kennenlernen, Mara«, sagte er. »Setz dich.«

Vor ein paar Sekunden wäre sie noch bereit gewesen, normal mit Johns Bruder zu sprechen. Sie hatte sich zwar bereits über die Behandlung bei der Pressekonferenz geärgert, aber das hätte man noch irgendwie hinbiegen können. Miteinander reden, gegenseitig beteuern, wie schlimm Johns Tod war, wie sehr er alle Beteiligten getroffen hatte. Damit konnte man einiges entschuldigen, sogar, wenn man sich wie ein Arschloch benahm.

Doch dieses »Setz dich« reizte den Zorn in Mara. Al Gritti schien sie tatsächlich als eine Sache zu betrachten, bestenfalls als eine junge Göre, mit der man umspringen konnte, wie man wollte.

Seltsam, dass dieser Impuls des Widerspruchs in Mara fast verschüttet war. Früher hatte sie die Aufsässigkeit stets begleitet. Ihre sogenannten Eltern hatten ihr dieses Verhalten oft vorgeworfen.

Doch nun war diese Klinge plötzlich wieder scharf.

»Ich sehe nicht ein, warum ich mich setzen soll«, sagte sie. »Machen wir's kurz: Was wollen Sie von mir? Und wieso beachten Sie mich nicht mal, wenn Sie zur PK kommen?«

Jetzt sah auch der Anwalt auf. Er blickte erst zu Mara, dann zu Gritti, und es war offensichtlich, dass er sie nicht verstanden hatte. Doch eines musste ihm klar sein: dass es Ärger gab.

Gritti winkte ab, und Kohn wandte sich wieder seinen Akten zu. »Gleich zwei Fragen auf einmal«, sagte Gritti und lehnte sich in dem Stuhl zurück. »Du willst, dass wir es kurz machen. Gerne. Kurz und knapp: Ich bin, wie du wahrscheinlich mitbekommen hast, Alleinerbe meines Bruders. Ich erbe also auch seine Firma, und mit ihr deinen Vertrag. Ich erbe, wenn du so willst, *dich*. Und ich habe kein Interesse an dir. Ich werde unseren Vertrag mit sofortiger Wirkung beenden.«

»Was?« Mara wurde bewusst, dass sie nun doch auf einem der Stühle Platz genommen hatte. »Es soll keine weitere Tournee geben? Ist danach meine Karriere zu Ende?«

Gritti gab Kohn einen Wink, und der händigte ihm ein Papier aus.

»Deine Karriere ist nicht nach der Tournee zu Ende, sondern sofort. Schon das nächste Konzert wird nicht mehr stattfinden.«

»Aber eben auf der Pressekonferenz haben Sie doch gesagt …«

»Das ist mir egal. Es kommt nicht drauf an, was man *sagt*,

sondern was man *tut*. Vor allem im Business. Und ich habe erst mal alles dafür getan, dass die Presse weiter schreibt, dass sich nichts ändert. Nur so bleiben wir in den Medien und verkaufen noch die eine oder andere CD. Man darf nicht zu viele Infos auf einmal verbreiten, kleine Lady.«

Mara spürte, wie der Ärger heiß in ihr emporstieg.

Kleine Lady!

Was bildete sich dieser Idiot ein?

Am liebsten wäre sie aufgesprungen und gegangen, doch ihr wurde klar, dass dies eine Situation war, in der man nicht davonlief. Man musste kämpfen. Und ohne Kampf würde sie diesen Tisch nicht verlassen. Das war sie John schuldig. Aber was konnte sie tun?

»Hier ist dein Vertrag«, sagte Gritti und sah sie triumphierend an. Er hatte dieselben blauen Augen wie sein Bruder, aber bei ihm wirkten sie nicht väterlich und mitfühlend, sondern kalt und tückisch. »Von dir unterschrieben. Schau, was ich damit mache.«

Er hielt ihn in die Höhe, packte ihn in der Mitte und riss ihn entzwei.

»Du kannst mit deinem Exemplar dasselbe tun.«

»Das werde ich sicher nicht«, rief Mara. »Und wenn ich das richtig sehe, geht es ohnehin nur darum, dass ich ein von John unterschriebenes Exemplar habe. Sie können mit Ihrer Vertragskopie machen, was Sie wollen. Meine ist deswegen immer noch gültig.«

»Interessiert mich nicht«, sagte Gritti. »Du wirst in meiner Firma nicht mehr auftreten. Fertig.« Er gab die Schnipsel Kohn, der sie ordentlich in seiner Tasche verstaute.

»Aber das ist doch Blödsinn«, rief Mara. »Und außerdem würde ich es begrüßen, wenn Sie mich nicht andauernd duzen würden. Wir kennen uns doch gar nicht.«

»Ich dachte, du hättest gelernt, dass das im Business üblich ist. Aber das spielt ja nun keine Rolle mehr, *Frau* Thorn.«

»Warum wollen Sie die Konzerte canceln? Es ist doch alles gebucht. Es gibt Verträge mit den Sälen und Veranstaltern. Sie werden einen großen finanziellen Verlust erleiden. Gut, wir mögen uns nicht. Das ist ja nun klar, und so was kommt vor. Es kann sogar sein, dass Sie meine Musik nicht mögen. Das soll es ja auch geben. Aber Sie können sich doch nicht das Geld durch die Lappen gehen lassen, das Sie mit den Konzerten verdienen würden. Sollten wir nicht wenigstens die Tournee zu Ende machen?«

Mara stoppte, und plötzlich kam ihr der Gedanke, dass es ja nicht nur um sie allein ging. Sie war ja nicht die einzige Musikerin auf der Bühne. Es gab ein ganzes Orchester. Es gab Techniker. Es gab einen PR-Stab. Es gab Chloe.

»Bist du jetzt fertig?«, fragte Gritti. Er sagte etwas auf Englisch, was sie nicht verstand, und brachte damit Kohn dazu, in seiner Tasche zu wühlen. Schließlich zog der Anwalt einen großen Packen Papiere heraus – es waren eng gehaltene Tabellen mit Zahlen. Gritti blätterte darin. »Wie viele Konzerte hast du mit meinem Bruder gemacht?«, fragte er.

»Fünf«, sagte Mara. »Zwei kommen noch. Dann ist die Tournee zu Ende.«

»Fünf Konzerte.« Gritti prüfte die Tabellen, schlug dann den Packen wieder zu und legte ihn auf den Ordner.

»Fünf Konzerte. Und bei jedem hat mein Bruder knapp achtzigtausend Dollar verloren.«

»Verloren? Aber die Konzerte waren doch sehr gut gefüllt. Gut – restlos ausverkauft war kein einziges, aber …«

»Muss ich dir erklären, was verloren heißt? Mein Bruder hat die Karten zu günstig verkauft, er hat Werbung finanziert, die eine Menge Geld gekostet hat und die letztlich nichts brachte. Er hat sogar einen Werbespot im Fernsehen für deine neue CD laufen lassen. Weißt du, was so was kostet?«

»Ja, sicher, aber das hat doch nichts mit den Konzerten zu tun.«

»Ich berechne die Ausgaben aber so. Es sind ziemlich genau vierhunderttausend Dollar, die mein Bruder verbrannt hat. Und ich habe nicht die Absicht, ihnen noch weitere hundertsechzigtausend hinterherzuwerfen. Lieber zahle ich die Hälfte davon als Ausfall. Und abgesehen davon: Die Möglichkeit, unseren Kontrakt auf diese Weise zu beenden, ist im Vertrag vorgesehen. Du kannst in deiner Kopie nachschauen.«

Mara starrte die beiden Männer an. Der Anwalt sah auf die Unterlagen. Gritti wich ihrem Blick nicht aus.

Der Kellner kam mit einem Tablett, auf dem sich zwei Kaffeekannen und Tassen befanden. Sofort machte der Anwalt Platz auf dem Tisch. Der Kellner servierte und entfernte sich.

»Auf Wiedersehen, kleine Lady. Das war's. Ich wollte, dass du es als Erste erfährst. Mit Chloe, Marc und den anderen spreche ich gleich.«

Sie konnte es nicht fassen. John hatte so viel Geld in ihre Auftritte, in ihre Musik gesteckt …

»Du bist ja immer noch da«, sagte Gritti.

»Warum hat er das getan?«, wollte Mara wissen.

»Was meinst du?«

»Warum hat er das Geld ausgegeben? Ohne etwas zu verdienen?«

Gritti hob die Hände. »Ich kann nicht die Gedanken meines Bruders lesen. Und schon gar nicht nach seinem Tod. Aber wenn ein Businessman so was macht, gibt es eigentlich nicht viele Möglichkeiten …«

»Ich verstehe es nicht.«

»Entweder er ist der Ansicht, die Investition lohnt sich doch noch. Er glaubt, dass irgendwann der Durchbruch kommt, mit dem sich alles wieder auszahlt. Das glaube ich zum Beispiel nicht. Aber das kann auch daran liegen, dass ich keine Lust aufs Musikgeschäft habe.«

»Und die anderen Möglichkeiten?«

»Er will jemandem einen Gefallen tun. Er will den Förderer

spielen, den Mäzen. Es mag sein, dass ihn das motiviert hat. Ich denke, mein Bruder hat es sich leisten können. Ich könnte es mir auch leisten, aber ich *will* es nicht. Und dann gibt es noch die dritte Möglichkeit. Und die wäre die einfachste. Der Businessman, der so was macht, wäre schlicht und ergreifend verrückt.« Gritti grinste. »Die einfachste, wie gesagt. Und nun hau ab. Ich will dich nicht mehr sehen. Und zieh bitte aus deinem Hotelzimmer aus. Sofort. Sonst muss ich es dir in Rechnung stellen.«

Wie in Trance packte Mara ihre Sachen. Sie hatte die alte Gewohnheit, das Nötigste in einem Rucksack zu verstauen, nie aufgegeben. Nun besaß sie natürlich weit mehr Klamotten und Zeug als damals, aber sie brauchte nicht lange, um sich darüber klar zu werden, was sie mit den Dingen machte, die sie nicht unterbekam. Sie ließ sie einfach zurück. Letztlich war nur wenig wichtig: Kleidung, Papier, Bargeld. Und natürlich Tamara.

Den Riemen des Rucksacks über der Schulter, den Geigenkasten in der rechten Hand, stand sie kurz darauf im Aufzug. Als sich im Erdgeschoss mit einem leisen Glockenton die Tür öffnete, bereitete sich Mara darauf vor, wieder einer Belagerung von Journalisten gegenüberzustehen.

Seltsam. Der Eingangsbereich war leer. Die Presse hatte entweder das Interesse verloren, oder sie befasste sich jetzt mit Johns Bruder, und er musste sie sich vom Hals halten. Falls er das überhaupt wollte.

Während sie auf die Glastür zuging, dachte sie, dass sie nun eine Grenze überschritt. Und dass sie vielleicht Chloe Bescheid sagen sollte.

Fast wäre sie stehen geblieben und hätte das Handy herausgeholt, um sie anzurufen.

Nein.

Chloe würde sich irgendwann melden und sie fragen, wo

sie war. Es reichte, wenn Mara wartete, dass sich die PR-Managerin bei ihr meldete.

Es hatte keinen Sinn, irgendwem hinterherzulaufen.

Weiter. Auf die Straße, wo ihr der kühle Wind, vermischt mit den Gerüchen des Herbstes und der Stadt, entgegenwehte.

Jetzt war sie auf dem Gehsteig. Ihr wurde bewusst, dass sie nicht wie sonst in ein Taxi gestiegen war, sondern dass sie – wie damals, wie heute Morgen – einfach lief. Einen Fuß vor den anderen setzte.

Sie hatte keine Ahnung, wohin sie gehen sollte. Und in dem Moment, in dem ihr das klar wurde, kristallisierte sich in ihrem Kopf eine Idee heraus.

Wenn sie schon über die Grenze ging, dann auch richtig. Zurück zu den Wurzeln. Zurück in die Vergangenheit.

Sie packte den Griff des Geigenkoffers fester und schritt kräftig voran.

9

»Mensch, kannste nicht woanders rumstehen?«, fragte ein höchstens Zwanzigjähriger, der sich vorbeidrängte.

Quint stand im Eingangsbereich des Hauses, das dem Hotel gegenüberlag. Es war ein Waschsalon. Alle paar Minuten musste er Platz machen, weil jemand hinein- oder herauswollte. Meist junge Leute. Quint hielt sie für Studenten oder heruntergekommene Künstler. Die Szenerie erinnerte ihn ein wenig an New York.

Es war eine Atmosphäre, die er hasste.

Er nickte nur und machte Platz. Von hier war der Blick auf das Hotel phänomenal. Er würde keine fünf Minuten warten, dann war es Zeit, hineinzugehen und sich in die Lobby zu setzen.

Dass Mara ihn in dem Park heute Vormittag bemerkt hatte, war ihm klar. Aber er sollte sie ja nun mal im Auge behalten. Und er arbeitete allein. Was konnte er schon tun, wenn Mara nun ihrerseits Alleingänge unternahm?

Nicht ganz klar war Quint allerdings, warum das alles so wichtig war. Gut, man hatte ihn beauftragt, Gritti aus dem Weg zu räumen. Es war anzunehmen, dass irgendeine Sache im Musikgeschäft dahintersteckte – ein Business, von dem Quint nicht viel verstand. Aber er war in der Lage, sich vorzustellen, dass auch darin wie in jedem anderen Geschäft – wenn man es ganz groß betrachtete – eine Menge Geld steckte. Dass man die Musiker als etwas ansah, was mehr und noch mehr Geld erzeugen konnte, wenn man es vernünftig anpackte.

Und dass Mara so eine Geldquelle war, die man Gritti, in dessen Besitz Mara ja gewesen war, streitig machen wollte. Es war wie in einem Ring von Bordellbesitzern, die um die besten Nutten kämpften. Eigentlich ganz einfach.

Oder nicht ganz so einfach.

Schließlich waren mit Johns Tod die bestehenden Verträge ja nicht gestorben, und irgendjemand trat jetzt die Rechtsnachfolge des Toten an. Und nun hatte der eben die Hand auf Mara.

Quint fragte sich, ob seine Auftraggeberin einen zweiten Mord von ihm verlangen würde. Oder so viele Morde, bis Johns Musikimperium – oder was immer der Typ besessen hatte – zusammenbrach.

Keine besonders effektive Methode, dachte er.

Er löste sich aus dem Hauseingang. Während er auf eine Gelegenheit wartete, im dichten Verkehr die Straße zu überqueren, kam ihm eine Idee.

Er zog sein Smartphone heraus und ging ins Internet. Er musste erst »Mara Thorn« ins Suchfenster eingeben, bevor er fündig wurde.

Da war es. Deutlich zu lesen. Eine offizielle Nachricht.

Alfred Gritti erbte die Firma seines Bruders. Maras Tournee ging weiter. Gritti betonte, dass die Konzerte so erfolgreich waren, dass er sie nicht absagen wollte.

Er steckte das Handy ein und sah gegenüber, wie die Glastür aufging und Mara herausspazierte. Einfach so.

Tatsächlich, sie war es. Sie trug einen Rucksack locker über die Schulter gehängt und in der anderen Hand ihre Violine.

Wie eine Musikstudentin auf dem Weg zur Akademie.

Sie kam an den Taxis vorbei, als wäre sie eines dieser minderbemittelten Subjekte, die sich so was nicht leisten konnten.

Als würde sie Studentin *spielen*.

Mara so einfach auf der Straße …

Da stimmte doch etwas nicht.

Quint hatte wahrlich einen sechsten Sinn, aber er wusste nicht, was faul an der Sache war.

Er wartete noch ein paar Sekunden. Dann folgte er Mara auf seiner Straßenseite. Schließlich gab es eine Gelegenheit, die Fahrbahn zu überqueren. Und nun hing er an Mara.

Wie eine Klette.

Es dauerte fast eine Viertelstunde, bis Mara merkte, dass sie verfolgt wurde.

Es geschah, als sie an einem Laden mit Lederklamotten stehen blieb. Sie hatte sich eine Weile in den Anblick der schwarz glänzenden Röcke und Nietenjacken – alles an altmodischen Schaufensterpuppen – versenkt, und dann hatte sie in einen Spiegel gesehen, der sich hinter der Auslage befand.

Da wanderte der Mann durchs Bild, den Mara bereits im Park bemerkt hatte. Der Schreck durchfuhr sie wie ein kurzer, heißer Blitz.

Sie war klug genug, sich nicht sofort umzudrehen.

Das konnte nur ein Journalist sein. Einer, der es geschafft hatte, sie bis in den Park zu verfolgen. Einer, der nicht lockerließ. Der mehr wissen wollte als die anderen.

Sie blieb stocksteif stehen. Der Mann blickte genau in den Spiegel. Ob er wusste, dass sie ihn ihrerseits beobachtete?

Nichts anmerken lassen, dachte Mara. Geh einfach weiter.

Sie wandte sich von dem Schaufenster ab und spazierte davon. Langsam. Zumindest langsamer als vorher.

Wo konnte sie sich verstecken? Wo konnte sie sicher sein, dass kein Journalist sie finden würde?

Sie ging schneller, und ihre Schritte erzeugten einen Rhythmus, der sich in ihren Kopf übertrug und zu Musik wurde. Sie hatte das schon oft erlebt. Beim Gehen wurde ihr bewusst, wie sich ihre Füße bewegten, und bald hatte sie den gleichmäßigen Beat, über den sich wie von selbst eine Melodie legte. Auf diese Weise hatte sie sogar einige ihrer Stücke komponiert. Manchmal kam ihr auch eine Melodie in den Sinn, die es bereits gab, und beim Laufen fielen ihr andauernd neue Variationen ein. So war zum Beispiel ihr Stück »Romance with Corelli« entstanden, das auf einer sich ewig um sich selbst drehenden Melodiefloskel beruhte. Wenn Mara das Stück spielte und in der richtigen Stimmung war, geriet sie in kurzer Zeit in eine Art Hypnose, in eine Trance, und dann war ihr, als spielten ihre Finger von selbst, als käme die Musik nicht aus ihr, sondern als ströme sie durch sie hindurch. Sie war nicht die Quelle der Musik. Sie war nur der Lautsprecher. Vieles von dem, was sie spielte, lief so ab – der Kanon von Pachelbel, ihr eigenes Stück »Horizons of Harmony«, und eben auch dieses. Die Stücke erinnerten an musikalische Spiralen, denen man folgte, ohne jemals in eine Mitte zu kommen.

Sie versuchte, das Tempo zu steigern. Mehr Abstand zwischen sich und den Mann zu bekommen. Sie erreichte ein Straßencafé mit Bäckereitheke, das an einer Ecke lag. Es herrschte Gedränge. Mara ging hinein und behielt die Straße im Auge. Zuerst konnte sie in dem Verkehr und zwischen all den Passanten den Mann nicht finden, doch dann, nachdem ein Bus vorbeigefahren war, entdeckte sie ihn. Er stand auf der anderen Straßenseite, blickte gelassen herüber. Er hatte gesehen, dass sie hier hineingegangen war.

Also gut. Sie musste weiter überlegen.

Sie stellte sich an der Theke an, kam endlich an die Reihe und wurde nach ihren Wünschen gefragt. Sie blickte geistesabwesend über die Auslage. Plötzlich spürte sie, dass sie Hunger hatte. Aber sie erstand nur ein Rosinenbrötchen.

Nachdem sie bezahlt hatte, drängten die anderen Kunden nach vorn, und Mara musste sich entscheiden: Auf die Straße? Oder wollte sie sich in das Café setzen und darauf hoffen, dass der Mann die Geduld verlor und verschwand?

Nein, nur das nicht. Wenn sie sich an einem der Tische niederließ, würde er sich wahrscheinlich einfach dazusetzen und sie ansprechen.

Mara stellte sich an die Ecke, knabberte an ihrem Brötchen und dachte nach.

Einen Moment lang war sie versucht, selbst auf ihn zuzugehen. War es vielleicht sogar das Beste, die Sache hinter sich zu bringen? Einfach zu sagen, was man zu sagen hatte?

Meine Güte, sie war frei. Wem war sie Rechenschaft schuldig? Sie konnte machen, was sie wollte. Sie konnte der Presse sagen, was sie für richtig hielt.

Sie hatte keine Lust, das Brötchen weiterzuessen. Sie stopfte es in die Papiertüte zurück, nahm den Rucksack herunter und packte sie hinein.

Wo war der Mann jetzt?

Sie sah hinüber, und in diesem Augenblick wurde ihr klar, dass sie einen Fehler gemacht hatte.

Er wusste jetzt, dass sie ihn entdeckt hatte. Dass sie ihn identifiziert hatte. Sie war sich ganz sicher.

Jetzt hätte man sich treffen können. Einfach bereden können, was es zu bereden gab. Fragen beantworten, die man beantworten wollte. Antworten ablehnen, wenn es zu persönlich wurde, was John betraf.

Doch der Mann reagierte nicht.

Er sah Mara nur an.

Langsam kroch ein Angstgefühl in ihr hoch.

War das überhaupt ein Journalist? Oder ein kranker Stalker, der sie verfolgte?

Hatte sie sich jemals darüber Gedanken gemacht, dass sie ja eine Bekanntheit war? Dass es da draußen in der Welt Verrückte gab, die sich Gott weiß was ausmalten?

Und jetzt war sie in deren Welt. Ungeschützt. Sie hatte den Panzer der PR-Leute, der Betreuer, der Veranstalter und wer sonst noch damit zu tun hatte, verlassen.

Sie stand hier einsam auf der Straße, und sie konnte nicht verhindern, dass der Typ mit den eng zusammenstehenden Augen mitbekam, wohin sie ging.

Und sie hatte keinen Plan.

Ein tiefes Motorenbrummen näherte sich. Um Mara herum entstand Gedränge. Bremsen quietschten. Druckluft entwich mit hellem Pfeifen.

Ein Bus hielt.

Mara brauchte gar nicht viel zu tun. Es reichte, sich von der Menge mittragen zu lassen, hinein in den Fahrgastraum, der immer enger und enger wurde. Sie sah sich nach der anderen Straßenseite um. Der Mann hatte erkannt, was geschehen war, und hechtete herüber. Noch war die hohe Falttür geöffnet. Eine Frau mit einem Kinderwagen arbeitete sich gerade vor. Die Leute drängten zur Seite. Sie schaffte es durch die Lichtschranke.

Als die Tür zuging, kam der Mann um die Ecke. Er schlug mit beiden Händen gegen die Tür, doch der Bus ruckte an. Das Bild des Mannes verschwand, das Café wurde sichtbar, wanderte dann aber auch vorbei.

»Sie haben sie also verloren?«

Quint saß in seinem Hotelzimmer auf dem Bett und betrachtete den kleinen Fernseher, der auf dem eingebauten Schreibtisch stand.

»Sie ist in einen Bus gestiegen. Ich konnte es nicht verhindern. So eine Überwachung ganz alleine durchzuführen ist nicht leicht.«

»Hören Sie … diese Frau fährt nicht so einfach Bus. Wo wollte sie hin? Was hat sie dazu veranlasst?«

Quint dachte nach. »Ich glaube, sie hat Angst.«

»Vor Ihnen?«

»Nein, sie muss ausgerissen sein. Aus dem Hotel. Andererseits passt das alles nicht zusammen. Grittis Bruder Al hat die Geschäfte übernommen. Er hat der Presse gesagt, er werde die Tournee weiterlaufen lassen. Es sei ein Erfolg. Und er wollte auf das Geschäft nicht verzichten.«

»Das hat er gesagt?«

»Sie können es überall nachlesen.«

»Ich kann Ihnen ein Geheimnis verraten: Al Gritti hat gelogen. Wenn er nur einen Funken Verstand besitzt, wird er die Tournee abbrechen. Und ich bin sicher, dass genau das geschehen ist.«

»Sie meinen, er hat sie gefeuert?«

»Sieht es nicht danach aus?«

»Vielleicht. Aber warum hat er dann der Presse …?«

»Aus rein strategischen Gründen. Jedenfalls sind wir jetzt am Zug. Wir haben sie da, wo wir sie haben wollen. Wir können ihr jetzt zeigen, wer sie wirklich ist.«

»Wer sie wirklich ist?« Quint schüttelte den Kopf. »Das haben Sie schon einmal gesagt. Aber ich glaube nicht, dass ich das verstanden habe. Geht es darum herauszufinden, wer ihre Eltern sind? Woher sie stammt?«

»Das kann man so sagen.«

»Wenn ich das richtig recherchiert habe, kommt sie von ganz unten. Sie hat auf der Straße gelebt. Und jetzt wollen Sie sie in den Himmel führen?«

»Ja, ich will nur das Beste für sie. Und es geht tatsächlich um Himmel und Hölle. Um den Abstieg hinab und dann wieder hinauf. Nur, wer das hinter sich gebracht hat, wird den Himmel dauerhaft auf seiner Seite haben. Nur leider haben Sie sie verloren. Das ist schlecht.«

Quint kam das seltsam vor. »Ich werde sie wiederfinden. Das ist kein Problem für mich.«

»Das hoffe ich. Denn ich gehe nicht davon aus, fünfzigtausend Dollar für nichts bezahlt zu haben.«

Jetzt klang sie etwas drohend, und der Tonfall setzte in Quint Fantasien frei. Er hatte sich die Frau schon in verschiedenen Varianten vorgestellt. Als verruchter Vamp mit schwarzen Haaren, wobei er sich von Maras Aussehen ablenken ließ. Er war dann darauf gekommen, dass die Frau ja älter war – wahrscheinlich über dreißig. Vielleicht war sie rothaarig? Oder sie war gar nicht schlank, wie er hoffte, sondern dick und unsexy?

Es sollte ja Fälle geben, in denen die Stimme das einzige Erotische an einer Frau war …

»Strengen Sie sich an«, sagte sie und unterbrach die Leitung.

Quint legte sein Handy weg und holte ein Notebook aus seinem Koffer. Innerhalb von wenigen Sekunden hatte er es hochgefahren. Er startete ein Programm, und sofort zeigte sich auf dem Display eine Karte vom Großraum Berlin. Am unteren Bildrand warteten Felder auf Eingaben. Er tippte eine Telefonnummer ein. Kurz darauf baute sich das Bild neu auf, und ein blinkender grüner Punkt wurde sichtbar. Er folgte Maras Handy auf ihrer Reise durch Berlin.

Maras Handy begann zu spielen, und auf dem Display erschien der Name von Chloe. Mara angelte im voll besetzten Bus das Telefon heraus.

»Wo bist du?«, fragte die Managerin. »Ich hoffe, nicht zu weit vom Hotel entfernt.«

»Ich komme nicht mehr zurück.«

»Was soll das heißen?«

»Gritti – ich meine Grittis Bruder hat doch alles abgeblasen.«

»Mara, das ist doch nur Gerede. Wir müssen uns darüber unterhalten. So einfach geht das nicht.«

»So einfach geht das. Er will lieber alle Beteiligten auszahlen, als mit weiteren Konzerten Geld verlieren. Er hat es mir genau vorgerechnet, und er hat mich gefeuert.«

»Wir können dagegen vorgehen. Mit einem Anwalt. Mara, da hängt ja auch noch mehr dran. Es geht nicht nur um dich.«

»Was denn?«

»Na, unsere Jobs. Die Musiker. Marc. All die anderen vom Organisationsteam.«

Mara bemerkte die neugierigen Blicke um sich herum. »Es ist seine Sache, Chloe«, sagte sie. »Ich kann jetzt nicht weitersprechen.«

»Er muss erst mal offenlegen, ob das mit den Verlusten überhaupt stimmt. Und sogar wenn er dich gefeuert hat, brauchst du ein neues Management. Jemand muss sich um dich kümmern. Du willst doch weiterhin Musik machen.«

»Ich muss erst mal darüber nachdenken.«

»Nun sei doch nicht so stur. Was willst du denn tun?«

Mara nahm das Telefon vom Ohr und drückte Chloe weg. Dann schaltete sie das Handy aus. Erst jetzt fühlte sie sich befreit. Frei in ihren Entscheidungen. Frei, den nächsten Schritt zu tun.

Aber was willst du denn machen? Du brauchst John, aber John ist nicht mehr da.

Chloes Frage hallte in ihrem Kopf nach. Aber die Stimme der Managerin wurde leiser und leiser, wurde blass wie ein Gemälde, das sich unter Regen langsam auflöst.

Sie wusste genau, was sie machen wollte.

Sie wusste es so genau wie nie zuvor. Und in diesem Moment war ihr, als falle eine Müdigkeit von ihr ab, die wie ein schweres Gewicht auf ihr gelegen hatte.

10

Zenos Reise war kurz. Aber ihm gingen dabei so viele Dinge durch den Kopf, dass sie ihm wie eine Ewigkeit erschien. Es war immer wieder erstaunlich, welche Kraft die Gedanken besaßen, das Zeitgefühl zu verändern.

Zeno hatte seinen MP3-Player dabei und hörte Musik – eines der Stücke, die er auf seinen letzten Erkundungstouren im Internet entdeckt hatte. Er hatte den Titel auf einer Plattform gefunden, hineingehört und gleich gespürt, wie der Funke übersprang. Und erst danach war ihm klar geworden, wer die Interpretin dieses Titels namens »Horizons of Harmony« war: Mara Thorn – die Geigerin, deren Name ihn schon geraume Zeit verfolgte.

Mara Thorn, deren Geheimnis er lösen musste, wenn ihm sein Leben lieb war.

Mara Thorn, die sich wahrscheinlich selbst nicht bewusst war, dass sie mit ihren Füßen auf dem Boden einer uralten Tradition stand – einer Tradition, die bis zu den Grundfesten der Musik als solcher zurückreichte.

Zumindest glaubte Zeno, dass es so war. Und er hoffte, dass er es in kürzester Zeit beweisen konnte.

Auch das musste er, wenn ihm sein Leben lieb war.

Er versank ganz und gar in den Horizonten der Harmonie, wie das Stück auf Deutsch hieß, die Töne erzeugten in ihm Bilder – erst verschwommene Gemälde voll ineinanderlaufender Farben, nicht schrill, sondern ein Ton aus dem anderen hervorgehend und sich verzweigend, aber passend und alle Bereiche des Spektrums ausfüllend wie ein Regenbogen. Dann bewegten sich die einzelnen Farbfelder – das helle Blau wanderte nach oben, das Grün und das Braun nach unten, ein tieferes Blau siedelte sich unter dem gedachten Horizont an, und auf einmal wurde Zeno klar, dass er sich in eine Landschaft geträumt hatte – in eine Welt, die ein wenig jener ähnelte, in die ihn der Meister der Alten Seelen geführt hatte.

Das konnte doch kein Zufall sein.

Es war doch schon ein Beweis, dass Zeno auch einer von ihnen war, eine von den Alten Seelen, deren Wissen eines Tages die Welt verändern sollte, alles wieder zum Guten wenden musste, dafür zu sorgen hatte, dass alle Menschen Brüder wurden …

Doch Zeno war klar, dass dem nicht so war. Hätte er doch Maras Namen nicht gelesen, bevor er die Musik hörte. Nun steckte er in einem Teufelskreis fest. Er wollte etwas beweisen, an das er bereits glaubte. Dieser Teufelskreis war eine der Schwächen, die ihn bei den Alten Seelen immer wieder heimsuchte.

Die Alten Seelen glauben nicht, hatte der Meister ihm am Anfang gesagt. Sie wissen. Und was du weißt, werden wir herausfinden, und dabei werden wir feststellen, ob du überhaupt etwas weißt. Und wenn du nichts weißt, gehörst du nicht zu uns.

Zeno hatte das Musikstück auf unendliche Wiederholung gestellt, um den hypnotischen Kreis, in dem sich die Musik bewegte, möglichst oft zu erleben. Doch irgendwann drängten sich die Gedanken des Zweifels in seinen Kopf, die Landschaft vor seinem inneren Auge erstarb, verblasste, sank in sich zusammen. Noch nicht einmal die Farben blieben übrig, und mit einem Mal weckte die Musik in Zeno eine unerträgliche Übelkeit.

Ein Schwall Magensäure schoss ihm in die Speiseröhre. Er keuchte und schluckte. Das Unbehagen machte ihm unmissverständlich klar, dass er wieder ganz und gar im Hier und Jetzt angekommen war. Das Surren der Klimaanlage im

Flugzeug. Eine graue Stadt hinter den Fenstern. Die lang gezogenen Straßen, das gleichmäßige Dahinziehen der winzigen Autos auf einer Autobahn, weit geschwungene Bündel von dunklen Bahngleisen.

Der Pilot meldete sich und erklärte, dass die Landung in Berlin-Tegel unmittelbar bevorstand.

Am Ausgang des Flughafens setzte er sich in eine Wartezone und zog sein iPad aus dem Rucksack – seinem einzigen Gepäckstück. Er hatte die Informationen über den Ort von Grittis Unfall gespeichert, außerdem die Presseberichte und Fotos. Sogar ein Video hatte er gefunden, das in einer regionalen Vorabendsendung ausgestrahlt worden war.

Am einfachsten würde es sein, einen Wagen zu mieten.

Zeno suchte die Schalter auf, und zwanzig Minuten später fand er auf einem Sonderdeck im Parkhaus einen unauffälligen silberfarbenen kleinen Opel.

Dann arbeitete er sich durch den Stadtverkehr – immer einen kurzen Blick auf das Navigationssystem in seinem Tablet-Computer gerichtet. Außerhalb von Berlin war die Umgebung plötzlich überraschend ländlich und bewaldet – jetzt im Herbst freilich trotzdem trist und melancholisch.

Mehrere Male blieb Zeno stehen und verglich die Fotos mit der Wirklichkeit. Ja, er war auf der richtigen Straße, aber etwas stimmte nicht. Der Zaun, die Weide, der Abstand zum nächsten Waldstück …

Zeno fuhr weiter und weiter, und als er endlich an den Unfallort kam, musste er keine Bilder mehr vergleichen. Der Zaun an der Straße war durchbrochen, das kurze Gras und die Erde in einer breiten Spur aufgeschrammt und an einigen Stellen von schwarzen Rückständen bedeckt.

Das Auto war verbrannt. Das hatte Zeno gelesen.

Zeno stieg aus, sah sich die Spuren von Grittis Unfall genau an, fand aber nichts, was er nicht schon gewusst hätte.

Ein Stück weiter schmiegte sich ein altes Haus an die Straße – abgeblätterter Putz, die Dachziegel mit schmutzigem Moos bedeckt. Eine grüne Bierwerbung war wohl einmal das Ziel von Steinewerfern geworden. In der Mitte des einst von innen beleuchtbaren Glaskörpers befand sich ein faustgroßes schwarzes Loch.

Er musste sich nun mit Mara befassen, sich überlegen, wie er an sie herankam. Nur ein paar Minuten musste er mit ihr sprechen. Das würde ihm helfen. Und ihm vielleicht das Leben retten.

Das Leben retten …

Und was, wenn er einfach floh? In der Versenkung verschwand?

Er wusste, dass das zwecklos war. Niemand konnte vor ihnen fliehen.

Dieser Gedanke gab ihm Hoffnung.

Wenn man vor ihnen nicht fliehen konnte, dann würde sich auch Mara nicht vor ihnen verstecken können. Doch um ihnen zu zeigen, wie wichtig Mara war, brauchte er einen kleinen Beweis. Etwas Klitzekleines. Ein Indiz nur.

Er wollte gerade den Motor starten, da näherte sich von hinten ein Wagen. Es war ein Taxi. Es verlangsamte die Fahrt immer mehr, je näher es an die Unfallstelle kam.

Zeno sah den Fahrer, dann den Fahrgast auf dem Rücksitz.

Lange schwarze Haare. Ein helles Gesicht.

Es war Mara. Sein Herz schien einen Moment lang auszusetzen. Sah er Gespenster?

Jetzt war der Wagen neben ihm. Er hatte angehalten. Sie hätte Zeno sehen können, wenn sie zur Seite geblickt hätte. Aber sie beugte sich zum Fahrer nach vorn und sagte etwas.

Im selben Moment gab das Taxi wieder Gas, wurde sehr schnell und verschwand im nächsten Waldstück.

Es war schon verschwunden, als Zeno endlich den Motor gestartet hatte und die Verfolgung aufnahm.

11

Mara brachte ihre Geige und ihren Rucksack in einem Schließfach im Gepäckcenter des Berliner Hauptbahnhofs unter. Es erfüllte sie immer mit Wehmut, wenn sie Tamara irgendwo deponieren musste. Es war wie ein Abschied. Tief im Inneren fürchtete sie jedes Mal, das Instrument nie wiederzusehen.

Aber da, wo sie jetzt hinfuhr, konnte sie es nicht gebrauchen.

Sie verließ den Glaspalast des Bahnhofsgebäudes, stieg in ein Taxi und verlangte, in Richtung Potsdam gefahren zu werden.

»Schaulustige, was?«, fragte der Taxifahrer. »Na mir solls recht sein. Kannste dir die Taxe überhaupt leisten, Mädchen?«

Am liebsten wäre Mara sofort wieder ausgestiegen, aber dann hätte sie auf den nächsten Wagen warten müssen. Dieser hier war der letzte in der Reihe gewesen.

»Nun fahren Sie schon«, rief sie und lehnte sich in den Sitz zurück.

Der Fahrer blieb ruhig, während er sich auf den Weg in Richtung Westen machte. Maras Gedanken kehrten zu John zurück. Und zu Björn. Zu seiner bescheuerten Reaktion auf Grittis Visitenkarte.

»Ich habe dich mit dem Typen gesehen«, hatte er sie angepflaumt. »Was hat er dir gegeben?«

Sie hatte es ihm erzählt.

»Das ist einer, der dich auspresst, merkst du das nicht? Er ist einer, der dir deine Freiheit nimmt. Einer von den Bonzen. Man sieht ja, wohin das führt.«

Mara hatte sich schon oft über Björns überhebliche Art

geärgert, aber jetzt reizte sie sein Verhalten zum ersten Mal zum Widerspruch. »Ach ja, das sieht man?«, giftete sie zurück. »Woran sieht man das denn? Und wohin führt es?«

»Die Leute, die für so einen arbeiten, müssen alle nach der Pfeife von irgendwelchen Managern tanzen. Und rat mal, wer das meiste Geld verdient? Die Manager selbst.«

»Das seh ich aber anders. Die Künstler kriegen doch auch was davon ab. Es gibt richtige Konzerte. Nicht in irgendwelchen Bruchbuden, wo die Leute einen Euro bezahlen. Wenn überhaupt.«

Am nächsten Tag wählte Mara die Telefonnummer, die auf der Visitenkarte stand. Noch Minuten vor dem Telefonat hatte sie klare Vorsätze gefasst. Nichts unterschreiben. Nicht mit dem Typen in irgendein Zimmer alleine gehen. Nichts dergleichen.

Es tutete zwei Mal, dann meldete sich Gritti. Erst in diesem Moment fiel ihr auf, dass er einen leichten Akzent hatte. Es klang amerikanisch. Seltsam, dabei hatte sie ihn zuerst für einen Italiener gehalten.

Sofort fiel ihr wieder Björn ein, der besonders für die Amerikaner großen Hass hegte: Superbonzen. Superausbeuter. Kriegstreiber.

»Was genau wollen Sie von mir?«, fragte Mara und versuchte, ihre Stimme so kühl wie möglich klingen zu lassen.

Der Mann lachte. »Was mag ich wohl wollen? Ich habe gesehen, dass du Talent hast.«

»Das haben Sie gesehen? Was meinen Sie damit?«

»Mädchen«, sagte er, und Mara schluckte einen Schwall Zorn hinunter. So ließ sie sich nicht gerne anreden. »Mädchen, du glaubst nicht, wie viele auf diese Chance warten, bei uns Aufnahmen machen zu können. Und du stellst dich quer?«

Ja, sie stellte sich quer. Aber warum eigentlich? Was wollte sie?

»Ich weiß, was in dir vorgeht«, fuhr er fort. »Es geht vielen so. Sie machen Musik, spielen hier, spielen da. Dann kommt, wenn sie Glück haben, eine winzige Chance, professionell in die Sache einzusteigen. Und wenn man so nah dran ist, macht einem alles Angst. Weil es ernst wird. Weil man wirklich was zu verlieren hat.«

»Ich habe keine Angst«, sagte sie, aber sie wusste, dass das nicht stimmte.

»Sicher hast du die. Aber keine Sorge, so schnell geht das alles nicht. Wir entscheiden uns auch nicht über Nacht. Und um auf deine Frage zurückzukommen: Ich hätte gerne ein paar Probeaufnahmen. Unverbindlich. Nichts weiter. Es kostet dich nichts. Es gibt keinen Haken.«

»Wann?«, fragte sie.

»Wann du willst. Du musst nach Köln kommen. Ich bezahle die Fahrt. Hast du ein Konto?«

»Ja«, sagte sie. Doch da war nie etwas drauf. Sie und Björn lebten von der Hand in den Mund.

»Ich überweise dir sofort tausend Euro. Das ist Fahrtgeld und gleichzeitig das Honorar für die Aufnahmen. Du darfst das Geld behalten, egal wie die Sache ausgeht.«

Mara diktierte die Bankverbindung, ging nach Hause, traf Björn, der ihr alles, was geschehen war, aus der Nase zog. Und plötzlich, als er sah, dass Geld rüberkam, machte er große Augen. »Der verarscht dich nur. Das will ich erst mal sehen, dass der das wirklich überweist.«

Zwei Tage später gingen sie auf die Bank. Das Geld war da. Mara hob das Geld ab und ging zum Bahnhof, um eine Fahrkarte zu kaufen.

»Wo willst du hin?«, fragte Björn.

Mara sagte es ihm, und er fing auf offener Straße wieder Streit an: »Bist du bescheuert? Behalt das Geld. Der Typ soll dir den Buckel runterrutschen. Und jetzt gib mir die Hälfte.«

Sie trat ein paar Schritte zurück, musterte Björn von oben

bis unten – sah seinen dunkelgrün tätowierten Arm, seine Lippenpiercings, die immer so entzündet aussahen. Seine Versuche, sich schüttere Koteletten wachsen zu lassen. Björn kotzte sie endgültig an. Und sie ging einfach weg.

»Ach, so läuft das, ja?«, schimpfte er hinter ihr her. »Erst reißt man sich den Arsch auf, macht sogar ein Video für dich, und dann hast du Erfolg, und du willst nichts mehr davon hören.«

Mit dem Video musste Gritti auf sie aufmerksam geworden sein. Björn war vor ein paar Monaten mit einer geliehenen Kamera aufgetaucht und hatte ein paar Sequenzen von einer Probe eingefangen, die man jetzt auf Youtube sehen konnte. Der Erfolg war mäßig. Ein paar Hundert Klicks, ein paar nette Kommentare. Eine Sekunde lang war sie versucht, auf Björn einzugehen. Immerhin verdankte sie Grittis Angebot damit letztlich ihm. Doch dann zwang sie sich, der Realität ins Auge zu sehen.

»Ach, auf einmal ist er kein amerikanischer Bonze mehr?«, rief sie. »Auf einmal willst du auch was abhaben?«

Sie steckte ihm einen Hundert-Euro-Schein zu. »Das ist für das Video. Und jetzt hau ab. Ich hab zu tun.«

Sie holte Tamara und ihre anderen Sachen aus der Wohnung und fuhr noch am Abend nach Köln. Vom Hauptbahnhof aus rief sie Gritti an. Er meldete sich sofort. Als hätte er nur auf ihren Anruf gewartet.

12

»Da vorn ist es«, rief der Taxifahrer im Hier und Jetzt, irgendwo zwischen Berlin und Potsdam. Mara erwachte aus ihren Gedanken. Es war eine gute halbe Stunde vergangen. Sie blickte über die Wiesen, die von Stacheldraht eingezäunt waren. Weiter hinten begann ein Waldstück. Davor stand auf der linken Seite ein altes Haus.

Das Taxi drosselte die Geschwindigkeit.

»Ich sehe nichts«, sagte sie. »Wo soll das passiert sein?«

»Da, wo der Wagen steht.«

Richtig, da hielt ein Auto – gleich an der Stelle, wo der Zaun durchbrochen und der Rasen aufgewühlt war. Die Furchen aus blanker gelblicher Erde wirkten wie eine offene Wunde. Dahinter war alles dunkel. Schwarz. Verbrannt.

»Woher wissen Sie, dass es hier passiert ist?«, fragte Mara.

»So was spricht sich rum. Soll ich jetzt anhalten?«

Sie waren ganz nah an das stehende Auto herangekommen. Mara konnte den Fahrer nicht erkennen. Wahrscheinlich ein Journalist, dachte sie. Wenn ich jetzt aussteige, macht er ein Foto von mir, und kurz darauf ist es im Internet: Mara Thorn an der Unfallstelle.

Jetzt sah der Typ aus dem Auto herüber.

Mara wich dem Blick aus und beugte sich nach vorn. »Fahren Sie weiter.«

»Einfach geradeaus?«

»Ja, genau.«

Sie spürte, wie sie in die Sitze gedrückt wurde, als der Taxifahrer wieder Gas gab. Ein heftiger Stich von Trauer erfasste sie. Hier war John gestorben. Durfte sie nicht mal in Ruhe Abschied nehmen?

Abschied nehmen kannst du auf dem Friedhof, sagte sie sich. Aber du willst gar nicht Abschied nehmen.

Du willst herausfinden, was mit John wirklich geschehen ist. Du bist dir sicher, dass er nicht alleine im Auto war. Und du spielst jetzt die Detektivin. Als würdest du auf diese Weise etwas herausfinden.

Was erwartete sie denn? Dass die Person, die außer ihm im Wagen gewesen war, ihre Visitenkarte hinterlassen hatte?

Jetzt flog auf der linken Seite das Haus vorbei. Es sah aus wie eine alte Gastwirtschaft. Zerbrochene Scheiben, eine mit Moos überzogene Garage. Eine Bierwerbung, die man kaum noch lesen konnte. Das Glas war gesprungen. Abfall lag herum.

Da war das Taxi schon in den Wald eingetaucht. Der Fahrer gab noch einmal gehörig Gas, folgte einer langen Kurve. Weiter hinten lichtete sich der Wald, der hier wie ein Tunnel wirkte. Auf der rechten Seite war ein kleiner Platz freigehalten. Matsch, Pfützen. Ein Zaun, der die nächste Weide abgrenzte.

Hier hielt der Fahrer an.

»So, junge Dame«, sagte er.

Maras Körper versteifte sich. Er drehte sich zu ihr um.

»Keine Angst«, sagte er. »Ich tu dir nichts. Ich wollte nur schon mal abkassieren. Die Fahrt wird mir zu lang, verstehst du?«

»In Ordnung«, sagte Mara. »Was kriegen Sie?«

»Vierunddreißig achtzig. Viel Geld, findest du nicht?«

»Für Sie vielleicht.« Mara zog einen Fünfziger heraus und reichte ihn nach vorn.

»Hier, stimmt so. Und jetzt weiterfahren, wenn ich bitten dürfte.«

Er zog ihr den Geldschein aus der Hand und schüttelte den Kopf wie ein Vater, der sich über etwas wundert, was seine

Tochter wieder mal angestellt hatte. Der Mann war mindestens fünfzig. Er hätte tatsächlich Maras Vater sein können.

»Wo habt ihr nur so viel Geld her, dass ihr damit herumschmeißen könnt? Wir konnten uns in eurem Alter keine Taxen leisten. Und ihr fahrt damit rum, wie wir damals auf dem Fahrrad.«

»Verdammt noch mal, was soll der Scheiß?«, brauste Mara auf. »Ich bin erwachsen und verdiene Geld.«

Er runzelte die Stirn. »Aber wenn ich dich so angucke …«, sagte er. »Du bist doch so ein Gruftie oder aus der schwarzen Szene – oder wie die Leute heißen. Ich habe 'ne Nichte, die läuft auch immer in so dunklen Klamotten rum.«

»Behalte deine Vorurteile für dich«, rief sie. »Und fahr weiter, Opa.«

Der Taxifahrer seufzte. »Also gut. Wo soll's hingehen? Nach Berlin zurück?«

»Nein, nach Potsdam.« Sie versuchte, sich an die Adresse zu erinnern. John hatte sie mehrmals erwähnt. »Und könnten Sie mich bitte siezen?«

13

Potters Villa lag am Neuen Garten inmitten der Havellandschaft, ganz in der Nähe des Heiligen Sees. Hinter einem schmiedeeisernen Tor erstreckte sich ein Kiesweg, der zu einem hellen, modernen Gebäude führte.

»Soll ich warten?«, fragte der Taxifahrer.

Mara war unschlüssig. Wie lange würde das hier dauern? War Potter überhaupt zu Hause?

Sie blickte zu der Villa hinüber. Kein Wagen stand vor der Tür. Aber das hieß nichts. Bei solchen Leuten waren die Autos ordentlich in der Garage untergebracht, und kein zufälliger Spaziergänger war in der Lage, einen Blick durch die Fenster zu erhaschen.

Mara stieg aus und ging auf das schmiedeeiserne Tor zu, neben dem es einen Durchgang für Fußgänger gab, den ein schmaleres Tor versperrte. Er war weiß gestrichen – bis auf die kleinen goldenen Kronen, welche die komplizierten, fein geschwungenen Muster obenauf zierten. In der Mauer neben dem Eingang war eine Messingklingel eingelassen. Etwas höher entdeckte Mara eine gläserne Ausbuchtung, in deren Mitte eine schwarze Pupille erkennbar war. Eine Videokamera. Sie klingelte. Natürlich war von dem Klingelton, der irgendwo in dem entfernten Haus ertönte, nichts zu hören.

Überraschend schnell meldete sich eine Stimme durch eine Sprechanlage: »Ja, bitte.«

»Mara Thorn«, sagte Mara. »Ich möchte mit Mr Potter sprechen.«

»In welcher Angelegenheit?«

»Es geht um John Gritti.«

Mara fragte sich, ob Potter selbst zu ihr gesprochen hatte. Sicher nicht. Potter hatte natürlich Personal.

»Ist Mr Potter denn da?«, fragte Mara, bekam aber keine Antwort.

»Was ist denn nun?«, meldete sich der Taxifahrer. Er war ausgestiegen, lehnte an seinem Wagen und rauchte.

Aus der Anlage kam keine Antwort. »Einen Moment noch.«

Sie lauschte auf den Lautsprecher neben der Videokamera, aber es war noch nicht einmal ein Knacken zu hören. Wahrscheinlich hatte ihr Gegenüber das Mikro abgestellt. Vielleicht sprach der Angestellte, der Sekretär oder wer auch immer das war, gerade mit Potter und fragte ihn, ob er offiziell zu Hause war.

»Die Uhr läuft noch«, sagte der Fahrer.

Mara wandte sich um und nickte ihm zu. »Alles klar. Es hat keinen Zweck. Zurück nach Berlin.«

In diesem Augenblick regte sich etwas in der Sprechanlage. »Frau Thorn«, sagte die Stimme. »Mr Potter lässt bitten.«

»Kommando zurück«, sagte Mara, und im selben Moment rasselte der Schließmechanismus. Mara dachte, sie müsste die Seitentür aufdrücken, aber wie von Geisterhand bewegt, schwang sie von selbst nach innen.

Der Weg war frei.

»Gehen Sie bitte zum Haupthaus durch«, sagte die Stimme. »Sie werden dort erwartet.«

Quint betrachtete gelassen den Punkt auf der virtuellen Landkarte, der sich in die Gegend westlich von Berlin bewegt hatte. Mara hatte ihr Handy ausgeschaltet, aber sein kleines Überwachungsprogramm orientierte sich am eingebauten GPS-System. Das blieb trotzdem aktiv.

In der rechten Hand hielt er sein Handy, und er telefonierte mit seiner Auftraggeberin.

»Sie ist zu Grittis Unfallort gefahren, aber sie ist dort nur kurz stehen geblieben«, berichtete er gerade.

Und die Frau mit der Stimme, die immer noch seine Fantasie anregte, sagte: »Was heißt kurz?«

»Ein paar Sekunden. Jedenfalls zu kurz, um irgendwelche Untersuchungen anzustellen.«

»Und dann …?«

»… ist sie weiter Richtung Potsdam gefahren. Dort hält sie sich gerade auf.«

»Adresse?«

Quint bediente mit der linken Hand den Bildschirmzoom und vergrößerte die Darstellung. Dann gab er der Frau die Angaben durch.

»Sie ist bei Potter«, sagte sie.

»Jemand, den ich kennen müsste?«

»Potter ist Musikverleger. Gritti hat mit ihm Geschäfte gemacht.«

»Was für Geschäfte? Hatten sie Probleme?«

»Soll ich Ihnen das wirklich erzählen?«

»Es könnte wichtig sein. Und Sie wollen vielleicht wissen, was sie bei ihm will.«

»Es ist kein großes Geheimnis. Potter hat die Rechte an einigen Musikstücken, die Mara in ihren Konzerten spielt. Gritti hat von ihm die Rechte gekauft, diese Stücke bearbeiten zu lassen und in das Konzert aufzunehmen. Sie sind sich aber nicht einig geworden. Es gibt in der Musikwelt komplizierte Vertragsklauseln. Zum Beispiel kann jemand, der Rechte verkauft, festlegen, in welcher Besetzung das jeweilige Stück in dem geplanten Konzert gespielt wird, an welcher Stelle im Programm es vorkommt und so was.«

»Und darüber haben Sie sich gestritten?«

»Sogar vor Gericht. Gritti hat dann einfach für vollendete Tatsachen gesorgt und die Konzerte gestartet, obwohl das alles noch nicht entschieden war.«

Quint war klar, was das bedeutete. Potter hätte leicht die Konzerte untersagen können. Mit einer einstweiligen Verfügung. Er hätte zumindest darauf bestehen können, dass das jeweilige Stück aus Maras Programm genommen wurde.

»Seltsam, dass sie ihn besucht«, sagte die Frau.

»Ich glaube, ich weiß, was sie von ihm will«, meinte Quint.

»Tatsächlich? Da bin ich gespannt. Sehen Sie das auch auf Ihrem Computer?«

Jetzt klang die Stimme wieder weniger erotisch. Eher spöttisch. Und das gefiel Quint nicht so gut. Aber er ließ sich nicht aus dem Konzept bringen. »Nein, mit technischen Mitteln ist das nicht herauszubringen.«

»Sondern?«

»Mit Logik.«

»So?« Jetzt klang die Stimme nach purer Herausforderung. Ein Prickeln überlief ihn. Er schluckte.

»Entweder sie nimmt diese Rechtegeschichte selbst in die Hand und spricht deshalb mit Potter darüber«, sagte er. »In diesem Fall könnte Grittis Bruder sie vorgeschickt haben. Oder Potter selbst hat sie zu sich zitiert, um sie nun zu managen.«

»Beide Möglichkeiten sind unwahrscheinlich. Mara ist nicht der Typ, der Verhandlungen führt. Sie wird von den Rechtestreitigkeiten wissen, aber sie wird nicht in der Sache aktiv werden. Gritti würde ihr das nie überlassen. Er würde es nicht mal selbst übernehmen, sondern seinen Anwalt mitschleppen, diesen Kohn. Potter wiederum ist nicht so sehr am Management von Künstlern interessiert. Die Musik ist für ihn nur ein Nebenschauplatz. Eigentlich handelt er mit Kunst, und er ist den ganzen Tag damit beschäftigt.«

»Vielleicht hat er seine Interessen etwas verändert?«

»Das ist nicht auszuschließen, aber ich glaube es nicht. Sie sehen, Sie kommen auch mit Logik nicht weiter.«

Quint beobachtete den Punkt, der sich jetzt mitten auf Potters Anwesen befand.

»Doch, kommen wir«, sagte Quint. »Ich weiß allerdings zu wenig über Mara, um es wirklich in Betracht zu ziehen.«

»Was meinen Sie?«

»Kann es sein, dass Mara selbst die Ursache für Grittis Tod herausfinden will?«

»Es war ein Unfall, oder? Das glaubt auch die Polizei. Warum sollte sie es bezweifeln?«

»Sicher. Es ist alles wasserdicht. Aber trotzdem. Kann es sein, dass Mara etwas ahnt? Etwas weiß?«

»Das müssten Sie mir sagen können. Denn dann hätten Sie einen Fehler gemacht.«

»Nicht unbedingt.«

»Natürlich, was bedeutet es denn sonst?«

»Vielleicht kann sie es einfach nicht glauben«, sagte er. »Sie klappert wie ein guter Polizist alle Leute ab, mit denen Gritti Ärger hatte. Weil sie einen Verdacht hegt.«

»Da wird sie hoffentlich nicht mehr viele finden«, sagte die Frau.

»Wird sie nicht. Und sie wird bei Potter nichts ausrichten. Ich behalte sie im Auge.«

»Im Auge behalten reicht nicht. Wir müssen auf andere Weise aktiv werden. Hat Mara ihre Violine dabei?«

»Das weiß ich nicht. Aber ich glaube nicht.«

»Wie kommen Sie darauf?«

»Sie war vorher im Hauptbahnhof, und sie hat sich kurz bei den Schließfächern aufgehalten. Sie wird dort also etwas untergebracht haben.«

»Finden Sie Genaueres heraus. Jetzt ist der Zeitpunkt gekommen. Wir müssen uns einen Vorsprung verschaffen.«

»Sie meinen, Sie wollen die Violine haben?«

»Das meine ich.«

Quint fluchte innerlich. Wie sollte er das nun wieder anstellen? Die Geige sendete kein Signal, er wusste noch nicht mal, welches Schließfach Mara benutzt hatte. Wenn er es herausfand, war es mit technischen Tricks eventuell möglich, es zu öffnen – es war nicht ganz leicht, aber machbar, wenn er es schaffte, eine Weile unbeobachtet zu sein.

»Ich zähle auf Sie«, sagte sie.

Er drückte den roten Knopf und betrachtete noch eine Weile den Punkt, der regungslos in dem Haus neben dem See verweilte.

Dann klappte er den Computer zu, packte ihn in eine Tasche und machte sich auf den Weg zum Bahnhof.

14

Potter hatte tatsächlich einen Butler. Er trug einen dunklen Anzug und ein weißes Hemd und erwartete Mara mit arrogantem Lächeln am Eingang des Hauses, der von zwei Säulen eingerahmt war.

Sie betrat eine Fläche aus Marmorfliesen, in denen sich die Accessoires im Eingangsbereich spiegelten: meterhohe bunte Porzellanvasen mit riesigen violetten Blumen ragten nach oben. Altmodische Sesselchen, mit rosa Satin bezogen, die geschnitzten Holzteile golden gestrichen, standen an den hellen Wänden.

»Mara? Das ist eine Überraschung.«

Sie hatte Potter nur ein Mal persönlich gesehen – nach einer Besprechung bei John. Schon damals war ihr aufgefallen, dass er sich geckenhaft kleidete. Am liebsten hätte sie eine Sonnenbrille aufgesetzt, um sich vor der gewagten Farbzusammenstellung zu schützen: grellgrünes Hemd, rosa Sakko, hellblaue Stoffhose. Die Schuhe waren weiße Sneakers, aber irgendein Designer war auf die Idee gekommen, ihnen einen zwei Finger breiten grünen Streifen zu verpassen – im selben Farbton wie das Hemd und glänzend. Es war schwer zu schätzen, wie alt Potter war. Sein Gesicht wirkte glatt und rosig, das Haar war entweder hellblond oder schon weiß.

»Gehen wir doch in mein Arbeitszimmer«, sagte er. »Darf ich vorausgehen?«

Ihre Schritte klackerten leise über den Marmor. Es ging ein paar Stufen hinunter in ein Souterrain. Auch hier waren die Wände hell. Gemälde, die aus flirrenden Farbpunkten bestanden, schmückten sie.

»Schlimm, die Sache mit John. Die ganze Branche redet darüber.«

Potter war hinter einem schmalen Schreibtisch mit Rokokofüßen stehen geblieben. Ein Laptop stand aufgeklappt bereit.

»Darf ich dir was anbieten? Es ist doch in Ordnung, wenn ich du sage, oder?«

Er griff nach einer kleinen Glocke, bewegte sie kurz hin und her, und kaum war das helle Klingeln verklungen, erschien der Butler.

»Kaffee?«, fragte Potter in Maras Richtung. Sie wollte nicht über Getränke diskutieren und nickte einfach.

»Für uns beide«, trug er seinem Angestellten auf und wies auf einen Sessel. »Setz dich.«

Was sollte sie sagen? Sie blickte durch die hohen Fensterscheiben, hinter denen sich ein kleiner Park erstreckte – ein Stück weiter vom Wasser des Sees begrenzt.

»Es heißt, Grittis Bruder hätte nun die Geschäfte übernommen«, sagte Potter.

»Das stimmt.«

»Du hast es sicher nicht leicht. Es kam ja alles ganz plötzlich …«

Potter duzte sie, das war auch in Ordnung, in der Branche war es üblich, und Mara war es egal. Aber sie konnte nicht zurückduzen. Sie kannte Potters Vornamen nicht.

»Ich nehme an, ich kann dir irgendwie helfen. Sonst wärst du nicht hier.«

Das Beste war sicher, gleich zur Sache zu kommen.

»Ich möchte wissen, was wirklich mit John passiert ist«, sagte sie.

Potter wirkte überrascht. »Was mit ihm passiert ist? Wie meinst du das?«

»Ich habe den Eindruck, dass es kein Unfall war.«

»Bist du da sicher? Was soll es denn dann gewesen sein?«

»Ich bin mir sicher, dass mit der Unfallversion etwas nicht stimmt.«

»Wie kommst du darauf?«

Jetzt wirkte er ehrlich interessiert. Und immer noch überrascht. Neugierig. Verstellte er sich?

Mara sagte ihm, was sie glaubte. Dass John nicht alleine im Wagen gewesen war. Sie berichtete von dem Telefongespräch.

»Du armes Mädchen«, sagte Potter daraufhin und schüttelte den Kopf. »Das tut mir ehrlich leid.«

Der Butler erschien, es gab eine kleine Unterbrechung. Der Kaffee kam in einer altmodischen Porzellankanne auf einem Silbertablett. Dazu gab es passende Tassen, eine Zuckerdose, eine kleine Milchkanne. Zwei goldene Löffel. Der Butler stellte alles zurecht – Maras Kaffee auf einen kleinen Beistelltisch, den von Potter neben den Laptop. Potter wartete, bis der Butler gegangen war.

»Du meinst«, sagte er und rührte in seiner Tasse, »dass Gritti in Schwierigkeiten steckte. Dass ihn jemand beseitigt hat.« Er lachte nervös und freudlos auf. »Mein Gott, wie im Krimi … Und du meinst, ich weiß über diese Schwierigkeiten Bescheid? Deshalb bist du hier … ich verstehe.«

»Hatten Sie … hattest du denn nicht Schwierigkeiten mit ihm in der letzten Zeit? Ich dachte, es hätte eine gerichtliche Auseinandersetzung gegeben.«

Mara rührte ihren Kaffee nicht an, Potter dagegen hob seine Tasse mit beiden Händen in die Höhe und trank mit geschürzten Lippen.

»Seltsam«, sagte er, als er getrunken hatte und die Tasse wieder senkte. »Das hat mich die Polizei auch schon gefragt.«

»Die Polizei?«

»Sicher. Sie waren hier. Heute Morgen. Offenbar sind sie auch nicht so ganz von der Unfallversion überzeugt.«

»Zwei Polizisten? Langner und …«, Mara dachte nach. »Teltow?«

Potter nickte.

Es hat also doch etwas genützt, dass ich ihnen meinen Verdacht geschildert habe, dachte Mara.

»Dabei ist das aber doch vollkommener Schwachsinn«, fügte Potter mit lauter Stimme hinzu, in die eine deutliche Spur Empörung gemischt war. »Wie können die nur so dumm sein. Dumm. Töricht. Schwachsinnig. Verstehst du? Und ehrlich gesagt, du bist auch nicht besser.«

Was war da plötzlich für ein seltsames Flackern in Potters Augen? Sein rosa Gesicht war hellrot geworden. Er stand mit einem Ruck auf und schob dabei den Stuhl nach hinten, sodass ein unangenehmes Geräusch entstand.

»Wie kommen Menschen dazu, mich damit in Verbindung zu bringen?«

Mara spürte die aufkeimende Aggression, die sich nun Bahn brach und die die schöne Fassade aus Rokokokunst und Marmor auch nicht überdecken konnte.

»Das ist doch alles Scheiße«, wütete er und stapfte aus dem Zimmer. Die Tür, die in den großen Vorraum des Hauses führte, ließ er offen. Seine Schritte verhallten auf dem Marmorboden.

Was jetzt? Wollte er, dass sie ging? Sollte dies ein Rausschmiss sein?

Dann kam Potter zurück. Er hielt einen dünnen Aktenordner in der Hand. »Das habe ich der Polizei auch gezeigt. Schau es dir ruhig an.«

Mara blätterte. Es waren Verträge, Gerichtsakten, Briefe von Rechtsanwälten. Es ging um die Rechte an bestimmten Musikstücken, die Mara spielte. Sie erkannte die Titel in dem Schriftverkehr wieder.

»Verstehst du nun, dass das alles Blödsinn ist? Gritti und ich haben uns geeinigt. Wir hatten keine Auseinandersetzung mehr.« Er griff in die Blätter, schlug sie um und deutete mit einem langen rosafarbenen Zeigefinger auf eine bestimmte Seite.

»Hier hat er unterschrieben. Vor ein paar Tagen erst. Als ihr für dein Konzert nach Berlin kamt.«

Tatsächlich. Das war eine Vereinbarung. John hatte zugesagt, Potter eine ansehnliche Summe für die Verwendung der Musikstücke zu bezahlen. Das war wieder ein Posten, der die Finanzierung der Konzerte verteuerte. Sie blätterte weiter, weil sie von Neugier erfasst wurde, die Höhe des Betrags zu erfahren, den John zahlen sollte.

Zwanzigtausend Euro. Für die Verwendung von drei von Potter verlegte Musikstücke in Maras Konzerten.

»Warum sollte ich ein Interesse daran haben, jemanden in den Tod zu treiben, der mir zu solchen Einnahmen verhilft?«, rief Potter. Er nahm ihr die Mappe ab und barg sie in seiner Armbeuge wie ein Priester seine Bibel. »Das einzige Problem ist nur, dass mir Gritti das Geld noch nicht bezahlt hat. Aber damit halte ich mich an seinen Rechtsnachfolger. Zum Glück gibt es darüber, wer das ist, keine Unklarheiten.« Er seufzte. »Willst du sonst noch was von mir? Wenn du mit mir zusammenarbeiten willst, weil Grittis Bruder ein Arschloch ist, vergiss es. Ich war mal im Veranstaltungsgeschäft, das hat mir gereicht. War's das?«

Ein Moment der Stille entstand. Schritte näherten sich, der Butler kam.

»Ihr Termin, Mr Potter …«

»Ist er schon da?«, fragte Potter und sah dabei nicht den Butler, sondern Mara an.

»Er wartet am Tor.«

»Soll reinfahren.« Potter ging zum Schreibtisch, legte den Ordner ab und sah Mara an. »Ich muss dich nun leider verabschieden. Die Geschäfte rufen … Und wenn man vom Teufel spricht …«

Wenn man vom Teufel spricht?, dachte Mara. Was meint er denn damit? »Wiedersehen«, zischte sie Potter zu. »Und danke für den Kaffee.«

»He, warum so zickig? Immerhin habe ich dir geholfen, oder nicht? Du könntest ruhig ein bisschen dankbarer sein. Was hab ich dir getan? Ich habe ganz normal mit dir geredet. Ich hab dich nicht angefasst oder so was. Und, ja du hast recht, ich habe dir Kaffee angeboten, den du noch nicht mal getrunken hast.«

Sein Gerede verebbte hinter Mara, die der großen Tür mit den Säulen entgegenstapfte, sie durchschritt und dann auf dem von Kies bestreuten Vorplatz stand.

Der Blick zum Tor war frei, und so konnte sie erkennen, dass eine schwarz glänzende Limousine wie ein großer krabbelnder Käfer langsam auf sie zuhielt. Der Wagen rollte knirschend und fast ohne Motorengeräusch an ihr vorbei und kam zum Stehen. Die Türen öffneten sich, das Insekt breitete seine Flügel aus – und heraus kamen Gritti und sein Anwalt.

»Mara«, sagte Gritti und tat erstaunt. »Ich hätte dich überall vermutet, aber nicht hier. Hast du versucht, bei Potter unter Vertrag zu kommen? Ich fürchte, da hast du wenig Glück gehabt. Ich glaube nicht, dass er mehr Lust verspürt, sein Vermögen zu verbrennen als ich.«

Mara wandte sich ab und ging auf das Tor zu.

»Einen Moment noch«, rief Gritti ihr nach. »Wir haben noch etwas zu klären. Wo wir gerade von Geld reden …«

Mara wäre am liebsten gerannt, aber sie wollte ihren Abgang nicht wie Flucht aussehen lassen. So bekam sie einige Wörter von dem mit, was Gritti ihr hinterherrief.

»Kreditkarte …«, hörte sie. »Konto … Vereinbarung … Guthaben.«

Geld, dachte sie. Ja. Es mag Johns Konto sein, aber es ist *mein* Geld, und wehe du rührst es an.

Endlich hatte sie das Tor erreicht. Die Tür daneben stand offen. Sie wandte sich um. Sie war darauf gefasst, mindestens bis in die Potsdamer Innenstadt zu Fuß gehen und dann den Zug nach Berlin nehmen zu müssen.

»Hallo, junge Dame.«

Da stand der Taxifahrer an seinen Wagen gelehnt und rauchte. Es schien immer noch dieselbe Zigarette zu sein.

»Ich dachte mir, dass Sie jemanden brauchen, der Ihnen hilft, wenn Sie da wieder rauskommen. Sie gehören da nicht hin, das hab ich mir gleich gedacht.«

Er öffnete den Wagenschlag. »Na steigense schon ein. Oder haben Sie nicht genug Geld für die Rückfahrt?«

Zeno spazierte durch den Wald. Sein Ziel war der Ort von Grittis Unfall. Er war zu dem Ergebnis gekommen, dass es besser war, wenn er den Wagen ein Stück weiter entfernt abstellte. Falls noch Journalisten auftauchten und Fotos machten. Und in dieser Situation war es sicher nicht gut, wenn die Alten Seelen erfuhren, was er tat. Auf jeden Fall musste das Auto und sein Kennzeichen von dem Fall ferngehalten werden.

So hatte er den Wagen zwei Kilometer weiter auf einem Waldparkplatz abgestellt, war ausgestiegen und hatte sich über das Navigationssystem auf seinem Handy orientiert.

Es gab einen Weg durch den Wald, der ein wenig verschlungen war, aber genau zu dem alten Haus führte, das schräg gegenüber der Unfallstelle lag.

Nun wanderte er schon fast eine halbe Stunde, hatte enge Wege zwischen dunklen Tannenschonungen absolviert und befand sich auf einem asphaltierten Stück neben einer Weide. Da tauchte das Haus auf.

Er blieb stehen und betrachtete die Aussicht. Er selbst stand auf einer kleinen Anhöhe, vor dem Saum des Waldes. Die Straße weiter unten verlief in einer großen Kurve wie durch ein sanftes Tal. Die Unfallstelle war deutlich zu erkennen: der kaputte Zaun, der aufgerissene Boden, die blanke Erde, der schwarze verkohlte Fleck.

Die Szenerie wirkte wie ein Gemälde. Als hätte der Maler

versucht, ein Geheimnis in einem Landschaftsbild zu verstecken.

Schau auf die Details. Alles hat eine bestimmte Bedeutung. Das Haus, die Unfallstelle. Der Zaun. Der Wald. Die drei Bäume, die hinter dem Haus aufragten.

Du bist auf dem falschen Dampfer, sagte er sich. Dieser Unfall wurde nicht inszeniert. Er ist einfach geschehen. Und wenn du Gritti danach fragen willst, wie es dazu kam, musst du warten, bis seine Seele wieder in eine neue menschliche Kreatur geschlüpft ist. Sie muss neu geboren werden. Sie muss aufwachsen. Und sie muss die Fähigkeit erlernen, sich zu erinnern. Viel Zeit würde dafür nötig sein.

Langsam wanderte er weiter. Er liebte es, über solche Dinge nachzudenken. Aber es war wichtiger zu handeln, als zu philosophieren. Allein mit geistiger Denkleistung würde er die Alten Seelen nicht überzeugen.

Der Weg führte nun bergab.

Und Zeno hatte das Haus fast erreicht, als ein Wagen aus dem Wald geschossen kam und bremste. Ein Taxi.

Jemand stieg aus.

Es war Mara.

Sie schien einen kurzen Disput mit dem Fahrer zu haben. Zeno fragte sich, worum es dabei ging. Wahrscheinlich um Geld.

Doch dann entfernte sie sich von dem Wagen und sah sich um. Zeno duckte sich und lief auf die Rückseite des Hauses. Hier empfing ihn Gebüsch und Unkraut, dann ein Haufen Müll – zerbrochene Bierflaschen, undefinierbare Plastikverpackungen, Pappkartons, Metallteile. An der Wand lehnten verschlissene Autoreifen.

Seine Schritte knirschten. Sofort hielt er inne.

Ob Mara ihn gehört hatte?

Und wenn schon. Sie wollte sicher nicht das alte Haus, sondern den Ort des Unfalls erkunden.

Er tastete sich an der Rückwand entlang. Ein paar Schritte weiter führte eine Treppe nach unten. Dort gab es eine Tür. Zeno konnte erkennen, dass sie nur angelehnt war. Seltsam. Ob jemand in dem Haus wohnte? Oder regelmäßig ein und aus ging?

Er musste Mara im Auge behalten. Er musste mit ihr sprechen. Und wenn es ihm jetzt nicht gelang, würde er so schnell keine Gelegenheit mehr dazu haben.

Er schob sich an der Wand entlang und lugte um die Ecke.

Das Taxi stand da. Der Fahrer war ausgestiegen, rauchte und wandte Zeno den Rücken zu.

Mara befand sich auf der anderen Straßenseite an der Unfallstelle. Zeno konnte sich denken, was sie dort wollte.

Abschied nehmen. Der Mann, der dort drüben umgekommen war, hatte ihr nahegestanden. Er war ihr Mentor gewesen, ihr Förderer, ihr Mäzen. Er hatte einen großen Teil seines Vermögens investiert, damit sie die Musik machen durfte, die sie machen wollte. Für die sie geboren war.

Doch sie weiß eines nicht, dachte Zeno. Sie weiß nicht, dass sie Möglichkeiten zum Musikmachen in der Hand hält, von denen sie niemals geahnt hätte, dass sie existieren.

Mara war Trägerin eines uralten Geheimnisses. Und er, Zeno, musste das beweisen. Sie davon überzeugen, dass das so war. Und es auch noch den Alten Seelen nahebringen. Damit die es auch glaubten …

Und wenn ihm jetzt keine Idee kam, wie er am besten vorging, würde diese Gelegenheit an ihm vorbeiziehen, und er würde vor die Alten Seelen treten müssen …

Der Taxifahrer warf die Zigarettenkippe auf den Boden und trat sie aus.

Im selben Moment blickte Mara herüber, und Zeno war sicher, dass sie ihn gesehen hatte.

Er schoss um die Ecke und drängte sich an die Wand. Sein Herz hämmerte.

Mist! War das jetzt gut oder schlecht?

Wenn sie herkam. Wenn sie ihn sah …

Er runzelte die Stirn, schloss die Augen, hob den Kopf. Er lauschte auf die Schritte, die sich von der Vorderseite her näherten.

Wenn sie dich sieht, hast du keine Chance mehr, inkognito zu bleiben. Und inkognito bleiben: Das ist es, was die Alten Seelen auszeichnet.

Sie dürfen sich nicht zu erkennen geben. Aber gleichzeitig willst du Mara auf deine Seite ziehen … Sie über die Wahrheit aufklären.

Unbekannt bleiben und ihr alles erklären. Ein Widerspruch.

Die Schritte kamen näher. Und jetzt hörte Zeno Maras Stimme.

»Hallo?«, rief sie.

Noch eine Sekunde, und sie war an der Ecke.

Er setzte sich in Bewegung und folgte der Hauswand in die andere Richtung. Er gelangte bis zu der Treppe.

Hinter ihm rief Mara wieder. »Ist da jemand?«

Zeno tauchte zu der Kellertür ab und öffnete sie. Das Metall schabte über den Betonboden, es gab ein hässliches Quietschen. Dumpfer Gestank strömte Zeno entgegen. Im schwachen Licht, das von außen hereindrang, konnte er erkennen, dass sich auch hier Müll stapelte. Alte Eisenteile. Ein Auspuff, eine Stoßstange, weitere aufeinandergestapelte Reifen. Das hier war wohl das Lager eines Autobastlers.

»Nun bleiben Sie doch stehen«, rief Mara. Sie war jetzt an der Treppe. Zeno hatte sich in den Raum zurückgezogen und spürte kitzelnde Spinnweben an seinem Gesicht. Der Gang ging zum Glück noch ein gutes Stück nach hinten, wie ein Pfad zwischen den alten Ersatzteilen und dem Schrott hindurch. Als er in einen weiteren Raum gelangte, drehte er sich um.

Mara stand als Silhouette im Eingang. Offenbar traute sie sich nicht hereinzukommen.

»Hallo«, rief sie wieder. »Ich habe nur eine Frage … Nun sagen Sie doch was. Mensch, ich habe Sie doch gesehen.«

Er holte Luft. Am liebsten hätte er sich geräuspert. Er wusste nicht, ob seine Stimme wirklich klar und deutlich klingen würde. Denn darauf kam es an – dass er Mara in aller Klarheit ansprach.

Mara war wieder einen Schritt zurückgegangen. Zeno konnte sehen, wie sie den Kopf schüttelte, und er konnte sogar in ihrem Gesichtsausdruck lesen. Und was er sah, erschreckte ihn: Sie wirkte traurig. Fast verzweifelt. Resigniert. Es tat ihm in der Seele weh.

»Hallo?«, brachte sie noch einmal hervor, aber es war kein Rufen mehr, sie sagte es einfach vor sich hin. Zu sich selbst. Wie ein letzter schwacher Versuch.

Zeno fragte sich, warum sie ihn überhaupt verfolgt hatte, warum sie eigentlich wissen wollte, wer sich da in dem Haus herumtrieb.

Als Mara sich anschickte, wieder hinaufzugehen, als sie die Treppe ins Auge gefasst hatte und das matte Licht des Herbsttags in ihr Gesicht schien, erhob Zeno die Stimme.

»Mara«, sagte er.

Er spürte, wie der Raum um ihn herum vibrierte von diesem einen Wort. Noch nie hatte er sich klargemacht, welche sinnliche Ausstrahlung die beiden dunkel gefärbten Vokale in Maras Namen besaßen. Für ihn, der Musik und Klang oft mit Farben assoziierte, wirkte der Klang des Namens Mara tief dunkelrot, dunkler noch als Kirschen oder Rotwein. Es war ein Rot, das fast am Schwarz angesiedelt war, und das leichte Aufglimmen der Farbe inmitten der Schwärze kam Zeno wie eine Verheißung vor. Wie eine Verlockung. Die allererste, allerfrüheste Regung des Morgenrots, das aus der tiefen Nacht auftauchte, in dem aber das Strahlen des hellen Tages, sein ganzer Verlauf über den sonnendurchfluteten Mittag schon enthalten war.

Und nun, als Zeno ihren Namen ausgesprochen hatte, wandte sich Mara wieder dem Keller zu. Sie war erschrocken, aber auch neugierig. Nicht ängstlich.

Zeno wusste, warum.

Sie ahnte, dass an diesem Ort, an diesem Platz, an diesem Todesplatz des großen Musikmoguls John S. Gritti etwas auf sie wartete, das das Geheimnis ihres Lebens löste.

Und jetzt, als sie sich dem Keller zuwandte und versuchte, in der Finsternis etwas zu erkennen, wusste Zeno, warum sie ihm gefolgt war.

Sie hatte genau darauf gewartet: auf den Ruf aus dem Dunkel …

15

»Ich kann dich nicht alleine hierlassen, junge Frau«, sagte der Taxifahrer, der wieder ins Du zurückgefallen war. Mara nahm es schlichtweg hin. Ebenso wie die Tatsache, dass er sie beobachtete, während sie die Unfallstelle besichtigte, ohne dass ihr eine entscheidende Erkenntnis gekommen wäre.

Weder was ihr Leben noch was Johns Tod betraf.

Es war jemand mit ihm im Wagen gewesen. Sie wusste es einfach. Aber wie sollte sie dafür den Beweis finden?

Sie hatte sich gerade vorgenommen, wieder zum Taxi zurückzukehren, da bemerkte sie eine Bewegung an dem Haus gegenüber. Hinter dem rauchenden Fahrer, der gerade seine Kippe austrat, war eine Gestalt um die Ecke verschwunden.

Es war doch möglich, dass jemand den Unfall beobachtet hatte. Vielleicht war das Haus ja doch bewohnt? Oder es gab da eine Werkstatt oder ein Lager, wo sich hin und wieder jemand aufhielt.

Eine kleine Chance, aber die musste sie nutzen.

»Geht's weiter?«, fragte der Taxifahrer, als sie an ihm vorbeilief. Sie antwortete nicht. Sie rannte über den Parkplatz des ehemaligen Gasthauses. An der Ecke blieb sie stehen. Auch hier war alles heruntergekommen. Jemand benutzte das Gelände als Müllabladeplatz.

Vorsichtig blickte sie um die Ecke. »Hallo?«, rief sie.

Da war eine Bewegung. Eine Gestalt schien im Boden zu verschwinden, aber als Mara näher kam, sah sie, dass dort eine Treppe zu einer Kellertür führte. Sie hörte ein metallisches Schaben. Mara konnte die Person nur für den Bruchteil einer Sekunde erkennen, aber sie war sicher, dass es ein Mann war.

Ob alt oder jung, wusste sie nicht. Er trug eine blaue Jeans und eine braune Jacke.

»Nun bleiben Sie doch stehen.«

Gut, dass der Taxifahrer in der Nähe war. Wäre sie alleine hier gewesen, hätte sie auf der Stelle kehrtgemacht. Sie stellte sich vor, dass sie sofort schreien würde, wenn der Unbekannte auf sie losgehen sollte. Aber im Moment sah es eher so aus, als hätte der Mann im Keller Angst vor ihr und nicht umgekehrt.

Die Tür stand offen. Ein modriger Geruch kam durch die Öffnung. Wie aus einem Grab.

Na gut, dachte sie. Ich werde mich vor die Tür stellen. Aber ich werde Abstand halten. Ich werde da ganz sicher nicht hineingehen.

»Hallo?«, rief sie noch einmal, und ihre Stimme klang verschreckt und ängstlich. Schüchtern. Dünn.

Sie versuchte vergeblich, die Dunkelheit zu durchdringen, aber außer Altmetall und Müll war nichts zu sehen.

Plötzlich hatte sie das Gefühl, sie hätte sich das nur eingebildet. Vielleicht war da ja niemand, und ihr Bewusstsein hatte ihr einen Streich gespielt. Johns Tod, die Probleme mit seinem Bruder, mit Potter, die Idee, dass John nicht alleine im Wagen gesessen hatte … Das konnte einen schon aus der Bahn werfen. So sehr, dass man Gespenster sah.

Sie rief ihm noch etwas hinterher, und kaum waren ihre Worte verhallt, da hörte sie aus dem Keller eine dumpfe Stimme.

Sie vernahm nur ein einziges Wort. Und dieses Wort war ihr Name.

»Mara.«

Wie auf den Befehl eines Hypnotiseurs hin wandte sie sich wieder der Öffnung zu. Gleichzeitig jagten ihre Gedanken.

Da ist tatsächlich jemand in dem Keller, dachte Mara.

Sie hatte sich nicht getäuscht …

Aber warum kam er nicht heraus?

War das ein Verrückter?

Und ich stehe hier im Eingang und lasse zu, dass er mich aus dem Dunkel heraus beobachtet …

Und er kennt meinen Namen!

Warum auch nicht? Ihr Gesicht prangte auf Tausenden von Plakaten, es war in der Zeitung und auf CD-Covern. Verdammt, dass sie sich immer noch nicht damit anfreunden konnte, dass sie prominent war. Dass sie eine Berühmtheit war.

Ihr wurde klar, dass sie schon eine ganze Weile in den Keller starrte. Es war besser, dass sie ihre Angst nicht zeigte.

Cool bleiben, sagte sie sich.

»Kommen Sie bitte raus«, rief sie. »Ich möchte Sie etwas fragen.« Na bitte. Ihre Stimme klang wieder ziemlich normal. Fest und beherzt.

»Mara … warte … ich muss dir etwas sagen.«

Was sollte das jetzt? Und warum klang die Stimme so seltsam? So dumpf? Es mussten die akustischen Verhältnisse in dem Keller sein. Oder er sprach in eine alte Waschmaschinentrommel oder so was.

»Nun kommen Sie schon. Ich habe eine ganz einfache Frage. Es geht um den Unfall, der drüben passiert ist.« Weiterreden war sicher das Beste. »Sind Sie öfter hier? Wenn ja, haben Sie den Unfall vielleicht beobachtet … Und Sie können was dazu sagen, wie er geschehen ist. Ich meine, wie genau …«

Sie hielt inne, lauschte in die Stille hinein.

»Lass sich dein Schicksal erfüllen«, war wieder die Stimme zu vernehmen.

Sie glaubte, sie hätte sich verhört. »Was? Ich habe Ihnen eine Frage gestellt. Es geht um den Unfall …«

»Die Alten Seelen, Mara. Sagen dir die Alten Seelen etwas? Ach nein, du kannst sie ja nicht kennen.«

»Wovon reden Sie da?«

»Seelen leben ewig, Mara. Und manche Menschen, die

schon sehr lange auf der Welt sind, können sich an ihr früheres Leben erinnern. Verstehst du?«

Der Typ da drin war definitiv ein Verrückter. Sie konnte es plötzlich nicht mehr ertragen, seinen Blicken ausgeliefert in der Tür zu stehen. Sie trat zur Seite und drängte sich an die Mauer.

»Bleib«, kam es von drinnen. »Auch du bist eine Alte Seele, Mara. Eine sehr alte. Ich kann es beweisen. Und wenn du in die Lage kämst, dich an dein altes Leben zu erinnern, dann wäre das ein unvorstellbarer Schatz für die Menschheit.«

Mein Gott, war der verrückt. Mara wusste noch nicht einmal etwas über ihre Eltern, und er redete von früheren Leben.

»Begib dich auf die Reise in deine Vergangenheit«, rief er. »Gib dir selbst eine Chance.«

Woher hatte er das? John hatte stets penibel darauf geachtet, dass die Geheimnisse von Maras Vergangenheit, soweit man sie überhaupt kennen konnte, nicht in die Presse gerieten. Das wenige über ihre Mutter. Was Deb für sie herausgefunden hatte.

»Mara, bist du noch da? Bitte hör mir zu.«

Dass sie an Deb nicht gedacht hatte! Sie konnte ihr sicher helfen. Sie musste sie nur in der Twinworld treffen. Ihr altes Spiel spielen.

»Ergreife die Gelegenheit, Mara. Zögere nicht.«

Die Stimme klang beschwörend, aber Mara war ernüchtert. Sie folgte den Treppenstufen. Unter ihren Schuhen knirschten Glassplitter.

Der Mann im Keller musste es gehört haben, denn er rief: »Mara, geh nicht. Ich bitte dich. Du bist nicht Mara. Du bist jemand anderes.«

Die Stimme verblasste hinter ihr. An der Ecke näherten sich Schritte. Der Taxifahrer stand vor ihr.

»Alles in Ordnung, Mädchen? Ich hab mich schon gefragt, wo du bist.«

Sie nickte. Dann zögerte sie. Würde sich die Stimme noch mal melden? Sie drehte sich um. Nein, jetzt war sie verstummt.

Sie folgte dem Fahrer zum Wagen, und wieder ging ihr der Gedanke durch den Kopf, ob die Stimme vielleicht tatsächlich nicht real gewesen war. Ob sie nur in ihrem Inneren existierte.

16

Zeno wollte ihr noch einmal nachrufen, doch da war plötzlich die Stimme des Taxifahrers. Was er zu sagen hatte, ging nur ihn und Mara etwas an. Und so schwieg er und dachte über die Begegnung nach.

Das war nicht gut gelaufen, so viel stand fest. Es hatte keinen Sinn, auf einen Menschen, der nicht die geringste Ahnung von den gewaltigen Wahrheiten um ihn herum besaß, zuzugehen und ihm diese Wahrheiten einfach mitzuteilen.

Man erntete nur Kopfschütteln.

Ihm selbst wäre es auch so gegangen. Bevor er die Alten Seelen entdeckt hatte.

Ein Motor startete. Der Wagen fuhr davon.

Zeno verließ den Keller und klopfte sich Staub und Spinnweben von der Kleidung. Dann bog er in den kleinen Weg ein, der ihn durch den Wald zurück zu seinem Auto bringen würde. Beim Gehen konnte er gut nachdenken.

Als ihn der Wald verschluckt hatte, standen die Hauptfragen, die er für sein weiteres Vorgehen beantworten musste, vor ihm. Die erste Frage war, wie er ein zweites Mal an Mara herankommen konnte. Er hatte einiges über sie in Erfahrung gebracht. Und als er darüber nachdachte, wurde ihm klar, warum sie ihm überhaupt zugehört hatte.

Das Geheimnis ihres Lebens … Zeno verstand etwas ganz Bestimmtes darunter, aber Mara etwas anderes. Sie hatte ihm zugehört, weil es tatsächlich ein Geheimnis gab. Zeno hatte in den Tiefen des Internets geforscht. Er war gut darin, Informationen zu finden, auf die man nicht mit den herkömmlichen Suchmaschinen stieß.

Mara war ein Waisenkind. Sie versuchte herauszufinden, wer ihre Eltern waren. Wo sie herkam. Das war ihr Geheimnis. Und Zeno konnte sich vorstellen, dass die Herkunft der Violine damit zu tun hatte.

Nachdenklich ging er durch den Wald, hörte nur seine eigenen Schritte und lächelte vor sich hin.

Gerade gelang ihm ein Meisterstück. Er war in der Lage, Maras Gedanken zu denken.

Also gut. Weiter. Sie fragte sich: Wo komme ich her?

Und sie fragte sich, von wem ihre Violine stammte.

Hatte sie ihr ein Fan geschenkt? Oder war es jemand aus der Familie? War sie ein Familienerbstück? Ein Instrument, das Mara einfach deshalb bekam, weil sie die Letzte in einer langen Reihe von Menschen war, die mit Musik zu tun hatten?

Zeno kannte einen großen Teil der Forschung, die sich mit der Frage befasste, ob künstlerisches Talent genetisch vererbbar war. Vieles sprach dafür. Das berühmteste Beispiel war Johann Sebastian Bach – selbst Sohn einer weit verzweigten Musikerfamilie und Vater mehrerer bedeutender Komponisten. Mozart. Sein Vater war ebenfalls Geiger und Komponist gewesen. Beethovens Vorfahren: ebenfalls Musiker.

Trotzdem hatte noch niemand das Musiker-Gen entdeckt …

So weit, so gut. Mara wusste um das Geheimnis ihrer Familie. Sie hatte aufgehorcht, als es um ihre Herkunft, ihre Vergangenheit gegangen war.

Jetzt kam das Auto in Sicht. Zeno legte den letzten Rest des Wegs zurück, und als er an dem Wagen angekommen war, hatte er seinen Plan, wie er weiter vorgehen wollte, entworfen.

Ob Mara ihn erkannt hatte? Und ob sie ihn wiedererkennen würde, wenn sie ihn ein zweites Mal traf?

Zeno fiel es schwer, die Begegnung an der Kellertür aus Maras Sicht zu rekonstruieren. Aber je mehr er darüber nachdachte, desto sicherer war er, dass sie vielleicht seine Gestalt, nicht aber sein Gesicht gesehen hatte.

Blieb die Stimme. Zeno hatte sich Mühe gegeben, sie zu verstellen. Ihr eine andere Klangfarbe zu geben. Er hatte zur Seite gesprochen, in einen alten Eimer hinein, der zufällig am Boden gelegen hatte. Er wusste, wie man akustische Täuschungen herstellte. Er war sicher, dass es gelungen war.

Und schließlich kam er zu dem Schluss, dass es noch lange nicht zu spät war. Er würde erneut mit Mara in Kontakt treten.

Und diesmal würde es funktionieren.

Während sie im Taxi nach Berlin zurückkehrte, dachte Mara über die eigenartige Begegnung nach. Sie konnte sich nicht an alles erinnern, was der Unbekannte gesagt hatte, aber diese Reden über ein Geheimnis aus ihrer Vergangenheit und dass man sich seinem Schicksal stellen musste, berührten sie an einem sehr persönlichen Punkt. Plötzlich wurde Mara klar, dass sie eigentlich schon seit Jahren auf eine solche Begegnung wartete. Eine Begegnung, die ihr bestätigte, dass es ein Geheimnis in ihrem Leben gab, das über die für viele Waisenkinder übliche Frage, wer die Eltern waren, hinausging.

Seit Mara die Violine bekommen hatte, wusste sie doch, dass es da noch etwas anderes gab. Das Instrument kam nicht einfach so, sondern es kam mit einer Karte mit kurzen Glückwünschen zum achtzehnten Geburtstag. Ohne Unterschrift. Geliefert von einem Paketboten. In das heruntergekommene Haus, das sie damals in Berlin bewohnt hatte.

Sie hatte sich gewundert, hatte es einfach hingenommen, hatte ein Jahr lang hin und wieder darüber nachgedacht, aber dann hatte sich herausgestellt, dass derjenige, dem sie das Instrument zu verdanken hatte, immer noch Anteil an ihr nahm.

Es kam eine weitere Karte. Glückwünsche und der Wunsch nach viel Erfolg als Musikerin. Dabei war damals an eine Karriere noch gar nicht zu denken gewesen.

Von nun an ging es weiter. Der Unbekannte bedachte sie Jahr für Jahr. Als John sie unter Vertrag genommen hatte, versteckten sich die Karten in der üblichen Fanpost. Mara hätte sie fast übersehen, aber sie hatte sich angewöhnt, auf den blassgelben Umschlag zu achten, in dem sie immer steckten.

Natürlich gab es keinen Absender. Keine Adresse. Nur einen Poststempel. Keine bestimmte Stadt. Nur ein Briefzentrum in Deutschland. Es war nicht zurückzuverfolgen, wo die Post herkam.

Sie hatte sich immer wieder gefragt, ob der Kartenschreiber in ihren Konzerten saß. Und sie wartete mehr oder weniger unbewusst stets darauf, dass er auf andere Weise mit ihr Kontakt aufnahm.

Mara verließ das Taxi, zahlte dem Fahrer eine große Summe und tauchte in das Menschengetümmel am Bahnhof ein. Menschenmassen fluteten ihr entgegen. Sie las in den Gesichtern. Ihr kam der Gedanke, ob sie der Unbekannte überwachte.

Sie musste ihre Sachen holen und dann sehen, wie es weiterging. Sie tastete nach dem Schließfachschlüssel, den sie in die Tasche ihrer engen Jeans gesteckt hatte.

Warum das alles jetzt? Viele Dinge geschahen auf einmal gleichzeitig. Als ob jemand beschlossen hätte, dass ihr Leben eine andere Wendung nehmen sollte.

Sie blieb vor einem Schaufenster stehen, in dem Konzertplakate zu sehen waren. Es dauerte einen Moment, bis ihr klar wurde, dass sie sich gerade selbst ins Gesicht blickte. Da hing ihr Plakat. Es war noch nicht ausgetauscht worden. Die Geräuschkulisse des Bahnhofs, das Stimmengewirr, die Schritte, die Durchsagen und akustischen Signale versanken.

Welche Dinge denn?, meldete sich eine andere, skeptische Stimme in Mara.

Johns Tod, der nach wie vor seltsam ist, beantwortete sie die Frage selbst.

Das bildest du dir nur ein. Du könntest dich getäuscht haben.

Und die Begegnung in dem Keller?

Es wusste doch niemand, dass du zu der Stelle fahren würdest, wo John verunglückt ist.

Er muss auf mich gewartet haben, dachte Mara. Er muss gewusst haben, dass ich komme. Weil er sich in mich hineinversetzen kann.

Ein heftiger Stoß brachte Mara in die Wirklichkeit zurück. Sie sah sich um. Da rannte jemand – offenbar um seinen Zug zu erreichen. Mein Gott ja, sie war auf einem Bahnhof.

Sieh erst mal zu, wie es für dich weitergeht, dachte sie. Besorg dir Geld. Eine Unterkunft. Im Moment hast du nicht mal eine Wohnung. Seit sich John um dich kümmerte, hast du immer nur in Hotels gelebt.

Na ja, nicht nur. Am Anfang hatte John ihr eine Wohnung in Köln bezahlt. Ein kleines Refugium, aber immerhin groß genug, dass sich die wenigen Dinge, die sie besaß, darin verloren. Und groß genug, um Geige spielen zu können – Tag und Nacht. Irgendwann hatte sie sich gewundert, warum sich niemand über ihr Üben beschwerte. Und es stellte sich heraus, dass das ganze Haus unbewohnt war. John hatte es kurzerhand gekauft.

Sie sah sich um. Irgendwo musste es hier einen Bankautomaten geben.

Sie fand einen in der Ladenpassage gegenüber einer Reinigung und eines Sonnenstudios, gleich neben einem Sandwichladen. Nachdem sie die Geheimzahl eingegeben hatte, stutzte sie. Ein rotes Feld leuchtete auf. Gelbe Buchstaben blinkten.

KARTE GESPERRT!
SETZEN SIE SICH MIT IHREM BERATER IN VERBINDUNG!

Das musste ein Irrtum sein. Hatte sie etwas falsch gemacht? Mara drückte auf »Abbruch«, die Karte kam wieder aus dem Schlitz.

Sie versuchte es noch einmal.

Und die Warnung erschien ein zweites Mal.

Verdammter Mist.

Als die Karte diesmal herauskam, zitterten ihre Hände.

Sie zog das Handy hervor. Einen Moment befürchtete sie, man hätte ihr auch das Smartphone abgeklemmt, doch alles funktionierte. Nach kurzer Suche hatte sie die Telefonnummer der Bank gefunden, und sie rief an. Es dauerte eine Weile, bis man sie verbunden hatte.

»Es tut mir leid«, sagte die Beraterin dann.

»Was ist denn los?«, fragte Mara.

»Das Konto wurde aufgelöst.«

»Wie bitte? Von wem?« Sie konnte es sich denken, aber sie musste es genau wissen. Vielleicht bestand ja noch die geringe Chance, dass es sich doch um ein Versehen handelte, um einen Irrtum …

»Könnten Sie mir bitte noch einmal Ihr Geburtsdatum sagen?«

»Warum denn? Ich habe doch schon …«

»Es sind unsere Sicherheitsvorschriften. Wir können am Telefon nicht so einfach Auskunft geben.«

»Also gut.« Mara gab es noch einmal durch. Dann fragte die Frau nach ihrer Adresse, und Mara nannte ihr die Anschrift der kleinen Wohnung aus Köln, obwohl sie dort nicht mehr wohnte. Sie wusste aber, dass diese Adresse bei der Bank gespeichert worden war, als sie mit John das Konto eingerichtet hatte.

»Also, was ist nun?«

Sie hörte die Frau im Callcenter tippen.

»Hier ist eine Notiz. Alfred Gritti. Er hatte eine Bestätigung dabei. Einen …«, sie zögerte kurz, »… einen Totenschein.«

»Aber das Konto gehört mir. Mara Thorn und John Gritti. Alfreds Bruder. John Gritti ist der Verstorbene. Aber das heißt doch nichts.«

»Tut mir leid, aber die Kontoauflösung ist völlig korrekt vonstattengegangen. Totenschein, Testament, amtliche Bestätigungen. Es war alles da. Der verstorbene Herr Gritti konnte über das Konto alleine verfügen. Sie hatten nur das Recht, bis zu einem bestimmten Betrag innerhalb eines Tages Geld abzuheben …«

Mara nahm das Handy vom Ohr und starrte es an.

Sehr leise kam die Stimme der Beraterin aus dem Gerät: »Hallo? Hören Sie mich?«

Mara drückte den roten Knopf.

Sie spürte, wie sie sich innerlich versteifte. Sie musste sich zwingen, die Beine zu bewegen. Auf dem Weg zu den Schließfächern drängte sie sich durch einen Pulk Jugendlicher. Fast alle hatten Ohrstecker eines iPods oder eines anderen MP3-Players im Ohr, einer pfiff ihr unverhohlen hinterher. Sie bog in den schmalen Gang mit den Fächern ab, kramte nach dem Schlüssel …

Der Schlüssel war weg!

Die andere Jeanstasche. Nichts.

Es war, als hätte sich ihr Blut innerhalb einer einzigen Sekunde bis zum Siedepunkt erhitzt. Das durfte nicht wahr sein.

Wo war der Schlüssel? Hatte sie ihn im Taxi verloren? Hatte sie ihn in dem alten Haus an der Landstraße gelassen?

Nein, sie hatte ihn doch eben noch gehabt!

Sie rannte an der Reihe der Schließfächer entlang. Hier, ganz hinten, hier hatte sie ihre Sachen untergebracht.

Sicher gab es irgendwo eine Aufsicht, wo man einen Zweitschlüssel bekommen konnte. Und eine Videoüberwachung. Man würde sehen können, wer das Fach geöffnet hatte. Man würde nach ihm fahnden können.

Die Tür des Schließfachs stand sperrangelweit offen.

War es wirklich dieses? Sie hatte sich die Nummer nicht gemerkt.

Sie bückte sich, sah in den rechteckigen Hohlraum. Ganz hinten lag ihr Rucksack. Sie zog ihn heraus. Er war genauso schwer wie vorher. Nervös fummelte sie die Schnallen auf. Alles schien noch da zu sein – sogar ihr Notebook.

Sie blickte wieder in das Fach.

Jetzt war es leer.

Die Violine war verschwunden.

Quint stand ein Stück entfernt an einem Zeitschriftenstand. Er hatte wie ein ganz normaler Kunde ein Magazin in die Hand genommen. Es war eine Spezialzeitschrift über Kreatives Schreiben, ein Gebiet, das er schon in der Schule gehasst hatte. Aber es war ja nur Tarnung.

Über den Rand des Hefts hinweg beobachtete er Mara, die einen sehr nervösen Eindruck machte.

Gute Beobachtung war einfach alles. Nur weil er sie genauestens im Auge behalten hatte, war ihm aufgefallen, dass sie den Schlüssel in ihrer Jeanstasche aufbewahrte. Sehr gut. Ein kleiner Taschendiebtrick. Eine kleine Rempelei, und er hatte den Schlüssel.

Mara hatte den Diebstahl gar nicht bemerkt. Quint hatte einen Moment darüber nachgedacht, ob er den Rucksack auch aus dem Fach nehmen sollte. Es würde dann wie ein ganz normaler Diebstahl aussehen. Wenn er nur die Geige mitnahm, wusste Mara, dass der Dieb es nur auf das Instrument abgesehen hatte. Zumindest mit großer Wahrscheinlichkeit.

Er konnte nicht lange überlegen. Jugendliche drängten vorbei, beobachteten ihn. Falls Mara die Polizei benachrichtigte, war es möglich, dass es Zeugenaussagen gab.

Er holte also nur den Geigenkasten heraus, lud ihn einfach in ein anderes Fach um, warf Geld ein und schloss ab.

Etwas später sah er Mara, wie sie an einem Automaten

Bankgeschäften nachging. Besonders glücklich schien sie nicht auszusehen. Sie nahm ihre Umgebung nicht wahr. Er wusste, dass sie ihn erkennen würde, wenn sie sich nur umdrehte, aber er ging nahe an ihr vorbei und stellte sich in den Zeitschriftenladen.

Die Bankgeschäfte waren wohl nicht zu Maras Zufriedenheit verlaufen. Er glaubte, an ihren Lippen ablesen zu können, dass sie einen Fluch ausstieß. Dann zog sie ihr Handy hervor und begann zu telefonieren.

Quint blieb unbeweglich stehen. Endlich war auch das Telefonat beendet, und kaum war Mara ein paar Schritte gegangen, da bemerkte sie, dass der Schließfachschlüssel fehlte.

Und während er mit seiner Umgebung verschmolz, wurde Quint Zeuge ihrer Panik.

Niemand sonst schien Mara zu beachten, niemand kümmerte sich um sie, als sie aus dem Gang mit den Schließfächern herausstürmte, sich kurz umsah, ihn natürlich nicht bemerkte. Weiterlief. Und in Richtung Ausgang verschwand.

17

Das Arbeitszimmer des Erzbischofs wirkte wie das Büro eines Verwaltungsbeamten und nicht wie das Refugium eines Kirchenfürsten.

Wessely war an der Tür stehen geblieben und betrachtete seine Exzellenz, wie sie sich in dem überheizten Zimmer mit einem Taschentuch die Stirn wischte, einen Aktenordner schloss und ihn ächzend neben sich auf den Boden stellte – zu einer ganzen Reihe weiterer. Auch der riesige Schreibtisch war mit Papieren bedeckt – manche nicht in Aktenordnern gesammelt, sondern zu dicken Bündeln gepackt und mit Gummiringen zusammengehalten, die jeden Moment zu reißen drohten. Hinter dem Bischof erstreckte sich an der Wand entlang ein Regal, das längst nicht mehr in der Lage war, all die Papierflut aufzunehmen.

Kein Wunder, dachte Wessely. Die Residenz dieses obersten Chefs des Bistums war einst gebaut worden, damit er wie ein Fürst repräsentieren konnte. Hof halten. Seine Untergebenen mit seinem Glanz beeindrucken und gegebenenfalls einschüchtern. Heute hatte so ein Erzbistum eher den Charakter einer Behörde. Bis auf wenige Ausnahmen trug der Bischof nicht sein purpurfarbenes Ornat, sondern einen dunklen Anzug. Wäre da nicht das weiße Kollar gewesen – man hätte ihn kaum von einem älteren Professor oder einem Bankvorstand unterscheiden können.

Immerhin gab es in diesem Raum Zeichen dafür, dass man sich in einer Machtzentrale der Kirche befand. Über dem Regal im Rücken seiner Exzellenz hing ein großes dunkles Kruzifix. Allerdings grenzte es in Wesselys Augen schon an

Gotteslästerung, dass der Bischof dem Gekreuzigten seine Kehrseite zuwandte. Dafür hatte er ein Bild der heiligen Jungfrau Maria im Auge, das wie ein Familienfoto am hinteren Rand des Schreibtischs stand, aber jeden Moment nach hinten zu kippen und hinunterzufallen drohte.

»Willkommen, willkommen«, sagte der Bischof mit seinem gemütlichen burgenländischen Akzent. »Nehmen Sie doch Platz. Und seien Sie dann so freundlich, mir zu verraten, was Sie von mir wollen.«

»Entschuldigen Sie«, sagte Wessely, zog sich den einzigen der drei Stühle heran, der nicht von Papierstapeln bedeckt war, und setzte sich. »*Sie* haben mich doch kommen lassen …«

Der Bischof zog die Stirn kraus, griff neben sich und bediente eine Gegensprechanlage. »Pater Gregorius, ich habe Herrn Wessely hier. Worum ging es da doch gleich? Kommen Sie doch bitte schön geschwind herüber.« Er nahm den Finger von dem Gerät und blätterte nervös in einem Kalender. »Es wird sich gleich alles klären, lieber Wessely, keine Sorge …«

Kurz darauf klopfte es, und die Tür öffnete sich. Ein streng blickender Mann in dunkler Kutte mit hängender Kapuze auf dem Rücken kam herein. Sein Gesicht wirkte hager, fast ausgemergelt, und Wessely zuckte bei seinem Anblick innerlich zusammen. Das war ein ganz anderer Mensch als der Bischof. Kein überlasteter Bürokrat mit einem eher harmlos gutmütigen Herzen, sondern ein Mann, der die Fäden in der Hand hielt. Der hinter den Kulissen bestimmte, in welche Richtung man marschierte.

Gott schütze uns vor den Privatsekretären, Adjutanten, Assistenten und sonstigen Helfern, dachte Wessely. Vor allem, wenn sie selbst auch noch vorgeben, im direkten Auftrag Gottes zu handeln.

Pater Gregorius beachtete den Bischof kaum, der immer noch schnaufend herumblätterte. »Herr Wessely«, sagte er nur. »Sie sind gekommen. Das ist erfreulich.«

Wessely stand instinktiv auf. Es war unerträglich, von diesem Menschen von oben herab betrachtet zu werden. Man kam sich klein vor. Und das nicht nur in körperlicher Hinsicht: Man fühlte sich minderwertig.

»Bitte schön«, meldete sich der Bischof, »Pater Gregorius, Herr Wessely, tun Sie mir doch einen Gefallen. Kümmern Sie sich doch untereinander um die Dinge.«

»Gerne«, sagte der Pater, ließ Wessely dabei aber nicht aus den Augen. »Wie Eure Exzellenz wünscht.«

»Und tun Sie mir noch einen Gefallen. Schreiben Sie mir eine Notiz, um was es ging. Ich werde sie dann lesen und zur Kenntnis nehmen.« Er wandte sich wieder dem Schreibtisch zu und schien etwas zu suchen. »Ach, und noch etwas. Pater, wo ist denn wieder diese Unterschriftenmappe?«

Pater Gregorius führte Wessely in einen Raum – groß wie ein Tanzsaal, aber leer, mit hohen Fenstern und knarrendem Parkett.

Wessely fragte sich, warum der Bischof nicht hier sein Büro hatte. Wieso saß er in der verstopften Kemenate?

»Dieser Raum war einst das Fürstenzimmer der Residenz«, sagte Pater Gregorius. »Es wird bald restauriert, damit Touristen es besichtigen können. Deshalb musste seine Exzellenz in einen kleineren Raum umziehen. Leider kann ich Ihnen keine Sitzgelegenheit anbieten. Aber hier sind wir ungestört. Und darauf kommt es ja an.«

Wessely nickte. Der Tourismus war eine wichtige Einnahmequelle der Kirche – in Zeiten, in denen kaum jemand noch den Gottesdienst besuchte und der normale Bürger die Gotteshäuser bestenfalls bei Hochzeiten und Beerdigungen von innen sah. »Worum geht es denn nun?«, fragte er.

Der Pater fixierte ihn auf seine unangenehme Art. »Nur keine Ungeduld. Seine Exzellenz mag ein bisschen durcheinander wirken angesichts der vielen Papierarbeit, die auf ihm lastet. Aber seien Sie gewiss – es ist ihm sehr daran gelegen zu erfahren, welche Geistlichen sich in seinem Bistum aufhalten, und er interessiert sich auch für die Aufgaben, denen sie nachgehen.«

Wessely nickte. »Ich verstehe.«

Pater Gregorius' Miene blieb unbeweglich wie eine Maske. »Und um es kurz zu machen: Der Bischof hat über alle Informationen erhalten, nur über einen Geistlichen nicht.«

»Sie meinen mich, nehme ich an.«

»Sehr richtig.« Der Pater legte die Hände auf den Rücken, beugte sich ein wenig vor und ging ein paar Schritte. »Fassen wir zusammen. Sie sind gebürtiger Österreicher. Sie leben aber im Vatikan. Wenn ich das richtig sehe, haben Sie sogar einen vatikanischen Pass. Sie halten sich seit mehreren Monaten in unserer Alpenrepublik auf. Sie waren in verschiedenen Städten, in verschiedenen Bistümern. Sie haben viele Archive besucht.«

»Ist das etwas Besonderes?«

Der Pater drehte sich um. »Sie haben dort aber über keine kirchlichen Themen geforscht, sondern sich mit antiker Mythologie befasst – einem in unseren Augen ziemlich untheologischen Thema. Welchen Reim kann man sich darauf machen? Sie wirken auf mich wie ein Privatier, der seinen Bildungsneigungen nachgeht, aber nicht wie ein Angehöriger der Kirche, der Sie doch ohne Zweifel sind.«

Der Pater stoppte seine Rede, und Wessely war klar, dass er nun etwas sagen sollte. Die Überheblichkeit, mit der diese rechte Hand des Bischofs ihm entgegentrat, ging ihm immer mehr auf die Nerven.

In unseren Augen ein ziemlich untheologisches Thema …

Welch unfassbare Arroganz. So konnte nur jemand sprechen, der keine Ahnung von der Materie hatte. Es war natürlich unmöglich, seine Thesen, Ideen und bereits erarbeiteten Erkenntnisse hier in diesem Raum zwischen Tür und Angel auszubreiten. Dafür war es noch zu früh. Außerdem würde es ihm nicht gelingen, diesem Pater das alles so aus dem Stand klarzumachen. Nein. Er musste den Ball flach halten. Wenig verraten.

»Reicht es nicht, dass ich Mitglied der Päpstlichen Kommission für christliche Archäologie bin? Ich denke, das dürfte all Ihre Fragen ausräumen. Auch wenn sie damit nicht beantwortet sind. Antworten, das müssen Sie mir zugutehalten, kann ich Ihnen nicht geben.«

»Natürlich könnten Sie, aber Sie wollen nicht, und ich frage mich, warum. Wenn Sie aus den österreichischen Archiven bestimmte Erkenntnisse gewinnen, die die Kommission interessieren, dann wäre es sicher sinnvoll, wenn Seine Exzellenz davon wüsste. Welche Glaubensinhalte kann man denn aus einem Studium der antiken Sagengestalten ableiten? Was hat das alles mit christlichem, mit katholischem Glauben zu tun? Die Weltgeschichte des Christentums im engeren Sinne beginnt doch erst mit der Geburt Jesu. Erst dieses Ereignis in Bethlehem ist doch der Beginn des Neuen Bundes mit Gott ...«

Der Pater hatte sich in Rage geredet. Seine Gesichtszüge waren etwas weicher geworden. Nur wenn er, wie es gebetsmühlenartig bei vielen Anhängern der Kirche geschah, über die Grundlagen des Glaubens sprach, wenn er die von Kindheit an erlernten Worte wiederholen konnte, schien er wirklich glücklich zu sein. Hatte er die Möglichkeit nicht, blieb ihm nur, etwas zu tun, was ihm Macht über andere verlieh. Keine gute Mischung, fand Wessely.

»Oder glauben Sie etwa nicht daran?«, fragte der Pater und starrte Wessely ins Gesicht, als könne er ihn nun bei einem Widerspruch ertappen.

»Der Vatikan befasst sich mit allen geistigen und geistlichen Werten«, sagte Wessely ruhig. »Die Menschen glaubten auch vor Jesus Christus an ein höheres Wesen.«

»Ja, an Gott. Oder nicht an Gott. Oder an ein Sammelsurium von Göttern, die eigentlich Menschen waren.« Das Gesicht des Paters war wieder hart geworden. »Die herumhurten, betrogen, sich betranken.«

Der Pater spielte auf die Götterwelt der Griechen an, die tatsächlich wie eine Versammlung der oberen Zehntausend wirkte – mit all ihren Schwächen.

»Aber inmitten dieser Welt war die Liebe Gottes bereits vorhanden«, sagte Wessely. »Vielleicht im Dunkel verborgen und nur für diejenigen erkennbar, die über die Begrenzungen der Zeit hinausblicken konnten.«

Der Pater hob die Augenbrauen. »Wie meinen Sie das?«

»Lieber Pater Gregorius ... ich weiß nicht, welche Kenntnisse Sie von der Antike haben. Nicht, dass ich Ihre Bildung in Zweifel ziehen möchte, aber das, was in den Geschichtsbüchern steht, reicht oft nicht aus, um zu wirklich wichtigen Erkenntnissen zu kommen. Es sind genau die Dinge im Schatten der bekannten Weltgeschichte, die mich interessieren.«

»Und welche Erkenntnisse sind es, die wir zu erwarten haben? Ich meine, in welche Richtung gehen sie?«

»Wenn ich Ihnen das sage, muss ich mich auf Ihre absolute Verschwiegenheit verlassen können.«

»Aber selbstverständlich. Es gibt nur eine Person, der ich ...«

»Ich weiß schon. Seine Exzellenz wird davon erfahren. Das ist in Ordnung.«

»Also?« Eben hatte Gregorius kurz wie ein Bittsteller geklungen. Nun war er wieder ein Befehlender. Es war ihm nicht auszutreiben.

»Jesus wurde geboren, wie es die Schrift des Alten Bundes voraussagte, aber er war nicht der Erste, den Gott zu den Menschen schickte, um Seine Botschaft zu verkünden.«

»Nicht der erste ...? Sicher, es gab andere Propheten. Das Alte Testament berichtet von ihnen. Sie waren es, die Jesu Erscheinen angekündigt haben.«

»Das meine ich nicht, Pater. Ich meine einen Menschen, der

vom Himmel zur Erde kam, um den Menschen das zu bringen, was sie am nötigsten brauchten. Der von der Erde aus in die Hölle ging, sogar durch die Hölle wanderte und schließlich zu den Lebenden zurückkehrte – in einer Art Wiederauferstehung. Der als Märtyrer starb. Erinnert Sie das an etwas?«

»O ja«, rief der Pater. »Selbstverständlich. Das ist die Geschichte von Jesus Christus, die Sie da erzählen. Natürlich fehlt noch einiges in dem Bericht. Seine Taten zum Beispiel … Und das große Ziel, auf das wir alle warten. Die Wiederkehr des Messias. Am Tag des Jüngsten Gerichts. Bei der Apokalypse.«

Die Augen des Paters leuchteten, aber nicht vor Euphorie, sondern vor Angst. Wessely, der all die Konsequenzen, die aus seinen Forschungsergebnissen folgten, schon oft durchdacht hatte, konnte das nicht mehr schrecken.

»Bitte fassen Sie sich, Pater, wenn ich Ihnen etwas sage, was Sie vielleicht in Angst versetzen wird. Es kann durchaus sein, dass wir all die Zeit an den falschen Messias geglaubt haben«, fasste er die ganze Ungeheuerlichkeit zusammen.

Die Miene des Paters schien zu versteinern. Doch sofort hatte er sich wieder im Griff. »Mir wird klar, was hier gespielt wird. Sie verbringen zum Spaß die Zeit in den Archiven, um ein Verwirrspiel zu entwickeln, das am Ende die Kirche entzweit – und ihr noch mehr Schaden zufügt als der, unter dem sie ohnehin schon zu leiden hat.«

Wessely machte einen Schritt auf den Pater zu. »*Sie* haben es wissen wollen. *Ich* hatte nicht die Absicht, es Ihnen mitzuteilen. Ich weiß, welche Auswirkungen das alles haben kann. Aber es ist die Wahrheit.«

Plötzlich lachte der Pater auf. »Die Wahrheit? Was soll uns denn bitte schön diese Wahrheit bringen? Das Ganze ist viele Tausend Jahre her. Was geht es uns an? Was haben wir zu verlieren? Glauben wir doch das, was in der Bibel steht, und bringen es den Menschen nahe. Das allein ist unsere Aufgabe.«

»Die Wahrheit ist Ihnen egal? So zeigen Sie sich also als Wolf im Schafspelz?«

Der Pater rang die Hände. »Aber wir haben die Botschaft. Sie steht geschrieben. Und sie allein ist wichtig.«

»Wichtig. In der Tat. Sie ist sogar das Wichtigste. Aber es wird der Moment kommen, da wird der wahre Messias sein Gesicht zeigen.«

»Wie soll das geschehen?«

Nun war Wessely derjenige, der sein Gegenüber anblickte wie eine Schlange das Kaninchen. Und Pater Gregorius war derjenige, der sich in seinen eigenen Widersprüchen gefangen hatte. Er hatte zugegeben, dass die Heilige Schrift für ihn nur ein Vorwand war. Dass er sie nicht ernst nahm.

»Sie haben es doch selbst gesagt. Der Messias wird wiederkehren«, sagte Wessely.

»Aber das ist doch …«

»Sie glauben nicht daran?«

»Schon, aber … es ist ein Ereignis, das weit in der Zukunft liegt.«

»Woher wollen Sie das wissen?«

»Die Menschen sind schon lange davon überzeugt, dass die Welt bald untergeht. Das sind Probleme, die die Menschen ganz alleine lösen müssen.«

»Davon rede ich auch nicht.«

»Sie meinen, Sie wissen etwas über die wirkliche Wiederkehr? Die tatsächliche?«

»Der Messias, über den ich forsche, soll wiederkehren. Es kann sein, dass er und Jesus Christus ein und dieselbe Person sind – Reinkarnationen, wenn Sie so wollen. Aber was mich ganz besonders interessiert … und das ist es, was mich in den Archiven beschäftigt: Es hat den Anschein, als wandele er bereits unter uns. Und er kann jeden Moment sein wahres Gesicht zeigen.«

18

Als Mara erwachte, hatte sie das Gefühl, ihr Körper sei mit einer dünnen Schicht Eis bedeckt. Sie fröstelte und versuchte, die kratzige und nach muffiger Feuchtigkeit stinkende Decke ein Stück höher zu ziehen. Aber das Laken aus Wolle oder was es war hatte nicht die nötige Länge, und so zog sie die Beine an und verfiel in eine Art Embryonalstellung, um sich wenigstens ein bisschen aufzuwärmen. So hatte sie es die ganze Nacht über immer wieder getan, und sie hatte sich in dieser Stellung so verkrampft, dass ihr Rücken schmerzte.

Sie schlug die klamme Wolle zur Seite und ignorierte die Kälte.

»Morgen, Mara.«

Da stand Jojo, hielt zwei dampfende Tassen in der Hand und lächelte sie an. »Kaffee?«

Mara setzte sich auf und zog die Beine an. Ihre Schlafunterlage war eine rohe Matratze, die auf dem Boden des Bauwagens lag. Jojo hatte auf der anderen Seite der Behausung übernachtet.

»Morgen. Ich hätte nicht gedacht, dass du hier Kaffee machen kannst.«

»Wir können drüben im Haus Wasser heiß machen. Und Kaffeepulver gibt's auch. Ich hab sogar noch ein paar Brötchen zum Aufbacken gefunden. Und Marmelade …«

Mara nickte und nahm einen Schluck. »Wie spät ist es?«, fragte sie.

»Kurz nach acht. Ich müsste eigentlich in die Schule, aber wo du doch zu Besuch gekommen bist … Man soll sich ja um seine Gäste kümmern, oder?« Jojo grinste.

Mara spürte einen Impuls, der sie selbst überraschte. Sie hätte Jojo am liebsten gesagt, dass das natürlich falsch war. Dass sie in die Schule zu gehen hatte. Dass sie an ihre Zukunft denken sollte. Doch während ihr diese Gedanken durch den Kopf gingen, wurde ihr klar, dass es original dieselben Worte waren, die sie sich früher immer von ihrem Pflegevater hatte anhören müssen.

Jojo strahlte sie an, und es kam Mara vor, als blicke sie in ihr eigenes Selbst, das sie einmal gewesen war.

»Schwänzt du die Schule oft?«, fragte sie.

Jojo verzog den Mund. »Hey, du redest wie eine Erwachsene. Ich mache, was mir passt. Ist doch das einzig Richtige, oder nicht?«

Wie eine Erwachsene. Mara war erwachsen, doch offenbar sah Jojo in ihr etwas anderes ...

»Ich find's gut, dass du noch gekommen bist«, sagte das Mädchen. »Als ich dich da am Taxi gesehen habe, war mir schon klar, dass du Stress hast.«

Mara nickte nur. Sie dachte an den vergangenen Abend. Wie sie durch Berlin geirrt war, nachdem sie den Diebstahl der Geige entdeckt hatte. Mit der Polizei gesprochen hatte. Sich Beschwichtigungen hatte anhören müssen. Sie hatten sogar die Aufzeichnung der Überwachungskamera zurückgespult, und man hatte eine dunkle Gestalt sehen können, die das Schließfach öffnete und den Geigenkasten herausnahm. Aber die Person war nicht zu erkennen gewesen. Und die ganze Zeit über hatten sie Mara das Gefühl gegeben, selbst schuld zu sein. Warum hatte sie sich auch den Schlüssel klauen lassen?

Viel später hatte sie dann zu dem Bauwagenplatz gefunden, einem von hohen Häusern und Backsteinmauern umgrenzten Areal am Ende einer Sackgasse, das man durch ein altes Fabriktor erreichte.

»Du hast doch Stress, oder?«, fragte Jojo.

»Allerdings.«

»Willst du drüber reden?«

Wo war ihr Rucksack? Sie sah sich kurz um. Er stand am Kopfende der Matratze. »Schwierig«, sagte sie. Sie wollte die Seitentasche öffnen.

»Es ist noch da, keine Sorge«, sagte Jojo.

»Was ist noch da?«

»Dein Geld. Du hast gestern Abend schon danach geschaut. Du hast gedacht, ich hätte es nicht gemerkt. Aber ich hab's gesehen. Ich hab nichts genommen.«

Mara überschlug in Gedanken, wie viel sie noch hatte. Es mussten so an die zweihundert Euro sein. Sie ließ den Rucksack sinken.

»Kriegst du so viel fürs Musikmachen? Hölle, das wäre auch was für mich …« Jojo lächelte vor sich hin und nippte an ihrer Tasse.

Mara erkannte in ihrem Gesichtsausdruck, dass sie träumte. Von einem besseren Leben. Oder einem Leben, das sie für das bessere hielt. Viele der Straßenkinder träumten sich andauernd in irgendetwas hinein, was sie nicht waren, was sie aber gerne wären. Oder in eine Zukunft, die sie gerne erleben würden. Und dabei bemerkten sie nicht, dass die Zeit verging, dass man sich nicht träumend einer Zukunft annähern konnte. Sie würde einem immer entwischen, egal wie nahe man ihr gekommen zu sein glaubte. Denn in Wahrheit änderte sich nichts. Man blieb auf demselben Fleck stehen. Man verträumte sein Leben.

Mara stand auf. »Gibt's hier irgendwo einen Internetzugang?«, fragte sie.

»Musst du gleich wieder ans Arbeiten denken, oder was? Ich hab gedacht, wir haben noch ein bisschen Spaß hier zusammen oder so.«

»Entschuldige, aber ich muss eine bestimmte Sache klären.«

»Wenn du Stress hast, ist es doch sicher besser, wenn du dich erst ein bisschen ausruhst. Du warst so fertig gestern …«

Im Mittelbereich des Wagens war ein einfacher Tisch eingebaut, an der Längsseite unter dem Fenster stand eine Bank. Plastikmüll und schmutziges Geschirr bedeckten die Tischplatte. Auf der Bank stapelten sich Haufen von Wäsche und anderer Kram – darunter eine Zwillingsschwester der Decke, unter der Mara die Nacht verbracht hatte.

»Sorry, aber das ist wichtig.« Mara holte den Rucksack, stellte ihn auf die Tischkante, wo sie ein wenig Platz fand, und holte ihren Laptop heraus.

»Drahtloses Internet wird es hier kaum geben, oder?«

»Keine Ahnung. Mensch, nun mach doch nicht so einen Stress hier.«

Mara klemmte sich hinter das Gerät und fuhr es hoch. Dann suchte sie im Rucksack nach dem Internetstick, mit dem sie überall ins Netz kam, wo es Mobilfunk gab.

Jojo staunte. »Du bist ja cheffig ausgestattet«, sagte sie, aber Mara kümmerte sich nicht um sie. Beide schwiegen, während der Computer die Programme lud. Es kam Mara endlos vor, bis der Stick die Software gestartet hatte, mit dem sie ins Internet kam. Jojo sah Mara über die Schulter.

Mara war klar, dass sie schmollte, weil sie sich nicht mit ihr beschäftigen wollte. Egal.

Der Computer war hochgefahren. Was war besser? Zuerst die Mails zu öffnen oder nach neuesten Nachrichten zu suchen?

Nervös klickte sie auf das Symbol des Mailprogramms, dann auf den Browser. Die Fenster auf dem Display überlagerten sich, und Mara tippte los. Sofort kamen Ergebnisse.

Mara Thorn – Vertrag geplatzt?
Mara Thorn: Konzerte abgesagt. Neuer Manager erklärt die Karriere der Teufelsgeigerin für beendet.
Abgetaucht: Wo ist Mara Thorn?

Und dann kam es:

Mara spürte Jojos Atem in ihrem Nacken. »Sie haben dir deine Geige geklaut? Was für Schweine. Das ist ja voll krass.«

»Ja, gestern Abend«, sagte Mara gedankenverloren und las weiter. Es stand alles da: dass der Diebstahl im Bahnhof stattgefunden hatte. Dass es im Zusammenhang mit einem Schließfach passiert war.

Jemand von der Polizei hatte der Presse wohl einen Tipp gegeben. Chloe hatte Mara immer davor gewarnt, in der Öffentlichkeit zu viel zu sagen, zu viel preiszugeben.

Chloe …

Mara wollte nach ihrem Handy greifen, aber das musste noch neben der Matratze liegen, wo sie es in der Nacht hingelegt hatte.

»Jojo, gib mir bitte mal mein Telefon.« Mara deutete hinüber. Das Mädchen war froh, dass es etwas zu tun bekam. Wenn Mara nicht aufpasste, folgte Jojo ihr wie ein Hund. Aber sie konnte keinen Hund gebrauchen. Eigentlich schade. Denn Jojo war der einzige Mensch, von dem sie im Moment einigermaßen sicher sein konnte, dass er auf ihrer Seite war.

»Hier«, sagte Jojo, legte das Handy hin und stellte sich wieder in Position, als würde sie auf neue Aufträge warten.

»Kannst du mir noch einen Kaffee holen?«, fragte Mara.

Das Mädchen setzte sich sofort in Bewegung und ging hinaus. Als sie die Tür des Bauwagens öffnete, zog der kalte Novemberwind herein. Mara hätte jetzt einiges für eine heiße Dusche gegeben.

Sie öffnete den Mailaccount. Nur wenige Personen besaßen ihre Mailadresse. Eigentlich nur Leute aus dem Businesskern. Trotzdem verirrten sich immer wieder Spams unter die wirklich wichtigen Mails. Sie löschte sie und konzentrierte sich auf das, was übrig blieb.

Vier Mails von Chloe. Eine von Gritti.

Eine von Orpheus.

Orpheus?

Das konnte doch auch nur Spam sein.

Mara war kurz davor, die Nachricht zu löschen. Doch dann öffnete sie die Mail doch.

Hallo, Mara,
jetzt ist vielleicht der richtige Zeitpunkt gekommen, dass wir uns treffen. Es gibt einiges zu erklären. Das Zeichen auf der Violine. Dein Zeichen. Deine Herkunft. Ich möchte es nicht mehr dabei belassen, Dir an Deinem Geburtstag zu schreiben. Die Zeit wird knapp. Pass auf Deine Violine auf.
Orpheus

In ihr glühte ein Schwall von Hitze. Sie las die Worte noch einmal, dann wieder und wieder. Es war, wie sie geahnt hatte. Keines von den Ereignissen, die sie seit zwei Tagen heimsuchten, war Zufall. Etwas steckte dahinter. Dass sich der Unbekannte meldete, war das Tüpfelchen auf dem i.

Die Mail war gestern Abend abgeschickt worden. Etwa um dieselbe Zeit, als sie bei der Polizei gewesen war.

Pass auf Deine Violine auf.

Wer auch immer diese Nachricht geschrieben hatte – er hatte noch nicht wissen können, dass die Geige gestohlen worden war.

Was sollte sie tun? Ihm antworten? Aber was? Er stellte ein Treffen in Aussicht. Um ihr etwas zu erklären …

Sie las die Meldungen von Chloe und Gritti. Die PR-Managerin schrieb dasselbe, was sie gestern schon am Telefon gesagt hatte. Dass Mara zurückkommen sollte.

Chloe wiederholte das mehrere Male. Sie musste die ganze Nacht vor dem Rechner gesessen haben. Die vierte Mail war dann heute Morgen um halb sieben geschickt worden. Da hatte Chloe schon erfahren, was am Bahnhof passiert war.

Wir müssen dagegen vorgehen. Und wir müssen die Geschichte richtig ausnutzen. PR, verstehst du? Wir müssen ein Foto von der Geige herausgeben, müssen sie beschreiben. Die Fans sollen sich an der Suche beteiligen. Am besten wäre eine Belohnung. Du ahnst nicht, was wir damit erreichen können. Wir müssen auf den Mitleidsfaktor setzen. Melde Dich bitte schnell. Komm aus Deinem Versteck. Ich arbeite daran, dass Gritti doch weitermacht. Er will zwar im Moment nicht mit mir sprechen, aber ich bleibe dran …

Jojo kam mit einer fleckigen Thermoskanne und einer Tasse zurück.

Mara öffnete die Mail von Gritti.

Das Mädchen stellte Mara die Tasse hin, goss ihr Kaffee ein und setzte sich dann neben sie auf die Bank. Wartete. Wie ein Hund.

Gritti reagierte in seiner Nachricht auf Chloes Bemühungen, ihn umzustimmen.

Falls Du mit Chloe unter einer Decke steckst, will ich Dir nur sagen, dass Du damit nicht weit kommst. Ich habe alle Konten sperren lassen, um meinen finanziellen Verlust möglichst gering zu halten. Trotzdem halte ich natürlich mein Wort und werde Dir das Geld, das ich Dir aufgrund der Verträge noch schulde, auszahlen. Gib mir eine Adresse an, an die ich den Scheck schicken kann. Oder ein eigenes Konto. Falls Du noch Fragen hast, wende Dich an meinen Anwalt Mr Kohn. Unten steht seine Mailadresse.

Mara klickte die Nachricht weg. Sie hatte keine Anschrift, an die man einen Scheck schicken konnte. Und sie hatte auch kein Konto. Und gerade wurde ihr klar, dass sie so einfach auch keins bekommen würde, da sie ja keinen richtigen Wohnsitz besaß.

»Machen die dich fertig?«, fragte Jojo. »Wollen die nicht, dass du noch Konzerte spielst?«

Mara sah sie an und rang sich ein Lächeln ab. »Ja, so sieht es aus.«

Jojo war ehrlich entrüstet. »Mann, das können die doch nicht machen. Du bist doch gut. Eine Freundin von mir hat eine CD von dir. Das ist alles so super … Und jetzt lassen sie dich nicht mehr? Warum denn nicht?«

»Schwierig zu erklären«, sagte Mara und blickte wieder auf den Bildschirm. Sie löschte die Nachrichten von Chloe und Gritti, und dann war nur noch die eine in der Liste.

Die von Orpheus.

Mara hatte einen Moment gedacht, sie hätte sie sich nur eingebildet. Aber sie war da. Und sie blieb in der Liste.

»Orpheus«, sagte Jojo. »Hab ich schon mal gehört.«

»Tatsächlich?«, fragte Mara.

»In der Schule. Wir hatten einen Geschichtslehrer, der … Na ja, der hat was darüber erzählt.«

Mara sagte der Name auch etwas, aber sie hatte noch nicht darüber nachgedacht. Natürlich war das hier ein sogenannter Nickname eines Mailschreibers, der anonym bleiben wollte. So einer konnte sich die verrücktesten Namen aussuchen. Welcher bei dem jeweiligen Maildienst gerade frei war.

»Hat was mit Musik zu tun«, sagte Jojo.

Da hat sie recht, dachte Mara. Und vielleicht war das kein Zufall. Er war sicher ein Musikfan und nannte sich deshalb so.

»Was will der?«, fragte Jojo.

»Ich weiß es nicht.«

»Ist er vielleicht so ein perverser Stalker?«

»Keine Ahnung.«

Nachdenklich blickte Mara auf den Bildschirm. Die Software aktualisierte die Liste der eingegangenen Mails, und plötzlich erschien in der Liste eine neue Nachricht. Wieder von Orpheus. Mara öffnete sie.

Ich habe gelesen, was passiert ist.
Es ist furchtbar, aber es ist noch nicht zu spät.
Die Zeit ist nun wirklich reif, dass Du mehr über Dich erfährst. Vielleicht war Grittis Unfall ein Zeichen.
Bist Du bereit, mir zu vertrauen?
Sprich mit niemandem darüber, dass wir Kontakt haben. Ausnahmslos.
Wenn Du diese Regel brichst, wird vielleicht doch noch alles zerstört. Jeglicher Sinn. Alles, worauf es Dir ankommt.
Denke darüber nach: Vertraust Du mir?
Orpheus

»Klingt tatsächlich wie einer, der dich verfolgt.«

Mara schloss das Programm. Sie musste nachdenken, aber dieses Kind hier neben ihr störte sie dabei.

»Ich kann dir helfen«, sagte Jojo. »Du kannst dich hier bei uns verstecken und ...«

»Jojo, das geht nicht.«

»Aber klar, du musst doch nur ...«

»Ich muss hier weg. Ich muss was unternehmen.« Eigentlich wusste sie selbst nicht, was sie musste und sollte, aber eines war sicher: Hier in dem Bauwagen hielt sie es keine fünf Minuten mehr aus.

»Aber ich dachte ...« Plötzlich sah Jojo verzweifelt aus. Sie wirkte, als kämen ihr gleich die Tränen. »Ich wollte dir nur helfen«, flüsterte sie.

»Ich weiß.«

»Aber ich bin wohl keine Hilfe für dich, oder?«

»Nein. Eher nicht. Aber danke, dass ich bei dir übernachten durfte.«

Jojo schluchzte leise. Dann schob sie sich von der Bank und ging hinaus.

Mara wartete einen Moment und öffnete auf dem Computer ein weiteres Programm. Twinworld.

Sie hatte es am Abend zuvor schon versucht, aber Deb war immer noch nicht online.

Plötzlich fiel ihr das Handy ein. Sie schaltete es an – und da trudelten die Nachrichten in Abwesenheit ein. Drei Mal Chloe. Mara machte sich nicht die Mühe nachzusehen, was sie wollte.

Sie brauchte Kontakt zu Deborah.

Nachdenklich wandte sie sich wieder dem Laptop zu und betrachtete ihren Avatar, der in der künstlichen Landschaft herumstand.

Das ist alles Kinderkram, dachte Mara. Wenn du Kontakt zu Deborah haben willst, ruf sie an, wie es ein normaler Mensch machen würde. Oder schreib ihr eine Mail.

Sie klickte durch die Twinworld-Freundesliste, wo Deborahs Mailadresse sichtbar war.

Melde Dich. Bitte. Mara.

Die Nachricht schoss ins weltweite Netz.

Was tue ich, wenn sie sich nicht meldet, dachte sie?

Die Sekunden tropften dahin. Zwei, drei Minuten vergingen. Dann begann die Musik ihres Handys zu spielen. Mara meldete sich, und dann hörte sie Deborahs beruhigende Stimme.

»Wo bist du jetzt?«, fragte sie.

»Bei … Freunden.«

»Bist du dort sicher? Oder kann dich die Presse aufspüren?«

Unglaublich, wie schnell Deborah zur Sache kam. Als wüsste sie alles über ihre Nöte. Als wäre sie die ganze Zeit in ihrem Kopf gewesen. Es tat Mara unendlich gut.

Sie blickte durch das Fenster des Bauwagens auf den von Unkraut und Müll verunstalteten Hof. Dahinter erhoben sich die von Graffiti bedeckten Mauern des Haupthauses. Auf den Betonstufen, die zum Eingang hinaufführten, saß Jojo.

»Ich glaube nicht.«

»Trotzdem. Du musst weg. Du brauchst ein eigenes Dach über dem Kopf. Und dann müssen wir zusehen, dass die Polizei auch wirklich nach deiner Geige sucht.«

Das gute Gefühl steigerte sich. Mara genoss es, dass da jemand war, der das Heft in die Hand nahm und sagte, was zu tun war.

»Ich glaube nicht, dass es ein Unfall war«, sagte Mara.

»Was meinst du?«

»Ach entschuldige … Ich meine John Grittis Tod.«

»Was meinst du damit?«

Und wieder – zum wievielten Male eigentlich? – versuchte Mara, in Worte zu fassen, was geschehen war, während sie mit John telefoniert hatte.

»Das ist doch seltsam, oder nicht?«

»Was sagt denn die Polizei dazu?«

»Soweit ich weiß, haben sie ein paar Erkundigungen eingeholt. Sie waren zum Beispiel bei Potter.«

»Woher weißt du das?«

»Ich war selbst bei ihm und habe mit ihm gesprochen.«

»Ziemlich mutig von dir.«

»Danach habe ich mir die Unfallstelle angesehen … Gegenüber davon steht so ein altes Haus …«

Mara stockte. Sie hatte noch nicht darüber nachgedacht, aber in diesem Moment wurde ihr etwas klar. Der Unbekannte in dem Keller. Orpheus aus der Mail. Hatten die beiden etwas miteinander zu tun? Waren sie ein und dieselbe Person? Und wenn das so war: Orpheus hatte sie gebeten, niemandem etwas von ihrem Kontakt zu sagen.

Ausnahmslos.

Aber zu Deborah konnte sie doch Vertrauen haben, oder nicht?

Ausnahmslos, Mara. Weißt du denn nicht, was das bedeutet?

Und Orpheus, zumindest der aus der Mail, war eben kein

x-beliebiger Stalker. Er war nicht nur ein Fan, der sie verfolgte. Dafür wusste er zu viel. Und er versprach ihr, das Geheimnis ihres Lebens zu lüften. Was er dafür haben wollte, wusste Mara nicht, aber bis jetzt hatte er noch nichts verlangt. Er hatte sie nicht in Gefahr gebracht, er hatte sie nicht bedrängt. Obwohl er sie wahrscheinlich beobachtete – und wenn er wirklich derjenige war, der ihr damals die Violine geschenkt hatte, tat er das schon seit Jahren.

Sie brauchte also keine Angst vor ihm zu haben. Und deswegen war es besser, wenn sie Deborah nichts über ihn sagte.

»Ein Haus?«, fragte Deborah gerade. »Was für ein Haus?«

»Ach, ich weiß auch nicht … Ich hatte erst gedacht, jemand könnte den Unfall von dort beobachtet haben. Aber es ist gar nicht mehr bewohnt.«

»Den Unfall, der keiner war?«

»Ja, genau.« Mara musste über ihre kleine Unlogik lachen. Gut, dass Deborah für sie da war.

Einfach nur gut.

Ob sie ihr mehr erzählte, konnte sie sich ja noch überlegen.

»Lass uns später darüber reden«, sagte Deborah. »Ich komme nach Berlin. Ich hoffe, dass ich ganz schnell einen Flug erwische.«

Sofort? Wunderbar. Gute Deborah.

»Ich besorge dir schon von hier aus eine Unterkunft.«

Von hier aus? Was hieß das? Mara fragte nicht. Es war ihr egal.

»Ein Hotel kann ich aber nicht bezahlen«, sagte sie.

»Ich kümmere mich darum. Eine Wohnung wäre ohnehin besser. Und von dort aus schmieden wir einen Schlachtplan. Verlass dich auf mich, okay?«

»Okay«, flüsterte Mara.

»Ich schicke dir eine SMS mit der Adresse. Dort treffen wir uns.« Sie verabschiedete sich, und dann war die Leitung unterbrochen.

Mara sah aus dem Fenster. Jojo war verschwunden.

Sie packte ihre Sachen zusammen. Sie wollte schon den Bauwagen verlassen, doch dann fiel ihr etwas ein.

Sie suchte nach etwas zu schreiben und fand unter der Bank einen alten Briefumschlag. Einen Stift hatte sie im Rucksack. Sie schrieb ein paar Zeilen.

Es tut mir leid. Aber ich muss mich um eine schwierige Sache kümmern. Danke für Deine Hilfe. Und wenn Du Dir selbst einen Gefallen tun willst: Hör auf mit dem Schuleschwänzen. Versau Dir Deine Zukunft nicht.
Mara

Sie griff nach ihrem Geld und holte einen Fünzig-Euro-Schein hervor. Ihn und den beschriebenen Umschlag beschwerte sie mit einer leeren Flasche, die sie ebenfalls unter der Bank fand. Sie platzierte beides so auf dem Tisch, dass es auffiel.

19

Unter der Adresse, die Deborah ihr geschickt hatte, fand Mara einen weißen Wohnblock am Wald in der Nähe des Kleinen Wannsees. Balkons in Richtung See unterbrachen die weiße Fläche. Neben der Zufahrt gab es breite Garagen hinter einem leeren Parkplatz.

Deborah hatte angekündigt, dass sie gegen achtzehn Uhr in Berlin landen würde. Jetzt war es erst halb drei.

Mara war es gewohnt zu warten, die Zeit nur mit sich selbst und ihren Gedanken zuzubringen.

Sie spazierte die schmale Straße entlang, vorbei an kleinen Einfamilienhäusern. In einem der Vorgärten schnitt ein älterer Mann die Hecke. Als er Mara bemerkte, hielt er inne und beäugte sie misstrauisch. Er setzte seine Arbeit erst fort, als sie weiterging.

Ein Stück weiter führte die Straße in einen Wendehammer. Von dort aus verlor sich ein schmaler, ordentlich asphaltierter Weg im angrenzenden Wald. Mara folgte ihm ein Stück weit, wobei sie alle hundert Meter an einem Papierkorb vorbeikam und schließlich an eine Bank gelangte. Sie setzte sich und überprüfte ihr Handy. Das hatte sie schon mindestens drei Mal in den letzten Stunden getan und immer wieder festgestellt, dass es ausgeschaltet war. Umso besser. Sie hatte keine Lust, von Chloe oder gar Gritti belästigt zu werden. Diese Welt sollte nun erst mal aus ihrem Leben verbannt bleiben. Bis auf Weiteres.

Wenn sie nur Tamara wieder hätte …

Der Schmerz über den Verlust war quälend, und plötzlich sehnte sie voller Ungeduld Deborahs Ankunft herbei.

Sie musste ihr helfen. Aber konnte sie es auch?

Mara dachte an den Moment zurück, als sie Deborah Fleur kennengelernt hatte. Bei einem der ersten Konzerte mit John. Wie lange war das her?

Zwei Jahre? Drei?

Wie so viele war Deborah auf Maras Instrument zu sprechen gekommen.

»Eine interessante Geige haben Sie da.«

»Finden Sie?« Das war der Satz, mit dem Mara meistens darauf reagierte.

Seltsam, dass ihr Deborah sofort sympathisch gewesen war. Eigentlich sah sie eher spießig aus, kleidete sich sehr konservativ, aber das auf eine ganz eigene Weise.

Ihr schulterlanges, glattes Haar war hellblond und das so intensiv, dass es fast weiß wirkte. Auch alles andere an ihr schien zu strahlen: die fast weißlich blauen Augen, die helle Haut. Sie bevorzugte pastellfarbene Kleidung in Türkis, Hellblau, Hellgrün oder sogar Rosa. Zusammen mit den fast weißen Strümpfen und den ebenfalls weißen Schuhen konnte man glauben, sie sei einer Babystube entsprungen, und man erwartete instinktiv einen Geruch nach Puder.

Doch sie hatte nichts Kindliches an sich. Ihr Blick konnte einen geradezu in die Mangel nehmen. Es war unglaublich, aber Deborah schien nie blinzeln zu müssen. Sie fasste etwas ins Auge und schien es festzuhalten wie eine Schlange. Mara hatte sich manchmal gefragt, ob sie ihre Gegner im Gerichtssaal vielleicht gar nicht mit juristischen Argumenten aushebelte, sondern mit Hypnose.

Seltsam, dass sie damals mit dieser Frau so schnell ins Gespräch gekommen war, dass sie ihr ihre ganze Lebensgeschichte erzählte. Und von Teilen daraus, über die Mara selbst nichts wusste, über die sie aber unbedingt etwas erfahren wollte.

In Deborahs Miene – sie erinnerte oftmals an ein richtiges Pokerface – hatten sich immer nur vereinzelt Reaktionen gezeigt, die Mara zum Weiterreden animierten.

Zum Beispiel, als sie von ihren Pflegeeltern in Hannover erzählte.

»Sie haben gewusst, dass Sie nicht die wirkliche Tochter der Leute sind?«, hatte Deborah gefragt. Damals hatten sie sich noch gesiezt.

»Sie sagten es mir, als ich fünfzehn war.«

Seitdem waren es für sie immer nur ihre sogenannten Eltern. Und so schlimm das Leben für Mara war: Es hatte plötzlich einen Sinn. Den Sinn herauszufinden, woher sie wirklich kam.

»Wie war denn das Leben bei Ihren ... sogenannten Eltern?« Deborah hatte sie starr angeblickt, und Mara hatte auf einmal gespürt, dass ihr da jemand zuhörte – zum ersten Mal im Leben. Sogar John hatte das nicht getan. Ihm war es immer nur um die Musik gegangen, und Deborah – das ging Mara gerade in diesem Gespräch auf – ging es um ihr Leben.

»Sie haben sie unterdrückt?«, fragte Deborah nach und nippte an ihrem Weinglas. Sie hatte Mara in ein kleines Berliner Lokal eingeladen. Mara aß zum ersten Mal in ihrem Leben Elsässer Flammkuchen und trank teuren französischen Weißwein.

Mara erzählte von dem Ehepaar Thorn, dessen Namen sie trug. Und an das Leben bei ihm.

Keine Musik bei den Hausaufgaben. Und auch sonst nur leise. Als sie selbst Musik machen wollte, bekam sie zu Weihnachten eine Heimorgel – obwohl sie gar keine wollte. Sie wollte Geige spielen. Schließlich besorgte man ihr eine Leihgeige von der Musikschule. Später fand sie eine eigene auf dem Flohmarkt. Und mit dieser übte sie dann richtig.

Der Unterricht in der Musikschule legte nur den Grundstein. Im Wesentlichen brachte sie sich das Geigespielen selbst bei. Sie schaute es sich ab.

Sie wollte nie das üben, was man ihr aufgegeben hatte. Die Folge war, dass die Lehrerin den Thorns eröffnete, aus ihr würde sowieso nichts. Ihr sogenannter Vater stellte sie zur

Rede – wutentbrannt stand er da in seiner grauen Strickjacke, in der einen Hand die Zeitung, in der anderen seine Pfeife. Im Hintergrund die dunkle eichene Schrankwand mit den Ziertellern und den Büchern aus dem Buchklub.

Bald hatte Mara schon ihre eigenen kleinen Auftritte. Natürlich nicht wie ihre Mitschüler bei »Jugend musiziert« in braven Kleidchen und Schühchen – sondern in Undergroundklubs. Das, was alle als Klassik verstanden, hatte Mara ohnehin nie interessiert. Am allerliebsten improvisierte sie – und das konnte sie in diesen Klubs wunderbar. Die Atmosphäre war anregend. Inspirierend.

Natürlich verboten ihr die sogenannten Eltern die Auftritte bald. Sie begriffen nicht, dass sie diese Musik brauchte, dieses Musikmachen.

Sie schmiss die Schule. Zog weitere Kreise. Nach Hamburg, schließlich nach Berlin.

Ein paar Mal kassierte sie die Polizei ein, weil sie ja nicht volljährig war. Sie haute wieder ab.

»Sie müssen ein Wunderkind gewesen sein! Haben Sie nie versucht, eine richtige Ausbildung zu machen?«, hatte Deborah gefragt. »Ich meine, in der Musik? Ein Studium?«

Doch, sie hatte versucht, an eine Musikhochschule zu kommen. Sie hatte gehört, dass das in bestimmten Fällen auch ohne Abitur ging. Sie fand einen Professor, dem sie vorspielen konnte. Er sagte, vielleicht sei ein Jazzstudium etwas für sie, aber als sie anschließend in dem Gebäude der Musikhochschule dem Ausgang zustrebte, als sie aus den verschiedenen Räumen das Üben und Singen hörte, da sank ihr der Mut. Das alles erinnerte sie an die Schule, und sie wollte doch nicht wieder die Schulbank drücken, sie wollte frei sein, in ihrer Musik frei sein.

Und deshalb machte sie alleine weiter. Bis Gritti sie entdeckte.

»Und zu diesem Zeitpunkt hatten Sie die Schwarze Violine bereits?«

Mara nickte. »Ja, die hatte ich. Sie war ein Geschenk.« Dann nickte Deborah ebenfalls und fragte nicht weiter. Es hatte sich schon herumgesprochen, dass Mara nichts weiter dazu sagen wollte.

Dann wechselte Deborah das Thema.

»Ich bin Anwältin«, sagte sie, und erst in diesem Moment fiel Mara ein, dass sie bisher nur über sie selbst gesprochen hatten, sie aber über Deborah gar nichts wusste.

»Ich könnte Ihnen vielleicht helfen, etwas über Ihre Eltern, Ihre echte Familie meine ich, herauszufinden. Was halten Sie davon?«

Mara dachte nach.

»Es geht mir nicht ums Geld«, redete Deborah weiter. »Ich mag Ihre Musik. Das reicht mir völlig. Tun Sie mir nur einen Gefallen. Hängen Sie es nicht an die große Glocke. Sagen Sie niemandem etwas davon, dass ich für Sie arbeite.«

»Warum nicht?«

Sie wiegte den Kopf hin und her, als würde sie nach Worten suchen. Mara fragte sich, ob diese Geste reine Show war. Deborah hatte es sicher nicht nötig, lange zu überlegen, was sie zu sagen hatte – wenn ein Gedanke erst einmal durchdacht war.

»Sagen wir, es würde die Preise kaputt machen. Und Mr Gritti wäre vielleicht ein bisschen … eifersüchtig.«

Mara verstand das. Sie tranken den Wein aus, plauderten noch über dies und das, freundeten sich an und tauschten sich darüber aus, dass sie beide eine kleine Leidenschaft für Twinworld teilten – die Cyberwelt im Internet, wo man als sein zweites Ich, als Avatar herumlaufen konnte. Halb scherzhaft vereinbarten sie, sich dort gelegentlich zu treffen.

Keine vier Monate später hatte Deborah herausgefunden, wo sich das Grab von Maras leiblicher Mutter befand. Doch woher diese Frau stammte, ob sie noch mehr Verwandte hatte, war nicht zu ermitteln. Das Grab existierte nicht mehr. Man hatte es nach zwanzig Jahren aufgegeben.

Mara blieb nur der Name.

Ihre Mutter hieß fast genauso wie sie: Tamara. Und sie trug wie John einen Nachnamen, der italienisch klang. Daprato.

Tamara Daprato.

Der Name verfolgte Mara seitdem. Und wenn sie nachts von ihrer Mutter träumte, dann kam es ihr in den seltsamen Verzweigungen der Träume, die dann im Schlaf doch ganz selbstverständlich und realistisch wirkten, so vor, als seien die Geige und ihre Mutter dieselbe Person.

Sie kehrte aus ihren Gedanken ins Hier und Jetzt zurück. Sie war alleine in dem kleinen Wäldchen. Nachdenklich klappte sie ihren Laptop auf und ging online. Zwei Mails von Chloe.

Die alte Leier: Komm zurück. Lass uns über alles reden.

Mara löschte sie.

Eine Mail von Orpheus.

Hast Du Dich entschieden?
Vertraust Du mir?
Ich habe Dir etwas angehängt, was Du vielleicht kennst.
Ist Dir eigentlich klar, dass allein dieses Lied schon beweist, dass Du auserwählt bist? Dass Du auf geheimnisvolle Weise Verbindungen zu einer großen alten Wahrheit besitzt?
Du bist Dir dieser Verbindungen nicht bewusst, nehme ich an.
Trotzdem gibt es sie.
Sonst hättest Du dieses Lied sicher nicht komponieren können.
Es würde mich wundern, wenn dieses Lied nicht schon andere auf den Plan gerufen hätte, die ebenfalls mit Dir Kontakt aufnehmen werden.
Oder es schon getan haben.
Achte darauf, Mara.
Und achte auf das Zeichen.
Nur Du bist berechtigt, es zu tragen.

Sie fröstelte.

Wieso wusste dieser Fremde so viel?

Wer war er?

Wieder sah sie sich in dem kleinen Wäldchen um, in dem sie sich plötzlich ganz verlassen fühlte.

Wurde sie überwacht?

Aber warum sprach der Unbekannte dann nicht einfach mit ihr?

Sie kämpfte die aufkeimende Angst nieder und zwang sich, ihre Gedanken zu ordnen.

Er wusste von dem Zeichen. Von dem Zeichen auf der Violine. Oder etwa auch von dem Zeichen auf ihrem Körper?

Sie musste sich ansehen, was dieser Orpheus an die Datei angehängt hatte. Es war kein Datei-Attachment, sondern ein Link. Sie klickte darauf, und ein Video öffnete sich.

O nein, dachte sie. Aber sie hätte wissen müssen, dass das nicht so einfach in der Versenkung verschwand.

Es war das Video, das Björn mit ihr produziert hatte. Mara suchte den Namen des Youtube-Mitglieds, das den Film eingestellt hatte. Eine nichtssagende Buchstabenkombination. Anonym.

Mara ließ den Film kurz anlaufen, aber ohne Ton. Zuerst sah man eine schwarze Fläche, auf der mit weißen Buchstaben ihr Name erschien: Mara Thorn. Dann folgte in einer zweiten Zeile der Name des Lieds: »Horizons of Harmony.«

Was wollte dieser Orpheus ihr damit sagen?

Was war an diesem Lied so besonders?

Sie spürte eine dumpfe Qual. Da draußen spielte jemand ein Spiel mit ihr, und sie wusste nicht, warum.

Mit einer heftigen Bewegung klappte sie das Notebook zu.

Im selben Moment hörte sie, wie sich Schritte näherten.

Sie sah zur Seite. Eine Gestalt kam zwischen den Bäumen vom Wendehammer her.

Er ist ganz in der Nähe, dachte sie. Nun stellt er mich zur Rede. Und wir sind ganz alleine hier.

Es war eine helle Figur. Sie leuchtete richtig inmitten des tristen Herbstwalds.

Mara war aufgesprungen, bereit zur Flucht.

Da trat die Person hinter einem Baum hervor, und sofort fiel Maras Angst in sich zusammen.

Es war Deborah.

20

Sie gingen zurück zu dem weißen Wohnblock und betraten ein Treppenhaus, das mit hellen glänzenden Fliesen ausgelegt war. Dann öffnete Deborah im Erdgeschoss eine Wohnungstür, und Mara schlug der typische Geruch von Räumlichkeiten entgegen, in denen lange nicht gelüftet worden war. Ein Gemisch aus frisch verlegtem Teppichboden, Wandfarbe und Putzmittel. Hier musste vor Kurzem renoviert worden sein.

»Wem gehört das hier?«, fragte Mara, als sie über den kleinen Flur ins Wohnzimmer gelangt waren. Der Raum war perfekt, aber steril wie für einen Möbelkatalog eingerichtet. Eine Essecke, eine Schrankwand aus hellem Holz mit einer Auswahl von Büchern. In der einen Ecke ein Flachbildfernseher und eine Stereoanlage, in der anderen eine L-förmige Couchgarnitur, die mit beigefarbenem Velours bezogen war. Vor den Fenstern gab es eine kleine Terrasse, hinter der die Bäume des nahen Waldes zu erkennen waren.

Deborahs Absätze klapperten auf dem harten Boden. »Eine der Firmen, für die ich arbeite, hält diese Wohnung für Geschäftsfreunde und Mitarbeiter bereit, die nur wenige Tage in Berlin sind. Das ist billiger, als sie in einem Hotel unterzubringen. Du kannst deine Sachen hier ins Gästezimmer stellen. Ach, entschuldige! Oder willst du lieber ins große Schlafzimmer?«

Was Deborah Mara als Gästezimmer zeigte, war etwa so groß wie der Raum, den Mara als Kind bei ihren Pflegeeltern bewohnt hatte. Länglich, mit dem Bett an der rechten Längsseite. Dahinter ein Fenster, hinter dem ebenfalls Bäume zu sehen waren.

Sie stellte ihren Rucksack ab, der nun klein und verloren dastand – neben einem Schrank, dessen Türen offen standen und in dem nur ein paar Kleiderbügel hingen. »Wo ist dein Gepäck?«, fragte sie, als sie bei einer weiteren Erkundung der Wohnung in die Küche gekommen war.

»Habe ich schon reingebracht, bevor ich dich im Wald gefunden hatte.«

»Und woher wusstest du, dass ich dort war?«

»Ich hab's mir halt gedacht.« Deborah musterte Mara mit ihren hellen Augen. »Komm doch mal her«, sagte sie dann. »Wir haben uns noch gar nicht richtig begrüßt …« Und da nahm sie Mara in die Arme. Hatte sie das jemals getan, wenn sie sich trafen? Nein, diese Art von Vertrautheit hatte es zwischen ihnen nie gegeben. Mara hätte sich gewünscht, dass ihr die Geste guttat, aber das war nicht der Fall, wie sie verwirrt feststellte. Die Umarmung war ungeschickt und hölzern.

»Dir geht's tatsächlich nicht gut«, sagte Deborah. »Ich spüre, dass du verkrampft bist. Kein Wunder, deine Geige ist weg. Und dann der Ärger mit Grittis Bruder …«

Mara spürte plötzlich Enge. Sie hatte das Bedürfnis nach frischer Luft. Die sterile Atmosphäre in der Wohnung setzte ihr zu.

»Was hast du?«, fragte Deborah, als Mara ins Wohnzimmer ging und die Terrassentür aufriss. »Ah, ich verstehe. Ja, wir müssen mal dringend lüften. Aber dann reden wir, okay? Und wir können uns ja was kochen. Spaghetti oder so.«

»Lass uns bitte sofort reden«, sagte Mara. »Wir müssen etwas tun, damit ich die Geige zurückbekomme.«

»Ja sicher … Aber das wird nicht einfach. Jetzt ist schon so viel Zeit seit dem Diebstahl vergangen.«

Mara hatte das Gefühl, jemand hätte ihr in den Bauch geboxt. »Soll das heißen, wir können gar nichts unternehmen?«

»Wenn die Polizei dir nicht helfen konnte …« Sie schloss

sorgfältig die Terrassentür. »Es muss nicht die ganze Nachbarschaft mitbekommen, was wir hier zu reden haben.«

»Deborah, ich dachte wirklich, du kannst mir helfen.«

»Mara, ich glaube, dass dieser Diebstahl ganz bewusst begangen wurde. Der Täter wusste, was sich in dem Schließfach befand. Sonst hätte er auch deinen Rucksack mitgenommen. Und ich bin sicher, wer auch immer das getan hat, wird sehr gut dafür gesorgt haben, dass ihm niemand auf die Schliche kommt.«

Mara nickte. »Dass aber auch so viele seltsame Sachen geschehen. Alles auf einmal …«

Deborah setzte sich auf die Couch, doch sie fläzte sich nicht hin, sondern sie hielt den Rücken gerade und berührte noch nicht einmal die Lehne. Sie saß da wie eine Prinzessin beim Fernsehinterview. Oder eine Gouvernante. Die Beine, die von weißen Nylonstrümpfen bedeckt waren, übereinandergeschlagen.

Mara war viel zu aufgewühlt, um sich zu setzen.

»Ich weiß, es ist ein bisschen viel auf einmal«, sagte Deborah. »Aber was du jetzt am dringendsten brauchst, ist ein neues Management. Letztlich bist du doch gar nicht darauf angewiesen, dass dich Grittis Bruder unter Vertrag behält. Lass mich für dich arbeiten. Du wirst ganz neu durchstarten. In ein paar Monaten ist das hier alles nur eine Erinnerung. Bald stehst du wieder auf der Bühne.«

»Ohne meine Geige?«, fragte Mara. »Wie stellst du dir das vor? Und wieso du? Hast du Erfahrung im Künstlermanagement? Ich dachte, du bist Anwältin.«

Deborah hob die Hände. »Es wird doch noch andere Geigen geben. Notfalls lassen wir eine bauen. Sie kann ja genau so aussehen wie die andere.«

»Aber das Instrument hat eine große Bedeutung für mich. Ich muss es wiederhaben.«

»Aber ich habe dir doch gerade erklärt …«

»Ja, ich weiß. Das Überwachungsvideo hat nichts gebracht, gut. Aber so eine Geige taucht doch irgendwo wieder auf. Jemand könnte versuchen, sie zu verkaufen. Ich habe gehört, es gibt Listen für Auktionshäuser. Man verbreitet Fotos mit gestohlenen Instrumenten. Wir müssen alles versuchen. Es ist ja nicht nur so, dass die Violine mir selbst viel bedeutet … Da ist noch mehr … Sie hat ein Geheimnis.«

»So?«, sagte Deborah mit unüberhörbarer Kälte in der Stimme. »Ein Geheimnis? Welches denn?«

Mara stieß einen Seufzer aus und ließ sich auf der anderen Seite der Couchgarnitur in die Polster sinken. Jetzt war der Punkt gekommen, an dem sie Deborah einiges erzählen musste.

»Die Geige war ein Geschenk«, begann sie. »Zu meinem achtzehnten Geburtstag.«

»Von wem?«

»Ich weiß es nicht. Ich bekam sie anonym. In dem Kasten, in dem ich sie auch heute noch aufbewahre. Es war eine Karte dabei, auf der mir derjenige, der sie mir schickte, gratulierte, aber er schrieb keinen Namen darunter.«

Deborah runzelte die Stirn. »Weißt du, was das bedeutet? Es kann sein, dass dir die Geige gar nicht gehört. Vielleicht ist sie ja vorher bereits gestohlen worden und sie war Hehlerware.«

»Das glaube ich nicht. Derjenige oder diejenige hat sich jedes Jahr zu meinem Geburtstag gemeldet. Jahr für Jahr kam eine Karte. Es ist jemand, der meine Karriere im Auge hat. Ein Fan. Ein Mäzen. So ähnlich wie Gritti. Ich dachte manchmal sogar, er wäre es selbst gewesen.«

»Trotzdem ist die Herkunft des Instruments ungewiss. Soll ich dir was sagen? Du kannst froh sein, dass du sie los bist.«

Mara glaubte, sich verhört zu haben. »Aber diese Geige hat meine ganze Karriere begleitet. Sie gehört zu mir. Ohne sie gäbe es meine Musik nicht. Manchmal …« Sie unterbrach sich. Sollte sie das wirklich so formulieren? Warum nicht, wenn es die Wahrheit war. »Manchmal habe ich das Gefühl, nicht ich spiele sie, sondern sie spielt mich.« Sie sah Deborah an, aber es war deutlich zu erkennen, dass sie nicht wirklich verstand, was Mara meinte.

»Findest du nicht, dass du etwas übertreibst? Du hast auch schon Musik gemacht, bevor du diese spezielle Violine bekamst. Die Musik, nicht diese Geige ist dein Leben. Nur wenn du dir das klarmachst, kann es weitergehen. Alles andere ist eine fixe Idee. Wenn du dir einredest, dass alles nur an dieser Geige hängt, von der du noch nicht einmal weißt, welchen Wert sie wirklich hat, verrennst du dich in etwas, aus dem du so leicht nicht mehr rauskommst.«

Mara spürte die Enttäuschung wie ein glühendes Eisen. Gleichzeitig wurde ihr klar, dass sie Deborah nicht überfordern durfte. Ihre Stärken lagen auf anderen Gebieten. Sie war Anwältin. Keine Künstlerin. Sie brauchte Fakten, um etwas zu verstehen.

Plötzlich fiel Mara etwas ein.

Fakten!

Sie besaß ja welche!

»Ich kann dir zeigen, dass das keine Hirngespinste sind«, sagte sie.

»Was meinst du?«

»Es geschehen seltsame Dinge. Grittis Tod. Der Diebstahl der Geige. Und jetzt das …«

Sie ging ins Gästezimmer, holte ihren Laptop, stellte ihn auf den Couchtisch mit der gläsernen Platte und wartete ungeduldig, bis er hochgefahren war.

»Wie gesagt: Zunächst mal glaube ich, dass Johns Tod kein Unfall war«, sagte sie. »Das habe ich auch der Polizei schon gesagt … Und das ist noch nicht alles. Ich bin zu dem Ort gefahren, wo John umkam. Dort ist etwas sehr Seltsames passiert. Gegenüber steht ein altes Haus. Unbewohnt, soweit ich das sehen konnte. Ich hatte plötzlich das Gefühl, von dort könnte jemand den Unfall beobachtet haben. Und vielleicht gesehen haben, ob John alleine im Wagen war.«

»Ich denke, es war *kein* Unfall? Und wieso sollte von einem unbewohnten Haus aus jemand etwas beobachtet haben?«

»Du verstehst schon, was ich meine.« Sie schilderte die Begegnung mit dem Mann, der sich in dem Keller verborgen gehalten hatte.

Deborah verzog keine Miene. Sie hörte ernsthaft zu. »Mara, das klingt ziemlich wirr für mich«, sagte sie dann.

»Aber ich bin mir sicher. Glaubst du, ich hätte das alles geträumt?«

»Na ja ... geträumt nicht gerade. Aber manchmal bildet man sich Dinge ein. Man will sozusagen, dass es geheimnisvoll oder auf andere Weise zu dem, was man denkt, passend ist – und dann biegt man sich in der Erinnerung so eine Unterhaltung zurecht.«

»Ich verstehe nicht, was du meinst.«

»Mara, es kann sein, dass es diesen Mann gegeben hat. Aber vielleicht war es einfach ein Verrückter.«

»Aber er kannte meinen Namen. Er hat mich angesprochen. Er hat mich sogar gewarnt. Vor irgendwelchen Sachen, die aus meiner Vergangenheit kommen. Ich habe es selbst nicht richtig verstanden, aber es klang so, als würde er mich kennen ... Und das schon lange.«

»Siehst du, genau das meine ich. Bist du wirklich hundertprozentig sicher, dass er deinen Namen gesagt hat? Ich meine, ganz und gar sicher, nicht hundert- sondern tausendprozentig? Denn wenn du dir dieses Detail nur eingebildet hast, oder wenn du dich falsch erinnert hast, wenn du unbewusst etwas dazuerfunden hast, stimmt es doch nicht. Alles fällt in sich zusammen. Dann war es nur ein Obdachloser, der Angst vor dir hatte und seltsames Zeug vor sich hin brabbelte.« Deborah lächelte Mara an wie eine Mutter, die sich über die Dummheit ihrer Tochter wohlwollend lustig macht. »Mara, ich kenne dich gut genug, um zu wissen, womit dich der Unbekannte in Angst und Schrecken versetzt hat. Dir braucht man nur mit deiner Vergangenheit zu kommen. Mit irgendwas über deine künstlerische Bestimmung. Mit irgendwas Spirituellem eben … Das alles subsumiere ich unter esoterisches Zeug. Und irgend so etwas wird es gewesen sein.«

Der Computer war hochgefahren und stand bereit.

Und plötzlich war da die Botschaft in Maras Kopf. Sie hörte sie – gesprochen von einer raunenden Männerstimme. Leise, aber klar. Verhalten, aber bestimmt.

Sprich mit niemandem darüber, dass wir Kontakt haben.

Ausnahmslos.

»Was wolltest du mir denn nun im Computer zeigen?«, fragte Deborah.

Mara hockte sich hin, öffnete das Mailprogramm und rief die Nachrichten auf. Deborah las die Botschaften aufmerksam, und Mara beobachtete ihren Gesichtsausdruck sehr genau. Da war nicht mehr diese Coolness, diese Distanziertheit, dieses ständige Wegwischen von Gedanken. Deborah war ehrlich erstaunt.

»Orpheus«, sagte sie. »Das ist natürlich ein symbolträchtiger Name.«

»Und?«, fragte Mara. »Glaubst du es nun? Irgendetwas kommt auf mich zu, Deborah. Es klingt vielleicht hochtrabend und kitschig, aber mein Schicksal scheint sich zu erfüllen. Dieser Orpheus hat mir klargemacht, wie wichtig die Violine dabei ist. Er hat mir aufgetragen, mit niemandem über seine Botschaften zu sprechen. Ich habe es trotzdem getan.«

»Hast du ihm denn geantwortet?«

Mara schüttelte den Kopf.

»Du solltest es auch nicht tun. Das ist ein Verrückter, der dich stalkt. Soll ich dir was sagen? Wahrscheinlich hat er die Geige gestohlen. Und er ist auch der von dem Haus. Oder er ist irgend so ein Musikfanatiker. Wenn er sich schon Orpheus nennt …«

»Was hat es denn mit dem Namen auf sich?«

»Du weißt nicht viel über antike Mythologie, oder?«

»Machst du Witze? Ich bin von der Schule gegangen. Und als ich noch hinging, war ich auch nicht besonders interessiert an dem, was da so vor sich ging.«

»Also gut«, sagte Deborah. »Ich würde sagen, wir vergessen das Ganze. Alles.«

»Was?«

»Ich lasse nicht zu, dass dich ein Unbekannter so fertigmacht. Schau dich doch mal an. Du bist ein psychisches Wrack.«

»Aber …«

»Du reitest dich in was rein. Mach deine Musik. Darin bist du gut. Nur darin. Denk nicht so viel darüber nach. Wie gesagt, du brauchst ein neues Management. Ich wäre dazu bereit, das zu organisieren. Ich kriege das hin, glaub mir. Und ich will noch nicht mal was dafür haben. Ich mag einfach deine Musik, ich mag dich selbst, und das reicht mir.«

Mara wusste nicht, was sie sagen sollte, und so schwieg sie. Die Situation erinnerte sie an die Zeit, als sie Krach mit ihren Eltern gehabt hatte. Es war eine Atmosphäre wie in einer Tiefkühltruhe. Man hatte sich im Streit verausgabt, konnte sich aber nicht wirklich aus dem Weg gehen, man hatte das Gefühl, das Hirn koche in seinem eigenen Saft. Man vermied es, die anderen direkt anzusehen.

Maras sogenannter Vater verbarg sich im Wohnzimmer im Sessel hinter seiner Zeitung. Maras sogenannte Mutter wurstelte in der Küche herum. Sie selbst verzog sich in ihr Zimmer. Irgendwann gab es Abendessen. Niemand sprach ein Wort – höchstens die sogenannte Mutter, die ihren Mann fragte, ob sie noch eine Scheibe Brot abschneiden solle …

Nun war es Deborah, die in der Küche stand, einen Topf

Spaghetti kochte, und Mara wusste nicht, wohin mit sich. Sie hatte kein richtiges Zimmer. Der Raum, in dem sie übernachten sollte, war klein und unpersönlich.

Deborah versuchte so gut es ging, gute Laune zu verbreiten. Als Mara hereinkam, warf sie gerade eine Handvoll Spaghetti in das kochende Wasser. Sie nahm einen Kochlöffel, rührte nach. Die Nudeln wurden weich und sanken in sich zusammen.

In einem zweiten Topf brodelte etwas Blutrotes. Deborah öffnete den Kühlschrank. Mara staunte. Er war gut gefüllt. Jemand musste eingekauft haben. Oder gehörten die Dinge, die Mara auf einen Blick erhaschte, zur Grundausstattung der Wohnung? Es waren auch frische Sachen darin – sogar ein Salat im unteren Fach.

Mara sah aus dem Küchenfenster, wo der graue Himmel sich langsam eintrübte, und plötzlich hatte sie das Gefühl, gefangen zu sein. Die Wohnung kam ihr wie ein Gefängnis vor, und die Welt da draußen erinnerte sie an ihre Einsamkeit. Aber sie konnte hier drin nicht bleiben.

»Ich geh noch mal raus«, sagte Mara. »Ich esse sowieso nichts.«

»Nun komm schon. Du musst doch was essen.«

Wieder eine Erinnerung an die sogenannte Mutter. Was war nur los, dass sie sich Deborah gegenüber wie ein Kind vorkam? Mara wurde klar, woran es lag. Es war diese beherrschende Perfektion. Schon wie sie dastand und Nudeln kochte. Mit einer bunten Schürze über ihrer Businesskleidung. Bei ihr gab es keine Nachlässigkeit. Nichts Vages, Unklares, nur schwarz und weiß. Für Deborah war alles hell oder alles dunkel. Und wenn es dunkel war, musste man nur auf den Knopf drücken und Licht machen. Die Frau war ja selbst ein strahlendes Licht. Sie trug es symbolisch mit ihrer hellen Kleidung mit sich herum.

»Wie du willst«, sagte Deborah, ohne sich umzudrehen. »Wohin gehst du?«

»Ich bin gleich zurück.« Mara drehte sich dem kleinen Flur zu, dachte aber noch daran, ihren Laptop im Wohnzimmer vom Tisch zu nehmen. Dann konnte sie endlich die Wohnungstür hinter sich zuschlagen, eilte nach draußen über den Parkplatz. Und schon hatte sie der Wald verschluckt.

Hier war es bereits viel dunkler, das Licht stand genau auf der Kippe zwischen Tag und Nacht. Außer ihr war niemand unterwegs. Schließlich kam sie an die Bank, auf der sie heute schon einmal gesessen hatte.

War es die richtige Entscheidung gewesen, sich Deborah anzuvertrauen? Deborah war Anwältin, und eine Anwältin konnte bei den vielen Unwägbarkeiten des modernen Lebens helfen. Konnte es mit den eigenartigen verzwickten Verträgen aufnehmen, die Leute wie Johns Bruder oder auch dieser Potter und viele andere in dieser seltsamen Musikwelt nutzten, um Macht über Menschen wie Mara zu gewinnen. Anwälte waren in der Lage, einem diese Welt zu erklären, die eine Welt innerhalb der normalen Welt war. So wie Maras Musikwelt auch. Die Welt ihrer eigenen musikalischen Ideen, ihrer Fantasie, die die Musik in ihr auslöste. Anscheinend konnte es die eine Welt ohne die andere nicht geben. Es waren zwei Seiten einer Medaille …

Gedankenverloren öffnete Mara den Laptop. Die Dämmerung hatte noch mehr zugenommen, sodass Mara nun wie in einer Lichtinsel dasaß – angestrahlt von der Helligkeit des Monitors.

Ein Gedanke war ihr durch den Kopf gegangen, als sie vorhin nach dem Computer gegriffen hatte. Sie wollte etwas herausfinden.

Sie öffnete ein Suchprogramm und gab einen Namen ein: »Orpheus«.

Es waren Tausende von Links, die in der Liste erschienen. Mara suchte sich den Artikel eines virtuellen Lexikons heraus.

Orpheus war eine antike Sagengestalt.

Gut, so viel hatte Mara sich auch schon denken können.

Er war aber nicht irgendeine Gestalt, sondern er war Musiker. Der berühmteste Musiker der antiken Geschichte, die berühmteste Musiker-Sagengestalt überhaupt. Orpheus war Sänger, und er begleitete sich auf einer sogenannten Leier, einem antiken Zupfinstrument, das wie eine kleine Harfe aussah. Der Sänger selbst war auf alten Darstellungen zu sehen. Mit Lorbeerkranz und wallendem Gewand.

Mara staunte, als sie über die besonderen Fähigkeiten dieses Sängers erfuhr: Seine Musik besaß eine unglaubliche Macht. Was er sang und spielte, konnte die Natur beeinflussen, konnte wilde Tiere zähmen und sogar Felsen zum Weinen bringen. Und dann erfuhr sie von der traurigen Geschichte, die Orpheus der Sage nach widerfahren war und die ihr auch vage bekannt vorkam.

Orpheus hatte eine Frau, die er abgöttisch liebte. Ihr Name war Eurydike. Eines Tages wurde Eurydike von einer Schlange gebissen. Sie starb und zog – nach dem Glauben der alten Griechen – in die Unterwelt ein. Orpheus sang die traurigsten Lieder, die er sich jemals ausgedacht hatte. Und die Wirkung seiner Musik sorgte für ein Wunder: Die Götter, die seine Melodien schätzten und sich wahrscheinlich auch wünschten, wieder etwas Fröhlicheres von ihm zu hören, gaben ihm eine Erlaubnis, die noch keinem Menschen zuteilgeworden war: Orpheus durfte in die Unterwelt hinuntersteigen und Eurydike zurückzuholen. Es war ein weiter Weg, den er zurückzulegen hatte, aber natürlich zögerte er nicht, ihn zu gehen.

Er musste auf diesem Weg vielen Gefahren trotzen. Er musste den Fluss des Grausens, den Styx, überqueren, um in die Unterwelt zu gelangen – in das Reich der Toten. Doch Orpheus' Wunderwaffe auf diesem Weg war die Macht seiner Musik. Er meisterte alle Gefahren und als er Eurydike endlich wieder in den Armen hielt, bekam er von Hades, dem Totengott und Herrscher über die Unterwelt, nur noch eine einzige Bedingung für ihre Rettung auferlegt. Eurydike musste auf dem ganzen Rückweg hinter ihm hergehen, und Orpheus war es verboten, sich umzudrehen.

Der Weg zurück hinauf zur Erdoberfläche war schwer. Eurydike musste ausgerutscht sein, oder sie hatte nur vor Erschöpfung aufgeseufzt. Jedenfalls konnte Orpheus nicht an sich halten, drehte sich um – und sah gerade noch, wie seine Geliebte wieder in der Unterwelt verschwand. Diesmal für immer. Und fortan wanderte der Sänger einsam durch die Welt – von allen verlassen, seine traurigen Lieder singend.

Diese Geschichte hatte immer wieder Theaterleute und Musiker inspiriert. Es gab viele Opern zu dem Thema, viele Lieder, sogar eine sinfonische Dichtung.

Mara konnte das verstehen. In der Orpheus-Geschichte ging es darum, mit Musik die Welt zu verändern.

Und zwar indem man zuerst die Psyche der Leute veränderte. Musik war dazu in der Lage. Sie spürte es selbst immer wieder, wenn sie auf ihrer Geige improvisierte – auf der Bühne oder nur für sich selbst. Man begann ganz einfach, mit einer Melodie, die man aufgeschnappt hatte oder die aus irgendeinem Urgrund im Bewusstsein auftauchte. Und dann musste man immer wieder dasselbe spielen, man musste Körper und Geist auf die Musik einstellen, und irgendwann – nach drei, dreißig oder sechzig Minuten oder auch nach zwei Stunden der Wiederholung dieses klingenden Mantras – war alles eins. Man befand sich im Zentrum von allem, und man betrachtete die Dinge aus diesem Zentrum heraus.

Wie sie dort im Wald saß und nachdachte, erschien auf dem Monitor ein Warnfenster. Der Akku des Computers ging zur Neige. Mara klappte das Gerät zu, wartete einen Moment, bis sich ihre Augen an die Dunkelheit gewöhnt hatten, und ging zurück zum Haus.

Gelbe Lampen beleuchteten den Parkplatz und das Gebäude, dessen Fenster vollkommen dunkel waren – mit Ausnahme der unteren Etage. Dort konnte sie Deborah im Wohnzimmer herumgehen sehen.

Erst jetzt wurde Mara klar, dass der Waldweg an der hinteren Seite des Wohnblocks vorbeiführte und dass man nur einen schmalen Streifen von Bäumen und Büschen durchqueren musste, um zur Terrasse zu gelangen. Deborah hatte die Terrassentür wieder geöffnet. Mara beschloss, diesen kurzen Weg zurück zum Haus zu nehmen.

Zwischen dem Wald und dem Gebäude lag ein Rasenstück. Kaum hatte Mara ihn betreten, hörte sie Deborahs Stimme. Und plötzlich kam ihre Gestalt, die kurz verschwunden war, wieder ins Sichtfeld. Sie telefonierte. Und Mara, die nun schon nahe am Haus war, konnte sie verstehen.

»Nein, sie weiß nichts ...«

Mara durchfuhr ein heißer Schrecken. Ihr war sofort klar, dass Deborah von ihr sprach. Und da fiel auch schon ihr Name.

»Mara wird in meiner Obhut bleiben. Sie darf Sie nicht sehen. Halten Sie sich zurück.«

Wen durfte Mara nicht sehen?

»Sie würde Sie erkennen, wenn Sie noch mal auftauchen ...«

Erkennen? *Noch mal* auftauchen?

Es gehörte zu den eigenartigen Begebenheiten der letzten Tage, dass sie gleich mehrere seltsame Begegnungen gehabt hatte. Der Mann im Keller des alten Gasthauses. Dieser E-Mail-Schreiber, der sich Orpheus nannte. Den sie allerdings noch nicht leibhaftig gesehen hatte. Oder doch? Ohne es zu wissen?

Noch jemand fiel Mara ein: der Mann mit den eng zusammenstehenden Augen, der sie verfolgt hatte. Den sie für einen Journalisten gehalten hatte. Den sie eigentlich immer noch dafür hielt. Der sich dann aber gar nicht wie ein Journalist verhalten hatte. Er hatte keine Fotos gemacht. Keine Fragen gestellt. Sie nur verfolgt.

»… sie kommt jeden Moment zurück. Ich kann jetzt nicht weitersprechen. Ich melde mich wieder.«

Deborah nahm das Telefon vom Ohr und wandte den Blick dem Fenster zu. Mara flüchtete ein Stück zur Seite, in die Richtung, in der sie den Parkplatz und den offiziellen Eingang des Hauses erreichen würde.

Sie verharrte kurz, blickte zurück. Sie musste wissen, ob Deborah sie gesehen hatte. Aber sie schloss nur die Tür und zog die Vorhänge zu. Jetzt lag der helle Schein der Wohnung hinter einem diffusen Schleier.

Maras Herz klopfte stark, als sie an der gläsernen Haustür ankam. Neben dem Eingang gab es eine Fläche mit Klingeln. Nirgendwo stand ein Name. Sie hatte keine Ahnung, wo sie drücken musste. Sie hätte noch einmal das Haus umrunden und an die Terrassentür klopfen können, doch dann hätte Deborah vielleicht geahnt, dass Mara sie belauscht haben könnte.

Sie drückte überall.

Kurz darauf ging im Flur Licht an. Deborahs Silhouette erschien in der geöffneten Wohnungstür.

»Ausflug beendet?« Mara entging nicht, dass Deborah sehr viel Freundlichkeit in ihre Stimme legte. Sie spielte die Mutter, die die heimkehrende Tochter aufnimmt und freudig in ihre Arme schließt. Allerdings unterließ sie körperliche Annäherungen. Mara hätte sie auch jetzt nicht ertragen.

Sie schob sich in die Wohnung.

»Und? Wo warst du?«

»Ein bisschen rumgelaufen. Durch die Straßen.«

Als sie an der Haustür gestanden hatte, war ihr kurz der Gedanke durch den Kopf gegangen, Deborah zur Rede zu stellen. Sie einfach danach zu fragen, mit wem sie da telefoniert hatte. Mit wem sie über Mara gesprochen hatte. Wer Gefahr lief, von Mara wiedererkannt zu werden.

»Und? Geht es dir jetzt besser?«

Mara spürte Deborahs Worte wie Messerstiche. Das Getue nervte sie. Aggression keimte in ihr auf, aber sie musste sie im Zaum halten.

»Willst du nicht doch was essen?«

Mara schüttelte den Kopf und sah sich um. Sie war nun wieder in der Wohnung, in der sie die Nacht würde verbringen müssen.

»Ich gehe schlafen«, sagte sie. »Ich bin müde.«

»So früh? Also gut.« Sie sagte es, als könne Mara nicht tun und lassen, was sie wollte, sondern als müsse Deborah ihr erlauben, schlafen zu gehen. »Morgen reden wir weiter. Wir planen deine Zukunft. Du wirst sehen, es wird alles wieder gut. Ich habe schon einige Ideen. Deine Karriere geht weiter. Auch ohne diese Geige.«

21

Mara ging in ihr Zimmer und spürte Erleichterung, als sie die Tür hinter sich schließen konnte. Eigentlich wäre sie noch gerne ins Bad gegangen, hätte gerne eine Dusche genommen, aber ihr Widerwille dagegen, noch mal einen Fuß aus diesem Zimmer zu setzen, hielt sie davon ab.

Sie musste nachdenken. Und sie musste den Computer an den Strom anschließen. Weiter hinten im Zimmer, dort, wo ein Jugendlicher, der hier wohnte, wohl seinen Schreibtisch haben würde, gab es zwei Steckdosen.

Schließlich ließ sich Mara auf dem Bett nieder.

Hatte sie bei dem Telefonat vielleicht etwas falsch verstanden? War es ganz sicher, dass Deborah ein eigenes Spiel spielte? Oder tat sie ihr Unrecht?

Aber es war nicht nur das, was sie am Telefon gesagt hatte. Es war auch ihr seltsames Zögern, den Diebstahl der Geige richtig zu verfolgen.

Mara versank in einem Strudel aus Gedanken. Der Mann im Keller. Der Mann mit den eng zusammenstehenden Augen. Der Kellereingang war plötzlich ganz groß, wie der Zugang zu einer Höhle, und auf einmal bemerkte Mara, dass schon die ganze Zeit jemand auf sie einredete. Jemand, den sie nicht sehen konnte, der aber eine ähnliche Stimme besaß wie ihr sogenannter Vater. Wahrscheinlich war das der Grund, warum sie ihn ausgeblendet hatte.

»Ich bin Orpheus«, sagte er. »Ich muss hinab ins Höllenreich, um meine Eurydike zu holen. Sie ist nicht nur meine Geliebte, meine Frau, verstehst du? Sie ist meine Muse. Sie ist meine Kunst, meine Inspiration. Sie ist eigentlich die

Musik selbst. Wenn ich sie nicht habe, werde ich zugrunde gehen.«

Jetzt hatte Mara sehr genau zugehört, hatte es verstanden, und ihr fiel ein, dass sie sich das auch gedacht hatte, als sie im Wald von der Orpheus-Sage las. Eurydike war nur ein Symbol. Für das, was ein Künstler unter größten Anstrengungen immer wieder aus den Tiefen seines eigenen Bewusstseins holen musste, um weitermachen zu können.

»Hilf mir«, vernahm sie nun die Stimme. »Ich muss dort hinunter, ich kann es nicht allein.«

Wer soll dir helfen, dachte Mara – oder sie sagte es, so sicher war sie sich da nicht.

»Du, Mara. Wer sonst? Oder siehst du hier noch jemanden?«

Sie schreckte auf und bemerkte erst jetzt, dass sie eingeschlafen war. Ihre Kleidung war verschwitzt.

Sie hatte Durst. Sie musste etwas trinken.

Sie schwang die Beine aus dem Bett, stand auf und lauschte. Die Wohnung lag in tiefer Stille. Wahrscheinlich war Deborah auch schlafen gegangen.

Sie schlich über den Flur ins Bad, trank etwas Wasser aus dem Hahn und sah sich im Spiegel an. Ihr Gesicht war blass.

Auf dem Rückweg bemerkte sie Licht im Wohnzimmer. Sie ging ein Stück weiter den Flur entlang und warf einen Blick hinein. Deborah, noch immer in ihrem hellen Kostüm und den Pumps, stand draußen auf der Terrasse und telefonierte.

Mara konzentrierte sich. Und in diesem Moment sagte Deborah einen Satz, der Mara innerhalb von einer Sekunde eine Entscheidung treffen ließ: »Verwahren Sie die Geige. Sobald ich mit Mara fertig bin, kümmere ich mich darum.«

Kein Irrtum möglich.

Sie hatte sich nicht verhört.

Mara schlich in ihr Zimmer, packte so schnell wie möglich ihren Laptop in den Rucksack und ging zur Wohnungstür.

Auf der Ablage lag etwas Großes, Weißes. Deborahs Handtasche.

Mara griff hinein und ertastete ein Mäppchen mit Kreditkarten und Bargeld. Sekunden später war sie auf dem Parkplatz und eilte zur Straße. Sie blickte nicht zurück.

Der Morgen graute, als Mara am Potsdamer Platz ankam. Sie setzte sich im Gewühl des ersten Berufsverkehrs auf die Bank einer Bushaltestelle und tat es vielen gleich, die schon so früh unterwegs waren.

Der Akku ihres Laptops war zu zwei Drittel voll. Das gab ihr etwa zwei Stunden.

Sie ging online, suchte die letzte Mail von Orpheus heraus und klickte auf »Antworten«. Schon öffnete sich das Textfenster. Bevor sie jedoch zu schreiben begann, zögerte sie. Ihre Finger schwebten über der Tastatur.

Bist du dir ganz sicher, dass du das Richtige tust?

Du vertraust dich einem völlig Fremden an.

Aber es ist kein Fremder. Er kennt mich. Und er weiß etwas von mir. Im Gegensatz zu Deborah.

Aber Deborah hat dir ganz ehrlich geholfen. Sie hat herausgefunden, wer deine Mutter war. Ist es denn gerecht, sie fallen zu lassen, nur weil du glaubst, sie spiele ein betrügerisches Spiel mit dir?

Ich glaube es nicht, ich weiß es. Sie hat die Violine gestohlen. Zumindest steckt sie hinter dem Diebstahl. Sie hat mich hintergangen.

Und wenn dem so ist, wäre es nicht gerecht, mit ihr darüber zu sprechen, bevor du dich von ihr lossagst und sie deinerseits hintergehst? Noch wäre Zeit, an den Kleinen Wannsee zurückzukehren.

Mara biss sich auf die Zunge. Warum kamen ihr gerade jetzt solche Zweifel? Sie hatte doch alles bedacht. Deborah glaubte, hinter diesem Orpheus stecke ein Irrer, der sie fertigmachen wollte. Das war aber nicht der Fall. Stattdessen hatte Deborah etwas vor, über das sie nicht mit Mara sprechen wollte.

Sie verbannte die Stimmen aus ihrem Kopf und tippte eine Nachricht.

Bitte nehmen Sie noch einmal mit mir Kontakt auf.

Und bitte beweisen Sie, dass Sie mir wirklich etwas zu sagen haben. Nennen Sie mir den Namen meiner Mutter.

Bitte antworten Sie schnell.

Sie schrieb noch nicht einmal ihren Namen darunter. Sie wollte es so kurz wie möglich machen. Kein Buchstabe zu viel.

Absenden. Fertig.

Und nun?

Sollte sie warten, bis sich der Unbekannte meldete? Was, wenn das den ganzen Tag dauerte? Sie konnte nicht hiersitzen, bis der Akku wieder leer war. Hätte sie ihm ihre Telefonnummer geben sollen? Nein, so nah wollte sie ihn nicht heranlassen. Das Internet reichte.

Sie klappte das Gerät zu, packte es in ihren Rucksack und wollte aufstehen. Unter einer Straßenlaterne stand jemand und sah sie an. Der Mann mit den eng zusammenstehenden Augen.

Mara tat so, als habe sie ihn nicht gesehen, geschweige denn erkannt.

War er Orpheus?

Wenn ja, stellte sich die Frage, warum er ihr einfach nur nachging, ihr geradezu nachspionierte, ohne sie anzusprechen. Was hatte er davon, dass er sie auf Schritt und Tritt überwachte? Und wie hatte er sie überhaupt gefunden?

Wusste er, dass sie am Kleinen Wannsee übernachtet hatte? Hatte er sie von dort aus verfolgt?

Sie bekam eine Gänsehaut. Mit einem Schlag fühlte sie sich vollkommen ausgeliefert. Als könne dieser seltsame Typ Gedanken lesen.

Sie wandte sich ab und tat so, als habe sie ein klares Ziel vor Augen. Sie überquerte den Platz und bog aufs Geratewohl in eine Straße ein. Als sie an eine Haltestelle kam, an der gerade ein Bus hielt, nutzte sie die Gelegenheit. Sie ließ sich von dem Strom der Menschen, die auf dem Weg zur Arbeit waren, hineinspülen, fuhr zwei Stationen und stieg wieder aus. Was einmal funktioniert hatte, konnte auch ein zweites Mal funktionieren.

Sie lief ziellos weiter. Schließlich betrat sie eine Bäckerei, wo auch Frühstück angeboten wurde, ging hinein, bestellte sich Kaffee und ein Brötchen und setzte sich ganz nach hinten.

Hier klappte sie wieder ihr Notebook auf.

Kurz darauf war sie online.

Orpheus hatte geantwortet.

Auch er hatte sich kurz gefasst.

Tamara.

Darunter befand sich ein komplizierter, langer Link.

Ich erwarte Dich dort.

Passwort: Der Nachname Deiner Mutter.

Mara klickte, der Browser öffnete sich, und sie fand sich in einem Chatroom wieder. Er saß also in diesem Moment am Rechner. Sie konnten sich unterhalten. Sie loggte sich ein, und sofort erschien Text im Dialogfeld.

Ich freue mich, dass Du da bist. Und dass ich Dein Vertrauen besitze.

Verfolgen Sie mich?

Warum?

Weil ich verfolgt werde. Von einem Mann. Seit Tagen schon. Es hat alles etwas mit der Violine zu tun.

Stell Dein Handy aus.

Glauben Sie, mein Verfolger nutzt es, um mich zu finden?

Das ist keine Frage des Glaubens. Es ist möglich, und Deine Verfolger haben die technischen Mittel dazu.

Wer sind meine Verfolger? Sind es diejenigen, die die Violine gestohlen haben?

Wahrscheinlich.

Das hieß, dass der Verfolger und Deborah unter einer Decke steckten. Deborah hatte mit jemandem telefoniert, der die Violine hatte. Der Verfolger hatte gewusst, dass sie in dem Schließfach war. Und er hatte ihr den Schlüssel gestohlen.

Verrückt, dachte Mara. Da habe ich Deborah vertraut, weil sie mir mal einen Gefallen getan hat, zu dem sie sich auch noch großherzig anbot. Aber nun zeigt sich, dass ein vollkommen Fremder vertrauenswürdiger ist.

Oder fiel sie schon wieder auf ein falsches Spiel herein? Egal, sie musste nur vorsichtig sein.

Worum geht es hier eigentlich? Warum diese Geheimnistuerei?

Ich werde Dir zeigen, wie Du es selbst herausfinden kannst.

Können Sie es mir nicht einfach sagen? Oder hier reinschreiben? Wir können auch telefonieren …

Du sollst das Handy ausgeschaltet lassen. Von jetzt an immer. Wir sollten auch diesen Chat auf das Nötigste beschränken.

Bitte sagen Sie mir, was ich tun soll.

Gritti hatte ein Büro in Köln. Ich nehme an, dass es immer noch existiert.

Ja, dachte Mara. Das Büro kenne ich. Es befindet sich in einem der Kranhäuser am Rhein.

Und?, tippte sie.

Glaubst Du, es gibt eine Chance, in das Büro zu kommen?

Was sollte das jetzt? Was erwartete er von ihr?

Warum?

Du wirst dort Unterlagen finden. Zu den Themen, mit denen sich Gritti beschäftigt hat. Die Gründe, warum er aus Dir einen Musikstar machen wollte. Die Gründe, warum er Dich unterstützt hat.

Weil er mich gut fand. Weil ihm meine Musik gefiel.

Nein, es steckt mehr dahinter. Schau nach. Wenn Du die Beweise dafür siehst, wirst Du mir noch mehr vertrauen. Und darauf kommt es an.

Aber wie stellen Sie sich das vor? Soll ich dort einbrechen? Das geht nicht. Das ist ein hochmodernes Haus.

Du wirst einen Weg finden. Soviel ich weiß, ist Grittis Bruder in Köln. Er kann Dir vielleicht helfen.

Das wird er nicht. Er hat mich gefeuert.

Du schaffst das schon. Es ist wichtig. Du wirst erkennen, wer Du wirklich bist. Und was für eine Geige Du hattest. Und wie wichtig es ist, sie zurückzubekommen.

Nein, ich schaffe das nicht. Helfen Sie mir auf andere Weise. Ich will mit Grittis Bruder nichts zu tun haben. Und ich weiß schon, wie wichtig die Geige für mich ist.

Tu es einfach. Ich melde mich wieder.

Ich kann nicht einfach in das Büro einbrechen! Was soll ich tun, wenn mich jemand schnappt. Ich …

Eine Meldung erschien: Orpheus is offline.

22

Am Nachmittag erreichte Mara den Flughafen Köln/Bonn. Kein Handy, hatte Orpheus ihr eingeschärft. Sie hielt sich daran und rief Alfred Gritti von einer öffentlichen Telefonzelle aus an.

Während es in der Leitung tutete, nahm sie die Geräusche um sich herum deutlich wahr. Gerade kam eine Durchsage, eingerahmt von den typischen gongartigen Signalen.

Eine Frauenstimme meldete sich am Telefon und sprach Englisch. Es waren viele Wörter hintereinander, und sie endeten mit »Enterprises«.

Der Name von Grittis Firma.

Mara versuchte es mit plumper Vertraulichkeit.

»Ja, hallo, hier ist Mara Thorn. Ich würde gerne mit Alfred sprechen.«

»In welcher Angelegenheit?«

Die Frau kannte sie nicht. Was Mara wunderte. Aber wahrscheinlich hatte Al tatsächlich wenig mit dem Musikbusiness zu tun. Trotzdem. Wenn diese Vorzimmerfrau oder wer auch immer sie war, nicht wusste, was sie mit dem Namen Mara Thorn anfangen sollte, musste sie es eben lernen.

»Mara Thorn. Sagt Ihnen der Name nichts?«

»Nein.«

»Die Musikerin, die von Als Bruder gemanagt wurde.«

»In welcher Angelegenheit möchten Sie Mr Gritti sprechen?«

»Er hat die Geschäfte von John übernommen. Und da gibt es noch einiges zu klären.«

Mara hörte, wie die Frau am Computer tippte. »Ach, ich

weiß Bescheid. Aber Sie sind doch in Berlin, oder nicht? Tut mir leid, Mr Gritti ist abgereist. Sie können erst wieder einen Termin mit ihm machen, wenn er zurück ist.«

»Und wo ist er?«

»Das kann ich Ihnen nicht sagen.«

»Es ist wichtig. Wir müssen uns sehr schnell treffen. Es geht um vertragliche Dinge.«

»Mr Gritti ist aber nicht mehr in Berlin. Er ist ein paar Tage in Köln. Danach reist er in die USA. Eventuell könnten Sie mit seinem Anwalt sprechen, aber Mr Kohn ist schon nach Los Angeles vorangereist.«

Köln … Bingo! Orpheus hatte recht gehabt. Woher hatte er das gewusst?

»Das trifft sich gut«, sagte Mara kühl. »Ich bin gerade in Köln angekommen. Dann passt ja alles prima. Er wohnt doch sicher in einem Hotel? Oder finde ich ihn in Johns Wohnung?«

»Aber …«

»Also bitte: Wo ist er abgestiegen? Wenn er nicht mit mir sprechen will, kann er mir das selbst sagen.«

Mara glaubte, ein Seufzen zu hören. Dann nannte die Frau auf der anderen Seite der Leitung den Namen des Hotels. Das *Hyatt*.

»Danke«, sagte Mara und legte auf.

Sie verließ das Flughafengebäude und nahm den nächsten Bus in die Kölner Innenstadt. Sie musste sparen, und das war das preiswerteste Verkehrsmittel.

Nachdenklich betrachtete sie den Flugschein, auf dem nicht ihr Name stand, sondern Deborah Fleur. Es war leicht gewesen, ihn mit Deborahs Kreditkarte zu kaufen. Ihre Unterschrift auf der Rückseite der Karte war auch einfach nachzumachen. Sie bestand nur aus einem großen D und etwas Gekrakel dahinter.

Mara riss das Papier in kleine Fetzchen, die sie später in

einen Abfallbehälter am Kölner Hauptbahnhof warf. Dort machte sie sich erneut auf die Suche nach einem Telefon. Sie wählte die Nummer des Hotels und verlangte Alfred Gritti. Eine Weile blieb sie in der Warteschleife. Musik plätscherte dahin. Dann kam wieder die Stimme der Frau. »Mr Gritti ist zu sprechen. Ich verbinde.«

Quint saß auf dem Bett in dem kleinen Hotel am Rande von Berlin. Mit der rechten Hand hielt er das Handy am Ohr, mit der linken tippte er auf dem Laptop herum, der auf seinem Schoß stand.

Er sprach mit seiner Auftraggeberin, deren Stimme im Moment wieder einmal sehr wenig erotische Ausstrahlungskraft besaß.

»Sie ist abgehauen«, sagte sie gerade. »Aber sie kann doch keinen Verdacht geschöpft haben?«

Quint schüttelte den Kopf. So viel Naivität hätte er seinem weiblichen Boss gar nicht zugetraut. Er konnte sich sehr gut denken, was passiert war. Wahrscheinlich war es nicht falsch, es ihr Stück für Stück beizubringen – natürlich, ohne sie offen zu kritisieren.

»Wir haben gestern Abend telefoniert«, sagte er. »Und noch einmal heute Nacht. Und Sie haben mir vorher geschildert, in welcher Unterkunft sie und Mara die Nacht verbringen wollten.«

»Ja, und?«

»Mara hat Sie belauscht. Und sich ihren Reim darauf gemacht. Sie ist misstrauisch. Das habe ich Ihnen schon gesagt.«

»Ich war in der Wohnung, aber Mara nicht. Sie hatte plötzlich den Drang nach frischer Luft.«

»Was meinen Sie damit?«

»Sie ist rausgegangen. Irgendwohin. Sie war fast eine Stunde weg. Und in dieser Zeit kann ich hier in der Wohnung ja wohl reden, was ich will, oder nicht?«

Quint spürte, dass die Frau immer ärgerlicher wurde, und unterließ es daher, nach offenen Fenstern oder ähnlichen Möglichkeiten zu fragen, durch die Mara hätte lauschen können.

»Und das nächste Gespräch? Das in der Nacht? In dem Sie explizit über die Geige gesprochen haben?«

»Sie schlief. Sie konnte nicht hören, was ich sagte.«

Quint schwieg. Es war nicht seine Schuld, dass Mara weg war. Und weiter würde er sich in der Analyse dieser Sache nicht aus dem Fenster hängen. Es sei denn, man fragte ihn um seine Meinung.

»Sie überwachen Mara doch. Wo ist sie hin?«

»Ich kann es nicht sagen.«

»Warum nicht?«

»Sie hat ihr Handy vollkommen lahmgelegt. Ich kann das GPS-Signal nicht mehr orten. Als wüsste sie, dass es mir ihre Verfolgung ermöglicht.«

»Kann es sein, dass sie jemand gewarnt hat?«

Endlich kam sie, die Aufforderung zur Analyse. Wenn auch nur indirekt.

»Davon gehe ich aus«, sagte Quint. »Sie hat vielleicht jemanden getroffen. Als sie das Haus verlassen hat …«

»Ich verstehe das nicht. Ich bin mir sicher, sie hatte Vertrauen zu mir, als sie mich kontaktierte. Sonst hätte sie es doch gar nicht getan. Aber da gibt es noch eine andere Möglichkeit … Sie hat gesagt, sie hätte Mailkontakt zu jemandem gehabt. Können Sie sie nicht auch orten, wenn Sie mobil ins Internet geht?«

»Das habe ich schon versucht, aber sie benutzt einen aufladbaren Internetstick. Die Spuren im Internet sind schwer zu finden …«

»Ich muss wissen, mit wem sie Kontakt hat.«

»Kennen Sie die Mailadresse?«

»Ich weiß nur, dass er sich Orpheus nennt«, sagte die Frau

dann. »Und es ist ja nicht nur, dass sie verschwunden ist, sie hat mir auch noch meine Kreditkarte geklaut.«

»Hat sie kein eigenes Geld?«

»Das zu erklären würde zu weit führen. Aber ich bin sicher, glauben Sie mir.«

»Damit haben wir eine Möglichkeit. Wenn Sie sie benutzt hat, können wir herausfinden, wo sie sich aufhält ... Haben Sie die Nummer?«

»Von der Karte? Glauben Sie, ich lerne sie auswendig?«

»Sie haben doch sicher etwas damit gekauft. Im Internet oder so. Es muss ein Dokument geben, auf dem sie steht. Oder fragen Sie bei der Bank nach. Bitte machen Sie schnell. Jetzt zählt jede Minute. Rufen Sie mich wieder an.«

Es war unhöflich, aber Quint drückte einfach den roten Knopf. Während er wartete, bereitete er seinen Rechner vor. Es dauerte eine Viertelstunde, bis sich die Frau wieder meldete. Sie diktierte ihm die lange Zahlenkolonne. Quint schickte sie durch seine Software und wurde fündig.

»Sie fliegen gerade nach Köln«, sagte er.

»Wie bitte?«

»Oder anders ausgedrückt: Mara hat mit Ihrer Kreditkarte einen Flug nach Köln gebucht und ist unterwegs.«

»Das heißt ...?«

»Wir haben sie wieder. Können Sie sich vorstellen, was sie in Köln will?«

Eine Weile überlegte sie.

»Ja«, sagte die Frau. »Ich kann es mir sogar sehr gut vorstellen.«

23

»Ich wüsste nicht, was wir noch zu besprechen hätten«, sagte Al Gritti am Telefon. »Ich denke, es ist alles geregelt. Auch das Finanzielle.«

»Wenn Sie damit die Sperrung der Konten meinen, dann haben Sie recht.«

»Was willst du? Es ist nicht dein Konto. Es gehörte meinem Bruder, und er hat es dir nur ermöglicht, darauf zuzugreifen. Das heißt noch lange nicht, dass dir das Geld gehört, das sich darauf befindet. Ich werde jetzt erst mal alle Verbindlichkeiten und Verträge prüfen. Dann kannst du haben, was dir zusteht. Wir müssen einen korrekten Schnitt machen. Ich kann es mir nicht leisten, Geld zum Fenster hinauszuwerfen.«

»Das ist sicher richtig, aber …« Verdammt, ihr fiel nichts ein. Wenn er jetzt einfach auflegte, war es aus. Sie musste ihn persönlich treffen.

»Was willst du eigentlich noch von mir? Ich habe wenig Zeit.«

Plötzlich kam ihr eine Idee. »Es geht um die Violine«, sagte sie. Kaum hatte sie es ausgesprochen, fand sie die Idee noch besser. Sie würde vielleicht zwei Fliegen mit einer Klappe schlagen.

»Was für eine Violine?«, fragte Gritti gelangweilt. Entweder er interessierte sich tatsächlich nicht für ihr Instrument und wusste noch nicht mal etwas von seinen Geheimnissen. Oder er verstellte sich gut.

»Sie haben recht«, sagte sie. »Wir müssen einen Schnitt machen. Und dazu will ich beitragen. Ich will ganz von vorn anfangen.«

»Was meinst du mit Violine?« Gritti klang jetzt ungeduldig.

»Die Geige, die ich spiele. Die meine ich.«

»Und?«

»Na, sie gehörte doch Ihrem Bruder. Wussten Sie das nicht? Er hat sie mir nur zur Verfügung gestellt.«

In der Leitung entstand eine Pause. Offenbar dachte Gritti nach. Und das konnte vieles bedeuten. Zum Beispiel, dass er der Dieb des Instruments war und nun überlegte, warum Mara die Sprache darauf brachte. Oder ihm kam langsam die Idee, dass er jetzt der wahre Besitzer eines Instruments war, das sehr wertvoll sein konnte.

Mara beschloss, einfach weiterzureden.

»Ich dachte, Sie kommen sowieso drauf, dass die Geige Ihnen gehört. Und bevor Sie sie mir irgendwann wegnehmen, wenn Sie den Vertrag finden, den ich mit Ihrem Bruder gemacht habe … Es ist sicher besser, wenn ich mich gleich davon trenne.«

»Ein Vertrag?« Jetzt war bei ihm offensichtlich der Groschen gefallen.

»Ich habe ihn mit Ihrem Bruder damals in seiner Wohnung in Köln gemacht. Ich habe unterschrieben, dass ich die Geige benutzen darf, um darauf zu spielen, dass sie aber in seinem Besitz bleibt.«

»Und du willst mir die Geige nun zurückgeben?«

»Genau. Außer, Sie erlauben mir, weiterhin darauf zu spielen, und lassen die Vereinbarung, die ich mit Ihrem Bruder hatte, weiterlaufen. Darüber würde ich mich natürlich am meisten freuen.«

»Ich werde den Teufel tun. Du bringst mir das Instrument. Ich lasse es prüfen. Ich will herausfinden, was es wert ist. Erst dann werde ich weitere Entscheidungen treffen, was damit passiert. Es ist sehr nobel von dir, dass du mir das gesagt hast.«

Er weiß nichts von dem Diebstahl, schoss es ihr durch den Kopf. Er hat die Meldungen nicht gelesen. Sicher, weil er schon wieder mit anderen Dingen beschäftigt ist. Sehr gut!

»Danke. Ich schlage vor, wir treffen uns in der Wohnung Ihres Bruders.«

»Warum?«

»Na, um einen neuen Vertrag zu machen.«

»Einen neuen Vertrag? Hör mal, ich habe gerade gesagt …«

»Sie werden mir doch wohl wenigstens bestätigen, dass ich Ihnen die Geige ordentlich wieder übergeben habe? Am besten geschieht das, wenn wir die Verträge von damals vernichten. Da ist es doch viel praktischer, wenn wir uns in der Wohnung treffen.«

»Die Bestätigung kannst du gerne von mir haben. Bring mir die Geige hier ins Hotel. Wann kannst du hier sein?«

»In einer halben Stunde.«

»Du bist also in Köln. Gut, dann komm her. Du weißt ja, wo ich zu finden bin. *See you.*«

Damit legte er auf.

Mist, das war nicht ganz so gelaufen, wie sie sich das vorgestellt hatte. Sie musste in diese verdammte Wohnung und nicht ins Hotel. Und die Geige hatte sie auch nicht. Wenn sie mit leeren Händen ankam, würde Gritti gleich merken, dass etwas nicht stimmte, und wahrscheinlich würde er sie wieder rauswerfen.

Also musste sie mit einer Geige kommen. Und hoffen, dass er in der Zwischenzeit nicht doch noch von dem Diebstahl erfuhr.

Sie suchte sich einen geschützten Platz zwischen einem der Restaurants in den Durchgängen des Bahnhofs und inspizierte ihre Finanzen. Was sie vorhatte, kostete sie eine Kleinigkeit, aber es würde gehen. Doch sie musste sich beeilen.

Eine Dreiviertelstunde später spazierte sie in das Hotel, ging zur Rezeption und sagte: »Zu Herrn Gritti bitte. Er erwartet mich.«

Man wies ihr den Weg zum Aufzug. Mara hielt die rechte Hand fest um den Griff des Geigenkastens, während sie mit der linken auf den Knopf drückte. Grittis Suite befand sich ganz oben im Gebäude. Wahrscheinlich wohnte er in einer der teuersten, die das Haus zu bieten hatte.

Schließlich kam sie vor einer edel gemaserten Holztür an. Wie am Eingang einer Wohnung gab es einen Klingelknopf. Die Tür besaß einen Spion, durch den man von innen sehen konnte, wer draußen stand.

Sie wollte gerade klingeln, da wurde schon geöffnet, und Gritti stand vor ihr.

»Du kommst spät«, sagte er, drehte sich um und ging einen kleinen Gang entlang, der in ein riesiges Wohnzimmer führte, das kaum an ein Hotel erinnerte. Eher an einen Raum in einem Schloss. Der Raum war zweigeteilt: Die hintere Seite füllte eine gewaltige Couchgarnitur mit sehr großem Flachbildfernseher, die andere ein langer Esstisch, an dem mindestens zwölf Personen Platz fanden. Es gab einen Kamin, eine Schrankwand voller Bücher und sogar – noch weiter im Hintergrund – einen Konzertflügel.

Gritti ließ sich nicht dazu herab, Mara einen Platz anzubieten oder ihr gar etwas zu trinken zu offerieren.

»Das ist also die Geige«, sagte er.

Mara nickte. War da Misstrauen in seinem Blick? Nein, nur ein Anflug von Gier, die sie schon am Telefon aus seiner Stimme herausgehört hatte.

»Stell den Kasten auf den Esstisch.«

Sie gehorchte, und er ließ nervös die Schnallen aufklappen. Als er den Deckel hob, wurde das Instrument sichtbar. Es war rötlich, sehr glänzend und besaß eine etwas übertriebene Maserung.

»Ich dachte immer, die Geige wäre dunkel?«, fragte Gritti, streckte seine Hand aus und nahm die Violine heraus. Mara erkannte sofort, dass er so ein Instrument noch nie in der

Hand gehabt hatte. Er fasste es ungeschickt an, griff sogar nach den Saiten zwischen Griffbrett und Steg. Diese Stelle, wo sich auf den Saiten das Kolophonium ablagerte, das zur Reibung mit dem Bogen diente, durfte man niemals berühren. Das lernte man in der ersten Geigenstunde.

»Sie sieht auf den Fotos manchmal dunkel aus«, sagte Mara. »Ich musste sie vor zwei Monaten wegen einer kleinen Reparatur zum Geigenbauer bringen, und er hat sie ein wenig aufpoliert.«

Sie versuchte, ihr Mienenspiel zu kontrollieren, während sie Gritti diese unverschämte Lüge auftischte.

»Da fehlt aber was«, sagte Gritti, und im selben Moment ertönte irgendwo in den Tiefen der Suite Musik.

»Was denn?«, fragte Mara.

»Moment, bin gleich zurück.«

Er schritt über den Parkettboden in den Flur. Mara hatte gesehen, dass da weitere Türen abgingen. Dort gab es auch eine Garderobe. Wahrscheinlich wollte Gritti sein Telefon holen.

Was hatte sie vergessen? Sie kam nicht drauf. Egal. Sie musste Grittis Abwesenheit nutzen. Vielleicht lag hier irgendwo der Schlüssel für die Wohnung am Rhein herum? Sie hätte nicht gezögert und ihn einfach mitgehen lassen. Wenn Sie überhaupt wusste, wie er aussah.

Aber hier war nichts. Gar nichts Persönliches von Alfred Gritti.

Bis auf eine Ausnahme.

In der Ecke, wo die Schrankwand zu Ende war, gab es einen Sekretär. Er wirkte wie eine Antiquität. Dort stand ein zugeklapptes Notebook, an dem eine kleine LED-Lampe blinkte. Ein Ladekabel führte zu einer Steckdose.

Was half das? Den Schlüssel hatte sie damit immer noch nicht. Sie sah sich weiter auf der Schreibfläche um. Unter dem Computer steckte ein bunter Prospekt. Ein zusammengefaltetes Blatt, auf dessen Vorderseite vier gut aussehende Frauen zu sehen waren, die an Models erinnerten.

Mara hörte Gritti irgendwo in einem der Nebenräume reden. Offenbar regte er sich gerade über irgendetwas auf.

Sie zog das Papier weiter heraus. Und da wurde ihr klar, was das war: Es war ein Werbefolder für einen Escort-Service. Prostitution auf allerhöchstem Niveau. Jetzt erkannte sie sogar, dass Gritti etwas darauf gekritzelt hatte. Eine Uhrzeit. Neunzehn Uhr.

Hatte er sich eine der Frauen in die Suite bestellt? Oder woandershin?

Er redete immer noch. Mara ging aufs Ganze und klappte den Laptop auf. Sofort war die Website zu sehen, die Gritti zuletzt besucht hatte.

Dasselbe Motiv wie auf dem Prospekt. Derselbe Escort-Service. Und eine offene Bestätigungsmail. Mara überflog die Zeilen und musste unwillkürlich grinsen. Gritti hatte nicht nur eine, sondern drei Frauen angefordert. Auch die Uhrzeit stimmte. Vielleicht feierte er ja gleich eine ganze Party. Zusammen mit seinem Anwalt. Ach nein, der war ja angeblich schon in den USA.

Mara hörte Schritte. Gritti kam zurück.

Innerhalb von zwei Sekunden hatte sie den Computer zugeklappt und war zum Esstisch mit dem Geigenkasten zurückgekehrt. Das Blatt unter dem Laptop ragte noch etwas weiter heraus als vorher. Sie hatte es nicht geschafft, es zurückzuschieben.

Ruhe bewahren, sagte sie sich. Gritti wird es nicht auffallen.

»Also, was ich sagen wollte …«, fing er an, als er den Raum betrat.

Mara bemühte sich, unschuldig auszusehen, und sagte: »Ja?«

»Zu dieser Geige gibt es doch einen Bogen, oder nicht? Was ist denn damit?«

Sie hob die Schultern. »Der Bogen gehört mir. Es steht alles in der Vereinbarung. Wo haben Sie sie?«

»Ich bin noch nicht dazu gekommen, sie zu holen«, sagte er. »Lass die Geige hier, ich schicke sie dir zu. Schreib mir deine Adresse auf.«

Dafür hatte Mara nicht mal ein müdes Lächeln übrig. Sie ging zum Tisch, verschloss den Kasten sorgfältig und nahm ihn an sich.

»Wiedersehen«, sagte sie und ging in Richtung Ausgang.

»Moment mal …«

Sie erreichte die Tür. Daneben befand sich ein langes Sideboard. Gritti hatte hier einige Dinge abgelegt. Ein Handy. Eine schwarze Ledermappe. An einem Haken hing ein Mantel. In der Ecke stand ein Koffer. Und darauf lag der Schlüsselbund.

Maras Herz schlug schneller. Ob sie riskieren konnte, ihn einfach mitzunehmen? Doch Gritti behielt sie im Auge.

»Und wenn ich dir die Bestätigung jetzt schreibe?«

Sie drehte sich um. »Das geht natürlich in Ordnung.«

Er würde sich an den Sekretär setzen und ein Schriftstück formulieren. Er würde Zeit brauchen. Zeit, in der sie die Schlüssel mitnehmen konnte. Wenn sie Glück hatte, bemerkte er den Verlust nicht sofort. Vielleicht sogar erst zu einem Zeitpunkt, an dem sie die Wohnung schon durchsucht hatte …

»Komm, wir gehen rüber an den Tisch.«

Er schob sie aus dem Eingangsbereich zurück in den großen Raum, ging zu dem Sekretär, öffnete eine Schublade und entnahm ihr einen gelblich weißen Schreibblock.

»Das ist das Briefpapier des Hotels«, sagte Mara.

»Na und? Die Bestätigung ist trotzdem gültig.«

Er griff in sein Sakko, holte einen Kugelschreiber hervor und schrieb ein paar Zeilen. Dann setzte er schwungvoll seine Unterschrift darunter und hielt Mara das Blatt hin.

»Zufrieden?«

Hiermit bestätige ich, Alfred Gritti, die Übergabe einer Violine von Mara Thorn. Es handelt sich um die Violine, die mein Bruder, John S. Gritti, Mara vor seinem Tod zur Verfügung gestellt hat.

Darunter stand das Datum.

»Alles klar«, sagte Mara. »Ich muss jetzt gehen.«

»Du bist ein ehrliches Mädchen«, sagte er, und das meinte er ganz sicher so.

»Kann sein.« Sie faltete das Blatt und steckte es in die äußere Tasche ihres Rucksacks.

»Was willst du jetzt machen?«

»Ich wohne erst mal bei einer Freundin. Dabei überlege ich mir was.«

»Und wo wohnt sie, diese Freundin?«

»Hier in Köln.«

»Dann alles Gute.« Er hielt ihr die Hand hin. Als wenn zwischen ihnen wirklich alles in Ordnung wäre.

»Danke, ich finde alleine raus.«

Sie wandte sich um und eilte in den Flur. Als sie vor der Wohnungstür stand, drehte sie sich um. Gritti war ihr nicht gefolgt. Mit einer schnellen Bewegung nahm sie den Schlüsselbund, öffnete die Tür, wartete gar nicht auf den Aufzug, sondern lief die Treppe hinunter.

Als sie an der frischen Luft war, atmete sie kräftig durch.

Sie musste ruhig bleiben. Sogar wenn Gritti daraufkam, dass sie die Schlüssel gestohlen hatte, würde er nicht dahinterkommen, was sie damit wollte. Wahrscheinlich befasste er sich jetzt sowieso erst einmal mit der Geige. Um dann gesagt zu bekommen, dass es sich um ein Schülerinstrument handelte. Das billigste, das Mara auf die Schnelle hatte besorgen können.

Die Violine hatte mit Kasten gerade mal hundertfünfzig Euro gekostet.

Es war später Nachmittag, als Quint am Flughafen Köln/Bonn ankam. Kaum hatte er die Ankunftshalle erreicht, suchte er sich eine Sitzgelegenheit und ging mit seinem Rechner online.

Maras Handy war immer noch tot. Sie wusste also Bescheid.

Schade, es wäre einfacher gelaufen, wenn er sie aufgespürt hätte.

Aber es würde auch so funktionieren. Unter der Bedingung, dass es noch nicht zu spät war.

Er packte den Laptop ein, suchte sich ein Taxi und ließ sich auf dem schnellsten Weg nach Köln bringen.

24

Mara wartete, bis es dunkel geworden war. Während sie am Rhein herumspazierte, juckte es sie immer wieder in den Fingern auszuprobieren, ob einer der Schlüssel überhaupt zu Grittis Wohnung passte.

Sie betrachtete den Bund genauer. Neben normalen Schlüsseln hing ein abgerundetes, dunkles Plastikteil daran. Auf der Oberseite befand sich ein kleiner Knopf. Es konnte ein elektronischer Autoschlüssel sein. Oder ihre Eintrittskarte zur Wohnung in dem Kranhaus.

Sie hätte es am liebsten sofort ausprobiert.

Aber sie beherrschte sich. Es war besser zu warten. Zumindest bis Gritti um sieben seine Party feiern würde.

Mindestens zehn Mal sagte sie sich, dass sie genauso gut sofort hingehen könnte. Dann wusste sie wenigstens Bescheid.

Sie lehnte sich an ein Geländer und sah auf die dunkelgrauen Rheinwellen. Bescheid – worüber?

Sie vertraute einem anonymen Mailschreiber und Chatpartner, der sie dazu verleitete, in eine Räumlichkeit einzudringen, wo sie nichts verloren hatte.

Aber es passte doch alles zusammen. Dieser Orpheus wusste so viel über sie. Er würde auch in den anderen Dingen recht haben.

Sie sah auf ihre Armbanduhr. Kurz nach halb fünf.

Sie ging langsam durch den Rheingarten nördlich der Deutzer Brücke, wo sich auch um diese Jahreszeit die Touristen tummelten. Sie sah den Frachtschiffen nach, die schwerfällig, aber kraftvoll den Fluss durchpflügten.

Schließlich hielt sie sich stromaufwärts. Die drei markanten

Kranhäuser auf dem ehemaligen Hafengelände wirkten wie Glastürme, die auf halber Höhe im rechten Winkel zum Rhein hin abknickten. Die Form der Drillinge sollte daran erinnern, dass sie sich auf dem Gelände eines ehemaligen Hafens befanden. Sie waren eine architektonische Sensation, die weit über die rheinische Metropole hinaus berühmt geworden war.

Prominente rissen sich um die teuren Wohnungen. Anwälte, Architekten und Angehörige anderer Berufsgruppen, die Wert auf Statussymbole legten, zeigten noch stolzer als üblich ihre Visitenkarten, wenn sie damit beweisen konnten, dass sich ihr berufliches Domizil in einem der abgeknickten Häuser befand.

Warum John sich dort eine Wohnung gekauft hatte, die er auch als Büro nutzte, wusste Mara nicht. Sie schätzte ihn nicht als jemanden ein, der mit seiner Adresse Eindruck machen wollte. Wahrscheinlich hatte ihm die Lage über dem Fluss mit großartigem Blick auf das andere Rheinufer bis hinüber ins Bergische Land gefallen. Oder er liebte als Amerikaner Häuser, die viele Stockwerke besaßen.

Der Abend war hereingebrochen, als Mara sich an den Eingangsbereich des Hauses herantraute. Hinter der Glastür befand sich eine lange Theke, hinter der ein Pförtner saß. Ob sie an *dem* vorbeikam, ohne dass er Fragen stellte? Aber sie hatte einen Schlüssel. Sie konnte immer behaupten, für John Gritti, von dessen Tod der Pförtner doch sicher noch nichts wusste, etwas aus der Wohnung holen zu müssen.

Oder war Al Gritti schon hier gewesen? Und der Pförtner würde ihn zur Kontrolle anrufen?

Als hätte der Gedanke etwas ausgelöst, griff der Mann an der Theke zum Telefon. Mara setzte sich in Bewegung und marschierte durch die Glastür. Ihre Schritte hallten durch den Raum. Sie lächelte dem Pförtner selbstsicher zu, wie jemand, der hier zu Hause war, den Schlüsselbund sichtbar in der Hand. Im Aufzug war zum Glück gerade eine Kabine im

Erdgeschoss. Als Mara sie betreten hatte, versuchte sie, sich zu erinnern, auf welcher Etage Johns Wohnung überhaupt lag. Sie wusste es nicht mehr.

Die Türen des Aufzugs wollten sich schließen, da eilte jemand heran und zwängte sich noch herein. Er sah genau so aus, wie sich Mara die Anwälte vorstellte, die hier ihre Kanzleien besaßen. Blauer Anzug, verspielte Krawatte in Grün mit roten Einsprengseln, kurzes Haar, glatt rasiert. Höchstens zwei Jahre älter als Mara.

»Wohin, schöne Frau?«, fragte er und zwinkerte. Er hatte bemerkt, dass sie noch für keine Etage gedrückt hatte. Dafür presste er seinen Zeigefinger auf einen der Knöpfe weiter oben. Die Kabine setzte sich in Bewegung. »Vielleicht kann ich Ihnen helfen?« Er versuchte ein anzügliches Lächeln. Er ahnte wahrscheinlich, dass sie hier nichts zu suchen hatte.

»Ich suche die Wohnung von John Gritti«, sagte sie. »Ich bin dort verabredet.«

»Sagt mir nichts. Aber Sie hätten doch den Doorman fragen können.«

»Ich werde es schon finden. Ich war schon ein paar Mal da.«

»Das hat wenig Zweck. Es stehen keine Namen an den Türen. Vielleicht fragen wir doch lieber mal unten nach.«

Der Aufzug erreichte die Etage, in die der Mann wollte. »Ich weiß es wieder«, sagte sie. »Es ist weiter unten.«

»Sind Sie sicher?«

Anstatt eine Antwort zu geben, knallte Mara die Hand auf den Knopf. »Wollen Sie nicht aussteigen?«, fragte sie.

Er verließ die Kabine. Mara fuhr wieder ein paar Etagen nach unten. Sie holte den Schlüsselbund hervor und starrte ihn an. Erinnere dich, sagte sie sich. Du bist hier schon mal gewesen. Erinnere dich wenigstens an die Etage.

Die Kabine hielt. Als Mara sie verließ, stand sie plötzlich vor einer Wasserfläche. Es war so etwas wie ein Pool, allerdings nur wenige Zentimeter tief. Eine architektonische Verschönerung. Darüber erhob sich wie ein Turm das weitere Gebäude. Der obere Bereich des Turms war zum Nachthimmel hin offen. Mara fröstelte. Es war hier so kalt wie im Freien.

Innen liefen Laubengänge entlang. In regelmäßigen Abständen gab es Türen, die zu den Wohnungen führten. Und da fiel ihr ein, was sie bei ihrem letzten Besuch gesehen hatte. Damals war das große Wasserbecken gerade gebaut worden. Das Haus war noch nicht ganz fertig gewesen, überall hatte es von Arbeitern gewimmelt.

Sie blickte nach oben. Dort musste sie hin. An einem dieser Flure lag Johns Wohnung. Irgendwo in einer Ecke. Die letzte Tür vor einer Ecke ...

Aus den Augenwinkeln bemerkte sie, wie sich der Aufzug wieder schloss. Ein schleifendes Geräusch ertönte. Die Kabine bewegte sich. Ob der geschniegelte Typ jemanden vom Sicherheitsdienst benachrichtigte? Der Mann vom Empfang würde in null Komma nichts hier sein und unangenehme Fragen stellen ...

Sie wandte sich den Stufen zu, die in einem Treppenhaus nach oben führten, und hetzte los. Sie schienen kein Ende zu nehmen. Maras Herz raste, und der Schweiß rann ihr vom Gesicht, als sie um die Ecke bog. Sie sah über die Brüstung hinunter in den riesigen Schacht, auf dessen Grund das Wasserbecken lag. Die Glastür, die den Innenbereich vom Aufzug trennte, ging auf, und ein Mann in dunkler Kleidung und mit Schirmmütze kam heraus.

Mara setzte sich in Bewegung. Der Typ im Fahrstuhl hatte recht gehabt. Es gab keine Namen an den Türen.

Sie sah hinter sich. Wo war der Pförtner hin? Hatte er sie gesehen? War er ihr auf den Fersen? Kam er mit dem Aufzug herauf oder zu Fuß?

»Hallo! Sie da! Warten Sie!«

Vom anderen Ende des Gangs schritt der Sicherheitsmann auf sie zu.

Mara lief weiter. Sie musste den Knopf auf dem elektronischen Schlüssel drücken. Das richtige Schloss würde sich öffnen. Sie hielt das Plastikteil im Vorbeigehen vor jede Tür und presste den Daumen darauf. Nichts geschah.

»Bleiben Sie bitte stehen.«

Ein dumpfes Klacken. Eine Tür hatte reagiert.

»Keine Zeit«, sagte Mara, ging hinein und machte hinter sich zu. Jetzt stand sie im Dunkeln.

Konnte der Wachmann hier herein? Hatte er einen Generalschlüssel? Nein, das war eigentlich unmöglich. Niemand durfte so einfach eine der Wohneinheiten betreten, schon gar nicht hier …

Oder waren alle Schlüssel aus Sicherheitsgründen irgendwo hinterlegt, damit man im Notfall die Räume betreten konnte?

War das hier ein Notfall?

Sie war nicht eingebrochen, sie hatte nichts Unrechtes getan. Sie war im Besitz eines Schlüssels …

Sie presste ihre Schläfe an die Türfläche und versuchte zu hören, was draußen vor sich ging.

Da waren Schritte. Jetzt verstummten sie. Wahrscheinlich stand der Wächter genau vor der Tür. Nun war eine Stimme zu hören. Ein technisches Rauschen. Der Mann hatte ein Funkgerät.

Vielleicht rief er Gritti an und fragte, ob es in Ordnung war, dass eine dunkelhaarige junge Frau, die entfernt an eine Punkerin erinnerte, in die Wohnung gegangen war.

Unsinn, dachte Mara. So weit konnten die nicht gehen. Die Wohnungsbesitzer durften den Schlüssel ja wohl noch einer anderen Person geben …

Und wenn er Gritti anrief – wusste er überhaupt, dass der Gritti, der hier wohnte, tot war? Dass der Bruder alles übernommen hatte?

Sie tastete nach einem Schalter. Sie musste die Zeit nutzen.

Du wirst Unterlagen finden. Womit Gritti sich beschäftigt hat.

Die Gründe, warum er aus Dir einen Musikstar machen wollte. Die Gründe, warum er Dich unterstützt hat.

Mara gab die Suche nach dem Schalter auf. Ihre Augen hatten sich an das Dunkel gewöhnt. Sie erkannte, dass sich an den Eingangsbereich ein breiter Durchgang anschloss, der in einen großen Raum führte. Sie erinnerte sich. Es war ein kombiniertes Wohn- und Arbeitszimmer.

Hinter einer riesigen Fensterfront waren die Lichter der Stadt jenseits des Flusses zu sehen. Mara ging näher, bis sie das Glas erreichte. Wenn sie den Kopf senkte, konnte sie das schimmernde, glänzende Wasser des Rheins erkennen. Sie blickte sich im Zimmer um. Sie nahm den Schreibtisch ins Visier. Die Rückseite, wo sich Aktenschränke befanden, lag im Dunkeln. Der große schwarze Bürostuhl wirkte wuchtig. Einen Moment lang streifte Mara die Vision, John säße darin und starre sie an – stumm, tot, als Gespenst. Ein Schwall von Kälte rann über ihren Körper. Der Schreck nahm ihr für eine Sekunde den Atem. Sie biss die Zähne zusammen, spannte ihre Muskeln an und ließ dann wieder locker. Jetzt ging es besser.

Auf dem Schreibtisch erhob sich der blasse Schirm einer Lampe. Mara tastete nach dem Messingfuß, fand den Schalter und drückte auf den Knopf. Nun lag der Raum in warmem Licht. Die Scheiben, hinter denen das großartige Kölner Panorama gestanden hatte, waren nun dunkle Spiegel.

Keine Zeit für Pietät. Oder gar die Ordnung zu wahren. Sie nahm einen Ordner nach dem anderen heraus und blätterte darin.

Was genau suchte sie eigentlich?

Womit sich Gritti beschäftigt hat. Warum er einen Musikstar aus ihr machen wollte.

Es waren mindestens zwanzig, dreißig Ordner. Verträge, Briefwechsel, Zahlungsbestätigungen, dazwischen Kopien von Schecks und Kontoauszügen. Alles durcheinander. Oder nach Johns eigenem System sortiert, das sie nicht kannte.

Die Vertragspartner waren Veranstalter, Hallenbetreiber, CD-Presswerke. Das meiste auf Englisch. Und es war sicher nicht das, was Mara suchte. Am Ende hatte sie ein großes Durcheinander angerichtet, ohne fündig geworden zu sein.

Oder ich erkenne es nicht, dachte sie. Ich bin nicht in der Lage, mir einen Reim darauf zu machen.

Groll kroch in ihr hoch. Groll auf diesen Orpheus, der sie in diese Lage gebracht hatte. Vielleicht sollte sie ihn kontaktieren. Hier und jetzt. Vielleicht war er ja verfügbar. Ihr Computer hatte sogar eine Kamera. Sie konnte ihm das Büro zeigen, und er konnte ihr sagen, was sie tun sollte. Wo er verdammt noch mal irgendwelche Unterlagen vermutete, die Mara weiterbrachten. Bevor sie erwischt wurde und noch ins Gefängnis wanderte.

Plötzlich fiel ihr etwas ein.

Computer war ein gutes Stichwort. In jedem modernen Büro fand man einen. Man konnte sich gar keinen Arbeitsplatz ohne dieses Gerät, ohne den charakteristischen Monitor in Sichtweite vorstellen.

Aber hier fehlte er!

Kein Wunder, dachte Mara. John besaß einen Laptop, den er auf seinen Geschäftsreisen stets dabeigehabt hatte. Auch auf seiner letzten Reise nach Berlin. Er war also bei seinem Tod ebenfalls dabei gewesen und in Flammen aufgegangen.

Wenn es bestimmte Informationen gab, hatten sie sich vermutlich eher auf der Festplatte des Computers befunden. Und nicht hier.

Sie öffnete die Fächer eines Schubladencontainers, der auf der rechten Seite unter der Schreibfläche stand. Sie fand Material: Briefpapier, eine Schere, Büroklammern, Klebeband, Briefumschläge in verschiedenen Größen. Datensticks. CD-ROMs.

Sie ging in die anderen Räume: eine Küche, ein Schlafzimmer, ein weiterer Raum, den John wohl als Esszimmer genutzt hatte. Insgesamt hatte das Apartment sicher an die zweihundert Quadratmeter. Aber nichts Persönliches lag herum, nirgendwo herrschte Unordnung.

War Johns Bruder schon hier gewesen und hatte für Tabula rasa gesorgt?

Mara kam eine Idee. Eine winzige Möglichkeit gab es noch.

Die Datenträger, die im Schreibtisch zwischen dem Büromaterial lagen. Vielleicht war das ja gar kein Material. Vielleicht enthielten sie Sicherungskopien von Johns Computer.

Mara holte ihren Laptop aus dem Rucksack und schloss ihn an den Strom an.

Als der Rechner hochgefahren war, nahm sie in Johns Sessel Platz und holte die Datensticks aus der Schublade. Außen auf dem Plastikgehäuse stand jeweils die Speichergröße. Einer der Sticks hatte eine besonders hohe Kapazität: vierundsechzig Gigabyte.

Mara steckte ihn in den Anschluss und sah zu, wie ihr Computer reagierte. Kurz darauf zeigte er den Inhalt des Massenspeichers an: mehrere Verzeichnisse, deren Namen aus Buchstaben bestanden, in denen kein Sinn zu erkennen war. Nur einer der Ordner trug eine richtige Bezeichnung. Er hieß »Mara«.

Ihr Herz begann wild zu trommeln. Am liebsten hätte sie das Material sofort geöffnet, aber sie behielt die Nerven. Sie musste erst nachprüfen, ob da noch mehr war.

Kurzerhand richtete sie einen neuen Ordner auf ihrem Computer ein und startete den Kopiervorgang. Das System zeigte an, wie lange es dauern würde, bis die Daten auf Maras Rechner waren.

Über zehn Minuten! Es mussten riesige Dateien sein …

Während der Datenstrom lief, steckte sie einen anderen Speicher aus der Schublade in den zweiten USB-Anschluss. Sie war fast froh, als das System anzeigte, dass dieser Stick leer war.

Sie prüfte den nächsten. Und wieder den nächsten. Danach die CDs, die sie gefunden hatte.

Nur der große Datenstick enthielt Material.

Endlich war der Kopiervorgang abgeschlossen.

Mara warf den Stick aus und steckte ihn in die Hosentasche. Es war besser, wenn Alfred Gritti nichts von diesen Informationen erfuhr. Egal, worum es sich handelte.

Und jetzt raus hier, dachte sie. Sie konnte sich alles genau ansehen, wenn sie in Sicherheit war.

Sie sah auf die Uhr: kurz nach acht. Wenn Gritti mit seiner Orgie im Hotel fertig war, würde es ihm vielleicht einfallen, hier vorbeizuschauen. Er konnte sich bestimmt leicht einen zweiten Schlüssel besorgen – wenn er nicht ohnehin einen hatte –, und er würde Mara auf frischer Tat erwischen. Doch etwas in ihr wollte sich von dem neuen, frisch gefüllten Ordner auf dem Desktop nicht trennen, wollte sehen, was John da gesammelt hatte. Wollte es endlich wissen.

Sie schob den Mauszeiger in die richtige Position und klickte.

Der Ordner öffnete sich.

Und Mara spürte Enttäuschung. Was hatte sie erwartet?

Etwas über sie selbst. Informationen über ihre Herkunft …

Es gab viele Unterordner, und sie enthielten einen Haufen gescannter Dokumente: Forschungsberichte, wissenschaftliche Abhandlungen, vieles im PDF-Format, einiges auch von Webseiten oder als Textdatei.

Kaum etwas davon war in deutscher Sprache. Das meiste war auf Englisch, vieles auch auf Französisch, Italienisch und Latein.

Sie hatte keine Ahnung, wo sie anfangen sollte zu lesen. Sie öffnete verschiedene Dokumente und blieb an einem Titel hängen: »The Orpheus Project«.

Sie überflog den Text fieberhaft, scrollte weiter nach unten, während sie die Zeilen geradezu aufsaugte, doch sie verstand so gut wie nichts. Immer wieder gab es einige Stichwörter, mit denen sie etwas anfangen konnte: Da war vom sogenannten »Mozart-Effekt« die Rede, von der Verbindung von Musik – »Music« – und Intelligenz – »Intelligence«. Es wurde vom Zusammenhang zwischen Musik und »Malls« gesprochen, und zuerst wusste Mara wieder nicht, was damit gemeint war – doch dann kam sic darauf. Es ging um den Einsatz von Musik in Einkaufszentren. Musik, die das Kaufverhalten lenken sollte. Es folgten Statistiken mit Kurven, treppenartigen senkrechten, nebeneinander angeordneten Balken, die Mara ebenfalls nicht verstand.

Sie konnte sich denken, warum das Ganze »Orpheus-Projekt« hieß: Der antike Musiker war in der Lage, seine Zuhörer emotional zu beeinflussen, sie mit seinen Klängen zu hypnotisieren, sie zu Geschöpfen zu machen, die im Genuss der Musik zu allem bereit waren.

Das Orpheus-Projekt versuchte, dies in die heutige Zeit zu transferieren.

Sie biss sich an einem Absatz fest, der durch eine plakative Überschrift von dem übrigen Text getrennt war. Sie übersetzte die englischen Wörter.

Ist es heute möglich, eine Musik zu schaffen, die eine ähnliche Wirkung erzeugt wie die des legendären Orpheus? Kann Musik überhaupt eine solche Wirkung erzeugen, oder handelt es sich um die Übertreibung einer Sage?

Wir erleben in unserer Umgebung überall Musik: in Filmen, in Werbespots, in Fahrstühlen, auf Bahnhöfen. Die Menschen verbringen einen großen Teil ihrer Zeit damit, Musik zu hören – wahrscheinlich so viel Zeit wie nie zuvor in der Geschichte der Menschheit. Die Musik ist durch die modernen technischen Medien allgegenwärtig. Jederzeit abrufbar. Und das Wichtigste ist: Es besteht ein gewaltiges Bedürfnis danach. Es ist nichts, was den Menschen aufgedrängt werden müsste. So ist es unbestritten, dass die Musik nach wie vor ein großes psychologisches Potenzial besitzt, das jedoch niemand systematisch ausbeuten kann …

Sie scrollte weiter und weiter. Und plötzlich entdeckte sie Grittis Namen in dem Text. In einer Fußnote wurde er erwähnt: John S. Gritti. Es folgten einige erklärende Zeilen.

Diesem Komplex hat der Industrielle John S. Gritti einen Teil seines Vermögens gewidmet, jedoch ohne wirkliche Erfolge zu erzielen. Seine Firma JSG Music, die er in den Siebzigerjahren gründete, versuchte, den Betreibern der damals boomenden großen Einkaufszentren in Amerika fertige Konzepte anzubieten – inklusive der Technologie, um die Musik in den großen Räumen ausgewogen abzuspielen. Gritti finanzierte umfangreiche Forschungen, um herauszufinden, wie die Musik, die eine konsumfördernde Wirkung haben sollte, beschaffen sein musste: Nicht nur die Melodien erforschte er, sondern auch die Tempi, die Lautstärke, die Wirkung bestimmter Klangfarben oder Stimmlagen, Harmonien und Rhythmen. Auf einer Pressekonferenz Anfang 1981 in Los Angeles musste Gritti jedoch eingestehen, dass diese Untersuchungen zu keinen brauchbaren Ergebnissen geführt hatten. Dass Musik in Einkaufszentren stimulierend wirkte, konnte bewiesen werden – auch durch diese Studie –, aber welche Musik genau das Ei des Kolumbus darstellt, weiß nach wie vor niemand. Man müsste schon die Musik des antiken Orpheus wiederfinden und ihre Wirkung analysieren. Doch zwei Argumente zeigen, dass dies unmöglich und wahrscheinlich ebenfalls nutzlos ist: Zum einen besaßen die alten Griechen keine so genaue Notenschrift wie unsere Kultur, und auch hinsichtlich der verwendeten Instrumente, der Improvisationsanteile und so weiter tappen wir fast vollkommen im Dunkeln. Außer-

dem besitzt jede Kultur ihre eigene musikalische Sprache, hat eigene musikalische Standards, mit denen ein Mensch, der in dieser Kultur lebt, aufwächst, sie sozusagen erlernt. Und nur wenn man zu der jeweiligen Kultur gehört, kann man die emotionale Grundlage, auf der die Musik jeweils beruht, überhaupt wahrnehmen und nachempfinden. Und nur wenn das gelingt, wird man sich von der Musik auch emotional beeinflussen lassen.

Somit ist das Orpheus-Projekt eine höchst spekulative Angelegenheit und zum Scheitern verurteilt.

Mara nahm die Hand von der Tastatur. Wenn das die Dokumente sein sollten, die Orpheus meinte – was hatte sie, Mara, damit zu tun? Welchen Zusammenhang gab es zwischen ihr, ihrer Musik und dieser komischen Idee, eigens Musik für Supermärkte und Boutiquen oder sonst was zu kreieren?

Aber da waren ja noch mehr Dokumente. Sie öffnete ein neues Unterverzeichnis, das vor allem PDFs und Bilder enthielt.

Hier hatte jemand alte Texte abfotografiert. Auszüge aus Büchern. Eine ganze Reihe von Abbildungen zeigten alte Noten. Melodien in strenger, gestochener Darstellung. Alte Notenschriften.

Und wieder etwas anderes: die Zeichnung einer Spirale, aber nicht von oben, sondern von der Seite betrachtet wie ein aufgeschnittenes Schneckenhaus. In altertümlichen Lettern stand darüber: »Dantes Inferno«. Einzelne Teile dieser Spirale waren mit Linien versehen, die auf kleinere Texte am Rand der Zeichnung verwiesen. Mara zoomte das Dokument heran und erkannte so etwas wie Menschen auf der Spirale. Zuerst hatte Mara noch gedacht, es könnte sich um etwas Technisches handeln, um eine Maschine oder etwas Ähnliches. Jetzt wurde ihr klar, dass es der Plan einer Höhle war.

Und wieder eine neue Datei: ein Text auf Deutsch, ebenfalls abfotografiert und daher als Bilddatei auf dem Rechner.

Warum machte jemand Fotos von solchen Texten? Weil er sich in einem Archiv befand, wo er die Dokumente nicht kopieren durfte. Und zum Abschreiben blieb keine Zeit.

Mara überflog die Zeilen, was ihr nicht leichtfiel, denn es war alte deutsche Schrift, die schwierig zu lesen war.

Ekstase, las sie. Improvisation.

Die Geheimnisse von Musikern des 17. Jahrhunderts. Nach den Quellen zusammengefasst von Pater Aloysius.

Das klang interessant, aber nicht weniger rätselhaft.

Als sie weiterscrollte und sich im Computer blitzschnell die nächste Seite des Aufsatzes aufbaute, entstand ein in den Text eingefügtes Bild. Darauf war eine dunkle Form zu sehen, die an eine Geige erinnerte, aber so schwarz war, dass sie wie ein Schattenriss wirkte.

In deutlich kleinerer Schrift war eine Erklärung angefügt.

Die legendäre Schwarze Violine, die Teufelsgeige, die als musikalisches Heiligtum der Sekte gilt.

Jetzt war plötzlich nicht mehr von einer Gruppe die Rede, sondern von einer Sekte.

Wo sich diese Geige befindet, ist unbekannt. Bis sie gefunden wird, muss bezweifelt werden, dass sie überhaupt existiert.

Tamara, dachte sie. Die Sekte hatte Tamara besessen!

In den Quellen, las sie weiter, *ist von etwas Besonderem die Rede, an dem man diese Violine erkennt. Es ist das Zeichen, von dem niemand weiß, worin es besteht. Es ist das Zeichen der Sektenmitglieder, das diese auch am Körper tragen.*

Mara hörte ihr Blut in ihren Ohren rauschen.

Und eines Tages, so heißt es, wird die Violine wieder auftauchen. Und mit ihr der, der sie spielen wird, und er wird eine Wiedergeburt verkörpern. Eine Reinkarnation. Die Reinkarnation von …

Ein Geräusch ließ Mara auffahren. Es war ein dumpfer Knall, dann ein Klappern wie von zielgerichteten Schritten.

Sie schrak zusammen, klappte den Laptop zu und schaltete das Licht aus. Schlagartig war es dunkel im Raum, aber ein

Reflex der Lampe schimmerte grüngelb und grell vor ihren Augen nach. Ihr Herz raste, als sie sich von dem Stuhl gleiten ließ und nach ihrem Rucksack tastete.

Jemand hatte die Wohnung betreten. Sie hörte eine Stimme. Alfred Gritti.

»Der Schlüssel ist richtig«, sagte er gerade. »Nein, ich weiß immer noch nicht, wo der andere geblieben ist. Wahrscheinlich habe ich ihn verloren. Und wenn ich das nächste Mal die Hausverwaltung anrufe, dann sind Sie gefälligst etwas schneller am Draht, verstanden?«

Schritte kamen näher, zögernd und langsam.

»Oder das verdammte Biest hat ihn geklaut«, murmelte Gritti vor sich hin. »Ich frage mich nur, warum.«

Was sollte sie tun? Die Deckung verlassen, die der Schreibtisch wenigstens für ein paar Sekunden bot? Gritti würde jeden Moment den Raum betreten und sie finden.

Ein matter Lichtstrahl kam vom Flur her. Wahrscheinlich hatte Gritti, der sich in der Wohnung schlecht auskannte, einen Lichtschalter entdeckt. Die Beleuchtung wurde dunkler und heller. Ein Dimmer. Offenbar spielte Gritti damit herum.

Vielleicht ging er ja sofort wieder. Vielleicht hatte er nur den Zweitschlüssel organisiert.

Nein, dachte Mara. Wenn er sich von seiner Orgie losreißt und herkommt, wird er einen Grund haben.

Sie schob sich ein Stück weiter auf dem glatten Boden nach vorn, bis sie an die gegenüberliegende Wand gelangte. Dort richtete sie sich langsam auf – leise und bemüht, jedes kleine Schaben des Rucksacks zu unterdrücken.

Neben ihr befand sich die Tür, hinter der in höchstens drei, vier Metern Abstand Gritti stand. Sie glaubte, ihn atmen zu hören.

Verdammt, was machte er so lange im Flur?

Sie atmete tief durch. Griff nach der Türklinke. Drückte sie langsam herunter.

Sie öffnete die Tür nur einen winzigen Spalt und versuchte, etwas zu sehen. Hinter ihr war es dunkel, unter der Tür kam ein wenig Licht durch.

Sie wagte es. Notfalls würde sie sich ihm einfach stellen. Sie würde behaupten, etwas Wichtiges gesucht zu haben, etwas, das ihr gehörte …

Der Flur war beleuchtet, aber leer.

Mara war baff. Plötzlich fiel ihr eine Tür auf, die sie beim Hereinkommen nicht gesehen hatte. Sie befand sich gleich neben dem Wohnungseingang. Und aus dem Raum dahinter ertönte ein charakteristisches Rauschen.

Eine Gästetoilette.

Jede Sekunde konnte es zu spät sein.

Mara schritt auf die Tür zu. Sie war nicht verschlossen.

Einen Atemzug später hatte sie die Wohnung verlassen und lief die Treppen hinunter.

An der Theke neben dem Ausgang rief der Pförtner hinter ihr her, aber sie eilte hinaus ins Freie, hinein in die kühle Abendluft. Sie rannte und rannte. Schwer atmend blieb sie schließlich stehen und sah auf die Uhr: kurz nach halb elf.

Sie brannte darauf, das Material weiter zu erforschen. Ihre Violine, ihre gestohlene Violine gehörte zu einer Sekte. Stammte sie aus einer Familie, die zu dieser Sekte gehörte?

Sie brauchte ein Versteck, wo sie die Dateien genau studieren konnte. Und sie musste Kontakt zu diesem Orpheus aufnehmen. Er würde ihr sicher vieles erklären können. Am besten war es, wenn sie telefonierten, wenn sie die Unterlagen las. Oder wenn sie ihm die Sachen mailte.

Wohin jetzt?

Richtung Stadt.

Sie lenkte ihre Schritte über die lange Promenade, die entlang des alten Rheinauhafens entstanden war – ein ganzes Stadtviertel. Nicht nur die drei Kranhäuser gehörten dazu, sondern auch lang gestreckte Gebäude mit Eigentumswohnungen. Die Bewohner lebten nicht ganz so exklusiv wie in den abgewinkelten Riesenhäusern, aber sie hatten immerhin einen wunderbaren Blick auf den Rhein.

Niemand außer ihr war unterwegs. Ein kalter Wind fegte ihr entgegen.

Sie fand eine Passage durch die Häuserzeile, wo sie ein wenig geschützter war.

Am besten wäre es wohl, sich ein billiges Hotelzimmer zu nehmen und dann weiterzusehen. Aber konnte sie sich das leisten?

Ein Kassensturz war angesagt.

Sie drängte sich in einen kleinen Eingang, der hinunter zu einer Tiefgarage führte, und wollte ihr Geld herausziehen. Plötzlich hatte sie das Gefühl, als sei der Rucksack an etwas hängen geblieben. Sie drehte sich um, und da war ein Schatten über ihr.

Sie verlor das Gleichgewicht, drohte die Treppe hinunterzustürzen, versuchte, sich abzufangen. Jemand hielt sie fest und verschloss ihr mit harter Hand den Mund. Ein brutaler Schlag auf die Schläfe ließ Sterne vor ihren Augen explodieren, ihre Füße rutschten über die Kanten der Treppe nach unten. Helles Neonlicht flammte über ihr auf, doch es erlosch, als man ihr etwas über den Kopf stülpte. Endlich löste sich die Hand von ihrem Mund. Sie wollte schreien, aber es ging nicht. Ein bitterer Geschmack breitete sich auf ihrer Zunge aus.

Sie konnte weder Beine noch Arme rühren. Ein typisches Schleifen zeigte ihr, dass eine Wagentür geschlossen wurde. Dann sprang ein Motor an, und alles um Mara vibrierte. Sie kippte nach hinten und stieß sich den Kopf an. Der Schmerz pochte im Rhythmus des Herzschlags durch ihren Körper. Das Geräusch des fahrenden Wagens ertönte dumpf wie von dicker Watte gedämpft. Und verlor sich schließlich ganz.

25

»Mara?«

Sie sah eine Höhle, in die sie hinabsteigen musste, um Tamara zu finden, die in der Dunkelheit verloren gegangen war. Der Weg bestand aus spiralförmigen Gängen, die sich in die Erde gruben. Es war so finster, dass Tamara mit der schwarzen Umgebung verschmolz. Und plötzlich kam Mara die Erkenntnis, dass die Geige ein Symbol für diese Dunkelheit war. Die Dunkelheit in der Welt. Die Dunkelheit des Geistes, in der die Menschen herumirrten. Aber wenn jemand Tamara in die Hand nahm und darauf spielte …

»Mara, hörst du mich?«

Deborahs Stimme.

Sie hörte sie, aber sie wollte sie nicht hören. Deborah spielte irgendein Spiel hinter ihrem Rücken. Lieber wollte sie weiter über Tamara und ihre Geheimnisse nachdenken. Sie hatte doch gerade einen schlüssigen Gedanken gefasst, an den sie anknüpfen konnte. Aber er war ihr wieder entschwunden. Wie ein glitschiger Fisch an Land, dem es durch instinktives Herumschlagen gelang, zurück ins Wasser zu kommen. Unter die Wasseroberfläche, wo er sicher war.

Jemand berührte sie an der Wange. Mara musste mit den Lidern geflackert haben, denn nun sagte Deborah: »Sie scheint aufzuwachen.«

Eine Weile spürte Mara nichts mehr, sie versuchte nur, ihre Gedanken aus den Löchern hervorzuholen.

Ja, das war es – jetzt fiel es ihr wieder ein. Dunkelheit. Tiefste Schwärze. Finsternis, in die die Geige mit ihrem hellen Klang Licht bringen konnte.

Und da brach sich tatsächlich ein Ton seine Bahn durch das Dunkel. Ein Ton von Tamara. Ein Ton ihrer Violine!

Er leuchtete wie ein weißer Laserstrahl. Klar und unerbittlich.

Überrascht schlug sie die Augen auf.

Sie lag auf dem Rücken. Nach und nach wurde das Bild schärfer: eine mit Girlanden bemalte Tapete; eine hohe Decke. Dann tauchte Deborahs Gesicht auf. Erst wirkte es auch verschwommen, doch nach und nach wurde es klar. Und im Hintergrund spielte Mara »Horizons of Harmony«.

»Ich wusste, dass dich das zur Besinnung bringen würde«, sagte Deborah. »Es ist deine eigene Musik. Ein Livemitschnitt von einem deiner Konzerte. Die Aufnahme gefällt mir viel besser als die Studioproduktion.«

Livemitschnitt?, dachte sie. So etwas gab es nicht. Noch nicht. John hatte Konzertalben geplant.

Wo hatte Deborah sie her?

Sie versuchte zu sprechen, aber ein dicker Schleimpfropfen steckte ihr im Hals. Sie räusperte sich, drohte sich zu verschlucken. Sie hob den Oberkörper, und erst jetzt bemerkte sie, dass sie gefesselt war.

»Wo bin ich?«, brachte sie endlich mühsam hervor. »Was soll das alles?«

Deborah hatte auf einem Stuhl Platz genommen. Er stand vor dem Bett, auf dem Mara lag. Ansonsten war das Zimmer leer. Hinter einem geschlossenen, schweren Vorhang vermutete Mara ein hohes Fenster. An der Decke leuchteten kerzenförmige Glühbirnen in einem Kronleuchter.

Deborah war wie immer in Pastelltöne gekleidet. Sie erhob sich und ging mit klackernden Schritten zu einem Gettoblaster, der einsam auf dem Parkettboden stand und aus dem die Musik drang. Sie schaltete ihn ab, stapfte zu dem Stuhl zurück und setzte sich. Sie schlug die Beine übereinander und betrachtete Mara interessiert, als wäre sie ein Studienobjekt.

»Du hättest in Berlin nicht abhauen sollen. Es tut mir leid, dass diese Maßnahmen nötig waren.«

Mara spürte, wie in ihr der Zorn wuchs. Er verlieh ihr die nötige Energie, die den letzten Rest von Schwindel und Benommenheit verscheuchte.

»Mach mich los«, rief sie. »Was fällt dir ein, mich einfach zu entführen?«

Deborah schüttelte den Kopf wie eine Lehrerin, die sich innerlich über eine lächerlich naive Antwort einer Schülerin lustig macht. »Es ist nur zu deinem Besten, glaub mir.«

Mara spürte einen stechenden Schmerz im Nacken. Sie konnte nicht so lange mit erhobenem Oberkörper sitzen, ohne sich abzustützen, und sank auf die Matratze zurück. »Du bist verrückt. Lass mich gehen. Gib mir die Geige zurück, die du mir gestohlen hast.«

»Diebstahl hieße, die Geige würde dir gehören. Aber das ist nicht der Fall.«

»So? Und wem gehört sie dann?«

Deborah griff neben sich und hielt plötzlich Maras Laptop in der Hand. Sie klappte ihn auf und betätigte ein paar Tasten. »Das hast du doch dank deines nächtlichen Besuchs in Grittis Wohnung herausgefunden«, sagte sie. »Und ich nehme an, du weißt nun auch, welche Bedeutung du hast. Welche Bedeutung die Violine hat. Worum es letztlich geht.«

Mara biss sich auf die Unterlippe. Deborah musste wahnsinnig sein. Geistesgestört. Vage Erinnerungen brachten ihr zurück, was sie gelesen hatte. War es da nicht um eine Sekte gegangen? Um eine teuflische, satanische Sekte? Gehörte Deborah dazu? Wahrscheinlich. Und jetzt war sie, Mara, in ihrer Hand.

»Ich habe nichts davon verstanden«, sagte Mara und hoffte, dass es ihr gelang, ihre Angst zu verbergen. Zeit zu gewinnen war sicher gut. Vielleicht war damit das, was sie Mara antun wollten, noch eine Weile aufzuhalten.

Und antun wollten sie ihr doch etwas, oder nicht?

Hätten sie sie sonst hierhergebracht?

Und Deborah operierte nicht allein. Die Person, die sie an dem Parkhaus überfallen hatte, war nicht sie gewesen. Sie hatte einen Helfer.

»Alfred Gritti ist gekommen, während ich da war. Ich musste abhauen.«

»Hat er dich gesehen?«

»Ich glaube nicht.«

Deborah sah Mara mit ihren hellen Augen an, als wolle sie ihre Gedanken lesen.

»Was soll das denn alles?«, fragte Mara. »Was ist das für eine Geschichte mit der Sekte?«

»Ich sehe, du hattest doch Gelegenheit, ein wenig von den Unterlagen zur Kenntnis zu nehmen.«

»Ich hatte gerade damit angefangen. Aber ich weiß einfach zu wenig, um es ganz zu begreifen.«

»Aber begreifen willst du es, oder nicht?«

Deborah starrte sie immer noch an. Sie wirkte wie die Schlange, die das Kaninchen hypnotisiert, bevor sie zubeißt.

»Hast du etwas mit dem Mord an John zu tun?«, fragte Mara. »Wer war der Mann, den ich gegenüber der Unfallstelle gesehen habe? Und dieser Orpheus? Alle gehören dazu … Zu der Sekte, über die in den Unterlagen zu lesen war.«

»Das sind viele Fragen auf einmal. Und ob du es glaubst oder nicht – ich kann nicht alle beantworten.«

»Hast du die Violine?«

»Ja. Aber ich habe sie dir nicht gestohlen. Sie gehört uns. Uns beiden, meine ich. Wir werden sie gemeinsam erforschen und die Kräfte nutzen, die in ihr verborgen sind. Wir stehen damit erst am Anfang, aber meine Forschungen weisen schon in die richtige Richtung …«

»Deine Forschungen? Wieso deine Forschungen?«

Wieder dieses herablassende Lächeln. »Was glaubst du,

wer die Unterlagen, die du in Johns Computer gefunden hast, zusammengetragen hat?«

»Du etwa?«

»Gritti hat mich dazu beauftragt. Ich habe jahrelang für ihn gearbeitet.«

»Aber was ist das für ein Riesenzufall …«, begann Mara, aber sie unterbrach sich sofort, denn sie verstand. Deborah und Gritti gehörten zusammen. Mara hatte die beiden gar nicht zufällig kennengelernt, sondern Deborah hatte sich an sie herangeschmissen, weil sie John dabei half, etwas über die Schwarze Violine herauszufinden.

»Du bist keine Anwältin, oder?«, fragte Mara. »Du hast dich nur als Anwältin ausgegeben, weil du mein Vertrauen brauchtest. Weil du …« Ja, warum eigentlich? Worum ging es hier überhaupt? Was wollte Deborah eigentlich von ihr? Und was hatte John von ihr gewollt? Was war Maras Rolle in dem seltsamen Spiel?

»Ich habe Jura studiert«, sagte Deborah. »In Yale. Mit einem Stipendium. Aber nicht nur das. Meine weiteren Studienfächer waren Musikwissenschaft, Geschichte und verschiedene Sprachen. Vor etwa zehn Jahren, kurz nach meinem Abschluss, habe ich Gritti kennengelernt. Er finanzierte meine Forschungen zu einem bestimmten Thema, das ich mir schon während meines Studiums ausgesucht hatte. Es passte zu seinen Interessen. Ich lieferte ihm immer mehr Erkenntnisse. Was du in seinem Computer gefunden hast, waren nur die Zusammenfassungen. In Wirklichkeit ist alles noch viel weiter verzweigt, viel komplizierter …«

»Das heißt, er hat deine Forschungen finanziert, so wie er mich als Musikerin unterstützt hat? Aber worum genau ging es ihm?«

»Mara, muss ich dir das wirklich erklären? Verstehst du denn nicht, was das eigentliche Thema der Forschungen war?«

»Orpheus? Diese Sekte?«

»Das ist nur der Aspekt der Vergangenheit. In der Gegenwart hat die Forschung ein ganz bestimmtes Thema. Und dieses Thema bist du.«

»Ich? Aber es geht um Sekten, um antike Mythen …«

»Du hast die Schwarze Violine«, sagte Deborah, und sie betonte jedes einzelne Wort. »Diese Violine hat eine lange Geschichte. Bei meinen Forschungen über sie, über die Sekte und alles andere, was damit zusammenhängt, fand ich im Internet ein Video, das dich zeigte – wie du gerade eines deiner Stücke spieltest.«

Mara wusste, was sie meinte. Björns Video.

»Ich erkannte die Geige. Das heißt, ich hatte einen gewissen Verdacht, dass es sich um die legendäre Schwarze Violine handelte, die schon lange als verschollen galt. Einige Theoretiker behaupten, sie habe nie existiert, sie sei nur ein Mythos. Ich habe das nie geglaubt. Und nun zeigte sich, dass ich recht hatte. Ich versuchte, deine Bekanntschaft zu machen. Es gelang mir. Ich half dir bei der Suche nach deinen Vorfahren – und diese Suche hatte natürlich auch mit meinem Forschungsgebiet zu tun, denn ich gehe davon aus, dass die Geheimnisse dieser Violine und mit allem, was damit zusammenhängt, aus deiner Familie stammen. Aus irgendwelchen Gründen wurde der Faden der Tradition aber unterbrochen. Du bist ein Waisenkind. Dein Vater ist unbekannt, deine Mutter tot …«

»Warum hast du John umgebracht?«, unterbrach Mara. Sie hoffte, dass Deborah den Vorwurf abstreiten würde. Vielleicht konnte man sich dann mit ihr immer noch irgendwie einigen. Sie wusste Dinge, die Mara weiterhelfen konnten. Sie hatte die Geschichte der Violine erforscht, vielleicht wusste sie auch noch mehr über Maras Familie.

Doch sie ging darauf ein. Gab den Mord zu. »Mir wurde klar«, sagte Deborah, »dass in dem ganzen Projekt ungeheures Potenzial steckt.«

Mara hatte plötzlich das Gefühl, einen Schlag in die Magengrube erhalten zu haben. »Was für ein Potenzial?«, rief sie aus, und Verzweiflung schwang in ihrer Stimme mit. »Erkenntnisse über alte Sekten? Eine alte Geige? Muss man dafür einen Mord begehen? Ist die Geige so wertvoll? Du hättest sie doch einfach stehlen können, und fertig.«

Deborah bewegte sich keinen Millimeter, aber ihre Augen blitzten gefährlich. »Versteht du denn nicht?«, zischte sie. »Verstehst du denn gar nichts? Es geht nicht um die Geschichte dieser Irren, die diese Violine anbeten. Es geht auch nicht um deine Familie. Es geht darum, was die alte Sekte, über die wir noch so wenig wissen, in der Hand hatte. Was sie wusste. Und wo sie ihre Erkenntnisse versteckt hat.«

Es wurde immer verrückter. Mara kam der Gedanke, dass es sinnlos war, mit Deborah zu diskutieren, aber sie wusste nicht, was sie sonst tun sollte. Solange sie redeten, tat ihr niemand etwas.

»Es geht darum«, sagte Deborah, »die Musik der Musiken zu finden. Musik hat ungeheure Kraft. Musik hat die Macht, Menschen in ihren Zielen zu unterstützen oder sie davon abzuhalten. Musik ist der direkte Weg in die menschliche Psyche. Ohne Umweg über die Rationalität. Ohne Analyse. Man gibt sich ihr hin, man ist ihr ausgesetzt, ob man will oder nicht. Du behauptest, du hättest die Unterlagen aus dem Computer nicht durchgesehen, aber wenn du jemals dazu kommen solltest, wirst du sehen, dass Gritti seit Jahrzehnten der Frage auf der Spur war, wie Musik die Menschen beeinflusst. Er hat sogar Studien finanziert, die zeigen sollten, wie sich das Kaufverhalten von Menschen in Supermärkten mit Musik verändert.«

Ja, dachte Mara. Das habe ich gelesen.

»Und weißt du«, fuhr Deborah fort, »was diese Forschungen ergeben haben? Nichts. Gar nichts. Sicher, man hat herausgefunden, dass Musik etwas bewirkt. Das hätte man aber auch schon vorher wissen können. Aber *welche* Musik genau *was* bewirkt – das liegt im Dunkeln wie eh und je.«

Langsam begriff Mara. Sie erinnerte sich an die Sage von Orpheus und seine besondere Fähigkeit, Musik zu machen, die wirklich etwas bewirkte. Und das ließ in Bezug auf Deborahs Ausführungen nur einen Schluss zu. Aber der war so fantastisch, so abseitig, so verrückt ... Nein, dachte Mara, das kann nicht sein.

»So blieb mir nur eine Wahl«, fuhr Deborah fort. »Ich musste die Musik aller Musiken finden. Die Melodien, die alles verändern können. Die Melodien von Orpheus persönlich.« Deborahs Augen glänzten. Sie schien gar nicht mehr Mara anzusehen, sondern in weite Fernen zu blicken. »Mir wurde klar, dass ich die Chance hatte, diesen unglaublichen Schatz zu bergen. Und nach dem Vertrag mit Gritti hätte ich ihm die Erkenntnisse zur Verfügung stellen müssen – damit er sie dann für seine Zwecke nutzt. Damit er daraus Musikstücke für dich arrangieren lässt und aus dir die größte Musikerin macht, die die Welt je gehört hat. Mit Melodien, die wirklich alle Menschen verführen – ob in Amerika oder in China, in Sibirien oder in Kenia.« Sie schwieg und lauschte ihren eigenen Worten nach. »Einen solchen Schatz konnte ich ihm nicht überlassen. Ich musste zu bestimmten Mitteln greifen und Gritti loswerden.«

»Soll das heißen, du hast die Melodien gefunden?«, fragte Mara, und ihre Stimme kam ihr selbst zögerlich und leise vor.

»Sie sind Teil des Schatzes, den die sogenannte Orphische Sekte hinterlassen hat. Ich bin ihrem Geheimnis auf der Spur. Und bald, sehr bald, werde ich alles in Händen halten.« Sie stand auf, strich sich den Rock glatt und sah Mara an. »Du solltest diese Fesseln nicht länger tragen«, sagte sie. »Wir sind ja schließlich Partnerinnen. Ich werde die Orphischen Melodien finden, und du wirst sie auf der Schwarzen Violine spielen. Gemeinsam werden wir unschlagbar sein. Unsere Musik wird die Welt beherrschen.«

Sie kam näher, und Mara wich instinktiv an die Wand zurück. »Aber du hast John ermordet. Du bist eine Mörderin.«

»Ich habe ihn nicht ermordet. Ich habe einen Helfer für solche Sachen. Er saß bei Gritti im Wagen und hatte den Auftrag, ihn dorthin zu dirigieren, wo ich ihn dann treffen wollte – um ihm anzubieten, auf neuer Basis mit ihm zusammenzuarbeiten. Gritti hat einen entscheidenden Fehler gemacht. Er hat auf der Fahrt einen Unfall provoziert. Die Folge kennst du. Sei's drum. Mein Helfer ist davongekommen.«

Sie löste die Fesseln, und Mara setzte sich auf. Ihre Beine begannen, schmerzhaft zu kribbeln. Sie rieb ihre Oberschenkel. Sie spürte den Impuls zu fliehen. Einfach durch die Tür, bevor Deborah reagieren konnte – und weg. Aber sie war sicher, sie würde nicht weit kommen. Eine hohe Flügeltür öffnete sich, und ein Mann kam herein, den Mara bereits kannte. Es war die Gestalt aus dem Park in Berlin. Der Mann mit den eng zusammenstehenden Augen.

»Das ist Peter Quint«, sagte Deborah. »Der Helfer, von dem ich dir erzählt habe.«

Er hatte Maras Geigenkasten in der Hand und legte ihn auf das Bett.

Deborah nickte ihm zu, und er verschwand wieder. »Ich sage es dir noch mal, Mara. Lass uns zusammenarbeiten. Wir werden die erfolgreichste Musik produzieren, die es jemals gegeben hat. Ich bin kurz davor, den Schlüssel dafür zu finden. Lass uns Partner sein. Du wirst eine Karriere machen, von der du niemals zu träumen gewagt hast.«

Mara schüttelte den Kopf.

Sie musste hier raus. Sie brauchte Hilfe. Wenn sie nur wüsste, wo sie überhaupt war. Sie musste es herausfinden. Nur wenn sie es wusste, hatte sie den Hauch einer Chance. Der Raum sah aus, als gehöre er zu einer noblen Villa. Nachdenken, zwang sie sich. Und weiterreden.

»Was willst du?«, fragte sie. »Dass ich mit jemandem zusammenarbeite, der über Leichen geht? Der einem Hirngespinst nachjagt?«

»Hirngespinst? Mara, wir haben Beweise, dass es die Orphischen Melodien gibt. Dass man sie irgendwo aufbewahrt.«

»Orpheus … Das ist doch eine Sage. Ein Mythos …«

»Eine Sage, die wie alle Sagen und Märchen einen wahren Kern enthält …«

Mara fiel etwas ein. Ein Argument, mit dem sie Deborah überzeugen konnte. Es hatte in Johns Unterlagen gestanden. »Selbst wenn du die Melodien findest … Sie sind so alt. Sie stammen aus einer ganz anderen Musikkultur. Glaubst du wirklich, die Menschen fallen in Trance, wenn ich sie auf meiner Geige spiele?«

»Darauf kommt es doch gar nicht an, Mara. Es kommt darauf an, dass wir die Melodien des Orpheus haben – und sie mitsamt der Geschichte von der Musiksekte vermarkten können. Dass wir eine Story haben, die hinter deiner Musik steckt. Die Menschen werden glauben, sie kriegen was ganz Besonderes zu hören, wenn es die Melodien sind, die diesem antiken Genie zugeschrieben werden. Denk doch mal an die Popularität, die die gregorianischen Gesänge erreicht haben. Sie schafften es sogar in die Popcharts. Lieder von Mönchen, über tausend Jahre alt. Oder die Musik von Hildegard von Bingen. Ebenfalls aus dem Mittelalter. Wir gehen eben noch einen Schritt weiter. In die Antike. Zum Ursprung der Musik. Wir gehen sozusagen zurück zu Adam und Eva.«

Jetzt klang Deborah wie eine Marketingmanagerin. Und nicht wie eine durchgeknallte Fanatikerin. Was sie sagte, leuchtete sogar ein.

Welche Rolle spielte eigentlich Orpheus in dem ganzen Spiel? Der Orpheus aus dem Computerchat?

»Bist du sicher, dass du die Einzige bist, die dieses Thema erforscht?«, fragte Mara.

»Gritti hat mich beauftragt, und ich habe die Dinge zusammengetragen.«

»Wer ist dann dieser Unbekannte, der sich Orpheus nennt und der mir Mails geschrieben hat?«

»Das werde ich noch herausfinden.«

»Du glaubst aber nicht, dass er ein verrückter Fan ist, der mich belauert? Du glaubst schon, dass mehr dahintersteckt?«

»Wie gesagt: Ich werde es herausfinden. Aber das braucht dich nicht zu interessieren.«

O doch, dachte Mara. Das sollte es. Es sollte mich sogar sehr interessieren. Orpheus weiß mehr über mich als du. Er hat mir mehr geholfen als du. Obwohl ich ihn nicht kenne, habe ich mehr Vertrauen in ihn als in dich.

Oder täuschte sie sich? Vielleicht war Orpheus einfach nur Deborahs Konkurrent? Vielleicht war er jetzt, wo er Mara brauchte, freundlich und kooperationsbereit. Und vielleicht würde er später sein wahres Gesicht zeigen.

Deborah öffnete den Geigenkasten. Tamara glänzte im Licht des Kronleuchters. »Ich möchte dir eine Chance geben, über mein Angebot nachzudenken.«

»Welches Angebot?«, fragte Mara.

»Das ich dir eben gemacht habe. Das Angebot, mit mir zusammen die Welt zu erobern.«

»Das heißt, ich kann ablehnen?«

»Sicher. Aber dann behalte ich die Geige, und was mit dir geschieht, werden wir sehen. Ich kann jedenfalls nicht zulassen, dass du meinen Plan durchkreuzt. Ich muss den Weg zu Ende gehen.«

Damit schritt Deborah durch die Tür, schloss sie hinter sich und sperrte ab.

Mara nahm die Geige in die Hand, und das Gefühl, dem Instrument wieder so nahe zu sein, überlief sie wie ein warmer Schauer. Sie strich über das Holz, zupfte vorsichtig die Saiten, sodass leise Töne erklangen. Dann setzte sie das Instrument an und nahm den Bogen.

26

Quint sah seine Auftraggeberin ins Zimmer kommen. Er saß in einem der beiden Sessel und hoffte, sie würde in dem anderen Platz nehmen. Und genau so kam es. Quint bekam Gelegenheit, die erstklassigen Beine der Frau zu betrachten. Er war sicher, sie spürte, dass er sie mit wachsender Erregung beobachtete, aber sie blieb kühl und distanziert. Ob ihr klar war, dass ihn das noch mehr anstachelte?

Seine Fantasien, denen er bei den Telefonaten mit Deborah nachgehangen hatte, waren noch übertroffen worden. Diese gefährlichen Katzenaugen, diese Helle, die sie ausstrahlte.

Deborah war ein Vamp, der das Äußere eines unschuldigen Engels zeigte …

Sie schien aus tiefen Überlegungen zu erwachen. Im selben Moment ertönte aus einiger Entfernung ein Geigenton. Dann noch einer. Mara hatte sich also das Instrument vorgenommen und strich die Saiten an.

Er hatte immer noch nicht so ganz verstanden, worum es hier eigentlich genau ging. Diese Mara war Musikerin. Gut. Deborah hatte sie erst überwachen und dann entführen lassen. Auch gut. Es steckte also eine Sache dahinter, die mit dem Musikbusiness zu tun hatte. Auch das verstand Quint.

Aber neu war, dass man solche Leute einsperrte, um sie zu irgendwas zu bewegen. Sollte man ihnen nicht ein Angebot machen, das sie gefügig werden ließ? Geld? Drogen? Oder irgendeinen Luxus?

Jetzt begann Mara, eine Melodie zu spielen. Quint verstand nichts von klassischer Musik, hatte sie auch nie gerne gehört, aber das, was das Mädchen auf der Geige produzierte, gefiel ihm.

Deborah wirkte nachdenklich und abwesend, als sei ihr Geist auf eine Reise gegangen. Sie schloss die Augen, als hätte sie ein Licht ausgeknipst, und bewegte langsam den Kopf hin und her.

Wie konnten so ein paar Geigentöne so etwas bewirken? Da war ein gewisser eingängiger Rhythmus, aber nicht so deutlich wie bei der Musik, die Quint gewöhnlich hörte. Eher gesanglich. Die Melodie entfaltete sich in weiten Bögen, ging hoch und runter. Ein bisschen wie die Skizze einer hügeligen Landschaft. Das war jetzt eigentlich sogar ganz schön. Er war selbst überrascht, aber er konnte sich diese Landschaft sogar vorstellen. Sein inneres Auge blickte plötzlich auf Erinnerungen, die er lange vergessen zu haben glaubte.

Es hatte etwas mit seiner Jugend zu tun. Er stand auf einem Baseballplatz in seinem kleinen Heimatort in Virginia und sah einem Spiel zu. Sein Vater war auch dabei. Sein Vater hatte immer versucht, ihn zum Baseball zu bewegen, aber Quint hatte keinen Spaß daran gefunden. Ihm lagen mehr die ruhigen Sportarten wie zum Beispiel Schießen – erst mit einem Kindergewehr, dann mit richtigen Waffen. Sein Vater hatte ihn unterstützt, es aber als unmännlich empfunden. Seltsam, wo er selbst auf die Jagd ging und dementsprechend Waffen besaß. Und wieso sollte der Schießsport unmännlich sein?

Der wahre Sport eines Mannes muss ein Kampfsport sein, hatte sein Vater immer gesagt. Aber es hat nichts mit Sport zu tun, auf einer Scheibe möglichst genau ins Schwarze zu treffen. Dann könntest du auch Zähneputzen oder Rasenmähen als Sport bezeichnen. Der Kampf ist es, was zählt, nur der Kampf. Mann gegen Mann.

Und nun, heraufbeschworen durch Maras Musik, kam die Szene wieder in sein Bewusstsein, als hätte sie dort die ganze Zeit geschlummert – und schlimmer noch, als hätte sie die ganze Zeit Macht über ihn gehabt. Als hätte sie im Verborgenen Weichen gestellt.

Da war sie – die Landschaft der Ausläufer der Blue Ridge Mountains. Grüne Hügel, die sich in denselben Proportionen wie die immer weiter kreisende Melodie auf- und abschwangen. Und davor die Spieler auf dem Feld.

Doch der visuelle Eindruck, der sich in aller Deutlichkeit vor Quints innerem Auge verwandelte, war nicht das Entscheidende. Das Entscheidende war das Gefühl, das hinter dieser Szene lag. Die Emotion, mit der die Szene aufgeladen war. Die Kraft, die ihn zum Handeln brachte. Die tiefe, innere Erkenntnis, die ihm zu dieser Kraft verhalf.

Die Kraft, sich von seinem Vater loszusagen. Die Kraft, sich von seinem Einfluss zu trennen. Die Macht, ganz alleine loszugehen und seinem Leben den Sinn zu geben, den er ihm geben wollte. Es war der erste Moment der Freiheit in seinem Leben gewesen. Ein Glücksgefühl hatte ihn erfasst.

Quint war zwölf Jahre alt, und als er da stand, seinen Vater neben sich und das Spielfeld vor sich, kam es ihm vor, als sei dies das erste Glücksgefühl seines Lebens. Nichts konnte damit konkurrieren. Keine Geschenke, keine Freuden auf dem Spielplatz. All das hatte keine Bedeutung im Vergleich zu dem, was ihn nun gepackt hatte.

Quint verstand plötzlich, dass genau darin die Wurzel des Lebens lag, das er jetzt führte. Und in dem Moment, als er das begriffen hatte, wurde ihm klar, dass er auf eine schiefe Bahn geraten war. Das war nicht das Leben, das er sich vorgestellt hatte – damals, als er mit zwölf Jahren zum ersten Mal in die Zukunft sah. Und sie ihm wie in goldenes Licht getaucht vorkam – nur weil sein Vater daran keinen Anteil mehr hatte.

Er dachte an das, was seit damals geschehen war. Die Highschool, das College, seine Bewerbung bei der CIA, die flüchtigen Bilder von Gefangenen, von dem, was man ihnen angetan hatte. Lang gestreckte nackte Körper mit zurückgelegtem Kopf, die Flut des Wassers, die man darauf niederprasseln ließ.

Quint schüttelte das ab und gab sich einem schöneren Bild

hin. Doch je mehr er sich darin einigelte, desto mehr wuchs der Schmerz darüber, wie sich das unterschied – was er heute war und was er damals sein wollte.

Und all das beschwor Maras Musik herauf.

Als Mara die Finger laufen ließ, geschah das ohne bewusste Entscheidung und ohne Planung. Als sei der musizierende Teil von ihr zu einem eigenen Wesen geworden und habe sich mit der Geige verbündet und als betrachte der andere, der denkende Teil diese Verbindung von außen.

Irgendwann öffnete Mara die Augen und stellte fest, dass der Kronleuchter erloschen war. Hatte Deborah noch einmal das Zimmer betreten und ihn ausgemacht? Nein, sie erinnerte sich vage, dass sie selbst den Lichtschalter betätigt hatte. Der helle Schein hatte sie gestört, sie hatte ihn empfunden wie eine Verbrennung. Wenn sie mit sich, ihrer Geige und ihrer Musik alleine sein wollte, brauchte sie kein Licht.

Und so spielte sie in totaler Dunkelheit.

Deborah hatte also Johns Platz eingenommen. Und sie sollte Deborah vertrauen?

Sie ließ ihr die Wahl …

Mara dachte an die Orpheus-Sage, und die Erinnerung überlagerte sich mit der Geschichte der Sekte, deren Geige sie wahrscheinlich in der Hand hielt.

Sie sollte sich nichts vormachen. Deborah war eine Verbrecherin. Mara konnte unmöglich auf ihren Vorschlag eingehen. Sie würde die Polizei benachrichtigen und aussagen, was sie wusste. Dass Deborah und dieser Mann für Johns Tod verantwortlich waren.

Doch da nagten Zweifel. Konnte sie das denn auch beweisen? Bisher beruhte alles auf Deborahs Aussage, auf nichts anderem. Welche weiteren Indizien gab es denn dafür, dass das stimmte, was sie gesagt hatte?

Mara ließ den Gedanken Raum, sie ließ zu, dass sich ihr

Geist nun doch der Musik näherte, die ihre Finger die ganze Zeit erzeugten. Sie befand sich jetzt in der soundsovielten Wiederholung ihres Liedes »Yearning«, mit dem sie einfach begonnen hatte, ohne nachzudenken. Und wie von selbst brachte sie unablässig neue Variationen hervor, über die ihr zweites Ich staunte.

Du musst versuchen, hier rauszukommen, sagte sie sich. Du musst fliehen.

Aber sollte sie nicht wenigstens zum Schein mit Deborah zusammenarbeiten? Damit sie keinen Verdacht schöpfte?

Wie sehr brauchte Deborah sie?

Das Licht flammte auf.

Deborah stand im Zimmer.

Mara war wie aus einem seligen Traum gerissen. Sie brach ihr Spiel ab und blinzelte.

»Wie hast du dich entschieden?«

Ich habe mich entschieden, weiter Musik zu machen, dachte Mara und hielt die Geige noch fester an ihrem Oberkörper. Ich möchte immer und ewig Musik machen. Wenn diese Geige ein Wunder ist, wenn sie Musik hervorbringen kann, welche die Menschen in einen schönen Traum versetzt, umso besser. Aber mir geht es zuallererst darum, dass ich mir diesen Traum selbst schaffe. Dass ich ganz alleine bin auf der Welt. Ganz alleine mit meiner Musik.

»Du zögerst? War dein Geigenspiel nicht so etwas wie Nachdenken für dich? Du hast drei Stunden gespielt, gefiedelt, uns in der Wohnung auf Trab gehalten. Hast du nicht mal drüber nachgedacht, was die Nachbarn sagen?« Deborah lächelte, aber ihr Lächeln war gemein.

Nachbarn?, dachte Mara. Gab es hier etwa Nachbarn, die sie um Hilfe bitten konnte? Doch dann verstand sie, dass Deborah nur einen Witz gemacht hatte.

»Du zögerst zu lange, Mara Thorn.«

Es traf Mara wie ein Schwerthieb mitten in die Brust. Hieß das etwa …

Sie blieb stocksteif stehen, die Geige im Arm wie ein Baby, das man gegen die Bosheit dieser Welt verteidigen musste.

Hinter Deborah näherten sich Schritte. Der Mann betrat den Raum. Mit einer einzigen Bewegung hatte er ihr Tamara aus dem Arm gewunden, das Instrument zur Seite gelegt und Mara denselben Arm so brutal auf den Rücken gedreht, dass sie vor Schmerz aufschrie. Plötzlich hatte sie etwas Dunkles über dem Kopf. An ihren Handgelenken klickte es. Sie wurde weggezogen. Kälte umfing sie und zeigte ihr, dass sie im Freien waren. Sie versuchte zu schreien, aber etwas Hartes wurde ihr auf den Mund gepresst. Man stieß sie über eine Metallkante, die ihr an die Schienbeine knallte. Sie verlor das Gleichgewicht und fiel vornüber. Die Handschellen gruben sich schmerzhaft in ihr Becken, als sie aufkam.

Ein schwerer Dieselmotor röhrte auf, und in Mara wurde eine Erinnerung wach. Nach dem Überfall am Parkhaus, der ihr jetzt vorkam, als sei er Jahre her, hatte man sie ebenfalls hier hineinverfrachtet.

Maras Schultern schmerzten, und die Vibrationen des Wagens machten die Qual noch schlimmer.

Immerhin gelang es ihr, ruhig durchzuatmen. Aber sie war in der Hand eines Mörders. Sicher hatte er einen genauen Plan, was er nach der Tat mit der Leiche vorhatte. Irgendwann würde man sie finden, vielleicht erst nach Wochen oder Monaten. Niemand würde je auf die Idee kommen, dass die Anwältin Deborah Fleur dahintersteckte. Denn es gab ja keinen Beweis, noch nicht mal einen Verdacht oder ein Motiv.

Sie hatten nach anfänglichem Geholper nun wohl eine Hauptstrecke erreicht und fuhren ruhig dahin.

Autobahn, tippte Mara. Oder eine Landstraße.

Nach und nach verlor sie das Zeitgefühl. Der Wagen bremste ab, ging in eine kleine Kurve und blieb stehen.

Der Motor erstarb. Das Brummen hallte noch eine Weile in Maras Innerem nach, dann legte sich Totenstille über sie.

Der Mann da vorn schien keine Anstalten zu machen auszusteigen. Was tat er? Wartete er auf jemanden? Dachte er nach?

Und dieser Moment der Leere, des Vakuums, der scheinbaren Zeitlosigkeit riss Mara endgültig aus ihrer Lethargie.

Sie musste sich wehren. Noch lebte sie. Erst wenn sie sich aufgab, war sie wirklich verloren.

Seltsam, aber plötzlich war das Bild ihrer Violine durch ihren Kopf geschossen, gleichzeitig waren ihr ein paar Wörter aus den Nachrichten dieses mysteriösen Orpheus nachgeklungen.

Deine Geschichte. Deine Vergangenheit. Dein Geheimnis.

Gib nicht auf.

Pass auf die Violine auf.

Was in ihrer Situation hieß: Erobere die Violine zurück! Plötzlich rasten ihre Gedanken. Sie holte nach, was sie die ganze Zeit auf der Fahrt nicht zustande gebracht hatte. Es konnte doch nicht so schwer sein, diesen Killer abzulenken. Er war ein Mann. Sie war eine junge Frau.

Vielleicht hatte dieser Halt ja sogar damit zu tun. Vielleicht hatte er sich gedacht, es sei leicht, über die Kleine herzufallen – wo sie ja ohnehin ihrem Tod entgegensah?

Und wenn das nicht so war, musste es doch möglich sein, ihn dazu zu bringen, es zumindest zu wollen. Die Kerle waren doch alle gleich.

Eine zuschlagende Tür. Schritte. Ein Schleifen, als der Mann die Seitentür öffnete. Wieder entstand eine kurze Pause, und Mara stellte sich vor, dass er sie jetzt betrachtete. Ein leichtes Opfer.

Der Wagen schwankte, als der Mann den Frachtraum betrat.

Wieder ein schleifendes Geräusch. Ein Knall. Mara konnte

nichts sehen, aber einen vagen Eindruck von den Lichtverhältnissen hatte sie doch. Es war plötzlich dunkler geworden. Die Tür war also verschlossen.

Was würde der Mann jetzt tun?

Über sie herfallen, ohne ihr eine Chance zu geben, sich zu wehren?

Maras Herz begann wild zu pumpen. Sie spürte, wie sich der Mann ihr näherte, und wie von selbst wand sich ihr Körper wie ein Fisch auf dem Trockenen.

»Bleib ruhig«, raunte der Mann. »Du bringst ja das ganze Auto zum Wackeln.«

Jetzt spürte sie seine Hände auf ihren Beinen. Sie zuckte zurück, doch er griff fester zu, wanderte mit den Fingern über ihren Rücken. Dann gab es einen Ruck, die Wagentür ging wieder auf, und Mara wurde an den Fußgelenken gepackt und nach draußen gezogen.

»Steh auf!«

Sie schwankte. Der Mann hielt sie fest, und endlich fand sie das Gleichgewicht. Kalte Luft schlug ihr entgegen.

»Los, geh!«

Nein, keine Chance, auf diesen Mann einzuwirken, dachte sie. Der mochte ticken wie alle Männer, aber er erledigte seinen Job. Und das machte er perfekt.

»Du sollst gehen, habe ich gesagt.«

Mara spürte weichen Boden unter den Schuhsohlen. Ab und zu krachte es. Wahrscheinlich ging sie über trockenes Holz. Sie mussten im Wald sein.

Es war still um sie her. Kein Autolärm erreichte sie. Nur der leichte Wind fing sich unter dem Sack, den man ihr über den Kopf gestülpt hatte. Bei jedem Schritt hörte sie das Schaben des Stoffs.

Sie ging und ging und hatte das Gefühl, in einem leeren Raum unterwegs zu sein. War der Mann noch hinter ihr? Oder hatte er sie vorangehen lassen?

Jeden Moment konnte sie von dem tödlichen Schuss getroffen werden. Die Erkenntnis löste einen Hitzeschwall aus. Etwas rann ihre Schläfen herunter: Schweiß.

»Bleib stehen!«

Die Stimme war ein Stück entfernt. Jetzt war es so weit.

»Dreh dich um!«

Szenen aus Filmen kamen Mara in den Sinn. Szenen von ähnlichen Situationen. Killer, die Menschen töteten. Die Menschen hinrichteten. Irgendwo in einem abgelegenen Steinbruch. Oder im Wald.

So wie hier.

Sie holte tief Luft, sodass sich der Stoff vor ihrem Mund etwas einbuchtete. Staub drang ihr in die Lunge, und sie musste husten.

»Steh still!«, rief der Mann. »Gleich ist es vorbei.«

Er erschießt mich tatsächlich, dachte sie. Jetzt gleich. In der nächsten Sekunde.

Was würde geschehen, wenn sie die Kugel traf?

Von einem Schlag auf den nächsten würde sie das Nichts verschlucken. Als hätte sie nie gelebt, als sei sie nie geboren worden. Ein unbewusstes Nicht-Sein. Ausgelöscht.

Etwas ratschte.

Mara hatte es durch die Flut der Gedanken, die plötzlich auf sie einstürmten, kaum wahrgenommen. Aber es hörte sich genau so an, wie wenn jemand eine Pistole durchlud.

Etwas in ihr schrie auf.

Tu etwas! Versuche, es hinauszuzögern! Gib dich nicht auf! Jede Sekunde zählt!

Sie ließ sich nach vorn fallen. Etwas drückte in ihre Seite. Ein Ast oder ein Stein.

Im selben Moment krachte ein trockener Knall.

Er hatte geschossen! Er hatte tatsächlich geschossen …

»Shit.«

Bleib in Bewegung.

Sie bot ihre ganze Kraft auf und rollte zur Seite. Ein zweiter Schuss krachte. Harte Stückchen sprühten gegen ihre Wangen. Holzsplitter.

Schritte rauschten heran – durch Unterholz und Laub. Sie wurde gepackt und nach oben gezogen.

»Bleib ruhig stehen!«, schrie der Mann.

Mara wunderte sich über die Nervosität in seiner Stimme, und trotz der Angst, die in ihr tobte, kam ihr eine Erkenntnis: Er hatte kein Interesse daran, viele Male hier herumzuballern.

Sicher befanden sie sich weit weg von der nächsten Siedlung, und sie waren hier ganz allein. Doch irgendwer war immer in den Wäldern unterwegs. Wanderte. Führte den Hund aus. Sägte Holz. Oder machte sonst was.

Viele potenzielle Zeugen, die Schüsse hören konnten.

In Amerika, wo dieser Quint offensichtlich herkam, konnte man sich in Regionen zurückziehen, die komplett menschenleer waren. In Deutschland war das schwierig.

Mara dachte nicht daran zu gehorchen. Je mehr Fehlschüsse der Typ abgab, desto besser.

Aber mehr, als sich dauernd fallen zu lassen und herumzuwanken, fiel ihr nicht ein. Und das würde auf die Dauer auch nichts nützen. Irgendwann hielt er ihr die Pistole direkt an den Kopf.

»Moment«, keuchte Mara. »Einen Moment noch.«

»Was willst du?«, rief der Mann ungehalten. »Es hat keinen Sinn, das weißt du doch.«

»Trotzdem.«

Er schubste sie nach hinten, sodass sie auf den Rücken fiel. Das Metall schnitt ihr in die Handgelenke.

»Und?«, fragte er.

»Nimm mir den Sack und die Handschellen ab.«

»Was? Warum?«

»Bitte.«

Er machte einen Schritt auf sie zu, dann schien er zu verharren und nachzudenken.

»Ich will … die Umgebung sehen«, sagte sie. Es kam ihr fast ein bisschen theatralisch vor, das zu sagen. Aber sie gewann Zeit. Er sprach mit ihr. Und solange er das tat, schoss er nicht.

»Was soll das bringen?«

Sekunden vergingen. Mara zählte sie in Atemzügen.

»Wenn doch alles aus ist«, sagte sie, »dann kann es dir doch egal sein.«

Die Zeit rann dahin. Wie Körnchen in einer Sanduhr.

Wieder Stille. Wieder schien der Mann nachzudenken.

»Wo hast du deinen Player?«, fragte er dann.

Mara glaubte, sich verhört zu haben.

»Was?«

»Die Musik, die du vorhin gespielt hast. Ist sie darauf?«

Mara musste kurz überlegen, was er meinte. Ja, sie hatte vor ewigen Zeiten Geige gespielt. In Deborahs Wohnung oder Unterkunft oder Versteck oder wie auch immer man das nennen konnte.

»Ja«, sagte sie. »Auf dem Handy.« Warum interessierte ihn das auf einmal?

Der Mann griff nach ihren Händen und machte ihre Handgelenke frei. Der Sack verschwand von ihrem Kopf, und Mara konnte sehen, wo sie sich befanden.

Ihr Blick ging in kahlen Wald. Durch das Unterholz führte ein schmaler Pfad, auf dem sie wahrscheinlich gekommen waren. Mara drehte sich um und bemerkte hinter sich einen Abhang. Er ging steil in die Tiefe und war von dichtem Gebüsch bedeckt. Ganz unten war ein Stück dunkelgrauer Asphalt zu sehen. Offenbar führte dort eine Straße entlang.

»Schau mich an«, sagte der Mann. Er stand etwa fünf Meter entfernt und richtete eine Pistole auf Mara. Neben ihm befand sich ihr Rucksack. Er war offen, als hätte der Mann etwas darin gesucht. »Wo ist das Handy?«, fragte er, ohne die Mündung der Waffe von ihr abzuwenden. »Gib es mir.«

Wieder eine Möglichkeit, Zeit rauszuschinden, dachte Mara. Sie spitzte die Ohren. Es war nicht mehr so still im Wald. Von irgendwoher vernahm sie Motorengeräusche. Sie kamen aus dem Tal hinter ihr. Auf der kleinen Straße da unten herrschte Verkehr. Wenig, aber immerhin.

»Ist es nicht im Rucksack?«, fragte sie.

»Du hast es bei dir. In deiner Tasche. Wirf es rüber.«

»Hol es doch.«

Mara kam ein Gedanke. Wenn sie den Mann ablenken konnte …

Oder wenn er jetzt herkam und sich das Handy holte. Vielleicht konnte sie ihn den Abhang hinunterstoßen und einfach in den Wald rennen. Irgendwo dort hinten, am Ende des Pfads, musste doch die Straße sein, auf der sie hergefahren waren.

»Hol das Handy raus und wirf es rüber«, wiederholte er.

Er verwandelte sich in eine reglose Statue. Eine Statue, die Mara anstarrte, während sie mit der Waffe auf sie zielte. Wenn die Kugel sie traf, würde sie nach hinten kippen und den Abhang hinunterrutschen. Sie würde auf halber Höhe hängen bleiben. Der Mann konnte ihre Leiche mit Laub oder Ästen bedecken. Wahrscheinlich hatte er dafür schon einen Plan. Und er hatte dann sicher wenig Zeit, um sie zu durchsuchen. Ihr das Handy wegzunehmen.

So wenige Spuren wie möglich.

Keine Auseinandersetzung mit Mara. Kein Kampf. Keine DNA von winzigen Hautresten unter ihren Fingernägeln.

»Also?«, fragte er. »Du hast es doch, oder nicht?«

Das Motorengeräusch war leiser geworden. Der Wagen hatte offenbar angehalten. Der Dieselmotor brummte im Leerlauf.

Mara tastete nach dem Handy, und gleichzeitig verstand

sie, was dort unten in dem Tal stand. Es war ein Bus! Ein Linienbus!

Er hatte sich auf der Straße genähert, hatte dann angehalten, weil es in der Nähe eine Haltestelle gab.

Ein helles Zischen. Druckluft, mit der sich Türen schlossen. Dann wurde das Brummen lauter, der Fahrer gab Gas, der Bus näherte sich.

Mara hatte das Handy endlich aus der Hosentasche geholt. Höchste Zeit, denn der Bus war nun ganz nah.

Es blieben ihr nur noch wenige Sekunden.

Nichts anmerken lassen, dachte sie.

Bleib ruhig.

Der Mann beobachtete sie genau. Und er brauchte nur den Finger zu krümmen, und Mara würde von einer tödlichen Kugel getroffen werden.

»Gib her«, rief der Mann und streckte eine Hand aus. In der anderen hielt er noch immer die Pistole.

»Wirf es rüber.«

Jetzt, dachte Mara.

Sie warf.

Das Handy segelte weit nach oben, beschrieb einen Bogen und prallte hart gegen den Ast eines Baums.

Der Mann hob den Blick, versuchte das Gerät aufzufangen. Es gelang ihm nicht. Das Telefon fiel vor ihm ins Laub. Der Mann bückte sich.

In diesem Moment ergriff Mara ihre Chance.

Jetzt oder nie.

Sie ließ sich nach hinten fallen.

In die Leere des Abgrunds.

27

Mara landete im Laub, rutschte weiter, und stachliges Unterholz riss an ihr. Sie machte sich los und kämpfte sich weiter nach unten. Den Kopf voran, blickte sie über eine Felskante, hinter der es noch steiler nach unten ging. Sie drehte sich, hängte sich kurz an das harte Gestein und ließ los. Eine Schrecksekunde lang befand sie sich in freiem Fall, dann zuckte ein heftiger Schmerz durch ihr Bein, als sie am Boden aufkam. Sofort stand sie auf und taumelte auf die Straße – genau in dem Moment, in dem der Bus riesengroß und in voller Fahrt um die Ecke kam.

Ein ohrenbetäubendes Hupen ertönte, das Fahrzeug bremste mit schreiend quietschenden Bremsen. Mara gelang es, unversehrt die Straße zu überqueren, doch der große Rückspiegel streifte sie an der Schulter, sodass sie wieder ins Taumeln kam und stürzte.

Das riesige Vorderrad des Busses stand direkt neben ihr. Das Fahrzeug verdeckte den Hang auf der anderen Straßenseite, wo wahrscheinlich gerade Quint stand und auf sie zielte.

Die Türen öffneten sich zischend, und der Fahrer stolperte heraus – nein, es war eine Fahrerin. Eine überraschend junge Frau, die Mara kaum älter vorkam als sie selbst. Eine dicke Gestalt mit kurzen, blond gefärbten Haaren.

»Mensch, Mädchen, was machst du?« Sie bückte sich und half Mara auf. Hinter den Scheiben des Busses waren Gesichter von Kindern zu sehen. »Mir einfach vor den Kühler zu rennen.«

Maras Handflächen waren schmutzig, und da war immer noch dieser Schmerz in der Schulter.

»Ich hole einen Notarzt«, sagte die Fahrerin und streckte die Hand aus, um nach dem Funkgerät zu greifen.

»Nein, nein. Alles in Ordnung«, rief Mara, ging ein paar Schritte und versuchte, dabei nicht zu humpeln. Es war schwierig. Ihr Fuß tat weh. Kein Wunder, nach dem Sprung vom Felsen.

»Wirklich? Keine Verletzung?«

Oberhalb des Busses, am Rand des Abgrunds tauchte Quint auf.

Mara legte ihre ganze Kraft in den Versuch, überzeugend zu lächeln. »Ich habe nur versucht, den Bus zu kriegen.« Heftiges Zittern erfasste sie. Weiterreden, dachte sie. Einfach weiterreden. Das Schlimmste wäre, wenn man sie hier einfach stehen ließe. »Und das ist mir ja gelungen …«

Mara traf ein besorgter Blick. »Gut, ich nehme Sie mit. Gehen Sie aber besser ins Krankenhaus oder zu einem Arzt.«

»Ja, auf jeden Fall. Es war ja auch meine Schuld«, fügte Mara hinzu.

Die Fahrerin sah sie an, als ob sie noch etwas sagen wollte, dann kehrte sie jedoch zurück auf ihren Platz. Mara folgte ihr einfach. Hinten im Bus saßen ein paar Halbwüchsige mit Sporttaschen.

»Superstunt«, sagte einer, und alle lachten.

Mara bemühte sich immer noch zu lächeln. Sie setzte sich weit nach vorn. Die Fahrerin schloss die Tür.

»Wollen Sie keine Fahrkarte ziehen?«, fragte sie und drehte sich zu Mara um.

Mara stand auf, kramte in ihrer Jeanstasche nach Kleingeld, fand zum Glück welches und bediente den Automaten, der in der Busmitte hing. Sie hatte keine Ahnung, wo die Linie hinführte, sie wusste ja noch nicht mal, wo sie war. Sie musterte den schematischen Plan, der auf dem Gerät angebracht war. Die nächstgrößere Stadt hieß Bergisch Gladbach. Sie lag östlich von Köln. Dort würde sie hinfahren.

»Da will noch einer mit«, rief einer der Halbwüchsigen auf dem hinteren Sitz. Mara konnte erkennen, dass Quint es den Hang hinuntergeschafft hatte und auf den Bus zulief.

»Der soll auf den nächsten warten«, sagte die Fahrerin. »Ich darf nur an den offiziellen Haltestellen anhalten.«

Hinter den Scheiben des Linienbusses wich der Wald Industriegebäuden, Supermärkten und Autohäusern. Immer öfter hielten sie an einer Ampel. Schließlich holte die Fahrerin weit aus und lenkte das Fahrzeug in einer großen Bewegung neben einen Bahnsteig unter einem lang gestreckten hohen Glasdach, wo ein roter Zug wartete. Eine S-Bahn.

Mara stieg aus und gelangte in eine Fußgängerzone. Sie sah Handyläden mit den charakteristischen Logos, eine Apotheke, eine hell erleuchtete Bäckerei mit Stehcafé, Ableger von Bekleidungsläden, die kastenförmige Filiale einer Buchhandelskette.

Mara zog sich neben den Eingang einer Eisdiele zurück, in der jetzt, im Winter, Ein-Euro-Waren verkauft wurden. Der Verkäufer, der einen lila Turban trug, stand hinter der Theke, über die im Sommer die Eistüten wanderten, und beobachtete sie misstrauisch, als sie ihr Geld herauszog, um Kassensturz zu machen.

Ihren Rucksack hatte sie im Wald lassen müssen. Sie besaß ihr Handy nicht mehr. Auch Deborahs Kreditkarte war weg.

Sie zählte ihr Geld und kam noch auf fünfunddreißig Euro in Scheinen und ein paar Münzen.

Sie reihte sich in den Strom der Passanten ein. Immer wieder bemerkte sie, dass man sie abschätzig musterte. Schließlich kam sie an einem Geschäft vorbei, dessen Fassade zum Teil aus Spiegeln bestand.

Als sie sich selbst sah, erschrak sie. Ihre Hose war dreckig. Auch ihre Jacke hatte einiges abbekommen, und ihr Gesicht zierte eine längliche Schürfwunde an der rechten Wange.

Mara ging weiter bis zu einem großen Platz, wo sie eine öffentliche Toilette fand. Hier wusch sie sich das Blut ab, das aus ihrer Wunde gesickert war und einen dunklen Fleck hinterlassen hatte. Jetzt sah es schon gar nicht mehr so schlimm aus. Gegen den Dreck auf ihren Kleidern knüllte sie Toilettenpapier und wischte so lange herum, bis sich der Schmutz mit der Farbe ihrer Hose und ihrer Jacke so sehr verbunden hatte, dass er kaum noch zu sehen war.

Anschließend stapfte sie weiter die Straße entlang. Als die Fußgängerzone an einer Kirche und einem kleinen Park plötzlich zu Ende war, fragte sie ein paar Jugendliche, die auf einer Bank herumlungerten, nach einem Internetcafé.

Zwei von ihnen runzelten die Stirn. Sie hatten allesamt Smartphones in der Hand und waren auf so etwas nicht angewiesen. Aber einer wusste Bescheid: »Am Bahnhof. Gleich gegenüber dem Abschnitt, wo die Busse halten.«

Sie musste also zurück. Und während sie ging, versuchte sie, sich Orpheus' Mailadresse ins Gedächtnis zu rufen.

Sie fand den Laden, und als sie schließlich vor dem Gerät saß und sich in ihren Freemail-Account eingeloggt hatte, wurde ihr klar, dass sie die Adresse gar nicht brauchte.

Orpheus hatte ihr geschrieben.

Ist alles gut verlaufen? Hast Du die Informationen bekommen, die Du brauchst?

Mara schrieb zurück.

Bin in einem Internetcafé. Würde gerne ausführlich berichten. Mailen Sie mir den Link in den Chatroom.

Sicher war es besser, nicht alles in aller Ausführlichkeit zu schildern. Das konnte sie noch tun, wenn sie mit Orpheus im Chat war. Trotzdem sollte er verstehen, dass sie sich in einer

Notlage befand und nun ganz und gar auf ihn angewiesen war. Sie schrieb noch etwas in die Nachricht.

Habe alles verloren. Konnte nur mit knapper Not entkommen. Bitte beeilen Sie sich.

Sie klickte auf »Senden« und hatte im selben Moment das Gefühl, dass sie ihr Schicksal wieder einmal herausforderte. Sie wusste nichts über Orpheus, aber sie legte alles in seine Hände.

Vielleicht war doch Deborah Orpheus? Und sie stellte Mara damit eine neue Falle?

Nein, dachte sie. Das hätte keinen Sinn. Mara hatte Deborah vertraut, als sie zusammen in der Wohnung in Berlin gewesen waren. Es war vollkommen unnötig, so etwas zu inszenieren.

Mara starrte auf den Bildschirm, und ihr wurde klar, dass sie ein Wunder erwartete. Sie wollte, dass Orpheus sofort antwortete. Dass er nichts anderes tat, als vor dem Computer zu sitzen und auf Mails von ihr zu warten.

Dabei konnte es Tage dauern, bis er sich meldete. Und bis dahin musste sie mit ihrem Geld auskommen und sich verstecken.

Oder sie ging zur Polizei und zeigte Deborah an. Sie kehrte zu Chloe und den anderen zurück und regelte alles auf dem normalen, ordentlichen Weg.

Aber das konnte sie natürlich vergessen.

Niemand konnte Deborah etwas nachweisen. Ihr nicht und Quint auch nicht. Es gab nicht das geringste Motiv für Deborah, so etwas zu tun. Mara wusste ja nicht mal, wo sich die beiden aufhielten.

Ihr wurde klar, dass sie nur wertvolle Zeit im Internet und damit Geld verbrauchte. Sie trennte die Verbindung und bezahlte an der Kasse die Internetzeit. Sie nahm sich vor, in genau einer Stunde noch einmal online zu gehen und zu prüfen, ob Orpheus geantwortet hatte.

Die Minuten krochen nur so dahin, während Mara durch die Fußgängerzone schlenderte. Nicht zu schnell, aber auch nicht zu langsam. Als sie an dem Laden mit der Verspiegelung vorbeikam, überprüfte sie noch mal ihr Äußeres. Es war jetzt einigermaßen annehmbar.

Man sah sie auch nicht scheel an, als sie sich in einer Bäckerei ein belegtes Baguette und einen Kaffee kaufte. Sie erreichte wieder die Kirche mit dem kleinen Platz. Die Jugendlichen waren nicht mehr da. Stattdessen hatte sich eine Frau, schwer bepackt mit Einkaufstüten, auf der Bank niedergelassen.

Mara kehrte um. An einer Apotheke hing eine Uhr. Sie zeigte kurz nach halb zehn.

Was mache ich, wenn er sich nicht meldet?, dachte sie.

Soll ich jede Stunde den Maileingang überprüfen?

Bis mein Geld alle ist?

Und was geschieht dann?

Sie grüßte den Mann an der Theke des Internetcafés mit einem Nicken. Langsam und sehr bedächtig tippte sie schließlich das Passwort ein.

Eine neue Nachricht.

Von Orpheus.

Betreff: Wieder da.

»Verloren? Wieso verloren?«

Quint wich Deborahs Blick aus, denn er ertrug ihn nicht. Diese erotische Frau, die er sich in der ersten Phase ihrer Zusammenarbeit immer nur vorstellen konnte. Deren Stimme ihn fast zum Wahnsinn trieb. Und die, als sie in ihrer Mischung aus Verschlagenheit und heller Unschuld vor ihm stand, alle Erwartungen übertraf … Er musste zugeben, dass er versagt hatte.

»Sie konnte fliehen«, brachte er nur hervor.

Deborah ließ sich in den Sessel plumpsen, und Quint hatte Gelegenheit, ihre weiß bestrumpften Beine zu betrachten. Die Füße steckten in hellblauen Pumps, deren Farbe haargenau zu den Knöpfen an ihrer weißen Bluse passte. Der Rock, der etwas hochgerutscht war, war von einem wässrigen, weißlichen Grün und bedeckte ihre Oberschenkel nur sehr unzureichend.

Diese Farben waren es, die die eigenartige Unschuld dieser Frau ausstrahlten. Das wurde Quint erst jetzt klar. All dieses Milchige, Unklare … Es kontrastierte vollkommen mit dem, was in dieser Frau vorgehen musste.

Immerhin hatte sie ihn zu einem Mord beauftragt.

Was würde Deborah nun tun? Würde sie ihm eine zweite Chance geben? Oder einen anderen Killer engagieren, den sie dann auch gleich auf ihn ansetzte?

Sie sah ihn an. Auch ihre Augen waren hell. An der Frau befand sich keine einzige klare, kräftige Farbe.

»Wie hat sie es geschafft?«

Quint hatte sich die Frage natürlich selbst schon gestellt, während er zurückgefahren war. Aber die Antwort war … einfach lächerlich.

Deborah spreizte die Beine ein wenig, was in Quint einen warmen Schauer freisetzte. Er konnte die Fläche ihrer Schenkel sehen, und er glaubte sogar, so etwas wie einen Ansatz der Naht ihrer Strumpfhose zu erkennen. Aber es dauerte nur einen Moment, dann bewegte sie ihre Beine wieder, und es war vorbei. Ein Lächeln umspielte ihre Lippen. Sie kannte seine Gedanken. Natürlich. Sie war ja nicht die Unschuld vom Lande. Sie wusste, was sie wollte. Sie wusste, wie sie wirkte. Sie wusste … irgendwie alles.

»Ihre Musik«, sagte er, obwohl er genau diese Antwort eigentlich geheim halten wollte. Er hatte sich ausgemalt, Deborah irgendwas von einem sehr dummen Zufall vorzulügen, der Mara zu Hilfe gekommen war. Eine Polizeistreife im Wald. Oder ein Förster, der plötzlich auftauchte. Irgendetwas.

Und nun hatte die Frau, nur indem sie ihm ein bisschen ihre Beine zeigte, es geschafft, ihn dazu zu bringen, die Wahrheit zu sagen.

»Musik?«, fragte Deborah.

»Als sie gespielt hat ... Ich meine, hier ...«, begann er, wusste aber nicht weiter.

»Das hat etwas ausgelöst? In Ihrem Kopf? In Ihren Erinnerungen?«

Sie kam ihm zu Hilfe – gut. Aber woher wusste sie das? Konnte sie etwa Gedanken lesen? Unmöglich! Also, folgerte er messerscharf, musste sie die Wirkung kennen, die Maras Musik auslöste. Es hatte etwas Besonderes auf sich mit dieser Musik. Also war genau dies auch das, was Mara so wertvoll machte. Sie war in der Lage, so zu spielen, dass es die Menschen verzauberte, beeinflusste.

Gut, das hatte er verstanden. Doch nun stellte sich eine neue Frage. Warum sollte er eine Frau töten, die so etwas konnte?

Damit sie mit ihrem Können, das zweifellos viel Geld wert war, nicht in die Hände der Konkurrenz fiel? Das war schwer vorstellbar. Das Musikgeschäft war sicher hart und hatte wenig mit der Romantik zu tun, die sich die meisten Leute darunter vorstellten.

»Wenn es ihr aber gelungen ist, dann habe ich recht«, sagte Deborah und stand auf.

»Womit haben Sie recht?«

Sie war zur Tür gegangen und drehte sich um. »Sie muss die Person sein, für die ich sie halte. Sie hat ein Schicksal, dem sie nicht entfliehen kann.«

Die Theorie, dass es hier um einen besonders heftig ausgetragenen Streit im Musikgeschäft ging, fiel wieder in sich zusammen. Was Deborah jetzt gesagt hatte, klang fast wie das Gerede einer Sekte. Esoterischer Kram.

»Was bedeutet das für uns?«, fragte Quint.

»Finden Sie sie wieder. Spüren Sie sie auf.«

»Besteht der Auftrag noch, sie zu beseitigen?«

Deborah hob die Augenbrauen an. »Machen Sie Witze? Sie hat ihre Prüfung bestanden. Erst jetzt weiß ich wirklich, wie wertvoll sie ist. Von jetzt an müssen wir ihr folgen. Und ihr das wegnehmen, was sie der Menschheit geben kann. Damit wir es haben.«

TEIL 2:

Die Prophezeiung

28

Wo bist Du?, tippte Orpheus in die Chatzeile.

In der Nähe von Köln. In einem Internetcafé.

Ich werde Dir eine Frage stellen. Welches war das erste Stück, das Du auf der Geige spielen konntest?

Mara schüttelte den Kopf. Was sollte das jetzt?

Wieso wollen Sie das wissen?

Ich muss kontrollieren, ob ich wirklich mit Mara chatte.

Sie verstand. Aber die Frage überforderte sie. Sosehr sie auch nachdachte, sie konnte sich nicht daran erinnern. Sie musste ungefähr zehn Jahre alt gewesen sein, als sie zum ersten Mal Vanessa-Mae im Fernsehen gesehen hatte. Mitte der Neunzigerjahre. Sie war zu ihrem Musiklehrer gegangen und hatte gefragt, ob sie auch Geige lernen könnte. Man hatte ihr ein Leihinstrument von der Schule gegeben, es gab ein paar Probeunterrichtsstunden, und schnell stellte sich heraus, dass Mara eine intuitive Begabung für das Instrument besaß. Es dauerte nur eine Woche, bis sie ein kleines Stück vorzutragen vermochte. Während andere monatelang damit zu tun hatten, einen vernünftigen Ton aus der Geige herauszubringen.

Aber wie hieß das Stück?

Und woher wollte Orpheus überhaupt wissen, ob sie die richtige Antwort gab?

War er ihr ganzes Leben lang an ihrer Seite gewesen?

War er vielleicht ihr Musiklehrer von damals? Er hieß Eichhorn, stand damals schon kurz vor der Pensionierung und musste also jetzt auf die achtzig zugehen.

Sind Sie Herr Eichhorn?

Sie hatte es schnell hingetippt, ohne nachzudenken.

Dein Musiklehrer? Nein, der bin ich nicht. Er ist übrigens vor zwei Jahren gestorben.

Ich kann mich an das Musikstück nicht erinnern. Es war ein Volkslied, glaube ich. Aber ich weiß nicht mehr, wie es hieß.

Durchgefallen, dachte sie. Jetzt denkt er, ich sei nicht Mara, und bricht den Kontakt ab. Der seidene Faden, der mich mit meiner Vergangenheit verbindet, reißt.

Richtige Antwort.

Wie bitte?

Du kannst es nicht mehr wissen. Das Stück hatte keinen Namen. Es war eine der ersten Etüden in Deiner Geigenschule, aber es klang schon wie eine richtige Melodie. Deswegen hatte Dir Herr Eichhorn aufgetragen, es Deinen Eltern …

Meinen sogenannten Eltern, unterbrach Mara.

Orpheus nahm es an.

… Deinen sogenannten Eltern vorzuspielen.

Ja, sie erinnerte sich. Plötzlich stand alles ganz plastisch vor ihr. Sie liebte die Geige wie andere Mädchen ihre Puppe. Sie steigerte sich in das Spiel hinein. Für Mara war es keine Quälerei, im Gegenteil. Sie sog jede Musik auf, die sie hörte, und spielte sie nach: Popsongs, Melodien aus Werbespots, Filmen, aus klassischen Stücken. Es flog ihr nur so zu. Es war ihr ein Bedürfnis wie Essen und Trinken. Wenn sie nicht Geige spielen konnte, war es, als würde man ihr den Mund verbieten.

Wenn Du nicht Mara wärst, hätte mein Gegenüber etwas erfunden, schrieb Orpheus. *Oder, wenn er recherchiert hat, die genaue Bezeichnung des Stücks hingeschrieben, an die Du dich nicht mehr erinnern kannst. Du kannst dich ohnehin weniger an Titel, an Namen von Musikstücken erinnern als an die Stücke selbst. Das ist Deine Art, mit der Musik umzugehen.*

Das stimmte!

Und wieder fragte sie sich, woher er das wissen konnte. Es war ihr ja selbst noch nie bewusst gewesen. Plötzlich kam ihr eine gespenstische Idee. Es war, als sei Orpheus ihr zweites Ich. Eine Art seelischer Doppelgänger, der aus ihr herausgetreten war und ihr jetzt als eigene Person gegenüberstand. Wenn auch nur in einem Chatroom.

Ein Kälteschauer überlief Mara, ein Grausen, wie man es manchmal in besonders gruseligen Situationen empfindet. Wenn in einem Film jemand in ein dunkles Haus geht, in dem – wie der Zuschauer weiß – das Böse lauert.

Woher wissen Sie das alles?

Sie musste lächeln, als sie feststellte, dass sie Orpheus immer noch siezte. Wenn er ein Teil von ihr war, konnte sie ihn auch duzen – oder nicht? Zumal er ja dasselbe tat. Und auch das wurde Mara erst jetzt bewusst.

Alles wird sich klären, wenn wir uns sehen.

Diese Worte wirkten, als sei ein Damm gebrochen. Mara hatte schon darüber nachgedacht, wer dieser Orpheus sein mochte. Aber sie hatte geglaubt, die ganze Geheimnistuerei würde ewig so weitergehen – mit irgendeinem Ziel, das Mara nicht verstand oder das man vor ihr verborgen hielt. Und nun sprach dieser Mensch selbst das an, was sie sich im Moment am meisten wünschte.

Bist Du bereit, mich zu treffen?

Was für eine Frage.

Sind Sie hier in der Nähe?

Wieder überfiel Mara das grausige Gefühl. Es konnte ja sein, dass er sie beobachtete. Dass er jeden Moment das Internetcafé betrat ... Prompt kam vom Eingang des Ladens ein Geräusch. Ein Klirren. Schritte und ein Stöhnen. Mara zuckte zusammen und drehte sich um. Doch es war nur der Ladenbesitzer, der Getränkeflaschen hereintrug. Draußen rollten Autos vorbei. Passanten eilten die Straße entlang.

Warst Du in Grittis Büro? Hast Du gefunden, was Du suchen solltest?

Ich habe Unterlagen gefunden, ja. Aber ich weiß nicht, ob es das war, nach dem ich suchen sollte. Ich hatte auch wenig Zeit. Grittis Bruder hat mich überrascht.

Hat er Dich gesehen? Verfolgt er Dich?

Ich glaube nicht.

Was für Unterlagen hast Du gefunden? Worum ging es? Bitte fasse Dich kurz.

Das, was Mara noch wusste, schien zu einem unförmigen Klumpen zusammengeschrumpelt zu sein. Sie starrte auf den blinkenden Cursor. Sie sollte sich kurz fassen. Also gut.

Untersuchungen über den Einsatz von Musik in Warenhäusern, tippte sie. *Seltsame Theorien über eine Musiksekte, die etwas mit meiner Violine zu tun hat.*

Genau das habe ich gemeint.

Wissen Sie mehr darüber? Ich meine, hat das alles etwas mit mir zu tun?

Auch das werden wir herausfinden. Ich denke aber schon. Nun noch eine wichtige Frage: Weiß wirklich niemand, dass Du dort warst? Hast Du Dir auf eine Weise Zugang verschafft, die niemanden darauf bringen kann, dass Du dort gewesen bist?

Wie hätte sie das schaffen sollen? Gritti hatte sicher eins und eins zusammengezählt und war darauf gekommen, dass sie dort gewesen war. Er würde es nicht beweisen können, aber einen Verdacht hatte er bestimmt.

Und Deborah? Wenn sie das richtig sah, stand dieser Orpheus nicht auf der Seite von Deborah und ihrem seltsamen Helfer. Aber sie wusste natürlich auch genau Bescheid. Dieser Quint schien sowieso viele Möglichkeiten der Überwachung zu haben …

So einfach war es nicht, schrieb Mara. *Ich bin nicht sicher, ob Grittis Bruder etwas herausgefunden hat, aber ich glau-*

be, er kann mir nichts nachweisen. Deborah allerdings weiß Bescheid. Ihr Helfer hat mich an dem Kranhaus abgefangen und in ihre Gewalt gebracht.

Sie atmete tief durch, bevor sie einen weiteren Satz dazu schrieb: *Er hat versucht, mich zu töten.*

Es dauerte mindestens fünfzehn Atemzüge, bis sich Orpheus wieder meldete.

Du bist ihnen entkommen?

Sonst wäre ich ja nicht hier.

Das stimmt. Aber überwachen sie Dich noch?

Ich glaube nicht.

Ganz sicher konnte sie sich nicht sein. Sie wollte nicht mehr. Sie wollte Orpheus endlich sehen, wollte nicht mehr chatten. Sie wollte, dass sich endlich etwas veränderte, dass es weiterging.

Gut.

Plötzlich geschah etwas Seltsames. Eine Meldung tauchte auf: *Orpheus ist offline.*

Hatte er sich ausgeloggt? Warum sollte er das tun? Sie starrte fassungslos auf die letzten Worte, die er getippt hatte. Drei Buchstaben. Der Ausdruck von Genugtuung. Als sei alles so gelaufen, wie er es sich vorgestellt hatte. Als habe Mara eine Pflicht erfüllt – die Pflicht, Deborah und ihrem Killer zu entkommen. Als ob es nur darauf ankam.

Hallo? Sind Sie noch da?

Vielleicht war die Leitung zusammengebrochen.

Sie saß da, versuchte, ihren Atem unter Kontrolle zu bringen, spürte, wie ihr Herz klopfte und wie die Sekunden verrannen.

Er kann nicht weg sein, hämmerte sie sich ein. Unmöglich.

Mindestens eine Minute verstrich. Dann noch eine. Mara tat nichts anderes, als auf den Monitor zu starren und abzuwarten.

Plötzlich ging ein Fenster auf.

Orpheus ist online.

Hallo?, schrieb Mara wie von selbst.

Entschuldige. Ich wurde getrennt, als ich auf eine andere Website gegangen bin.

Sei in zwei Stunden am Flughafen Köln-Bonn.

Kommen Sie her? Fliegen Sie nach Köln? Wie erkenne ich Sie?

Nein, Du kommst zu mir. Es liegt ein Ticket für Dich bereit. Austrian Airlines. Ich habe es gerade gebucht.

Wo werde ich hinfliegen? Sie wollte die Frage eintippen, da kam die Meldung, dass Orpheus wieder offline war.

Sie wartete und wartete. Diesmal kam er nicht zurück.

29

Die Schwarze Violine lag im Geigenkoffer und glänzte darin wie in einem körpergeformten Sarg. Die beiden F-Löcher schienen in Qual verzogene Augen zu sein, die Deborah ansahen. Augen eines Gesichts, das in einem Zustand höchster Angst, des größten Schreckens oder des entsetzlichsten Schmerzes erstarrt war – mumifiziert hinter einer Schicht aus Lack, in dem sich das Licht spiegelte.

Deborah stand vor dem Tisch, auf dem das Instrument lag, und ließ ihren Blick darauf ruhen.

Welches Geheimnis verbirgst du?, fragte sie stumm.

Kannst du es mir überhaupt sagen?

Wie kannst du es mir sagen?

Sie nahm die Geige aus dem Kasten. Wie jedes Mal, wenn sie das tat, war sie überrascht über die Leichtigkeit der Violine. Das Holz musste sehr alt sein.

In den Quellen, die Deborah studiert hatte, wurde die Schwarze Violine erstmals im 18. Jahrhundert erwähnt. Angesichts der Bauform und der historischen Informationen, denen zufolge Geigen um 1600 die alten Gamben abzulösen begannen, war es mindestens dreihundert Jahre alt. Sicher wäre es aufschlussreich herauszufinden, welcher Geigenbauer dieses Instrument hergestellt hatte. War es am Ende der legendäre Antonio Stradivari, dessen Blütezeit in den ersten Jahrzehnten des 18. Jahrhunderts lag?

Deborah hatte überlegt, die Expertise eines Sachverständigen anzufordern, aber das hätte Aufsehen erregt. Nicht nur sie und John wussten von der legendären »Schwarzen Violine«. Gerüchte geisterten durch die Fachliteratur – wenn auch meist nur in der einen oder anderen Fußnote. Doch wenn der Geigenexperte, dem sie dieses Instrument zur Begutachtung gab, nur ein bisschen besser informiert war als der Rest der Fachwelt, würde die Bombe platzen.

Interessant, dass das Schicksal diese Geige nicht in die Hände eines klassischen Musikers, eines kenntnisreichen Sammlers oder eines Wissenschaftlers gelegt hatte, sondern in die Hände eines Mädchens, das in Klubs auftrat und ansonsten wenig über Musik und Musikgeschichte wusste. Eines Mädchens, das Musik einfach machte – ohne darüber nachzudenken.

Deborah schüttelte den Kopf. So ein Unsinn. Es war natürlich nicht das Schicksal. Jemand hatte Mara bewusst das Instrument zugespielt. Jemand, der die Fäden von Maras Leben in Händen hielt.

Deborah hatte keine Ahnung, wer dieser mysteriöse Orpheus war, aber dass er sich Mara zugewandt hatte, war gut. Sobald sie die Spur des Mädchens wiederhatten, würde sie Deborah zu ihm führen.

Sie betrachtete die Maserung des Holzes, die von der schwarzen Farbe so stark bedeckt wurde, dass sie kaum zu erkennen war.

Woher kam die dunkle Färbung überhaupt?

War sie, wie in manchen Anekdoten zu lesen, ein Zeichen dafür, dass der Teufel das Instrument besessen hatte? Dass er damit in die Hölle gefahren war, wo die Flammen der Unterwelt das Holz verkohlten?

Wie in jeder Legende lag auch darin ein Körnchen Wahrheit. Vielleicht hatte die Geige einen Brand überstanden, war dann repariert und neu lackiert worden. Oder das rohe Holz war von Flammen angegriffen worden.

Die Geigenbauer hatten schon immer ein großes Geheimnis um das Holz gemacht, das sie verwendeten. Da gab es Geschichten von langwierigen Auswahlkriterien die Wälder betreffend. Die ausgesuchten Bäume mussten im Winter gefällt werden – und zwar nachts, bei Neumond.

Deborah hatte sich oft vorzustellen versucht, wie das in den vergangenen Jahrhunderten vonstattengegangen sein mochte. In Zeiten, in denen man kaum technische Hilfsmittel besaß. Keine elektrischen Lampen. Keine modernen Fahrzeuge.

Da marschierte ein Trupp Waldarbeiter in der Dunkelheit tief verschneite Gebirgszüge entlang. Es war fast ein Wunder, dass sie genau die Bäume wiederfanden, die der Geigenbauer auf seinen Erkundungswanderungen ausgesucht und markiert hatte. Sie zu fällen war schon tagsüber ein gefährliches Unternehmen – aber in der Nacht?

Deborah zupfte die Saiten an. Die Violine schien mit den leisen, glockenartigen Tönen zu antworten.

Diese Geige kannte den Weg.

Den Weg zu den Orphischen Melodien.

Wie ein klingender Kompass.

Wer sie zum Sprechen brachte, konnte den geheimnisvollen Ort finden …

Deborah kannte die Texte auswendig, die sie im Laufe der Zeit darüber gelesen hatte. Und sie war davon überzeugt, dass sie die Wahrheit sagten. Seit dem Moment, in dem ihr klar geworden war, dass die Schwarze Violine wirklich existierte. Sie hob das Instrument etwas an und hielt es so, dass durch das hintere F-Loch Licht ins Innere fiel.

Auf dem unlackierten, rauen Holz des Bodens wurden die seltsamen Punkte sichtbar, die von den Autoren der alten Quellen das »Zeichen« genannt wurden. Das Zeichen, an dem man die Schwarze Violine – abgesehen von ihrer Färbung – erkannte.

Fünf Punkte, eingestanzt an der Stelle, wo der Geigenbauer normalerweise den Zettel seiner Werkstatt aufklebte.

Deborah wusste, was sie bedeuteten, aber auch das half ihr nicht weiter.

Lag die Antwort vielleicht in den Sternen?

Eine fantastische Vorstellung, die so manchen Science-Fiction-Autor faszinieren würde: Orpheus kam von fremden Planeten. Er war ein Außerirdischer, der die Musik als Geschenk an die Menschen mitgebracht hatte.

Die griechische Mythologie war voll von Geschichten, in denen Götter vom Himmel herabstiegen und den Menschen etwas brachten. Populäre Theoretiker wie Erich von Däniken hatten darüber sehr erfolgreiche Sachbücher geschrieben. Aber sie hatten eher die technischen Errungenschaften im Blick, waren immer nur davon ausgegangen, dass die außerirdischen Götter den Menschen naturwissenschaftliche Erkenntnisse gebracht hätten.

Was war mit der Musik, die jahrtausendelang gar nicht als Kunst, sondern als Wissenschaft gegolten hatte? Als tönendes Abbild des Kosmos. Als klingender Beweis für die Perfektion der Welt.

Wenn diese Violine ein Kompass war – wie konnte sie einen Weg weisen?

Sie war ein Musikinstrument und kein Kompass.

Oder lag unter der dunklen Schicht etwas verborgen?

Das war eine Idee: Jemand hatte auf der Geige eine Karte oder wenigstens eine Skizze davon hinterlassen, und dann wurde die Violine schwarz eingefärbt, um den Weg zu verbergen. Feinde der Sekte konnten daran ein Interesse haben.

Aber wäre es dann nicht besser gewesen, die Geige zu vernichten?

Deborah strengte ihre Augen an. Für sie sah es aus, als sei das Holz einfach nur schwarz. Als sei nichts darunter.

Was sollte sie tun?

Das Holz behandeln?

Die Oberfläche entfernen, von der sie noch nicht einmal wusste, ob es Farbe war, ob es Lack oder Ruß oder sonst was war? Und damit das Instrument unter Umständen zerstören?

Sie legte die Geige in die Aussparung in dem Kasten zurück.

Ich bin noch nicht fertig mit dir, dachte sie. Ich werde so lange arbeiten, bis du mir dein Geheimnis enthüllst.

Es klopfte.

»Ja, was ist?«, rief Deborah ungehalten. Die Machtlosigkeit, die sie gegenüber der Geige empfand, hatte ihr die Laune verdorben.

Quint kam herein. »Ich habe die Spur wieder«, sagte er.

Schlagartig fiel das Gefühl der Machtlosigkeit in sich zusammen.

»Wirklich? Wo ist sie?«

»Sie steht auf der Fluggastliste eines Linienflugs.«

»Und wohin fliegt sie?«

»Nach Wien. In einer Viertelstunde hebt sie ab.«

Mara bestieg die rote S-Bahn, gelangte innerhalb von zwanzig Minuten an den Kölner Hauptbahnhof und fuhr mit dem Bus zum Flughafen.

Als sie sich dem Schalter von Austrian Airlines näherte, beschlich sie ein ungutes Gefühl. Vielleicht hatten Deborah und ihr Helfer herausbekommen, dass ihr Name in den Tiefen der Datenbanken der Fluggesellschaft gespeichert war? Wie sie das einschätzte, besaß Quint die Fähigkeit, sich in fremde Server zu hacken.

Sie sah sich mehrmals um, bevor sie auf den Schalter zuschritt. Niemand schien sie zu beachten. Niemand folgte ihr.

»Kann ich Ihnen helfen?«

Die uniformierte blonde Frau hinter dem Tresen war kaum älter als Mara, wirkte in ihrer Kluft jedoch streng wie eine Gouvernante. Wenn man sich nur auf das Gesicht konzentrierte, war darin eine junge Frau zu entdecken, dem die Kleidung und das reglementierte Verhalten eine Art Schutz zu bieten schienen.

»Mara Thorn. Für mich wurde ein Ticket hinterlegt.«

Die Frau holte einen Stapel Schriftstücke auf ihrer Seite unter dem Tresen hervor. Konzentriert blätterte sie sie durch, zog etwas heraus und legte es vor Mara hin.

»Zusätzlich liegt hier noch dieser Umschlag für Sie.«

Es war ein Kuvert, das neben dem schmalen Heftchen mit den Flugscheinen lag.

»Wohin geht der Flug?«, fragte Mara.

»Wissen Sie es nicht?«

»Ob Sie es glauben oder nicht«, sagte Mara. »Jemand will mich überraschen, verstehen Sie?«

Wie auf Knopfdruck sprang das Lächeln an. »Es geht nach Wien.« Sie deutete in Richtung des nächsten Kontrollzugangs links neben Mara. »Dort drüben können Sie einchecken. Ich wünsche Ihnen viel Spaß. Wien ist eine sehr romantische Stadt.«

Mara nahm die Papiere und das Kuvert. Sie orientierte sich auf der großen Tafel über dem Eingang, wann ihr Flug ging. Das Boarding begann in einer knappen Stunde. Zeit genug, sich hinzusetzen. Und den Umschlag zu öffnen.

Es war nur eine kurze Nachricht – mit dem Computer geschrieben und wahrscheinlich via Mail der Fluggesellschaft übermittelt.

19 Uhr. Haus der Musik. Neujahrskonzert.

Keine Unterschrift. Nur diese Worte. Mara faltete das Papier zusammen und steckte es ein. Und dann fühlte sie sich wieder wie in der Fußgängerzone, in der sie nach der Busfahrt gelandet war. Die Minuten bis zum Boarding tropften träge dahin.

Als es endlich so weit war, saß Mara auf ihrem Platz im Flugzeug und blickte auf das Rollfeld hinaus.

Sie wusste nicht, was das Haus der Musik war. Eine Hochschule? Ein Konzertsaal?

Das Neujahrskonzert kannte sie. Jedes Jahr am ersten Januar wurde es aus Wien in alle Welt übertragen. Ihre sogenannten Eltern hatten es sich immer angesehen und Mara mit derselben Regelmäßigkeit aufgefordert, es ihnen gleichzutun.

Aber sie hasste diese langweiligen Walzer, sie hasste den Blick in den getäfelten, mit spießigem Blumenschmuck aufgepeppten Saal, sie hasste die Musiker, die in steifen Anzügen dasaßen und diese langweilige Musik spielten, die für Mara nach Altersheim roch. Nach Gestrigkeit und Spießertum.

»Ich verstehe dich nicht«, hatte ihr sogenannter Vater gesagt, als sie mal wieder abgelehnt hatte, sich mit den sogenannten Eltern am Vormittag des ersten Januar vor den Fernseher zu setzen. »Da kannst du mal Leute sehen, die richtig begabt sind und großartig Violine spielen, und du hast keine Lust dazu? Hast du nicht gesagt, dass du Musikerin werden willst?«

Mara war einfach weggegangen, hatte die beiden mit ihren miefigen Möbeln alleine gelassen. Hatte sich herumgetrieben, war später auf ihr Zimmer geschlichen und hatte ihre eigene Musik gehört. Hatte Geige gespielt – hatte versucht, zu Musik von CDs Geige zu spielen, bis ihr sogenannter Vater sich das verbat. Es sei schließlich Feiertag, und wenn sie schon nicht das Neujahrskonzert hören wollte, eines der berühmtesten und großartigsten Konzerte der Welt, dann habe sie ihn und die Nachbarn auch nicht mit diesem Lärm zu quälen.

Nun saß sie im Flugzeug, und es versetzte ihr einen Stich, dass dieses Treffen mit Orpheus offensichtlich etwas mit diesem Neujahrskonzert zu tun hatte …

Die Maschine ruckte an. Das Flugfeld hinter der Scheibe mit der trostlosen Heidelandschaft dahinter begann zu wandern. Dann löste sich der bräunliche Grasboden plötzlich von ihrem Blick, und mit einem Mal öffnete sich das Panorama der Kölner Vorstädte. Ein dunkelgraues Band wurde sichtbar, umgeben von den regelmäßigen Mustern der Häuser und Straßen. Auf dem Band waren längliche Klötze verstreut – Frachtschiffe, die den Rhein entlangfuhren.

Weißliche Wolkenfetzen jagten vorbei und begannen, das Bild zu stören. Schließlich tauchte das Flugzeug voll und ganz in hellen Nebel ein, hinter dem das Panorama verschwand.

Mara spürte, wie eine große Anspannung von ihr abfiel.

Sie lehnte sich in ihrem Sitz zurück. Eine Weile döste sie vor sich hin. Irgendwann schienen die Gedanken, die ihr durch den Kopf gingen, ein Eigenleben zu entwickeln und ihre Aufmerksamkeit auf sich zu ziehen.

Wer war Orpheus?

Was war das Haus der Musik?

Sie würde es herausfinden. Und wenn der Preis dafür, etwas über ihre Vergangenheit zu erfahren, ein Neujahrskonzert war, würde sie auch das überstehen.

Und Deborah und ihr Helfer waren hoffentlich weit, weit weg.

30

Wien begrüßte Mara mit strahlendem, fast spätsommerlichem Wetter.

Sie hatte vom Flughafen aus die Bahn genommen und war an der Haltestelle Mitte ausgestiegen. Von hier war es nicht weit bis zum Stephansdom im innersten Stadtzentrum, um den herum sich ein Netz von Gassen erstreckte, das als erste Barriere bis an die alte Ringstraße reichte, die die Wiener Innenstadt wie ein riesiges C umschloss. Die offene Seite wurde von der Donau begrenzt. Sie war auf dem Stadtplan, den Mara an der Haltestelle eingehend studierte, als dicke blaue Linie eingetragen.

Sie war in ihrer Jugend schon einmal in Wien gewesen. Sie war damals gerade in die Grundschule gekommen, und ihre sogenannten Eltern hatten beschlossen, eine Städtereise zu machen. Mara fragte sich, ob sie sich an die Stadt erinnerte oder nur an Fotos, die bei diesem Wienbesuch entstanden waren.

Mara streiften Bilder von altertümlichen, dunklen Gebäuden, die Ehrfurcht einflößten, von Grünspan auf den kuppelförmigen Kupferdächern – als sei hier alles mit Mehltau überzogen. Doch jetzt war der Himmel blau, und obwohl die Gassen in der Altstadt recht eng waren, fand der Sonnenschein seinen Weg zwischen die Häuser und ließ die Fassaden leuchten.

Vor dem Dom drängten sich die Touristen. Männer in Mozartkostümen mit roten Röcken, Schnallenschuhen und weißen Perücken verteilten Konzertprogramme. Auf der Längsseite der Kirche warteten Fiaker auf Gäste, die sich durch die historische Stadt kutschieren lassen wollten.

Vielleicht war der Name »Haus der Musik« die Bezeichnung für eine Institution, in der Musik eine bestimmte Rolle spielte. Schon der Blick auf die Plakate, die in der Touristeninformation herumhingen, zeigte Mara, dass davon sehr viele in Wien existierten. Es gab den Musikverein, das Konzerthaus, die Oper, zusätzlich die Volksoper, ein Musicaltheater und außerdem Konzerte in Kirchen und an vielen anderen Orten. Es gab die Universität, die Hochschule für Musik und angewandte Kunst und eine städtische Musikschule.

Wien war eine Stadt der Musik. Mozart, Haydn, Schubert, Beethoven, Brahms, Bruckner, Mahler, der Walzerkönig Strauß – sie alle hatten hier Spuren hinterlassen. Und ihre Porträts gehörten immer noch zum Stadtbild. Die Wohnungen dieser Komponisten waren Museen – etwa Mozarts Wohnung in der Altstadt oder Haydns Haus im Bezirk Mariahilf. War in einer solchen Stadt, deren Historie so eng mit der Musikgeschichte verbunden war, nicht jedes Haus ein Haus der Musik?

Am Tresen der Touristeninformation erlebte Mara eine Überraschung.

»Das Haus der Musik?«, sagte die Dame dort beflissen. »Das ist ganz in der Nähe.«

»Ist es ein Konzertsaal?«, fragte Mara.

»O nein, es ist ein recht neues Museum, das viele Aspekte der Musik präsentiert. Schauen Sie, ich erkläre Ihnen den Weg.« Damit zog sie einen Stadtplan heran und meinte, dass Mara nur am Stephansdom vorbeigehen musste. »Die Kärnterstraße hinunter, dann in die Annagasse. Seilerstätte heißt die Straße, schauen Sie – hier.«

»Gibt es dort etwas zu sehen, das mit dem Neujahrskonzert zu tun hat?«, fragte Mara.

»Aber ja. Die erste Etage ist der Geschichte der Wiener Philharmoniker gewidmet. Es gibt sogar ein kleines Kino, in dem Filme von Neujahrskonzerten gezeigt werden.«

Mara erfuhr, dass das Museum noch bis zehn Uhr abends geöffnet hatte. Jetzt war es kurz nach halb sieben. Etwas später stand sie vor einer klassizistischen Fassade. Über dem Eingang wehte die rotweiße österreichische Flagge. Sie durchschritt das Tor und gelangte zu einem modernen Innenbereich. Eine seltsame Klangkulisse empfing sie – eine Geräuschcollage aus Wispern und Pfeifen.

Sie zahlte den Eintritt, stellte dabei fest, dass sie nun wirklich ihr letztes Geld loswurde, und folgte einer Treppe in den ersten Stock. Hier ging es in einen großen Raum mit Vitrinen: Hinter dem Glas waren Partituren zu sehen, Programmzettel in alter deutscher Schrift, Plakate und immer wieder die Porträts von Komponisten. In einer Ecke hatte man einer kopflosen Schneiderpuppe Hemd, Fliege und Frack angezogen. Mara ging neugierig heran und las, dass es sich um die Auftrittskleidung von Leonard Bernstein handelte.

Auch Goldene Schallplatten zierten die Wände. In der Mitte des Raums gab es sogar einen kleinen CD-Shop – ein von Verkaufsregalen umgebenes Rund, in dem eine junge Frau saß und las. Sie hatte nur einmal kurz aufgesehen, als Mara den Raum betrat, sich dann aber wieder ihrem Buch zugewandt. Wahrscheinlich war sie eine Studentin, die hier jobbte.

Mara war die einzige Besucherin. Die meisten Touristen nutzten im Moment wohl lieber das schöne Wetter.

Neben einer Liste der Neujahrskonzertdirigenten mit Jahreszahlen, in goldenen Buchstaben an die weiße Wand geschrieben, führte ein schmaler Durchgang in einen dunklen Raum, aus dem genau die Musik drang, die Mara von den vielen Neujahrstagen ihrer Jugend kannte. Walzerklänge.

Der Raum war dunkel. Auf einer Leinwand war ein Dirigent im Frack vor einem Orchester zu sehen. Inmitten des berühmten Goldenen Saals mit seinem herausgeputzten Blumenschmuck.

Mara wartete, bis sich ihre Augen an die Dunkelheit gewöhnt hatten. Bald waren die Konturen der Kinositze zu erkennen, und sie erkannte, dass sie alleine im Raum war.

Wo genau sollte der Treffpunkt sein?

Hier drinnen? Oder draußen vor der Dirigentenliste?

Doch sicher hier. Denn hier fand das Konzert ja statt – wenn auch nur als Film.

Sie setzte sich so, dass sie den Eingang im Auge hatte, und betrachtete die Vorführung auf dem großen Monitor.

Der Mann vor dem Orchester wirkte streng, dabei versuchte die Musik, leicht daherzukommen, so etwas wie Sektlaune zu verbreiten.

Er benahm sich genau so, wie es Mara an den klassischen Dirigenten schon immer lächerlich gefunden hatte. Er tat, als müsse er den Ausdruck der Musik selbst verkörpern wie ein Schauspieler. Als würden dadurch die Geiger, Flötisten, Trompeter und Kontrabassisten und all die anderen erst zu der Inspiration finden, die sie brauchten, um diese Musik zu spielen.

Mara wusste, dass es ganz anders war. Die Musiker machten die Musik. Der Dirigent gab den Takt vor. Und er übte mit dem Orchester ein, was er sich vorstellte.

Und die Musik tanzte beschwingt. Wenn Mara die Augen schloss, konnte sie diesen Ausdruck deutlich wahrnehmen. Aber wenn sie die Augen öffnete, dann sah sie nur Ernsthaftigkeit. Ein erstarrtes Ritual. Keine Freude, keinen Spaß. Dafür triefte die ganze Vorführung von Selbstinszenierung, als seien sich alle Beteiligten sicher, etwas sehr Bedeutendes zu tun.

Es wurde zehn vor sieben, es wurde drei vor sieben, es wurde sieben.

Während Maras Unruhe wuchs, ging ihr die Musik, diese verspießerte Festlichkeit auf dem Monitor da vorn, immer mehr auf die Nerven. Sie versuchte, sich zu entspannen, rückte auf dem Stuhl so weit nach hinten wie möglich und drückte ihr ganzes Körpergewicht gegen die Lehne. Sie schloss die Augen, atmete tief durch und hätte sich am liebsten auch noch die Ohren verstopft.

Die Lehne des Stuhls bewegte sich. Jemand war in den Raum gekommen und hatte sich neben sie gesetzt. Weil die Stühle sich berührten, hatte er die Bewegung ausgelöst. Er musste sehr leise gewesen sein, denn Mara hatte hinter dem Walzerorchester keine Schritte oder sonst ein Geräusch gehört.

Der Mann – und Mara war sich sicher, dass es ein Mann war – strömte einen muffigen Geruch aus. Nach Schweiß und altem Atem. Er musste alt sein.

Sie öffnete die Augen.

»Herzlich willkommen in Wien«, vernahm sie eine Stimme ganz und gar ohne österreichischen Akzent. »Ich darf Sie doch weiterhin einfach Mara nennen?«

Er duzte sie nicht wie im Internet. War er vielleicht gar nicht ihr Chatpartner?

»Orpheus?«, fragte sie.

Sie wandte sich nach links, wo er Platz genommen hatte, und erkannte ein helles Gesicht, dunkle Kleidung.

Er blickte nach vorn auf das gefilmte Neujahrskonzert. »Ich weiß, dass man sich im Internet schnell duzt, aber ich bin altmodisch und würde persönlich gerne beim Sie bleiben. Vielleicht erlauben Sie mir aber, Sie beim Vornamen zu nennen.«

Mara versuchte zu schätzen, wie alt er sein mochte. Das Licht von der Leinwand brachte sein Gesicht nun doch recht klar zum Vorschein. Sie erkannte eine ausgeprägte Nase und Falten, die sich auf beiden Seiten herunterzogen. Sehr dünnes dunkles Haar, das weit über der hohen Stirn in Fransen herabhing. Der Mann trug keine Brille. Seine Augen waren schmal und schienen in tiefen Furchen zu liegen.

»In Ordnung«, sagte Mara, und sie sprach instinktiv gerade laut genug, damit er sie in der Klangwolke verstand, die sie umgab.

»Sie scheinen diese traditionelle Wiener Musikveranstaltung nicht zu schätzen.«

»Wie kommen Sie darauf?«

»Ich habe Sie beobachtet, als ich hereinkam. Sie hatten zwar die Augen geschlossen wie so mancher, der sich ganz und gar auf die Musik konzentrieren möchte, aber Ihr Gesicht wirkte ziemlich gequält.«

»Wollen wir uns hier unterhalten?«, fragte sie. »Ich fände die Musik dabei störend.«

Plötzlich hielt er seine Hand in die Helligkeit. Zwischen seinen Fingern steckte etwas, das wie ein kleines Kärtchen aussah. »Nehmen Sie das.«

»Was ist das?«

»Wir werden die Sicherheitsmaßnahmen noch verbessern. Es ist eine Bahnkarte. Ich werde jetzt den Raum verlassen und mich unten vor der Tür aufhalten. Folgen Sie mir nach einer Weile.«

Er stand auf und ging hinaus.

Wie lange sollte Mara warten? Sie beschloss, sitzen zu bleiben, bis der Walzer zu Ende war, der da vorn gerade zelebriert wurde. Es dauerte nur wenige Minuten. Als dirigiere der Kapellmeister nicht nur das Orchester, sondern auch das Publikum, legten die festlich gekleideten Zuschauer sofort nach dem Schlusston mit dem Beifall los. Mara stand auf, und als sie dem Ausgang zustrebte, kam sie sich vor, als verlasse sie selbst ein Konzert mitten im Programm.

Der Applaus brandete weiter, als sie an dem kleinen CD-Shop vorbeikam und zur Treppe strebte. Vor dem Haus, auf der anderen Straßenseite, wartete der Mann. Er hatte sein Gesicht abgewandt, schien aber doch Maras Ankunft zu bemerken und setzte sich in Bewegung.

Es ging Richtung Stephansdom. Auf dem Platz neben der Kathedrale fiel es Mara inmitten des Touristenrummels gar nicht so leicht, ihn im Auge zu behalten. Doch dann sah sie den schwarzen Anzug am Abgang zur U-Bahn-Station wieder, und sie folgte ihm bis auf einen Bahnsteig. Unterwegs entwertete sie die Karte, und zwischen all den Menschen, die auf die nächste U-Bahn warteten, behielt sie den Mann im Auge.

Er hatte es nicht ausdrücklich gewünscht, aber ihr war klar, dass es besser war, ihn nicht anzusprechen. Niemand sollte sie und ihn miteinander in Verbindung bringen.

Schließlich fuhr ein Zug ein, und der Mann bestieg ihn. Mara tat es ihm nach, einen Wagen weiter. Drinnen bahnte sie sich einen Weg in die Richtung des Unbekannten, gerade so weit, dass sie ihn sehen konnte.

Die Fahrt ging über mehrere Stationen. Mara hörte gar nicht hin, sie hatte auch nicht darauf geachtet, in welche Bahn sie gestiegen waren. Sie kannte sich in Wien ohnehin kaum aus.

Doch sie hatte Gelegenheit, den Unbekannten zu betrachten, der ihr nicht ein einziges Mal ins Gesicht sah. Die Furchen mussten durch die Lichtverhältnisse in dem kleinen Kino dramatischer gewirkt haben, als sie wirklich waren. Und nun wurde Mara auch klar, dass der Mann nicht so alt war, wie sie gedacht hatte. Fünfzig vielleicht.

Die Ansage kündigte die nächste Station an. Und als wollte der Mann ihr ein Zeichen geben, wandte er sich Mara zu und drehte sich dann zum Ausgang.

In diesem Moment erkannte Mara etwas, das ihr bis dahin noch nicht aufgefallen war, weil sie den Mann nicht richtig von vorn hatte sehen können: Er trug nicht nur einen schwarzen Anzug und ein schwarzes Hemd, sondern auch den weißen Kragenspiegel der Kirchenleute.

Orpheus war ein Geistlicher.

31

Sie verließen die U-Bahn und gelangten wieder an die Oberfläche. Eine breite Straße, von mächtigen historischen Gebäuden gesäumt, empfing sie. Ein Park hinter einem langen schmiedeeisernen Zaun.

An einer Tordurchfahrt drängten sich Touristen. Ein Stück weiter schoben sich Busse aneinander. Mara sah im Vorbeigehen eine Beschilderung: Hofburg. Sie erinnerte sich, dass sie auch hier mit ihren sogenannten Eltern gewesen war.

Wo war der Mann?

Einen Moment lang befürchtete Mara, ihn verloren zu haben, doch dann sah sie ihn zu einer Straßenbahn eilen. Sie folgte ihm, und sie bestiegen beide den Wagen und fuhren kurz darauf die Ringstraße entlang.

»Schau, das Parlament«, sagte eine ältere Frau, einen Reiseführer in der Hand, die neben Mara in dem Gedränge stand. Sie trug den gleichen Rucksack wie ihr Mann, der nickte. Das Gebäude, das wie eine moderne hellgraue Akropolis mit griechischen Säulen und einem Fries voller Figuren am Giebel aussah, glitt vorüber. Eine große steinerne Rampe führte hinauf.

Kurz darauf öffnete sich auf der linken Seite der Ringstraße ein Parkareal, hinter dem ein hochgerecktes, mit spitzem Dach nach oben strebendes Gebäude sichtbar wurde.

»Das Rathaus«, erklärte die Frau. »Und gleich kommt die Universität.«

Die Bahn bremste. An der Haltestelle stieg der Mann aus. Sie überquerten die breite Straße und tauchten in immer engere Gassen ein. Mehrmals kam Mara der Gedanke, dass sie sich im Kreis bewegten. Schließlich blieb er vor einem Laden mit grüner Markise und einer Glastür stehen. Ein großes Schild hing an der Tür. »Bin gleich zurück«, stand darauf. Drinnen war es dunkel. Als Mara an dem Laden ankam, öffnete ein junger Mann den Eingang und ließ sie und den Mann herein. Er spähte noch einmal die Straße entlang und schloss von innen ab.

»Gehen wir nach hinten«, sagte er.

Sie durchquerten den Verkaufsraum, den hohe Regale säumten, die mit Büchern aller Formate vollgestopft waren. Bücher füllten auch große Kartons, denen sie ausweichen mussten. Mit dickem Filzstift waren Preise aufgemalt: ein Euro, zwei Euro, drei Euro.

Ein Geruchsgemisch aus vergilbtem Papier und Staub, verbunden mit dem Mief alter Teppiche drang Mara in die Nase. Der junge Mann, der sie hereingelassen hatte, zog einen dicken Vorhang zur Seite, der an großen Ringen befestigt war. Dort ging es in ein Hinterzimmer mit Regalen an den Wänden, die vor allem Aktenordner beherbergten. Aus einem hohen Milchglasfenster, hinter dem Gitterstäbe Schatten warfen, sickerte das letzte Licht des späten Tages auf einen Schreibtisch.

»Willkommen«, sagte der junge Mann zu Mara und rückte einen Stuhl heran. Er setzte sich hinter den Schreibtisch. Der Geistliche blieb vor dem Vorhang stehen. Die dunkle Farbe seines Anzugs verschmolz fast mit dessen Stoff, sodass der unheimliche Eindruck entstand, sein Gesicht und sein weißer Kragenspiegel schwebten im Raum.

»Bitte entschuldigen Sie, dass ich es vermeide, Licht zu machen«, sagte der Mann. »Es ist besser, wenn niemand weiß, dass wir uns hier treffen.«

»Ist einer von Ihnen Orpheus?«, fragte Mara.

Der junge Mann und der Geistliche wechselten einen Blick, in dem Mara so etwas wie Belustigung bemerkte.

»Mein Name ist Jakob Lechner«, sagte der junge Mann. »Mir gehört das Antiquariat.«

Seltsam, dachte Mara. Sie hatte instinktiv gedacht, dass Antiquariate eher älteren Herren mit Strickjacke, Cordhose und randloser Brille gehörten, die in den Hinterzimmern über den Büchern brüteten und Pfeife rauchten. Dass ein Mann, der kaum älter war als sie selbst, so einen Laden besitzen könnte, kam ihr unrealistisch vor. Aber warum eigentlich?

»Und dieser Herr hier«, fuhr Lechner fort, »ist Georg Wessely. Wir sind gemeinsam unter dem Namen Orpheus aufgetreten, um mit Ihnen zu kommunizieren.«

»Und Sie wissen beide etwas über meine Familie?«

»Einiges«, meldete sich nun Wessely. »Und über andere Dinge. Wir wissen, dass Sie Kontakt zu Deborah Fleur hatten, die für John Gritti gearbeitet hat. Und wir wissen, wie gefährlich sie ist.«

»Allerdings«, sagte Mara.

»Wir hätten es lieber gesehen, wenn Sie die Geige mit nach Wien gebracht hätten.«

Mara lachte auf. »Na, ich hätte das auch lieber gesehen. Die Geige bedeutet mir sehr viel. Es war meine eigene Schuld … Ich habe mir den Schlüssel für das Schließfach stehlen lassen. Und als ich dann bemerkt habe, dass er weg war, war es viel zu spät. Jetzt habe ich Tamara verloren.«

»Sie nennen sie Tamara?«, fragte Wessely. »Dann muss sie ja eine große Bedeutung für Sie haben. So hieß doch Ihre Mutter.«

»Das wissen Sie auch?« Mara sah von ihm zu Lechner und wieder zurück. »Sie müssen mir helfen, mehr darüber herauszufinden. Oder mir zumindest alles sagen, was Sie wissen.«

»Sagen Sie uns erst, welche Bedeutung die Violine für Sie hat«, sagte Lechner.

»Welche Bedeutung? Aber das müsste Ihnen doch klar sein! Die Geige begleitet mich, seit ich volljährig bin. Ein Unbekannter hat sie mir geschickt. Und ich habe das Gefühl, der Unbekannte wacht über mich. Er verfolgt genau, was ich tue. Und die Geige ist sozusagen ein Ersatz für ihn. Solange sie bei mir war, spürte ich Geborgenheit. Ich wusste, ich bin nicht alleine auf der Welt. Ich habe diese Geborgenheit sonst nie empfunden. Meine Eltern sind tot, das heißt, sicher weiß ich es nur von meiner Mutter, was mit meinem Vater ist … keine Ahnung. Und meine sogenannten Eltern haben auch meine Hinwendung zur Musik nie ernst genommen. Gut, und dann bekam ich die Violine … Erst dachte ich, Gritti sei derjenige, der unerkannt die Hand über mich hält, dann dachte ich es auch von Deborah … Und nun denke ich, es könnte einer von Ihnen sein.«

In dem Moment, wo sie es aussprach, spürte sie, dass es absurd war. Dieser Lechner war viel zu jung. Und Wessely? Irgendwie passte das nicht. Die Männer gingen nicht darauf ein.

»Welche Bedeutung hatte die Violine für sie musikalisch?«, fragte Lechner.

»Auch eine große«, sagte Mara. »Ich hatte das Gefühl, auf dieser Geige zum ersten Mal in meinem Leben richtig spielen zu können, mich ausdrücken zu können. Als sei sie ein Teil von mir.«

Sie hatte gegen die Enttäuschung angeredet, und plötzlich wurde ihr klar, was sie da für einen Unsinn von sich gab. Und dann auch noch Fremden gegenüber. Aber war es nicht egal, wem gegenüber sie ihr Innerstes nach außen kehrte? Was konnte sie denn noch verlieren? Die beiden machten nicht den Eindruck, als wollten sie ihr ans Leben. Also war sie sicher in einer besseren Situation als vorher, als Deborahs Helfer hinter ihr her war. Sie hatten ihren Flug bezahlt, sie hatten ihr also finanziell unter die Arme gegriffen und ihr bei ihrer Flucht geholfen.

Ganz so schlecht konnte das alles nicht sein.

»Sie scheinen mir helfen zu wollen«, sagte Mara. »Aber

warum? Warum haben Sie das Geld ausgegeben, um mir die Fahrkarte nach Wien zu spendieren?«

»Das lässt sich nicht in einem Satz erklären«, sagte Lechner. »Wir werden etwas länger dafür brauchen.«

»Es hat mit den Unterlagen aus Grittis Büro zu tun«, sagte Mara. »Sie haben mich doch selbst dorthin geschickt.«

Der dunkle Schatten von Wessely vor dem Vorhang bewegte sich. Er schien ein paar Schritte hin und her zu gehen. Das Gesicht und der Kragenspiegel schwebten in der Dunkelheit.

»Daran können wir anknüpfen«, sagte er. »Was genau wissen Sie?«

Mara fasste alles zusammen, was ihr einfiel. Die Verbindungen der Geige in die Vergangenheit. Die Geschichte der Sekte. »Deborah hat mir genau dasselbe gesagt«, fügte sie hinzu. »Nachdem ich in Grittis Wohnung war, hat mich ihr Helfer abgefangen. Sie haben mich entführt – und dann wollten sie mich umbringen, aber ich konnte fliehen.«

»Wie ist Ihnen das gelungen?«, fragte Wessely, und in seiner Stimme war deutlich Argwohn zu erkennen.

Glaubte er ihr etwa nicht?

»Ich kann mir auch kaum vorstellen, wie das gegangen sein soll«, sagte nun Lechner. »Der Helfer von Deborah Fleur heißt Peter Quint. Er war kurz bei der CIA. Wussten Sie das nicht?«

Mara erschrak, aber dann wurde ihr klar, dass das ja nicht stimmen musste. Wahrscheinlich übertrieb Lechner maßlos.

»Nein, ich wusste es nicht.«

»Erklären Sie uns, wie Sie es geschafft haben zu entkommen.«

Sie berichtete von der Fahrt in den Wald, schilderte die Situation, als der Mann vor ihr stand und auf sie schießen wollte. Was war genau geschehen, dass er nicht einfach abdrückte? Dass er es nicht zu Ende brachte? Sie musste einen Moment nachdenken, dann wusste sie es. Er wollte ihr Handy.

Wahrscheinlich damit sie es nicht bei sich hatte, wenn sie tot auf dem Abhang lag. Damit man nicht herausfinden konnte, mit wem sie telefoniert hatte. Um Spuren zu verwischen.

»Er wollte nicht das Gerät«, sagte Wessely. »Er wollte Ihre Musik. Hat er diese Musik jemals zuvor gehört? Kannte er sie?«

»Warum nicht? Er könnte in einem meiner Konzerte gewesen sein …«

»Nein, das meinen wir nicht«, sagte Lechner. »Wir sprechen von anderen Situationen. Im Konzert geht zu viel verloren. Da sind die Leute abgelenkt. Die Musik entfaltet ihre Wirkung schon, aber nicht so stark …«

»Was meinen Sie denn?«, fragte Mara.

»Hat er gehört«, fragte Wessely, »wie Sie für sich auf der Geige improvisiert haben? Nur Sie alleine? Ohne die Anforderung, vor einem Publikum zu spielen? Eine Situation, in der sie es einfach laufen ließen?«

Lechner brachte es auf den Punkt: »In der Sie im Flow waren?«

»Im Flow?«

»Der Flow«, erläuterte Wessely, »ist ein mentaler Zustand, in dem man instinktiv die richtigen Entscheidungen trifft, ohne dass es einem bewusst ist. Man lässt sich treiben, man versinkt in einer bestimmten Tätigkeit, und man leistet dabei kreative Arbeit, ohne das Gefühl zu haben, selbst daran beteiligt zu sein. Man gibt sich hin. Viele Künstler kennen diesen Zustand und beschreiben ihn so, als würde das Werk, mit dem sie gerade beschäftigt sind, von selbst entstehen. Musiker sagen, ihre Finger würden von selbst die Töne spielen, die in diesem Moment genau richtig sind. Ich bin sicher, dass Sie diesen Zustand auch kennen, und ich bin sicher, dass Sie ihn mit Ihrer Violine besonders leicht erreicht haben.«

Mara war verblüfft. Der Mann schien ihr in die Seele schauen zu können. »Das stimmt genau. Aber wieso fragen Sie, ob dieser Quint mich außerhalb einer Konzertsituation gehört hat?«

»Es ist diese Musik«, erklärte Wessely weiter, »in der Sie ganz bei sich selbst sind. Im Konzert kann die Situation eine andere sein. Im Aufnahmestudio ebenso. Aber wenn es kein Publikum, kein Ziel, keine Erwartung gibt, ist alles viel stärker, viel konzentrierter. Hat Quint die Möglichkeit dazu gehabt? Hat er Sie beim Improvisieren belauscht? Denken Sie genau nach.«

Mara schwirrte der Kopf. Warum war das alles so wichtig? Sie war Quint entkommen, und darauf kam es an. Das reichte doch.

»Wann haben Sie denn überhaupt das letzte Mal auf der Schwarzen Violine gespielt?«, fragte Wessely.

Mara fiel es sofort ein. Sie würde den Moment nie vergessen, in dem sie von dem Instrument hatte Abschied nehmen müssen. »Kurz bevor er mit mir in den Wald gefahren ist. Deborah hat mich mit der Geige alleine gelassen. Ich habe gespielt. Zwei, drei Stunden lang oder so. Jeder, der in dem Haus war, dürfte es gehört haben.«

»Da haben wir's«, sagte Lechner und nickte Wessely zu.

»Da haben wir was?«, wollte Mara wissen.

»Quint ist Ihrer Musik verfallen. Als er Sie töten sollte, fiel ihm ein, dass er die Urheberin der Musik, die er gehört hat, mit seiner Tat für immer zum Schweigen bringen würde. Und das konnte er nicht. Aber er ist ja Profi. So hat er sich überlegt, wie er an Ihre Musik herankommen kann, wenn Sie tot sind. Und so kam er darauf, Ihnen das Handy abzunehmen.«

»Das klingt aber ziemlich fantastisch«, sagte Mara. »Er soll meiner Musik verfallen sein? Und wenn mir die Musik das Leben rettet, weil sie eine solche Wirkung auf die Menschen hat, warum hat mich Deborah ihm dann ausgeliefert? Sie hat mir doch auch zugehört, als ich da in dem Zimmer stand und spielte.«

»Es ist eine seltsame Sache mit der Musik«, sagte Wessely. »Wenn Sie Gelegenheit gehabt hätten, die Unterlagen aus Grittis Wohnung genauer zu lesen, hätten Sie gesehen, dass die Forschung nur eines genau weiß: Musik beeinflusst die Menschen. Sie beeinflusst Emotionen. Aber welche Musik genau welche Wirkung hat, weiß niemand. Es kommt darauf an, welchen Hintergrund der Mensch hat, der die Musik hört. Wie fremd sie ihm ist, wie sich sein Geschmack gebildet hat. Ob er die Musik oder Musik eines ähnlichen Stils schon oft gehört hat oder ob sie neu für ihn ist. Ob er mit einem bestimmten Stück eine Erinnerung verbindet. Deborah Fleur kennt alles, was Sie bisher gespielt haben. Sie kennt all Ihre Aufnahmen. Sie hat sie wahrscheinlich analysiert. Daher ist sie in gewisser Weise abgestumpft. Aber für Quint war das alles neu.«

»Also gut«, sagte Mara. »Ich verstehe. Aber wozu ist das nun alles gut? Nur dass Sie mir glauben, dass ich wirklich Quint entkommen bin? Wollten Sie mich testen? Denken Sie, dass ich auf seiner Seite stehe?«

»Wir wollten Sie testen«, erklärte Wessely. »In der Tat. Aber dass Sie nicht auf Deborah Fleurs Seite stehen, wissen wir. Es geht um etwas anderes.«

»Wollen Sie wissen, ob meine Musik gut ist? Ob ich Killer dazu bringen kann, ihre Pläne zu vergessen, indem ich einfach nur Musik mache?«

»Darauf läuft es hinaus. Aber so lustig, wie Sie die Sache betrachten, ist sie nicht. Das alles reicht viel weiter. Es geht nicht nur darum, was Sie können, sondern es geht darum, wer Sie sind.«

»Sag es ihr noch nicht«, rief plötzlich Lechner dazwischen. »Wir müssen sie langsam darauf vorbereiten.«

Also geht es doch um meine Familie, dachte Mara. Etwas anderes kann doch nicht gemeint sein, wenn er sagt, dass es darum geht, wer ich bin. Ich bin Mara Thorn, aber ich weiß nicht, woher ich komme. Ich weiß nicht, wer meine Eltern waren. Ich würde es gerne wissen, aber was hat das nun wieder mit meiner Musik zu tun?

Waren ihre Vorfahren berühmte Musiker gewesen? Das Talent zur Musik vererbte sich ja angeblich genetisch. Ging es den beiden darum? Wollten Sie erforschen, ob das so war?

»Ich wäre Ihnen dankbar, wenn Sie mich endlich nicht mehr weiter auf die Folter spannen würden«, sagte Mara. »Wenn Sie mir erklären würden, was hier eigentlich los ist. Sie wissen doch etwas über meine Familie. Bitte sagen Sie es mir. Habe ich einen berühmten Urgroßvater? Vielleicht Beethoven oder Mozart?«

»Sie haben die Schwarze Violine«, sagte Lechner. »Darauf kommt es an.«

»Und es kommt darauf an, wer sie früher besaß«, fügte Wessely hinzu. »Sie haben doch in Grittis Unterlagen davon gelesen.«

»Ja«, sagte Mara. »Die Violine hat mit der Geschichte einer alten Sekte zu tun …«

»Sie gehörte den Angehörigen dieser Sekte«, korrigierte Wessely.

»… und sie hat irgendwas mit der Musik dieses antiken Orpheus zu tun. Musik, die besondere Wirkung hat …« Sie schüttelte den Kopf. »Wobei mir das alles ziemlich seltsam vorkommt. Ich hatte fast den Eindruck, als hätte Gritti allen Ernstes versucht, dieser Musik, die allen Menschen gefällt, die alle Menschen verzaubert und sie in eine Stimmung versetzt wie eine Droge, auf die Spur zu kommen.«

»Es kam Ihnen so vor«, sagte Wessely. »Und Sie haben recht – es war so. Gritti hat das versucht. Und in diesem Spiel haben Sie eine Hauptrolle, Mara.«

»Aber wieso? Gut, es ging ihm darum, diese Musik zu finden. Wobei ich nicht verstehe, wie das gehen soll … und dann diese Sekte.«

»Es geht um die Violine«, sagte Lechner. »Sie ist der Schlüssel.«

»Sie trägt ein Zeichen«, warf Wessely ein. »Das wissen Sie doch? Dieses Zeichen ist nichts anderes als das Zeichen des Orpheus. Das Zeichen der Lyra. Orpheus soll sie meisterhaft gespielt haben. Die Lyra ist gleichzeitig ein Sternzeichen. Eine Sternenkonstellation. Nach Orpheus' Tod soll sie am Himmel erschienen sein. Fünf Sterne. Und indem die Gründer der Sekte dieses Zeichen in die Violine stanzen ließen, symbolisierten sie nicht nur ihre Zugehörigkeit zu der orphischen Tradition, sondern sie unterstrichen auch die Verbindung von Musik und Universum. Nach den antiken und mittelalterlichen Vorstellungen symbolisiert die Harmonie der Töne in der Musik die Harmonie der Welt – die perfekten Proportionen in Sternenbahnen, in spiralförmigen Muscheln, sogar in den Proportionen des menschlichen Körpers. Das Gefühl von Schönheit, das uns instinktiv ergreift, wenn wir den Wellen des Meeres zusehen, wenn sie an den Strand schlagen, die Schönheit einer Blumenblüte oder eines Vogels – diese Schönheiten der Natur unterliegen denselben Gesetzen wie die Musik. Und wer diese Gesetze kennt, kann die schönste Musik machen – die Musik, die am stärksten auf die Menschen wirkt, verstehen Sie?«

»Ja«, sagte Mara. Sie verstand, sie hatte das, was das Zeichen der Lyra betraf, ja schon im Internet gelesen.

»Und nun«, fuhr Wessely fort, »fanden sich irgendwann Menschen zusammen, die sich auf die Suche nach den Melodien des Orpheus machten. Nach unseren Erkenntnissen muss es in der Zeit der Renaissance gewesen sein, als man auch auf anderen Gebieten plötzlich wieder ein Interesse an der Kunst der Antike entwickelte. Man versuchte sogar, die antiken Tragödien nachzubilden, und weil man wusste, dass die Schauspieler im alten Griechenland ihre Texte in einer Art Sprechgesang vortrugen, entstand bei dem Versuch, so etwas nachzumachen, eine ganz neue Musikgattung – die Oper. Aber ich will Ihnen keinen musikhistorischen Vortrag halten … Es entstand also, irgendwo in Italien, diese Sekte, die sich mit Orpheus befasste. Im Geheimen trafen sie sich, jahrhundertelang. Wir wissen, dass große Komponisten mit ihnen in Kontakt standen und sogar Mitglied dieser Gruppe waren. Denn man lud hoffnungsvolle Talente an einen geheimen Versammlungsort ein und ließ sie mithilfe eines bestimmten Rituals das Erbe des Orpheus antreten … Es waren große italienische Komponisten dabei, die man heute noch kennt. Antonio Vivaldi zum Beispiel, aber auch andere, die nicht aus Italien stammten, aber dort hinreisten, etwa Georg Friedrich Händel. Sie alle lernten an dem geheimen Ort die Geheimnisse von Orpheus kennen.«

»Moment«, unterbrach Mara. »Soll das heißen, sie hatten diese Melodien tatsächlich? Und sie brachten den Musikern, die Sie gerade erwähnten, diese Melodien bei?«

»Genau das wollen wir herausfinden«, meldete sich jetzt wieder Lechner zu Wort. »Es gab diese Sekte sehr lange. Irgendwann ließen die Mitglieder der Sekte die Violine anfertigen. Sie kam immer für eine bestimmte Zeit in den Besitz eines Sektenoberhaupts. Wer diese Oberhäupter waren, wissen wir nicht, aber es dürften auch bekannte Musiker gewesen sein. Wir kennen den Ort nicht, wo sich diese Leute trafen. Aber wir wissen, dass die Violine den Weg dorthin weist. Was wir aber wiederum nicht wissen, ist, auf welche Weise das funktioniert. Das ist die Frage, die wir uns stellen: Wie kann ein Musikinstrument einen Ort aufzeigen? Wenn wir die Geige hätten, könnten wir es herausfinden.«

»Vielleicht indem etwas eingraviert ist?«, mutmaßte Mara. »So ähnlich wie das Lyrazeichen?«

Das Lyrazeichen, das ich als Leberfleck auf der Haut trage, dachte Mara.

»Ist Ihnen da noch etwas aufgefallen?«, fragte Wessely. »Eine Gravur, eine Karte oder etwas Ähnliches?«

Mara schüttelte den Kopf. »Nein. Dabei habe ich mir die Geige oft sehr genau angesehen, weil sie ja für mich auch ein Geheimnis barg. Aber da war nichts.«

»Vielleicht liegt es unter der schwarzen Lackierung verborgen, wie wir geglaubt haben«, sagte Lechner. »Wir müssen die Geige wieder in unseren Besitz bringen.«

»Aber das ist doch unmöglich«, sagte Mara. »Deborah hat genau dasselbe vor wie Sie. Und sie hat die Violine nun. Sie wird sie niemals zurückgeben.«

»Das ist richtig«, sagte Wessely. »Aber soweit wir wissen, steht sie vor demselben Problem wie wir. Sie hat das Instrument, aber ihr fehlen die Informationen, wie man die in der Geige verborgene Ortsangabe dekodiert.«

»Wenn es unter der Lackschicht liegt, wird sie selbst darauf kommen«, sagte Lechner. »Wahrscheinlich ist es schon zu spät, und sie ist auf dem Weg nach Italien. Wo der Ort ja wahrscheinlich liegt.«

»Gehen wir mal nicht vom Schlimmsten aus. Wir sollten uns stattdessen überlegen, wie wir das Instrument zurückbekommen.«

Gut, dachte Mara. Jetzt sehe ich ein wenig klarer. Allerdings waren ihr einige Dinge immer noch schleierhaft.

»Warum eigentlich eine geheime Sekte?«, fragte sie. »Warum durfte niemand wissen, dass es diese Orphischen Melodien oder diese Rituale gab, die damit zusammenhängen?«

»Weil sich die Musiker einen Vorteil gegenüber ihren Konkurrenten verschaffen wollten«, sagte Lechner. »Musik ist und war schon früher nicht nur Kunst, sondern auch Geschäft. Und wer im Besitz der besseren Techniken, der besseren kreativen Ideen war, hatte einen Vorteil. Und es ist sicher kein Zufall, dass die Musik dieser Leute heute noch zu den absoluten Hits gehört. Sie trifft einen Nerv. Wie das genau funktioniert, haben viele herauszufinden versucht, aber es ist noch keinem gelungen.«

»Und es kommt noch etwas anderes hinzu«, sagte Wessely, doch Lechner unterbrach ihn: »Sag es ihr nicht. Das ist esoterisches Zeug …«

»Wir haben darüber diskutiert«, ließ sich Wessely nicht aus der Ruhe bringen, »aber ich habe eine etwas andere Meinung dazu. Es ging nicht nur um Wettbewerb von Künstlern. Es ging auch darum, dass die Sekte von der Kirche verfolgt wurde.«

»Na, das hätte ich mir denken können«, sagte Mara. »Immer wenn Künstler etwas Innovatives machen, ist die Religion dagegen. Seltsam, dass gerade Sie sich jetzt so sehr dafür interessieren.«

Wessely ließ sich nicht provozieren. »Die meisten sehen in der Orpheus-Gestalt nur einen – wenn auch herausragenden – Musiker und Sänger. Aber er war mehr. Er war der Gründer eines antiken Mysterienkults. Einer eigenen Religion.«

»Georg!«, rief Lechner mahnend, aber Wessely machte weiter.

»Genau das. Und vielleicht kennen Sie ja die Religion des alten Griechenlands ein bisschen. Es gab Götter für verschiedene Bereiche des Lebens. Ganz oben herrschte Zeus. Und unter ihm gab es den Meeresgott Poseidon, die Jagdgöttin Artemis, die Liebesgöttin Aphrodite, den Kriegsgott Ares und so weiter. Die Religion, die Orpheus dagegen begründete, hatte ganz eigenständige Glaubensinhalte.«

»Er glaubte an die Macht der Musik?«, mutmaßte Mara.

»Das sicher auch, aber vor allem glaubte er an etwas, das für die damalige Zeit vollkommen revolutionär war und das schon ein wenig an das Christentum erinnert: Er glaubte an die Wiedergeburt. Er glaubte daran, dass jeder Mensch nach seinem Tod irgendwann wieder ins Leben tritt – mitsamt seinen Talenten und seiner ganzen Persönlichkeit. Sie kennen sicher die Sage von Orpheus und Eurydike: Orpheus holt seine verstorbene Geliebte zurück ins Leben. In dieser Geschichte ist dieser Glaube als Möglichkeit symbolisiert, den Tod zu überwinden. Und als im 16. Jahrhundert oder wann auch immer in Italien Musiker und Musikgelehrte diesen Orpheus-Kult wieder aufleben ließen, war das der Kirche ein Dorn im Auge. Sie fürchtete, die Anhänger dieser Sekte könnten Orpheus zu einem alternativen Jesus stilisieren, zumal sie auf dessen Wiederkehr hofften wie die Christen auf die Wiederkehr des Messias.«

»Die Wiederkehr? Sie glauben, dass …«

»Sie glauben, dass Orpheus immer wieder in herausragenden Musikerpersönlichkeiten wiedergeboren wird. Und ihr Ritual, das sie irgendwo an dem Ort, den wir alle suchen, durchführten, war die Methode, den nächsten ›Orpheus‹ zu finden. Ihn zu finden, zu küren und ihm für bestimmte Zeit als Zeichen seiner Herrschaft die Schwarze Violine zu übergeben.«

»Und was ist aus der Sekte geworden?«, fragte Mara. »Hat sie heute immer noch Anhänger?«

»Vielleicht ist sie untergegangen«, sagte Wessely. »Vielleicht gibt es sie noch. Und wenn das der Fall ist, warten sie auch heute noch auf Orpheus' Wiederkehr. Und wenn sie die Person gefunden haben, die sie für Orpheus halten, werden sie ihr die Violine geben.«

Es war ganz dunkel geworden. Nur von dem Fenster aus Milchglas fiel trübes Licht in den Raum. Lechner war nicht mehr als ein Schatten hinter dem Schreibtisch, und Wessely schien völlig mit dem Vorhang verschmolzen, vor dem er stand.

»Deborah«, sagte Mara. »Könnte sie eine Angehörige dieser Sekte sein? Oder Gritti?«

»Das haben wir uns auch schon überlegt«, kam es aus der Ecke, wo Lechner saß. »Aber dafür weiß sie zu wenig. Wir haben eher den Eindruck, dass sie selbst nur eine Forscherin ist, der es die Idee angetan hat, die Melodien des Orpheus zu finden. Wie dies auch bei Gritti der Fall war. Es geht nur darum, daraus Kapital zu schlagen. Seit Jahren hat er sich mit Methoden befasst, wie man mit Musik Menschen beeinflussen kann, und er hat entsprechende Forschungen finanziert.«

»Und Deborah wollte mich umbringen lassen, weil niemand ihr Geheimnis kennen darf. Wenn ich nicht mit ihr zusammenarbeiten will, dann muss ich verschwinden.«

»Möglich. Aber es gibt noch einen anderen Grund.«

Wessely bewegte sich, und Mara konnte den Schemen seines Schattens erkennen. »Denken Sie darüber nach.«

In diesem Moment geschah etwas, das Mara erschreckte. Ein kaltes Licht erschien, und dann hörte sie ihre eigene Musik. Ein paar Takte aus »Horizons of Harmony«. Die ausdrucksvollste Stelle, in der die Melodie dramatisch nach oben ging und sich über das begleitende Orchester erhob, um weiterhin dort in schier unermesslichen Höhen ihre Kreise zu ziehen wie ein Raubvogel im blauen Himmel über einem Gebirge.

»Ja?«, sagte Wessely plötzlich laut, und Mara konnte im Schein des Lichts sein kantiges Gesicht sehen. Erst jetzt begriff sie, dass er einen Anruf auf einem Handy erhalten hatte.

»Ist gut«, sagte Wessely. »Ich komme.« Der matte Schein erlosch. »Ich muss noch einmal weg. Ich komme morgen früh wieder. Und Jakob, wenn du es ihr sagen willst, tu es. Ich denke, wir können nicht viel falsch machen.«

Hinter dem Schreibtisch wurde ein Stuhl gerückt. Lechner stand auf und drängte sich an Mara vorbei zur Tür. Die beiden Männer gingen nach vorn in den Laden. Wahrscheinlich ließ Lechner den Geistlichen hinaus.

»Das ist alles sehr rätselhaft für mich«, sagte Mara, als Lechner wieder hinter dem Schreibtisch saß.

»Für uns auch. Es tut mir übrigens leid, wie wir Sie empfangen haben. Es war nicht besonders höflich. Kann ich Ihnen irgendwas anbieten? Sie müssen ja hungrig und durstig sein.«

Fast hätte Mara aufgelacht. Eine absurde Situation. Sie saß im Dunkeln im Hinterzimmer eines Wiener Antiquariats, in das man sie gelockt hatte. Irgendeine düstere Geschichte von ihrer verlorenen Violine und einer Sekte hatte sie sich anhören müssen.

»Wer sind Sie beide überhaupt?«, fragte Mara.

»Ja, das hätten wir Ihnen erzählen sollen«, sagte Lechner. »Wir sind zwei solche Bücherwürmer, dass wir jede Höflichkeit vergessen. Georg arbeitet für eine Forschungsstelle im Vatikan und ist derzeit in Wien, um bestimmte Archive zu besuchen. Ich wiederum habe dieses Antiquariat geerbt, das früher einem Onkel von mir gehörte. Und der hat schon vor Jahrzehnten Georg mit Büchern versorgt, wenn er in Wien war.«

»Könnten wir nicht vielleicht doch Licht machen?«, fragte Mara. »Es ist mir lieber, wenn ich sehe, mit wem ich rede.«

»Ja, sicher. Es ist nur so, dass Georg schreckliche Angst hat, ins Fadenkreuz dieser Deborah zu geraten.«

»Weiß er denn viel über sie?«

»Mehr als ich.«

Eine Schreibtischlampe mit grünem Schirm flammte auf. Dahinter saß Lechner. Mara konnte ihn jetzt zum ersten Mal richtig ansehen. Und noch immer wirkte er nicht wie der Inhaber eines Antiquariats. Eher wie ein junger Sportler. Oder ein Bergsteiger.

»Wir haben die Suche nach dem geheimen Ort dieses Orpheus-Kults zu einem Steckenpferd gemacht. Ich besorge Georg die Literatur, die er über seine Archivbesuche hinaus für seine Forschungen braucht, und er lässt mich daran teilhaben.«

Da stimmt irgendwas nicht, warnte eine Stimme in Maras

Innerem. Sie war schwach und dünn, aber sie war deutlich. Und gleichzeitig wirkte Lechner gar nicht verschroben, sondern eher offen und sympathisch … Aber irgendetwas davon nahm sie ihm nicht ab.

»Das heißt, er erforscht diese Sekte im Auftrag der Kirche.«

»Sie haben ja gehört, was er über die religiöse Bedeutung von Orpheus gesagt hat. Der antike Musiker ist fast so etwas wie eine alternative Jesusfigur. Der Vatikan geht solchen Dingen in seinen Forschungsabteilungen nach.«

»Und was hat er mit der Bemerkung am Schluss gemeint? Als es darum ging, warum Deborah mich ermorden lassen sollte? Ich verstehe das nicht. Eigentlich müsste sie doch mit allen zusammenarbeiten, die mit der Schwarzen Violine zu tun haben.«

Lechner sah Mara ins Gesicht, und erst jetzt bemerkte sie, wie blau seine Augen waren. Sein Blick war ausdrucksvoll, aber das lag nicht nur an der Augenfarbe. Er strahlte Selbstbewusstsein und Gewissheit aus.

»Das müsste sie, ja. Aber können Sie es sich nicht denken? Ich meine, wenn Sie mal genau überlegen, was Georg sagte.«

»Ich möchte etwas erfahren. Ich möchte nicht auf die Folter gespannt werden.«

»Die Violine geht in den Besitz dessen über, der als Reinkarnation von Orpheus gilt. Und wer hatte denn die Violine in letzter Zeit?«

»Deborah? Und davor ich?«

»Und nun machen Sie was draus.« Sein Blick ruhte auf ihr.

»Deborah ist der neue Orpheus?« Sicher, dachte Mara, warum sollte Orpheus nicht eine Frau sein?

»Vielleicht hält sie sich dafür. Aber sie ist keine Musikerin. Und deshalb dürfte ihr selbst klar sein, dass sie es nicht sein kann.«

Plötzlich wurde Mara klar, was er meinte. Daran hatte sie überhaupt noch nicht gedacht!

»Sie meinen, dass …«

»Warum nicht? Sie haben das Recht, die Geige zu besitzen. Sie können wundersame Dinge anstellen, wenn Sie die Schwarze Violine spielen. Denken Sie daran, wie Sie dem Killer entgangen sind. Es war letztlich der Macht Ihrer Musik zu verdanken.«

»Und Sie meinen, Deborah weiß das? Oder ahnt das?«

»Davon gehe ich aus. Die ganze Aktion mit dem Auftragskiller hatte nur einen Sinn: herauszufinden, ob Sie sich irgendwie gegen Ihre Ermordung zur Wehr setzen konnten. Wenn es gelingt, hat das Schicksal recht, und Sie sind es. Wenn nicht, wäre Deborah eine unliebsame Konkurrentin losgeworden, auf die sie verzichten kann. Und ein Konkurrent war auch Gritti.«

»Das ist Wahnsinn.«

»Nicht in den Kategorien, in denen Deborah denkt. Auch wenn sie nicht zu der Sekte gehören mag, teilt sie doch deren Vorstellungswelt. Und in den Kategorien dieses Denkens sitzt Orpheus gerade genau in diesem Raum.«

32

Es war nicht der Tanzsaal, in dem Pater Gregorius Georg Wessely empfing, sondern ein winziges Büro im Herzen der Wiener erzbischöflichen Residenz. Wessely erreichte es nach einem längeren Marsch über die Flure des neuen Teils des Gebäudekomplexes.

Der Raum war sehr modern eingerichtet und besaß die typische sterile Ausstrahlung aller Arbeitsstätten, wo nichts Kreatives entstand, sondern nur verwaltet wurde.

Der Pater war unrasiert und sah blass aus. Wahrscheinlich war er übernächtigt. Trotzdem ließen sein klarer Blick und seine Befehlsstimme keinen Zweifel daran, dass er hellwach war.

»Setzen Sie sich, ich habe wenig Zeit«, sagte er. »Schön, dass Sie kommen konnten.« Als sich Wessely niedergelassen hatte, stützte der Pater die Ellbogen auf die Tischplatte und legte sein unrasiertes Kinn in die Hände. Er bewegte die ineinander verschränkten Finger, die an Schlangen erinnerten, und sah sein Gegenüber an.

»Wir haben uns ein Bild über Ihre Forschungen gemacht«, erklärte er.

Wessely nickte. Mit »wir« meinte er wahrscheinlich sich selbst und den Erzbischof.

»Und es ist uns klar, warum Rom so sehr daran gelegen ist, Licht in die Sache zu bringen.«

Wessely begann die Arroganz des Paters auf die Nerven zu gehen. Überhaupt störte es ihn, dass man ihn so einfach wegbefahl – gerade jetzt, wo Mara gekommen war und er dringend Zeit brauchte, das weitere Vorgehen zu planen.

»Deshalb haben Sie mich hergebeten? Das ist nicht Ihr

Ernst. Ich habe Ihnen doch die Wichtigkeit des Projekts schon längst umrissen. Und wenn Sie nun eigene Nachforschungen angestellt haben, nur um darauf zu kommen, dass ich recht hatte, dann halte ich das für einen Skandal.«

Der Pater hob den Kopf, zog seine Schlangenhände auseinander und legte sie auf die Tischplatte. Seine Zeigefinger zuckten immer noch.

»Was meinen Sie damit?«

»Es bedeutet ja, dass Sie mir nicht glaubten, als ich das letzte Mal hier war.«

»Natürlich glauben wir Ihnen«, unterbrach der Pater. »Aber seine Exzellenz, der Herr Bischof, hat sich selbstverständlich ein eigenes Bild machen wollen. Sie können sich vorstellen, dass es nicht nur um die Ergebnisse Ihrer Forschungen geht, sondern auch darum, welche Rolle das Bistum Wien dabei spielt.«

Wessely verstand, was der Pater eigentlich sagen wollte, aber nicht so klar auszusprechen gedachte. Es ging um die Karriere des Bischofs. Ein Bischof wollte schließlich irgendwann mal Kardinal werden, eventuell Papst. Obwohl Letzteres für einen Österreicher kaum zu erreichen war. Bis vor Kurzem hatte ein Deutscher an der Spitze der katholischen Kirche gestanden, dann war ein Papst aus Lateinamerika gekommen. Aber die Wege des Herrn waren unergründlich.

»Welche Rolle spielt Mara Thorn in Ihren Forschungen?«, fragte Pater Gregorius.

Wessely behielt seinen entspannten Gesichtsausdruck bei. Dass man ihm so intensiv nachspionierte, hätte er nicht erwartet. Innerhalb weniger Augenblicke überschlug er, welche technischen Spionagemethoden man angewandt hatte, um hinter seinen Kontakt mit Mara zu kommen. Sie hatten seinen Mailverkehr überprüft.

»Mara Thorn?«, tat er überrascht. »Sie spielt natürlich keine Rolle. Wie kommen Sie überhaupt darauf?«

»Ist es nicht seltsam, dass ein Mann der Kirche wie Sie mit einer solchen Frau so regen Kontakt hält?«

»Was soll das heißen? Und überhaupt – darf ein Priester keine Musik hören? Darf er sich nicht für Musik begeistern? Wenn ich mich nicht irre, hat selbst der deutsche Papst hin und wieder eine Mozart-Sonate auf dem Klavier gespielt. Und sein Bruder ist Kirchenmusiker.«

»Es gibt doch einen Unterschied zwischen dem, was diese Mara Thorn in ihren aufreizenden Kostümen auf der Bühne veranstaltet, und einer Mozart-Sonate. Oder einem Orgelwerk, das in die Kirche gehört. Oder einem geistlichen Chorstück.«

»Ich bin Ihnen keine Rechenschaft schuldig«, sagte Wessely.

»Nein. Das wohl nicht. Aber ist es nicht seltsam, dass diese Mara Thorn, diese Popmusikerin, genau die Geige spielt, die etwas mit dieser religiösen Gemeinschaft zu tun hat, die Sie erforschen? Oder haben wir da etwas falsch verstanden?«

Sie hatten nicht nur seine Mails, sondern auch die Dokumente in seinem Computer durchschnüffelt. Seine Notizen. Und sie hatten das alles mit seinen Besuchen in den Archiven abgeglichen …

»Was wollen Sie eigentlich von mir? Ich meine, außer mir zu verdeutlichen, dass Sie so schrecklich viel wissen.«

»Ganz einfach. *Wir* wollen …«

Immer dieses »Wir«, dachte Wessely. Er will mir ständig vor Augen halten, dass der Bischof ebenfalls informiert ist. Wenn der Kirche nichts einfällt, dann setzt sie auf ihre Autoritäten. Und man glaubt, das funktioniert, weil man ja glaubt, dass die Autoritäten der Kirche vom Himmel gefallen, also von Gott gewollt sind.

»Wir wollen, dass Sie schnellstmöglich zu Ergebnissen kommen. Vorzeigbaren Ergebnissen. Seine Exzellenz ist sehr daran interessiert zu erfahren, was die österreichischen Archive in dieser Sache hergeben. Welche Bedeutung sie haben.«

»Der Ursprung des Ganzen liegt in Italien, wie Sie wahrscheinlich ebenfalls wissen.«

»Sicher, doch es kommt nicht darauf an, wo das historische Phänomen angesiedelt ist, sondern wer am meisten zu seiner Erhellung beitragen kann.«

»Was glauben Sie, wie ich meine Zeit verbringe?«

»Das kann ich mir vorstellen. Aber ich bin mir, mit Verlaub, nicht sicher, ob wir auf derselben Seite stehen.«

»Auf derselben Seite? Natürlich tun wir das. Abgesehen von Ihren kirchenpolitischen Intrigenspielen. Mir geht es allein darum herauszufinden, ob die Orpheus-Sekte – nennen wir sie nun doch einmal beim Namen – heute noch Macht besitzt. Ob die Inhalte, die sie vertritt, noch eine Bedeutung haben.«

»Könnte das denn der Fall sein?«

»Selbstverständlich! Wir leben in einer Zeit einer immensen Zersplitterung von Glaubensfragen. Wie viele kleine Gruppen gibt es, die sich ihr kleines Stück vom großen Kuchen der Religionen abgeschnitten haben und sich damit dem Einfluss der Kirche entziehen? Unsere Aufgabe ist es, diese Sektierer im Auge zu behalten, und das nicht nur in unserer heutigen Zeit, sondern über die Grenzen der Zeiten hinweg. Nur wenn wir das gesamte religiöse Wollen und Wünschen der Menschheit betrachten, werden wir eines Tages wieder die Religion sein, die zu allen Menschen spricht.«

»Und Sie glauben, dass das ohne Veränderung der Kirche selbst möglich ist?«

Wie so viele Diskussionen trieb auch diese auf einen neuralgischen Punkt zu. Wessely brachte das Argument an, mit dem man sich aus dieser prekären Frage befreite.

»Ich will nicht über Grundsatzfragen diskutieren. Das steht mir nicht zu. Dies ist Sache des Heiligen Vaters.«

»Bravo«, sagte Pater Gregorius. »Sie verstehen Ihr Geschäft. So belassen wir es dabei, dass Sie bitte schnell handeln und ebenso schnell Ergebnisse liefern. Wir erwarten es.«

33

Mara schlug die Augen auf und erblickte über sich eine Stuckkante, die parallel an den Wänden verlief und in der sich Staubfäden gefangen hatten. Ein Stück weiter rechts von ihr hing ein Kronleuchter.

Sie hob den Kopf und sah durch ein Fenster die verschachtelte Masse der Dächer Wiens unter einem weißblauen Himmel.

Nebenan knarrte das Parkett. Jetzt fiel Mara auch leise Musik auf, die von irgendwoher aus der weitläufigen Wohnung kam. Dazwischen vernahm sie eine monotone Männerstimme. Es war ein Radio.

Sie stand auf. Sie trug nur T-Shirt und Slip und zögerte, die Tür zu öffnen, weil sie dachte, Georg Wessely sei vielleicht draußen. Eigentlich war es ihr egal, wenn sie jemand so leicht bekleidet sah, aber bei einem Geistlichen …

Sie drückte die Türklinke hinunter und gelangte auf einen Flur, von dem einzelne hohe Türen abgingen. An den Wänden zogen sich niedrige Regale hin – mit einem bunten Muster an Buchrücken. Wahrscheinlich hatte Jakob hier Teile aus seinen Antiquariatsbeständen gelagert.

»Ah, da ist jemand auf.«

Jakob blickte weiter hinten um die Ecke. »Das Bad ist gleich hier.« Er deutete auf eine der Türen. »Es ist alles da. Auch eine neue Zahnbürste. Magst du einen Kaffee?«

Sie zog sich in das Bad zurück. Sie dachte an den gestrigen Abend. Kurz nachdem Wessely gegangen war, hatte Mara aufbrechen und in ein Hotel gehen wollen. Jakob hatte ihr erklärt, dass seine Wohnung groß genug sei und ein Hotel außerdem große Gefahren barg. Es war möglich, dass sie jemand erkannte und ihr Aufenthaltsort auf irgendwelchen Wegen an Deborah gelangte.

»Aber ich kann doch nicht hier bei dir wohnen«, hatte Mara geantwortet, und das war der Einstieg ins Du gewesen – und das ohne besondere Überwindung, denn Jakob war ungefähr im gleichen Alter wie Mara.

Sie waren nach oben gegangen. Er hatte in der Küche den Tisch gedeckt und Brot, Käse und Schinken serviert. Und Rotwein. Mara hatte erst in diesem Moment gespürt, wie hungrig sie eigentlich war.

Im Bad lagen Handtücher bereit. Sie zog sich aus und genoss die Dusche.

Woher wusste sie, dass sie den beiden vertrauen konnte?

Sie glaubte, die Antwort zu kennen, und doch war sie nicht ganz sicher, ob sie sich nur etwas einredete.

Die Welt von John und Deborah, die Welt von Johns Bruder und diesem Typen aus Potsdam: Das war die Welt der Industrie, die Welt des Geldes, die Welt der kalten Berechnung.

Die Welt von Jakob und Wessely dagegen war die Welt der Hingabe und der Passion. Die Welt der Faszination durch die Musik. Auch wenn sich Mara in ihrem Leben bisher selten in Antiquariaten aufgehalten hatte, auch wenn sie wenig bis gar nichts mit der Kirche am Hut hatte, so spürte sie doch deutlich, dass das hier auch ihre Welt war.

Als Mara die Küche betrat, flutete Sonnenlicht in den Raum.

»Ah, ich wollte gerade klopfen und fragen, wo du bleibst«, sagte Jakob.

Sie setzte sich an den großen Tisch, dessen Fläche allerdings von Zeitungen, Büchern und Aktenordnern bedeckt war. Die Bücher waren in Leinen gebunden und verströmten einen muffigen Geruch. Mara las die Autorennamen: Pearl S. Buck, Simmel, Konsalik.

Mara kam das bekannt vor. Ihre sogenannten Eltern hatten solche Bücher im Regal gehabt. Sie hatte jedoch niemals erlebt, dass jemand darin gelesen hätte.

»Sind die für das Antiquariat?«

Jakob stellte Mara einen Henkelbecher mit Kaffee hin. Sahne und Zucker standen schon bereit.

»Für die kriege ich nichts. Das sind Buchklubausgaben. Die kannst du nicht mal auf einem Flohmarkt verkaufen.«

»Warum sind sie dann hier?«

Er setzte sich zu ihr. »Mein Onkel, von dem ich das Antiquariat geerbt habe, war ein solcher Büchernarr, dass er alles angenommen hat, was die Leute anschleppten. Jeden Tag kam jemand, der seine Bücher nicht zum Altpapier geben konnte oder wollte und sie daließ. Er hortete alles, bis ihm der Platz ausging. Mit ernsthafter Antiquariatsarbeit hat das nichts zu tun.«

Sie rührte in ihrem Kaffee. »Aber es ist romantisch. So ein ganzer Laden voller Bücher, die andere Leute schon gelesen haben, die sie vielleicht vererbt haben, die sie geliebt haben …«

»Man muss auch Geschäfte machen. Vieles läuft ohnehin nicht über das Ladenlokal. Das meiste wird von Leuten im Internet bestellt, und ich verschicke es dann.«

Irgendetwas in ihr wünschte sich plötzlich, sich voll und ganz mit Jakob zu verstehen. Mehr über seine Welt zu erfahren. In Harmonie mit ihm zu sein. Der Gedanke streifte sie, so etwas vergangene Nacht im Traum oder in einem halb wachen Moment gedacht oder sich vorgestellt zu haben.

»Wir werden uns heute etwas überlegen müssen.« Jakob war aufgestanden und schob ihr einen Teller, ein Glas Marmelade, Butter und eine Tüte hin.

»Brötchen?«, fragte Mara und deutete auf die Tüte.

»Bei uns heißt das Semmeln.« Er lächelte.

»Was müssen wir uns überlegen?«

»Jetzt, da du hier bist und es ganz klar ist, dass Deborah Fleur die Violine hat, brauchen wir eine Strategie.«

Sie griff zu und schnitt ein Brötchen auf.

»Georg wird eine Idee haben, hoffe ich. Ach übrigens, ehe ich es vergesse …« Er legte ihr ein paar Geldscheine hin. »Du hast doch alles verloren, als du geflohen bist.«

»Aber …« Mara wollte widersprechen. Sie wollte das Geld nicht annehmen. Doch ihr wurde klar, dass sie keine andere Chance hatte. Sie besaß nichts mehr. »Danke«, sagte sie.

Eine Klingel ertönte.

Die Wohnung lag im Stockwerk über dem Laden, und man erreichte sie über ein breites Treppenhaus, das sie am Abend zuvor heraufgekommen waren. Erst jetzt kam Mara auf die Idee, auf die Uhr zu schauen. Es war kurz nach halb neun. Wohl noch zu früh, um den Laden zu öffnen.

Sie hörte Jakobs Schritte draußen auf dem Flur. Dann kam er wieder in die Wohnung und sagte etwas Unverständliches. Unten gab es ein metallisches Geräusch, als die Tür aufgestoßen wurde. Dann kam jemand herauf.

»Es ist Georg«, sagte Jakob, der wieder in der Küchentür stand.

Kurz darauf betrat Wessely den Raum. Wie am Abend zuvor war er im dunklen Anzug mit Kragenspiegel. Jakob bot ihm nichts an, noch nicht einmal einen Kaffee. Das geschah sicher nicht aus Unhöflichkeit, sondern weil die beiden sich kannten.

Wessely muss ein asketischer Mensch sein, überlegte Mara.

»Guten Morgen«, sagte der Geistliche.

»Warum kommen Sie nicht herein und setzen sich?«, fragte Mara und biss in ein Brötchen.

»Er steht lieber«, antwortete Jakob für ihn.

Wessely nickte. »Ganz recht. Das viele Sitzen ist ungesund. Ich muss meinem Körper die Zeit zum Stehen geben, die ich ihm all die Jahre vorenthalten habe.«

Mara spürte plötzlich eine seltsame Leere. Man hatte sie hier aufgenommen, aber man verlangte nichts von ihr. Man stellte ab und zu ein paar Fragen. Man identifizierte sie mit Orpheus – o ja, dieser Gedanke war ihr ganz entfallen. Diese Leute dachten tatsächlich, dass sie die Wiedergeburt von Orpheus war. Orpheus, der Religionsgründer, der an Wiedergeburt geglaubt hatte. Wie die Menschen in Asien und Indien. Hatte das nicht alles etwas mit Karma zu tun? Damit, wie man sein Leben gelebt hatte, ob man sich gerecht verhalten hatte? Wenn man sich etwas zuschulden kommen ließ, gab das Minuspunkte auf dem Karma, wenn man etwas gut machte, Pluspunkte. Wenn man zu viele Minuspunkte hatte, wurde man im nächsten Leben ein Regenwurm, wenn man viele Pluspunkte hatte, ein König. Oder zumindest jemand, der sein Glück in vollen Zügen genießen konnte. Was bei Königen ja nicht unbedingt immer der Fall war.

Da gab es noch eine Sache, die unklar war. Eine Frage, die sie beschäftigte und die sie beantwortet haben musste. Obwohl, vielleicht kannte sie die Lösung, und vielleicht war es gar nicht so gut, davon zu erzählen.

»Kann ich etwas fragen?«

»Sicher«, sagte Jakob.

Wessely sagte nichts, nickte aber.

»Verschiedene Leute sind hinter der Schwarzen Violine her, um ihr Geheimnis und das Geheimnis dieser Sekte zu erforschen«, sagte sie. »Die Statuten oder Regeln dieser Sekte sagen, dass Orpheus wiedergeboren wird, und es gibt wohl Leute, die tatsächlich glauben, dass ich, weil ich die Violine habe …«

»Sprechen Sie nicht weiter«, unterbrach sie Wessely. »Sie können das nicht wissen. Und der oder die Betreffende kann es nicht selbst entscheiden.«

»Aber es ist doch nur, weil ich die Violine …«

»Sie wissen nicht, woher Sie sie haben. Es kann sein, dass jemand Ihre Rolle forcieren wollte. Sie ihnen auferlegen wollte, verstehen Sie? Wer die Rolle einnehmen will, muss sich nach den Regeln der Sekte bewähren. Es reicht nicht, die Violine zu besitzen. Sprechen Sie also erst darüber, wenn Sie die Rituale absolviert haben.«

Rituale ... Dieser Gedanke war Mara noch gar nicht gekommen ... Es war aber auch verworren. Andererseits war es sonnenklar. Sie suchten diesen Ort in Italien, wo sich die Sekte gegründet hatte und wo sich auch die Geheimnisse der Orphischen Melodien befanden – wahrscheinlich sogar die Melodien selbst. Und dort hatten die Komponisten und Musiker, die zu der Sekte gehörten, das Ritual absolviert. Ein Aufnahmeritual. Und wahrscheinlich auch ein Ritual, wenn man zum Oberhaupt der Sekte, zum neuen Orpheus ernannt – oder besser: als solcher *erkannt* – wurde. Und diesem Ritual konnte man sich heute immer noch unterziehen. Wenn man erst einmal diesen Ort gefunden hatte.

»Es geht mir um etwas anderes«, sagte Mara. »Sie und Deborah wetteifern darum, die Geheimnisse zu lüften. Aber wäre es nicht möglich, dass es noch mehr Parteien gibt, die hinter der Sache her sind?«

»Das wissen wir nicht, Mara«, sagte Jakob. »Aber es könnte sein, ja.«

»Wie kommen Sie darauf?«, fragte Wessely.

Mara versuchte, sich zu konzentrieren. Aus der Erinnerung kam ihr das Erlebnis an Johns Unfallstelle sehr eigentümlich vor. Wie ein schlechter Traum, aber nicht wie ein reales Ereignis.

»Ich hatte eine eigenartige Begegnung, als ich mich an der Stelle umgesehen habe, wo Gritti umgekommen ist«, sagte sie. »Ich dachte erst, es sei ein Landstreicher oder ein Verrückter.« Sie konzentrierte sich und schilderte, wie sie jemanden an dem alten Haus gesehen hatte, der schließlich in den Keller floh.

»Er hatte wohl Angst vor dir«, mutmaßte Jakob. »Vielleicht ein Jugendlicher, der eine ruhige Stelle zum Drogenkonsum suchte ...«

»Nein, es geht ja noch weiter … Er hat seltsame Dinge gesagt. Sie passen genau zu der Sektengeschichte. Er sagte, ich sei nicht Mara, sondern jemand anderes. Und ich sollte mich meinem Schicksal stellen. Ich solle eine Reise in die Vergangenheit unternehmen. Mir kam das wirr vor, aber jetzt, wo ihr mir das alles erklärt habt, ergibt es Sinn. Ich verstehe nur nicht, wie er wissen konnte, dass er mich an dieser Stelle treffen würde. Ich hatte mich selbst erst kurz davor entschieden, dort hinzufahren. Es kam mir vor, als hätte er mich die ganze Zeit beobachtet.«

»Einen Moment«, sagte Wessely. »Sie haben mit ihm gesprochen. Das heißt, Sie standen ihm von Angesicht zu Angesicht gegenüber. Wie sah er denn aus?«

»Das weiß ich nicht. Ich war hinter das Haus gelaufen. Da ging es in einen Keller. Darin hatte er sich versteckt. Er sprach aus dem Dunkel zu mir, aber ich konnte ihn nicht sehen.«

»Und es war sicher nicht Quint?«, fragte Jakob.

»Auf keinen Fall. Schon deshalb nicht, weil er keinen amerikanischen Akzent hatte. Eher einen süddeutschen oder sogar österreichischen.«

»Würden Sie die Stimme denn wiedererkennen?«

»Er sprach ganz leise. Und es klang dumpf aus diesem Raum hervor. Ich hatte auch Angst. Ich konnte ja mit dem, was er da sagte, nichts anfangen – von Vergangenheit und irgendwelchen Alten Seelen und davon, dass ich nicht Mara sei, sondern jemand anderes …«

»Alte Seelen?«, fragte Wessely. »Er hat etwas von Alten Seelen gesagt?«

»Was bedeutet das?«, fragte Mara.

Jakob hob die Schultern. »Vielleicht gar nichts. Vielleicht sehr viel. Ich weiß nur eins. Wir müssen alles daransetzen, die Violine zurückzubekommen. Sie ist der Schlüssel zu allem. Wenn man sie besitzt und richtig anzuwenden weiß, braucht man keinen anderen Hinweis mehr.«

»Wissen wir denn, wie sie angewendet wird?«, fragte Mara. »Ich meine, wenn wir sie hätten?«

»Noch nicht«, sagte Jakob.

»Ich habe einige Erkenntnisse dazu«, wandte Wessely ein.

Jakob runzelte die Stirn. »Das hast du mir aber nicht gesagt.«

»Ich kann nicht alles ausbreiten, was ich weiß«, sagte der Geistliche. »Aber darum geht es ja jetzt auch nicht. Wir brauchen eine Strategie, um die Violine zurückzubekommen. Einen Plan. Deborah Fleur muss glauben, dass sie von uns etwas bekommen kann, was sie unbedingt braucht.« Er rieb seine Handflächen aneinander und blickte zu Boden. »Wir haben nur eine Chance. Nämlich ihr einen Handel anzubieten. Gehen wir doch einmal davon aus, sie weiß nicht, welche Bedeutung die Violine wirklich hat. Ich meine, vielleicht glaubt sie ja, das Instrument sei einfach nur eine Art Auszeichnung der Sekte. Ein Relikt. Nicht mehr. Keine versteckte Landkarte zu dem Ort, um den es geht.«

»So dumm wird sie nicht sein«, sagte Jakob.

»Es ist nur eine Idee. Also, nehmen wir an, wir könnten sie davon überzeugen, dass die Violine einfach nur eine Violine ist, wenn auch eine sehr wertvolle ... Und wir erklären ihr, dass es uns nur um das Instrument geht und um nichts anderes ... Dass wir an die Sache mit der Sekte gar nicht glauben. Dass wir das alles als Unfug abtun. Und dass wir ihr unsere Forschungsunterlagen im Tausch mit der Geige anbieten.«

Jakob schüttelte den Kopf. »Was ist das denn für eine Konstruktion? Darauf lässt sie sich nie im Leben ein. Erstens weiß sie, dass die Geige zu dem Ort führt. Sie hat das alles selbst für Gritti erforscht. Es ist sogar wahrscheinlich, dass sie viel mehr darüber weiß als wir und die Lage des Orts längst eruiert hat. Es gehört nicht viel Pech von unserer Seite dazu, dass sie sogar schon dorthin unterwegs ist. Außerdem würde sie sich auf den

Deal nie einlassen, weil sie ja alles haben will, was damit zu tun hat. Sie würde gerade auf die Geige nicht verzichten. Sie braucht uns nicht. Also wird sie es nicht machen.«

»Wie gesagt: Es ist nur eine Idee.« Wessely wirkte hilflos. »Lass uns doch einfach mal ins Unreine nachdenken, mein Gott. Und wenn sie jetzt schon dorthin unterwegs ist, dann haben wir ohnehin verloren.«

»Weiß man denn wenigstens ansatzweise, wo sich der Ort befinden soll?«, fragte Mara.

»Die Zentren der Musik in der Barockzeit«, sagte Wessely, »lagen vor allem in Rom und in der Umgebung von Florenz. Wir gehen daher davon aus, dass es den besagten Ort irgendwo dort geben muss. Aber wir sind natürlich völlig ahnungslos, welche Art von Ort das sein könnte. Vielleicht ein bestimmtes Haus. Die Villa eines reichen Mäzens. Es könnte ein Garten sein. Ein Park. Wir wissen noch nicht mal, ob der Ort noch existiert. Wir haben Unterlagen über die Sekte zusammengetragen, die bis ins 19. Jahrhundert reichen. Wir glauben, dass sogar einer der größten Geiger dieser Zeit, Niccoló Paganini, noch mit den Orphikern zu tun hatte.«

»*Der* Paganini?«, fragte Mara. »Der mit den schweren Geigenstücken?«

»Allerdings der«, sagte Wessely. »Er hat ein seltsames Leben geführt. Einige Jahre in seiner Biografie sind wie schwarze Löcher. Man weiß nicht, was er in dieser Zeit gemacht hat. Früher glaubten die Leute, er habe sich mit dem Teufel verbündet, mit ihm einen Pakt geschlossen und von ihm die Geheimnisse des Geigenspiels gelernt.«

»Das ist aber doch Aberglaube«, rief Mara aus.

»Immerhin glaubten die Menschen so sehr daran, dass man Paganini, als er gestorben war, ein christliches Begräbnis verweigerte. Seine Leiche wurde jahrelang auf der unbewohnten Insel Saint-Féréol versteckt, bevor man zuließ, sie schließlich zu beerdigen.«

»Und diese Geschichte ist wirklich wahr?« Mara hatte schon Bilder von Paganini gesehen. Der dürre, schwarzhaarige Musiker mit den langen Spinnenfingern wirkte tatsächlich ein bisschen seltsam … Und seine Werke waren fast unspielbar, so schwer waren sie.

»Ja, sie ist wahr«, sagte Wessely. »Wir haben sogar vermutet, dass sich der Versammlungsplatz der Orpheus-Sekte auf der Insel befinden könnte, aber das war eine falsche Fährte. Und die Gründer der Sekte lebten ja viel früher als Paganini. Sie haben damit nichts zu tun. Aber wir schweifen ab. Wir brauchen eine Idee. Oder wir geben auf.«

»Oder wir untersuchen noch einmal genau, was wir haben«, wandte Jakob ein.

»Das haben wir schon x-mal gemacht.«

»Wir könnten die Unterlagen besorgen, die sich auf Johns Computer befinden«, wandte Mara ein. »Ich könnte mit einem Vorwand noch einmal in die Wohnung in dem Kranhaus gelangen … Und dann hätten wir immerhin genau dieselben Informationen wie Deborah – und sogar noch mehr. Ich hatte dort alles kopiert und dann auf meinen Laptop gespeichert. Aber den musste ich ja zurücklassen.«

»Macht nichts«, sagte Jakob und lächelte. »Diese Informationen haben wir schon. Du denkst vielleicht, ich sei ein altmodischer Antiquar. Aber das täuscht. Komm mal mit.« Er stand auf. »Komm auch mit, Georg. Vielleicht kommen wir so auf eine Idee.«

Sie gingen in einen Raum am anderen Ende des Flurs – genau auf der gegenüberliegenden Seite des Zimmers, in dem Mara übernachtet hatte. Erst jetzt erkannte sie, wie groß die Wohnung war.

Als sie das Zimmer betrat, hatte sie das Gefühl, eine andere Welt zu betreten. Hier gab es kaum Bücher. Dafür moderne glatte Tische mit Kunststoffoberflächen. Darauf mehrere sehr große Flachbildschirme. Dazu schwarze Kästen mit blinkenden Leuchtdioden. Ein silberner Laptop. In der Ecke stapelten sich Elektronikteile zu einem Turm. Das musste ein Server sein.

»Vor meiner Zeit als Antiquar hatte ich eine kleine Hackerkarriere«, sagte Jakob. »Das ist meine eigentliche Passion.«

»Das heißt, ihr seid in Johns Computer eingedrungen und habt die Daten geklaut?«

»Das heißt es«, sagte Wessely, der ihnen gefolgt war und im Türrahmen stand. »Aber ich finde, wir sollten uns damit nicht aufhalten. Es hat keinen Sinn, durch die Analyse des Materials nach dem Ort zu suchen, um den es geht. Wir haben … oder vielmehr Jakob hat alles versucht.«

Jakob nickte. »Wir haben alles, was wir in Archiven über die Sekte gefunden haben, im Computer verarbeitet. Es gibt nirgends einen Hinweis. Keine Beschreibung. Keine Karte oder etwas Ähnliches. Wir haben sogar nach Geheimschriften gesucht, nach Chiffren in scheinbar normalen Texten. Ohne Ergebnis.«

»Wir müssen uns an das einfachste Prinzip halten«, sagte Wessely. »Wir müssen uns überlegen, was Deborah Fleur am meisten braucht, und das müssen wir ihr in Aussicht stellen.«

Stille entstand. Alle dachten nach. Im Hintergrund war nur das leise Brummen der Computeranlage zu hören.

»Ich weiß, was sie will«, sagte Mara schließlich.

Die beiden Männer blickten auf.

»Sie will mich.«

»Aber sie hat versucht, dich umzubringen«, sagte Jakob.

»Aber sind wir nicht selbst dahintergekommen, dass das nur ein Test war? Wenn jemand zu wissen glaubt, wer der nächste Orpheus ist, dann sie. Sie ist davon überzeugt. Weil ich es mit meiner Musik geschafft habe, Quint zu entkommen. Und weil sie mit dem neuen Orpheus ein Geschäft machen will. Sie braucht mich.«

»Du willst sie also treffen? Ihr erklären, dass du auf ihr Angebot eingehst? Und wenn du die Geige hast, haust du ab? Zu uns?«

»Das wäre viel zu gefährlich«, sagte Wessely. »Wer weiß, ob sie sich nicht noch eine Prüfung ausgedacht hat.«

Jakob nickte. »Das stimmt, Mara. Du kannst nicht einfach zu ihr spazieren und ihr sagen, du hättest es dir anders überlegt. Sicher weiß sie, dass du bei uns bist.«

Aber Mara sah auf einmal eine Chance, ihre Geige wiederzubekommen, und die wollte sie sich nicht entgehen lassen. »Sie weiß vielleicht, dass ich hier bin. Aber weiß sie auch, dass ich auf eurer Seite stehe?«

»Dafür braucht sie nur eins und eins zusammenzuzählen.«

»Dann muss es anders gehen. Sie muss glauben, ich wäre bei euch auf die Lösung gestoßen, wie man den Ort durch die Violine herausbekommt. Da ich unbedingt wieder auf der Geige spielen will, verrate ich ihr die Lösung des Rätsels im Tausch gegen das Instrument. Ich erkläre ihr, dass ich verstanden habe, dass sie mich nur testen wollte – und ich tue so, als würde ich ihr verzeihen. Ich biete ihr Zusammenarbeit an. Ich mache es wie sie: Ich gaukle ihr vor, welchen Erfolg wir haben werden. Welche Möglichkeiten sich eröffnen. Eine Geigerin, die die Orphischen Melodien spielt … eine echte Sensation.«

Mara hatte sich in Rage geredet. Und wieder trat Stille ein.

»Das könnte ein Plan werden«, sagte Jakob. »Was meinst du, Georg?«

»Es bleibt immer noch eine Schwierigkeit. Wir müssen mit Deborah Fleur in Kontakt treten. Wie machen wir das? Die Frau reist rund um die Welt, und niemand weiß genau, wo sie sich aufhält.«

»Das ist kein Problem«, sagte Mara. »Das kriege ich hin.« Sie deutete auf die Computer. »Das hier wird uns dabei helfen.«

34

Es war zum Verrücktwerden!

Die Violine lag auf dem Tisch. Nackt und bloß glänzte der Lack im Lampenlicht. Sie war ihrer schützenden Hülle, dem Kasten mit Futteral entledigt, wirkte aber keineswegs verletzlich oder zerbrechlich, sondern in all ihrer Schwärze wie ein dunkler Felsblock, der von einem anderen Planeten auf die Erde gefallen war.

Ein dummer Vergleich, dachte Deborah.

Diese Geige ist keine Außerirdische. Sie ist eine Zeitreisende. Sie hat Jahrhunderte überlebt, und früher wussten die Menschen, wie man sie zum Reden kriegt, aber jetzt schweigt sie, weil wir das Wissen darüber verloren haben, wie man sie behandeln muss, um das zu erfahren, das man erfahren will.

Deborah war noch einmal alle Unterlagen durchgegangen, die sie besaß, die sie für Gritti erforscht hatte. Es war sinnlos.

Sie stand auf, ging auf den Tisch zu und unterdrückte eine plötzlich aufflammende Aggression. Jetzt kam ihr die Geige vor wie eine Gefangene, aus der man ein Geständnis herauspressen will, die jedoch grinsend schweigt.

Eine Gefangene hätte man foltern können, man hätte die Informationen, die man brauchte, aus ihr herausquetschen können – aber das war mit der Geige nicht möglich.

Aber irgendetwas mussten sie doch unternehmen können!

Eigentlich konnte der Schlüssel doch nur auf die Weise funktionieren, wie eine Geige eben funktionierte. Man musste sie spielen.

Vielleicht in der Nähe des Versammlungsorts.

Und dann öffnete sich eine verborgene Tür – angeregt durch die Schwingungen der Musik. So wie der Spruch »Sesam öffne dich« im Märchen von Ali Baba und den vierzig Räubern.

Deborah glaubte nicht an Zauberei. Sie glaubte an Wissenschaft. Sie wusste, dass Musik wie jedes Geräusch nichts anderes war als durch die Luftmoleküle weitergegebene Energie. Und diese Energie konnte Dinge auslösen. Nicht nur emotionale Dinge wie in der Orpheus-Geschichte oder in der berühmten Sage von der Loreley, die auf dem Rheinfelsen saß und durch ihren Gesang die vorbeifahrenden Schiffer ablenkte und in den Abgrund zog. Es gab auch Geschichten, die sich tatsächlich mit der Wirkung von Schall auf die Materie beschäftigten.

Die Trompeten von Jericho. Musik brachte Stadtmauern zu Fall. Eine Geschichte aus der Bibel, eine Sage – natürlich. Aber es gab auch moderne Forschungen, die darauf hinarbeiteten, Schallwaffen zu entwickeln. Infraschall – angesiedelt unterhalb der Schwelle, die Menschen noch zu hören imstande waren – hatte trotz seiner scheinbaren Lautlosigkeit physische Effekte zur Folge. Vor allem, wenn der Schalldruck sehr hoch und der – trotzdem unhörbare Ton – sehr laut war. Deborah hatte Berichte gelesen, denen zufolge Testpersonen, die man dieser Schallquelle aussetzte, in Verzweiflung gerieten und sogar versuchten, sich das Leben zu nehmen.

Einen ähnlichen Effekt gab es seit Jahrhunderten in der Kirche: Orgeln besaßen Register mit tiefen, fast unhörbaren Tönen. Sobald die Musik einsetzte, verfielen die Gläubigen in eine für sie unerklärbare Beklemmung – ein Zustand, der sie empfänglicher für den Glauben machte, sich in unmittelbarer Gegenwart Gottes zu befinden.

Das alles konnte man mit Experimenten nachbilden, beweisen, auslösen.

Doch wie funktionierte diese verdammte Höllengeige?

Es klopfte. Quint kam herein. Schon sein Blick verriet, dass es doch nicht so gut gelaufen war. Er hatte zwar herausgefunden, dass Maras Name auf der Passagierliste eines Flugs nach Wien stand, aber das war es auch.

»Sie hat ja ihr Handy nicht mehr«, sagte er. »Und wenn sie keine Kreditkarte benutzt …«

Wie er sie ansah! Es fehlte nur noch, dass er sich die Lippen leckte.

Deborah war völlig klar, worauf seine Wünsche hinausliefen, und sie hatte keine Angst davor – obwohl sie sich ganz alleine mit ihm im Haus befand. Eigentlich genoss sie sogar die männliche Ausstrahlung, die er verströmte und die stärker zu werden schien, je herablassender und ablehnender sie ihm gegenüber wurde.

»Was machen wir jetzt?«, fragte er.

Sie bemerkte, dass er seinen Blick auf ihre Beine senkte. Ja, die weißen Nylons. Die schien er zu mögen. »Ich überlege noch«, erwiderte sie.

»Aber Sie brauchen mich weiterhin?« Aus seinem Blick sprach Hoffnung.

»Sicher. Mir wird was einfallen.«

Sie hatte keine Ahnung, was. Egal. Zeit, ihn rauszuschmeißen. Sollte er in seinem Zimmer von ihren Beinen träumen.

Er ging und zog die Tür hinter sich zu.

Wer Deborah betrachtete, wäre nie auf die Idee gekommen, dass sie in ihrem ganzen Leben bisher mit genau zwei Menschen Geschlechtsverkehr gehabt hatte.

Sie war diejenige, die sich ihre Partner aussuchte.

Und die beiden hatte sie bewusst gewählt, um einen Vorteil davon zu haben.

Der eine war der Professor gewesen, der die entscheidende Prüfung im Fach Musikwissenschaft an der kalifornischen Universität abnahm, wo Deborah studiert hatte. Sie hätte ohne Probleme ihr Studium geschafft, aber es ging ihr darum, die Bestnote zu erreichen. Und das zu schaffen war das Einfachste von der Welt. Sie hatte schon lange bemerkt, dass der knapp sechzigjährige Professor Charles W. Thomson, seines Zeichens einer der bedeutendsten amerikanischen Experten auf dem Gebiet der italienischen Barockmusik, ein Auge auf sie geworfen hatte. Dass er jedes Mal, wenn sie mit ihm alleine in seinem Büro gewesen war, zu schwitzen begann und sich mit einem Taschentuch die Glatze wischen musste.

Deborah hatte das Spiel eine Weile weitergetrieben, ihre Röcke immer kürzer werden lassen und den Professor ein wenig überprüft. Eine ziemlich hässliche Frau, zwei Kinder. Das war seine Familie.

Strategisch geschickt war sie nach und nach auf seine Avancen eingegangen – hatte es so eingerichtet, dass sie in der Mittagspause zusammen in der Mensa an einem Tisch gesehen wurden. Wobei sie natürlich nur den Lehrstoff und die Bibliografie der Examensarbeit besprachen.

Thomson konnte kaum an sich halten, wenn er sie sah. Immer wieder suchte er neue Gelegenheiten, sie in sein Büro zu zitieren, um dann offiziell Unwichtiges mit ihr zu besprechen – inoffiziell, um ihr auf die Beine und in den Ausschnitt zu starren.

Als er sie später dann einmal abends in sein Büro bestellte, um – wie er sagte – die Gliederung ihrer Abschlussarbeit noch einmal durchzugehen, war Deborah klar, was die Stunde geschlagen hatte.

Sie überlegte genau, was sie anzog. Zum Glück war der Abend mild, sodass ein kurzer Rock mit Sweatshirt geeignet war. Dazu flache Schuhe und Kniestrümpfe. Sie glaubte mitbekommen zu haben, dass Thomson auf den Schulmädchentyp stand.

Nach einer halben Stunde war alles vorbei.

Bald darauf nahm Deborah bei der feierlichen Urkundenverleihung ihr Abschlusszeugnis entgegen. Das Ergebnis war das erwünschte.

Vier Monate später war Deborah in der Schlussrunde für ein Forschungsstipendium in Paris. Außer ihr gab es noch zwei andere Kandidaten: einen schmächtigen Deutschen, der mit seinen siebenundzwanzig Jahren immer noch so aussah, als sei er gerade sechzehn geworden, und eine mausgraue, unansehnliche Amerikanerin, die wahrscheinlich in ihrem ganzen Leben nichts anderes als fensterlose Archivräume und Bibliotheken gesehen hatte.

Diesmal lag der Fall anders: Über die Vergabe entschied eine Frau. Eine herbe Dunkelhaarige mit Kurzhaarfrisur, die einen Tick für Cargohosen besaß. Wenn man sie von Weitem sah, hatte man den Eindruck, es mit einem Soldaten zu tun zu haben.

Deborah war klar, dass sie diesmal diejenige war, die Einsatz zeigen musste. Dabei reagierte Yvonne Claudet, wie die Leiterin des Forschungsprogramms hieß, zuerst wie ein Mann: Blicke auf Deborahs Beine und in den Ausschnitt, dann die obligatorischen Einladungen. Offenbar machte Deborah ihre Sache gut, denn sie bekam den Job.

Sie klappte ihren Laptop auf. Ein paar Dateien mit Informationen über die Orphiker und die Violine waren noch geöffnet. Deborah seufzte, als sie sie schloss.

Routinemäßig klickte sie auf ihr Mailprogramm. Sehr schnell wuchs der Balken, der den Ladevorgang der eingegangenen Nachrichten anzeigte.

Es waren nicht viele. Ein bisschen Spam. Einige Antworten von Internet-Suchaufträgen, die Deborah eingerichtet hatte.

Und …

Sie stutzte.

Eine Nachricht aus Twinworld.

Von Mara.

35

Jakob bewegte dic Maus neben der Tastatur, und der große Bildschirm wurde hell.

»Twinworld?«, fragte er. »Du hast Deborah in dieser virtuellen Welt getroffen?«

»Am Anfang haben wir uns natürlich normale Mails geschrieben, aber dann habe ich erwähnt, dass ich mich ab und zu in Twinworld herumtreibe, und sie hat vorgeschlagen, sich dort zu treffen.«

Jakob tippte etwas.

»Ist das nicht ein bisschen kindisch?«

»Mag sein«, sagte Mara. »Aber irgendwie habe ich das Gefühl gehabt, ich kann in Twinworld ich selbst sein. Als ich noch bei meinen sogenannten Eltern wohnte, war es so eine Art virtuelles Rückzugsgebiet. Eine Weile bin ich dann gar nicht mehr dort gewesen. Als die Zusammenarbeit mit Gritti losging, habe ich wieder damit angefangen.«

»Du meinst, weil dich dort keiner kennt, während dich die Leute auf der Straße ansprechen, weil sie dich auf den Plakaten gesehen haben?«

»Was ist Twinworld?«, fragte Wessely, der immer noch wie eine schwarze Statue an der Tür stand. »Ich dachte, wir nehmen mit Deborah Fleur über E-Mail Kontakt auf?«

»Willst du es ihm erklären, oder soll ich es tun?«, fragte Jakob, der nun auf einen großen Button mit dem Wort »Download« klickte. Ein weiteres Fenster öffnete sich, und ein blauer Balken begann von links nach rechts zu wachsen, während darüber eine Zahl nach oben schnellte. Jakob war dabei, die Twinworld-Software zu installieren.

»Es ist eine virtuelle, künstliche Welt, die nur im Netz existiert«, sagte Mara. »Eine Art Parallelwelt. Jeder, der sich anmeldet, die Software installiert und den Planeten betritt, ist dort als künstliches Wesen unterwegs. Als Avatar.«

»Und warum tut man das?«, fragte Wessely. »Wäre es nicht einfacher, direkt über Mail oder im Chat in Kontakt zu treten?«

»Man kann alle möglichen Gestalten annehmen«, sagte Jakob. »Es ist sozusagen ein Rollenspiel. Manche gehen als Ritter, manche als Prinzessinnen, andere nehmen die Gestalt eines Tiers an oder einer anderen Fantasiefigur. Die Ausstattung, mit der man seinen Avatar verändern kann, findet man in der Welt selbst vor. Twinworld ist aber gleichzeitig viel mehr als das. Diese Welt wird von ihren Bewohnern selbst gebaut und weiterentwickelt. Man kann einzelne Abschnitte kaufen oder mieten und sie nach eigenen Vorstellungen gestalten. Man kann sogar innerhalb der Welt Dinge programmieren und sie so beherrschen. Es ist eine Welt innerhalb des Internets.«

»Seltsam, was die modernen Zeiten so hervorbringen«, sagte Wessely.

»Mag sein. Aber es stecken auch großartige Möglichkeiten darin ... So, fertig.« Jakob schob Mara das kabellose Keyboard hin. Sie nahm die Maus, startete das Programm und wurde aufgefordert, ihren Namen und ihr Passwort einzugeben. Sie tippte.

»Tamara?«, fragte Wessely, der näher gekommen war. »Warum nennen Sie sich so? Wäre es nicht besser gewesen, Sie hätten sich einen ganz anderen Namen gegeben?«

»Am Anfang war das auch so. Aber als Deborah herausgefunden hat, dass meine Mutter Tamara hieß, habe ich beschlossen, mich in Twinworld so zu nennen. Meine Violine nenne ich auch so.«

Mara wollte auf »OK« klicken, um sich einzuloggen, doch da hielt Jakob ihre Hand fest.

»Moment«, sagte er. »Habe ich das richtig verstanden? Deborah hat etwas über deine Familie erforscht?«

»Ja, sicher. Das habe ich doch gesagt, oder nicht?«

»Nein, das haben Sie nicht«, sagte Wessely, der nun hinter Mara stand. Von hier aus konnte er genau beobachten, was auf dem Bildschirm vor sich gehen würde. »Wir haben gedacht, Sie hätten Deborah Fleur über Gritti kennengelernt. Weil sie für ihn arbeitete.«

»Nein, im Gegenteil. Dass sie etwas mit Gritti zu tun hatte, wurde mir erst viel später klar. Aber ist das denn so wichtig?«

»Ist es«, sagte Jakob. »Erzähl es uns. Was hat sie über deine Familie in Erfahrung bringen können?«

»Keine Angst«, sagte Mara. »Sie hat nicht den Beweis erbracht, dass ich in direkter Linie von Orpheus abstamme.« Es sollte ein Witz sein, doch Jakobs und Wesselys Mienen blieben ernst.

»Sie hat den Namen meiner Mutter herausgefunden. Und wo ihr Grab liegt.«

»Und über Ihren Vater?«, fragte Wessely.

»Nichts. Aber das ist doch schon mal was. Die Frage, woher meine Familie stammt, beschäftigt mich schon lange. Es ist nicht so einfach, als Adoptivkind aufzuwachsen ... Vor allem, wenn man sich mit seinen Pflegeeltern nicht versteht.« Sie unterbrach sich und blickte in die Gesichter von Jakob und Wessely. Ihr war klar, was sie von ihr erwarteten. So erzählte sie ihnen haarklein, wie sie Deborah kennengelernt hatte.

»Sie hat sich in Ihr Vertrauen geschlichen«, sagte Wessely. »Sie hat Ihnen die Geschichte von dieser Tamara präsentiert, damit Sie ihr vertrauen. Damit sie irgendwann darauf bauen konnte, Sie auf ihrer Seite zu haben, wenn Sie sich von Gritti trennen will. Wenn die Forschungen, die sie betreibt, wirkliche Ergebnisse bringen.«

Mara versetzte das, was Wessely gesagt hatte, einen Stich. »Was soll das?«, rief sie. »Sicher hat sie versucht, mir einen

Gefallen zu tun. Aber muss es denn deswegen die Unwahrheit sein? Es kann doch trotzdem stimmen.«

Sie spürte einen heftigen Druck hinter den Augen, und ihr wurde klar, dass sie den Tränen nahe war. Die einzige Information über ihre Mutter sollte eine Lüge sein? Unmöglich! Sie hatte sich so lange daran geklammert, hatte sich ausgemalt, wie ihre Mutter – Tamara – ausgesehen haben mochte. Sie hatte in ihrem Bewusstsein nach Erinnerungen gesucht, sie hatte von ihr geträumt – nachts und in heftigen Tagträumen –, und sie hatte ihre Geige nach ihr benannt.

»Deborah ist eine Lügnerin«, sagte Wessely. »Eine Betrügerin, und sie ist sogar eine Mörderin. Warum hätte sie sich mit der Frage nach Ihrer Verwandtschaft so viel Mühe geben sollen?«

Mara sprang auf. Wessely war einen Schritt zurückgetreten, stand aber immer noch in seiner festen, unerschütterlichen Haltung da. Auf seinem Gesicht zeigte sich keine Regung. Mara blickte zu Jakob, der sich auf die Unterlippe biss.

»Warum machen Sie mir das kaputt?«, rief Mara. »Sie wissen das doch gar nicht. Sie wissen doch gar nichts.«

»Georg«, rief Jakob. »Das bringt uns nicht weiter.«

»Ich wollte nur, dass sie die Lage richtig einschätzt«, sagte der Geistliche. »Nicht mehr und nicht weniger. Und vielleicht ist unser Plan vor diesem Hintergrund doch nicht so gut, wie wir denken.«

»Wir bleiben jetzt dabei«, rief Jakob. »Es ändert sich nichts. Deborah braucht Mara. Nach wie vor. Wir kennen Deborah und sind vor ihr auf der Hut. Fertig. Mara, los, logg dich ein.«

Sie schüttelte die Verärgerung ab. Jakob hatte recht. Sie setzte sich wieder hin. In ihr vibrierte es.

Hinter sich hörte sie Wessely brummen: »Mir ist das alles zu hoch. Ich komme später zurück. Sagt mir, wenn ihr weitergekommen seid.«

Damit verließ er den Raum. Seine Schritte verloren sich auf dem Gang. Die Wohnungstür fiel ins Schloss.

Mara startete den Log-in-Vorgang. Während er lief und auf dem Monitor wieder ein länglicher Querbalken wuchs, versuchte sie, sich zu beruhigen. Jakob hatte sich neben sie gesetzt. Seine Nähe half ihr, wie sie verblüfft feststellte. »Ich weiß nicht, was in ihn gefahren ist«, sagte er.

»Wahrscheinlich stimmt ja, was er sagt.«

»Das finde ich nicht. Es ist doch klar, dass dir sehr viel daran liegt, etwas über deine Familie zu erfahren. Und solange das Gegenteil nicht bewiesen ist, braucht man Deborahs Informationen nicht anzuzweifeln. Er tut dir damit nur weh.«

Mara blickte auf, von dem mitfühlenden Gedanken überrascht. In ihrem Inneren löste sich etwas. Die Erinnerung an den Traum heute Nacht streifte sie wieder. Sie zog vorbei wie ein flüchtiger Duft.

»Bist du drin?«, fragte Jakob. »Ich meine, hast du dich eingeloggt?«

Sie riss sich von seinem Anblick los.

Auf dem Monitor befand sich Maras Avatar in einer Fantasielandschaft. Im Vordergrund leuchtete eine giftgrüne Wiese. Direkt daneben schlugen im leblosen Rhythmus der Programmierung glitzernde Wellen ans Ufer – gekrönt von Schaumkronen. Weiter hinten öffnete sich ein weißlich blauer Himmel.

Tamara, wie Maras Avatar hieß, sah ihrer realen Besitzerin weitläufig ähnlich. Er war schlank, hatte ein rundes Gesicht und schwarze Haare. Die Kleidung war ebenfalls dunkel. Am Handgelenk glitzerte ein silberner Armreif, der aber im Verhältnis etwas zu groß war und wie ein Fremdkörper wirkte. Über dem Kopf schwebte in Systemschrift der Name: Tamara.

Mara bewegte die Pfeiltasten und ließ den Avatar loslaufen. Die Haare bewegten sich. Er trippelte ein Stück über die Wiese. Dann tauchte ein einzelner Baum auf, um den Mara die Figur geschickt herumführte, dann ein kleines braunes Gebäude. Tamara lief direkt darauf zu. Die Pixel des Hauses verdichteten sich beim Näherkommen und nahmen die Textur von Holz an. Das Haus sollte eine Blockhütte sein.

Am oberen Rand des Fensters stand der Name des Gebiets, in dem sich der Avatar befand. Der Besitzer, offensichtlich ein Freund von Gebirgen, nannte es »High Alps.« Als Tamara die Holzhütte erreicht hatte, ließ Mara die Figur auf der Bank davor Platz nehmen und öffnete über einen Menüpunkt des Programms die Karte der Umgebung. Hier konnte man sehen, wie das Gelände auch außerhalb der direkten Sichtweite aussah und ob sich in unmittelbarer Nähe andere Avatare aufhielten. Sie wären auf der Übersicht als kleine Punkte erschienen. Doch es war niemand da. Das Land »High Alps«, ein winziger Bruchteil der gesamten »Twinworld«, war bis auf Tamara leer.

Mara überprüfte, wer von ihren Freunden online war. Niemand. Auch Deborah nicht, die in der virtuellen Welt ihren normalen Namen trug. Ihr Name auf der Liste war nicht unterlegt. Ein Doppelklick, und die Messagebox öffnete sich. Mara überlegte einen Augenblick und ließ die Finger über der Tastatur schweben.

»Sie ist nicht online«, sagte sie. »Aber ich kann ihr eine Nachricht schreiben, die sie dann als Mail erhält.«

»Okay, dann schreib. Bleib am besten kurz und bündig.«

Mara tippte.

Hallo, Deborah, ich habe mir noch mal alles überlegt. Bitte melde Dich über TW. Tamara/Mara.

Sie klickte auf »Senden«.

»Wir wissen nicht, wie lange es dauern wird«, sagte Jakob.

»Ich glaube nicht, dass sie der Typ ist, der lange ohne Internet bleibt. Es sei denn, sie hat schon herausgefunden, wie die Violine zu gebrauchen ist. Dann wird sie die Nachricht vielleicht ignorieren.«

»Sie wird immer noch ein Geschäft mit dir machen wollen. Und es hat keinen Sinn, die ganze Zeit auf den Bildschirm zu starren und darauf zu warten, ob sie sich meldet. Wir sollten etwas anderes machen.«

Mara lächelte ihn an. »So? Was denn?«

»Du könntest mich zum Beispiel runter ins Geschäft begleiten. Ich habe da ein bisschen zu arbeiten.«

»Du meinst, ich soll dir helfen?«

»Vielleicht. Oder zusehen.«

»Wobei?«

»Wie ich Buchtitel in den Computer eingebe.«

»Klingt aufregend.«

»Das kann spannender sein, als viele glauben.«

Sie wiegte den Kopf. »Möglich. Ich lasse mich gerne überraschen.«

»Macht es dir keinen Spaß, dich mit alten Büchern zu beschäftigen?«

»Klar.«

Jakob war schon aufgestanden.

Mara griff zur Maus und wollte das Programm von Twinworld schließen. In diesem Moment erschien eine gelbe Schrift in der rechten unteren Ecke des Fensters. Sie bestand aus drei Wörtern: *Deborah ist online.*

»Moment«, sagte Mara. »Das ist wirklich schnell gegangen.« Sie scheint auf mich gewartet zu haben, dachte sie. Wusste sie, dass ich mich melden würde? Und was soll ich ihr schreiben?

Bevor sie sich entschließen konnte, erneut die Freundesliste und eine neue Messagebox zu öffnen, erschien eine Nachricht von Deborah.

Freue mich. Es gab eine Menge Missverständnisse. Was hast Du Dir überlegt?

Jedes Mal, wenn Padre Antonio eine Messe las, verblasste die Erinnerung an die Ereignisse in der Höhle ein wenig mehr. Die wohltuende Kraft des Rituals tat ihren Dienst. Die liturgischen Texte, die Gebete, die Musik.

Gelegentlich wurde er noch davon aufgeschreckt, wenn ihm das Verschwinden von Tino Fasone zu Ohren kam. Ein paar Tage nach dem Erdbeben hatte es sogar eine Notiz in der Zeitung gegeben. Es wurde nichts darüber berichtet, dass der Junge zuletzt in seiner Kirche gewesen war. Der Autor des Berichts zitierte einen Polizeibeamten. Und der glaubte, dass Tinos Verschwinden mit dem Beben zusammenhing. Dass er unter irgendeinem eingestürzten Gebäude begraben worden war.

Jetzt saß der Padre in seinem Arbeitszimmer und berauschte sich wie so oft an den Originaltexten des Neuen Testaments. Er murmelte die Verszeilen mit, während sein rechter Zeigefinger die Textzeilen entlangwanderte. Doch das war nur eine Geste, die für Padre Antonio dazugehörte. Er kannte die Texte natürlich längst auswendig.

Gerade war er an der Stelle, an der Jesus im Johannesevangelium Lazarus vom Tod zurück ins Leben brachte, indem er sich vor das Grab stellte und rief: »Lazarus, komm heraus!« Woraufhin der Tote, noch in Totentücher gewickelt, seine Begräbnisstätte verließ.

Als der Padre am Ende des Kapitels angelangt war, blätterten seine Finger flink die Dünndruckseiten durch, und er sprang im Evangelium weiter nach hinten. Zu Jesu Kreuzigung.

Als der Heiland gestorben war, brachten ihn Maria und die anderen Frauen in sein Grab, aus dem er am dritten Tage verschwunden war. Wieder ein Beweis dafür, dass Jesus nicht nur Herrscher des Himmels, sondern auch der Herr des Totenreichs war. Padre Antonio kamen die Worte des christlichen Glaubensbekenntnisses in den Sinn:

… crucifixus, mortuus, et sepultus, descendit ad inferos: tertia die resurrexit a mortuis; ascendit ad caelos …

… gekreuzigt, gestorben und begraben, hinabgestiegen in das Reich des Todes, am dritten Tage auferstanden von den Toten, aufgefahren in den Himmel …

Der Padre ließ die Worte vor seinem inneren Ohr erscheinen und vorüberziehen wie eine langsame, feierliche Musik. Und als er am Ende angekommen war, kam wieder Leben in seine Finger, die erneut blätterten und die nächste Textstelle suchten. Jesus in der Wüste – vierzig Tage allein und voller körperlicher Entbehrungen, um den Geist zu ordnen und zu der großen Aufgabe zu finden, die auf ihn wartete. Und in diesen vierzig Tagen geschah es, dass der Heiland vom Satan versucht wurde, dass er dieser Versuchung widerstehen musste – und widerstand.

Der Padre atmete tief durch. Diese gedanklichen Sprünge durch die verschiedenen Bibelstellen liebte er. Diese freie Assoziation zwischen den Texten. Immer wieder spürte er auf, wie ein Motiv an der einen Stelle ein anderes an einer anderen vorwegnahm, wie es sich darauf bezog oder es fortführte. Und er war im Moment gedanklich nur im Neuen Testament unterwegs. Noch viel abgründiger waren die Anknüpfungspunkte, die von den Evangelien ins Alte Testament führten – hinein in die weit zurückliegenden Zeiten, in denen Moses am Berge Sinai die Zehn Gebote empfing oder in die Lebensgeschichten der Propheten, die in vielfältiger Weise das Erscheinen des Messias vorwegnahmen –, wonach der Padre dann wieder ins Neue Testament zurückkehrte.

Er hatte sich gerade so richtig in sein Bibelvergnügen hineingesteigert, da störte ihn etwas. Das Telefon klingelte.

Padre Antonio seufzte. Musste das sein?

Wie auch immer. Der magische Moment war ohnehin zerstört. Er sollte sich für seine Bibellektüre einen anderen Platz suchen. Einen, an dem er nicht zu erreichen war.

Er nahm den Hörer ab und meldete sich. Jemand, der nicht besonders gut italienisch konnte, sprach auf ihn ein.

»Entschuldigen Sie«, rief Padre Antonio dazwischen. »Ich verstehe nicht. Wer sind Sie?«

Der Mann murmelte etwas Unverständliches, das wie das deutsche Wort »Sessel« klang. Der Padre hörte zu. Langsam begriff er, dass der Anrufer ebenfalls ein Kirchenmann war. Und was er für »Sessel« gehalten hatte, war der Name, mit dem sich der Anrufer vorstellte.

»Ich arbeite für den Vatikan …«

Padre Antonio nahm unwillkürlich Haltung an. Der Vatikan war geografisch nicht weit entfernt, aber ansonsten eine ferne, andere Welt – so fern wie der Mond. Was konnte ein Vertreter dieser Welt des Papstes von ihm wollen?

»Und ich spreche wirklich mit Padre Antonio?«, fragte der Mann. »In San Martino?«

Endlich etwas Verständliches. »Ja, das ist richtig. Wie kann ich Ihnen helfen?«

Den Padre packte Nervosität. Wollte am Ende jemand vom Vatikan seine kleine Gemeinde besuchen? Bei dem Gedanken bekam er weiche Knie. Welche organisatorischen Aufgaben würde das nach sich ziehen? Wäre er ihnen gewachsen?

»Wir kennen uns«, sagte der Mann nun. »Vor etwa dreißig Jahren war ich bei Ihnen, um etwas Bestimmtes zu suchen. Sie hatten die Gemeinde, in der Sie arbeiten, gerade übernommen. Vielleicht können Sie sich erinnern.«

Vor dreißig Jahren … Dem Padre fiel nichts ein. »Worum ging es?«, fragte er deshalb. »Bitte sprechen Sie langsam, Signore …« Der Padre war versucht zu sagen, dass sein Gegenüber eine so schlechte Aussprache hatte, doch in letzter Sekunde wurde ihm klar, dass das sicher unhöflich war. So dachte er sich eine Lüge aus. »… ich höre nicht so gut, wissen Sie. Also bitte – was haben Sie gesucht?«

»Ich versuche es. Also, was ich gesucht habe …«

Der Padre lauschte, und ein Wort tauchte aus der Rede des Mannes auf wie ein Felsen, der sich urplötzlich aus dem weiten Meer erhebt.

»Orfeo.«

Mit einem Mal wurde die Erinnerung wach. Der Padre spürte kalten Schweiß auf der Stirn.

Orfeo.

Ja, da war ein junger Priester gewesen. Er hatte sehr viel zu der alten Geschichte erzählt. Eigenartig, dass da erst jemand aus dem deutschsprachigen Raum kommen musste. Und dass kaum jemand aus Italien davon wusste.

Und seltsam, dass der Mann gerade jetzt anrief, als …

Der Padre wollte den Gedanken verdrängen, wie er es sich angewöhnt hatte, aber er zwang sich, ihn festzuhalten. Es war wichtig.

Es war Vorsehung. Ein höherer Plan.

»Jemand wird kommen und den Ort suchen«, sagte der Mann nun. »Er wird ihn nicht finden, aber …«

»Nicht finden?«, rief der Padre. »Signore, der Ort ist … offen.«

»Offen? Man weiß, wo er sich befindet?«

»Wenn ihn jemand sucht, kann er ihn finden.«

Der Padre erklärte in langsamen Worten, was das Erdbeben bewirkt hatte. Natürlich verschwieg er die Sache mit Tino.

»Der Ort hat sich geöffnet wie die Pforte zur Unterwelt«, sagte der Mann mit dem deutschen Akzent, und Padre Antonio konnte spüren, dass ihn Fassungslosigkeit ergriffen hatte. »Gerade jetzt. Das kann kein Zufall sein.«

»Nein … Aber was wollen Sie von mir?«

»Sie wissen, welche heidnischen Rituale mit dem Ort zusammenhängen.«

»Ja, Signore, ich weiß es.«

»Wie ich schon sagte. Jemand wird kommen. Eine junge Frau. Sie wird danach suchen … Mein Gott, wenn man die Pforte doch nur wieder verschließen könnte.«

Ja, dachte der Padre. Wenn man das könnte. Wahrscheinlich war das sogar möglich. Mit einem neuen Erdbeben. Oder man musste zu anderen Mitteln greifen.

»Was soll ich nun tun?«

»Die Frau darf die Höhle nicht finden.«

»Wie kann ich das verhindern?«

»Das ist Ihre Sache. Betrachten Sie es als Ihre Pflicht.«

»Ich versuche es. Wie heißt die Frau?«

»Sie hat einen einfachen Namen, der sogar ein wenig italienisch klingt. Dabei ist sie Deutsche.«

»Und wie ist der Name?«

»Der Name ist Mara.«

36

In der Landschaft zwischen dem Blockhaus und dem See erschien ein Licht, das sich innerhalb von einer Sekunde zu einem Stern ausdehnte. Dann fiel das Strahlen in sich zusammen, und eine Figur erschien – nicht ganz so hell wie das virtuelle Feuer, das sie angekündigt hatte. Ihre Haut war von einem kalten, leicht bläulichen Weiß. Sie trug keine der Kleidung, wie man sie in Twinworld überall bekam. Der Avatar war nackt, besaß jedoch keine Geschlechtsteile. Die Scham zwischen den Beinen bestand nur aus einer glatten weißen Fläche. Ebenso die angedeuteten Brüste ohne Brustwarzen. Ein längliches Gesicht, eingerahmt von Haaren, die dasselbe kalte Weiß aufwiesen, allerdings in einer leicht ins Gelbliche gehenden Tönung, war Mara und Jakob zugewandt. Über dem Kopf der Figur schwebte der Name: Deb. Jetzt bewegte sie die Lippen, die nicht mehr als eine rötliche Spur auf dem Gesicht waren, und im Chat erschien Deborahs Nachricht.

Dass Du geflohen bist, zeigt mir, dass Du diejenige bist, für die ich Dich halte.

Jakob atmete deutlich hörbar aus. »Unglaublich«, sagte er. »Es war tatsächlich so, wie wir gedacht haben. Sie hat dich getestet.«

»Was soll ich schreiben?«, fragte Mara.

»Du darfst nicht zögern, sonst merkt sie, dass du lange nachdenkst. Begrüße sie erst mal. Und stell dich dumm. Sie darf nicht wissen, dass wir uns über ihre Pläne so viele Gedanken gemacht haben.«

Mara tippte.

Ich bin Mara. Wer soll ich sonst sein? Und Dein komischer Bodyguard hat versucht, mich umzubringen. Deborah, was soll das alles? Ich habe Angst. Gleichzeitig denke ich, dass nur Du es bist, die mich zur Musik zurückbringen kann.

»Brillant«, rief Jakob aus.

»Ich finde das unheimlich.« Sie nahm die Maus und zoomte näher an die künstliche Deborah heran. So nah, dass ihr weißes Gesicht fast den ganzen Monitor ausfüllte.

»Jetzt ist sie es, die nachdenkt«, sagte Mara.

Du brauchst keine Angst zu haben. Es war ein Test. Ich wollte wissen, ob Du meinem Helfer entkommst.

Ein Test? Wofür denn? Ich kann mich nicht erinnern, eine Ausbildung zur Nahkämpferin gemacht zu haben.

Darum geht es nicht. Es geht darum, dass Du Deine Bestimmung findest.

Und die finde ich, indem ich einem Killer entkomme?

Es gab wieder eine längere Pause. Offenbar fiel es Deborah schwer, ihren Auftrag zum Mord zu erklären.

Wir sollten uns noch einmal persönlich treffen.

»Darauf soll es hinauslaufen«, sagte Jakob.

Mara tippte.

Ich habe inzwischen mehr erfahren. Über mich und die Rolle der Violine.

Deborahs Reaktion kam sofort.

Tatsächlich?

»Jetzt müssen wir hoffen, dass sie mir das, was ich schreibe, auch glaubt«, sagte Mara. »Drück die Daumen.«

Deborah, ich werde auch hier, wo ich gerade bin, verfolgt. Es sind Leute hinter mir her ... Ich weiß nicht, wer sie sind. Stell Dir vor, sie haben mich gekidnappt und in einer Wohnung gefangen gehalten. Ich verstehe das nicht. Sie müssen die ganze Zeit hinter mir her gewesen sein. Seit ich Quint entkommen bin. Ich bin auch da, wo ich jetzt bin, nicht sicher. Ich werde nicht lange mit Dir chatten können.

»Zeitdruck aufbauen ist sicher gut«, meinte Jakob. »Aber ob sie dir abnimmt, dass du dich ganz ohne Hintergedanken in ihre Arme flüchtest – trotz des Mordversuchs?«

Da hatte er recht. Aber was sollte Mara tun?

Sie wartete ab, was Deborah schrieb.

Daran siehst Du, dass ich recht hatte. Du kannst davon ausgehen, dass es sich um die Leute handelt, über die wir gesprochen hatten.

»Sie wird nicht so dumm sein und nicht darüber nachdenken, dass ich eventuell mit meinen angeblichen Verfolgern zusammenarbeite«, sagte Mara. »Ich denke, ich muss mich wieder auf meine ursprüngliche Position zurückziehen.«

Deborah, mir ist völlig egal, wer diese Leute sind. Ich will nur nicht verfolgt werden. UND ICH WILL MEINE GEIGE ZURÜCK.

Die Antwort kam schnell.

Ich kann sie nur demjenigen geben, der bereit ist, mit mir das Geheimnis zu lösen.

ICH WILL SIE ZURÜCK.

Mara steigerte sich in die Emphase hinein. Es ging darum, die Verzweifelte zu spielen. So zu tun, als sei sie mit rationalen Argumenten gar nicht mehr erreichbar.

ICH TUE ALLES, WAS DU WILLST, ABER LASS MICH MEINE MUSIK MACHEN.

Alles?

Gibt es denn keine Möglichkeit? Du musst mich nicht umbringen. Ich werde die Geheimnisse nicht verraten …

Ich habe Dich nicht in den Wald bringen lassen, weil ich glaubte, dass Du etwas ausplauderst.

Es ist mir so was von egal. GIB MIR DIE GEIGE WIEDER.

Mara hatte sich in Rage geschrieben. Doch jetzt zögerte sie. Es kam der entscheidende Moment.

Ich kann Dir auch erzählen, was ich hier erfahren habe.

Eine Pause entstand. Unwillkürlich zoomte Mara wieder die helle künstliche Deborah-Figur heran. Der Avatar legte den Kopf ein wenig schief, hielt die Arme mal ganz eng am Körper, hob plötzlich die Hand, wie um sich eine Haarsträhne aus der Stirn zu streichen. Sogar die Brust hob und senkte sich im Rhythmus eines vorgetäuschten Atems. Mara wusste, dass all diese Animationen programmierte Schleifen waren – manchmal waren die Algorithmen so raffiniert, dass die einzelnen Elemente der Bewegungsabläufe Zufallsgeneratoren gehorchten. Doch wenn man so einen Avatar beobachtete, wollte er bei aller Raffinesse doch nicht ganz und gar realistisch wirken. Das Unterbewusstsein spürte, dass sich letztlich nur mechanische Abläufe wiederholten, die alles andere als lebendig waren. Sie wirkten umso mehr tot, je mehr sie vorgaben, Leben zu simulieren.

Was hast Du erfahren?

Die Leute, die mich gefangen gehalten haben, haben jede Menge Sachen in dieser Wohnung. Ein Archiv. Als ich versucht habe, mich daraus zu befreien, bin ich in diesen anderen Raum geraten, wo sie die Schriftstücke gelagert haben. Aber da waren nicht nur Schriftstücke. Auch Zeichnungen. Und Fotos. Ein Foto von mir. Eine Karte. Skizzenmaterial. Deborah, ich glaube, die wissen, wo sich der Ort befindet, den Du suchst.

Und Du bist aus der Wohnung entkommen?

Ja.

Und Du weißt, wo sie ist? Du kannst mich hinführen?

Warum?

Mara, dieses Material dort ist sehr wichtig für mich. Für mich und für UNS.

Aber Du brauchst dort nicht hinzugehen. Ich habe das Material bei mir.

Du hast was?

Nicht alles natürlich. Aber eine Menge. Karten, Skizzen, Fotos. Weißt Du, ich wollte doch etwas über meine Herkunft und all die Zusammenhänge erfahren. Sie haben ein Dossier über mich angelegt. Eine ganze Sammlung von Informationen. Deborah, ich glaube, die Geige stammt letztlich von ihnen. Sie müssen mich schon mein Leben lang beobachtet haben. Warum, weiß ich nicht. Aber sie haben das Material. Du hast die Geige. Nimm das Material. Gib mir die Geige zurück. Und lass mich in Ruhe. Oder hilf mir. Aber lass mich wieder Musik machen.

Bist Du jetzt in Sicherheit?

Vorerst. Das heißt, so genau weiß ich es nicht.

Und wo bist Du? Ich meine, in welcher Stadt?

»Soll ich es schreiben?«, fragte sie Jakob.

»Ich denke schon. Schreib es.«

Ich bin in Wien.

Warum gerade dort?

Ich habe Freunde hier, bei denen ich unterkommen kann. Das heißt, das dachte ich zumindest, aber sie sind nicht da. Außerdem war es der erste Flug, den ich kriegen konnte, als ich am Flughafen ankam. Das ist doch jetzt auch egal. Deborah, gib mir bitte die Geige.

Ich werde Dir einen Vorschlag machen. Du bekommst die Geige. Aber dafür musst Du mir alle Unterlagen besorgen, die es in der Wohnung gibt. Du weißt, wie viel mir daran liegt, das Geheimnis zu ergründen und die Musik zu finden, die in ihrer Geschichte verborgen ist.

»Jetzt haben wir sie«, sagte Jakob.

»Fast. Damit sie es auch wirklich glaubt, muss ich mich noch mal dumm stellen. Die Hilflose spielen.«

Aber wie soll ich das machen, Deborah? Ich bin gerade mal froh, Ihnen entronnen zu sein. Und selbst wenn es mir gelingt, noch einmal dort einzudringen, werde ich kaum all die Dokumente hinausschleppen können. Reicht Dir nicht das, was ich schon habe?

Denk Dir was aus. Du wirst es schon schaffen. Wenn Du Dir stets vor Augen hältst, dass es um Deine Violine geht. Gib vor, mit ihnen zusammenarbeiten zu wollen. Das ist doch ein Trick, der oft funktioniert.

Ich werde es versuchen.

Und ich werde Dir einen Vorschlag machen, wann und wo wir uns treffen können. Sei in genau zwanzig Minuten wieder hier.

Noch ehe Mara reagieren konnte, erstrahlte an der Stelle, wo der Avatar stand, ein Blitz. Er explodierte in hellem Weiß, und als er verschwunden war, hatte sich die Figur aufgelöst.

Mara öffnete die Freundesliste. Deborahs Name war nicht mehr hell unterlegt. Sie war offline gegangen.

Sie schloss das Programm. Jakob griff nach dem Telefon.

»Wen rufst du an?«, fragte sie.

»Georg. Wir müssen ihn informieren. Er sollte hier sein, wenn wir wieder Kontakt aufnehmen.«

»Moment«, rief Mara. »Wie gehen wir genau vor? Sie wird uns einen Treffpunkt nennen. Gut. Dort werde ich die Violine bekommen. Aber nur, wenn ich auch etwas anzubieten habe. Deborah denkt doch, ich sei im Besitz von Informationen. Sie glaubt sogar, ich wüsste, wo die Zentrale ihrer Gegner ist. All das müssen wir ihr nun vorgaukeln. Und das, wo sie schon so viel über die ganze Sache weiß.«

Sie schob die Tastatur zur Seite, legte die Hände auf die graue Fläche des Schreibtischs und starrte auf den Bildschirm. Dort war wieder die bunte Desktopoberfläche zu sehen.

Sie musste unwillkürlich lächeln.

»Was ist los?«, fragte Jakob. »Was ist so komisch?«

Mara entschlüpfte ein unbeherrschbares Lachen. Es brach sich Bahn wie ein Wasserstrahl, der unbedingt hinausmusste.

»Es ist doch alles Wahnsinn«, sagte sie. »Deborah wird mir die Geige niemals geben. Sie hat uns durchschaut. So blöd ist sie nicht. Sie spielt irgendein Spiel mit uns.«

»Wir werden Deborah etwas anzubieten haben, wenn wir sie treffen«, sagte Jakob. »Georg wird uns helfen.« Er griff zum Telefon und wählte eine Nummer.

Kurz vor dem verabredeten Moment stand Maras Avatar im virtuellen Land »High Alps« bereit.

Deborah verspätete sich um fünf Minuten. Doch als ihr computergeneriertes Ebenbild in einem Schwall aus Licht erschienen war, begann sie sofort den Chat.

Kannst Du es heute noch schaffen?

Ich werde es versuchen.

Ich werde auf Dich warten. In genau fünf Stunden werde ich am verabredeten Punkt in Wien sein. Komm allein. Achte darauf, dass Dich niemand verfolgt. Bring alles mit.

Wo ist der verabredete Punkt?

Statt eines weiteren Textes, erschien in der Chatzeile ein Salat von Zeichen. Mara versuchte zu verstehen, was er bedeuten sollte. Im selben Moment blitzte es wieder an der Stelle, wo Deborahs Avatar stand, und die Figur war verschwunden.

»Das ist ein Link zu Google Maps«, sagte Jakob. »Die moderne Art, einen Treffpunkt auszumachen.«

Im Flur hinter ihnen meldete sich die Türklingel.

»Das ist Georg. Klick auf den Link. Schau nach, welchen Ort sie meint.«

Er ging hinaus, und Mara öffnete die Website.

Das Zielsymbol – ein kleiner Pfeil, der wie eine Markierungsnadel aussah, steckte in einer länglichen grünen Fläche, die von weißen Linien durchzogen war. Die Fläche war schmal. Links und rechts begrenzte sie ein dicker blauer Streifen.

Mara zoomte ein bisschen zurück und sah den Treffpunkt nun im Gesamtzusammenhang der Stadt, die sich südwestlich anschloss. Der Streifen war nichts anderes als Wiens berühmter Fluss, die Donau. Und die grüne Parkanlage bildete eine sehr lange, dünne Insel. Die Linien waren Wege. In fast regelmäßigem Abstand querten Brücken das Gelände und die beiden Flussrinnen. Die Brücke, die dem Treffpunkt am nächsten lag, hieß Reichsbrücke. Mara zoomte näher und erkannte, dass es auf der Brücke eine U-Bahn-Station gab.

Oder fuhr die U-Bahn unter dem Fluss durch?

Jakob kam herein, Wessely folgte ihm, blieb aber wieder im Türrahmen stehen. Er trug jetzt eine große schwarze Ledertasche. Er atmete schwer. Offenbar hatte er sich sehr beeilt.

»Sie will uns auf der Donauinsel treffen«, stellte Jakob nach einem Blick auf den Monitor fest. »Na, das ist ein schöner Platz dafür …«

Wessely hatte den Bildschirm auch ins Auge gefasst.

»In fünf Stunden? Dann haben wir ja noch Zeit.«

Mara wandte sich an Jakob. »Aber wir haben doch darüber gesprochen. Wir müssen ihr etwas anzubieten haben.«

Der Geistliche hob die Aktentasche.

»Dafür habe ich gesorgt.«

37

Die U-Bahn tauchte aus dem Untergrund auf, um auf der Reichsbrücke die Donau zu überqueren. Mitten auf dem Fluss, über der Donauinsel, befand sich die Haltestelle.

Dort stiegen sie aus.

Unter ihnen lag die lang gestreckte Insel mit Rasen, vereinzelten Bäumen und Büschen, von asphaltierten Wegen durchzogen. Links und rechts glänzte das dunkelgraue Wasser der Donau, im Hintergrund erhob sich das Panorama der Stadt, eingegrenzt von bewaldeten Hügeln in der Ferne. Ein wie aus Aluminium glänzender, runder Turm mit einem markanten geschwungenen Aufbau stach am Ufer in den Himmel. Es war der Millennium Tower.

Seltsam, dachte Mara, dass alle Städte, die an Flüssen lagen, so futuristische Gebäude an die Ufer setzten. In Köln waren es die Kranhäuser, hier diese gewaltige Aluminiumdose.

Eine Treppe führte nach unten. Mara blieb an der ersten Stufe stehen. »Ihr müsst hierbleiben. Deborah hat ausdrücklich gesagt, ich soll sie alleine treffen.«

Sie sah sich um. Wurden sie vielleicht schon beobachtet? Hatte Deborah mitbekommen, dass sie in Begleitung war?

»Sie hat recht«, sagte Wessely. »Wir bleiben hier oben auf der Brücke.«

»Aber das geht nicht«, rief Jakob. »Es ist viel zu gefährlich. Mara, wir müssen dich zumindest im Auge behalten.«

»Ich bleibe jedenfalls hier«, erklärte Wessely. »Von hier oben kann ich auch ziemlich weit sehen. Und selbst wenn sie mich entdeckt, wird sie in einem Geistlichen nicht jemanden vermuten, der zu Mara gehört.«

Mara überlegte. So ein Mist, dass sie dieses Gespräch erst jetzt führten. Deborah würde kaum anders als mit der U-Bahn herkommen. Also auf demselben Weg wie sie. Anders ging es nicht. Soweit sie das auf dem Plan gesehen hatte, konnte man die Donauinsel nicht mit dem Auto erreichen. Andererseits … sie hatte davon gehört, dass hier manchmal große Konzerte stattfanden. Da mussten doch Materialien angeliefert werden. Also gab es auch eine Zufahrt für Fahrzeuge.

Das hätten wir klären müssen, dachte sie. Und nun stand sie hier mit den beiden Männern herum, während Deborah jeden Moment kommen konnte – und sehen würde, dass sie nicht allein war. Vielleicht hatte sie sie schon beobachtet, und alles war bereits geplatzt.

»Der Treffpunkt ist irgendwo da hinten«, sagte Mara und deutete hinunter. »Ich gehe da jetzt hin. Sie, Herr Wessely, bleiben am besten hier oben. Jakob, du kannst dich ja wie ein Spaziergänger verhalten … vielleicht hätten wir dich mit einem Fahrrad oder Inlinern ausstatten sollen, damit du nicht so sehr auffällst.«

Unten zog gerade jemand auf Hightech-Rollschuhen seine Bahnen, perfekt in enge Sportklamotten in Schwarz mit grün-neonfarbenen Streifen gekleidet – und natürlich mit Sonnenbrille.

»Geben Sie mir die Tasche«, sagte sie zu Wessely. Sie nahm sie und lief die Treppe hinunter.

Sie sah sich nicht um, als sie dem asphaltierten Weg folgte, der sich längs zur Donau bewegte, aber immer wieder kleine Kurven aufwies und sich mit Parallelwegen kreuzte, die hinter einer Front aus Büschen näher am Ufer entlangführten. Gelegentlich standen links oder rechts dunkelbraune Holztischgarnituren mit Bänken. Im Sommer wurde hier wohl viel gegrillt, oder es wurden Picknicks veranstaltet. Jetzt gab es wenig Publikum. Neben den Inlineskatern, die immer wieder vorbeischossen und die Mara oft erst in letzter Sekunde als sausendes Geräusch wahrnahm, tummelten sich Fahrradfahrer, Jogger und hin wieder auch ganz normale Spaziergänger. Manche waren mit Hund unterwegs.

Einmal bog Mara ab und gelangte ans Ufer, das zum Teil mit einer Mauer befestigt, an anderen Stellen aber wild und ursprünglich geblieben war. Kleine Pfade führten dort zwischen Büschen hindurch ans Wasser.

Sie hatte ausgerechnet, dass sie sich von der Reichsbrücke, wo die U-Bahn-Station lag, etwa fünfhundert Meter in Richtung Brigittenauer Brücke bewegen musste. Dort lag inmitten des Inselstreifens eine Stelle, wo sich mehrere Wege trafen.

Ein Motorengeräusch schreckte Mara auf. Ein Schnellboot jagte zwischen der Donauinsel und der Stadt dahin und zog dabei einen weißen Schaumstreifen hinter sich her.

Sie war noch sieben Minuten vor der Zeit. Jetzt führte der Weg ein wenig bergauf. Die Insel machte einen Buckel und lag wie ein langer Rücken im Fluss.

Einer dieser hölzernen Rastplätze kam ins Sichtfeld. Auf einer der Bänke saß Deborah – in einen hellen Mantel gehüllt. Vor ihr auf dem Tisch lag Maras Geigenkasten. Deborah wirkte fremdartig an diesem Ort, aber Mara hätte nicht sagen können, warum. Die Szenerie mit den ordentlichen Wegen und den genau platzierten Büschen und Bäumen hatte etwas Künstliches. Es konnte sein, dass Mara das alles an die Welt in Twinworld erinnerte. Vielleicht löste sich die Gestalt ja gleich in einem weißen Lichtblitz auf.

Wenn sie die Geige daließ, war es Mara recht.

Sie ging langsamer. Als sie noch etwa zwanzig Meter entfernt war, blieb sie stehen. War Quint in der Nähe? Verbarg er sich irgendwo?

Jetzt, im Herbst, waren die ohnehin wenigen Bäume kahl, die Büsche bestanden nur aus senkrechten bräunlichen Stängeln, aber hinter dem Platz, wo Deborah wartete, wuchsen sie als kleines Dickicht.

Seltsam, dass gerade jetzt kein Radfahrer und kein Inlineskater auftauchte. Wahrscheinlich mieden sie den Hügel und bevorzugten den Weg unten am Wasser.

»Du bist pünktlich, das ist gut«, sagte Deborah. »Du hast tatsächlich etwas mitgebracht, und das ist auch gut. Außerdem scheinst du wirklich alleine gekommen zu sein. Umso besser. Komm ruhig näher«, sagte Deborah und stand auf. »Du musst mir ja sowieso die Sachen geben. Und du willst doch sicher die Geige mitnehmen.«

Also gut, dachte Mara. Bringen wir es hinter uns. Falls Quint in der Nähe sein sollte, wird es ihm kaum gelingen, mich noch einmal zu entführen.

»Nun komm schon. Wie viel Zeit willst du dir noch lassen?«

Mara setzte sich in Bewegung. Dann standen sie sich gegenüber.

»Was hast du mitgebracht?«, fragte Deborah.

»Wie du gesagt hast – Unterlagen über den Ort. Alles, was ich zusammentragen konnte.«

Deborah betrachtete die schwarze Tasche. »Und das richtige Transportmittel hast du offenbar auch gleich mitgehen lassen. Echtes Leder. So was passt gar nicht zu dir. Du benutzt doch normalerweise Rucksäcke. Es gibt doch wohl in den Unterlagen einen Hinweis, wo sich die Leute befinden, denen du das abgenommen hast, oder?«

»Du wirst alles finden. Und mehr werde ich dir auch nicht geben können.«

»Dann schauen wir uns das doch mal an.« Sie streckte die Hand aus. In dem Moment, als Deborahs Finger den Griff berührten, brach etwas krachend durch das Gebüsch.

Mara sah nur einen schwarzen Schatten. Vor Schreck zog sie die Tasche zurück. Deborah wandte sich um und blickte zu dem Mann, der plötzlich aufgetaucht war und nach dem Geigenkasten griff.

Es war Wessely.

Mit einer Geschwindigkeit, die Mara dem stets so steif und starr dastehenden Geistlichen niemals zugetraut hätte, klemmte er den Kasten unter den Arm und rannte los. Deborah folgte ihm, aber sie kam zu spät. Wessely war ihr entwischt, war schon fast mehr als fünfzig Meter weiter in Richtung Reichsbrücke.

»Quint!«, rief sie und drehte sich um. »*Quint, do something*.« Dann lief sie auf Mara zu, holte aus und schlug ihr ins Gesicht. Dabei entriss sie ihr die Tasche. Hinter ihr stand wie aus dem Boden gewachsen der Mann mit den eng zusammenstehenden Augen.

Deborah sah nicht ihn, sondern Mara an. »Hinterher, Quint«, sagte sie auf Deutsch. »Lassen Sie ihn nicht entkommen.«

Quint lief los.

»Was soll das bedeuten, Mara?«

»Wir haben einen Deal. Die Informationen gegen die Geige. Du hast das Material erhalten, es ist in der Tasche. Also darf mein Freund hier die Geige mitnehmen.«

Deborah öffnete die Tasche und kippte sie um. Blätter fielen heraus. Ein Packen Zeitungen.

»Das soll also das Material sein?«

Aber Wessely hat die Geige, dachte Mara. Und wenn wir Glück haben …

Ein peitschender Knall riss sie aus ihren Gedanken. Mara rannte los – den ganzen Weg zurück. Vorbei an Skatern und Radfahrern, die erschrocken stehen geblieben waren. Fast wäre Mara über die ausziehbare Leine einer älteren Hundebesitzerin gestürzt.

Am Fuß der Treppe, die auf die Reichsbrücke führte, stand Jakob. »Sie sind da hinauf«, rief er Mara zu, und sie sah nach oben. An der langen Zeile des Geländers standen Quint und Wessely. Quint mit erhobener Pistole, der Geistliche mindestens zwanzig Meter weiter. Er drückte die linke Hand auf den rechten Oberarm, trug aber immer noch den Geigenkasten. Der Amerikaner kam näher, Wessely ging langsam rückwärts.

Neben Mara und Jakob sammelten sich Menschen. »Da muss doch jemand die Polizei rufen«, sagte jemand. »Und die Rettung«, kam es von jemand anderem. Ein junger Mann mit leuchtend gelbem Fahrradhelm tippte in sein Handy, ohne den Blick vom Geschehen auf der Brücke abzuwenden.

Quint rief Wessely etwas zu. Der Geistliche schüttelte den Kopf. Ein paar lange Sekunden blieben beide wie erstarrt, dann hob Quint beide Hände. Langsam und sehr genau zielte er auf Wessely.

Der Geistliche konnte nicht entkommen. Der Weg war schmal, und der Amerikaner hatte freie Sicht. Jeden Moment würde der tödliche Schuss fallen. Quint würde dann die Geige nehmen und versuchen, mit ihr zu fliehen. Und sich dabei wahrscheinlich den Weg freischießen, wenn man ihn daran hindern wollte.

Doch nun kam Leben in Wessely. Auch er hob einen Arm. Es war der, der die Geige hielt.

Was hatte er vor?

Sicher wollte er Quint den Kasten geben, um sein Leben zu retten. Das war auch das Vernünftigste.

Aber dann hielt er den Koffer über das Geländer. Über den Abgrund.

Ein heftiger Schmerz durchzuckte Mara wie ein Stromschlag.

Er will sie hinunterwerfen, dachte sie. Er will sie zerstören, bevor sie jemand anderes in die Hände bekommt.

»Wessely«, rief sie. »Nicht …«

Der Geistliche schien sie zu hören, sah sogar einen Moment zu ihr hinunter. Er brachte den Geigenkasten wieder in den Schutz der Brüstung und stolperte weiter.

Doch da stand immer noch der Amerikaner. Er ging langsam auf den Geistlichen zu, der sich umgedreht hatte und weiterging. Doch Quint war schneller als er, der Abstand verringerte sich mit jedem Schritt. Nun waren es nur noch höchstens zehn Meter, die zwischen ihnen lagen. Wessely hatte sich ein Stück weit in Richtung Stadt bewegt. Unter ihm lag nun das Ufer der Insel.

Wieder rief Quint etwas. Er nahm eine Hand von der Pistole und winkte Wessely zu sich. Er wollte, dass der Geistliche zu ihm kam und ihm das Instrument gab.

Tu es, dachte Mara. Es ist immer noch besser, Quint und Deborah haben die Geige, als dass sie kaputtgeht.

Doch dann hob Wessely den Kasten wieder nach oben. Er wandte sich von Quint ab, um mit dem gesunden Arm Schwung zu holen.

»Nein«, rief Mara, als sie begriff, was geschah. In der nächsten Sekunde löste sich der Koffer von Wesselys Hand und begann in einer großen Bahn zu fliegen. Der Schwung war so stark, dass er kurz in die Höhe aufstieg. Dabei bewegte er sich von der Donauinsel weg, als wolle er mit aller Verzweiflung die Stadt erreichen, die jenseits des Wassers lag. Dann, während er noch immer in Richtung des anderen Ufers segelte, bog sich seine Bahn nach unten. Ein Saum aus Büschen und kleinen Bäumen verdeckte die Sicht, aber Mara hörte deutlich das helle Platschen, mit dem ihre Geige auf das Wasser traf.

Für eine Sekunde kam es Mara vor, als sei sie selbst in dem Koffer gefangen, in einer Kiste, so eng wie ein Sarg, während eiskaltes Wasser eindrang und sie langsam tötete. Sie rannte auf das Ufer zu, der Weg kam ihr schrecklich weit vor. Sie arbeitete sich durch das Unterholz, das an ihrer Jacke riss, sie knickte mit dem Fuß um, und als sie endlich die dunkle Wasserfläche vor sich sah, war von dem Kasten nichts mehr zu sehen. Wahrscheinlich hatte ihn die Strömung ein Stück flussabwärts getragen. Mara suchte die Donau ab. Ihr Blick blieb hier und da an einer kleinen Welle hängen, die einen Schatten zu werfen schien.

Oben auf der Brücke peitschte ein zweiter Schuss. Ein Aufschrei folgte.

Sie rannte zurück und sah Quint, wie er die Masse der Schaulustigen teilte, immer noch die Pistole in der Hand. So schnell sie konnte, sprintete sie los, die Treppe hinauf zu Wessely. Er lag auf dem Fußgängerweg. Unter ihm breitete sich etwas Dunkles aus.

Als er Mara sah, gelang es ihm, sich aufzurichten und die Hand zu heben. Sie lief zu ihm.

»Warum haben Sie das getan?«, rief sie.

»Still«, antwortete er. »Still, hör … mir … zu …«

Sein weißer Kragenspiegel trug eine rote Blutspur. Aus der Wunde am Arm pulste das Blut, und ein zweiter Schuss musste in die Brust eingedrungen sein. Mara erhob sich und blickte in Richtung der U-Bahn-Station, dann über die Brüstung. Sicher hatte jemand den Notarzt angerufen. Wo war eigentlich Jakob?

»Du … sollst … zuhören«, kam es gurgelnd von Wessely. »Nicht … viel … Zeit …«

Sie ging in die Hocke. »Ich höre zu«, sagte sie.

Der Geistliche presste die Lippen aufeinander. Er schien Kraft zu sammeln.

»Niemand … darf wissen, wo der Ort der Orphiker ist.«

»Aber warum nicht? Ich dachte, Sie versuchen seit Jahren, genau das herauszufinden.«

»Die Schwarze Violine, die den Weg dorthin weist …«

»Sie haben sie zerstört. Das hätten Sie nicht tun dürfen …«

»Sie zeigt … den Weg zur Hölle, Mara. Niemand darf diesen Weg kennen. Und daher darf niemand die Violine besitzen. Alles, was man darüber wissen kann …« Er unterbrach sich, und ein müdes Lächeln zog über seine Lippen, in dem aber doch so etwas wie eine tiefe Befriedigung erkennbar war. »Ich habe alles darüber gesammelt. Und alles, was ich auf Jakobs

Computer darüber fand, habe ich gelöscht. Alles ist ... bei mir.« Jetzt verstand Mara, was für eine Art von Befriedigung auf Wesselys Gesicht lag. Es war die Befriedigung, ein Ziel erreicht zu haben. Am Ende eines langen Weges zu sein.

»Was heißt das, es ist bei Ihnen? Haben Sie es nur noch in Ihrem Kopf? Und ansonsten vernichtet?«

»Nein, Mara.« Er schüttelte langsam den Kopf. »Nicht vernichtet. Verwahrt. Es ist nicht an mir zu entscheiden, was damit geschieht. Es liegt in der Hand des Allmächtigen. Er allein soll bestimmen, wer die Unterlagen findet. Er allein weiß ja schließlich auch, welche Bedeutung Orpheus zukommt. Die Violine ist nur Menschenwerk ...«

»Aber sie ist der Schlüssel«, rief Mara. »Sie widersprechen sich doch selbst. Sie können nicht auf der einen Seite alles verstecken, was man über diesen Ort weiß, und auf der anderen die Violine zerstören.«

Hätte er doch nur die Unterlagen vernichtet, dachte Mara. Und hätte er ihr stattdessen die Violine gelassen. Hätte er es nur umgekehrt gemacht.

»Du hängst an dem Instrument. Aber es ist nur eine Geige, Mara. Sie ist ein Symbol für etwas viel Tieferes. Und als es um die alte Prophezeiung ging, da habe ich gezögert, sie zu zerstören. Ich dachte, wenn Gott zulässt, dass sie die Jahrhunderte überlebt, hat das einen Sinn. Und so habe ich die Sachen zu ihm gebracht ...«

»Zu ihm? Was heißt das?«

Das Lächeln schien auf Wesselys Gesicht eingefroren zu sein wie bei einer Statue. »Ich habe die Sachen an den heiligsten Ort von Wien gebracht.«

»Der heiligste Ort?« Mara schüttelte den Kopf. »Aber Sie hätten doch die Geige auch dorthin bringen können. Wo ist das? Wo ist der heiligste Ort von Wien?«

Sein Blick verschleierte sich. Das Lächeln löste sich auf. Er rang nach Worten, hustete und sprach weiter. »Als ich sie dir gab …« Wieder unterbrach er sich. Mara glaubte, sich verhört zu haben. Was meinte er?

»Als Sie sie mir gaben? Sie gaben sie mir nicht. Sie haben sie ins Wasser geworfen.«

»Ich meine … nicht heute, Mara. Ich meine … damals …«

Mara brauchte ein paar Sekunden, bis sie verstand, was er sagen wollte.

»Soll das heißen, Sie waren derjenige, der sie mir schickte, als ich achtzehn Jahre wurde?«

»Ich habe dich schon dein ganzes Leben im Auge gehabt, Mara. Ich habe alles verfolgt. Deine ersten musikalischen Versuche, deinen Ärger mit den Pflegeeltern. Wie du von zu Hause ausgerissen bist. Eigentlich wollte ich endlich mit dir Kontakt aufnehmen, als du volljährig warst. Aber ich habe zu lange gezögert. Du hast Gritti kennengelernt, und ich kam nicht mehr an dich heran.«

»Wieso haben Sie mir die Violine gegeben, um sie mir dann wieder zu nehmen …?« Maras Augen füllten sich mit Tränen.

»Ich war besessen davon, den Ort der Orphiker zu finden. Als ich dir die Geige gab, wollte ich dich testen. Ich wollte wissen, ob du der neue Orpheus bist. Seine Wiedergeburt.«

»Und bin ich es?«

»Das weiß niemand. Wenn du trotzdem den Weg dorthin findest, vielleicht. Vorbei an denen, die ihn auch suchen und dir im Wege stehen. Den Alten Seelen. Von ihnen musst du dich fernhalten, Mara, das ist ganz wichtig … wichtig … Violine …«

Seine Worte wurden undeutlicher. Er hatte die Augen geschlossen, sie waren jetzt nicht mehr als flatternde dunkle Schlitze. Das Blut pulste weiter aus dem verletzten Arm.

»Nicht aufgeben«, rief Mara. »Bleiben Sie bei Bewusstsein. Hilfe ist unterwegs … Sagen Sie mir, wieso Sie ausgerechnet mir die Violine gegeben haben. Hätte es nicht jemand anderes sein können? Jemand von der Musikhochschule? Ein wirkliches, wahres Talent?«

Wessely stöhnte. »Ein wirkliches, wahres Talent ... Das bist du doch, Mara. Aber ... ich habe einen Grund ... Ich kannte ... deine Mutter.«

»Was? Sie kannten sie? Aber ...«

»Sie war eine wunderbare Frau ... Sie war die Letzte aus der alten Familie, die die Geige zuletzt besaß. Bei meinen Forschungen, auf der Suche nach der Violine, lernte ich sie kennen ... und ...«, er holte tief Luft, bevor er weitersprach, »... und lieben. Und sie hat immer daran geglaubt, dass ihr Kind einmal das orphische Erbe antreten würde. Deswegen hat sie dir das Zeichen gegeben, als du noch ein Baby warst.«

»Welches Zeichen?«, fragte Mara, obwohl sie es ahnte. »Wieso *gegeben*?«

»Das orphische Zeichen auf deiner Haut ist eine Tätowierung.«

Mara spürte, wie Kälte über ihre Wirbelsäule wanderte. Ein hoher Ton piepste in ihrem Ohr, und ihr Blickfeld wurde schmal. Sie kannte die Anzeichen einer plötzlichen Kreislaufschwäche. Früher hatte sie so etwas oft heimgesucht. Es war Jahre her, aber nun überfiel es sie erneut. Sie sank auf die Knie. Wessely presste die Lippen aufeinander, als habe ihn ein sehr schwerer Schmerz überfallen. Es kam wie eine Welle über ihn. Hinter Mara waren Schritte zu hören, die sich schnell näherten.

Der Geistliche riss die Augen auf.

»Du bist ... meine ... Tochter.«

Seine Augäpfel schienen aus den Höhlen zu treten, und sein Blick wanderte ins Irgendwo – hinter oder über Mara, als habe er dort etwas Grauenvolles bemerkt. Sie drehte sich um, sah aber nur zwei Sanitäter in leuchtend orangefarbenen Anzügen. Sie wandte sich wieder Wessely zu. Sein erschreckter Blick, ein Ausdruck des absoluten Grauens, war unabänderlich in sein Gesicht gegraben.

»Gehen Sie bitte zur Seite«, rief einer der Sanitäter, wohl der Notarzt, und Mara erhob sich. Sie drängte sich an Wessely vorbei, der immer noch angstvoll in die Höhe starrte.

»Hallo? Hören Sie mich?«, rief einer der Männer.

»Warum kommen Sie erst jetzt?«, rief Mara.

Der andere Sanitäter sprach sie an. »Da unten war ein Verrückter mit einer Waffe. An dem kamen wir nicht vorbei.«

Der Notarzt erhob sich und schüttelte den Kopf.

Mara überkam erneut ein Gefühl der Schwäche.

»Ist er …?«

»Ja, er ist tot. Wir können nichts mehr tun.«

38

Die Welt verschwand wie hinter einer Glasschicht. Mara hatte das Gefühl, als habe sie sich dahinter zurückgezogen und beobachte alles aus einer großen Distanz.

Die Leute, die sich etwas zuflüsterten, als Mara die Treppe hinunterstieg. Jakob, der etwas zu ihr sagte.

Polizisten mischten sich zwischen die Spaziergänger, Jogger, Fahrradfahrer und Skater und trieben die Neugierigen weg. Minutenlang, so kam es ihr zumindest vor, blieb Maras Blick an einem kleinen weißen Hund haften, der seinen Platz nicht räumen wollte und einen der Beamten anbellte. Mara wartete darauf, dass man auch sie wegschicken würde – sie und Jakob, der neben ihr stand. Aber dann kam einer der Polizisten herüber und sagte etwas.

Mara versuchte, in ihrem Kopf den Nachhall des Gesagten einzufangen, und erst als der Beamte weitersprach, gelang es ihr, die seltsame Dehnung der Ereignisse in ihrer Wahrnehmung und den Ablauf dessen, was außerhalb ihres Körpers geschah, wieder in Einklang zu bringen.

Der Polizist runzelte die Stirn. Er hatte einen Block aus der Brusttasche seiner Uniform geholt, dazu einen Kugelschreiber. Mara fiel auf, dass sein dichtes schwarzes Haar unter der Uniformmütze hervorquoll, als sei es zu störrisch, um sich von einem Hut bändigen zu lassen.

»Sie kannten das Opfer?«

Er war mein Vater, ging es Mara durch den Kopf, und einen Moment fragte sie sich, ob sie das ausgesprochen oder nur gedacht hatte. Der Beamte sah sie immer noch fragend an, und so wusste sie: Sie hatte geschwiegen.

Jakob antwortete. »Er war ein Freund ... Ich besitze in der Josefstadt ein Antiquariat ... Er kam oft zu mir ... Er war Historiker ...« Er gab Wesselys Namen an, sagte, dass er seines Wissens nach für den Vatikan tätig war. Und in diesem ganzen Informationsfluss wurde Mara klar, dass hier irgendetwas ganz und gar nicht stimmte. Dass sie die Welt wie durch Watte wahrnahm, war die eine Sache. Aber Jakob spielte dem Beamten gegenüber ein Spiel. Er verschwieg, dass er wusste, wer hinter Wesselys Tod steckte. Er nannte den Namen Deborah Fleur nicht.

Schließlich fragte der Polizist: »Was haben Sie hier auf der Donauinsel gemacht?«

Jakob zuckte bühnenreif mit der Schulter. »Den Abend genossen.«

»Und Sie?«, sprach er Mara an. »Kannten Sie das Opfer?«

»Nein«, antwortete Jakob, ehe sie etwas sagen konnte. »Wir kennen uns im Grunde nicht. Sie kam vor ein paar Tagen zufällig ins Antiquariat ...«

»Sie sind Deutsche? Mara Thorn ... Der Name sagt mir etwas. Aber ich komme nicht drauf ... Sie müssen mit auf die Wache wegen des Protokolls. Wir erstellen ein Fahndungsbild des Täters. Sie können ihn ja sicher beschreiben, oder nicht?«

»Bestimmt«, sagte Jakob.

Der Beamte wollte sich einem Kollegen zuwenden, dann überlegte er es sich anders. »Da wäre noch etwas. Zeugen haben ausgesagt, dass Herr Wessely einen Koffer von der Brücke geworfen hat. Einige fanden, der Behälter sah aus wie ein Geigenkasten. Hatte er eine Violine dabei?« Der Mann sah Jakob an, der den Überraschten spielte.

»Ja, sicher. Die ist hinuntergefallen? Es muss bei dem Schuss passiert sein. Schade um das wertvolle Instrument ... Wir haben oft darüber gesprochen. Er hat es sehr geliebt.«

»Ja, schade«, sagte der Beamte. »Bitte warten Sie hier, bis wir ins Revier fahren.«

Es war nach Mitternacht, als Jakob und Mara das Polizeigebäude an der Ringstraße verließen. Es waren nur noch wenige Autos unterwegs. Die künstliche Beleuchtung der historischen Gebäude machte die Leere noch deutlicher.

Mara blieb stehen und lehnte sich an eine Mauer. Eine gelbe Lampe erleuchtete Jakobs Gesicht.

»Was sollte das alles?«, fragte Mara.

»Was sollte was?« Er wich ihrem Blick aus.

»Wir haben der Polizei etwas vorgemacht. Du hast verschwiegen, dass Deborah und Quint hinter Wesselys Tod stecken.« Vaters Tod, schoss es ihr durch den Kopf. »Glaubst du«, fuhr sie fort, »dass uns das weiterhilft?«

Sie musste sich zurückhalten, um nicht eine Flut von Vorwürfen auf ihn loszulassen. Es war ihr gelungen, während der Gespräche mit den Beamten das aufrechtzuerhalten, was Jakob auf der Donauinsel angefangen hatte – es so hinzustellen, als seien er und Wessely einfach nur zwei Männer, die sich vom Antiquariat kannten. Und als sei Mara zufällig dabei gewesen, weil sie sich gerade in Wien aufhielt und man ihr die Donauinsel hatte zeigen wollen. Natürlich hatten die Polizisten schnell herausgefunden, dass Mara »die« Mara Thorn war, über die man in den Medien in Deutschland gerade berichtete, dass sie ihre Karriere nach dem Tod ihres Managers aufgegeben hätte.

Aber brauchten sie die Polizei denn nicht, damit Wesselys Mörder ihre gerechte Strafe erhielten? Quint war nicht nur verantwortlich für Wesselys Tod. Er hatte auch versucht, Mara zu töten. Er hatte Tamara gestohlen.

»Wir können von der Polizei keine Hilfe erwarten«, sagte Jakob.

»Wieso denn nicht? Willst du das alles auf sich beruhen lassen? Was sollen wir denn jetzt tun? Warten, bis sie uns auch umbringen?«

Er schüttelte den Kopf und ballte die Hände zu Fäusten.

»Aber Mara, verstehst du denn nicht? Wir haben die Chance, der ganzen Sache auf den Grund zu gehen. Den Ort tatsächlich zu finden. Wenn wir der Polizei alles gesagt hätten, was wir wissen, den ganzen Rattenschwanz mit der Geschichte der Violine, mit Georgs Forschungen, mit dem Diebstahl der Geige in Berlin, mit Grittis Ermordung …«

Natürlich, dachte Mara. Johns Tod geht ja auch noch auf Quints Konto. Das hätte sie fast vergessen.

»Die hätten uns vielleicht auch noch eingebuchtet – wenn sie das überhaupt alles verstanden hätten. Was ich bezweifle.«

»Hätten sie aber. Ich hätte es ihnen so lange erklärt, bis sie es verstanden hätten. Und dann hätten sie Quint geschnappt. Und Deborah auch.«

»Das glaubst du nicht im Ernst. Dieser Quint ist ein Profikiller. Der bewegt sich zwischen den Ländern, wie es ihm gefällt. Wahrscheinlich sind die beiden gar nicht mehr in Österreich, geschweige denn in Europa. Mara, wir müssen nun selbst aktiv werden. Die Violine ist zerstört, aber es muss eine Möglichkeit geben, anhand der Unterlagen, die uns zur Verfügung stehen, mehr herauszufinden. Ich gebe die Hoffnung nicht auf.«

»Aber was bringt uns das noch?«

Im selben Moment, in dem sie die Worte ausgesprochen hatte, wurde ihr klar, dass es ihr sehr viel bringen konnte, den Ort zu finden.

Was hatte Wessely gesagt? Ihre Mutter stammte aus der Familie, die die Violine zuletzt besessen hatte. Ihre Familie hatte also mit den Orphikern zu tun. Mara stammte von ihnen ab! Es musste also eine Möglichkeit geben, mehr über ihre Familie zu erfahren, wenn sie den Ort fand. Der Ort war der Ursprung ihrer Familie. Zumindest irgendwie.

Jakob lehnte sich ebenfalls an die Mauer. Sie besaß einen kleinen Vorsprung. Und so standen sie da nebeneinander und blickten auf die Ringstraße. Gerade rasselte eine späte

Straßenbahn vorbei. Im beleuchteten Innenraum starrte ein einzelner Mann nach draußen.

»Georg hat Deborah Fleur schlauerweise nur Zeitungspapier in die Tasche gesteckt«, sagte Jakob.

»War dieser Trick eigentlich mit dir abgesprochen?«

»Nein, ich habe das nicht gewusst. Aber es heißt doch, alle Unterlagen sind noch da. Irgendwo. In Georgs Unterkunft. Auf seinem Computer. Wir werden sie finden. Wir werden alles zusammenführen, was wir haben.«

»Wir werden nichts finden«, sagte Mara.

»Überlass das mir. Ich bin Computerexperte, schon vergessen? Georg wohnte in einem Zimmer in der Diözese. Aber man muss heute nicht mehr persönlich irgendwo einbrechen, um an Daten zu gelangen.«

»Er hat alles gelöscht. Alles zerstört. Das heißt, er hat nicht nur das getan. Er hat die Sachen versteckt.«

Jakob sah sie überrascht an. »Woher weißt du das?«

»Ich habe doch mit ihm gesprochen – kurz bevor er starb.«

Und ich frage mich, wo du eigentlich in der Zeit warst, setzte sie innerlich hinzu. Was hast du getan? Bist du unten bei den Gaffern gewesen?

Das Misstrauen versetzte ihr einen Stich, aber dann sagte sie sich, dass sie über Jakob nicht urteilen konnte. Natürlich hatte er Angst gehabt, weil ein Bewaffneter da unten herumlief. Und sie war auf die Brücke gelaufen, weil ... Ja, warum eigentlich? – Weil sie glaubte, die Zerstörung der Geige sei doch nur eine Täuschung gewesen. Oder es sei möglich, sie zu retten.

»Er hat gesagt, er sei mein Vater.«

»Was? Sag das noch mal.«

»Die Geige hat meiner Mutter gehört ... sie stammte aus ihrer Familie. Und er hat meine Mutter im Zuge seiner Forschungen kennengelernt, als er auf der Suche nach der Geige war. Er hat mir das nicht alles so genau sagen können, aber ich nehme an, er hat Quellen darüber gefunden, wo die Geige herkam. Er hat wohl verfolgt, wer sie wann besessen hat – und irgendwie ist er dann auf meine Mutter gekommen.«

»Ist dir klar, was das bedeutet?«

Mara seufzte. »Eine Menge. Dass ich endlich wieder ein Quäntchen mehr über meine Familie weiß. Und dass mir dieses Wissen nichts nützt. Kaum erfahre ich es, verliere ich wieder jemanden. Falls Wessely überhaupt die Wahrheit gesagt hat … Irgendwie habe ich das Gefühl, er wäre unmittelbar vor seinem Tod in eine Art geistige Umnachtung gefallen …«

»Es passt aber zusammen. Er war Priester. Er hat also die Beziehung zu deiner Mutter geheim halten müssen.«

Mara rechnete, wie alt Wessely damals gewesen sein mochte. Mitte zwanzig vielleicht. So alt wie sie heute …

»Und was hat er über die Zerstörung der Daten gesagt?«, wollte Jakob wissen.

Kalter Wind fegte über die Ringstraße. Blätter raschelten auf dem Asphalt.

»Lass uns das bei dir überprüfen«, sagte sie. »Komm.«

39

Nur der Monitor des Computers leuchtete in dem ansonsten dunklen Zimmer. Die bunten Farben des Desktops wirkten in der Schwärze, die sie umgab, aufdringlich und schreiend.

»Tatsächlich«, sagte Jakob. »Er hat es geschafft. Ich kann die Daten noch nicht mal über Restore zurückholen.«

»Gibt es keine Sicherheitskopie?«

»Natürlich. Doch die externe Festplatte hat er auch zerstört. Aber warum? Was hat er sich dabei nur gedacht?«

»Er glaubte, dass das Wissen um diese Dinge nicht gut für die Menschen ist. So hat er es mir erklärt. Niemand sollte wissen, wohin die Wege führen … Niemand soll wissen, wo sich der Ort der Orphiker befindet.«

»Und ich dachte, er hätte sich von der Kirche distanziert. Wenigstens ein bisschen. Aber es scheint, als habe er zuletzt geglaubt, die Sekte sei noch aktiv und gefährlich.« Er rollte mit dem Bürostuhl nach hinten und schüttelte den Kopf. »Wir werden es nie erfahren. Jetzt stehen wir wieder ganz am Beginn. Ich könnte natürlich versuchen, die Ergebnisse noch einmal aus den Archiven zu holen, aber das würde Jahre dauern.«

»Oder«, sagte Mara, »wir schauen am heiligsten Ort von Wien nach.«

»Was soll das heißen?«

»Das hat mir Wessely kurz vor seinem Tod auch noch gesagt. Er hat alles zusammen versteckt, weil er Gott, dem Schicksal oder sonst wem eine Chance geben wollte. Er wollte sich nicht darüber erheben.«

»Das heißt, sein Material existiert noch? Aber an einem bestimmten Ort?«

»Am heiligsten Ort von Wien«, wiederholte Mara. »Vielleicht dachte er, dass sich böse Satanisten dort nicht hintrauen.«

»Aber was für ein Ort ist das?«

»Das hat er nicht gesagt. Er ist kurz vorher gestorben. Wobei ich nicht sicher bin, ob er es mir überhaupt gesagt hätte. Wahrscheinlich ist das ein Rätsel, das man lösen muss, um sich der Sache als würdig zu erweisen.«

Jakob kratzte sich an der Stirn. »Der heiligste Ort von Wien? Der erzbischöfliche Palast? Ein Grab? Ein Ort in einer Kirche …?«

Er rollte wieder nach vorn, nahm die Computermaus und öffnete den Internetbrowser. In die Eingabezeile schrieb er: »der heiligste Ort von Wien«.

Es erschienen Links über Wiens Vorort Heiligenstadt, über eine Veranstaltung namens »Die Nacht der Mystik« und – auf einer Seite über heidnische Kraftorte – über eine heilige Quelle keltischen Ursprungs, die sich im Wienerwald befinden sollte.

»Das passt alles nicht«, sagte er.

»Es gibt eben Dinge, die man nicht so einfach googeln kann.«

Jakob nickte, biss sich nachdenklich auf die Unterlippe, dann sah er Mara an. »Sag mir eins …«

»Ja?«

»Wir müssen jetzt eine Entscheidung treffen.«

»Was meinst du?«

»Willst du diesen Ort in Italien wirklich finden?«

Mara entfuhr ein Seufzer. »Es ist alles so abstrakt und seltsam. Ich kann mir immer noch nicht vorstellen, dass er existiert. Und wenn – ob es ihn noch gibt …«

»Darum geht es nicht, Mara. Es geht um eine einfache Frage. Ja oder nein? Wenn du es nämlich nicht willst, weil du denkst, das alles sei nur eine Legende und es habe eigentlich nichts mit dir zu tun, dann trennen sich unsere Wege hier.«

Da hatte er das Wesentliche auf den Punkt gebracht.

»Ich bin dir nicht böse, wenn du aussteigst«, sagte Jakob. »Oder gar nicht erst einsteigst. Wie man es nimmt …«

»Wie denkst du darüber?«

»Das darf dich nicht beeinflussen. Du musst eine eigene Entscheidung treffen.«

Etwas, das Jakob gerade gesagt hatte, klang ihr in den Ohren nach. Es war eine bestimmte Formulierung.

Wenn du denkst, dass das alles eigentlich nichts mit dir zu tun hat …

Sie hatte sich ja schon entschieden, als sie an der Mauer an der Ringstraße gelehnt hatten. Aber jetzt musste sie auch dazu stehen. Das war ein Unterschied.

Es hatte mit ihr zu tun. Jede Menge sogar. Es betraf die Rätsel, die Mara immer lösen wollte. Die Fragen, die sie schon immer beschäftigten.

Woher kam sie? Woher kam ihre Familie?

Wer war ihre Mutter?

Ihren Vater kannte sie ja nun, aber es war die Familie ihrer Mutter, die mit der Violine zusammenhing und die vielleicht weit in die Geschichte der Orphiker zurückreichte. War die Suche danach nicht genau die Chance, die sie sich immer erhofft hatte?

Und der Gedanke, vielleicht tatsächlich ein Erbe des sagenhaften Orpheus zu finden. Deborah hatte daran ein rein finanzielles Interesse, und auch John hatte wohl der Gedanke angetrieben, eine große Marketingsache daraus zu machen. Für Mara jedoch war es etwas Persönliches. Etwas Eigenes. Und nun spürte sie ganz deutlich, dass sie diejenige war, die überhaupt ein Recht hatte, diese alten Mythen auszugraben.

Sie war die Berufene.

»Und? Hast du dich entschieden?«, fragte Jakob.

Mara suchte nach Worten, und bevor sie etwas sagen konnte, ertönte ein Geräusch durch das Haus. Ein Scheppern. Es kam von unten.

»Was war das?«, fragte Mara.

Jakob stand auf, ging vorsichtig zur Tür und öffnete sie.

»Da ist jemand«, sagte er leise.

»Warum flüsterst du?«

Er machte eine abwehrende Handbewegung. »Pst …«

Sie ging zu ihm. Gemeinsam blickten sie in den dunklen Flur. Weit hinten lag die Wohnungstür. Etwas Helles bewegte sich an der Wand. Mara dachte, jemand mit einer Lampe sei in der Wohnung, doch dann wurde ihr klar, dass der Lichtschein aus dem Treppenhaus kam. Er fiel durch das geriffelte Glas der Tür.

»Unten im Erdgeschoss ist der Laden«, flüsterte Jakob. »Hier, im ersten Stock wohne ich. Und die beiden anderen Stockwerke sind an eine Computerfirma vermietet, wo nachts niemand arbeitet.«

Beklemmung erfasste Mara. Jetzt kam von der Tür ein leises metallisches Klicken, dann ein Schaben.

»Da versucht jemand einzubrechen.«

»Ist mir klar.«

»Hast du ein ordentliches Schloss?«

»Ja sicher, aber …«

Es knarrte, und die Tür schwang auf. Der Schein einer Taschenlampe schwebte herein, gefolgt von einer dunklen Gestalt, die hinter sich die Tür schloss. Sie wanderte auf dem Parkettboden in die Richtung, wo Jakob und Mara standen. Kurz bevor er auf sie traf, zog Jakob Mara in den Computerraum hinein, legte den Finger auf die Lippen, ging zum Computer und schaltete ihn aus. Der Bildschirm wurde dunkel.

»Versuch, leise aufzutreten!«, raunte Jakob, und Mara spürte, wie er in der Finsternis nach ihrer Hand griff. Sie folgte ihm in kleinen Schritten, immer darauf bedacht, dass das alte Parkett nicht knarrte. Schließlich ertastete sie eine Wand. Hinter ihnen öffnete sich die Tür, und der Schein der Taschenlampe leuchtete herein. Mara wurde irgendwo hingezogen. Das Licht verschwand.

Es roch nach Staub und alten Kartons. Mara konnte nicht das Geringste sehen. Sie berührte weichen Stoff. Im Zimmer waren Schritte zu hören. Ein Lichtstrahl erschien am Boden. Er kam unter der Tür durch. Mara spürte eine Hand auf ihrer Schulter. Es war Jakob, der sie sanft weiterdrückte. Sie tastete um sich und fühlte glatte Kartonflächen.

»Hier hocken wir uns hin«, flüsterte Jakob.

Mara spürte, wie ihr Herz heftig pochte. Es beruhigte sie ein wenig, dass Jakobs Hand sie fester umfasste. Von der Schulter wanderte sie über ihren Rücken, dann umschloss sein Arm ihre Taille und zog Mara an sich.

Das Licht bewegte sich. Undefinierbare Geräusche kamen aus dem Computerraum. Der Eindringling schien etwas zu suchen.

»Hab keine Angst«, flüsterte Jakob. Sein Mund musste sich nah an ihrem Ohr befinden. »Er wird uns nicht finden.«

Und wenn doch?, wollte Mara fragen, aber sie fürchtete sich davor, auch nur das geringste Geräusch zu machen. Die Haltung in der Hocke bereitete ihr Schmerzen in den Beinen. Für einen Augenblick schien sie das Gleichgewicht zu verlieren, doch da waren Jakobs starke Arme, die sie festhielten.

Das Licht unter dem Türschlitz wurde schwächer, kam dann aber wieder, und mehrmals glaubte Mara, dass jeden Moment die Tür aufginge. Und da geschah es. Ein bläulich heller Strahl schoss in den Raum, in dem sie sich hingekauert hatten. Er wanderte an der Decke entlang. Der Karton, hinter dem sich Mara und Jakob verbargen, warf einen scharfen Schatten. Die Tür ging wieder zu. Dann entfernten sich die Schritte, wanderten weit herum, wieder in den Flur – wahrscheinlich bis in die Küche, ins Bad und in das Zimmer, in dem Mara übernachtet hatte.

»Bleib hier, ich schaue nach, ob er noch da ist«, sagte Jakob leise, nachdem sie eine undefinierbar lange Zeit in der Dunkelheit verharrt hatten.

Mara hörte, wie sich schwerer Stoff bewegte. »Lass mich nicht alleine«, flüsterte sie, aber er war schon weg. Sie richtete sich langsam auf und hatte das Gefühl, ihre Knie seien steif wie Holzstämme und würden jeden Moment brechen.

Sie tastete vor sich und stieß auf eine Art Vorhang. Ein Schritt, und sie befand sich wieder in dem Computerraum. Von dem kleinen Fenster kam etwas Licht herein.

Schritte näherten sich. Die Tür ging auf, und im nächsten Moment musste Mara blinzeln, denn sie stand im hellen Licht der Deckenbeleuchtung.

»Er ist weg«, sagte Jakob und sah sich um.

Es war nicht zu übersehen, dass sich einiges verändert hatte. Schubladen ragten heraus, das Keyboard vor dem Monitor befand sich in einer anderen Position als vorher. Am Computergehäuse blinkte eine grüne Lampe.

»Er hat schnell gearbeitet«, sagte Jakob. »Und sehr routiniert. Wahrscheinlich hat er in der kurzen Zeit meine gesamte Festplatte kopiert ... und Schubladen durchsucht.«

»Und dein Laden?«

»Dort war er auch. Und hat auch dort den Computer eingeschaltet. Und Passwörter scheinen für ihn gar keine Rolle zu spielen.«

Mara setzte sich an den Tisch und drückte eine Taste auf dem Keyboard. Der Rechner sprang sofort an.

»Was machst du?«, fragte Jakob.

»Ich will etwas wissen. Du wirst schon sehen.«

Sie klickte zweimal auf das Programmsymbol von Twinworld. Es öffnete sich, und Mara konnte sich anmelden. Der Balken wanderte, und schließlich baute sich auf dem Monitor die virtuelle Welt mit den Bergen, der Wiese und der Holzhütte auf.

Und vor der Hütte stand Deborahs Avatar.

Er wirkte genauso kalt und berechnend wie ihr reales Alter Ego auf der Donauinsel.

Und im Chatkästchen erschien ein Text.

Ich wusste, dass Du kommen würdest.

Mara war so aufgeregt, dass sie die Buchstaben durcheinanderbrachte, alles löschen musste und neu anfing.

Ihr seid Mörder.

Deborah wirkte gelassen. Und das lag nicht nur daran, dass sie nur als virtuelle Figur zu sehen war. Mara war sicher, dass sie, wenn sich die beiden real gegenübergestanden hätten, dieselbe Ausstrahlung gehabt hätte.

Ihr habt die Abmachung nicht eingehalten. Du bist nicht alleine gekommen. Und ihr habt keine Unterlagen mitgebracht.

Das ist kein Grund jemanden zu töten. Und hinterher einzubrechen, um die Unterlagen zu suchen.

Die Unterlagen gehören mir.

Mara atmete tief ein und spürte, wie sich ihr Rückgrat spannte. Wenn Deborah in diesem Moment leibhaftig vor ihr gestanden hätte – sie wäre ihr an die Gurgel gegangen.

Da irrst Du gewaltig. Ich bin die Berechtigte. Ich bin der Abkömmling der Sekte, der Familie oder was auch immer das ist, was diese Geheimnisse unter Verschluss gehalten hat. Und ich werde finden, was davon noch übrig ist. Ich werde nicht ruhen, bis ich es endlich habe.

Maras Finger tippten immer schneller. Beim Schreiben dämmerte ihr, dass Deborah vielleicht versuchte, ein paar eigene Worte dazwischenzukriegen, aber Mara ließ es nicht zu. Gleichzeitig spürte sie, dass das Herausströmen der Buchstaben, das mit dem Klappern der Tastatur einherging, für eine Befreiung sorgte, wie sie sie schon lange nicht mehr empfunden hatte. Es war, als hätte sich etwas in ihr verselbständigt, als würde sich etwas Neues regen, eine Kraft, von der Mara gar nicht wusste, dass sie überhaupt existierte. Und je mehr sie schrieb, desto mächtiger wurde diese Kraft, sie entschlüpfte hinaus in die Welt, sie reckte und sie streckte sich, und Mara fühlte sich, als könne sie Bäume ausreißen.

Und weißt Du was? Die Idee, die Melodien des Orpheus zu nutzen, ist sehr gut. Aber dafür brauche ich Dich nicht. Du kannst mir gestohlen bleiben mit Deiner aalglatten Art und mit Deiner kriminellen Energie, die schon zwei Menschen das Leben gekostet hat. Ich werde der Polizei gegenüber wahrscheinlich nicht beweisen können, dass Du und Dein komischer amerikanischer Freund Quint dahinterstecken, aber ich weiß es, und das reicht mir. Ich werde nicht ruhen, bis ich das Geheimnis ergründet habe. Ich werde nicht ruhen, bis ich alles weiß. Ich werde nicht ruhen, bis ich dort gewesen bin, wo sich die Orphiker getroffen haben und wo ihr Erbe immer noch lebendig ist. Ich werde …

Mara spürte Jakobs Hand auf ihrem Unterarm. Er hielt sie fest, aber es gelang ihr noch, die Entertaste zu drücken. Die ganze Tirade, die sie geschrieben hatte, stand nun im Chatkasten. Mara stellte sich vor, wie Deborah wo auch immer vor dem Bildschirm saß und sie las. Wahrscheinlich war sie kaum beeindruckt von dem, was Mara da abgelassen hatte, und ganz sicher war es Mara nicht gelungen, sie einzuschüchtern, aber die Sache war draußen. Sie war in der Welt, und Deborah musste nun wissen, dass sie sich von der ängstlichen, unsicheren Mara, die bisher wie eine Anfängerin durch die Welt der Musikindustrie getappt war, verabschieden musste.

»Du solltest ihr das nicht alles so explizit schreiben«, sagte Jakob. »Sehen wir lieber zu, dass wir hier wegkommen. Dieser Quint kann jeden Moment zurückkehren.«

»Sie soll wissen, mit wem sie es zu tun hat.«

Deborahs Avatar stand da und starrte vor sich hin.

»Sie schreibt gar nichts«, sagte Jakob. »Komisch. Ich hätte erwartet, dass sie sich zur Wehr setzt.«

Und da leuchtete der grelle Blitz auf. Als die weißen Strahlen in sich zusammengesunken und verschwunden waren, war die Landschaft mit den grünen Hügeln leer. Der blaue Himmel senkte sich über den künstlichen Horizont. Die Holzhütte wirkte verlassen.

»Stell den Computer aus«, sagte Jakob.

Mara loggte sich aus, fuhr den Rechner herunter, und der Bildschirm erlosch.

Unwillkürlich lauschte Mara, ob sie etwas in dem großen Haus hörte.

»Hast du das eben ernst gemeint?«, fragte Jakob, der nur noch ein dunkler Schemen neben Mara war.

»Was meinst du?«

»Du willst alles aufklären? Du willst den Ort in Italien finden? Du willst allem auf den Grund gehen?«

»Ja«, sagte Mara. »Das habe ich eben geschrieben – und das habe ich auch so gemeint.«

»Und du vertraust mir? So sehr, dass wir es zusammen angehen können?«

Einige Sekunden lang hörte Mara nichts als den eigenen Herzschlag. Sie war nicht aufgeregt. Ihr Puls wummerte ruhig durch ihren Körper. Es war der Grundbeat ihrer Seelenmusik. Ein Takt, der ihr Festigkeit und Einteilung verlieh. Seltsam, dass ihr das gerade jetzt auffiel. Man hatte ja Musik in sich.

Zumindest den Beat. Die Frage war, welche anderen Rhythmen und welche Melodien man draufsetzte, um diese Musik des Lebens zu unterstreichen.

Plötzlich näherte sich Jakob, und sie spürte etwas Weiches, Warmes auf der Wange. Einen Kuss.

In Maras Innerem machte etwas einen Luftsprung, aber das, was sie fühlte, hatte nichts mit sexueller Erregung zu tun. Es spielte sich rein auf seelischer Ebene ab. Ihr Pulsschlag reagierte darauf mit einer leichten Beschleunigung.

»Wir müssen hier weg«, sagte er. »Wir sind hier nicht sicher. Du hast ja Deborah geradezu den Krieg erklärt. Also müssen wir uns irgendwohin außerhalb ihres Blickfelds begeben. Und dort müssen wir überlegen, was wir tun können.«

Den Krieg erklärt …

Das klang brutal, aber Jakob hatte recht.

»Wir machen besser kein Licht«, sagte er.

War Quint vielleicht im Haus? Schlich er hier herum, eine Waffe in der Hand?

»Komm mit, auf den Flur.«

Mara folgte ihm. Sie wunderte sich, dass sich Jakob nicht in Richtung Haustür wandte, sondern in einen hinteren Bereich der Wohnung. »Ich denke, wir wollen hier raus?«, sagte sie.

»Wir nehmen einen Ausgang, den Quint nicht kennt. Das hoffe ich jedenfalls.«

Ihre Augen gewöhnten sich an die Dunkelheit, sodass sie erkennen konnte, wie Jakob eine schwere große Tür aufschloss. Sie durchquerten einen weiteren Gang mit Steinfußboden, in dem ihre Schritte hallten und wo die Kälte Mara unter den Pullover kroch. Nun ging es Treppen hinauf, dann musste wieder eine Tür aufgeschlossen werden. In dieser Etage roch es ganz anders. Nach Kunststoff und Teppichboden. Nach Staub.

Nirgendwo machte Jakob Licht. Er vergewisserte sich nur von Zeit zu Zeit, ob Mara noch hinter ihm war.

Sie durchquerten ein paar Zimmer, und dann öffnete er

eine große gläserne Tür. Dahinter erstreckte sich eine Terrasse. Plötzlich standen sie im Freien. Die ständige Geräuschkulisse der Großstadt schien ein akustisches Pendant zu dem milchig dunkelgrauen Himmel zu sein, der sie überspannte.

Nach ein paar Schritten gelangten sie an eine Metalltür. Auch sie schloss Jakob auf.

»Musst du nicht die Terrassentür schließen?«, fragte Mara.

»Das geht von außen nicht. Wenn die Leute morgen in die Büros kommen, werden sie glauben, sie hätten vergessen, sie zuzumachen. Das ist nicht weiter schlimm. Komm.«

Das Treppenhaus, das sie nun erreichten, war sehr eng. Mara folgte Jakob fast blind nach unten, und nach ein paar weiteren Türen betraten sie die Straße. Er zog die letzte Tür hinter sich zu und sah sich kurz um.

»Los, weiter.«

Sie eilten den Gehsteig entlang. Mara wollte fragen, wo Jakob hinwollte, aber es hatte ja keinen Sinn, wenn er ihr hier auf der Straße seine Pläne darlegte. Jetzt kam es darauf an, möglichst viel Raum zwischen sie und das Antiquariat, zwischen sie und Quint, zwischen sie und Deborah zu legen.

Und erst in diesem Moment erinnerte sie sich an Jakobs letzte Frage. Nun war sie bereit, sie zumindest innerlich zu beantworten. Jakob gegenüber hatte sie das schon allein durch ihr Verhalten getan.

Ja, dachte sie.

Ich vertraue dir.

Und während sie mit Jakob durch das nächtliche Wien eilte, spürte sie, wie alles Vergangene von ihr abfiel. Wie sie etwas Neuem entgegenstrebte.

Etwas Neuem, das nur sehr langsam in ihrer Vorstellung Gestalt annahm.

40

Die Wohnungstür öffnete sich, und vor ihnen stand ein lilafarbenes Mozart-Denkmal – in Kniehosen, mit Schnallenschuhen, Perücke, Dreispitz und Rüschenhemd. Alles an ihm war lila, und im Licht des Hausflurs glänzte es, als sei es mit Lack überzogen. Allerdings war die Figur nicht aus Stein, sondern lebendig, denn kaum hatte sie Mara und Jakob erkannt, beugte sie die Knie und machte einen Kratzfuß, wie er zu Mozarts Zeiten üblich gewesen sein musste: Ein Bein ging nach vorn, das andere zurück, der ganze Körper senkte sich, und dann drehte sich die Hand des Mannes in Richtung der Ankömmlinge.

»Seid gegrüßt, meine Freunde«, sagte er. »Bitte tretet ein und lenkt Euer Augenmerk nicht auf die Unordnung, die in meiner Behausung herrscht.«

Damit trat der Mann zur Seite und wies ihnen den Weg ins Innere der Wohnung. Musik ertönte: dahintröpfelnde Klaviernoten vor einem weichen Streicherteppich.

Die Gestalt kam wieder näher, verbeugte sich erneut mit großer Geste und stellte sich schließlich aufrecht in Position. Die lila Schminke bedeckte jeden sichtbaren Quadratzentimeter seiner Haut. Die hellen Augen waren das einzig Natürliche an der Figur. Die Augäpfel wanderten nach rechts oben und schienen die Decke anzupeilen. Und dann schien die Figur auf einen Schlag zu versteinern.

Mara sah zu Jakob. Doch der fasste den Mann ins Auge.

»Ron, wir haben jetzt keine Zeit für diese Spielchen. Mara und ich sind in Schwierigkeiten. Wir brauchen deine Hilfe.«

Sie kannte die lebenden Statuen aus vielen Städten – Straßenkünstler, die stundenlang bewegungslos dastehen konnten und eine Attraktion für Einheimische und Touristen waren. Dieser Ron schien einer von ihnen zu sein. Und das Mozart-Kostüm passte ja nach Wien. Obwohl Jakob den Kopf schüttelte und immer ungeduldiger wurde, zog er seine Erstarrungsnummer durch, während aus einem Gettoblaster, der am Fuße der Wand auf dem Teppichboden stand, weiter die klassische Musik in den Raum strömte.

Soweit sie das sehen konnte, bestand die Wohnung vor allem aus diesem einen großen Zimmer, in dem sich bunt bezogene Matratzen, ein abgewetztes dunkelbraunes Ledersofa und zwei Sessel befanden – abgesehen von dem Durcheinander an benutztem Geschirr, Büchern, Zeitschriften, einer Gitarre an der Wand und einem zugeklappten Laptop, der neben dem Sofa auf dem durchgelaufenen Teppich lag. Auf einem kleinen Regal an der Wand stand ein benutzter Aschenbecher, daneben eine rechteckige Metalldose mit der charakteristischen Abbildung einer gezackten Hanfpflanze.

Sie befanden sich im obersten Stock eines Gebäudes in der Nähe des Karlsplatzes, wo sich die markante Kirche mit den beiden Säulen befand, auf die Jakob Mara aufmerksam gemacht hatte. Als sie dann in diesem Haus die knarrenden Treppen hinaufgegangen waren, hatten sie schmutzige Fenster passiert, die auf einen engen Hof hinaussahen – so eng, dass er wie ein Schacht wirkte. Hinter manchen Wohnungstüren hatte sie laute orientalische Musik gehört. Einmal hatte Mara die Stimme eines Nachrichtensprechers vernommen, der wahrscheinlich türkisch sprach.

»Nun lass es gut sein«, sagte Jakob, aber Ron regte sich immer noch nicht. Die Melodie schwang sich noch einmal auf, das Klavier ließ das begleitende Orchester alleine, das nun das Thema wiederholte und in einen Schluss fand.

In dem Moment, in dem Stille herrschte, griff Jakob in die Tasche und holte eine Münze hervor, die er vor dem lila

Amadeus auf den Teppich warf. Und in derselben Sekunde verbeugte sich Ron mit seinem Kratzfuß, stellte sich hin und war wieder ein lebendes Wesen – wenn auch mit seltsamem Aussehen.

»Hast du die Karriere als Straßenmusiker aufgegeben?«, fragte Jakob.

Ron bewegte die Hände, als hätte er sie neu bekommen und müsste sie erst ausprobieren. »Man muss immer wieder neue Wege einschlagen«, sagte er. »Das mit den Figuren ist populärer. In dieser Stadt erklingt auch ohne mich so viel Musik, da muss ich nicht noch mehr hinzufügen.«

»Ist es nicht ein bisschen zu spät dafür?«, fragte Mara, die es überhaupt nicht störte, dass man hier keinen Wert auf ordentliche Vorstellung legte. »Ich bin übrigens Mara.«

Erst jetzt schien Ron sie zu bemerken. »Nein, es ist eher zu früh. Die Saison beginnt im nächsten Frühjahr. Bis dahin will ich ein Meister in dieser Kunst sein. Ausdauer ist das Wichtigste. Ich hatte schon eine Stunde hinter mir, bevor ihr kamt.« Er wies auf das abgeschabte Sofa: »Setzt euch, ich schminke mich ab.«

»Ich würde lieber keine Zeit verlieren und sofort mit dir reden«, sagte Jakob. »Vielleicht während du mit dem Abschminken beschäftigt bist.«

»Kein Problem.«

Erst jetzt bemerkte Mara eine Tür auf der anderen Seite des großen Raums. Dort ragte eine Wand wie eine ausladende Ecke hervor. Wahrscheinlich war es eine Seitenkammer, die erst später eingebaut worden war. Als Ron mit raschelnden Seidengewändern hinübergegangen war und die Tür geöffnet hatte, wurde dahinter ein kleines Bad sichtbar. Ron stellte sich vor das Waschbecken, zog Hut und Perücke herunter und öffnete eine Dose mit dicker weißer Paste.

»Sprich«, sagte er, während er sich einschmierte und die lila Farbe zu einem undefinierbaren Brei wurde.

»Können wir heute Nacht bei dir bleiben?«

»Klingt, als sei die Mafia hinter dir her. Oder die Polizei.« Ron griff in einen Karton mit Kleenex-Tüchern, wischte und begann von Neuem, die Paste aufzutragen.

»Ich kann darüber nicht sprechen«, sagte Jakob. »Aber wir stecken in gewissen Schwierigkeiten.«

»Es gibt Schwierigkeiten, die nichts mit der Polizei zu tun haben?« Er wischte weiter.

»Sie werden jedenfalls nicht plötzlich vor der Tür stehen.«

»Gut. Das wäre wichtig. Und eine zweite Bedingung ...«

In diesem Moment fiel Mara noch etwas auf: Einige der Zeitschriften die auf dem Tisch neben dem Sofa herumlagen, zeigten Fotos von muskelbepackten Jungs in knappen Tangas, eine andere zwei Frauen, die wie die Sängerinnen der Gruppe ABBA aussahen. Als Mara genauer hinsah, erkannte sie jedoch, dass es Männer in Frauenkleidung waren, Transvestiten.

»Und die wäre?«

»Du erzählst mir, worum es geht.«

»Aber du brauchst keine Angst vor der Polizei zu haben.«

»Trotzdem ...«

Ron hatte endlich genug herumgewischt. Er stellte das Wasser an, senkte den Oberkörper und wusch sich das Gesicht. Dann griff er zu einem Handtuch.

»Es hat damit nichts zu tun.« Er lächelte Jakob an und sah auffordernd auch zu Mara herüber. »Ich bin einfach neugierig.«

Als sich Ron seines Mozart-Kostüms entledigt hatte, zeigte er sich als junger Mann um die dreißig. Sein rundes Gesicht wurde von einem ständigen breiten Lächeln beherrscht, in seine blauen Augen fielen hellbraune Rastalocken. Als er aus dem Bad kam, trug er ausgewaschene Jeans und ein graues Sweatshirt mit der Aufschrift »Yale University«. Er war barfuß, und Mara fiel eine starke Behaarung an der Oberseite seiner Füße auf.

Kurz darauf hatte Ron aus irgendeinem Vorratsschrank eines zweiten Verschlags, der wohl eine Küche war, drei kalte Flaschen Bier und ein paar Tüten Chips hervorgeholt. Dann hatte er sich ungeniert einen Joint gedreht – nicht ohne Mara und Jakob einen anzubieten. Sie hatten aber dankend abgelehnt und nippten an ihren Gläsern.

»Also, was ist nun – warum seid ihr hier?«, fragte Ron, und erst jetzt bemerkte Mara einen leichten Akzent in seiner Stimme. »Kommst du aus Amerika?«, fragte sie.

Ron schüttelte den Kopf. »England. Eigentlich wollte ich Musik studieren, aber am Konservatorium in London haben sie mich nicht genommen. Da habe ich es in Wien versucht, aber das hat auch nicht geklappt. In den ersten Tagen habe ich mich dann einfach auf den Karlsplatz gestellt und zur Gitarre Lieder gesungen – und bald habe ich gemerkt, dass ich gar nicht studieren muss, um über die Runden zu kommen.« Er sah Mara versonnen an und zog an seinem Joint. Die Spitze glühte auf, und dann entströmte Rons Mund ein Schwall von süßlich-würzig duftendem Rauch. »Du heißt Mara?«, fragte er und betrachtete sie genauer. Sie wusste, was kam.

»Ich bin Mara Thorn, die Geigerin.«

Ron hob die Augenbrauen. »*My Goodness* – tatsächlich? Ich habe schon bemerkt, dass du ihr, also ich meine dir …« Er brach in Gelächter aus und hustete. »Dass du dir ähnlich siehst, wollte ich sagen …« Er sah zu Jakob hin, der aber seltsam ernst wirkte. Mara kam der Gedanke, dass er die Entscheidung bereits bereute, bei dem neugierigen Ron Unterschlupf zu suchen.

»Mara Thorn«, sagte Ron und sah kopfschüttelnd vor sich hin. »Das ist ja ein Ding. Neulich habe ich irgendwo gelesen, dass du deine Karriere aufgegeben hast … Schade, sonst hätte ich dich sofort gefragt, ob du in deiner Band noch einen guten Gitarristen brauchst. Oder einen, der als Mozart auftritt … Ja!« Er schlug sich mit der flachen Hand vor die Stirn. »*Great idea!* Du spielst doch Klassik, oder? Und wenn du dann da mit der Geige stehst, kommt plötzlich von hinten eine große lila Gestalt auf die Bühne. Sie ist von Nebel umgeben, sie schält sich nur nach und nach heraus, wird nur langsam für das Publikum sichtbar ... Und während du Mozart spielst, tritt Mozart hinter dir auf. Natürlich siehst du das nicht, weil ich ja von hinten komme, aber dann bemerkst du mich ...« Seine Augen wurden glasig. »Und es törnt dich irgendwie an. Die Musik wird immer wilder, immer ... Verstehst du, was ich meine? Du hast doch auch immer so sexy Klamotten an. Du wiegst die Hüften im Takt ... Und da kommt der Mozart auf die Bühne, streckt von hinten seine Hand nach dir aus. Er ist wie ein Schatten, seine Hand wirkt natürlich viel größer als in Wirklichkeit ... *Special effect*, verstehst du? Und dann ...«

Ein lauter Knall unterbrach Rons Fantasien. Jakob hatte auf den Tisch geschlagen, eine Flasche fiel um, und gluckernd ergoss sich Bier auf den Teppich.

»Kannst du mal aufhören?«, schrie er, plötzlich ganz rot im Gesicht. »Wir sind nicht hergekommen, um deine blöden Fantasien erzählt zu bekommen.«

»Blöde Fantasien?«, wiederholte Ron, nicht im Geringsten böse oder abwehrend. Er griff nur nach der Flasche, die schon fast leer war, und stellte sie wieder hin. Auf dem Teppich hatte sich ein großer dunkler See gebildet, von dem Alkoholgeruch ausging. »Ich will nur, dass Mara ihre Karriere weiterführt. Sie ist so gut, sage ich dir. Ich habe da ein paar Videos im Internet gesehen ...« Er seufzte und lehnte sich zurück. Dann drückte er den Joint in einem gläsernen Aschenbecher aus, der auf der Handstütze des Sessels bereitstand.

»Es hat einen Grund, dass ich nicht mehr spiele«, sagte Mara. Sie bemühte sich, so ernsthaft wie möglich zu klingen.

Ron sah sie an. Auch er wirkte, als ob er ganz und gar bei der Sache wäre.

»Sie hat einen Grund«, wiederholte Jakob, der offenbar

vermeiden wollte, dass sich das Gespräch zwischen Ron und Mara weiterentwickelte. »Sie steckt in Schwierigkeiten. Und nur ich kann ihr helfen.«

Wie schwach Jakob plötzlich wirkte. Und wie einfach die Verbindung zu Ron war. Sie musste dem Engländer nichts erklären, alles ergab sich von selbst. Nein, dachte Mara. Ron darf aber nichts erfahren. Wir verstecken uns hier bei ihm, und morgen früh ziehen wir weiter.

»Was für ein Problem hat sie?«, fragte Ron. »Was für ein Problem habt *ihr*? Seid ihr zusammen, oder was ist los? Ihr seht aus, als ob ein Killer hinter euch her wäre.«

Jakob blickte zu Mara.

»Es ist ziemlich kompliziert«, sagte sie. »Ich habe Ärger mit meinem Manager. Er ist plötzlich ... gestorben. Sein Bruder hat dann die Firma übernommen. Da gibt es vertragliche Probleme ...«

Ron kniff die Augen zusammen. »Er ist nicht einfach nur *gestorben*, oder? Er ist auf gewaltsame Weise umgekommen. Auch das hat im Internet gestanden.«

»Da wird viel geschrieben«, sagte Mara schnell. »Es war ein Verkehrsunfall. In der Nähe von Berlin. Seitdem ist nichts mehr, wie es war. Der Bruder will von Musik nichts wissen, er stellt die ganze Firma um ...«

»Und er will Geld von Mara«, ergänzte Jakob. »Und deswegen muss sie sich eine Weile verstecken. Niemand weiß, dass sie in Wien ist.« Er sah Ron an. »Kapierst du jetzt?«

Er nickte heftig. »Ja, ja ... ich kapiere. Das ist eine Scheißsituation, weil sie, wenn ich das richtig verstehe ... nicht auftreten kann. Man darf sie nicht sehen.«

»Du hast es erfasst«, bekräftigte Jakob.

»Aber es kann doch nicht sein, dass du pleite bist«, wandte sich Ron an Mara. »Ich meine, ich habe nichts dagegen, dass du hier bist. Aber wäre es nicht besser, in ein Hotel zu gehen oder ein Zimmer zu mieten?«

»Du hast keine Ahnung, wie das läuft«, sagte Jakob. »Die Presse ist hinter ihr her. Die Leute, die für den Bruder des Managers arbeiten, haben ihre Spitzel überall. Die würden sofort rauskriegen, wenn sie irgendwo absteigt. Sie wird doch erkannt. Die Sache steht im Internet, wie du selbst schon gesagt hast. Sie braucht ein unauffälliges Versteck. Und da habe ich gedacht, du könntest uns helfen.«

»Hast du einen Internetzugang hier?«, fragte Mara. »Ich will mir mal ansehen, was sie so über mich schreiben.«

Ron rappelte sich aus dem Sessel auf. »Ja sicher.« Er wies auf den Laptop, den Mara neben dem Sofa gesehen hatte. »*One second ...*«

Er klappte das Gerät auf und legte es Mara auf den Schoß. Ron hatte WLAN-Anschluss. Sie war online. Sie brauchte nur den Browser zu öffnen.

Deborah lag in der Badewanne und betrachtete ihr eigenes vom Dunst unscharfes Bild in dem großen beschlagenen Wandspiegel.

Es klopfte.

Sie verteilte den Schaum, senkte sich etwas tiefer in die Wanne und sagte: »*Come in.*«

Quints Blick verriet, dass er sich auf das Betreten des Badezimmers gefreut hatte. Und ganz sicher hätte er gerne mehr von ihr gesehen. Doch jetzt war nicht der Zeitpunkt, diese Reize einzusetzen.

Quint ging ein paar Schritte in den Raum hinein. Deborah sah ihn an und spürte eine heiße Flamme von Hass in sich aufsteigen. Der Mann zog eine Spur der Verwüstung hinter sich her. Und eine Spur der Niederlagen. Gut – er hatte Gritti so um die Ecke gebracht, dass die Polizei der Ansicht war, er sei bei einem Unfall ums Leben gekommen.

Und Maras Entführung, der gescheiterte Mord an ihr. Das war eine Prüfung gewesen. Eine Prüfung des Schicksals, die

Mara oder das Schicksal – das konnte man sehen, wie man wollte – bravourös bestanden hatte. Und dann das Treffen auf der Donauinsel. Bestens geplant, mit einem Motorboot als Fluchtmöglichkeit. Und trotzdem war nun einer von Maras seltsamen Helfern tot, die Geige war zerstört – ohne dass sie ihr Geheimnis hatte lüften können.

»Die Durchsuchung der Wohnung dieses Wessely hat mir viele Informationen gebracht«, sagte Quint.

Sie seufzte und hob die Hand. Auf dem Rücken lag ein Ballen Schaum. Wasser tröpfelte herab. »Mich interessiert, ob wir Mara wiederfinden.«

»Sicher.« Er schielte auf die Stelle der Wasseroberfläche, wo sich Deborahs Hand befunden hatte. Dort war nun ein Loch im Schaum – genau über dem rechten Oberschenkel. Sie beschloss, ihm den Blick zu gönnen.

»Mara und Jakob Lechner, der Eigentümer des Antiquariats, sind gemeinsam untergetaucht. Davon können wir ja wohl ausgehen, denn sie waren zusammen mit dem toten Priester auf der Donauinsel. Als ich in dem Antiquariat und der Wohnung war, hatte ich das Gefühl, dass sie sich noch dort befanden. Das Haus ist ziemlich verwinkelt. Wahrscheinlich sind sie durch irgendeinen Weg abseits des Treppenhauses geflohen.«

Deborah ließ sich noch etwas tiefer in das Wasser sinken. Gleichzeitig hoben sich ihre Knie aus dem Schaum. Sie tauchten auf wie zwei glatte, nasse Inseln. »Quint, warum erzählen Sie mir das alles?«, fragte sie. »Geht's nicht kürzer? Ich kann mir vorstellen, dass die beiden geflohen sind. Na und? Wir wollen aber wissen, wohin. Wahrscheinlich sind sie schon in Italien und suchen das, was ich eigentlich finden will ...«

»Als sie weg waren«, fuhr er fort, ohne die Augen von Deborahs Knien zu nehmen, »hatte ich die Chance, mich länger in dem Haus umzusehen. Auf den Computern, die ich gefunden habe, hat jemand erst vor Kurzem alles gelöscht. Eine große Menge Daten ist unwiederbringlich verloren.«

»Damit wir sie nicht finden, ist doch klar.« Sie hätte gerne die Knie ausgestreckt, aber sie wusste nicht, welchen Effekt das für die Bedeckung ihres Körpers haben würde, deshalb rührte sie sich nicht.

»Mag sein. Danach habe ich sämtliche Telefone in der Wohnung und im Laden untersucht. Auch die Verbindungsdaten.«

»Wie haben Sie das geschafft? Sind die in den Telefonen gespeichert?«

»Teilweise. Ich kann aber auch direkt auf die Server der Telefongesellschaft zugreifen, wenn ich die Nummern habe. Kurz bevor ich dort auftauchte, hat Lechner mit einer ganzen Reihe von Leuten telefoniert, die er lange nicht angerufen hat. Nun hatte er aber plötzlich innerhalb einer Stunde zu ihnen Kontakt.«

»Sie meinen, er suchte jemanden, bei dem er sich mit Mara verkriechen kann?«

»Genau das.« Quint zog sein Handy aus der Tasche, berührte den Touchscreen und las Deborah vor: »Da ist zum einen eine Frau in Grinzing. Sie heißt Corinna Spengler. Und ein gewisser Ron Smith.«

»Ein Amerikaner? Hat er vielleicht etwas mit Gritti zu tun?«

»Keine Ahnung. Es kann auch Zufall sein. Und dann ist da noch eine Frau. Yvonne Siegelmayer. Ich habe natürlich auch alle Adressen.«

»Also gut. Ein Lichtblick. Nehmen Sie sich die Adressen vor. Klappern Sie sie ab. Heute Nacht noch. Wir müssen Mara finden.«

Neuer Mut durchflutete sie. Sie hob den Oberkörper, und sie spürte, wie der Saum der Wasseroberfläche über ihre Haut kroch, von den oberen Ansätzen der Brüste abwärts, über die Brustwarzen …

Gut, dass sie noch der Schaum bedeckte.

Sie sah an sich herunter. Der Schaum war zusammengesunken, die hellen Wölbungen lagen verführerisch auf dem Wasser. Quint bekam geradezu Stielaugen. Sofort senkte Deborah ihren Körper, und im selben Moment wurde ihr klar, dass der Schaum überall bereits verschwunden war. Sie lag als weiße Silhouette in der Wanne, und sie konnte gar nicht so tief tauchen, dass sie sich den Blicken hätte entziehen können.

»Raus jetzt«, rief sie. »Machen Sie sich an die Arbeit.«

Er wandte sich der Tür zu.

»Und wenn Sie sie gut gemacht haben, bekommen Sie mehr zu sehen. Vielleicht.«

41

Ron hatte sich in den Sessel gefläzt und rauchte einen zweiten Joint. Jakob döste auf dem Sofa. Vor zwei Stunden hatte Mara den Laptop an sich genommen, aber dann war Ron auf die Idee gekommen, etwas zu essen zu bestellen – auf Jakobs Kosten natürlich. So wurde ein Pizzaservice angerufen, sie aßen, und nun lagen die flachen Pappkartons auf dem Boden herum. Das Essen hatte Jakob und Ron noch müder gemacht, als sie ohnehin schon gewesen waren, und so konnte sich Mara ungestört mit dem Computer beschäftigen.

Sie öffnete das Suchprogramm und tippte: die Alten Seelen.

Wessely hatte sie erwähnt. Und vor ihm schon der Unbekannte in dem verlassenen Haus in Potsdam.

Sie klickte auf »Suchen«, und die Liste mit den Treffern erschien. Und sie enthielt – nichts.

Jedenfalls nichts Brauchbares. So schien es zumindest. Nur Links zur Seelenkunde. Psychologie. Psychotherapie.

Alte Seelen …

Was sollte das überhaupt heißen?

Konnten Seelen altern?

Sie scrollte die Liste ganz nach unten, klickte auf die zweite Seite, überflog Einträge, in denen es nur um Werbung für psychologische Bücher ging oder die auf Websites von Therapeuten verwiesen.

Plötzlich blieb sie an einem neuen Begriff hängen.

Seelenwanderung.

Davon hatte sie schon einmal gehört. Das hatte doch auch etwas mit Orpheus zu tun …

Wessely hatte es erklärt. Orpheus war nicht nur Musiker,

sondern auch der Begründer eines Kults. Und die Anhänger dieses Kults glaubten an Wiedergeburt. Daran, dass jeder Mensch mehrere Leben lebte.

Mara gab andere Begriffe ein: Wiedergeburt. Seelenwanderung. Alte Seelen.

Und nun war sie mitten im Thema.

Wer daran glaubte, wiedergeboren zu werden, glaubte, dass seine Seele ewig lebte. Jede einzelne Wiedergeburt nannte man Reinkarnation. Nach dem Glauben der Hindus zum Beispiel stand am Ende vieler Reinkarnationen der Eintritt in das Nirwana – in einen Zustand höchster Vollendung.

Mara klickte sich durch verschiedene Artikel.

Alte Seelen waren oft wiedergeboren worden. Sie schleppten Erfahrungen vieler gelebter Leben mit sich herum. Daher wirkten diese Menschen auf ihre Zeitgenossen weise und abgeklärt. Deshalb waren sie alt.

Nur in Ausnahmesituationen wurde sich ein Mensch darüber klar, dass er ein früheres Leben hatte, und nur ganz selten konnte er sich daran erinnern. In Träumen zum Beispiel. Oder wenn man ihn unter Hypnose setzte.

Mara fand ein neues Wort, nach dem sie googeln konnte: Reinkarnationstherapie.

Die Erinnerung an frühere Leben führte nicht nur zu Weisheit und Abgeklärtheit. Sie konnte auch zur Qual werden. Vor allem, wenn man traumatische Erlebnisse erlitten hatte, die unbehandelt blieben. Je älter die Seele war, desto größer konnte der Anteil solcher Erlebnisse werden. Sie sammelten sich an wie Bodensatz in einer Teekanne.

Um dem entgegenzuwirken, versetzte der Therapeut den Patienten in Hypnose, sodass er sich an seine früheren Leben erinnerte, er sie noch einmal durchlebte. So spürte er traumatische Erlebnisse auf.

Mara las Blogeinträge von Menschen, die solche Therapien hinter sich hatten, und die dramatische Dinge schilderten.

Eine Frau war im früheren Leben Matrose auf der *Titanic* gewesen und bei deren Untergang umgekommen. Sie schilderte, wie das eisige Seewasser des Nordatlantiks ihre Lungen zu verbrennen schien, bevor sie nach einem qualvollen Todeskampf endlich das Bewusstsein verlor. Noch heute hatte sie panische Angst vor dem Meer.

Ein Mann war Sklave auf einer Baumwollplantage in den amerikanischen Südstaaten gewesen und erinnerte sich daran, wie man ihn regelmäßig ausgepeitscht hatte. Als man ihn an einen anderen Besitzer verkaufte, glaubte er zunächst, dass ihm nun ein besseres Schicksal bevorstand. Aber dann wurde er, gerade einmal sechzehn Jahre alt, das Opfer des offensichtlich homosexuellen Landbesitzers, der ihn – um seine Neigung zu verbergen – schließlich tötete, indem er ihm die Kehle aufschlitzte. Noch heute hatte der Mann seltsame Phantomschmerzen am Hals und mied das Tragen von Krawatten oder engen Kragen.

Auch Kinder wurden solchen Therapien unterzogen. Eine Elfjährige, deren Mutter freimütig im Internet alles veröffentlichte, behauptete, im Zweiten Weltkrieg von Soldaten vergewaltigt und ermordet worden zu sein. Während der Hypnose in der Reinkarnationstherapie habe sie plötzlich Russisch gesprochen – eine Sprache, die sie angeblich kein bisschen beherrschte.

Mara lehnte sich zurück. War sie auf der richtigen Spur? Hatte Wessely solche Leute gemeint, als er von den Alten Seelen sprach?

Aber warum sollte sich Mara vor ihnen in Acht nehmen? Und wenn es so viele gab – vor welchen genau?

Waren sie organisiert? Bildeten auch sie eine Art Sekte?

Sonst ergaben die Worte keinen Sinn.

Die Alten Seelen versuchten, über die Reinkarnationstherapie und ihre Hypnosemöglichkeiten in die Zeit von Orpheus zu gelangen. Das war ihre Methode, hinter dessen Geheimnisse zu kommen. Immerhin war ja eine solche Therapie etwas Ähnliches wie eine Zeitreise. Und wer sie unternahm, konnte sogar Orpheus persönlich begegnen.

Sie spürte, wie ein kalter Schauer über ihre Haut strich, und sie zuckte vor Schreck zusammen, als plötzlich Jakob neben ihr stand.

»Entschuldige«, sagte er. »Ich wollte dich nicht erschrecken. Was schaust du dir da an?«

Hinter ihm sah sie Rons rötlichen Haarschopf über dem Sessel herausragen. Von dort vernahm sie leise Schnarchgeräusche.

Jakob beugte sich herunter. »Reinkarnationstherapie? Wieso interessiert dich das?«

Er setzte sich neben Mara auf den Boden.

»Kann sein, dass ich mich da in etwas verstiegen habe«, sagte sie. Dann erzählte sie ihm, was Wessely erwähnt hatte. Dass sie sich in Acht vor den Alten Seelen nehmen sollte. Und was sie im Internet gefunden hatte.

Jakob nickte, während er die letzte Seite las, die Mara aufgerufen hatte. »Es wäre ja auch zu einfach gewesen, wenn wir und Deborah die Einzigen wären, die hinter der ganzen Sache her sind. Wir können von Glück sagen, dass wir von diesen Alten Seelen noch nichts mitbekommen haben. Der Name klingt irgendwie gefährlich.«

»Ich bin sogar sicher, dass sie gefährlich sind, Jakob. Sonst hätte mich Wessely nicht vor ihnen gewarnt. Sie sind wahrscheinlich die wahren Feinde, vor denen wir uns in Acht nehmen müssen.«

»Wie sollen wir das machen? Hat denn das Internet irgendeine Information geliefert, wer genau sich dahinter verbirgt?«

»Leider nicht.«

»Also sind die Alten Seelen erst mal große Unbekannte. Konzentrieren wir uns also zunächst auf das, was Georg noch gesagt hat.«

Mara wusste, was er meinte. Das Versteck der Unterlagen. Wiens heiligster Ort.

Wieder schielte sie zu Ron hinüber, aber es hatte sich nichts geändert. Das Schnarchen war in ein gleichmäßiges Atmen übergegangen.

Sie legte den Finger auf den Mund, um anzuzeigen, dass sie möglichst wenig reden sollten. Dann rief sie wieder die Suchmaschine auf und tippte »Heiliger Ort« und »Wien« ein.

»Das bringt doch nichts«, flüsterte Jakob. »Das hatten wir schon. Wir müssen uns überlegen, was für Georg ein heiliger Ort sein könnte.«

Mara wollte nicht sprechen. Sie aktivierte das Textverarbeitungsprogramm. »Kirchen?«, schrieb sie. Jakob nickte.

Sie schrieb: »Oder ein heiliger Ort, der auf antike Weise heilig ist. Ein alter Tempel, ein archäologischer Überrest? Hatten wir da nicht etwas in der Suchmaschine gefunden?«

»Das wäre nicht in Georgs Sinne gewesen«, flüsterte Jakob.

Mara hatte erkannt, dass die Kommunikation über das Textprogramm eine gute Möglichkeit war, sich mit Jakob zu verständigen. Er konnte seinen Part ruhig flüstern. Selbst wenn Ron ihn hörte, würde er daraus nicht schlau werden, weil sich die Begriffe, die man brauchte, um der Unterhaltung zu folgen, in Maras Part befanden.

»Es gibt so viele Kirchen in Wien«, tippte sie.

Jakob nickte und sah nachdenklich drein. Er legte die Spitze seines Zeigefingers an die Nase und rieb sie. Die unbewusste Geste löste in Mara etwas aus. Eine Art von Zärtlichkeit. Wieder fiel ihr der Kuss vom Abend ein. Jakob sah Mara überrascht an. Dann klopfte er sich an die Stirn.

»Ich hab's«, flüsterte er. Ein schwerer Schnarcher kam aus Rons Richtung, und die Sprungfedern des alten Sessels quietschten, als er sich schwerfällig umdrehte.

Jakob drehte den Laptop so, dass er schreiben konnte. Er

drückte zwei Mal die Entertaste und schuf so zwei Leerzeilen.

»ES KANN NUR DER STEPHANSDOM SEIN!«, schrieb er.

Natürlich, dachte Mara.

Ein Dom war die Kirche eines Bischofssitzes. Man musste in katholischen Kategorien denken …

Sie zog die Tastatur zu sich heran. »Aber die Kirche ist groß!«

Jakob seufzte vernehmbar. Dann schrieb er wieder. »Wenn der Dom die heiligste Kirche von Wien ist – dann müssen wir den heiligsten Ort in diesem Dom finden.«

Mara übernahm.

»Ist das nicht der Altar? Oder der Raum, in dem der Altar steht? Oder das Kruzifix?«

Jakob wollte wieder etwas schreiben, doch sie ließ ihn nicht an die Tasten. Sie machte das Fenster des Suchprogramms wieder groß und gab die Wörter »Stephansdom«, »Wien« und »Altar« ein. Die Liste der Links war lang.

Aber sie wusste, worauf es ankam.

Sie klickte verschiedene Seiten an. Auf einigen Bildern konnte man erkennen, dass der mit einem Gemälde und Figuren geschmückte Altarbereich vorn zum Kirchenschiff hin mit einer steinernen Brüstung gesichert war.

Sie holte die Textdatei wieder hervor und schrieb: »Wahrscheinlich sind viele Touristen im Dom. Es wird nicht einfach sein, da etwas zu suchen.«

»Wenn wir überhaupt richtigliegen.«

»Aber wir müssen es versuchen, oder? Wir wollen doch nicht, dass die Alten Seelen sich alles unter den Nagel reißen? Oder sonst jemand?«

Jakobs Gesicht war plötzlich ganz nah. Und da kam seine Hand, sehr langsam und vorsichtig, und sie legte sich warm auf ihre Schulter. Mara ließ es geschehen, und sie kostete das

Gefühl aus, seine Nähe zu spüren, seinen besonderen Geruch wahrzunehmen, den sie nun schon kannte. Als er sich nach vorn beugte, schob sie mit einer Hand den Computer weg, damit sie mehr Platz hatten. Seine Lippen näherten sich. Plötzlich löste sich Jakob von ihr und klappte den Laptop zu.

»Wir sollten noch etwas Schlaf bekommen«, sagte er. »Bevor wir morgen auf die Suche gehen.« Er sah zu Ron hinüber. »Der wird sein Bett nicht brauchen. Komm.«

In diesem Moment erfüllte ein seltsames Surren die Wohnung. Es wiederholte sich in einem eigenen Rhythmus. Kurz, lang, kurz, lang. Es erinnerte an ein eingesperrtes Insekt, das sich verzweifelt zu befreien versuchte.

Ron hob den Kopf, sah sich irritiert um und murmelte etwas, das klang wie: *»My mobile.«*

Nach kurzem Suchen fand Mara das blinkende und surrende Handy, das auf Vibrationsalarm gestellt war, in einer Kuhle des Sofas.

Anruf von unbekannt, stand auf dem Display.

Jakob zuckte mit den Achseln. Mara drückte den Anruf weg.

Und schaltete das Handy aus.

42

Quint hatte den Wecker seines Handys auf sieben Uhr dreißig gestellt. Im selben Moment, in dem der elektronische Piepton losging, schlug er die Augen auf und erhob sich. Er hatte nur eine Stunde geschlafen.

Bevor er sich hingelegt hatte, war er die Namen der drei Personen noch einmal durchgegangen. Er hatte auch im Internet geforscht und herausgefunden, dass die beiden Frauen, Corinna Spengler und Yvonne Siegelmayer zur gleichen Zeit an der Wiener Universität Literaturgeschichte studiert hatten. Es war sehr leicht gewesen, diese Information zu finden, denn beide machten lebhaften Gebrauch von sozialen Netzwerken.

Schwieriger war die Sache bei diesem Ron Smith. Der Name stand auf keiner Immatrikulationsliste, an die Quint im Netz herankam. Es war zu vermuten, dass der Mann kein Österreicher war. Sicher stammte er aus dem angelsächsischen Raum, doch das half Quint auch nicht weiter. Es gab Tausende von Menschen mit diesem Namen, wobei Ron auch noch eine Abkürzung für irgendetwas sein konnte.

Selbst die Adresse kannte Quint nicht. Und so hatte er letzte Nacht versucht, ihn anzurufen. Der Ruf war durchgegangen, wurde dann aber abgeschaltet.

Und in dem Moment erkannte Quint sein Versäumnis. Erst jetzt fiel ihm ein, dass er das Handy ja hätte orten können. Er nahm sein Telefon und versuchte es erneut.

The Number you have called is temporarily not available …

Sein Instinkt sagte ihm, dass Mara und dieser Lechner – falls sie überhaupt bei einer der drei Personen Unterschlupf gesucht hatten – bei diesem Ron waren und nicht bei einer der beiden Frauen. Aber er musste sichergehen.

Während im Hörer das Freizeichen tutete, versuchte Quint, ein zweites Problem in den Griff zu bekommen. Das Problem, dass er kein Deutsch sprach. Aber er ging davon aus, dass er mit einer Frau, die Literaturwissenschaft studierte, englisch sprechen konnte.

»Ja bitte?« Eine Frauenstimme. Sie wirkte verschlafen.

»*Is this Yvonne Siegelmayer?*« Bei dem Nachnamen musste er sich ein wenig die Zunge verbiegen, aber er bekam das Wort ganz gut hin. Dachte er zumindest.

»Yvonne Siegelmayer, ja. Mit wem spreche ich bitte?«

Quint holte Luft und legte los: »*My name is Roddenberry, I arrived in Vienna today. I am from the USA …*« In möglichst kurzen Sätzen machte er der Frau auf Englisch klar, dass er auf der Suche nach seinem alten Freund Jakob Lechner sei, dass er sich eigentlich mit ihm verabredet habe, dass er aber nicht gekommen sei. Sein Antiquariat sei geschlossen. Und überhaupt, es tue ihm schrecklich leid, dass er so früh anrufe, aber er habe das Gefühl, da sei etwas Eigenartiges passiert, und er habe gedacht, er klappere einfach mal die alten Bekannten aus der Studienzeit ab …

An dieser Stelle hakte die Frau ein: alte Bekannte? Wie war noch mal sein Name?

Jetzt musste Quint sein schauspielerisches Talent hervorkehren: Ja, sicher. Literaturwissenschaft in Wien an der Uni. Er hatte damals Anglistik studiert und Jakob und sie, Yvonne, doch kennengelernt. Sie hatten doch sogar Telefonnummern ausgetauscht.

»Tut mir leid«, sagte Yvonne auf Deutsch. »Ich kenne Sie nicht. Und Jakob habe ich auch lange nicht gesehen. Nur gesprochen – gestern Abend kurz am Telefon. Allerdings auch nicht persönlich, sondern er hat mir auf dem AB eine Nachricht hinterlassen.«

Quint verabschiedete sich knapp und drückte den roten Knopf. Von den beiden Frauen hatte er die Adressen. Er konnte bei ihnen auch noch mal vorbeischauen, wenn ihm das nötig schien.

Nun war Corinna dran. Corinna Spengler. Bevor er wählte, überlegte er, ob es nicht doch besser war, noch ein wenig zu warten. In Amerika konnte man Leute morgens um sieben leicht erreichen. Das ganze Land bestand aus Frühaufstehern. Hier in Europa schien das anders zu sein. Quint hatte gelesen, dass manche Menschen erst um neun oder sogar um halb zehn mit der Arbeit begannen.

Nein, dachte er. Wenn ich sie aus dem Schlaf reiße, dann erreiche ich sie wenigstens.

Er wählte.

»Spengler?« Eine Männerstimme. Ebenfalls verschlafen.

Das war doch sicher der Ehemann? Sollte er Corinna Spengler verlangen?

Er beschloss, seinen Plan durchzuziehen.

Langsam und deutlich sagte er sein Sprüchlein auf – mit dem Unterschied, dass er sich nun als Erstes für die Störung entschuldigte.

Der Mann sprach zum Glück auch Englisch und war sogar noch nicht einmal unfreundlich.

»Jakob Lechner? Nein, den haben wir lange nicht gesehen. Aber sind Sie sicher, dass er nicht in seinem Laden ist? Er hat Öffnungszeiten, die er manchmal ganz willkürlich festlegt. Corinna kann ich nicht fragen, sie ist nicht zu Hause. Sie ist auf einer Tagung in Graz …«

Quint beendete das Gespräch und atmete tief durch.

Ron, dachte er. Es ist dieser Ron. Da war er sich nun sicher.

Er wählte die Nummer.

Das Freizeichen kam!

Während es tutete, startete Quint seinen Rechner, der immer auf Standby geschaltet war. Es dauerte nur vier Sekunden, da öffnete sich das Fenster, in das er die Handynummer zur Ortung eingeben musste.

Es klingelte lange. Dann meldete sich ein Mann. »*Hello?*« Ebenfalls müde, aber klar zu verstehen. Quint erkannte sofort den englischen Akzent.

Und in diesem Moment traf Quint eine Entscheidung.

Er schwieg. Und starrte auf den Bildschirm.

Dort lief die Ortung, dargestellt durch einen runden Kreis, der sich zu drehen schien.

Über den Telefonhörer war ein Klappern zu vernehmen. Dann wieder dieses lang gezogene »*Hello?*«

Die Sache im Computer zog sich hin, und Quint beschloss, ein wenig Verlängerung herauszuschlagen, indem er ebenfalls »*Hello*« sagte.

Im selben Moment hörte der Kreis auf dem Bildschirm auf, sich zu drehen. Er hatte die Adresse gefunden.

Der Hochaltar des Stephansdoms bewegte sich wie von Geisterhand. Das in die Höhe strebende Bild mit der abgerundeten Oberkante klappte zur Seite, und der steinerne Untergrund verwandelte sich in eine riesige Falltür. Die Szene erinnerte an den Film *Transformers*, in dem Autos, Flugzeuge und andere Maschinen ein seltsames Eigenleben entwickelten und ihre Einzelteile neu anordneten, sodass sie plötzlich wie Roboter aussahen.

So ähnlich formierte sich auch das Innenleben des Doms um. Die bunten Glasfenster hinter dem Altar verschwanden, die Wände fuhren nach oben, die Säulen legten sich quer, sodass sie ein paar Stufen bildeten, die nun in den gänzlich veränderten Altarraum führten. Der Bereich ähnelte jetzt einem kleinen Tempel, der nichts Kirchliches mehr an sich hatte. Sein Eingang sah nun aus wie ein riesiges Maul. Von der steinernen Querverstrebung ragten metallene Streben herunter, die an Zähne erinnerten. Mara fiel ein, das es die glänzenden Kerzenständer gewesen waren, die vor dem Altar gestanden hatten.

Die Szenerie war von vollkommener Stille erfüllt, doch das bemerkte Mara erst, als aus dem schwarzen Maul des Eingangs ferne Musik ertönte. Eine weiche, einsame Melodie. Ein verlorenes Kreisen – wie ein Vogel über einer riesigen Landschaft, in einer Höhe, wo es keine anderen Lebewesen mehr gab. Es war eine Geige, die spielte – sehr, sehr hoch auf der höchsten Saite. Ganz am oberen Ende des Griffbretts, wie Mara sofort feststellte, da, wo die Töne so dicht beieinanderlagen, dass man die Finger nicht mehr nebeneinandersetzen konnte, um eine Tonleiter zu spielen. Die einzelnen Noten mussten in dieser Höhe ganz vorsichtig mit winzigsten Abständen auf Brett und Saite erkundet werden, um noch sauber zu bleiben. Und das gab dieser Melodie etwas Gläsern-Zerbrechliches, als ob sie an einem seidenen Faden hinge, der jeden Moment reißen konnte – wobei nicht nur die Musik, sondern auch der Spieler oder die Spielerin aus allerhöchster Höhe in eine schreckliche Tiefe stürzen würde.

Das war Tamara. Es war eindeutig ihr Klang. Gab es sie noch irgendwo? Aber sie war doch in die Donau gestürzt. Sie war zerstört.

Sie war *tot*.

Ja, sie war tot, denn als Mara sie noch gehabt hatte, war ihr immer klar gewesen, dass es sich bei dem Instrument um ein lebendiges Wesen handelte.

Und da begann das Ungeheuer, dessen Maul der Eingang zu dem seltsamen Tempel war, zu fauchen. In rhythmischen Abständen drang ein Keuchen aus der Finsternis.

Was haust dort hinter dem Eingang?, fragte sich Mara.

Das Fauchen wurde lauter, und längst hatte es die zarten Töne der Geige übertönt.

Mara spürte eine wachsende Beklemmung. Sie wollte fliehen, aber hinter ihr ragten die steinernen Wände des Stephansdoms auf, und als sie sich suchend umdrehte, um einen Ausgang zu entdecken, sah sie sich einer großen Menschenmenge gegenüber. Die Leute waren dunkel gekleidet und standen in den Kirchenbänken. Stumm sahen sie Mara an, und obwohl sie kein Wort sagten, wurde Mara klar, dass sie etwas von ihr wollten.

Sie verlangten, dass sie in den Tempel ging. Dass sie sich dem stellte, was darin hauste.

Und immer lauter fauchte und wütete.

Mara spürte einen Stoß in ihrer Seite und schlug die Augen auf. Während sie noch realisierte, wo sie war, begann das Bett zu wackeln. Jakob ächzte schlaftrunken neben ihr, und da kam ein Geräusch von weiter weg. Ron sagte: »*Hello.*«

Mara fuhr auf und sah, wie Jakob zu Ron hinüberging.

Hatte sie das Telefon nicht ausgeschaltet? Und jetzt hatte es wieder vibriert. Das Geräusch überlagerte sich immer noch mit den Bildern von dem Monster in dem Tempel, aber schon fiel die Erinnerung an den Traum in sich zusammen, sie schmolz dahin wie ein ehemals künstlerisch geformtes Stück Eis in der Sonne. Einen Moment lang konnte man seine Kontur noch erahnen, dann verschwand es im Nichts.

»Wer hat da angerufen?«, rief Jakob, und Ron murmelte etwas.

Sicher war er irgendwann wach geworden, vielleicht um aufs Klo zu gehen. Er hatte festgestellt, dass sein Handy ausgeschaltet war. Wahrscheinlich gehörte er zu den Leuten, die das Telefon auf Standby bereithielten. Und so hatte er es wieder eingeschaltet.

Jakob kam zurück zum Bett. Er trug nur grüne Shorts, und Mara bemerkte, dass seine Unterschenkel stark behaart waren. Mit blonden Haaren. Sie schimmerten golden in dem schwachen Licht.

»Wir müssen sofort weg«, sagte er.

Mara sah auf die Uhr. Es war kurz vor acht.

»Komm, steh auf!«

»Was ist denn los?«, rief Ron. »Ihr wollt weg? Jetzt?«

Jakob sah Mara an. »Es kann sein, dass er es war. Und da Ron an sein Telefon gegangen ist, weiß er, wo wir sind. Er kann es orten.«

Mara schüttelte den Kopf. »Aber wie soll er denn überhaupt an Rons Nummer gekommen sein? Er weiß doch gar nicht, dass du Kontakt zu Ron hast. Geschweige denn, dass wir hier sind.«

»Er war in meinem Haus. In meinem Laden. In meiner Wohnung. Er hat alle Daten runtergeladen. Er hat gesehen, dass ich Ron angerufen habe, bevor wir herkamen. Wir dürfen nichts riskieren. Los.« Er schlug die Decke zurück. Mara trug nur Slip und T-Shirt. Sie spürte Kälte an den Beinen. Ron glotzte sie an, aber sie wusste nicht, ob er es tat, weil sie in Unterwäsche dalag oder weil er einfach nur verwirrt war.

»*What the hell are you talking about?*«, rief er. »Wer ist *er*? *Wer* hat uns aufgespürt? Habt ihr gestern nicht noch irgendwas von einem Musikmanager erzählt, mit dem Mara Stress hat?«

Jakob zog bereits seine Hose an. »Ich erkläre es dir später. Danke, dass wir bei dir übernachten durften.«

Auch Mara griff nach ihrer Kleidung. Als sie fertig waren, saß Ron in seinem Sessel und drehte sich einen Joint.

Vielleicht war das gar nicht so schlecht. Wenn es ihn dazu brachte, die Tür zuzulassen, sollte Quint hier auftauchen.

»Lass keinen rein«, sagte Jakob. »Und noch mal danke.«

Damit verließen sie die Wohnung und liefen die Treppe hinunter.

Quint bewegte sich mit dem Strom im Meer der Menschen, die zur Arbeit fuhren. Routinemäßig nahm er die vielen Videokameras wahr, die die U-Bahnen überwachten. Er glaubte nicht, dass es jemals dazu kommen würde, dass jemand sein Gesicht in den Aufzeichnungen suchte, aber er bemühte sich trotzdem, nicht aufzufallen. Wie die Passanten um ihn herum blickte er schräg vor sich auf den Boden.

Er eilte die Treppen hinunter und nahm sich noch nicht einmal die Zeit, genau nachzusehen, welche U-Bahn er nehmen musste. Er wirkte wie jemand, für den die Fahrt nur eine tägliche Pflicht darstellte.

Er zog eine Karte. Der Zug fuhr an den Bahnsteig. Quint stieg ein, setzte sich nicht, sondern blieb stehen. Bevor die U-Bahn anfuhr, ertönte eine Durchsage, die Quint nicht verstand, deren Sinn er aber erahnte.

Schließlich erreichte er die Station Karlsplatz. Der Menschenstrom spülte ihn nach oben, und während sich die anderen in irgendwelche Bürohäuser oder Geschäfte verteilten, wo sie ihren Dienst antraten, trieb es Quint, nachdem er den angrenzenden Schwarzenbergplatz überquert hatte, in das Gassengewirr des Bezirks, der den Namen Landstraße trug.

Hier gab es ein Viertel, in dem die Sträßchen rechtwinklig zueinander verliefen. Kellergasse, Strohgasse …

Von dieser Ecke aus war das Handysignal gekommen.

Aus welchem Haus genau, konnte er nicht feststellen.

Quint überprüfte Klingelschilder und Briefkästen.

Smith, Smith, Smith, hämmerte es in seinem Kopf. Aber er fand nur Huber, Mayer, und eine Reihe von orientalisch klingenden Namen: Mechmed, Yildis, Öztürk.

Smith. Da war er. Ein ausgeschnittenes Stückchen Papier, mit Filzstift beschriftet und mit Klebefilm befestigt. Fast verblichen und verdreckt.

Quint sah sich nicht um, als er klingelte.

43

Jakob und Mara stiegen am Stephansplatz aus der U-Bahn, und obwohl noch früher Morgen war, drängten sich vor dem Dom schon die Menschen. Einheimische, die zur Arbeit eilten, mischten sich mit Touristengruppen. Bleiche Japaner blickten aus dunkelblauen Kapuzen von Regencapes, junge Leute mit Rucksäcken standen ratlos herum. Man konsultierte Reiseführer und Stadtpläne, wurde von den ebenfalls um diese Zeit bereitstehenden, mit Perücke, rotem Rock und weißen Kniehosen als Mozart verkleideten Werbern angesprochen, die Handzettel mit Konzertterminen verteilten. Von der nahen Fiakerstation, wo die Kutschen mit den Pferden in Reih und Glied aufgereiht standen, wehte ein scharfer Geruch nach Pferdeäpfeln herüber. Ab und zu hallte ein Kommando von der Mauer des Doms wider, eine Peitsche knallte, und eisenbeschlagene Räder kollerten über das Pflaster.

Sie schlossen sich dem Strom von Menschen an, die dem Portal zustrebten.

»Unglaublich, dass der Dom um diese Zeit schon geöffnet ist«, sagte Mara. »Das hätte ich nicht gedacht.«

»Ab sechs Uhr morgens kann man ihn betreten«, sagte Jakob, als sie in das dunkle Kircheninnere schritten. »Er ist ja kein Museum, sondern ein Gotteshaus mit allem, was dazugehört.«

Draußen hatte schon feuchte Novemberkühle geherrscht, aber hier drinnen nahm die klamme Atmosphäre noch zu. Mara fröstelte, und während sich ihre Augen an das Dämmerlicht gewöhnten, kam ihr wieder ihr Traum in den Sinn. Sie hatte nicht mehr viele Erinnerungen daran, aber sie wusste, dass es darin um eine Höhle gegangen war, die sie zu verschlingen drohte.

Jakob, der zwei, drei Schritte vorausgegangen war, blieb stehen. Sie trat neben ihn und blickte sich um. Obwohl auch hier die Besucher meist in nicht gerade festlicher Kleidung herumliefen, obwohl es ab und zu aufblitzte, wenn ein Foto geschossen wurde, obwohl Regenmäntel raschelten und man gemeinsam in Reiseführer blickte und sich sogar mit unterdrückter Stimme daraus vorlas, obwohl Schritte auf dem steinernen Boden hallten und irgendwo vorn plötzlich ein Kind schrie und sich der Laut nur langsam in dem weiten Raum verlor, überkam Mara das Gefühl, in einem weihevollen Raum zu sein. Weit hinten, jenseits der vielen Bankreihen, leuchtete der farbige Hochaltar.

»Dort müssen wir hin«, sagte Jakob. »Hinter die Absperrung.«

Der Gang durch das Mittelschiff war mit einem schwarzen Gitter abgesperrt und nur zu betreten, wenn man an einer kleinen Theke vorbeiging. Dort musste man eine Eintrittskarte kaufen.

»Da ist noch ein Altar«, sagte sie.

»Es gibt zwei«, sagte Jakob. »Der hier im sogenannten Frauenchor ist der Neustädter Altar aus dem 15. Jahrhundert. Ich glaube aber, Georg hat den Altar im Hauptschiff gemeint. Er ist das religiöse Zentrum. Oder wir sind auf einem ganz falschen Weg. Dann weiß ich aber auch nicht weiter.«

Jakob wandte sich der Theke zu, wo sie den Eintritt bezahlten. Mara sah, dass man auch Audioguides mieten konnte – tragbare Audiogeräte, die einem die Sehenswürdigkeiten des Doms erklärten. Viele der Touristen hatten sich ein solches Gerät geben lassen.

Der Zweifel, den Jakob gerade angesprochen hatte, gab ihr einen Stich. Hoffentlich waren sie auf der richtigen Spur. Was, wenn Wessely kurz vor seinem Tod nicht mehr bei Sinnen gewesen war? Wenn er gar nicht mehr wusste, was er sagte? Wenn er vielleicht die Unterlagen nur an dem Ort, den er sich überlegt hatte, verstecken *wollte*, es aber noch nicht getan hatte?

Sie folgten den Menschen, die sich dem Altarbereich näherten. Man kam jedoch nicht besonders nah heran. Vor der vordersten Bankreihe blieb ein Stück Raum, an das sich die steinerne Brüstung anschloss, die sie schon auf dem Bild im Internet gesehen hatten. Dann kam, etwas erhöht, eine weitere freie Fläche mit diagonal verlegten schwarz-weißen Fliesen. Und dahinter erhob sich, scheinbar stolz auf das Geschehen in der Kirche herabblickend, der eigentliche Altar. Links und rechts ragten runde Säulen hervor, darüber war ein richtiges Giebeldach – als sehe man durch die Fassade eines Tempels in eine andere Welt. Oben in der Mitte füllte ein großes Ölgemälde die Fläche aus. Es zeigte altertümliche Figuren am Boden und weiter oben schwebende Menschen in einem gemalten Himmel. Der Sinn wurde ihr allerdings nicht klar.

»Das Bild zeigt das Martyrium des heiligen Stephanus«, erklärte Jakob. »Ihm ist der Dom geweiht. Er wurde gesteinigt.«

Sie betrachtete das Gemälde. Darstellungen von Heiligen fand sie immer ziemlich langweilig. Auch dieses Bild wollte in ihr nicht den Eindruck erzeugen, dass man hier eine Hinrichtung sah. Es wirkte alles ganz gelöst und harmonisch, fast heiter.

»Das sieht nicht sehr grausam aus«, sagte sie.

»Es war auch nicht die Absicht des Malers, es so aussehen zu lassen. Schließlich haben die Martyrien der katholischen Heiligen einen höheren Sinn. Sie dienen der ewigen Glückseligkeit. Und das soll in dem Bild auch zum Ausdruck kommen.«

Sie ließ ihren Blick über die weitere Ausstattung des Hochaltars schweifen. Neben dem Bild standen vier weiße steinerne Figuren, die das Ganze zu bewachen schienen.

»Diese vier sind auch Heilige«, sagte Jakob. »Sebastian, Leopold, Florian und Rochus.«

»Was sollen wir jetzt machen?«, flüsterte sie.

Gerade schob sich wieder eine größere Gruppe von Touristen an ihnen vorbei und drängte sich an die Brüstung. Kameras blitzten und klickten. Gemurmel war zu hören.

»Wir müssen irgendwie da vorn hingelangen.«

»Aber das wird nicht gehen. Schau mal hier.«

Sie deutete auf die vorderste der Säulen, die den mittleren Bereich vom linken Seitenschiff trennten. In etwa drei Metern Höhe war eine Videokamera angebracht, die genau auf den Altar gerichtet war.

»Wahrscheinlich gibt es zusätzlich noch Bewegungsmelder.«

Er sah zu der Kamera hinüber. »Wir müssen uns was überlegen. Vor allem dürfen wir uns nicht so auffällig verhalten. Setzen wir uns erst mal hin.«

Sie wandten sich der ersten Bankreihe zu. Im hinteren Bereich der Kirche drängten immer mehr Menschen herein. Mara wollte sich gerade hinsetzen, da trat eine dünne Gestalt hervor. Mara erschrak, drehte sich sofort um und setzte sich.

»Was ist?«, fragte Jakob. Er wollte sich umdrehen, doch Mara hielt ihn zurück.

»Nicht hinsehen.«

Sie blickte noch einmal hin.

Die Gestalt war verschwunden. War sie nur eine Einbildung gewesen? Oder war der Mann hinter eine Säule getreten? Oder zurück in das Dunkel am Domeingang?

Und wenn er es war – woher wusste er, dass sie hier waren?

»Ich dachte, ich hätte Quint gesehen. Aber jetzt ist er wieder weg.«

Jakob blickte nach hinten und kniff die Augen zusammen. »Ich sehe ihn auch nicht«, sagte er.

»War vielleicht nur Einbildung. Woher soll er auch wissen, dass wir hier sind?«

»Wenn Ron es ihm nicht gesagt hat …«

»Ron weiß es auch nicht.«

Jakob fasste jetzt wieder den Altar ins Auge. Das Heiligtum stand weihevoll und schweigend da. Die steinerne Brüstung vor den Treppenstufen, die hinaufführten, war natürlich kein Hindernis. Aber Mara hatte die Männer in den diskreten schwarzen Anzügen gesehen, die hier im Dom aufpassten, dass sich jeder korrekt verhielt. Sie trugen einen weißen Clip am Revers, der sie als Mitarbeiter der Domverwaltung auswies. Sie würden niemals zulassen, dass man einfach zum Altar ging und dort nach etwas suchte.

»Schau mal«, unterbrach Jakob Maras Gedanken.

Sie hatte nachdenklich auf den schwarz-weißen Fußboden geblickt. Auch ihr war die Bewegung weiter vorn nicht entgangen.

»Siehst du, was ich sehe?«, fragte Jakob.

Mara nickte nur. Sie wussten nun beide, dass es eine Möglichkeit gab.

Quint erkannte einen vertrottelten, übernächtigten Junkie, wenn er einen sah. Und bei diesem Ron Smith handelte es sich um nichts anderes.

Der glasige Blick. Die struppigen Rastalocken, mit denen diese Idioten der Welt irgendetwas mitteilen wollten – zum Beispiel, wie cool sie waren, oder dass sie sich nicht in das herrschende Gesellschaftssystem einfügten. Dass sie ihr eigenes Leben lebten. Ein Leben, das darin bestand, Drogen zu nehmen, andere Menschen anzubetteln und natürlich keinerlei Verpflichtungen einzugehen oder gar Verantwortung zu übernehmen.

Dieser Ron machte wahre Kulleraugen, als Quint ihm die Treppe herauf entgegengeeilt kam.

»*Who are you?*«, fragte er, doch Quint hielt sich gar nicht damit auf zu antworten. Er wischte die dürre Gestalt zur Seite, sodass sie gegen den Türrahmen knallte. Dann zog er den Junkie an seinen Locken ins Innere der Wohnung und schloss die Tür. Es musste nicht jeder im Treppenhaus mitkriegen, was hier passierte.

Ron schrie nicht, sondern er gab nur ein tiefes Stöhnen von sich. Er war auf den Boden gerutscht und hatte an der Wand eine rote Schleifspur hinterlassen. Blut tropfte aus seiner Nase und bedeckte Mund und Kinn, sodass es so aussah, als sei der untere Bereich von Rons Gesicht eine einzige Wunde.

Quint ließ ihn los und durchsuchte die Wohnung.

Doch was hieß hier schon Wohnung?

Es war ein einziger großer Raum mit dreckigen alten Möbeln. Es stank nach Schweiß und kaltem Rauch. Die markante Shit-Note war leicht auszumachen.

Der einzige abgetrennte Raum war ein kleines Bad mit Toilette. Darin war niemand.

»*What the hell* …«, kam Rons hohe Stimme von der Tür her. Er hatte sich mühsam aufgerappelt und kam schwankend auf Quint zu. Es wirkte geradezu lächerlich, wie dieser Sack voller Drogen versuchte, gegen den Eindringling vorzugehen.

Quint ließ seinen rechten Arm vorschnellen und packte ihn an der Gurgel. Dann drückte er Rons Oberkörper nach unten, sodass er das Gleichgewicht verlor und der Länge nach hinstürzte. Quint fixierte ihn zwischen den Schulterblättern mit seinem Fuß.

»Mara Thorn«, sagte er. »War sie hier?«

Ron rührte sich nicht.

Quint verstärkte den Druck. »War sie hier? Sie oder dieser Jakob Lechner? Oder beide? *Do you know where they are?*«

Ron hob den Kopf vom Boden, wobei er den Rücken ein wenig verbiegen musste. Der Junkie war ziemlich gelenkig. Als er das Gesicht ein paar Zentimeter angehoben hatte, deutete er ein Kopfschütteln an.

»Du weißt nicht, wo sie sind?«

»No …«

Er beschloss, sich mit Ron später noch einmal zu beschäftigen und erst mal nach Spuren zu suchen. Er sah sich nach etwas um, womit er Ron fesseln konnte.

In einer Ecke lagen bunte Stoffe auf einem Haufen. In Lila, Bordeauxrot und Blau. Quint ließ Ron liegen. Er wehrte sich nicht mehr und bewegte sich kaum. Wie ein Käfer in der Kältestarre.

Es waren Kostüme aus einem satinartigen Material. Wahrscheinlich war der Typ schwul und verkleidete sich gerne. Oder er war Schauspieler oder so etwas. Die Stoffe ließen sich leicht zerreißen, und Quint gelang es, innerhalb von Sekunden Fesseln und Knebel herzustellen.

Ron wehrte sich nicht, als Quint mit einem lila Fetzen seinen Mund umspann und am Hinterkopf fest zuknotete. Schreien war jetzt unmöglich. Und Ron musste durch die Nase atmen. Mit weiteren Streifen fesselte Quint Arme und Beine und ließ das fertige Paket auf dem Bauch liegen. Rons Rücken hob und senkte sich schnell. Er atmete heftig.

Quint sah auf die Uhr. Seit er diese Behausung betreten hatte, waren gerade einmal anderthalb Minuten vergangen. Nun blickte er sich um. Der Laptop auf dem Sofa war ihm gleich aufgefallen. Damit konnte man sicher etwas anfangen.

Er klappte ihn auf. Er war auf Standby gestellt, und auf dem Bildschirm wuchs ein Balken, als sich das Gerät wieder in den aktiven Zustand zurückversetzte.

Es gab geöffnete Dateien.

Er klickte auf das Symbol des Textverarbeitungsprogramms. Das Fenster wurde groß.

Bingo!

Quint löschte die Datei, schaltete den Rechner aus und blickte zu Ron. Irgendwer würde ihn schon finden.

Eine Sekunde später war er auf dem Flur, schloss die Wohnungstür hinter sich und lief die Treppe hinunter.

44

Neben dem Altar erschien eine Gestalt, die in eine so weihevolle Umgebung nicht passte. Sie zog ein kleines Wägelchen hinter sich her, in der sie allerlei Reinigungsmittel, Schrubber und Lappen transportierte.

Eine Putzfrau!

Als befände sie sich nicht in einer Kirche, sondern auf dem Flur eines Bürohauses, stellte die Frau in ihrem blauem Kittel einen Eimer Wasser ab, tauchte einen Wischer ein und begann, den schwarz-weißen Boden zu wischen. Sie arbeitete sich gemächlich vom Altar aus quer über die Fläche und hinterließ eine feuchte Wischspur.

»Es gibt also schon mal keinen Bewegungsmelder, der losgehen könnte«, sagte Jakob.

»Aber hilft uns das? Ich meine, wo genau sind die Unterlagen? Am Ende hat er sie irgendwo ins Innere des Altars gelegt.«

Mara hatte keine Ahnung, wie das ganze Ensemble überhaupt aufgebaut war. Sie sah nur den eigentlichen Altar und darüber das hohe Gemälde. Plötzlich fiel ihr etwas ein. »Hinter dem Ensemble muss es einen quer verlaufenden schmalen Gang geben«, sagte sie.

Jakob nickte. »Zwischen dem Altaraufbau und der hinteren Wand des Kirchenraums. Dort müssen wir irgendwie hingelangen.«

»Bleibt noch die Videoüberwachung.«

Sie beobachteten eine Weile die Putzfrau, die sich weiter ihren Weg bahnte und sorgfältig aufwischte.

»Gehen wir ein Stück zurück«, sagte Jakob. »Wir sollten uns nicht so lange hier aufhalten. Das ist zu auffällig.«

Sie spazierten durch das Mittelschiff in Richtung Ausgang, aber sie verließen nicht den Bereich, der von den Gittern umgeben war.

Am Ausgang war ein kleiner Tumult entstanden. Stimmen hallten in dem weiten Dom. Zwei der dunkel gekleideten Wachleute eilten auf den Eingang zu. Dort hatten ein älterer Mann und eine Frau – offensichtlich ein Ehepaar – einen kleinen weißen Hund mit hereingebracht. Das Tier riss energisch an der Leine, hechelte und winselte, und plötzlich bellte es laut, dass es wie ein Schrei durch den Dom schallte.

Die beiden Besucher wollten partout nicht einsehen, dass es verboten war, Hunde mitzubringen. Schließlich gelang es den Aufpassern, sie höflich, aber bestimmt nach draußen zu bringen. Die Frau schüttelte ihren mit grauem Haar bedeckten Kopf. Der Mann trottete hinterdrein. Mara schnappte einen Teil des Protests der Frau auf: »Nicht zu fassen … der Pepi ist doch ein so Lieber …« Sie verschwanden im Windfang, und die dunklen Herren kehrten zurück. Sie wechselten ein paar Worte und grinsten dabei.

»Jetzt ist die Putzfrau fertig«, sagte Jakob und deutete in Richtung Altar. Die Frau im blauen Kittel zog das Wägelchen zur Seite in Richtung des Frauenchors.

Mara zog Jakob ein Stück weit weg. »Komm, setzen wir uns mal hier in die Bank … Und fassen wir zusammen … Wir glauben, dass irgendwelche Unterlagen hinter oder unter dem Altar versteckt sind.«

»Richtig. Am heiligsten Ort von Wien. Das muss einfach der Altar sein.«

»Nehmen wir an, wir haben recht. Wie muss man sich diese Unterlagen vorstellen? Ein Heft? Eine Mappe? Ein Umschlag? Ein Datenstick?«

»Es wird etwas Kleines sein. Georg muss dafür gesorgt haben, dass man das Material hier nicht zufällig findet. Es könnte ja sein, dass der Umschlag oder was auch immer den Kontrolleuren auffällt oder einfach nur der Putzfrau.«

»Das heißt, wir müssen unter Umständen lange danach suchen. Wir bräuchten Zeit, um uns das alles da vorn richtig anzusehen.«

Jakob zog die Stirn in Falten. »Das wäre das Beste, ja.«

Mara sah sich um. Plötzlich schlug ihr Herz schneller. Es war ihr, als habe sie Quint wieder gesehen. Seitlich, hinter dem Gitter an der Kasse. Doch als sie erneut hinsah, war er verschwunden.

Drehte sie jetzt völlig durch?

Sie versuchte, die Angst zu unterdrücken, aber es gelang ihr nicht. Ihr Gesicht wurde heiß.

»Was hast du?«, fragte Jakob.

»Nichts«, sagte Mara, entschlossen, die Furcht abzuschütteln.

Vergiss Quint, befahl sie sich. Vergiss die Bilder von der Szene im Wald, als er dich erschießen wollte. Vergiss den Besuch in Jakobs Wohnung …

Sie musste hier weg. Sie konnte das Gefühl nicht ertragen, dass hinter dem Gitter jemand lauerte, der es auf sie abgesehen hatte. Sie fühlte sich eingesperrt. Und da kam ihr ein Gedanke.

»Ich habe eine Idee«, sagte sie. »Ich versuche es.«

»Aber was willst du machen? Erklär's mir.«

»Du gehst raus. Ich meine, nicht aus dem Dom, sondern an dem Gitter vorbei, an den Eingang. Du hast Quint auf der Donauinsel gesehen. Du weißt also, wie er aussieht. Schau nach, ob er da ist. Lenk ihn ab. Ich werde dann angelaufen kommen – und es dabeihaben. Wenn ich es gefunden habe. Verstehst du?«

»Nein, das verstehe ich nicht. Du willst einfach da vorn hinlaufen? Und nachsehen?«

»Das ist doch die beste Lösung.«

»Die Wachleute werden sehr schnell da sein und dich wegholen. Und dann kennen sie dich. Du wirst danach keinen Fuß mehr in den Dom setzen können. Weil du nämlich Hausverbot bekommst.«

»Deswegen bleibst du erst mal im Hintergrund. Wenn es nicht klappt, kannst du es ja versuchen. Also los jetzt, mach schon.«

»Aber so einfach geht das nicht.«

»Ich habe mir was überlegt. Vertrau mir.«

Jakob sah sie ein paar Sekunden an, als wollte er in ihrem Gesicht lesen, ob es ihr wirklich ernst war. Dann stand er auf und ging durch das Mittelschiff nach vorn – durch die Sperre, durch die man den zahlungspflichtigen Teil des Doms verließ.

Sie wandte sich dem Altar zu. Vor der runden Brüstung hatte sich eine Gruppe versammelt. Davor war ein Mann damit beschäftigt, gestenreich etwas zu erklären. Sicher würde es immer wieder Reisegruppen geben, die den Altarbereich besuchten. Mara musste einen Moment erwischen, in dem da vorn wenig los war.

Sie atmete ruhig und entspannt. Und sie spürte, wie es sie beruhigte.

Der Reiseführer deutete irgendwohin und sagte etwas. Die Gruppe setzte sich in Bewegung. Mara stand auf und ging schnurgerade durch das Mittelschiff auf den Altar zu. Sie bemühte sich, nicht zu schnell zu gehen. Sich wie eine interessierte Touristin zu verhalten. Sie sah nach links und rechts. Und sie hatte Glück. Keiner der dunkel gekleideten Herren war zu sehen.

Die runde Brüstung kam näher. Und in einer einzigen Bewegung stieg Mara hinüber, eilte die Stufen hinauf, umrundete den Altar und stand nun vor dem Bild. Sie spürte tausend Blicke im Rücken. Natürlich wurden jetzt irgendwo hinter ihr die Sicherheitskräfte aktiv.

Sie drehte sich um, ignorierte die hellen Gesichter, die sich ihr zuwandten, und bückte sich, um unter den Altar zu schauen. Zwei Gestalten lösten sich aus der Menge der Besucher. Jemand rief »Halt«, und das Wort hallte noch Sekunden durch den Kirchenraum.

Unter dem Altar war nichts. Auch nicht daneben. Sie erhob sich und sah die Wachleute, die im Laufschritt auf sie zukamen. Gleich hatten sie die steinerne Brüstung erreicht. Mara drehte sich und eilte dem Altarbild entgegen. Die Figuren auf dem Gemälde wuchsen ins Riesenhafte. Die Skulpturen links und rechts sahen Mara zu.

Hinter dem Altar verlief tatsächlich ein kleiner Gang. Hier gab es nur glatten Boden und glatte Wände. Es konnte nichts versteckt sein.

Schritte näherten sich.

»He«, rief eine Männerstimme. »Kommen Sie sofort da raus.«

Sie ließ sich auf den Boden fallen. Im selben Moment, in dem die Männer um die Ecke bogen, erkannte sie etwas Flaches auf dem Fußboden. Direkt vor ihrer Nase. Es war ein Stück Papier und sah aus wie eine zusammengefaltete Zeitung.

Oder ein Umschlag.

Mara griff danach. Es war recht klein – nicht einmal im Format DIN-A5. Sie schob es in die Innentasche ihrer Jacke.

Da wurde sie schon von hinten gepackt und nach oben gezogen.

»Einen Moment mal, Gnädigste. Würden Sie bitte den Altarbereich verlassen?«

Es waren zwei Männer, ein schlanker mit dunklem Haar und ein Glatzkopf.

»Ist ja schon gut«, sagte Mara und klopfte sich den Staub von der Hose. »Hier ist er nicht.«

Der Glatzkopf kniff die Augen zusammen. »Wer soll hier nicht sein?«

»Na, der Pepi. Er ist in die Kirche gelaufen, und jetzt ist er weg.«

»Pepi? Ein Kind?«

»Mein Hund. Ein kleiner, weißer. Eigentlich sollten Tante Ottilie und Onkel Ferdinand auf ihn aufpassen, aber er entwischt ihnen immer. Haben Sie ihn nicht gesehen?«

»Kommen Sie erst mal hier raus«, sagte der Dunkelhaarige. »Das ist kein Grund, hinter den Altar zu laufen.«

»Aber wenn er was angestellt hätte! Stellen Sie sich vor, er macht in die Kirche. Er ist nämlich nicht ganz stubenrein, wissen Sie?«

Der Glatzkopf verdrehte die Augen. Sie nahmen Mara in die Mitte, als sie gemeinsam zurück in den Kirchenraum gingen. Die Kirchenbesucher starrten sie unverhohlen an. Ein Japaner im Regenmantel lächelte ihr zu, hob die Kamera und machte ein Foto.

Jetzt fehlte nur noch, dass sie jemand erkannte.

Schließlich erreichten sie die Stelle, wo man von der Kasse aus hereinkam. Der schwarzhaarige Wachmann fragte den Kassierer, ob er einen weißen Hund gesehen hatte. Er schüttelte den Kopf. Ein weiterer Wachmann trat hinzu.

»Einen weißen Hund hatten wir vorhin in der Kirche«, sagte er zu seinem Kollegen. »Ich habe die Leute rausgeschickt.«

»Das war vielleicht Pepi«, rief Mara und versuchte, möglichst erfreut zu wirken.

»Ja«, sagte der Mann. »So hieß er.«

Sie atmete theatralisch auf. »Das heißt, er ist gar nicht in der Kirche? Dann suche ich mal draußen weiter. Es wäre ja auch zu peinlich, wenn der Hund – na, Sie wissen schon.«

Damit drehte sie sich auf dem Absatz um. Am Ausgang strömte ihr die frische Luft entgegen.

Sie ließ ihren Blick über den Stephansplatz schweifen, der jetzt noch viel stärker bevölkert war als zuvor.

Jakob war nicht zu sehen. Verdammt, sie hätten einen Treffpunkt vereinbaren sollen.

War er noch im Dom?

Sie sah zu dem Portal hinüber. Immer wieder kamen Leute heraus, andere strömten hinein, es war ein Kommen und Gehen, ein gewaltiges Aus- und Einatmen von Menschen.

Oder an der U-Bahn?

Um dort hinzugehen, musste sich Mara ein Stück vom Dom entfernen, und das wollte sie verhindern. Es konnte leicht passieren, dass sie sich endgültig verloren.

Sie sah nur Gewühl. Die falschen Mozarts, die Informationen über Konzerte verteilten. Die Fiaker, von denen immer wieder einer aus der Reihe ausscherte und losfuhr – mit Touristen beladen. Sie zog sich an die Mauer des Doms zurück, wartete ab und beobachtete.

Und da sah sie Quint. Er saß auf der anderen Seite des Platzes, wo die Fiaker standen, an einem Tisch. Es gab dort ein kleines Restaurant mit Außengastronomie.

Kaum hatte Mara ihn gesehen, setzte sie sich in Bewegung. Sie musste weg. Jakob konnte sie später noch treffen. Sie konnte zu Ron fahren. Jakob würde hoffentlich auf die Idee kommen, auch dort aufzutauchen.

Sie drehte sich um. Quint hatte sich erhoben und folgte ihr. Mara ging schneller, kam ins Laufen. Sie verließ den Platz, wandte sich der Fußgängerzone zu. Sie las ein Straßenschild: Graben. Weiter hinten ragte ein altes Bauwerk aus der wogenden Menschenmenge. Eine große, verzierte Säule.

Sie umrundete Menschengruppen, rempelte Leute an, wurde selbst angerempelt. Irgendwann traute sie sich wieder, sich umzuwenden. Doch in den Menschenmassen war der Amerikaner nicht mehr zu entdecken. Sie passierte eine Baustelle, wo Arbeiter damit beschäftigt waren, den Boden zu pflastern. Sie tauchte durch eine Wolke aus höllischem Lärm von Presslufthämmern.

Das blaue Schild der U-Bahn erschien. Sie lief die Treppen hinunter und nahm die erste Bahn, die einfuhr. Die Wagen füllten sich.

Erst jetzt orientierte sie sich, wo die U-Bahn überhaupt hinfuhr. Sie befand sich in der orangefarbenen Linie. In der U 3. Eine Station ging es zurück zum Stephansplatz. Dort musste sie umsteigen. In die U 1, die rote. Wieder eine Station weiter: Karlsplatz.

Sie stieg aus, eilte die Treppen hinauf.

Die weite Leere des Karlsplatzes flößte ihr Unbehagen ein. Hier war viel weniger Betrieb als am Stephansdom. Man konnte sie weithin sehen.

So drückte sie sich an den Häusern entlang, begann dann aber wieder zu rennen. Sie atmete falsch und spürte heftiges Seitenstechen.

Ab und zu musste sie sich orientieren. Wo war die Straße, in der Ron wohnte? Sie waren nachts hergekommen, und bei dem hektischen Aufbruch heute Morgen hatte sie nicht aufgepasst.

Weiter. In enge Gassen. Endlich war sie sicher, dass sie am richtigen Haus angekommen war. Ron Smith. Es stand sogar auf der Klingel. Schwer zu lesen, aber immerhin.

Wie ein Hammer traf sie plötzlich der Gedanke, dass sie in eine Falle gelaufen war.

Quint konnte wissen, wo Ron wohnte. Jakob hatte es ihr erklärt. Und wie hatte er sie im Stephansdom finden können, wenn nicht durch Ron? Er musste sie gar nicht verfolgen. Er brauchte sie hier nur zu erwarten. Oder ihr langsam nachzukommen, um sie dann hier zu überraschen.

Die Haustür öffnete sich. Mara versuchte, zur Seite zu springen, aber die Kante traf sie schmerzhaft an der Schulter.

Da war er. Sie spürte, wie ihr die Kraft aus den Gliedern wich. Sie glaubte, kurz vor einer Ohnmacht zu stehen.

»Mara. Endlich.«

Jakob stand vor ihr. Er sah nach links und rechts, griff Mara am Arm und zog sie weg.

»Komm, beeil dich.«

»Ist Quint schon da?«

Sie waren um die nächste Ecke gebogen. Jakob blieb stehen, keuchte. Er wirkte blass. Wieder sah er sich hektisch um. Mara atmete tief durch und versuchte, den Schreck zu überwinden.

»Du hast ihn auch gesehen, oder?«, fragte er.

»Er war im Dom. Wahrscheinlich hat er uns die ganze Zeit beobachtet. Mensch, Jakob, bin ich froh, dass du auch auf die Idee gekommen bist, hier auf mich zu warten. Wir hätten einen Treffpunkt ausmachen sollen.«

»Wir müssen weiter. Quint könnte auftauchen. Quint oder die Polizei. Man darf uns hier nicht sehen. Man darf uns mit der Sache nicht in Verbindung bringen …«

»Welche Sache? Sollten wir nicht mit Ron reden? Ob Quint bei ihm war? Ob er ihm gesagt hat, dass wir am Dom sind? Das heißt, Ron konnte das doch eigentlich gar nicht wissen.«

Er zog sie weiter. »Du hast vergessen, dass wir es in den Laptop geschrieben haben. Quint hat den Laptop gefunden. Und so ist er darauf gekommen, wo wir waren.«

»Und jetzt?«

Jakob blieb stehen. Schweiß stand auf seiner Stirn.

»Ron ist tot. Die Tür zu seiner Wohnung war nur angelehnt. Ich habe ihn gerade gefunden.«

Mara ließ sich mitziehen – durch die Straßen, einfach irgendwohin. Der Umschlag in ihrer Tasche schien Wärme abzugeben. Aber Mara wusste, dass sie sich gedulden mussten.

Bis sie in Sicherheit waren.

45

»Er muss erstickt sein«, sagte Jakob leise. »Es war schrecklich, wie er aussah. Die Augen weit aufgerissen …«

Er sah sich um, aber niemand beachtete sie. Der Kellner hatte gerade die Bestellung aufgenommen und war in den Tiefen des Kaffeehauses verschwunden.

Sie befanden sich im Café Westend am oberen Ende der Mariahilfer Straße. Jakob hatte Mara mit hinunter in die U-Bahn genommen. Mara hatte keine Ahnung gehabt, wohin es ging, und er hatte die ganze Zeit nur vor sich hin gestarrt, wobei er die Haltestange so fest umklammerte, dass die Knöchel seiner Hand weiß hervortraten.

Als sie die Haltestelle Westbahnhof erreicht hatten, war Jakob wie aus tiefen Gedanken erwacht.

Nun saßen sie hier, und um sie herum herrschte die typische Atmosphäre der traditionellen Wiener Kaffeehäuser. Ältere Herren, die Zeitung lasen; vereinzelte oder paarweise Damen an den Tischen, die gerade so weit voneinander entfernt waren, dass man sich alleine fühlen konnte. Aber gleichzeitig befand man sich in der Öffentlichkeit und konnte sich durch das Leben um einen herum anregen lassen. Die großen Scheiben gingen hinaus auf den Wiener Gürtel, auf dessen gegenüberliegender Seite die Fassade des Westbahnhofs zu erkennen war. Das Gebäude wurde von einer riesigen Glasfront beherrscht. Darunter lag der Haupteingang, durch den stoßweise die Menschen strömten. Vor allem in den Phasen, in denen die Fußgängerampel über den Gürtel Grün zeigte, schoben sie sich zu Hunderten am Kaffeehaus vorbei.

»Erstickt?«, fragte Mara. »Wieso erstickt?«

»Er war gefesselt, und man hat ihm etwas um den Mund gebunden. Wahrscheinlich, um ihn am Schreien zu hindern.«

Ein dumpfes Gefühl der Angst, das sie die ganze Zeit verdrängt hatte, brach sich Bahn. Es schien ihren Bauch auszufüllen und wanderte in ihrem Körper nach oben, bis es einen unterschwelligen Druck im Kopf erzeugte, der im Rhythmus ihres Herzschlages pulsierte.

Der Kellner kam mit einem Tablett. »Zwei große Braune, bitte sehr«, sagte er und servierte. Jakob wartete, bis er sich wieder zurückgezogen hatte.

»In so einer Situation kriegt man Angst«, fuhr Jakob fort. »Die Nasenschleimhäute schwellen an. Und man kann nicht mehr atmen, man ... erstickt.« Er starrte auf seine Tasse und rührte nachdenklich darin herum. »Und das alles nur, um uns im Stephansdom zu finden. Dabei ist er ja noch nicht mal eingeschritten. Er hat uns nichts abgenommen.« Er sah Mara an. »Lass sehen, was unter dem Altar war.«

Sie legte den Umschlag auf den Tisch. Er war braun, nicht beschriftet und sah nichtssagend aus. Und er war dünn. Viel schien nicht darin zu sein.

»Hoffentlich ist es das, was wir vermuten«, sagte Jakob.

»Ist es eigentlich wirklich eine gute Idee, sich so auf dem Präsentierteller aufzuhalten?«

»Ich denke schon. Quint kann uns hier in der Öffentlichkeit nichts tun, selbst wenn er uns finden sollte. Was ich aber nicht glaube, denn er ist ja nun mal ein Mensch und kein Superman. Er kann uns einfach nicht die ganze Zeit gefolgt sein.«

Sie blickte das Kuvert an. »Willst du, oder soll ich?«

»Er hat dir gesagt, dass er es versteckt hat, also öffne es.«

Sie riss einen kleinen Spalt in die Klebekante und vergrößerte dann das Loch mit dem Finger, bis sie den Inhalt herausziehen konnte.

Es waren mehrere einmal gefaltete DIN-A4-Blätter. Mara sah sie durch, aber Jakob legte ihr eine Hand auf den Unterarm. »Langsam«, sagte er. »Eins nach dem anderen. Zeig das erste.«

Es stand kein Text auf dem Papier. Dafür Linien, die so etwas wie eine gezeichnete Landkarte ergaben. Aber in einem Maßstab, der nicht erkennen ließ, welches Land gezeigt war. Darüber hinaus war sie sehr schematisch, ohne genauere Angaben von Straßen, Flüssen oder Gebirgen. Einfach nur ein Lageplan. Immerhin waren Orte eingezeichnet, und sie trugen italienische Namen.

»Italien«, sagte Jakob. »Das Land, wo sich der Treffpunkt befindet. Das passt.«

»Wo genau könnte das liegen?«, fragte Mara. »Ich kenne keinen einzigen dieser Orte. Wenn wenigstens eine größere Stadt eingetragen wäre …«

»Das lässt sich rauskriegen. Ich muss nur an einen Computer kommen, dann googeln wir die Ortsnamen. Den Rest erledigt Google Maps oder ein anderes Landkartenprogramm.« Er nahm das Blatt und hielt es näher vor sein Gesicht. Dabei kniff er die Augen zusammen. »Man sieht auf der Kopie Unreinheiten des Papiers. Schau, die kleinen Punkte hier. Das heißt, das Original muss aus holzhaltigem Papier bestanden haben. Wahrscheinlich ist es recht alt.«

»Was sollen wir mit der Karte anfangen?«, fragte Mara. »Wenn es ein Lageplan sein soll, der zu dem Versammlungsort führt, müsste doch ein Hinweis darauf zu finden sein. Ein Kreuz oder eine andere Markierung. Es gibt aber nichts davon.«

Jakob hielt die Karte gegen das Licht. »Vielleicht müssen wir das Original finden. Und dort gibt es einen Hinweis im Wasserzeichen. Das wurde natürlich nicht mitkopiert. Oder wir finden die Information auf einem der weiteren Blätter.«

Mara faltete das nächste auf. Auch hier stand kein Text. Dafür gab es eine Grafik, die Mara seltsam vorkam. Jakob pfiff durch die Zähne.

Es waren drei Reihen mit drei Quadraten, in denen jeweils Linien verliefen, die regelmäßige Muster bildeten – Wellen, kleinere Quadrate, ineinanderlaufende Kreise oder durch Diagonalen gebildete Kreuze.

»Und was soll das jetzt sein?«, fragte Mara.

»Auf mich wirkt es wie das Seismogramm einer Erdbebenstation. Oder Messwerte eines Experiments.«

»Oder sind es Fraktale? Diese Muster aus der Chaosforschung?«

Jakob schüttelte den Kopf. »Fraktale wiederholen bestimmte Muster auf verschiedenen Ebenen und verschachteln so das Kleine mit dem Großen. Hier ist aber nichts verschachtelt. Die Linien bilden fast so was wie Symbole. Abstrahierte Logos oder so. Zeig das dritte Blatt.«

Es zeigte Noten. Ebenfalls kopiert. Sie waren aber nicht mit der Hand geschrieben, sondern gedruckt. Das Schriftbild sah anders aus als bei den Noten, die Mara von heute kannte. Weniger elegant. Steifer. Die Balken an den Hälsen gerade und weniger geschwungen.

»Noten«, sagte Jakob. »Ich tippe auf Barock. 17. oder frühes 18. Jahrhundert.« Er konzentrierte sich auf die Zeichen und sah dann Mara an: »Kannst du das lesen?«

Sie schüttelte den Kopf. Sie hätte sie vielleicht nachspielen können, wenn sie eine Geige gehabt hätte. Aber sie beherrschte nicht die Kunst, gedruckte Notenzeichen in ihrem Inneren zu klingender Musik werden zu lassen.

»Es ist kein einheitliches Stück«, stellte Jakob fest.

Mara fuhr mit dem Finger eine der Notenzeilen entlang. »Genau. Es wirkt wie eine Sammlung von Ausschnitten. Wie kleine Melodien. Sie haben immer nur vier oder acht Takte.«

Jede Zeile enthielt eine solche Melodie. Als wären es Tonbeispiele.

»Aber richtige Melodien sind es auch nicht«, sagte Mara.

»Die Töne sind zu gleichförmig. Es sind einfach nur lange Noten.«

»So was wie Gregorianik?«, überlegte Jakob.

Mara kannte die mittelalterlichen Mönchsgesänge, die in den letzten Jahren so erfolgreich geworden waren, dass sie sogar in den Popcharts landeten. Aber sie hatte keine Ahnung, wie diese endlosen Linien in Noten aussahen.

»Es könnte sein. Aber sind die gregorianischen Choräle nicht viel länger? Und viel … *verzweigter*?«

Jakob tippte auf die Zeilen. »Es sind vierundzwanzig Melodien«, stellte er fest.

Sie betrachteten das Notenbild noch eine Weile. Dann nahmen sie sich das letzte Blatt vor. Auf ihm war etwas zu sehen, das tatsächlich wie Schrift aussah. Es waren nur wenige Buchstaben. In einer fremden Sprache und einer fremden Schrift. Die Kopie wirkte grobkörnig, als sei sie als Ausschnitt eines alten Manuskripts stark vergrößert worden.

»Georg hat die Blätter wirklich dramaturgisch geschickt angeordnet«, sagte Jakob.

»Wie meinst du das?«

»Er wusste, dass derjenige, der sie als Eingeweihter, also als jemand mit unserem Vorwissen finden würde, eine bestimmte Frage beantwortet haben will. Wo befindet sich der Ort der Orphiker? Und ich denke, diese Frage beantwortet das erste Blatt. Das mit der Karte.«

»Aber eine Karte von Italien kann man sich auch leicht selbst besorgen.«

»Moment … Danach kommt das Blatt, das wir nicht verstehen. Das mit den eigenartigen Strichen und Mustern. Lassen wir das mal beiseite. Als Drittes geht es um das Was, verstehst du? *Was* wird man an dem Ort finden? Man wird das finden, wonach sich alle sehnen, die eingeweiht sind. Musik …«

»Du meinst, diese Notenlinien hier enthalten Musik dieser Leute? Wenn ich dich recht verstehe, kommt es mir eher so vor, als hätte er es einfach nur so als Illustration benutzt. *Irgendwelche* Musik. Irgendwelche Musik von früher.«

»Wie das gemeint ist, wissen wir erst, wenn wir den Ort gefunden haben. Aber immerhin bekräftigt uns das letzte Blatt darin, ihn zu suchen. Denn hier steht, welchen Sinn das alles hat und warum man überhaupt danach suchen soll.«

»In diesen Buchstaben steht das?«

Jakob nickte. »In diesen Buchstaben«, wiederholte er. »Es ist Griechisch. Genauer gesagt Altgriechisch.«

»Und du kannst das lesen?«

»Allerdings.« Er nahm das Blatt und las es vor. Es waren nur wenige Worte, und Mara verstand sie nicht. Aber dann holte Jakob Luft und übersetzte: »›Orpheus wird wiederkehren.‹ Das ist es, was hier steht. Es ist eine Prophezeiung. Und ich muss sagen, es ist genau die Prophezeiung, die wir immer gesucht haben.«

»Das heißt, du hast hiervon wirklich nichts gewusst?«

»Nein. Georg hat ein doppeltes Spiel gespielt. Er hat es vor mir zurückgehalten. Vor mir und vor der Welt. Er wollte nicht, dass es ans Licht kommt. Er wollte nicht, dass die Welt erfährt, dass es einen antiken Jesus gegeben hat, bevor der Jesus, den wir aus der Bibel kennen, auf der Bühne der Weltgeschichte auftauchte. Er hatte Angst vor dieser Orpheus-Sekte, über die wir so wenig wissen … Man hat immer Angst vor dem, über das man am wenigsten weiß.« Er schüttelte den Kopf. »Es ist ein Jammer. Als ob die Kirche mit all ihrem päpstlichen Gehorsam und all dieser Strenge irgendwelchen Schaden nehmen könnte, nur weil die Orpheus-Prophezeiung ans Licht kommt. Wir haben so lange danach gesucht, wir haben alle möglichen Forschungen angestellt, um einen Beweis zu finden. Und Georg trägt diesen Beweis mit sich herum, ohne mir davon etwas zu sagen …«

»Aber das ist doch nur ein Stück Papier«, sagte Mara. »Das kann doch jeder geschrieben haben.«

»Du verstehst nicht ...« Er nahm das Blatt und musterte es, wie er sich vorher die Karte genau angesehen hatte. Er hielt es dicht vor die Nase. »Diese ausgefransten Stellen an den Schrifttypen. Das ist eine Handschrift. Und diese Handschrift stammt von einem Pergament oder Papyrus. Wahrscheinlich waren diese Worte Teil eines viel längeren Textes, aus dem sie herausgelesen wurden.«

»Und was stand in dem übrigen Text?«

»Schriftstücke dieses Alters sind durchweg nur noch fragmentarisch vorhanden. Aber es wird ein Text über den orphischen Mysterienkult der Antike sein. Mit all den Details, die wir wissen wollen. Den Verbindungen von Musik und Religion. Und deren Verbreitung Georg natürlich verhindern wollte. Er hat nur dieses eine Stück seinen Unterlagen beigefügt, weil es die Essenz ist. Es ist der Beweis, dass es wirklich um die Wiederauferstehung des Orpheus geht.«

»Die Wiederauferstehung des Orpheus ... Das klingt tatsächlich nach Bibel. Nach Jesus ...«

»Das ist es ja auch. Der Mythos von Orpheus, der in die Hölle ging, um seine Geliebte vom Tod ins Leben zurückzuführen, ist ja ein antiker Vorläufer der Jesusgeschichte. Wie Jesus hatte Orpheus direkten Kontakt zur Götterwelt, wie Jesus besuchte er das Totenreich, wie Jesus kam er von dort zurück, und wie Jesus wurde er geopfert. Er starb durch die sogenannten Mänaden. Rasende Furien, die ihn zerstückelten. Sie waren Vertreterinnen des Dionysoskults, eines anderen Mysteriums und somit Orpheus gegenüber feindlich eingestellt.«

Mara erinnerte sich an die Sage, die sie im Internet gelesen hatte. »Aber die Sache mit dem Totenreich ...«, sagte sie. »Jesus war im Totenreich? Ich bin ja nun nicht besonders bibelfest, aber wo kommt das denn vor? Ich meine, man hat ihn verfolgt, vor Gericht gestellt, gekreuzigt ...«

»Und dann ist er hinabgestiegen in das Reich der Toten und

am dritten Tage aufgefahren in den Himmel. So sprechen es in jeder heiligen Messe die Gläubigen gemeinsam im Glaubensbekenntnis. Und wenn die Geschichte von Orpheus stimmt, war er der Erste, der aus dem Totenreich wieder zurückkam, nicht Jesus. Und er kann daher mit Jesus durchaus konkurrieren. Und vergiss nicht: Sein Mysterienkult glaubte an die Wiedergeburt. Nicht im Jenseits, sondern hier auf Erden. Als Mensch. Dieser Glaube ist in der Antike etwas sehr Außergewöhnliches gewesen.«

»Wiedergeburt ... Aber was ist mit den fernöstlichen Lehren? Mit Buddha und so weiter? Glaubt man denn dort nicht auch daran?«

»Sicher. Aber das war in Indien. In Asien. Wir reden hier von Europa.«

»Na und?«

Jakob schüttelte den Kopf, und er wirkte wie ein Lehrer, der einer Schülerin etwas Banales zu erklären versucht. »Stell dir die Antike vor«, sagte er.

Mara versuchte es, aber die Bilder, die ihr durch den Kopf gingen, beruhten nicht auf wirklicher Bildung, sondern auf Filmszenen. Sie hatte ein paar Streifen gesehen, die in der Antike spielten. *Gladiator* zum Beispiel. Oder *Troja.* Kampfszenen, Action in irgendwelchen Arenen, wo Menschenmassen den Kämpfenden zujubelten. Weiße Tempel mit schlanken Säulen, in denen Priester mit wallenden Gewändern einherschritten. Priester, die allesamt aussahen wie Verwandte von Gandalf – den Zauberer aus *Der Herr der Ringe.* Sie schüttelte den Kopf. Alles, was ihr einfiel, vermischte sich mit Fantasy und irgendwelchen abenteuerlichen Geschichten. »Ich kann das nicht«, sagte sie. »Ich kenn mich mit Geschichte nicht aus.«

»Die alten Griechen und auch die Römer hatten eine Religion mit vielen Göttern. Das weißt du doch ... Jupiter, der bei den Griechen Zeus hieß, war der Göttervater, und dann gab es da noch andere. Venus, die Göttin der Liebe zum Beispiel. Sie hieß bei den Griechen Aphrodite. Ares, der Gott des Krieges. Artemis, die Göttin der Jagd. Sie alle und noch viel, viel mehr bildeten so etwas wie eine große Familie, deren Oberhaupt Zeus beziehungsweise Jupiter war. Was aber noch viel wichtiger ist: Der Glaube, was nach dem Tod mit den Menschen geschieht.«

»Sie kommen in den Himmel? Zu den Göttern?«

»Nein, da gibt's einen großen Unterschied zum Christentum. In der Antike glaubte man an die Unterwelt. Man glaubte, jeder Verstorbene ziehe in diese Unterwelt ein. Man stellte sie sich wie eine richtige Landschaft vor, eine geheimnisvolle Welt mit seltsamen Ritualen. Zerberus, der schreckliche Höllenhund, bewacht diese Welt. Bevor man zu ihr gelangt, muss man den Fluss Styx überqueren, und man wird von einem geisterhaften Fährmann namens Charon auf einem Boot hinübergebracht. Er bringt den Toten in den Hades, die eigentliche Unterwelt, aus der Orpheus seine Eurydike zurückholen wollte.«

»Davon habe ich gelesen. Und weiter?«

»Die Religion, die Orpheus gründete, verkündete jedoch etwas anderes.«

Mara sah auf die Blätter, die vor ihnen auf dem Tisch lagen. »Was hat denn nun die Musik damit zu tun? Ist das nicht nur ein Mythos, dass Orpheus ausgerechnet Musiker war? Dass er mit der Musik etwas bewirkte?«

»In jedem Mythos steckt ein Körnchen Wahrheit. Und Gritti schien diese Wahrheit sehr wörtlich zu nehmen, so wie Deborah immer noch. Gritti wollte die Musik des Orpheus finden und damit Geschäfte machen. Deborah schwebt dasselbe vor. Aber in Wirklichkeit gibt es ja noch eine sehr große spirituelle Dimension. Wie die Musik da reinpasst, wird man sehen.«

»Was sollen wir jetzt als Nächstes machen? Wie helfen uns diese Informationen weiter?«

Jakob legte die Blätter nebeneinander hin – in der Reihenfolge, wie sie in dem Umschlag gewesen waren.

»Das Blatt mit den seltsamen Linien ist das einzige, aus dem wir überhaupt nicht schlau werden«, sagte er. »Meiner Ansicht nach kann es nur die Funktion haben, uns zu zeigen, wie wir die Karte benutzen sollen. Es bildet sozusagen die Brücke von der Karte zu den Noten. Es ist also eine Interpretationshilfe …«

»Wir müssen herausfinden, was das für Linien sind«, sagte Mara. »Wir brauchen Nachschlagewerke. Wir brauchen einen Computer. Wir müssen forschen. Ich habe das Gefühl, dass wir ganz nah dran sind.«

Jakob legte die Blätter zusammen und schob sie in den Umschlag zurück. »Dann müssen wir uns an einen Ort begeben, wo wir das finden«, sagte er.

»Sie waren im Stephansdom?«, fragte Deborah. »Was haben sie dort gemacht?«

Quint genoss den Schauer, den ihre Stimme in ihm auslöste. Er stand mit seinem Mobiltelefon vor einem Schaufenster in der Kärtnerstraße, etwas abseits des Menschenstroms, der an ihm vorbeifloss. Vor seinem inneren Auge sah er die Frau in der Badewanne. Ihren schimmernden Körper unter dem Wasser, auf dem der Schaum wegschmolz. Er räusperte sich. »Zuerst haben sie lange in der ersten Reihe gesessen und sich leise unterhalten. Nach einer Weile sind sie nach vorn gegangen. Dann haben sie sich getrennt. Lechner ging hinaus. Ich dachte, er trifft sich vielleicht mit jemandem, den sie angerufen haben, während Mara im Dom wartet. Ich ging ihm also nach, aber er blieb an der U-Bahn-Station stehen. Wahrscheinlich kam ihr Kontakt nicht. Falls das überhaupt ein Treffen werden sollte.«

»Und Mara?«

»Ich bin zurück zum Dom gegangen. Aber kaum hatte ich

das Portal ins Auge gefasst, kam Mara heraus. Sie hat mich gesehen und ist sofort weggelaufen. Ich habe sie verfolgt. Aber dann ist sie in dem Gewühl verloren gegangen.«

»Und Lechner?«

»Der auch.«

Quint erwartete eine weitere Rüge dafür, dass er wieder einmal ohne eine Information dastand, wo sich die beiden aufhielten. Stattdessen fragte Deborah etwas Unerwartetes.

»Woher wussten Sie eigentlich, dass die beiden zum Stephansdom gingen? Sie haben sie doch nicht durch Zufall dort getroffen, nehme ich an?«

»Ich habe doch ihren Unterschlupf gefunden. Dieser Ron Smith. Dort … gab es einen Hinweis, wo sie sind.«

»Einen Hinweis?«

»Ja.«

»Was haben Sie mit diesem Ron gemacht?«

»Das wollen Sie nicht wissen.«

Sie schien nachzudenken. »Es sieht ganz danach aus«, sagte sie dann, »dass die beiden einfach nur einen Zufluchtsort brauchten, wo sie sich in Ruhe darüber unterhalten konnten, wie sie weiter vorgehen sollen.«

»Ich denke schon, dass sich Jakob mit jemandem verabredet hat. Dort an der U-Bahn.«

»Wie werden Sie sie wiederfinden?«

Wenn man nicht mehr weiterwusste, fing man eben ganz von vorn an. Man nutzte die Informationsquellen, die man hatte, und versuchte, neue Gedankengänge zu entwickeln.

»Ich melde mich«, sagte er und drückte den roten Knopf.

Die einzige Quelle, die er besaß, befand sich in Lechners Haus. Er musste ihm noch einmal einen Besuch abstatten.

46

Jakob sah sich kurz um, bevor er die Tür des Antiquariats aufschloss. Von innen schlug ihnen der dumpfe Geruch alter Bücher entgegen.

»Komm schnell rein«, sagte er zu Mara.

Es war dunkel geworden. Der Schein der Straßenlampen drang kaum über die vorderste Front der Schaufenster in das Innere des Ladens.

Jakob setzte sich an den Schreibtisch, startete den Computer und machte Licht an. Der Bildschirm füllte sich nach und nach mit den Symbolen der Programme.

»Wenn du hier hinten Licht machst, kannst du auch gleich den ganzen Laden ausleuchten«, sagte Mara. »Man kann von der Straße aus sehen, dass hier jemand ist.«

Er stand auf und versuchte, den Vorhang dichter zu schließen.

»Wir können wenigstens die Schreibtischlampe ausmachen. Das Licht vom Computer ist sicher weniger zu sehen.«

Als er auf seinen Platz zurückkehrte, drückte er den Schalter, und nun saßen sie in geradezu romantischer Beleuchtung. Der Computermonitor beleuchtete Jakobs Gesicht. Sein Kopf schien losgelöst von seinem Körper, der kaum zu erkennen war.

»Jetzt hab ich erst mal was für dich«, sagte er und zog eine Schublade auf. »Das kann wichtig werden.«

Er holte ein Handy hervor, schaltete es ein und tippte darauf herum. Dann reichte er es Mara.

»Das hatte ich noch in Reserve. Es hat eine Prepaid-Karte. Ich habe meine Nummer eingegeben.« Er nannte ihr die PIN, und sie steckte das Telefon ein.

Nun wandte er sich dem PC zu. Mara zog einen Stuhl hinter sich her und setzte sich neben ihn. Jakob hatte ein Datenbankprogramm geöffnet und auf Tabellenmodus geschaltet. Mara erkannte Reihen von Einträgen. Es waren Buchtitel.

»Das hier ist die Datenbank meiner Bücher«, sagte er.

»Die im Laden stehen?«

»Im Laden und in meinem Lager. Es befindet sich im Keller. Da stehen noch dreimal so viele Bände wie hier.« Er deutete auf den Monitor. »Wir könnten jetzt natürlich in eine Bibliothek gehen, aber das würde uns auch nicht helfen. Ich bin sicher, in irgendeinem der Bücher findet sich ein Hinweis, was es mit den Symbolen auf dem zweiten Blatt auf sich hat. Was für eine Art von Symbol es überhaupt ist. Ich habe Nachschlagewerke, ich habe technische Bücher, ich habe Bücher über Kartografie … Irgendwo muss was zu finden sein. Mal abgesehen davon, dass wir hier das ganze Internet vor uns haben. Ich brauche nur einen Hinweis. Einen Begriff. Einen Namen. Etwas, wonach ich suchen kann.«

Mara griff nach dem Umschlag und legte die Blätter nebeneinander auf den Tisch. »Denken wir mal ganz wild. Ohne Einschränkung. Fang du an!«

»Die Karte, die komischen Zeichen, die Noten, der Spruch über Orpheus«, sagte er. »Eins führt zum anderen.«

Sie griff den Gedanken auf. »Die Karte wird durch die Zeichen zum Wegweiser der Noten.«

»Die Noten finden sich auf der Karte wieder, indem man sie mit den Zeichen interpretiert.«

»Die komischen Zeichen zeigen, wie man Noten in eine Karte verwandelt.«

»Die Noten stehen für Orte auf der Karte und erklären, wo sie sind. Die Zeichen sind irgendwie mit den Noten verbunden.« Er beugte sich nach vorn, eine Hand zur Faust geballt. »Das ist es. Musik wird Raum.«

»Das verstehe ich nicht«, sagte Mara.

»Eine Landkarte bildet einen Raum ab. Die Noten bilden Musik ab. Irgendwie verschlüsseln die Musikzeichen, was auf der Karte zu finden ist. Sie werden zu Punkten im Raum.«

»Ein bisschen verstiegen, oder?«

»Nicht aufhören«, rief Jakob. »Wir machen hier Brainstorming. Wir sagen alles, was uns einfällt. Irgendwann treffen wir ins Schwarze ... Also: Musik wird Raum. Musik steht für kartografische Zeichen. Musik sind Noten. Was kann Musik noch sein? Außer Noten? Ich meine, die Noten sind ja nicht die Musik, es sind nur Zeichen, mit deren Hilfe man Musik macht ...«

»Man nimmt die Noten«, sagte Mara, »und dann folgt man ihren Anweisungen, indem man sie auf dem Instrument spielt. So wird Musik daraus. Klänge, die Menschen hören können. Musik. Die Musik transportiert Gefühle.«

»Diese Kurven zeigen etwas, was die Musik bewirkt«, sagte Jakob. »Das wäre eine Lösung. Vielleicht sind es Diagramme, die die Emotionen der Menschen darstellen. Als Ergebnis von Messungen.«

»Herzrhythmusmessungen«, rief Mara. »Oder EKGs. Oder Diagramme von Hirnströmen. Gritti hat doch umfangreiche Forschungen unternommen, um herauszufinden, wie Musik auf Menschen wirkt. Vielleicht ist das ein Ergebnis davon ...«

»Aber es muss mit der Karte zu tun haben«, sagte Jakob. »Sonst nützt es uns nichts.«

Er öffnete eine Internetsuchmaschine und gab den Begriff »Herzrhythmen« ein. Er ließ sich Bilder zeigen, und es erschienen auch Diagramme, wie man sie vom Arzt kannte, aber nichts davon ähnelte den Mustern auf dem Blatt.

»Ich versuche es mal mit Hirnströmen«, sagte er, tippte und wechselte die Bilder auf dem Monitor so schnell, dass Mara fast schwindelig wurde. »Nein«, sagte er schließlich, »das passt alles nicht.« Er runzelte die Stirn.

»Man beginnt mit den Noten, aber am Ende kommen Gefühle dabei heraus«, sagte Mara. »Aber eigentlich ist doch die Musik am emotionalsten, bei der man gar nicht mehr darüber nachdenkt, dass Noten am Beginn standen. Es ist die Musik, die aus dem Inneren kommt. Es ist die Musik der Seele. Es ist die Musik, die aus der Seele kommt, und die Musik, die direkt aus der Seele kommt, ist die Musik, die die Materie beeinflusst. Es ist die Kunst des Orpheus, dem ja genau das gelungen ist. Seine Musik konnte wilde Tiere besänftigen. Sie hatte Einfluss auf die Natur ...«

»Die Schönheit der Musik bildet sich in der Natur ab. Jahrhundertelang glaubte man, die Gesetze der Musik besäßen dieselben Zahlenregeln, dieselben Proportionen wie die Gesetze der Natur. Die Proportionen in den Tonleitern in den himmlischen Gestirnen. Daran glaubte man in der Antike, im Mittelalter und sogar noch in der Barockzeit. Dieselben Proportionen wie in den harmonischen Zusammenklängen in den Grundverhältnissen der gotischen Kathedralen. Die ewige, die göttliche Harmonie ...«

»Aber es geht um die *Wirkung* der Musik, es geht darum, was der Musiker *erzeugt*. Sind diese Muster nicht ästhetisch und regelmäßig? Sie sehen wie Kunstwerke aus, sie zeigen die Harmonie der Musik auf optische Weise. Klang wird Bild ...«

Es war wie beim Improvisieren auf der Geige. Eins kam zum anderen, und man kam auf immer neue Ideen, wenn man dem Auswählen, dem Zensieren nicht so viel Raum gab. Am besten gar keinen Raum. Man konnte immer weiter assoziieren.

»Klang wird Bild – das ist gut«, fasste Jakob zusammen.

»Und wenn Klang Bild wird, dann sind es nicht die Noten, mit denen der Musiker begann. Die Noten kommen erst nach dem Bild der Karte, und sie kommen erst *nach* den Mustern. Sie sind nichts anderes als Protokolle, die man *nachträglich* angefertigt hat.«

»Klang wird Bild«, wiederholte Jakob nachdenklich, als

habe er nicht zugehört, aber wahrscheinlich war das, was Mara gesagt hatte, über sein Unterbewusstsein in ihn gedrungen. Er tippte wieder etwas in den Computer – so schnell, dass Mara gerade so lesen konnte, welche Wörter es waren: *Klang wird Bild.*

Sein kleiner Finger knallte auf die Entertaste.

Auf dem Monitor erschienen Bilder.

Und sie sahen fast genauso aus wie das auf dem ausgedruckten Blatt.

Quint schlenderte so unauffällig wie möglich durch die Straßen und Gassen Wiens. Es waren viele Menschen unterwegs, und als er zum x-ten Mal um die Ecke bog, sah er sich plötzlich einer großen Gruppe fein gekleideter Leute gegenüber, die vor einem Gebäude standen und auf Einlass warteten.

Es waren so viele, dass sie die enge Straße in Anspruch nahmen. Autos hupten, eine Straßenbahn rasselte vorbei, aber die Menschen waren in ihren Grüppchen so sehr in Gespräche vertieft, dass sie es kaum beachteten. Quint betrachtete die Fassade. Da hingen Plakate in einem Schaukasten. Große Lettern über einem Eingang aus bogenförmigen Arkaden sagten ihm, dass er vor dem Theater in der Josefstadt stand.

Er drängte sich durch. In seinem dunklen Mantel wirkte er wie ein Herr, der auf dem Weg ins Kaffeehaus war oder gerade von dort kam. Dieser Eindruck war für eine Stadt wie Wien der richtige.

Schließlich kam er in die Straße, wo Lechners Antiquariat lag. Quint tastete nach seinem Einbruchbesteck in der rechten Innentasche des Mantels. Wenn er es berührte, klirrte es leicht. Er würde keine Schwierigkeiten haben, die Tür zu öffnen. Das Hauptproblem bestand eher darin, die Information zu finden, die er suchte. Das Antiquariat war riesig. Und es war ja nicht nur der Laden, den er durchsuchen musste, sondern das ganze Haus.

Er würde sich nicht damit aufhalten, nach harten Informationen zu suchen, die ihm verrieten, wo Lechner und Mara sein konnten. Was er brauchte, waren mehr elektronische Hinweise. Handynummern. Spuren auf Computern. Smartphones.

Die dunklen Scheiben des Ladens kamen in sein Blickfeld. In dieser Straße waren wesentlich weniger Menschen unterwegs als dort, wo das Josefstädter Theater lag. Er blickte nach oben und musterte die Fassaden. Hinter vielen Fenstern brannte Licht. Dort saß man beim Abendessen oder beim Fernsehen. Etwas rasselte. Eine ältere Frau kam ihm entgegen. Sie führte einen kleinen Hund an der Leine. Das Geräusch kam von dem Halsband.

Quint rief sich die Struktur des Stadtviertels ins Gedächtnis. Es war ein Netz aus geraden Längs- und Querstraßen. Wenn man einmal um den Block gegangen war, kehrte man automatisch an denselben Punkt zurück. Das konnte man so lange tun, bis die Luft rein war.

Als er das Antiquariat passierte, rauschte von hinten ein Wagen heran. Quint zog den Kopf ein und ging gemächlich weiter – wie ein Mensch, der genau wusste, wo es hingehen sollte, der es aber nicht eilig hatte, sehr schnell dorthin zu gelangen. Zu einer langweiligen Ehefrau. In eine langweilige Wohnung. In ein langweiliges Leben.

Diese Stadt drückte die Menschen in eine bestimmte Art von Melancholie, die er oft an Europäern bemerkt zu haben glaubte. Eine Art Weltschmerz. Das Gefühl der Verlorenheit. Seltsam, dass das gerade zu dieser Stadt so gut passte – wo sie doch so viele prächtige Bauwerke besaß, die eigentlich das Herz erheben sollten. Schlösser, Parks, große Plätze, Springbrunnen. Nicht zu vergessen die reizvolle Landschaft, in die sie eingebettet war.

Und doch wandelte man in den tiefen Schluchten der Stadt wie in einem Abgrund, man schlich durch eine gewisse Trostlosigkeit.

Er rief sich Maras Musik ins Gedächtnis. Die Melodien, die er gehört hatte – dort im Wald bei Köln. Diese Musik hätte die Macht gehabt, Melancholie einfach wegzupusten wie ein Wind, der dunkle Wolken vertreibt. Und doch war auch dieses Gefühl der Trauer darin enthalten. Es war, als beschreibe die Musik beide Zustände: den des Düsteren und den des Hellen.

Quint wurde klar, dass er im Unterbewusstsein schon die ganze Zeit über das seltsame Erlebnis mit Maras Musik nachgegrübelt hatte. Er war nur nicht auf die Worte gekommen, um zu beschreiben, was da geschehen war.

Ob es Deborah genauso ging? Ob sie nicht nur von dem Drang nach kommerziellem Erfolg besessen war? Ob sie Maras Musik *liebte?*

Er bog wieder um eine Ecke. Die Leuchtreklame eines Gasthauses wurde sichtbar. Im Vorbeigehen blickte er durch die Scheiben, die in der unteren Hälfte von Vorhängen versperrt waren. Doch er konnte zwischen den Möbeln aus dunklem Holz ein paar Leute erkennen, die über ihrem Abendessen saßen, neben dem Teller große Gläser – gefüllt mit bernsteinfarben leuchtendem Bier.

Wiener Schnitzel. Bier vom Fass.

Er hatte sich ein wenig über die kulinarischen Gepflogenheiten von Wien informiert. Und jetzt, wo er in den Gastraum blickte, spürte er Hunger.

Später würde er vielleicht etwas essen. Wenn er bei Lechner alles untersucht hatte.

Er sah auf die Uhr: Viertel nach acht. Wenn er nicht zu lange brauchte, würde er sicher noch ein Gasthaus finden, das geöffnet hatte. Am liebsten hätte er das hier genommen. Er verlangsamte bereits, um nachzusehen, wann Sperrstunde war.

Aber das ging natürlich nicht. Er musste erst eine große Distanz zurücklegen. Schließlich konnte es tatsächlich sein, dass er beobachtet wurde und man sich nach Zeugen umhörte. Und wenn dann der Gastwirt aussagte, dass ein Unbekannter, der bei der Bestellung auch noch mit deutlich amerikanischem Akzent gesprochen hatte, bei ihm gewesen war ... Das würde die Polizisten sicher aufhorchen lassen.

Quint dachte an Ron Smith. Der hatte ihn sogar gesehen. Und wenn er zur Wache gegangen war, dann hatten die eine Beschreibung von ihm. Aber es war die Frage, ob Ron das wirklich tat ...

Jetzt hatte er das Karree umrundet. Auf dem ganzen Weg von der unteren Ecke bis zum Laden begegnete ihm weder ein Fußgänger noch ein Auto. Wieder blickte er die Fassaden hinauf. Dort hatte sich nichts geändert.

Er blieb vor dem Geschäft stehen. Die Buchauslagen befanden sich im Dunkeln.

Erst die Wohnung oder erst der Laden?

Wenn er die Tür durchschritt, durfte ihn niemand sehen. Bei der Haustür daneben war das etwas anderes. Das fiel nicht so sehr auf.

Er zog das Einbruchsbesteck heraus. Gerade wollte er einen der Dietriche ins Schloss stecken, da sah er das Licht.

Es war nur ein schmaler Streifen, der weit hinten im Laden von der Decke bis zum Boden reichte.

Woher kam dieses Leuchten? Da gab es einen anderen Raum, der durch einen Vorhang vom Verkaufsraum getrennt war. Das wusste Quint. Und dort gab es auch ein Fenster, durch das der Schein einer Straßenlaterne hereinfallen konnte.

Aber dafür war das Licht zu hell.

Der Lichtfaden wurde kurz unterbrochen, schien für einen Moment zu verschwinden und war dann wieder da.

Da war jemand vor dem Lichtschein vorbeigegangen!

Es befanden sich also Menschen in dem Laden.

Und das konnten nur Mara und Lechner sein.

Er erstarrte. Es war unmöglich zu erkennen, ob sich die Person, die sich vor dem Lichtstrahl bewegt hatte, in dem Hinterzimmer oder im Ladenlokal befand.

Wenn sie im Laden war, konnte sie ihn hier draußen stehen sehen.

Er wandte sich ab. Wenn man ihn bemerkt hatte, gab es noch die winzige Chance, dass man ihn für einen späten Spaziergänger hielt, der Interesse an den Auslagen des Antiquariats zeigte.

Er ging langsam bis zum nächsten Haus und lehnte sich an die Mauer. Dort entspannte er sich und blieb ruhig stehen.

Jetzt galt es, Geduld zu haben.

Zu warten.

Und im entscheidenden Moment zuzuschlagen.

Dumpf streifte ihn der Gedanke, dass er etwas hatte essen wollen.

Doch mit der gewohnten Routine unterdrückte er das Hungergefühl.

Und wartete.

47

»Klangfiguren«, las Mara. »*Chladnische Klangfiguren*. Komisches Wort.«

Jakob biss sich auf die Unterlippe. »Eigentlich ganz naheliegend.«

»Kannst du mir das bitte mal erklären?«

Er klickte weiter und nahm den Blick nicht vom Monitor, während er erklärte. »Chladnische Klangfiguren sind ein Phänomen der Akustik. Stell dir eine Metallplatte vor, auf die jemand Sand gestreut hat. Wenn man die Platte in Schwingungen versetzt – zum Beispiel mit einem Geigenbogen oder auch mit Tönen aus einem Lautsprecher –, ordnet sich der Sand zu Mustern an. Der Klang wird also sichtbar. Man kann ihn optisch darstellen, verstehst du? Die Klangfiguren sind also das Bindeglied zwischen Akustik und Optik.«

»Und warum heißen sie …« Mara suchte das Wort auf dem Bildschirm, fand es aber nicht.

»Sie heißen chladnische Klangfiguren, weil ein gewisser Ernst Florens Friedrich Chladni sie entdeckt hat. Und zwar …«, er suchte auf dem Monitor, »… im Jahre 1787. Das heißt, in diesem Jahr hat er das Buch veröffentlicht, in dem er das Phänomen beschreibt. Entdeckt hat er es sicher schon früher.«

»Zeig mir das noch mal«, sagte sie, wartete aber nicht, bis Jakob reagierte, sondern nahm selbst die Maus, um damit herumzuklicken.

Da waren sie wieder, die Bilder.

Manche bestanden nur aus parallelen Linien, andere bildeten Quadrate, Kreuze, Schleifen, einander umschlingende Kreise oder Wellen. Manchmal liefen sie diagonal, manchmal gerade. Je mehr sich Mara hineinversenkte, desto deutlicher wurde ihr der Bezug zum Klang, zur Musik.

»Das sieht wirklich schön aus«, sagte sie.

»Finde ich auch.«

»Wie kommt es, dass sie sich unterscheiden? Sind das jeweils verschiedene Tonhöhen, die zu den unterschiedlichen Mustern geführt haben? Oder unterschiedliche Musikstücke? Oder einfach nur Lautstärken?«

»Das weiß ich auch nicht. Hier steht, dass an den Stellen, wo sich auf der Platte der Sand ansammelt, die größten Schwingungen herrschen. Es müssten also verschiedene Töne sein, die wir hier sehen …«

Er scrollte hinunter. Hier war ein Porträt des Entdeckers Chladni zu sehen. Der Physiker hatte hohe Augenbrauen. Sein Haar war wirr in die Stirn gekämmt, aber trotzdem wirkte er wie ein biedermeierlicher Geheimrat.

»Man benutzt das Verfahren auch, um Musikinstrumente zu untersuchen«, fuhr Jakob fort. »Ah, hier ist noch was: Ein amerikanischer Arzt namens Halbrook Curtis hat die Klangfiguren benutzt, um Sängern zu helfen, ihre Stimme auszubilden. Das war aber viel später. Hundert Jahre nach Chladni. Dieser Curtis war auch Stimmtherapeut an der Metropolitan Opera in New York.«

Jakob zeigte Mara eine alte Zeichnung. Auf ihr war ein altertümliches technisches Gerät dargestellt, das ein bisschen aussah wie ein überdimensioniertes Grammofon.

»Das ist ein Tonograf. Curtis hat ihn erfunden. Er ließ die Sänger in den Trichter singen, und dann ordnete sich auf der Platte hier der Sand so an, dass die Schwingungen sichtbar wurden. So konnten die Sänger ihre Töne kontrollieren.« Er sah Mara an. »Eine interessante Erfindung. So konnte man schon vor der Zeit von elektronischen Messungen, von Oszillografen und so weiter Töne sichtbar machen. Und das ganz ohne Strom.«

»Aber was hilft uns das jetzt?«, fragte Mara. »Was haben wir davon, dass wir wissen, worum es sich bei den merkwürdigen Bildern handelt? Dass es chladnische Klangfiguren sind?«

Jakob legte die Hand an sein Kinn. »Wenn Klang auf diese Weise zu einem Zeichen wird, muss es etwas mit der Karte zu tun haben.«

»Eigentlich sehen die Klangfiguren selbst ein bisschen wie Markierungen aus.«

»Oder sie sind selbst Karten.«

»Nein, dafür sind sie zu regelmäßig.«

Jakob schlug auf den Tisch. »Aber sie können etwas markieren, wenn man sie auf die Karte legt. Man müsste sie mit der Karte verbinden.« Er stand auf, griff nach den Blättern und schaltete ein Gerät ein, das neben dem Computer stand. Es war ein Scanner.

»Du meinst, man legt die Karte und eine dieser Zeichnungen übereinander wie zwei Folien? Und dann sieht man, wo sich die Stelle befindet, die wir suchen?«

»Warum nicht?«, rief er. »Das wäre doch eine Lösung.«

Er klappte den Deckel auf und legte das Blatt mit der Karte hinein. Zurück am Computer setzte er das Scanprogramm in Gang. Sekunden später war die Karte auf dem Monitor zu sehen.

»Jetzt die Figuren.«

Es dauerte etwas länger, weil sich neun Figuren auf einer Seite befanden und Jakob jede einzelne vergrößern, ausschneiden und abspeichern musste. Mara beobachtete das Geschehen mit wachsender Ungeduld. Doch je näher Jakob seinem Ziel kam, die einzelnen Grafiken übereinanderzuschichten und mit der Karte zu verbinden, desto mehr nagten an ihr die Zweifel.

Wenn diese Methode wirklich die Lösung war, musste Wessely ja gewusst haben, wie man den Ort in Italien fand.

Hatte er also verschwiegen, dass er es wusste? Oder hatte er nicht gewusst, wie man an die Lösung kam?

Er hatte schließlich so viele Forschungen unternommen! Da konnte es ihm doch nicht verwehrt gewesen sein, selbst auf die chladnischen Klangfiguren zu kommen.

Das war aber noch nicht alles.

Die Figuren mussten irgendeine Bedeutung haben. Sie waren ja nicht vom Himmel gefallen. Von welchem Ton, von welchem Instrument oder welcher Stimme stammten sie?

»Es ergibt keinen Sinn«, sagte Jakob. Er sah sie verwirrt an.

Die Linien lagen jetzt übereinander. Es gab eine Menge Schnittpunkte, viele kleine Kreuzungen. Aus den ästhetischen Einzelfiguren war ein großes Muster geworden. Schön wie das Modell einer Schneeflocke, aber ohne klares Zentrum. Ohne Hinweis auf einen bestimmten Punkt auf der Karte, die hinter dem Geflecht fast vollständig verschwand.

»Jetzt weiß ich nicht, wie wir weiterkommen sollen«, sagte er und lehnte sich in seinem Stuhl zurück.

»Ich schon.«

Er sah sie an. »Wirklich? Das hier sagt dir etwas?«

»Nein … Es ist nicht der Schlüssel. Ich meine, diese Muster nicht. Sie sollen nur allgemein das Prinzip zum Ausdruck bringen. Sie sagen uns, dass die Klangfiguren uns weiterhelfen, aber die Figuren auf dem Blatt sind nur irgendwelche. Wir dagegen brauchen eine ganz bestimmte Klangfigur.«

»Sag mal, denkst du dir das alles aus? Wie kommst du darauf? Welche Klangfigur soll das sein?«

»Es ist doch logisch«, rief Mara, plötzlich ganz erfüllt von dem Gedanken, der ihr gerade gekommen war. »Du vergisst, dass es in dem ganzen Spiel etwas gibt, das einen ganz *bestimmten* Klang erzeugen kann. Und über dessen Bedeutung wir ja auch die ganze Zeit gerätselt haben.«

Jakob ließ die Hände auf die Tischplatte fallen, dass es knallte. »Natürlich«, rief er aus. »Die Schwarze Violine …«

»Tamara. Es ist der Klang den sie erzeugt. Dieser Klang ergibt eine bestimmte Klangfigur. Und diese Klangfigur entschlüsselt die Karte. Wenn wir also ihren Klang sichtbar machen, sehen wir, wo der Ort liegt.«

Jakob hatte wieder damit begonnen, auf seiner Unterlippe herumzukauen. »Selbst wenn das möglich wäre … Wir haben die Violine nicht mehr. Sie schwimmt gerade die Donau hinunter.«

Mara blickte auf den hellen Bildschirm. Sie schwiegen.

Jakob hatte recht. Der Weg, den sie gehen wollten, war versperrt. Wenn die Geige nicht mehr existierte, konnten sie keine Klangfiguren mit ihr herstellen.

»Wir haben verloren«, sagte Mara. »Das Einzige, was uns noch bleibt, wäre eine Reise nach Italien in die Gegend, die auf der Karte zu sehen ist. Dort können wir dann selbst Nachforschungen anstellen.«

»Ich kann nicht glauben, dass das hier das Ende sein soll.« In Jakob war wieder Bewegung gekommen. Er legte die Finger auf die Tastatur, nahm die Maus und klickte. »Wir können uns wenigstens schlaumachen, wo das in Italien ist.«

Er gab die Namen der Orte ins Suchprogramm ein, und ein paar Minuten später wussten sie Bescheid.

»Es ist in der Toskana«, sagte er. »Nordöstlich von Florenz … Das hätte man sich denken können.«

»Wieso?«, fragte Mara.

»Florenz war ein Zentrum der Renaissance und des Frühbarock. Wenn man so will, wurde in dieser Stadt die Oper erfunden – und mit ihr eine wichtige Strömung der Barockmusik. Renaissance bedeutet ja, dass man sich nach dem Mittelalter wieder für die Kunst der Antike interessierte, dass man sogar versuchte, diese Kunst nachzuahmen … Ich habe mir schon gedacht, dass die Orpheus-Sekte aus diesem Geist heraus zusammengefunden hat. Jeder Musiker, der in der Barockzeit auf sich hielt, stammte entweder aus Italien, oder er reiste dorthin, um zu lernen. Einer der berühmtesten deutschen Komponisten, die diese Reise auf sich nahmen und in Italien sogar so erfolgreich wurden, dass sie die Einheimischen in den Schatten stellten, war Georg Friedrich Händel. Er besuchte alle italienischen Zentren – Venedig, Rom, Neapel, Florenz …«

Er hatte beim Reden weitergeklickt. Nun zeigte sich die Weltkugel von Google Earth auf dem Bildschirm. Er brachte sie mit ein paar Mausklicks zum Drehen, zoomte dann heran, und Mara kam es vor, als würde sie aus dem Weltraum auf die Erde stürzen. Der Fokus konzentrierte sich auf Europa, dann den italienischen Stiefel und schließlich Norditalien mit den Städten der Toskana: Siena, Pisa …

Er klickte Florenz an, zog das Bild etwas zur Seite, und nun konnte Mara eine Linie nach Nordosten sehen, die in Bologna endete. »Nein, das ist noch zu weit entfernt«, sagte er und ging näher an die virtuelle Erdoberfläche. Schließlich ließ er das Bild stehen. »Hier müsste es irgendwo sein.«

»Wenn wir nur Tamara wiederhätten«, sagte Mara. »Man kann so viel mit dem Computer machen. Man kann die Welt umrunden, kann Kontinente erforschen … Aber den Klang einer zerstörten Geige kann man nicht rekonstruieren.«

»Selbst wenn wir die Geige hätten, bräuchten wir noch einen Tonografen und den ganzen Versuchsaufbau, um die Klangfigur herzustellen. Dann müssten wir sie in den Computer einscannen und mit der Landkarte in Zusammenhang bringen. Ich frage mich, wo es heute noch welche von diesen Tonografen gibt. Wahrscheinlich im Museum.«

Wieder klickte er, suchte und gab Begriffe ein.

Mara sah ihm zu, ohne genau zu verfolgen, was er tat. Der Schmerz über den Verlust ihrer Geige flammte plötzlich so intensiv auf, dass es ihr fast den Atem nahm. Niemals hatte sie das Instrument so sehr vermisst wie jetzt. Dass Musik aber auch so etwas Flüchtiges war! Man hatte einmal einen Ton gespielt, da war er auch schon weg. Und das für alle Zeiten. Noten konnten die Musik selbst ja nicht ersetzen.

»Den Tonografen brauchen wir schon mal nicht«, sagte Jakob in die Stille hinein.

Mara schreckte aus ihren Gedanken auf. »Was? Wieso nicht?«

»Du hast mich gerade selbst darauf gebracht. Die Segnungen des Computerzeitalters helfen uns weiter. Schau mal hier.«

Mara kniff die Augen zusammen, um zu lesen, was auf der sehr textreichen Seite stand. Es war das Portal einer Universität in den USA. Und es ging um akustische Forschungen. Eine Gruppe von Wissenschaftlern befasste sich mit Chladni und seinen Erkenntnissen. Mara las weiter bis zum Ende, und schließlich blieb sie an einem Feld hängen, auf dem »Virtual Tonograph« stand. Es war ein Programm, das man herunterladen konnte.

»Es gibt ihn als Computerprogramm«, erklärte Jakob. »Wenn ich das richtig sehe, wird so der PC selbst zum Erzeuger der Klangfiguren. Man braucht dann nur noch ein Mikrofon.«

»Und man braucht die Geige«, sagte Mara bitter. »Einen Klangerzeuger. Aber der ist weg. Zerstört. Kaputt.«

Jakob hatte den Download gestartet. »Die Geige mag zerstört worden sein«, sagte er. »Aber ich weiß, wie wir trotzdem an ihren Klang kommen.«

»Aber wie?«, rief Mara. Der Schmerz hatte sich zu einem wulstigen Kloß zusammengezogen, der in ihrem Bauch steckte und sogar ihre Stimme heiser erscheinen ließ. »Wir werden nie mehr meine Geige hören.«

»Bist du sicher?« Ein hintergründiges Lächeln umspielte Jakobs Lippen.

»Natürlich bin ich sicher«, schrie sie. »Oder willst du die Geige aus der Donau holen?«

»Das brauchen wir nicht.« Jakobs Stimme blieb sanft. »Der

Verlust der Geige ist zwar schrecklich, aber ihren Klang …« Er wandte sich dem Rechner zu. »Ihren Klang haben wir.«

Mara verfolgte schweigend, wie er Youtube aufrief, in das Suchfeld »Mara Thorn« eingab und das Video erschien, das Björn von ihr gedreht hatte. Da stand sie und spielte. Selbstvergessen und glücklich. Ihre Tamara in der Hand. Das dunkle Holz glänzte.

»Du vergisst, dass es eine Menge Aufnahmen von dir und deiner Geige gibt. Und die können wir nutzen. Die hier wird tontechnisch nicht gut genug sein. Aber es gibt ja andere.«

Mara war wie vom Donner gerührt. »Und das kannst du?«

Jakob nickte. »Ja, das kann ich.«

»Aber … es ist doch nicht ihr richtiger Klang. Ich meine, er ist digital verändert worden.«

»Es ist nur eine Frage der Rechenleistung, wie nahe man an das Original kommt, glaub mir. Wir müssen es versuchen.«

48

Nach zwei Stunden begann Quint, die Geduld zu verlieren. Was hatten die da drin vor?

Er hatte sich vorgestellt, dass die beiden nicht die ganze Nacht im Antiquariat verbringen würden. Sie hatten doch sicher viel zu viel Angst vor ihm und seiner Rückkehr.

Es war bereits nach elf. Hier in der Nebenstraße war es ziemlich ruhig geworden. Der nie endende Klang der Stadt, das Gemisch aus Motorengeräuschen, das sich zu einer feinen Wolke verdichtet hatte, lag als ständiges Rauschen hinter den Häusern. Ab und zu rasselte in deutlicher Entfernung eine Straßenbahn.

Plötzlich kam ihm ein Gedanke: Waren wirklich Mara und Jakob dort in dem Hinterzimmer?

Er drückte sich erneut an die Glastür und blickte hinein. Da war immer noch der senkrechte Strich aus Licht. Doch so lange er auch wartete – das Phänomen, dass er sich verdunkelte, wiederholte sich nicht. Waren sie geflohen? Gab es doch einen Hinterausgang?

Er legte das Ohr an die Scheibe.

Es war nichts zu hören.

Keine Stimmen, keine Unterhaltungen.

Das Hinterzimmer war auch viel zu weit weg.

So verharrte er eine Zeit lang und konzentrierte sich. Doch, da war etwas. Ein klagender Laut. So etwas wie Gesang. Auf jeden Fall Musik.

Jetzt, wo er es erkannt hatte, schien sie lauter zu werden, und Quint konnte sogar einzelne Töne unterscheiden. Sie kamen herangeschwebt wie kleine Wolken, durchdrangen die Glasscheibe, um sich in sein Ohr hineinzustehlen.

Eine weit geschwungene, klagende Melodie. Die Töne stiegen auf, erklommen ungeahnte Höhen und kreisten über der Welt wie ein Adler, der aus ungeheurer Höhe auf ein Gebirge hinabblickt.

Er schloss die Augen. Es überwältigte ihn, dass er dazu fähig war, in seinem Inneren solche Bilder heraufzubeschwören. Er konnte nicht nur das grau gezackte Massiv des Gebirges erkennen, sondern auch einzelne Schneefelder, in denen sich bläulich das Sonnenlicht spiegelte. Die graugrünen Ebenen jenseits der Berge waren tiefer liegende Länder. Etwas glitzerte silbrig zwischen krausen Waldflächen: ein geschwungener Fluss. Quint war es, als würde er in den Himmel blicken und über sich in das prachtvolle ewige Blau schauen. Es zog ihn so in seinen Bann, dass er vergaß, wo er sich befand. Und als die Musik abbrach und er sich im Eingang des Antiquariats wiederfand, stellte er fest, dass er den Dietrich aus der Tasche gezogen hatte.

Wie von selbst glitt er ins Schloss, und ein leichtes Klicken war zu vernehmen. Quint öffnete die Tür und huschte ins Innere.

Geräuschlos schloss er die Glastür hinter sich und verharrte. Jetzt kamen aus dem Hinterzimmer Stimmen.

Mara und Lechner. Ganz sicher.

Sein Bein berührte einen der Tische, auf denen Lechner seine Bücherstapel aufgebaut hatte. Quint musste vorsichtig sein. Die Tische standen in fast völliger Dunkelheit. Eine falsche Bewegung, und einer der Stapel fiel um.

Er tastete sich in Richtung der Wand, die von einem Regal bedeckt war.

Im selben Moment setzte die Musik wieder ein.

Mara rückte mit ihrem Stuhl ein Stück von Jakob weg und ließ ihn arbeiten.

»Als Erstes brauchen wir eine wirklich gute Klangaufnahme von deiner Geige, aber wenn wir die haben ... Na ja, warten wir ab.«

Jakob tippte und klickte. »Hier haben wir was Brauchbares. Pass auf.«

Tamaras Klang erfüllte den Raum. Mara lehnte sich zurück und lauschte sich selbst – so intensiv, wie sie es noch nie getan hatte. Es war »Horizons of Harmony«.

Sie sprachen kein Wort, bis es vorbei war – nach etwa viereinhalb Minuten.

»Wunderschön«, sagte Jakob dann. »Das ist das Schönste, was ich von dir kenne.«

»Danke«, sagte Mara. Sie wusste gar nicht recht, wie sie mit solchem Lob umgehen sollte. Sich einfach zu bedanken war ihr zu wenig, denn dafür tat ihr das Lob zu gut.

»Jetzt kommt das Hauptproblem«, sagte Jakob. »Der Klang der Geige allgemein reicht nicht. Ich muss auch wissen, welcher Ton die richtige Klangfigur erzeugt. Das geht aus den Unterlagen nicht hervor.«

Mara überlegte. »Man kann Tausende von Tönen spielen ... Aber vielleicht geht es ja gar nicht um die Töne, die man auf der Geige greift, sondern um die leeren Saiten.«

»Wie meinst du das?«, fragte Jakob.

»Eine Geige besitzt vier Saiten. Diese vier Töne sind ihre ureigensten Klänge. Wenn man sie spielt, spielt man wirklich die Geige selbst. Man nimmt keinen Einfluss. Man greift nicht auf dem Griffbrett. Es sind die vier Töne, mit denen das Instrument selbst spricht.«

Das waren genau die Worte, die ihr Geigenlehrer damals in der ersten Stunde zu ihr gesagt hatte. Mara, vollkommen versessen darauf, endlich richtig zu spielen, hatte sie über sich ergehen lassen. Aber der Lehrer hatte darauf bestanden, dass sie zunächst lernte, die leeren Saiten anzustreichen.

Nur wenn du den Ton der Geige selbst zu hören verstehst, kannst du mit dem Instrument zusammenarbeiten. Nur dann wird es dein Partner, dein Freund sein.

Mara hatte all die Jahre nicht daran gedacht. Und trotzdem waren ihr die Worte im Gedächtnis geblieben, um jetzt in einem ganz anderen Zusammenhang vielleicht zur entscheidenden Hilfe zu werden. Was hieß schon vielleicht? Mara war sich hundertprozentig sicher, dass sie auf dem richtigen Weg waren. Irgendetwas in ihr sagte ihr, dass es so war. Dass alles richtig war.

»Nächstes Problem«, sagte Jakob. »Wenn wir die Klänge der leeren Saiten zur Grundlage machen wollen, muss ich genau diese Töne aus dem Musikstück herausfiltern. Du musst mir dabei helfen. An welchen Stellen kommen sie denn vor?«

»Lass es noch mal von vorn spielen.«

Jakob klickte, und die Musik begann erneut. Mara hatte die linke Hand erhoben und bewegte die Finger wie auf einem imaginären Griffbrett. Sie spielte Luftgeige. Es setzte in ihr eine Ahnung frei, wie es war, in Wirklichkeit Geige zu spielen, und sie spürte den Schmerz, dass Tamara für alle Zeiten zerstört war, immer heftiger. Sie lenkte sich ab, indem sie sich auf die Musik konzentrierte.

Die Aufgabe war nicht leicht zu lösen. Man strich in Musikstücken die leeren Saiten des Instruments sehr selten an, weil der Klang farblich deutlich herausstach.

»Stopp«, sagte sie plötzlich. »Hier, der Ton am Anfang der Melodie. Das war die G-Saite. Die tiefste.«

Jakob gab etwas ein und ließ die Musik weiterspielen.

»Ich glaube, mit den anderen leeren Saiten wird es schwierig«, sagte Mara. »Sie kommen zu selten vor.«

Sie hörten alle Stücke ab, die sie im Internet finden konnten, aber es war zwecklos. Die Musik bestand aus zwei verschiedenen Arten von Kompositionen. Es gab auf der einen Seite sehr langsame Stücke mit großen Melodiebögen. Und auf der anderen schnelle, fast rockige oder virtuose Nummern. In den langsamen Titeln kamen leere Saiten nicht vor, in den schnellen waren die Töne viel zu kurz, um isoliert werden zu können.

Schließlich hatten sie alles durch: »Yearning«, »Horizons of Harmony« …

»Eigentlich wäre es sowieso besser, wenn wir die Töne von der Geige ganz alleine hätten«, sagte Jakob. »Ohne Begleitung. Es darf nichts Störendes geben. Keine anderen Instrumente, keine andere Klangquelle. Kein Playback, kein Background. Daher ist der Ton, den wir hier gefunden haben, auch nicht gut geeignet.«

Mara überlegte. »Ich habe viele Probeaufnahmen gemacht«, sagte sie. »Gleich nach der ersten Begegnung mit John. Aber die sind natürlich nie ins Internet gekommen.«

»Aber dabei wirst du doch auch Stücke gespielt haben. Mit Begleitung oder Playback.«

Sie versuchte, sich alles ins Gedächtnis zu rufen. Wie sie damals Björn verlassen hatte. Wie sie nach Köln gefahren war. Wie sie John angerufen hatte. Und wie sie dann irgendwo an einer Straße stadtauswärts in einem Kellerstudio gestanden hatte. In einem schallisolierten, mit grauem Schaumstoff ausgekleideten Raum. Um sie herum hingen Mikrofone von der Decke. Hinter einer großen Glasscheibe saß der Tontechniker am Mischpult. Hinter ihm stand John und lächelte ihr aufmunternd zu.

»Er hat die Geige erst mal durchgemessen«, sagte sie.

»Wen meinst du mit ›er‹?«

»Der Tontechniker, der die Aufnahmen gemacht hat. Damals in Köln. Ich weiß noch genau, wie ich in dem Studio stand. Ich habe die Geige gestimmt, und dabei streicht man nacheinander die leeren Saiten an. Das Mikro war bereits offen. Er hat irgendwelche Regler verstellt, und dann hat er mich aufgefordert, etwas zu spielen. Ich habe einfach angefangen zu improvisieren …«

»Das heißt, diese Aufnahmen enthalten das, was wir brauchen?«, fragte Jakob.

»Da bin ich sicher.«

»Und wo befinden sie sich?«

»Wahrscheinlich gibt es eine Kopie in dem Studio in Köln. Aber frag mich nicht, wo das genau war. Irgendwo stadtauswärts. Aachener Straße oder so.«

»Weißt du, wie der Besitzer des Studios hieß?«

»Ich habe mich damals darum nicht gekümmert. Ich hatte nur Augen für Gritti. Er wollte mich fördern. Für mich war er derjenige, für den ich spielte. Er hat alle Aufnahmen bei sich archiviert. Das heißt, sein Bruder besitzt sie jetzt.«

Jakob sah nachdenklich auf den Rechner. »Natürlich … Meine Güte, sind wir dämlich. Wir müssen nicht nach Köln fahren. Wir müssen ja nur …«

»Was müssen wir?«

»Auf Grittis Server. Dort liegt doch alles. Die ganze Geschichte deiner Karriere ist dort gespeichert.«

»Aber wie kommen wir da ran?«

»Es wird nicht leicht sein. Aber ich kann es versuchen. Wir brauchen nur etwas Zeit.«

Zeit … Hatten sie Zeit? Deborah und Quint waren hinter demselben her wie sie. Und sie fragte sich, was den Amerikaner davon abhielt, hier aufzutauchen und sie unter Druck zu setzen.

Unwillkürlich sah sie zu dem Vorhang, hinter dem das dunkle Ladenlokal lag. Es war sehr still um sie herum. Die große Stadt schien gar nicht mehr zu existieren. Es war, als wären sie hier in einer Art Luftblase gefangen, in der sie durch die Zeit trieben.

Sie beobachtete, wie Jakob die Internetseite von Grittis Firma aufrief. Ein paar Klicks, und die bunten Farben, die Schriften und das ganze Layout der Seite waren einer schwarzen Fläche gewichen, auf der weiße Steuerzeichen erschienen. Jakob runzelte die Stirn und arbeitete sich durch den Zeichensalat, in dem Mara Computerbefehle erkannte, eingerahmt von spitzen Klammern, von Doppelpunkten und Schrägstrichen.

Zeile für Zeile ging Jakob die Seite durch. Irgendwann nickte er. »Den Server habe ich. Jetzt kommt's nur noch darauf an, wie er gesichert ist.«

Mara hörte nur auf ihren Herzschlag und blickte wieder zu dem Vorhang. Dahinter liegt die gefährliche Welt, dachte sie.

Und sie wünschte, Jakob käme schneller voran.

Quint hatte der Musik gelauscht und hörte jetzt das verhaltene Gespräch der beiden. Er verstand zu wenig Deutsch, um zu begreifen, worum es ging. Aber ihm war klar, dass sie Maras Musikstücke nach irgendetwas durchsuchten.

Als die Musik schwieg, fiel mehrmals das Wort »Studio« und der Name der Stadt Köln, von der Quint wusste, wie sie auf Deutsch hieß.

Vorsichtig setzte er einen Fuß vor den anderen, bis er nahe an den Vorhang herangekommen war. Der Spalt, durch den das Licht fiel, war höchstens so breit wie ein Finger, aber wenn Quint die Augen zusammenkniff, konnte er den Monitor erkennen.

Den Monitor und welche Programme dort geöffnet waren.

Es hatte etwas mit Akustik zu tun. Lechner hatte eine Klangdatei als Frequenzkurven dargestellt. Als der Amerikaner genauer hinsehen wollte, schob er das Fenster gerade zur Seite und öffnete eine Website, dann ein Systemfenster.

Er wollte einen Server knacken.

Sie suchten Musik.

Sie analysierten Musik.

Maras Musik.

Die Geige war zerstört, also versuchten sie, mithilfe von Software etwas zu rekonstruieren.

Er ging einen Schritt nach hinten ins Dunkel zurück und zog vorsichtig sein Handy hervor. Kurz darauf schimmerte das helle Display in der Finsternis.

Bedächtig tippte er eine SMS an Deborah und versandte sie. Dann zog er sich ganz in den Verkaufsraum zurück und wartete.

»Über hundert Klangdateien«, sagte Jakob. »Und fast halb so viele Videos.«

Er blickte über die Liste, die auf dem Bildschirm erschienen war. Jeder Eintrag war mit einem Datum versehen.

»Wir müssen die früheste Aufnahme suchen«, sagte Mara. »Das muss die von damals in Köln gewesen sein.«

Jakob scrollte. Unglaublich, wie viele Ton- und Filmdokumente entstanden waren. Diese Liste von Dateien war ihr ganzes künstlerisches Leben – elektronisch konserviert auf einem Server.

»Bist du eigentlich sicher, dass ich bei all den Dateien dabei bin?«

Jakob nickte. »Der Ordner heißt ›Mara‹, dann ist die Sache doch klar, oder?«

Ihr kam eine Idee. »Kannst du nachschauen, was Gritti noch alles auf seinem Server gespeichert hat? Hatte er vielleicht noch mit anderen Künstlern Kontakt? Und hat mit ihnen Probeaufnahmen gemacht?«

Seltsam, dass Mara nie dieser Gedanke gekommen war. Aber jetzt, da sie das ganze Material so vor sich sah …

»Ich glaube nicht«, sagte Jakob. »Und wir sollten uns damit auch nicht aufhalten. Das Eindringen in den Server kann bemerkt werden. Ich wundere mich sowieso, warum es so leicht war.«

»Es muss daran liegen, dass Johns Bruder die Geschäfte übernommen hat. Ihm liegt nichts an der Musik.«

»Dann hätte er es doch gleich alles löschen können«, sagte Jakob und scrollte weiter.

Mara gab es einen Stich. Natürlich! Jeden Moment konnten die Dokumente im Datenorkus verschwinden – auf Nimmerwiedersehen.

»So, hier haben wir die früheste Aufnahme.« Er nannte das Datum. »War das der Tag, an dem du mit Gritti zum ersten Mal ins Studio gegangen bist?«

»Moment«, sagte Mara. »Kannst du mir nicht doch noch einen Gefallen tun? Es wäre furchtbar, wenn Johns Bruder das alles vernichten würde. Wir müssen es sichern.«

Er sah sie erstaunt an. »Wie stellst du dir das vor? Weißt du, wie viel Material das ist? Ungefähr ein Terabyte. Das dauert Stunden.«

»Trotzdem. Ich will nicht, dass es verschwindet.«

Jakob verdrehte die Augen, aber sie spürte, dass er nachdachte, wie er das alles hinbekam – die Sicherung und gleichzeitig die Weiterverarbeitung der Stücke, damit sie endlich die Karte entschlüsseln konnten.

Er tippte etwas ein und stand auf. »Ich ziehe erst mal die Aufnahmen herunter, die wir weiter untersuchen müssen.« Er zog eine Schublade auf und holte ein schwarzes Kästchen heraus, das er an den Computer anschloss. Es war eine externe Festplatte. Als er sie angesteckt und eingeschaltet hatte, war der Download der ersten Musikdateien erledigt.

»Ich hoffe, die Sicherung verbraucht nicht so viel Rechnerleistung«, sagte er. »Wir brauchen sie für die Analysen. Und ich hoffe außerdem, dass uns niemand entdeckt.«

Kurz darauf lief der Download, und parallel rief Jakob die Studioaufnahme auf. Mara erschrak, als sie plötzlich ihre eigene Stimme hörte.

»Alles gut so?«

Ein Mann antwortete. Der Techniker.

»Spiel dich ein bisschen ein.«

Etwas knackte, und Mara erinnerte sich, dass sie mit dem Bogen an das Mikro gekommen war. Die Nervosität hatte sie gepackt.

»Ganz ruhig, Mara, wir haben Zeit.«

Die tiefe, bedächtige Stimme von John. Sie beruhigte Mara noch jetzt.

Nun kam die Stelle, um die es ging. Mara beherzigte das, was ihr der Geigenlehrer beigebracht hatte. Sie strich die leeren Saiten an und ließ Tamara selbst sprechen. Sie wusste noch genau, wie dieser Moment sie dann vollends entspannt hatte. Plötzlich war die Studioatmosphäre in den Hintergrund getreten. Wenn sie Tamaras Stimme hörte, war sie mit ihr allein. Nur sie beide auf der ganzen Welt …

»Das ist die Stelle, die du brauchst«, sagte sie.

Jakob drückte eine Taste auf dem Keyboard, und die Aufnahme stoppte abrupt. Es tat Mara fast ein bisschen weh, aber jetzt ging es nicht um nostalgisches Schwärmen für alte Zeiten. Es ging nicht darum, diese Zeiten wieder hervorzuholen.

Jakob konzentrierte sich auf den Bildschirm, während an der schwarzen Festplatte ein grünes Licht blinkte.

Mara beruhigte dieses Lämpchen. Das Blinken bedeutete, dass mit jeder Sekunde mehr von ihrem Leben in Sicherheit war. Es fühlte sich fast so an, als würde sie Stück für Stück ihre Geige wiederbekommen.

Wenn ihre Musik auf diese Weise erhalten blieb, war noch nicht alles verloren. Es war vielleicht möglich, Tamara nachzubauen. Geigenbauer leisteten angeblich Unglaubliches. Sie hatte darüber gelesen. Oder hatte John es ihr erzählt? Nein, jemand aus dem Orchester war es. Sie hatte eigentlich wenig Kontakt zu den anderen Musikern gehabt, aber dieser Geiger war sehr gesprächig gewesen. Er kannte einen Geigenbauer aus München, der sich auch mit der Physik des Klangs auseinandersetzte. Wissenschaftlich. Vielleicht würde er Mara helfen können. Sie hatte jetzt wenig Geld, aber sie würde jeden Job annehmen, nur um wieder so musizieren zu können wie … noch vor einigen Tagen, einer Woche …

Das Lämpchen blinkte und blinkte.

Ja, dachte Mara, kommt nur rüber ihr Bits und Bytes.

Das grüne Licht schien sie zu hypnotisieren, sie konnte den Blick nicht abwenden.

Und plötzlich sagte Jakob: »Fertig.«

Mara schrak aus ihren Gedanken auf. »Hast du Klangfiguren auf die Karte gelegt?«

»So weit bin ich noch nicht. Aber ich habe die Töne isoliert.«

Sie stand auf und stellte sich hinter Jakob.

»Ich erzeuge erst die Figuren«, sagte er. »Alle vier Saiten. Ich fange unten an.«

Er startete das Programm. Die Kurve des Tones G, auf den die unterste Geigensaite gestimmt war, hob sich, ohne dass sie etwas hörten. Es war nicht nötig, den Ton über die Lautsprecher zu schicken. Es kam nur auf die elektronische Verarbeitung an.

»Sieht aus wie ein Kreis«, stellte Mara fest.

»Ja, aber elliptisch. Wie ein Ei. Nehmen wir den nächsten Ton.«

Er ergab dieselbe Figur. Nur etwas kleiner und unregelmäßiger.

»Die Ungenauigkeiten kommen sicher durch die verschiedenen Umwandlungen zustande«, sagte Jakob. »Wenn die Geige direkt sehr gleichmäßig vor einem Tonografen klingen würde, wäre das ein klares Oval. Oder sogar ein Kreis.«

Er nahm sich die A-Saite vor. Mara war nicht überrascht, als dieser Klang wieder die Figur eines Kreises ergab. Er war etwas kleiner, sodass man sich vorstellen konnte, wie das Ergebnis auf der Karte aussah. Drei konzentrische Kreise, die sich immer mehr nach innen auf einen bestimmten Ort konzentrierten.

»Gibt es auch Klangfiguren, die wie Punkte aussehen?«, fragte Mara.

»Du glaubst, die vierte Saite zeigt genau die Stelle an, wo der Ort liegt? Lassen wir uns überraschen.«

Und als der Rechner fertig war, ergab sich kein Punkt. Dafür ein regelmäßiges Kreuz aus zwei diagonalen Balken, die sich in der Mitte trafen. Zusammen mit den Kreisen sah das Ergebnis aus wie ein Fadenkreuz.

Ein Fadenkreuz, das auf den Ort zielte, den sie suchten.

»Jetzt müssen wir es nur noch mit der eingescannten Karte verbinden«, sagte Jakob.

Ein paar spannende Sekunden vergingen.

»So.« Er drückte die Entertaste so schnell, dass es knallte, und im selben Moment erwachte der Drucker. Es ratterte leise, als er ein Blatt Papier einzog und in die Ausgabehalterung entließ. Mara stand auf und nahm den Bogen heraus. Sie drehte sich zu Jakob um, der das Ergebnis auf dem Bildschirm betrachtete.

Die Linien verliefen zum Teil mitten durch die Ortsnamen, die auf der Karte eingezeichnet waren.

»Wir haben es«, sagte Jakob. »Man muss das nur noch mit einer anderen Karte in Verbindung bringen ... Das dürfte kein Problem sein. Ich mache sicherheitshalber noch einen Ausdruck von der Karte und den Klangfiguren alleine.«

Wieder setzte er den Drucker in Gang. Er gab das Gesamtbild, die Klangfiguren der einzelnen Saiten, die Vereinigung aller Figuren und die Karte aus.

»Wir sollten jetzt nicht noch mehr Zeit verlieren«, sagte Jakob. »Das Beste wäre, sofort zu verschwinden.«

»Wohin?«

Er lächelte. »Wohin wohl? Aber zuerst mal zum Flughafen oder zum Bahnhof. Jetzt, da wir das hier in der Hand haben, wird es gefährlich für uns. Stell dir vor, dieser Quint würde genau jetzt auftauchen. Wir haben einen Vorsprung, und wir müssen ihn nutzen.«

Mara nickte. Jakob hatte recht. Sie sah zu dem grün blinkenden Lämpchen. »Die Sicherungskopie ist aber noch nicht beendet.«

Jakob runzelte die Stirn. »Ja, das wird auch noch eine Weile dauern. Ehrlich gesagt ... mir wäre es lieber, wir könnten das später machen.«

»Aber dann ist es vielleicht zu spät. Grittis Bruder könnte alles löschen.«

»Kannst du denn nicht juristisch gegen ihn vorgehen? Ich meine, es sind deine Aufnahmen. Du hast ein Recht, dass sie erhalten bleiben.«

»Ich will mich mit ihm auf keinen Rechtsstreit einlassen. Den würde ich verlieren. Wenn ich mir vorstelle, was der für juristische Berater hat ...«

»Aber das hier dauert noch mindestens eine Stunde. Bis dahin könnten wir schon am Flughafen sein ... Oder es geht heute Nacht noch ein Zug. Vielleicht können wir es einfach weiterlaufen lassen.«

»Während wir in Italien sind?«

»Ich könnte es so programmieren, dass es sich abstellt, wenn der Download fertig ist. Aber das ist auch gefährlich. Wenn jemand merkt, dass wir auf dem Server waren, kehrt er den Spieß vielleicht um und dringt in mein System ein.«

Maras Herz klopfte stärker, sie spürte Schweiß auf der Stirn. Endlich ging es wieder ein Stück voran. Sie hatten etwas herausgefunden, und das durften sie nicht aufgeben. Sie mussten sofort nach Italien.

Verabschiede dich von deinen Aufnahmen, die noch nicht heruntergeladen sind, sagte sie sich.

Verabschiede dich von ihnen, wie du dich von Tamara verabschiedet hast.

»Wie viele Dateien haben wir denn schon?«, fragte sie.
»Noch nicht mal die Hälfte.«
Sie biss die Zähne zusammen. »Also gut. Brich es ab.«
Ein lautes Schrillen ließ sie zusammenzucken.
»Was ist das?«, fragte sie.
Jakob blickte überrascht auf. »Keine Ahnung.«
Das Schrillen wiederholte sich.
»Es ist die Türklingel zu meiner Wohnung. Man hört sie auch im Laden.« Er stand auf. »Warte einen Moment. Ich schau mal nach.«
»Wenn es Quint ist …«, sagte Mara.
»Meinst du, er würde klingeln?«
»Lass mich nachsehen. Kümmere du dich um den Download.«
Damit hatte sie ihre Jacke genommen, war durch den Vorhang geschlüpft und stand nun im Dunkel des Verkaufsraums. Es gelang ihr, die Tische mit den aufgestapelten Büchern elegant zu umrunden und zur Glastür vorzudringen. Sie drückte die Klinke herunter. Es war nicht abgeschlossen.
Hatte Jakob sie offen gelassen?
Sie ging hinaus, betrat den Gehsteig und sah dann nach links, wo der Eingang zum Treppenhaus lag. Dort standen zwei Männer.
Mara tat so, als sei sie eine späte Spaziergängerin und lief langsam an ihnen vorbei.
»Scheint nicht da zu sein«, sagte der eine Mann.
»Klingel noch mal«, erklärte der andere.
Bevor er den Finger ausstrecken konnte, bemerkte er Mara.
»Guten Abend«, sagte er.
Mara nickte nur und wollte vorbeigehen.
Der Mann trat ihr in den Weg. »Wohnen Sie hier?«
»Nein, warum?«
»Es hat keinen Zweck«, sagte der andere, der klingeln wollte. »Reden wir morgen mit ihm.«

Mara ging einfach weiter. Am Bordstein parkte ein Wagen. Es fiel so viel Licht von einer Straßenlaterne hinein, dass sie ein Funkgerät und ein transportables Blaulicht erkennen konnte.

Zügig erreichte sie die nächste Ecke und drehte sich um. Die Männer stiegen in den Wagen. Das Licht flammte auf. Sie fuhren jedoch nicht los.

Mara war klar, was die Polizisten wollten. Sie hatten Ron gefunden und ermittelten nun in dessen Bekanntenkreis.

Ein Grund mehr, dass sie möglichst schnell aufbrachen.

Sie sah sich um. Ob es hier irgendwo ein öffentliches Telefon gab. Sie hatte ja kein Handy mehr.

Nein, sie irrte sich. Sie hatte ein Telefon. Jakob hatte ihr doch eins gegeben!

Sie zog es heraus, fand in der Kontaktliste den Eintrag »Auskunft« und ließ sich mit dem Antiquariat Lechner verbinden. Jakob meldete sich sofort.

»Keine Angst, ich bin's.«

»Mara?«

»Es war die Polizei. Sie stehen noch da. Sie sitzen in ihrem Wagen.«

»Kann sein.«

Er klingt seltsam, schoss es ihr durch den Kopf.

»Jakob, ist irgendwas?«

»Alles in Ordnung.«

Da stimmte etwas nicht. Sie spürte es genau. Sie sah zu den Polizisten hinüber. Der Motor ging an. Die Scheinwerfer wurden heller. Der Wagen setzte sich in Bewegung und fuhr an Mara vorbei davon.

»Wir haben über den Bahnhof gesprochen«, sagte Jakob plötzlich. »Du weißt es doch. Die Züge gehen von Meidling ab.«

Bahnhof? Meidling? Nein, sie hatten nicht ... Es war, als würde eine große eiserne Faust sie umfassen, als ihr die

Erkenntnis kam. Jakob war nicht allein. Jemand war bei ihm.

»Was soll ich tun?«, flüsterte sie.

Jakob antwortete nicht.

»Sag was. Ich bin ganz in der Nähe. Wie kann ich dir helfen?«

»Es ist alles in Ordnung.«

Sie spürte, wie ihr heiß wurde. »Jakob?«

Etwas krachte.

War das ein Schuss?

Das habe ich schon mal erlebt, dachte sie. Als John im Wagen saß und wir telefonierten. Ihre Gedanken rasten. Und erst nach und nach drang das regelmäßige Tuten in ihr Bewusstsein. Die Leitung war unterbrochen.

Sie rannte zurück. Die Strecke kam ihr jetzt viel länger vor. Die Glastür stand offen. Mara stürmte hinein, prallte gegen einen der Tische, sodass die Bücher zu Boden krachten. Als sie das Hinterzimmer betrat, wurde ihr bewusst, dass sie einen Fehler gemacht hatte.

Wenn Quint Jakob bedroht hatte, wartete er ja nur auf sie, und sie würde in die Falle gehen.

Aber das Zimmer war leer.

Sie stürmte nach draußen, sah nach links und rechts, zog dann die Glastür hinter sich zu, sodass sie von außen nicht mehr zu öffnen war, und lief los, die Straßen entlang, bis sie nicht mehr konnte.

Schwitzend und von Seitenstechen geplagt blieb sie schließlich an der Ringstraße stehen.

Sie musste Jakob finden. Ihn retten. Sie konnte doch nur mit ihm zusammen nach Italien fahren. Sie durfte ihn nicht im Stich lassen.

Sie sah zum Rathaus hinüber – einem hohen Gebäude mit spitzen Dächern, das wie eine Kathedrale aussah. Davor, in dem kleinen Park, bewegten sich Schatten. Obdachlose, die auf der Suche nach einer Unterkunft waren. Die grelle Beleuchtung, mit der das Rathaus illuminiert war, wirkte fast obszön. Abweisend.

Sollte sie versuchen, Kontakt zu Deborah und Quint zu bekommen? Sollte sie aufgeben? Sich mit ihnen zusammentun?

Das war doch sicher der Sinn von Jakobs Entführung gewesen, oder nicht? Sie unter Druck zu setzen.

Nein, dachte sie. Nicht nur das. Es ging auch darum zu erfahren, wo der Ort in Italien war. Deborah brannte darauf, das zu erfahren. Und nun würden sie es aus Jakob herauspressen.

Sie rief sich die Szene im Hinterzimmer des Antiquariats in Erinnerung. Wie sie wahrscheinlich abgelaufen war.

Als Quint auftauchte, hatte Jakob geistesgegenwärtig auf die Tastatur des Computers eingehämmert, das gelöscht, was sie herausgefunden hatten. Er hatte es zumindest versucht. Mara wusste, dass man auf einer Festplatte nichts so einfach ganz und gar löschen konnte. Man konnte Daten wiederherstellen. Aber das dauerte seine Zeit.

Hatte Quint den Rechner mitgenommen? Sie wusste es nicht. Und jetzt hatte sie auch keine Chance, noch mal nachzusehen.

Sie tastete nach ihrer Jackentasche, in der etwas Dickes steckte. Die zusammengefalteten Blätter, die Jakob ausgedruckt hatte. Sie musste sie bei ihrer Rückkehr einfach an sich genommen haben.

Sie kannte nun den Weg, den sie gehen musste.

Aber sollte sie ihn gehen? Ohne Jakob?

Der Herbstwind riss an den Blättern. Nachdenklich faltete sie sie zusammen und steckte sie wieder ein.

Der Wind schien unter ihre Jacke kriechen zu wollen. Sie spürte, wie ihre Haut eiskalt wurde.

Und gleichzeitig wurden ihre Gedanken klarer.

Die Polizei.

Sie hatten versucht, Jakob zu finden. Weil sie ihn wegen Ron befragen wollten.

Was wäre, wenn sie zur Polizei ging?

Konnten die ihr helfen?

Sie würde dann alles sagen müssen. Angefangen von Johns Tod über das Erlebnis mit Quint in dem Wald in der Nähe von Köln. Wesselys Tod. Ihre Versuche, hinter das Geheimnis ihres Lebens zu kommen.

Sie schüttelte den Kopf. Wegen ein paar Melodien, die irgendwo in Italien lagen, starben so viele Menschen. Und sie ließ das zu.

Aber wenn sie zur Polizei ging, wenn sie sich in diese Mühle begab, würde sie das Geheimnis niemals lüften. Deborah und Quint würden einen Vorsprung gewinnen. Sie würden durch Jakob erfahren, wo sich der Ort der Orphiker befand, und für Mara war die Erkenntnis darüber verloren.

Und wenn ich jetzt hinfahre?, dachte sie.

Und wenn du jetzt zur Polizei gehst und nicht deinem eigenen Weg folgst, ist es mit der Musik erst einmal tatsächlich vorbei. Vielleicht sogar für immer.

Entweder du gehst zu Deborah und Quint und versuchst, Jakob zu befreien. Oder du setzt dich in den nächsten Zug und fährst hinunter.

Eine dritte Möglichkeit schien in ihr auf. Sie konnte warten. Hier in Wien bleiben und warten, bis sich Jakob selbst befreite oder sich irgendwie meldete.

Das wird natürlich gar nicht passieren, sagte sie sich. Wie blöd bist du eigentlich? Sie werden den Ort aus ihm herauspressen und ihn dann töten. Und dann werden sie nach Italien fahren.

Sie stand im Dunkel des Parks. Während sie gegrübelt hatte, war sie doch ein paar Schritte gegangen, ohne dass es ihr bewusst geworden war. Die Gestalten um sie herum waren verschwunden. Das grell beleuchtete Rathaus schien auf sie herabzusehen. Es wirkte wie ein Gesicht. Wie eine autoritäre Person, die ihr etwas sagen wollte.

Mara hatte das Gefühl, in einem Nichts zu verschwinden. Nirwana. Kein Gedanke. Leere.

Und in diesem Augenblick spürte sie eine ruckartige, rhythmische Vibration in ihrer Tasche.

Ihr Handy.

Sie zog es heraus. Das Display leuchtete matt.

Sie hatte eine SMS erhalten.

TEIL 3:

Die Auferstehung

49

Die Scheinwerfer waren so schwach, dass nur ein matter gelblicher Schein bis an die Mauern des Hauses reichte. Erst in letzter Sekunde bemerkte Padre Antonio den Mann, der vor der Einfahrt seines Anwesens stand. Er bremste. Die Ladung im hinteren Raum des Kombis rutschte polternd nach vorn.

Ein breiter weißer Schärpengürtel lag diagonal über der dunklen Uniformjacke. Der Mann war ein Polizist. Padre Antonio kannte ihn. Es war Sergente Massimo.

Der Priester kurbelte die Seitenscheibe herunter, woraufhin der Uniformierte die Hand an die Schirmmütze legte und sich herunterbeugte.

»Guten Abend, Padre. So spät noch unterwegs?«

Antonio schluckte. »Ja, Sergente. Die Schäflein verlangen rund um die Uhr nach Beistand. Vor allem die alten und kranken …«

Massimo nickte bedächtig. »Ich habe auch nicht vor, Sie lange zu behelligen, Padre … Bitte stellen Sie doch den Motor ab. Dann können wir uns besser unterhalten.«

Padre Antonio spürte sein Herz bis zum Hals hinauf schlagen. Seine Hände zitterten, als er den kleinen Fiat Kombi in die Einfahrt bugsierte. Der Hof war so schmal, dass er die Tür nur drei Handbreit aufbekam. Mühsam quetschte er sich aus dem Auto. Der Sergente stand wie ein schwarzer Schatten hinter dem Wagen.

»Sie transportieren ja so einiges«, stellte der Polizist fest und deutete auf die Hinterscheibe. Im Inneren waren Kisten zu sehen – notdürftig mit Decken verhüllt. Seitlich ragten Kabel hervor. »Sind das Elektronikteile?«

»Jemand hat mir einen gebrauchten Computer überlassen und will zusammen mit der Festplatte, die ich noch habe, etwas Neues daraus bauen. Ich weiß nicht, ob das funktioniert. Ich verstehe davon nichts.«

»Vielleicht kann ich Ihnen helfen? Ich bin der Computerspezialist in unserer Polizeistation.«

Massimo bückte sich und wollte die hintere Klappe öffnen.

»Aber ich will Ihnen keine Mühe machen«, sagte der Padre schnell. »Und noch dazu zu so später Stunde. Was führt Sie zu mir, Sergente Massimo? Hat es mit dem Erdbeben zu tun? Das war ja ein furchtbares Ereignis. Es ist schrecklich, dass gerade das Land, in dem unsere heilige katholische Kirche ihre Heimat hat, so oft von diesem Strafgericht Gottes heimgesucht wird. Sicher soll uns das zeigen, dass dem Herrn vieles, was seine Menschenkinder treiben, ein Dorn im Auge ist.«

»Padre«, unterbrach der Polizist den Redeschwall des Geistlichen. »Ich bin nicht deswegen hier.«

Antonio war froh gewesen, den Sergente erfolgreich vom gefährlichen Terrain abgelenkt zu haben, da führte er ihn gleich auf das nächste. Der Padre zog die Stirn kraus und hoffte, sehr ahnungslos zu wirken. »Warum dann?«

»Es geht um Tino. Tino Fasone. Ich denke, Sie kennen ihn.«

Der Padre kratzte sich am Kopf. »Nein, ich weiß nicht … Das heißt, der Name sagt mir etwas.«

»Das heißt, Sie haben ihn nicht gesehen?«

»Wann soll ich ihn gesehen haben?«

»Am Tag nach dem Erdbeben. Wir haben herausgefunden, dass er hier an der Kirche war. Wahrscheinlich ist er auch hineingegangen.« Der Polizist holte ein Büchlein aus der Brusttasche und blätterte darin. »Es war genau zu der Stunde, als Sie wegen der Beichte in der Kirche gewesen sein müssen.«

»Woher wissen Sie, ob ich zu dem Zeitpunkt wirklich in der Kirche war?«, fragte der Padre eine Spur zu aggressiv. »Es kommen nicht mehr viele Leute zur Beichte. Und Sie habe ich dort noch nie gesehen. Obwohl Sie doch katholisch sind, oder nicht?«

Der Sergente blieb ruhig. »Wir haben Ihre Haushälterin gefragt. Und stimmt es denn nicht? Haben Sie an diesem Tag nicht die Beichte abgenommen?«

»Doch, schon … entschuldigen Sie. Es war ein langer Tag. Ja, ich habe an diesem Tag die Beichte abgenommen.«

»War Tino dort? Kam er zu Ihnen?«

»Ja. Ich meine … Es ist möglich.«

»Eben sagten Sie noch, es seien nicht so viele.«

»Es war jedenfalls ein junger Mann dabei. Das wird er gewesen sein. Er wirkte etwas … seltsam. Sprach langsam. Und einfältig.«

»Das ist er«, sagte der Sergente und schrieb etwas auf. »Er ist siebzehn, hat aber den Geist eines Kindes.«

»Was ist denn mit ihm geschehen? Steckt er in Schwierigkeiten?«

»Seit dem Besuch bei Ihnen in der Kirche hat ihn niemand mehr gesehen. Seine Brüder arbeiten beide in Florenz als Bauarbeiter. Als sie spätabends nach Hause kamen, war Tino verschwunden. Er kam die ganze Nacht nicht, und am nächsten Morgen haben sie die Behörden verständigt.«

Der Padre versuchte ein Lächeln. »Vielleicht hat er ein Mädchen kennengelernt …«

Der Sergente schüttelte den Kopf. »Ein Mädchen? Der? Welches Mädchen sollte sich denn mit ihm abgeben?«

»Sagen Sie …« Der Padre tat wieder, als müsse er stark nachdenken. »Dieser Tino … hatte er nicht ein Moped?«

»Ja, richtig. Eins mit Anhänger. Er hat im Haus eines deutschen Professors beim Renovieren geholfen. Und er hat mit dem Moped Material transportiert.«

»Vielleicht hatte er einen Unfall.«

»Nein, das Fahrzeug wurde ganz in der Nähe des Bauernhofs seiner Familie gefunden. Es wirkt fast so, als habe er es abgestellt … um dann zu verschwinden.«

»Das ist ja seltsam.«

»Ich habe da eine Theorie«, sagte Massimo, und in seiner Stimme schwang Stolz mit. »Mein Vorgesetzter ist davon nicht so sehr überzeugt, aber ich werde noch Beweise dafür finden.«

»Was für eine Theorie?«

»Tino war mit jemandem verabredet, der ein Auto hatte. Oder sogar einen Lastwagen. Der Junge ist mit dem Moped zum Treffpunkt gefahren. Dort hat er dann auf denjenigen gewartet. Es war vielleicht jemand, der ihm Arbeit gab. Jedenfalls hat ihn dieser Unbekannte mitgenommen.«

»Aber warum sollte er dann verschwunden sein?«

Der Sergente hob die Schultern. »Vielleicht ist er bei der Arbeit umgekommen? Und der Auftraggeber hat Angst, es zu melden, weil es Schwarzarbeit war?«

»Entschuldigen Sie, Sergente, aber das klingt doch ziemlich abenteuerlich.«

»Das finde ich nicht. Das Moped war vollkommen in Ordnung. Er hatte keinen Grund, seinen Weg damit nicht fortzusetzen. Und er wird sicher nicht zu Fuß weitergegangen sein …«

»Dann wünsche ich Ihnen viel Erfolg, Sergente. Haben Sie noch Fragen an mich?«

Der Polizist schrieb wieder etwas und wiegte den Kopf hin und her. »Ja, eigentlich schon, aber …«

»Dann fragen Sie doch einfach.«

»Wenn der Junge bei Ihnen in der Beichte war … ich meine, Sie müssen es nicht sagen … aber hat er etwas gebeichtet, was mit seinem Verschwinden in Verbindung stehen könnte? Hatte er Schwierigkeiten?«

»Sergente, Sie wissen, dass ich diese Frage nicht beantworten kann!«

»Sie sollen sie ja auch nicht beantworten …«

»Eben.«

»Sie sollen mir nur eine Richtung weisen. Was ich sagen will … Sie brauchen mir nicht zu verraten, was der Junge genau gesagt hat. Aber gibt es etwas, das uns weiterhelfen könnte? Wenn wir *wüssten*, was er gesagt hat …«

»Sie wissen es nicht, und ich werde es nicht sagen.« Der Padre spürte, wie sich seine Brust weitete in dem Gefühl, seine ganze priesterliche Autorität walten zu lassen. »Aber ich kann Ihnen versichern, dass es da nichts zu wissen gibt. Aus dem, was der Junge mir anvertraute, kann man nichts ableiten, was sein Verschwinden erklären würde. Ich habe nichts über einen Auftraggeber erfahren, auf den er gewartet haben könnte. Und wenn Sie mich fragen … Sollte er wirklich in einem Wagen mitgefahren sein, dann wird sich das eher zufällig ergeben haben. Ungeplant. Daher konnte er mit mir in der Beichte gar nicht darüber sprechen. Oder er hat mir etwas verheimlicht, was ich natürlich nicht ausschließen kann.«

Der Sergente hatte mitgeschrieben und nickte. »Danke, Padre. Danke für Ihre Kooperationsbereitschaft. Sie haben recht – mehr kann ich nicht verlangen. Danke, dass Sie mir Ihre Zeit geopfert haben.«

»Keine Ursache, Sergente. Ich wünsche Ihnen viel Erfolg – und eine gesegnete Nachtruhe.«

»Ihnen auch, Padre.« Er klopfte auf das Blech des Wagendachs. »Soll ich Ihnen noch helfen, die Sachen ins Haus zu bringen?«

»Nicht nötig, Sergente. Haben Sie vielen Dank.« Der Padre musste sich zwingen, den Polizisten nicht durch die Hofeinfahrt hinauszuschieben. Massimo verabschiedete sich noch einmal, tippte wieder an seine Mütze, und dann verloren sich seine Schritte auf der Straße. Kurz darauf hörte der Padre ein Stück weit entfernt einen Motor aufröhren. Massimos Polizeiwagen.

Das Tor der Einfahrt quietschte, als der Padre die beiden eisernen Flügel schloss. Dann öffnete er den Wagen und vergewisserte sich, ob alles ordentlich verdeckt war. In der Dunkelheit waren die länglichen Stäbe sowieso kaum zu erkennen. Doch ein Polizist wäre sicher daraufgekommen, was es war – wenn man ihm Gelegenheit gegeben hätte, einen längeren Blick daraufzuwerfen.

Jeder Polizist hätte das Dynamit erkannt.

50

Mara erwachte aus unruhigem Schlaf. Sie spürte ein Stechen im Rücken, ihr Bein war eingeschlafen. Das Summen der Klimaanlage dröhnte ihr in den Ohren. Sie war immer wieder aufgeschreckt, als der Zug hielt und von schallenden Lautsprecheransagen begrüßt wurde. Irgendwann hatten diese Ansagen die Sprache gewechselt, und Mara hörte italienische Wörter.

Sie streckte sich – was kaum ging, da sie sofort an den Sitz vor ihr stieß. So stand sie auf, stellte sich in den Mittelgang und reckte sich.

Die anderen Fahrgäste beachteten sie kaum. Den meisten waren die Anstrengung und die Langeweile der Reise ins Gesicht geschrieben. Einige lasen Zeitung. Andere hatten Knöpfe im Ohr und hörten Musik. Blickten dabei aus dem Fenster, wo im Grau des Morgens eine hässliche Industriegegend vorbeizog. Abgestellte Güterzüge. Gebäude in schmutzigem Weiß.

Mehr als zehn Stunden dauerte die Zugfahrt von Wien nach Florenz, und Mara hatte Glück gehabt, dass sie noch eine Verbindung erwischte. Das letzte Geld war fast dafür draufgegangen.

Sie setzte sich wieder hin und prüfte das Handy. Seit der Nachricht gestern hatte sie keine weitere SMS mehr erhalten, und es hatte sie auch niemand angerufen.

Sie schaltete das Telefon ein, klickte sich durch das Menü und las noch einmal, was Jakob geschrieben hatte. Die Worte, die ihr immer wieder im Kopf herumgingen.

Fahr nach Italien. Antworte mir nicht. J.

Das war alles.

Ob Jakob die Nachricht unter Druck geschickt hatte?

Ob man ihr damit eine Falle stellte?

Sie hatte auch mit dem Gedanken gespielt, doch zu antworten. Oder ihn anzurufen. Sie sah die Nummer, von der aus Jakob die Nachricht abgeschickt hatte.

Sie rückte sich in dem Sitz zurecht und sah auf die Uhr. Noch gut zwei Stunden bis Florenz. Dann drückte sie auf den Aus-Knopf ihres Handys, bis das Display erlosch.

Quint hielt in der einen Hand seine Pistole und in der anderen Lechners Handy. Die Waffe war entsichert. Der Lauf zielte auf den Antiquar. Der Amerikaner spürte, dass er gleich aufwachen würde. Er hatte Erfahrung mit Gefangenen.

Tatsächlich begann Lechner, sich zu bewegen. Er reckte sich ein wenig, dann bemerkte er Quint und seine Waffe. Der Schreck stand ihm ins Gesicht geschrieben.

»Wollen Sie uns immer noch nicht sagen, wo der Ort liegt?«, sagte Quint auf Englisch.

Jakob schüttelte den Kopf. »Ich weiß es doch nicht.« Plötzlich kam Leben in ihn, und er schrie Quint an. »Wenn Sie Mara was tun … Lassen Sie mich zu ihr.«

»He«, rief Quint. »Langsam.« Er hob die Waffe etwas an, und Lechner, der aufspringen wollte, wurde wieder ruhiger. Doch es war eine angespannte Ruhe. An seinem Hals pulsierte eine Ader.

»Bleiben Sie ruhig.«

Quint stand auf, verließ den Raum und schloss die Tür hinter sich. Er ging einen Gang entlang und dann eine Treppe hinauf. Schließlich gelangte er in ein Wohnzimmer. Schon der feine Duft, der in der Luft lag, verriet ihm, dass Deborah dort auf ihn wartete.

Sie saß in einem Sessel, die Beine übereinandergeschlagen, und sah ihn an. Ihr hellblaues Kostüm mit Minirock betonte ihre Figur. Quint fiel es schwer, den Blick abzuwenden. Sie spürte es und verzog den Mund zu einem Lächeln, das herablassend wirkte.

»Ich denke, Sie wollen ihn unter Druck setzen, damit er uns endlich verrät, was wir wissen wollen?«, fragte sie. »Warum sind Sie dann hier?«

Er setzte sich auf das Sofa vor der großen Panoramascheibe, hinter der gerade der Morgen dämmerte. Tagsüber hatte man hier einen weiten Blick über die Hügel des Wienerwalds.

»Wollen Sie mir nicht antworten? Oder muss ich Sie wieder mal als Versager betrachten?« Das rechte Bein, das über dem linken lag, wippte ungeduldig.

Quint antwortete immer noch nicht, sondern griff nach seinem Laptop, der auf dem gläsernen Couchtisch stand.

»Wir werden bald wissen, was wir wissen wollen«, sagte er und begann zu tippen, ohne Deborah anzusehen. Er wusste, dass Missachtung etwas war, was sie nicht ertragen konnte. Sie gehörte zu den Frauen, die Männer alleine mit ihrer Erscheinung um den Finger wickeln wollten. Und wenn diese Spannung auch nur einen Moment nachließ, wenn sie das Gefühl hatte, zurückgewiesen zu werden, machte sie das wütend.

Das Wippen von Deborahs Fuß verstärkte sich, und plötzlich – so schnell wie ein ausbrechender Vulkan – stand sie auf und stellte sich breitbeinig vor Quint hin.

Er war gezwungen, zu ihr hinzusehen. Sein Mund wurde trocken. Er schluckte. Sie registrierte es und lächelte wieder.

»Sie ist auf dem Weg nach Italien«, sagte er.

Das Lächeln auf Deborahs Gesicht verschwand sofort. »Dann haben wir verloren. Sie hat einen Vorsprung, den wir kaum aufholen können.«

»Lassen Sie mich doch bitte ausreden. Ich habe ihre neue Handynummer. Ich habe sie in Lechners Handy gefunden.

Ich habe ihr von seinem Gerät aus eine SMS geschickt und dafür gesorgt, dass sie losfährt. Sie ist nun in meinem System registriert. Alles, was wir tun müssen, ist, ihr zu folgen.«

Er rief das Programm auf, und Deborah beugte sich herunter. Der Parfümduft war ganz nah. Er spürte sogar die Wärme, die von ihrer Wange ausging. Und plötzlich geschah etwas, das Quint nicht erwartet hätte. Sie, die ihn noch niemals berührt hatte, die ihm noch nicht einmal die Hand gab, als sie sich das erste Mal sahen, legte ihm die Hand auf das Schulterblatt.

»Da haben wir sie ja wieder.« Ihre Stimme säuselte. »Gut gemacht.«

Maras Handy war ein Punkt auf einer Landkarte. Quint zoomte ihn heran, und es zeigte sich, dass sich der Punkt in der Nähe einer Stadt befand. »Firenze«, zeigte die Karte an.

»Das ist nichts Neues«, sagte Deborah. »Dass dies unser Ziel sein würde, hätten wir uns denken können.«

»Aber sie wird uns zum genauen Ort führen.«

»Also folgen wir ihr.« Nun begann Deborah, mit der Hand auf Quints Rücken sanft herumzustreichen. »Die Frage ist, was wir mit Lechner machen.«

Der Punkt auf der Karte erlosch. Es war, als sei Mara plötzlich verschwunden.

»Was ist nun passiert?«, fragte Deborah und nahm die Hand weg.

»Sie hat das Handy ausgeschaltet.«

Sie stand auf und ging in die Mitte des Raums. Der Moment der kurzen Annäherung war vorbei. »Das heißt, jetzt kriegen wir sie nicht mehr? Und wie sollen wir sie dann verfolgen?«

»Sie wird das Handy wieder einschalten.«

»Woher wissen Sie das?«

»Weil sie auf Nachrichten von Lechner wartet. Und wir lassen Lechner frei.«

»Was?«

Quint griff neben das Sofa. Dort stand seine Tasche, in der er seine technischen Utensilien verwahrte. Auch sein Notebook, wenn er es transportieren musste. Er nahm Lechners Handy, öffnete das Batteriefach und nahm die SIM-Karte heraus.

»Was machen Sie da?«

»Ich präpariere das Telefon. Wenn wir ihn freilassen, wird er mit Mara in Kontakt treten. Er wird ihr folgen.«

»Und wenn er sein Handy nicht einschaltet, wird er uns genauso geschickt abhängen, wie es Mara gerade gelungen ist.«

Er entnahm seiner Tasche einen winzigen flachen Gegenstand.

»Nicht, wenn ich es mit einem Sender ausstatte, der die ganze Zeit aktiv bleibt.«

Er baute alles wieder zusammen und hielt es Deborah hin. »Hier. Sie können es ihm selbst geben. Ich fahre ihn dann irgendwohin und lasse ihn frei.«

»Und er weiß wirklich nicht, wo wir hier sind?«

»Das glaube ich nicht. Und wenn ... Er kennt Ihren Namen. Er hätte schon längst zur Polizei gehen können. Er wird es nicht tun. Er wird versuchen Mara zu finden.«

Da war es wieder, das Lächeln. Deborah nahm das Telefon. »Wollen Sie es ihm nicht geben?«

»Dann ahnt er eher, dass wir es manipuliert haben.«

Sie nickte und ging aus dem Zimmer. Nur ihr Parfümduft blieb im Raum. Quint beobachtete den Monitor, doch Mara war immer noch verschwunden. Er deaktivierte das Programm und öffnete einen Internetbrowser. Als Deborah zurückkam, hatte er eine Flugverbindung nach Florenz herausgesucht.

Padre Antonio riss die Bettdecke weg. Sein Nachtgewand war von Schweiß durchtränkt. Der kühle Lufthauch, der durch das gekippte Fenster in sein Schlafzimmer drang, tat ihm gut.

Die letzten Traumfetzen verflüchtigten sich. Es war eine

Szene mit Sergente Massimo gewesen, die ihn geplagt hatte. Der Polizist hatte immer wieder Fragen gestellt. Fragen, die den Padre mehr und mehr umkreisten.

Im Traum hatte der Padre nach Worten gerungen, hatte versucht zu erklären, was er getan hatte und worum es eigentlich ging. Aber der Sergente hatte es nicht verstanden oder hatte es vielmehr nicht verstehen *wollen*.

Was war das nur für eine moderne Welt, in der die alten Gegensätze von Gut und Böse, das alte Oben und Unten nicht mehr galten? Irgendwo hatte der Padre einmal den Satz gelesen, dass die größte Tücke des Teufels darin bestand, dass er die Menschen glauben machte, es gebe ihn gar nicht.

So weit war es längst gekommen. Nicht nur der Teufel, sogar Gottvater persönlich war für die meisten bestenfalls eine Symbolfigur, ein Relikt aus alten Zeiten und nur noch geeignet, belächelt zu werden.

Diese eigenartige Fremdheit dem Glauben gegenüber hatte der Padre in den Augen des Sergente gelesen.

Die Digitaluhr auf dem Nachttisch zeigte 05:32. Normalerweise schlief der Padre noch mindestens eine Stunde länger. Um sieben begann die Frühmesse, zu der aber in den letzten Jahren kaum noch Menschen kamen, sodass sie meist ausfiel. Trotzdem musste er zur Kirche hinüber und nachsehen, ob es Gläubige gab, die vor der Arbeit in den Gottesdienst wollten.

Er stemmte sich aus dem Bett und spürte die Kälte in seinem feuchten Schlafanzug. Der Herbst hatte nun auch Italien erfasst.

Er ging ins Bad, wusch sich und kleidete sich an. Bald fühlte er sich sicherer. Sergente Massimo hatte ganz bestimmt keinen Verdacht geschöpft. Sonst wäre er nicht so schnell wieder weg gewesen. Trotzdem musste Antonio überprüfen, ob alles in Ordnung war. Ob alles noch da war.

Die Zeit bis zur Frühmesse verwendete er, um am Computer nachzusehen, ob die Spuren der Webseiten, die er am Tag zuvor besucht hatte, auch wirklich gelöscht waren.

So ganz sicher war er da nicht. Er verstand so wenig von dieser neumodischen virtuellen Welt, aber in diesem Fall hatte er sie gebraucht.

Es war schon schwierig genug gewesen, das Dynamit auf einer Baustelle zu stehlen. Wie sollte er wissen, wie man es für eine Sprengung verwendete?

Die Worte des deutschen Kollegen klangen noch in seinen Ohren. Und es gab keinen anderen Weg. Er musste zerstören, was dort oben war. Es musste der Vergessenheit anheimfallen. Der Vergessenheit, aus der es das Erdbeben gerissen hatte.

Um fünf vor sieben schaltete er den Computer aus, verließ sein Haus und ging hinüber zur Kirche. Sergio, der alte Küster, hatte aufgeschlossen. Aber sonst war niemand da. Natürlich hätte er alleine für Sergio die Messe lesen können, aber der legte keinen Wert darauf. Es reichte ihm, wenn er am Sonntag in den Gottesdienst kam.

Der Padre ging bis nach vorn zum Altar, kniete nieder und verrichtete ein einsames Gebet. Als er fertig war, waren wieder zehn Minuten vergangen. Kein Gottesdienstbesucher kam.

Endlich konnte der Padre seiner inneren Unruhe nachgeben. Sein Magen meldete sich. Er hätte doch etwas essen sollen. Er überlegte, das jetzt noch nachzuholen, aber er war zu unruhig. Er kehrte zu seinem Haus zurück und stieg in den Wagen. Ein Blick auf die Ladefläche des Kombis sagte ihm, dass alles in Ordnung war.

Langsam ließ er das Fahrzeug rückwärts aus der Einfahrt rollen. Dann fuhr er los. Als er die freie Landstraße erreichte, rief er sich ins Gedächtnis, was er in der Nacht gelernt hatte. Die Verteilung der Dynamitstangen. Das Anbringen der Drähte. Die Montage der Energiequelle, die den entscheidenden Auslöser liefern würde. Er hatte nichts davon ausgedruckt – aus Angst, jemand könnte einen Beweis finden. Er hatte sich in die Zeit seines Theologiestudiums zurückversetzt, in dem er große Teile der Heiligen Schrift auswendig gelernt hatte.

Trotzdem war es natürlich etwas anderes, diese Arbeiten durchzuführen, als nur die Anweisungen dazu zu lesen und im Gedächtnis zu speichern.

Er parkte das Auto abseits auf einem Feldweg und hoffte, dass niemandem auffiel, dass dort der Wagen des Pfarrers stand. Ein Fußweg von einer halben Stunde lag vor ihm. Er musste ihn drei Mal gehen, bis er das Material hinaufgeschafft hatte. Dann begann er zu arbeiten.

Bald stand die Sonne höher am Himmel. Die herbstliche Kühle machte einer fast sommerlichen Wärme Platz. Der Padre schwitzte. Beim Verlegen der Dynamitstangen rutschte er mehrmals aus und riss sich die Hand auf. Aber er gab nicht auf. Als er aus weiter Entfernung Glockengeläut hörte, war er fertig. Zwölf Uhr. Niemand war hier oben gewesen. Niemand hatte ihn gesehen.

Im Auto fand er zwischen dem Werkzeug ein paar alte Lumpen, mit denen er sich notdürftig die Hand abwischte. Er musste die Wunde zu Hause säubern. Also nichts wie weg.

Auf dem Rückweg fuhr er etwas schneller als erlaubt, aber das war nicht so schlimm. Das machte jeder so.

Er erreichte die Einfahrt, bog um die Ecke. Und da hatte er das Gefühl, ein Déjà-vu zu erleben. Wieder stand jemand auf dem Hof. Genau wie am Abend zuvor Sergente Massimo. Allerdings im hellen Tageslicht. Und es war kein Polizist.

Es war eine junge Frau.

51

Mara schüttelte ihre Müdigkeit ab, folgte den Menschen aus dem Zug hinaus auf den Bahnhofsvorplatz. Sie befand sich am Rande der Altstadt, nur ein paar Minuten entfernt von der berühmten Kathedrale Santa Maria del Fiore und den Uffizien, aber sie war ja nicht als Touristin hier. Die Schönheiten der toskanischen Metropole mussten also warten.

In einem Buchladen kaufte sie für drei Euro eine Karte der Umgebung. Sie verglich sie mit den Ausdrucken aus Jakobs Computer.

Sie verbrachte etwas Zeit damit, eine Verbindung zu suchen, und nach einer guten Stunde saß sie zusammen mit vielen plappernden Menschen, die von der Arbeit kamen, in einem grünweißen Bus, der die Strecke Richtung Bologna fuhr.

In der Vorstadt war die Straße noch beängstigend eng. Was die Fahrt aber noch aufregender machte, waren geradezu halsbrecherische Rollerfahrer, die den Bus umschwärmten. Nach und nach wurden hinter den Natursteinmauern, die die Straße begrenzten, die grünen Hügel sichtbar, die man von vielen Fotos kannte. Mara sah sogar Gruppen der berühmten toskanischen Zypressen, die wie erhobene Zeigefinger in den Himmel stachen.

Immer wieder prüfte sie Jakobs Ausdrucke. Es war nicht so leicht, sie mit einer realen Karte in Verbindung zu bringen. Die Maßstäbe stimmten nicht, außerdem gab es auf der Zeichnung aus Wesselys Unterlagen keine Eintragungen, die die richtigen Relationen hergestellt hätten. Es waren nur ein paar Orte eingetragen. Straßen, Berge, Flüsse oder andere topografische Merkmale fehlten.

Trotzdem trafen sich die Linien der Diagonalen an einem Ort, den auch die konzentrischen Kreise umgaben: San Martino.

Sie las Ausschilderungen: Pratolino, Vaglia – Orte an der Landstraße. Immer wieder bemerkte sie Abbruchhäuser und Gebäude, an denen gebaut oder renoviert wurde. Einmal lag ein ganzer Haufen Steine an der Straße. Mara hielt ihn für Geröll, aber es waren die zerbrochenen Mauern eines Wohnhauses. Und langsam dämmerte ihr, dass es vor Kurzem in Italien ein Erdbeben gegeben hatte. Sie hatte davon in den Nachrichten gehört oder im Internet gelesen. Wie lange war das her? Es war noch vor dem Konzert in Berlin, noch vor Johns Tod.

Eine Erinnerung keimte in Mara auf. Irgendwann, als Mara zwölf oder dreizehn Jahre alt gewesen war, hatte ihr sogenannter Vater die Idee verfolgt, in die Toskana in Urlaub zu fahren. Wie es seine Art war, hatte er sich einen Haufen Bücher gekauft, die er dann Abend für Abend durchblätterte – auf seine typische Art, bei der Mara gar nicht glauben konnte, dass er wirklich *las*. Er wirkte nie in ein Buch versunken, sondern er verhielt sich, als würde er die Seiten nur betrachten – auch wenn es reine Textseiten waren, ohne Bilder. Und dazu machte er ein Gesicht, als würde er bewundern, wie der Verleger, wie der Drucker es hinbekam, all diese Buchstaben so akkurat nacheinander anzuordnen. Mara wusste natürlich, dass er die Wörter entzifferte, dass er das aufnahm, was da stand, aber dieser völlige Mangel an Hingabe, diese Distanziertheit war ihr zutiefst zuwider. Wenn Mara ein Buch verschlang, vergaß sie alles um sich herum, sie tauchte ganz und gar in die Welt ein, die die Texte vermitteln wollten. Sie konnte sich vollkommen auf etwas einlassen und ging bewusst die Gefahr ein, darin zu versinken. Was bedeutete, dass sie Termine verpasste, zu spät in die Schule oder nachmittags zu spät nach Hause kam. Ihre eigene Welt nahm sie gefangen. Und das Geigespielen war auch Teil dieser Welt.

Und weil ihr sogenannter Vater das nicht konnte und auch nicht verstand, blieben sie sich immer fremd.

Kein Wunder.

Mara drängte die Erinnerungen beiseite.

Mach nicht den Fehler und lass dich nun von deiner Vergangenheit gefangen nehmen, sagte sie sich. Du bist im Hier und Jetzt, und du hast eine Aufgabe.

Und plötzlich, als hätte allein der Gedanke an ihn seine Person in ihrem Kopf materialisiert, hörte sie die Stimme ihres sogenannten Vaters.

»Ja, du hast eine Aufgabe«, sagte er, und Mara dachte schon einen Moment, er habe sich nun tatsächlich auf ihre Seite geschlagen. »Aber du hast einen Freund im Stich gelassen. Ist dir eigentlich klar, dass er jetzt vielleicht in der Gewalt dieser Verbrecher ist, die alles tun werden, um an die Informationen zu kommen, die sie wollen?«

Sie starrte auf die Straße, die der Bus Meter um Meter in sich hineinfraß.

Was hätte ich denn tun sollen?

Er wollte, dass ich nach Italien fahre.

Diese Nachricht hat er dir nur geschickt, fing ihr Vater wieder an, weil er wollte, dass du dein Ziel erreichst. Er hat sich geopfert.

Eine Lautsprecherstimme kündigte die nächste Haltestelle an. *San Martino.*

Der Bus stoppte neben einer kleinen Senke, die mit schmutzig weißen Häusern mit blassrosa Dächern angefüllt war. Ein Kirchturm ragte daraus hervor.

Auf diesen Ort konzentrierte sich alles.

Mit einem Zischen öffneten sich die Türen, und Mara trat in die sanfte toskanische Luft hinaus. Eine schmale Straße bog in Richtung des Orts ab. Mara folgte ihm und durchschritt eine enge Gasse, hinter der sich ein großer, etwas abschüssiger Platz öffnete. An der höchsten Stelle stand die Kirche, die alle anderen Häuser überragte. Das Portal zeigte einen großen, quer verlaufenden Riss mitten durch die Fassade. Als habe in die Kirche ein Blitz eingeschlagen und ein Zeichen hinterlassen.

Auf der gegenüberliegenden Seite, wo es in eine dunkle Seitenstraße ging, befand sich eine Bar. Ein paar Gestalten waren darin zu erkennen. Die Stühle neben dem Eingang, die sich um einen kleinen runden Tisch scharten, waren leer.

Als Mara über den Platz spazierte, scheuchte sie Tauben auf. Die Tür der Kirche stand offen, aus dem Dunkel wehte es Mara kühl an.

Sie drehte sich um und blickte auf das ockerfarbene Häuser- und Dächergewirr zu ihren Füßen. In der Bar blinkte eine grüne Reklame.

So, Mara Thorn, sagte sie sich. Nun bist du hier.

Was nun?

Sollte sie in die Bar gehen und die Leute nach dem Treffpunkt der Orphiker fragen?

Lächerlich. Abgesehen davon, dass sie kein Italienisch sprach, würde man ihr nicht weiterhelfen können. Die Geschichte der Musiksekte war ein Geheimnis.

Was half es ihr überhaupt, *hier* zu sein?

Was konnte ihr der Ort sagen?

Sie musste mit Experten sprechen. Mit Historikern. Mit jemanden, der sich in diesem Ort auskannte. Mit seiner Geschichte.

Sie schüttelte den Kopf. Nein, das würde ihr auch nicht helfen. Worin bestand dieser Treffpunkt überhaupt? *Was* war er?

Ein Haus?

Das konnte längst abgerissen sein.

Oder die Kirche?

Ein Hoffnungsschimmer. Natürlich! Die Kirche war der Mittelpunkt des Orts.

Kirchen besaßen doch eine Menge Geheimnisse. Und diese hier sah alt aus. Sehr alt. Bestimmt hatte sie schon die Tage der Leute gesehen, die die Sekte gegründet hatten.

Mara ging hinein, blickte über das leere Gestühl, und als ihre Augen sich an das Dämmerlicht gewöhnt hatten, erkannte sie den Altar und das darüberhängende Kruzifix.

Neben ihr trat eine Gestalt aus dem Schatten des Seitenschiffs. Es war ein alter Mann in schwarzem Anzug. Mara sah in das faltige Gesicht, und der Mann öffnete den Mund. Sein Hals wirkte unnatürlich lang, und als Mara sah, wie der Adamsapfel auf und nieder ging, wurde ihr klar, dass er etwas sagen wollte.

»Signora …«, brachte er hervor und deutete sogar eine kleine Verbeugung an. Eine letzte Haarsträhne stand von seinem ansonsten kahlen, fleckigen Kopf ab und bewegte sich wie eine große Feder.

Ob das der Pfarrer war?

Nein, er trug keinen Kragenspiegel, wie es die Priester, vor allem in Italien, doch wohl taten.

Mara konnte zu wenig Italienisch, um danach zu fragen, und so versuchte sie es auf Englisch.

»*Are you … the priest?*«, fragte sie. »*Il Padre?*«

Der alte Mann nickte, aber Mara war nicht klar, ob er damit die Frage bejahte. Vielleicht war er schwerhörig und freute sich einfach nur darüber, dass er verstanden hatte, was sie meinte.

»Padre Antonio«, sagte der alte Mann und nickte wieder.

»Sie sind … *are you Padre Antonio*?«

Jetzt schüttelte er den Kopf. »*Sono Sergio … il sagrestano.*« Er ließ etwas folgen, was Mara nicht verstand, und deutete in Richtung des Altars.

Nicht er, sondern dieser Padre Antonio war also der Priester hier. Mara konnte mit ihm reden, und er würde ihr sicher etwas über die Geschichte des Gotteshauses sagen.

Der alte Mann, der Sergio hieß, setzte sich in Bewegung. Er schlurfte unregelmäßig über den Steinfußboden. Mara bemerkte, dass er ein Bein nachzog. Sie folgte ihm. Es dauerte eine Weile, bis sie am Portal angekommen waren. Und als ob die Stufen, die hinunter auf den Platz führten, für Sergio eine Art unüberschreitbare Grenze darstellten, ging er nicht weiter, sondern deutete auf ein schmales Haus, das zur linken Häuserzeile des Platzes gehörte.

»*Padre Antonio. La casa. Qua.*«

»*Grazie*«, sagte Mara und ging hinunter. Als sie angekommen war, drehte sie sich zu Sergio um, aber er war verschwunden. Sicher hatte er sich wieder in die Kirche zurückgezogen.

Das Haus war schmal, und ein Drittel der Fassade im Parterre nahm der Eingang ein. Daneben hing eine Plakette an der Natursteinmauer. Mara versuchte zu lesen, was da stand. Es ging um die Kirche, um die Kirchengemeinde. Hier war sie richtig. Sie drückte auf die Klingel, aber nichts geschah. Die leere Einfahrt neben dem Gebäude schien auch zu dem Pfarrhaus zu gehören. Das Tor stand offen. Sicher war niemand zu Hause.

Also musste sie warten.

Sie ging hinunter zu der Bar, wurde schon beim Näherkommen von ein paar jungen Männern beäugt, die an der Theke standen. Einer rief ihr etwas zu, was sie aber nicht verstand, und die anderen lachten. Die dicke Wirtin, in einen hellblauen Hausfrauenkittel gekleidet, brachte sie zur Raison. Mara setzte sich an den Tisch vor der Bar. Kurz darauf kam die Wirtin, und es gelang Mara, ihr klarzumachen, dass sie aus Deutschland käme und mit dem Pfarrer sprechen wollte.

»Der Padre?«, fragte die Frau, während sie mit einem Lappen den Tisch abwischte. »Was wollen Sie von ihm?« Sie sprach deutsch mit Akzent.

»Mich interessiert die Geschichte der Kirche.«

»Ah, eine Studentin! Da kann Ihnen der Padre viel sagen.«

Mara begutachtete die kleine Speisekarte und bestellte Toast und Mineralwasser. Sie besaß nur noch fünf Euro und etwas Kleingeld. Als die Wirtin das Bestellte brachte, fragte sie, um sicherzugehen, ob der Pfarrer in dem Haus mit der Einfahrt und dem offenen Tor wohnte.

»Er ist wohl gerade unterwegs. Wird sicher bald kommen.«

»Und wer ist der alte Mann oben in der Kirche?«

»Ach, das ist Sergio. Der *sagrestano* … wie sagt man …«

»Küster?«

»Genau.«

Mara aß den Toast und ließ das Bild der Kirche über dem Platz auf sich wirken. Sie beobachtete die Tauben, die sich auf dem Pflaster niederließen und immer wieder von vorbeifahrenden Autos oder Motorrollern aufgescheucht wurden. Padre Antonio ließ auf sich warten.

Sie zog ihr Handy heraus und schaltete es ein.

Ob Jakob eine neue Nachricht geschickt hatte?

Dass ihr das jetzt erst einfiel. Aber es war nichts angekommen.

Nachdenklich schaltete sie das Telefon wieder aus, sah sich nach der Wirtin um und bezahlte.

Was sollte sie tun, wenn der Pfarrer nicht auftauchte?

Plötzlich sehnte sie sich nach einem Hotel. Nach einer Dusche. Nach richtigem Essen.

Sie stand auf. Das beste Mittel gegen die Müdigkeit war, sich die Beine zu vertreten. So spazierte sie zu dem Pfarrhaus zurück. Und kaum war sie dort angekommen, näherte sich aus einer der abzweigenden Gässchen Motorengeräusch. Ein kleiner Kombi kam um die Ecke gefahren und bremste neben der Einfahrt. Mara trat zur Seite, um ihn durchzulassen. Der Fahrer trug den typischen Kragenspiegel. Es war ein älterer Mann, aber nicht ganz so alt wie der Küster. Mara schätzte ihn auf etwa sechzig. Ein rosiges, rundes Gesicht, ein fast weißer Haarkranz um die Glatze.

Der Wagen rollte in die Einfahrt, und der Mann stieg aus. Er war kleiner als Mara und ziemlich dick. Er wollte etwas sagen, aber Mara sprach ihn gleich an.

»Padre Antonio?«, fragte sie.

Er hatte erst ein etwas selbstzufriedenes Lächeln zur Schau getragen, doch nun, als er sie genauer ansah, runzelte er die Stirn.

»*Are you Padre Antonio?*«

Und dann formten seine Lippen ein Wort. Und dieses Wort, das nicht wirklich artikuliert, sondern höchstens hingehaucht und geflüstert wurde, als sei es dem Priester gerade durch den Kopf gegangen – dieses Wort war Mara.

Du musst dich getäuscht haben, sagte sie sich sofort. Woher soll er wissen, wie du heißt? Er kann dich nicht kennen.

»Sind Sie Padre Antonio?«, fragte sie. Sie versuchte es einfach auf Deutsch. »Mein Name ist Mara Thorn«, fügte sie hinzu und beobachtete, wie der Padre sich um ein Lächeln bemühte.

»Ich komme aus Deutschland. Können Sie mich verstehen?«

»Guten Tag ...« Der Padre sprach deutsch mit starkem Akzent. »Mara Thorn ...« Nun schien er wieder über den Namen nachzudenken, und auf einmal wurde ihr klar, was passiert war.

Mara, du bist eine bekannte Musikerin. Es ist vielleicht ein bisschen seltsam, dass ein Pfarrer um die sechzig dich kennt, aber ausgeschlossen ist es nicht.

»Ich bin die Musikerin«, half sie ihm auf die Sprünge. »Wahrscheinlich haben Sie schon von mir gehört.«

Jetzt nickte er. »Mara ...«, sagte er wieder. »Was führt Sie her? Machen Sie eine Reise durch die Toskana?«

»Nein ... das ist es nicht. Sagen Sie, dürfte ich Ihnen ein paar Fragen stellen?«

»Fragen?«
»Sie betreffen die Geschichte der Kirche.«
Er nickte wieder. »Aber sicher. Bitte kommen Sie herein.«
Er öffnete die Haustür, und Mara folgte ihm.

52

Der Padre ging eine enge Treppe hinauf und führte Mara über einen schmalen Flur, in dem die Holzdielen knarrten. Sie gelangten in einen quadratischen Raum mit Bücherregalen, die bis zur Decke reichten. Neben dem einzigen Fenster, hinter dem der Platz vor der Kirche zu sehen war, beherrschte ein polierter und mit Intarsien geschmückter Schreibtisch den Raum. In der anderen Ecke gab es eine Sitzgruppe mit einem abgewetzten Sessel, einem kleinen, mit dunkelgrünem Samt bezogenen Sofa und einem Beistelltisch, der ebenfalls mit Bücherstapeln bedeckt war.

»Nehmen Sie bitte Platz«, sagte der Padre, und Mara ließ sich auf dem Sofa nieder. Viele Buchrücken waren ähnlich gestaltet – so etwa ein ganzes Dutzend von Bänden mit golden geprägten Verzierungen. Wahrscheinlich waren das Lexika oder vielbändige Ausgaben theologischer Schriften. »Sie wollen also die Geschichte unserer Kirche San Martino studieren? Aber Sie haben gesagt, Sie seien Musikerin.«

»Ja, ich bin Musikerin. Mara Thorn. Ich dachte, Sie kennen mich vielleicht.«

Der Padre schüttelte den Kopf. »Ich fürchte, Ihr Name sagt mir nichts.«

»Dann ist das ein Missverständnis. Ja, ich bin Musikerin, aber eben auch an Ihrer Kirche interessiert. Das nehme ich zumindest an.«

Jetzt lächelte der Padre väterlich. »Sie nehmen es an? Sie wissen nicht, wofür Sie sich interessieren?«

»Ja, entschuldigen Sie, das muss Ihnen seltsam vorkommen. Aber es geht dabei um Musik … Und es geht um diesen Ort.«

»Einen Moment«, unterbrach der Padre. »Ehe Sie zu ausführlich werden. Sie haben doch sicher eine lange Reise hinter sich. Darf ich Ihnen etwas anbieten? Etwas zu trinken vielleicht? Meine Haushälterin kommt nur mittags, aber ich kann Ihnen einen Kaffee machen.«

»Etwas zu trinken … gerne. Ja, die Reise war lang. Ich komme gerade aus Wien … Hätten Sie ein Wasser für mich?«

Der Padre holte eine Literflasche Wasser und ein Glas. Er räumte einen Stapel Bücher auf den Schreibtisch, um Platz zu schaffen.

»Wie lange sind Sie schon Priester in dieser Gemeinde?«, fragte Mara.

»Es sind schon über dreißig Jahre. Vorher war ich ein Jahr in Deutschland. Dort habe ich Ihre Sprache gelernt.«

»Hier hat vor Kurzem ein Erdbeben stattgefunden, habe ich recht?«

»Allerdings. Italien wird ja oft von solchen Katastrophen heimgesucht. Es ist ein großes Rätsel, warum der Herrgott gerade das Land, in dem die Heimat unserer katholischen Kirche liegt, so furchtbar straft …«

»Unterwegs habe ich Spuren der Zerstörung gesehen.«

»Diesmal ging es … wie sagt man …«

»Glimpflich?«

»*Sì, grazie.* Unsere Kirche ist freilich auch in Mitleidenschaft gezogen worden. Es kam eigens ein Ingegnere, der den Bau geprüft hat, weil ich Angst hatte, es könnte Einsturzgefahr bestehen.«

Mara trank etwas von dem Wasser. Die Erfrischung tat ihr gut.

»Aber sagen Sie … Sie sind doch nicht hergekommen, um mit mir über das Erdbeben zu sprechen.«

»Nein, ich will auf keinen Fall Ihre kostbare Zeit stehlen … Etwas ganz Bestimmtes führt mich zu Ihnen.«

Wie fange ich es an?, fragte sie sich. Was soll ich sagen?

Jedes Herantasten ist sicher sinnlos. Wenn er mir nicht helfen kann oder will, lassen wir es eben. Dann muss ich mir doch einen Historiker suchen oder noch einmal die Karte studieren. Ob ich auch alles richtig gemacht habe.

»Meine Frage ist folgende: Ich interessiere mich für eine Art Sekte. Oder eine Gruppe von Künstlern. Die Vereinigung ist vor mehreren Hundert Jahren gegründet worden. Und sie soll hier in dieser Gegend, vielleicht sogar in diesem Ort, ihre Zusammenkünfte abgehalten haben. Die Mitglieder verehrten den antiken Sänger Orpheus. Eine Sagengestalt, die Sie sicher kennen. Ich weiß, es klingt fantastisch. Aber wissen Sie etwas darüber?«

Während sie sprach, hatte Mara versucht, im Gesicht des Padre zu lesen, ob er sie als völlig verrückt ansehen würde. Als sie nun ihre Frage gestellt hatte, betrachtete der Priester nachdenklich seine Hand.

»*L' Orfeo* …«, sagte er leise. »So heißt Orpheus auf Italienisch …«

»Ich sagte Ihnen ja schon, dass ich Musikerin bin. Und es handelt sich bei dieser Geschichte auch um ein musikalisches Thema … Musikhistorisch sozusagen …«

»Wer hat Sie hergeschickt, Signora Thorn?« Jede Väterlichkeit, jede Güte war plötzlich aus dem Gesicht des Padre verschwunden.

»Geschickt? Niemand …«

»Wer weiß, dass Sie hier sind?«

»Auch niemand … Das heißt, ich weiß es nicht ganz genau, aber …«

»Und wie haben Sie von diesem Ort erfahren?« Seine Wangen besaßen plötzlich einen rötlichen Schimmer.

»Bitte … ich habe doch nichts falsch gemacht. Ich wollte es einfach nur wissen.«

Der Padre schwieg einige Sekunden, in denen Mara bewusst wurde, das eine Wanduhr in der Ecke regelmäßig tickte.

»Erklären Sie mir, wie Sie hergefunden haben. Und erklären Sie mir, warum Sie sich für die Orphiker interessieren.«

»Aber das ist ein ganz allgemeines historisches Thema … Und wenn Sie Informationen darüber haben, dann …«

»Wenn Sie schweigen, kann ich es Ihnen nicht sagen. Und in diesem Fall bitte ich Sie, mein Haus zu verlassen.«

Also gut. Das war ein Wort. Sollte der Padre doch wissen, was sie herführte. Aber nur, was sie betraf. Deborah, Quint, Wessely, Jakob … sie würde sie alle heraushalten.

Sie nahm noch einen Schluck Wasser, und dann begann sie zu berichten.

Der Wagen bremste, und Jakob wurde zurück in den Sitz gedrückt. Einen Moment lief noch der Motor, dann war es still. Vor ihm auf dem Fahrersitz gab es ein schabendes Geräusch, als sich Quint bewegte. Ein Schaukeln folgte, als er ausstieg. Jakob spürte kalte Luft, die hereindrang. Seine Augen waren verbunden, seine Hände gefesselt. Mühsam richtete er sich auf. Dann wurde eine der hinteren Türen geöffnet.

»Aussteigen«, rief Quint.

Jakob sackte in sich zusammen.

Jetzt ist es zu Ende, dachte er. Quint hat mich irgendwo hingebracht, um mich zu ermorden.

Er drehte seine Beine in Richtung der offenen Tür.

Der Tod würde nur ein kurzer Moment sein. Irgendwann würde er wieder aus dem Nichts auftauchen, in das er gefallen war. Es würde keine Wanderung aus dem Totenreich hinaus sein. Es würde leicht gehen. So leicht wie Atemholen. Er würde auf die Erde, ins Diesseits zurückfallen wie ein Regentropfen, der vom Himmel fällt. Es war ein Naturgesetz.

Er kletterte aus dem Wagen und stand nun frei in der kühlen Luft. Es war nichts zu hören außer dem Wind in seinen Ohren und sehr weit entferntem Verkehrsrauschen.

Wo waren sie hier? Wahrscheinlich im Wienerwald.

»Gehen«, befahl Quint.

Es knirschte unter Jakobs Fußsohlen. Kies. Oder ein Waldweg. Die Luft roch nach Herbstwald. Nasse Erde, Laub. Plötzlich schrie in der Nähe ein Vogel auf.

»Weiter.«

Es war unangenehm, so blind nach vorn zu marschieren. Vielleicht wollte Quint ihn gar nicht erschießen. Vielleicht sollte er irgendwo hinunterstürzen und sich den Hals brechen.

Schritte entfernten sich. Blieben stehen.

Jetzt zielt er auf mich, dachte er.

Hoffentlich erleide ich keine Schmerzen. Hoffentlich zielt er richtig. Wenn er mich schon töten will.

Ein unkontrollierbares Zittern überfiel ihn. Er bewegte die Arme. Sie schmerzten heftig, weil sie so lange in die unnatürliche Haltung gezwungen worden waren.

Da – ein Knall.

Der Motor heulte auf.

Jakob wurde klar, dass es nur das Klappen der Autotür gewesen war. Der Wagen fuhr davon.

Er unterdrückte das Herzklopfen und den Schmerz in seinen Armen und riss sich die Binde vom Kopf.

Ein Wanderparkplatz im Wald. Quint war verschwunden. Das Motorengeräusch verklungen.

Ein Frösteln überfiel Jakob. Er musste in Bewegung kommen. Wütend warf er die Binde und den Rest der Fesseln auf den Boden und ging zur Straße zurück. Sie war steil und führte durch den Wald. Nach links ging es ins Tal hinunter. Er beschloss, ihr dorthin zu folgen.

Immer wieder rasten Wagen an ihm vorbei. Er steckte die Hände in die Taschen, um sie zu wärmen, und fand sein Handy. Quint hatte es nicht behalten.

Er blieb stehen, schaltete es ein und wählte Maras Nummer. Hatte sie entkommen können? War er freigelassen worden, weil sie sie in ihrer Gewalt hatten?

The number you have called is temporarily not available.

Eine Abzweigung erschien, und langsam dämmerte ihm, wo er war. Es war nicht weit bis nach Grinzing zu Füßen des Kahlenbergs. Von hier gab es gute Möglichkeiten, in die Stadt zurückzukehren.

Und dann?

Er musste Mara finden. Er musste wissen, ob sie in Quints und Deborahs Gewalt war.

Im Geist versuchte er, sich die Karte und die Klangfiguren vorzustellen, die sie am Computer generiert hatten. Bei Quints Eintreffen hatte er sie gelöscht. Mara hatte die Ausdrucke eingesteckt. Und wenn sie Mara hatten, dann besaßen sie auch die Zeichnungen …

Er konnte sich nicht an sie erinnern. Er kam noch nicht einmal drauf, wie die Ortschaften hießen, die verzeichnet gewesen waren. San Marino? Nein … San Martino. Schon eher.

Wenn er sich eine Karte in einem Buchladen ansehen konnte, würde ihm das vielleicht helfen.

Endlich erreichte er die ersten Häuser. Hier gab es eine Bushaltestelle. Die Aussicht, auf den Bus zu warten, behagte ihm nicht. Aber er hatte keine Wahl.

Die Schatten wurden länger. Der Nachmittag verwandelte sich langsam in einen kalten, dunklen Herbstabend.

Sei geduldig. Du hast eine Chance. Sie haben sie dir gegeben. Warum auch immer.

Das Handy summte kurz. Da kam eine Nachricht.

Jakob riss das Telefon aus der Tasche.

Eine SMS von Mara.

Sie bestand nur aus wenigen Zeilen. Aber nun wusste Jakob, dass sie in Italien war.

Der Bus kam. Er setzte sich hinein und schrieb eine kurze Antwort. Dann versuchte er noch einmal, sie anzurufen.

Aber sie hatte das Handy wieder ausgeschaltet.

53

»Die Orphiker«, sagte Padre Antonio nachdenklich, »kann man wirklich als eine Sekte bezeichnen.«

»Glauben Sie denn, dass Orpheus eine Art Jesusfigur war?«

»Genau darum. Ich muss da etwas weiter ausholen ... Es ist ein Geflecht aus historischen Strömungen und Entdeckungen. Die Musik hat auch damit zu tun ... Ich hoffe, Sie haben Zeit mitgebracht.«

Mara blickte aus dem Fenster. Der Platz vor der Kirche lag im Schatten. Sie fragte sich wieder, wo sie die Nacht verbringen sollte. Aber wenn Padre Antonio ihr wirklich die Informationen geben konnte, die sie suchte, dann würde sie notfalls die ganze Nacht hier sitzen bleiben.

»Natürlich nur, wenn es Ihnen nichts ausmacht«, fügte sie hinzu. »Ich möchte Ihnen auf keinen Fall Ihre wertvolle Zeit stehlen.«

»O nein. Vor der Frühmesse morgen habe ich keine Verpflichtungen mehr.« Der Padre lächelte vor sich hin. Dann sah er plötzlich Mara an, und sein Blick wurde forschend. »Sie haben mir eine Menge berichtet. Aber eines verstehe ich noch nicht. Wieso interessieren Sie sich so sehr für die Geschichte der Orphiker? Sie wirken, als hätten Sie persönlich etwas mit ihnen zu tun.«

Mara hatte gewusst, dass diese Frage kommen würde. Und sie hatte immer wieder überlegt, ob sie die Wahrheit sagen sollte, wenn die Frage auf den Tisch kam. Und nun, wo es so weit war, entschloss sie sich dazu.

»Ich habe das Gefühl, die Orphiker haben etwas mit meiner Familie zu tun«, sagte sie.

»Tatsächlich? Welche Anhaltspunkte haben Sie dafür?«

»Ich habe es von einem Freund erfahren.« Jetzt hatte sie doch Angst, die Wahrheit zu sagen.

»Ein Freund? Sie meinen doch nicht etwa meinen alten Weggefährten Georg Wessely?«

Die Überraschung fuhr Mara in den Magen wie eine plötzliche Talfahrt auf der Achterbahn. »Doch. Genau ihn meine ich. Sie kennen ihn?«

»Wir haben hin und wieder ... sagen wir ... Einen regen Austausch. Die Geschichte der Orphiker ist ein Thema, über das wir uns gelegentlich unterhalten haben. Wie geht es Georg? Wenn ich Sie richtig verstehe, haben Sie noch vor Kurzem mit ihm gesprochen?«

Wieder sah sich Mara in einer Zwickmühle. Sollte sie dem Padre sagen, dass Georg tot war? Wusste er vielleicht schon davon und erwähnte es nicht, um sie zu testen? Padre Antonio war freundlich, aber diese Freundlichkeit hatte etwas Maskenhaftes. Es konnte sein, dass dieser Eindruck durch den italienischen Akzent entstand, der sein Deutsch einfärbte. Dieser Zungenschlag wirkte wie ein Vorhang, der vor Mara das Wesentliche zu verschleiern schien.

»Ich sage Ihnen jetzt etwas ...«, begann sie.

»Ja?« Die Reaktion des Priesters kam ein wenig schnell, als habe er darauf gelauert, aus Mara etwas herauszubekommen. Dabei war sie es doch, die Informationen wollte.

»Ich habe nur eine Bitte«, fuhr sie fort. »Sagen Sie mir alles, was Sie über die Sekte wissen. Wie gesagt. Ich möchte mehr darüber erfahren, weil es mit meiner Familie zusammenhängt. Ich bin ein Waisenkind gewesen. Meine Mutter starb kurz nach meiner Geburt. Danach wuchs ich bei Pflegeeltern auf.«

Und ich habe den Verdacht, dass ich nach dem seltsamen Glauben der Sekte der wiederauferstandene Orpheus bin, fügte sie in Gedanken hinzu. Aber das wollte sie dem Padre nicht sagen. Es hätte vollkommen verrückt geklungen.

»Ich kann Ihnen einiges berichten«, sagte er.

»Also gut.« Sie nickte. Und sie nahm innerlich Anlauf, bevor sie sagte: »Georg Wessely ist tot.«

»Was?« Der Padre riss die Augenbrauen hoch. Mara hielt seine Überraschung für echt. Er starrte sie ein paar Sekunden sprachlos an, dann schlug er hastig das Kreuzzeichen.

»Er wurde ermordet.«

»*Dio!* Wer hat das getan?«

»Menschen, die ebenfalls hinter dem Geheimnis der Orphiker her sind. Es klingt sicher seltsam für Sie. Ich meine, wo Sie sich vor allem mit den historischen Hintergründen befassen. Aber es gibt Menschen, die wollen aus dem Wissen über Orpheus und all die Theorien ein Geschäft machen. Ein Musikgeschäft. Die Melodien des Orpheus. Die Musik, die die Welt verändern kann. Ein Mensch, den man als wiederauferstandenen Orpheus feiern kann.«

Der Padre sah sie verwundert an, und die Verwunderung steigerte sich mit jedem Wort, das Mara aussprach.

»Wie kann ich es Ihnen nur erklären? Die Medienwelt. Das Geschäft mit Musik, mit Geschichten …« Ihr fehlten die Worte. Sicher hatte der Geistliche noch nicht einmal einen Fernseher.

»Die Welt der Medien«, sagte der Padre. »Ich verstehe, was Sie meinen. Diese Welt lebt selbst von Mythen. Es ist ein Prinzip, das in allen Zeiten gültig war und das mit den Mitteln jeder Zeit unter die Leute gebracht wurde. Im Mittelalter mit langen Versepen, die von den Sängern auf den Burgen vor den Landesherren vorgetragen wurden. In der Renaissance durch andere Dichtungen, mit Bildern und mit Opern. Später mit Theaterstücken, Filmen und heute eben Fernsehsendungen. Es ist immer dasselbe. Und ich kann mir vorstellen, dass man nach wie vor auf der Suche nach Mythen ist, die man benutzen kann, um damit Geschäfte zu machen.«

Ja, dachte Mara. Das traf es genau.

»Aber diese Leute, die Georg umgebracht haben«, sagte er, »wissen sie, dass Sie hier sind?«

»Ich glaube nicht«, sagte Mara. »Es ging ihnen ja gerade darum, diesen Ort hier zu finden. Den Ort, wo sich die Orphiker versammelten. Wo befindet er sich denn? Oder gibt es ihn gar nicht mehr?«

Der Blick des Padre war wieder forschend. »O doch, es gibt ihn. Die Frage ist nur, wer erfahren sollte, dass es ihn gibt. Haben Sie jemandem mitgeteilt, wohin Sie gereist sind?«

»Ich bin alleine unterwegs. Niemand weiß es.«

Er nickte. »Das ist gut. Ich denke, ich kann Ihnen den Ort zeigen.«

»Und Sie müssen mir alles sagen, was Sie darüber wissen. Das haben Sie versprochen.«

»Ich werde es Ihnen erklären, während wir unterwegs sind.«

»Ist der Ort weit entfernt?«

»Weit oder nicht weit … Er ist weit entfernt, denn er stellt eine ganz andere Welt dar. Nein, ich scherze nur. So weit ist es nicht. Aber wir müssen mit dem Wagen fahren.«

»Dann ist es nicht die Kirche?«

»Nein. Wie kommen Sie darauf?«

Mara holte die Zeichnungen hervor. Die Karte und die Klangfiguren. Der Padre nahm die Blätter und betrachtete sie interessiert.

»Woher haben Sie das?«

»Georg Wessely hat es mir gegeben«, sagte Mara. Sie hatte nichts über die Suche nach den Dokumenten im Stephansdom gesagt. »Er hat die Blätter gut versteckt. Ich konnte sie jedoch finden. Nach seinem Tod.«

»Aber woher wussten Sie, dass sie existieren?«

»Er hat es mir gesagt.«

»Und Sie haben sie ganz allein gefunden? Ich meine, es hat Ihnen niemand geholfen?«

Mara seufzte. »Georg Wessely hatte einen Freund, einen

Wiener Antiquar. Sie haben zusammengearbeitet. Er heißt Jakob Lechner. Kennen Sie ihn?«

Der Padre schüttelte den Kopf.

»Er hat mir geholfen. Aber er ist in Wien geblieben.«

»Und warum? Ist er nicht an dem Thema interessiert?« Der Blick des Padre wurde immer intensiver.

»Ich weiß es nicht genau«, sagte Mara. »Ich habe den Kontakt zu ihm verloren.«

»Er wird auch im Fadenkreuz der Leute stehen, die Georg umgebracht haben«, sagte der Padre, und Mara sah, dass seine Hände, die die Blätter hielten, zitterten. »Hat die Polizei nichts herausgefunden?«

»Ich bin aus Wien fort, bevor ich darüber Näheres erfahren konnte.«

Der Padre betrachtete die Zeichnungen und die Noten. Immer wieder runzelte er die Stirn. Besonders lange hielt er sich mit der Karte auf.

»Der Ort, den Sie suchen, ist nicht in der Kirche. Er ist auch nicht hier in der Stadt. Aber er ist in der Nähe.«

»Es kann sein«, sagte Mara, »dass die Software ungenau gearbeitet hat. Vielleicht weil wir keine Messung mit der echten Violine durchführen konnten, sondern nur mit einem Computerprogramm.«

Der Padre sah auf. »Das verstehe ich nicht. Was für ein Computerprogramm?«

Mara rief sich ins Gedächtnis, was sie mit Jakob über die chladnischen Klangfiguren herausgefunden hatte. Es gelang ihr sogar, das Gerät zu beschreiben, mit dem man sie sichtbar machte.

»Ich weiß über Chladni Bescheid«, sagte der Priester. »Sie sind damit auf dem richtigen Weg. Aber sagen Sie mir doch: Was ist aus der Violine geworden, deren Klang ja letztlich das Instrument ist, das den Weg zu dem Ort weist?«

»Sie wurde zerstört. Sie fiel in die Donau.«

Der Padre nickte, und jetzt glaubte Mara, in seinem Gesichtsausdruck so etwas wie Befriedigung zu lesen.

»Mir kommt es vor, als würden Sie die Zerstörung der Geige gutheißen«, sagte sie.

Der Padre zog die Mundwinkel nach unten. Es geschah sehr schnell, als ob er sich ertappt fühlte. »Wie bitte? Aber nein. Das ist eine sehr traurige Nachricht. Ich habe gerade an etwas anderes gedacht. Es ist wirklich erstaunlich, wie sich die Dinge fügen.« Der Padre stand auf. »Kommen Sie.«

Gemeinsam traten sie auf den Flur. Der Geistliche zog die Tür seines Arbeitszimmers hinter sich zu und drängte sich an Mara vorbei. An der niedrigen Haustür blieb er stehen.

»Haben Sie einen Wagen?«

»Nein, ich bin mit dem Bus gekommen.«

»Also gut. Wir nehmen mein Auto. Gehen wir.«

»Einen Moment noch. Dürfte ich Ihre Toilette benutzen?«

Der Padre nickte und führte sie in eine winzige Kammer am Ende des unteren Flurs, in dem gerade die Klosettschlüssel und ein kleines Waschbecken Platz hatten.

Sie zog ihr Handy heraus, schaltete es ein und wählte Jakobs Nummer.

Keine Verbindung.

Sie fluchte innerlich und öffnete das SMS-Menü. Dann schrieb sie.

Ich bin in San Martino.
Meld Dich, wenn Du das liest.
M.

54

Der Padre steuerte in Richtung Ortsausgang. Schließlich waren sie auf der freien Landstraße. Der Geistliche sprach kein Wort. Mara sah auf die Uhr, um im Blick zu behalten, wie weit sie fuhren. Nach zwanzig Minuten bremste der Padre ab. Eine Abzweigung kam in Sicht. Erst als sie dicht heran waren, wurde Mara klar, dass der Weg nicht asphaltiert war. Die Scheinwerfer glitten über festgestampften Lehm.

Es holperte, als der Padre abgebogen war. Die Strecke war voller Schlaglöcher. Sie schlängelte sich ein Stück durch die Hügel, die im langsam schwindenden Licht des Tages als dunkle Kurven zu erkennen waren. Hin und wieder ragten Reihen von Zypressen als Silhouetten in den Himmel. Sie sahen bedrohlich aus. Wie eine Phalanx stummer Wächter. Mara fragte sich, ob es nicht besser gewesen wäre, die Besichtigungstour auf den nächsten Tag zu verschieben.

Der Padre ging auf Schritttempo hinunter. Auf der linken Seite wurde ein kleiner, von feinem Kies bedeckter Platz sichtbar.

»Hier steigen wir aus«, sagte der Geistliche.

Ein leichter Wind umfing sie. Er brachte einen feinen Duft nach Erde und moderndem Gras mit.

»Sind wir da?«, fragte Mara.

»Wir müssen zu Fuß weiter.«

»Wie lange sind wir denn noch unterwegs? Wäre es nicht besser, die ganze Sache auf morgen zu verschieben?«

»Kommen Sie schon.« Er klang plötzlich ungeduldig. »Ich bringe Sie nachher zurück. Zu einem kleinen, preiswerten Hotel. Es gehört einer entfernten Cousine von mir.«

»Ist es denn weit?«, fragte Mara.

»Nicht so sehr.«

»Und was ist es? Ein Gebäude? Oder ein Ort im Freien?«

»Das wird Ihnen klar werden, wenn ich Ihnen erzähle, was es mit dem Ort auf sich hat.«

Er ging auf dem schmalen Weg voran. Mara folgte ihm.

»Da haben sie recht«, sagte Mara. »Also. Klären Sie mich auf.«

Der Padre ließ sich Zeit. Vielleicht wollte er seine Gedanken ordnen. Als er wieder etwas sagte, waren sie in einen gemächlichen Wandertrott verfallen.

»Wussten Sie eigentlich«, sagte er, »dass eine der ersten Opern der Gestalt des Orpheus gewidmet war? Ich meine, dass sie von seiner Geschichte handelte?«

»Eine der ersten Opern? Das klingt ja, als habe jemand die Opern erfunden. Und es sei noch gar nicht so lange her.« Hatte ihr nicht Jakob schon davon erzählt?

Der Padre nickte. »So ist es auch. Ende des 16. Jahrhunderts trafen sich in Florenz Künstler, Gelehrte und interessierte Adlige, die eines gemeinsam hatten: Sie begeisterten sich für die Kunst der Antike. Vieles davon war ja noch zu sehen – zum Beispiel in Gestalt der Ruinen in Italien oder Griechenland. Auch viele literarische Zeugnisse waren überliefert – Homers Odyssee oder die Dramen der antiken Theaterautoren. Nur eines war verloren gegangen.«

»Und was?«, fragte Mara, obwohl sie ahnte, was es war.

»Die antike Musik. Man wusste aus den Quellen, dass sie eine große Bedeutung bei den Theateraufführungen besaß, aber auch bei den Mysterienkulten. Und da sie verloren gegangen war …«

»Einen Moment«, unterbrach Mara. »Wieso war sie verloren gegangen? Ist sie nicht aufgeschrieben worden?«

»Nein, nein … Die alten Griechen hatten nur eine sehr primitive Notenschrift. Möglichkeiten, Musik aufzuschreiben, hat man eigentlich erst im europäischen Mittelalter erfunden. Und erst damit begann die Geschichte der Noten, wie wir sie heute kennen ... Die Musik der alten Griechen und Römer war also verloren. Aber man wollte den Geist der alten Dramen, den Geist der alten Mythen so plastisch wie möglich heraufbeschwören, man wollte die alten Dramen wiederauferstehen lassen. Und so fingen die Musiker an, sich vorzustellen, wie die Musik der alten Griechen wohl geklungen haben könnte. Und in Verbindung mit den Dramen, die sie nun über die alten Mythen im Stil der alten Griechen schrieben, entstand etwas Neues. Ein Drama mit Musik. Eine Theaterform, in der Musik, Handlung und Dichtung eine neue – oder wenn Sie so wollen – alte Verbindung eingingen.«

»Die Oper.«

»Die erste Oper wurde im Jahre 1598 aufgeführt. Der Komponist hieß Jacobo Peri. Er ist heute so gut wie vergessen. Aber das Werk muss großen Eindruck gemacht haben. Zwei Jahre später bekam Peri den Auftrag, eine zweite Oper zu schreiben, und zwar anlässlich einer Medici-Hochzeit.«

Medici ... Das sagte Mara etwas. Das war der Name einer sehr einflussreichen italienischen Familie.

»Der Name dieser Oper wird ihnen etwas sagen. Sie hieß *Euridice*.«

»Sie hieß wie Orpheus' Geliebte?«

»Sie handelte von Eurydikes Tod, von ihrem Aufenthalt in der Unterwelt und von ihrer Rettung. Ich denke, Sie kennen die Geschichte.«

»Ich habe davon gelesen, ja ...«

»Von nun an waren Opern der Glanzpunkt großer fürstlicher Feste. Und das sollte in der gesamten Barockzeit so bleiben. Aber das ist nicht das, was uns in diesem Moment interessiert. Bei der Aufführung von Peris Oper war ein florentinischer Kaufmann dabei, der sich so seine eigenen Gedanken über die Antike machte. Er wollte keine fantastischen Werke im Geist dieser alten Zeit erleben, er wollte die wirklichen Denkmäler und Artefakte erforschen, die aus dieser Zeit übrig geblieben sind ...«

»Das heißt, er unterstützte Forschungen?«

»Sehr richtig. Er dachte, wenn Sie so wollen, modern. Während in Italien immer mehr Orpheus-Opern entstanden, unternahm er Studienreisen nach Südeuropa. Er sammelte, was er finden konnte, und er beschäftigte sich auch mit den religiösen Themen der Antike. Währenddessen wurde in Italien der Orpheus-Mythos immer populärer. 1607 schrieb der Opernkomponist Claudio Monteverdi die Oper *L'Orfeo* für ein Fest des Herzogs von Mantua. Unser Kaufmann, der wohl über viel Geld verfügte, behielt diese Entwicklungen im Blick, doch seltsamerweise gelang es ihm nicht, die Welt für seine echten antiken Funde zu interessieren. Zu der Zeit, als Monteverdi seine Orpheus-Oper schrieb, hatte er wahrscheinlich schon Quellen über den echten Orpheus gefunden, womöglich sogar Reste einiger Dichtungen. Sie könnten aus der antiken Bibliothek von Alexandria stammen, die ja wahrscheinlich schon um die Zeit von Christi Geburt einem verheerenden Brand zum Opfer fiel. Als ob der Allmächtige mit der Geburt seines Sohnes das alte, heidnische Wissen habe hinwegfegen wollen. Entschuldigen Sie, ich schweife ab. Zurück zu dem besagten Kaufmann. Als er im Jahre 1660 mit siebzig Jahren starb, konnte er seinen Söhnen nur das gesammelte Material vererben. Und diese Söhne gründeten in Rom eine Orphische Akademie.«

»Eine Akademie? Eine Hochschule?«

»Nein ... Der Begriff hatte damals eine andere Bedeutung. Es war ein Zirkel von Gleichgesinnten, die sich auf Treffen austauschen. Die Idee stammt ebenfalls aus der Antike. Es gab zum Beispiel in Athen eine Akademie um den berühmten Philosophen Platon. Man traf sich, einer trug vielleicht eine vorher erarbeitete These vor, man diskutierte darüber. Das

Ganze wahrscheinlich recht zwanglos an einem Ort, der eben zu der Akademie gehörte und zu dem auch nur Mitglieder Zutritt hatten. Der eigene Ort gehörte also zur Tradition der Akademien.«

»Ich verstehe«, sagte Mara. »Aus der Akademie, die die Söhne des Kaufmanns gegründet hatten, wurde die Orphische Sekte.«

»Man muss wissen, dass Rom um 1700 eine Hochburg für sogenannte Akademien war. Es gab welche zu allen möglichen Themen. Berühmt war die Arkadische Akademie, der viele Komponisten angehörten – zum Beispiel Arcangelo Corelli. Als der deutsche Musiker Georg Friedrich Händel als junger Mann Anfang des 18. Jahrhunderts nach Rom kam, um hier bei den Meistern der Barockmusik zu lernen, hatte er zu dieser Arkadischen Akademie und ihren Mitgliedern engen Kontakt. Und jetzt wird es interessant ...«

Mara wartete die Kunstpause ab. Abgesehen davon, dass der Padre viel historisches Wissen abließ, dem Mara nicht immer ganz und gar folgen konnte, war auch das, was er bisher gesagt hatte, nicht uninteressant gewesen.

»Wie gesagt, wir sind jetzt in Rom. In der Hochburg der katholischen Kirche. Die Oper hatte sich in den hundert Jahren ihres Bestehens zu einer Ausgeburt der Unmoral entwickelt. Unsittliche Dinge geschahen auf den Bühnen. Man stellte Liebesleidenschaften zur Schau. In den Aufführungen mietete sich die höhere Gesellschaft Logen und ging darin ihrem lasterhaften Treiben nach. Die Musik peitschte die Emotionen dazu an. Es herrschte Sodom und Gomorrha. Das veranlasste den Heiligen Vater ...«

»Den Papst?«

»Ganz genau ... Es veranlasste Seine Heiligkeit, die Theater zu verbieten. Die Theater und die Oper. Die Orphiker suchten sich einen anderen Ort. Einen in der Nähe von Florenz. Außerhalb des päpstlichen Einflussbereichs. Und sie warben

Mitglieder der Arkadischen Akademie ab. Die Arkadische Akademie wurde vielleicht sogar die offizielle Seite der Orphischen Akademie. Ich muss sagen, das Ganze hat eine besonders pikante Note, denn der Arkadischen Akademie gehörten auch Kirchenleute an. Kardinäle … Aber es sind eben alles schwache Menschen, und man weiß gar nicht, ob sie wirklich etwas von dem Doppelspiel mitbekamen. Wahrscheinlich haben nur die Musiker als harter Kern etwas davon gewusst … Leute wie Corelli, Händel und viele andere. Sie sind hierher in die Einsamkeit abseits von Florenz gekommen und haben sich getroffen.«

»Aber was haben sie hier getan? Geredet? Über Orpheus?«

»Geredet?« Der Padre lachte. »Vielleicht haben sie geredet. Aber sie werden sicher auch noch andere Dinge getan haben … Überlegen Sie doch mal. Die Leute waren Musiker. Was haben sie wohl gemacht?«

»Zusammen Musik gemacht?«

»Der Gedanke liegt nahe. Ich denke sogar, dass sie nicht einfach nur gespielt haben. Sie haben sich gegenseitig etwas beigebracht. Sie haben die Geheimnisse der Musik erforscht. Sie haben darüber nachgedacht, wie man mit Musik Geld verdienen kann. Wissen Sie, wir reden hier über das Barockzeitalter. Wir reden über eine Zeit, in der Musiker zu hoch bezahlten Bediensteten an den Höfen aufstiegen. Sie musizierten und sie komponierten. Sie waren Virtuosen, deren Ruhm durch ganz Europa hallte, also durch die ganze damals bekannte Welt. Und sie waren Stars. Und das ist noch nicht alles. Ich denke, die Orphiker haben auch für den musikalischen Nachwuchs gesorgt. Sie haben nach jungen Talenten Ausschau gehalten. Nach Musikern, die so begabt waren, zum Orpheus ihrer Zeit erkoren zu werden. Viele Musiker hat man damals mit dem Beinamen ›Orpheus‹ versehen. Das ist sicher mehr als ein Wortspiel gewesen. Welche Auswirkungen das hatte, sieht man am Beispiel von Georg Friedrich Händel, den ich schon erwähnte. Er kam 1707 nach Rom. Dort hatte er nachweislich Kontakt zur Arkadischen Akademie. Er konnte nicht Mitglied werden, weil er zu jung war – gerade mal zweiundzwanzig Jahre. Aber er komponierte viel und zeigte sein Talent. Einer seiner Mentoren muss Arcangelo Corelli gewesen sein, aber auch ein anderer Komponist der Arkadier, der heute noch bekannt ist: Alessandro Scarlatti. Für Corelli hat Händel einiges komponiert, und Corelli wiederum war einer der ersten großen Geigenvirtuosen der Musikgeschichte … Viele Orphiker waren Geiger.«

»Die Geige«, rief Mara. »Die Schwarze Violine. Was hat sie mit den Orphikern zu tun?«

»Sie trug das Zeichen der Gruppe. Das Sternbild der Lyra, das Symbol für Orpheus. Sie muss im Auftrag der Orphiker gebaut worden sein. Georg Wessely ging davon aus, dass sie eine Art Auszeichnung für den jeweils besten Musiker der Sekte war. Eine Auszeichnung, die von Hand zu Hand ging. Und damit wanderte sie auch durch die Geschichte. Nach Corellis Tod ging die Geschichte der Orphiker weiter. Francesco Geminiani, Francesco Veracini. Schließlich Giuseppe Tartini – ein Virtuose, aus dessen Feder ein berühmtes Stück stammt. Sie sind doch selbst Geigerin. Sie kennen es sicher. Es ist die sogenannte ›Teufelstrillersonate‹.«

»Ja«, sagte Mara. Der Titel kam ihr bekannt vor. Aber sie hatte das Stück nie gehört, geschweige denn gespielt.

»Die Sonate ist ein vertrackt schweres Geigenstück mit einer interessanten Entstehungsgeschichte. Tartini behauptete, der Teufel habe es ihm im Traum auf einer schwarzen Geige vorgespielt, und der Komponist schrieb es direkt nach dem Aufwachen nieder. Für mich ist diese Anekdote eine Anspielung auf die Rituale der Orphischen Akademie. Und deren Geschichte ist immer noch nicht zu Ende. Sie reicht mindestens bis ins 19. Jahrhundert – bis zu dem legendären Geiger Niccoló Paganini. Er war der Mann, für den man den

Ausdruck ›Teufelsgeiger‹ erfand. Schon zu Lebzeiten ging das Gerücht, er habe bei Satan persönlich Geigenunterricht genommen.«

Immer deutlicher erinnerte sich Mara an die Dinge, die sie von Jakob und Wessely erfahren hatte. Die Geschichte von Paganinis Leiche auf der unbewohnten Insel. Wo man sie verstecken musste, weil man ihm ein christliches Begräbnis verweigerte. Weil er ein Teufelsgeiger war. Weil er ein Orphiker war …

»Irgendwann muss es mit den Orphikern zu Ende gegangen sein. Es hat auch mit der Geschichte dieser Gegend zu tun. 1861 wurde die Toskana Teil des vereinten italienischen Königreichs. Was aus der Familie des florentinischen Kaufmanns wurde, weiß ich nicht. Aber sie wird irgendwann ausgestorben sein.«

Mara fiel etwas ein. »Aber die Karte. Die Klangfiguren. Wie alt mögen sie sein?«

»Ich muss sagen, Ihr Bericht darüber hat mich erstaunt. Chladni hat die Existenz der Klangfiguren im Jahre 1787 veröffentlicht. Also zu einer Zeit, als Paganini gerade mal fünf Jahre alt war. Aber dass die Violine, die ja sicher früher entstand, solche Klangfiguren generiert, die dann auf der Karte diesen Ort angeben – das ist seltsam. Ich kann es mir nur so erklären, dass die Geige später umgebaut wurde, damit sie genau die richtigen Klangfiguren produziert.«

Der Himmel war jetzt dunkelgrau. Die nahen Linien des dunklen Horizonts erschienen Mara wie hochgezogene Augenbrauen.

»Stellen Sie sich vor, wie vor Hunderten von Jahren die Musiker hier durchgekommen sind. Wie sie in ihren Hoffnungen schwelgten. Man muss sich vorstellen, dass es die Orphische Sekte offiziell nicht gab. Die Kandidaten für die Mitgliedschaft wurden ausgespäht. Dann sprach man sie vielleicht an. Man stellte ihnen durch Mittelsmänner etwas in

Aussicht, zum Beispiel einen großen musikalischen Auftrag – für ein Konzert, eine Komposition oder beides. Ich stelle mir Folgendes vor: Sie wurden irgendwo hingebracht, wo man sie befragte – natürlich so, dass sie nicht sehen konnten, mit wem sie überhaupt sprachen. Man wollte von ihnen wissen, ob sie daran Interesse hätten, zum internen Kreis einer einflussreichen Gruppe von Musikern zu gehören. Und erst wenn sie sich bereit erklärten, brachte man sie hierher – aber wieder, ohne dass sie wussten, wohin es ging. Man hatte ihnen vielleicht die Augen verbunden … Eigentlich ein perfides Spiel.«

Büsche und Unterholz rückten als dunkle Klumpen näher. Irgendwo plätscherte etwas. Wahrscheinlich ein Bach.

»Wieso perfide?«, fragte Mara.

»Sie vergessen, dass ich ein Mann der Kirche bin. Und als solcher wünsche ich, dass Musik nur zu Ehren des Höchsten gemacht wird.«

»Aber ist Musik denn nicht etwas, das in erster Linie der Freude dient?«

»Wenn Sie unter Freude das verstehen, was die heutige Welt Spaß nennt … und womit sie Drogen, Sex und andere unmoralische Ausschweifungen meint …«

»Drogen … Ja, das gibt es. Aber …«

»Das gibt es vor allem im Umfeld der Musik, die Sie meinen, wenn Sie von Freude sprechen. Musik … das ist doch eigentlich ein Gebet … In ihr kommt die Größe der Schöpfung zum Ausdruck. Die Größe, vor der wir in Ehrfurcht erstarren sollten. Die geheimen Mechanismen des Kosmos, die Schönheit seiner mathematischen Proportionen, die Perfektion der musikalischen Harmonien. Die größte Musik wurde immer zur Ehre Gottes gemacht, nie zur Freude der Menschen. Oder um ihre Eitelkeit zu unterstützen. In dem Moment, in dem man die Herrlichkeit der Musik dafür missbraucht, spielt man dem Bösen in die Hände.«

Plötzlich flammte ein langer Lichtstreifen auf, der sich blass etwa zehn bis zwanzig Schritte vor ihnen verlor. Der Priester hatte eine Taschenlampe eingeschaltet.

»Der Kaufmann, der sich damals, vor etwa vierhundert Jahren für den wahren Orpheus interessierte, war nicht von Eitelkeit oder Ausschweifungen getrieben«, sagte der Padre. »Zumindest soweit man das heute beurteilen kann. Ihm ging es darum, die Wahrheit zu ergründen. Er betrieb historische Studien. So etwas kann man nur begrüßen. Hundert Jahre später sah das alles schon anders aus. Die Musiker, die diesen Weg gingen, wollten nichts erfahren. Sie suchten nicht die Erkenntnis des Heils, keine religiöse Erbauung. Sie wollten Orpheus gleich werden. Sie wollten wissen, mit welchen Mitteln er einst seine Hörer umschmeichelte.«

»Ist das nicht auch eine Art von Suche nach Erkenntnis?«

»Aber es kommt doch darauf an, aus welchen Gründen diese Suche stattfindet.«

»Und kennen Sie wirklich die Gründe, aus denen heraus der Kaufmann von damals forschte?«

Mara spürte Ärger in sich aufsteigen. Jetzt hatte sie sich doch dazu verleiten lassen, mit dem Padre zu diskutieren. Sie konzentrierte sich auf den Weg und auf das, was in dem Lichtkegel der Taschenlampe zu erkennen war. Sie glaubte, Bewegungen zwischen dem angrenzenden Gehölz wahrzunehmen. Aber es waren nur die tanzenden Schatten, die die Lampe in der Hand des Priesters erzeugte. Es dauerte nicht mehr lange, da öffnete sich der Weg vor ihnen zu einem großen Platz aus Kies und festgestampfter Erde. Die niedrigen Bäume und die Gebüsche traten weiter zurück.

Der Lichtschein schwenkte nach rechts. Dort schienen Mauern aus der Erde zu ragen. Doch als Mara näher kam, sah sie, dass es Felsen waren, die glatt aus dem Boden ragten. Weiter oben ging ein schräger Riss durch die Wand. Dort hatte sich die Fläche verschoben. Ein breites Loch gähnte ihnen entgegen. Es war oval und glich einem großen dunklen Auge.

»Wir sind da«, sagte der Padre.

In Mara wuchs Beklommenheit. Das hier war der Platz? Eine x-beliebige Lichtung im Wald?

»Sind Sie sicher? Was sagt Ihnen denn, dass es hier war? Und welche Bedeutung hat gerade dieser Ort?«

»Spüren Sie es nicht? Manche Plätze strahlen doch etwas aus. Vor allem Kultplätze alter Kulturen. Das sagt man doch so …«

»Sicher …« Mara spürte tatsächlich etwas. Aber es war einfach nur das unangenehme Gefühl des Ausgeliefertseins. Wie lange waren sie vom Auto bis hierher gelaufen? Eine halbe Stunde vielleicht. Also zwei Kilometer. Sie stand somit mitten in der Landschaft. Wie hätte sie über den Ort gedacht, wenn helles Tageslicht geherrscht hätte?

»Aber es ist kein Kultplatz«, sagte sie. »Er hat nichts mit dem historischen Orpheus zu tun. Wir sind hier nicht in Griechenland.«

»Sie haben recht. Und doch war Orpheus als Gründer einer griechischen Sekte, eines Mysterienkults eine religiöse Figur. Und die Anhänger der Orphischen Sekte wussten das. Sie glaubten wie Orpheus an die Wiedergeburt – und zwar nicht an die Wiedergeburt in einem Jenseits, einem Reich Gottes, sondern sie glaubten an die Wiedergeburt auf der Erde. Sie glaubten, die Seele wandere durch Reinkarnationen, sie sammle alles Gelernte der vielen Erdenleben, die sie durchwandert hatte, und so glaubten sie auch, dass Orpheus immer wiedergeboren werden würde. In Gestalt großer Musiker natürlich. Wer die Schwarze Violine errang, war für diese Leute Orpheus. Er war eine Art Papst der Musik. Verstehen Sie, warum die heilige Kirche nicht zulassen konnte, dass ein solcher Irrglaube die Welt beherrschte? Warum man diesen Kult bekämpfen musste? Und noch immer bekämpfen muss?«

»Noch immer bekämpfen muss?«, fragte Mara. »Gibt es die Orphiker noch?«

»Es gibt diesen Ort.«

»Aber dieser Ort war die ganze Zeit vorhanden. Und er ist nur ein paar Kilometer von der Straße entfernt.«

»Niemand wusste davon, bis das Erdbeben kam und ihn sichtbar gemacht hat. Die Information darüber hat sich anscheinend sofort verbreitet, obwohl ich alles darangesetzt habe, es geheim zu halten. Aber es hat nichts genützt. Die Alten Seelen haben es gespürt. Fragen Sie mich nicht, wie es ihnen gelang, aber sie haben es herausgefunden. Dabei waren sie nicht hier. Sie können es nicht wissen. Der Einzige, der es herausgefunden hat, war ein Idiot. Tino. Er hat gar nicht verstanden, was er da gefunden hat …«

Der Padre schien einfach draufloszureden. Mara konnte ihm nicht folgen. Wer war Tino?

Aber der Priester hatte die Alten Seelen erwähnt.

Ihr war klar, dass sie mit dem Padre möglichst vernünftig reden musste, damit er nicht überschnappte und sie womöglich hier alleine ließ. Sie musste klare Fragen stellen. Fragen, die einfach zu beantworten waren.

»Wie kann das Erdbeben diesen Platz hier erschaffen?«, fragte sie.

»Es ist nicht der Platz«, sagte der Padre und hob die Lampe an der Felswand empor. »Es ist der Riss dort oben. Die Höhle.«

»Sie meinen, diese Höhle war zu Zeiten der Orphiker als Eingang zugänglich?«

»So ist es. Dahinter verbirgt sich ein Gangsystem, das angeblich zu einem alten Herrenhaus gehört. Eine Villa ganz hier in der Nähe. Es sind nur noch Ruinen vorhanden. Der alte Park ist verwildert …«

»Gehörte die Villa dem Kaufmann, von dem Sie sprachen?«

»Das Land gehörte ihm. Seine Söhne oder Enkel haben

die Villa gebaut. Sie trug aber den Namen des Kaufmanns. Sie hieß Villa Gritti.«

Ein Moment des Schweigens entstand. Gritti ... Das Wort schien in der aufkommenden Dunkelheit nachzuhallen.

»Haben Sie wirklich Gritti gesagt? Ich kenne ... kannte jemanden, der so heißt.«

»Der Name ist in Italien verbreitet.«

Nicht nur in Italien, dachte Mara. Auch unter Amerikanern. Deren Familiengeschichte italienische Wurzeln hat. Und die nach diesen Wurzeln suchen.

Sie sah an der Wand hinauf. »Haben sich die Musiker nicht eher in der Villa versammelt, um Musik zu machen? Das war doch sicher bequemer.«

»Orpheus ist in die Unterwelt hinabgestiegen, um seine Geliebte zu befreien. Er hat sie nicht wiederbekommen. Und der Schmerz über diesen Verlust hat ihm erst die Vollkommenheit seiner Kunst geschenkt. Ein Künstler kann technisch perfekt sein, aber wenn er nicht gelitten hat, dann hat er nichts mitzuteilen. Es gibt keinen Inhalt, den er mit seinen perfekten Mitteln darstellen kann. Verstehen Sie das? Und so mussten die Neulinge unter den Orphikern eine symbolische Reise durch dieses Höhlensystem absolvieren, um die Vollkommenheit zu erlangen, die sie zu wirklich großen Meistern machte. Nur so ist zu erklären, warum Händel als Talent nach Italien aufbrach und als Genie nach Deutschland zurückkam, um dann nach England zu gehen und dort der italienischen Oper zu einem Siegeszug zu verhelfen. Und danach mit dem Oratorium. Und denken Sie an Paganini. Die Jahre, in denen er verschwunden war. Er war vorher schon begabt, ein Wunderkind, aber als er zurückkam, war er ein Meister, dem ganz Europa zu Füßen lag.«

Mara war ein paar Schritte auf die Wand zugegangen. Jetzt stand sie davor und legte die Hände auf den Felsen. Sie spürte plötzlich den brennenden Wunsch, einer von ihnen gewesen zu sein. Sie war doch auch begabt. Auch sie hatte die Menschen begeistert mit ihrer Musik. Aber die allerletzten Weihen, die sollte sie hier bekommen. Das war Johns Wunsch gewesen. Hier sollte sich alles verbinden. Die Frau, die die Violine der Orphiker spielte, sollte an den Ort zurückkehren, an dem sein Vorfahr einst den Kult um Orpheus ins Leben gerufen hatte.

Sie sah nach oben. Das dunkle Auge der Höhle schien sie anzuschauen. Es lag in dem Berg wie ein Auge im Gesicht eines alten, weisen Mannes.

Die Bruchkante, die das Erdbeben hinterlassen hatte, ging so weit hinunter, dass eine schmale Stufe entstanden war.

Sie begann zu klettern. Dabei spürte sie den Blick des Padre auf ihr ruhen. Der Priester schwieg. Ihm war sicher klar, was sie antrieb, was sie bewegte.

Nur einen Blick in die Höhle werfen, dachte sie.

Hier begann die Reise, die jeder neue Orpheus unternehmen musste.

Sie zog sich endgültig zum Eingang hoch. Aus der schwarzen Öffnung wehte es ihr kühl entgegen.

Sie drehte sich um, um den Priester zu bitten, ihr die Taschenlampe hochzubringen, da sah sie, dass der Padre ihr gefolgt war. Er hatte die Lampe ausgeschaltet.

»Leuchten Sie hinein«, sagte sie. Von unten hatte es so ausgesehen, als könne man in die Öffnung hineinspazieren, aber so einfach war es wohl nicht. Als sich Mara bewegte, lösten sich Steinchen und rutschten in den Berg hinein. Weit entfernt trafen sie irgendwo auf. Das Geräusch verhallte.

Padre Antonio reagierte nicht. Die Lampe blieb aus.

»Haben Sie nicht gehört …?«

Mara spürte einen Stoß. Sie rutschte nach vorn. Instinktiv versuchte sie, sich festzuhalten, doch da war nur leerer Raum. Weit unten traf prasselnd Gestein auf. Sie verlor den Halt. Das Gefühl des freien Falls peitschte die Panik in Mara hoch.

Sie knallte mit dem Rücken gegen harten Fels, und im selben Moment zerplatzten tausend Sterne vor ihr in der Dunkelheit. Ein tiefes Brummen füllte ihren Kopf. Plötzlich war da Helligkeit. Der Schein der Lampe des Padre glitt über sie, aber sie war weit weg, weiter als der Mond am Himmel.

55

Deborah sah Quint über die Schulter, der auf seinem Laptop verschiedene Tasten drückte. Im nächsten Moment war es, als würden sie durch eine Kamera schauen, die über den Erdball sauste, den italienischen Stiefel ins Visier nahm und im nördlichen Bereich auf die Erde stürzte. Neben einem grauen Häusermeer, das wie ein Geschwür mitten im grünen Umland saß, stand in großen Lettern »Firenze«. Kaum war die Kamera zum Stillstand gekommen, wurde der Punkt wieder sichtbar.

Quint ließ das Menü aufklappen. Er klickte, und ein Eingabefenster erschien. Er gab eine lange Zahl ein, drückte auf »Enter«, und das Spiel mit der bewegten Kamera begann von Neuem. Plötzlich war sie wieder über Wien, raste dann aber nach Südwesten und peilte ebenfalls einen Ort in der Toskana an.

»Nordöstlich von Florenz«, sagte Quint. »Haben Sie den Ort dort vermutet?«

»Wir haben ihn überall vermutet«, sagte sie. »Aber dass Mara dort ist, heißt noch nicht, dass sie ihn gefunden hat.«

Er zoomte. Der weiße Strich, der sich wie eine Ader durch die Landschaft zog, wurde breiter. Quint musste in der Vergrößerung das Bild etwas herumschieben, bis er den blinkenden Punkt wiedergefunden hatte. Er befand sich an einer Stelle, wo von der Hauptstraße eine dünnere Linie abging. An der Abzweigung war ein heller Fleck zu sehen.

»Ist das ein Haus?«, fragte Deborah.

Quint schüttelte den Kopf. »Es sieht mir eher wie ein Steinbruch aus. Oder wie ein kleiner Parkplatz aus Kies oder fester Erde.«

Der Punkt blinkte. Mara schien sich nicht zu bewegen.

»Sie hat das Handy weggeworfen, weil sie weiß, dass wir sie beobachten«, sagte Deborah.

»Möglich. Aber hätte sie es dann nicht wenigstens ausgeschaltet?«

»Sie will uns in die Irre führen. Das ist nicht der Ort. Das ist ein x-beliebiger Platz … Wo genau ist es?«

»Ein Stück entfernt liegt ein Ort namens San Martino.«

Deborah beugte sich noch weiter hinunter. Quint wich keinen Millimeter, dabei war sie jetzt nicht mal einen Fingerbreit von seinem Kopf entfernt. Sie wusste, welche Wirkung sie auf ihn hatte. Sie würde sie ausnutzen, wenn es nötig war. Aber nicht jetzt. Noch nicht.

»Gehen Sie zurück zu dem Platz.«

Quint schob das Bild weiter. Der grüne Punkt blinkte.

»Er hat sich bewegt«, rief Deborah. »Auf der Straße.«

»Bei der Geschwindigkeit fährt sie nicht mit dem Wagen«, sagte Quint. »Sie ist zu Fuß unterwegs.«

Es ging quälend langsam voran. Schließlich blieb der Punkt wieder stehen. Mara schien sich mitten im Wald zu befinden. Nur rechts von ihr gab es ein paar hellgraue Flecken.

Deborah deutete darauf. »Was ist das hier?«

Quint klickte weiter. Jetzt hatten sie eine Karte mit Höhenlinien vor sich. Maras Handy blinkte immer noch.

»Eine Steigung. So was wie ein Hügel. Ein kleiner Berg.«

»Zeigen Sie noch mal, wo wir da genau sind. Größerer Maßstab.«

Quint gehorchte und zoomte.

Deborah überlegte fieberhaft. »Beobachten Sie weiter. Ich bin gleich wieder da.«

Sie verließ den Raum und ging in das Zimmer, wo die Dokumente über das Orphiker-Projekt bereitstanden. Sie schlug einen Ordner auf, blätterte ein wenig und hatte bald gefunden, wonach sie suchte.

Als sie den Raum verließ, fiel ihr Blick auf das Sofa. Dort lag etwas, bedeckt von einem schwarzen Tuch. Vorfreude erfasste Deborah.

Mit dem Aktenordner in der Hand kehrte sie zu Quint zurück. Der Laptop zeigte immer noch die Kartenansicht.

Das war es!

Das kleine Gebirge lag zwei Kilometer westlich der Villa Gritti. Deborah war zwei Jahre zuvor dort gewesen. Es war kaum noch etwas davon zu finden außer Grundmauern, überwachsen von Gestrüpp. Alles hatte sich die Natur zurückgeholt. Das Haus, dessen Mauern die Menschen aus der Umgebung seit über hundert Jahren als Steinbruch verwendeten, den großen Park, der sich dahinter erstreckte – und der genau bis zu der Stelle reichte, wo sich die steinigen Hügel erhoben.

Deborah hatte an den Überresten des Herrenhauses nach alten Kellern gesucht, weil sie gelesen hatte, dass sich die Orphiker unter der Erde trafen und damit Orpheus nahe kamen, der in die Unterwelt reiste, um seinen größten Schatz zu befreien. Eurydike hatte er dem Hades nicht entreißen können, aber er brachte eine tiefere, größere Musik mit. Eine Musik, die von Trauer über den Verlust geprägt war und die Orpheus zu einem so großen Künstler machte, dass er fortan der normalen Welt enthoben, von ihr entrückt war …

»Der Punkt bewegt sich wieder«, sagte Quint. Er öffnete ein zweites Computerfenster, auf dem sich Diagramme mit Kurven befanden.

Plötzlich kam der Punkt zum Stillstand.

Dann erlosch er.

Deborah erhob sich und ging wieder nach nebenan. Die Schreibtischlampe, die sie vorhin eingeschaltet hatte, brannte noch. Sie stellte sich vor das Sofa und betrachtete den Gegenstand, der dort lag, von dem Tuch bedeckt.

Mit einer Bewegung zog sie das Tuch weg.

Die Schwarze Violine glänzte im Licht der Lampe.

Deborah nahm sie in die Hand. Sie hatte das Gefühl, das Holz würde leben, so warm war es.

Bald wirst du dort sein, wo du hingehörst.
Und es wird einen neuen Orpheus geben.

56

Mara spürte einen stechenden Schmerz im Rücken. Ein Stein schien sich in ihre Wirbelsäule zu bohren. War sie bewusstlos gewesen? Wie lange?

Sie versuchte, sich zu bewegen, und rollte sich auf dem körnigen Steinboden zur Seite. Etwas wurde sichtbar – ein grauer Fleck weit oben über ihr. Er war fast rund, wie ein Mond am Himmel, aber Mara wusste, dass sie nicht ins Firmament sah, sondern zum Eingang der Höhle.

»Hallo?«

Ihre Stimme kam ihr selbst fremd vor. Sie hallte in dem weiten Raum, der sich neben ihr erstrecken musste.

»Padre Antonio?« Sie räusperte sich. »Hallo … Ich bin hier unten. Können Sie mich hören?«

Ihre Glieder schmerzten, als sie sich wieder bewegte, aber sie setzte alles daran aufzustehen. Sie reckte sich nach oben, rief noch mehrmals, aber niemand antwortete.

Sie atmete tief durch. Dann tastete sie ihre Taschen ab. Da war ihr Handy. Ob es noch funktionierte? Als sie es aktivierte, leuchtete es schwach. Das Licht reichte, um ein, zwei Meter über ihren Kopf zu blicken. Und zu erkennen, dass sie dort nie im Leben würde hinaufklettern können. Die Wand war steil und glatt.

Jakob, dachte sie. Er ist meine einzige Chance.

Aber hatte sie hier überhaupt Empfang?

Ich darf die Hoffnung nicht aufgeben.

Sie holte seine Nummer aus dem Speicher und begann, eine SMS zu tippen. Dabei wurde ihr klar, dass sie keine Ahnung hatte, wie sie beschreiben sollte, wo sie war.

Sie war mit Padre Antonio im Auto gefahren. Er hatte irgendwo angehalten. Mitten in der Landschaft. Dann waren sie den kleinen Weg entlanggewandert.

Das Handy vibrierte.

Eine Nachricht kam an.

Ich komme zu Dir.
J.

Sie drückte auf Antwort und schrieb:

Frag nach Padre Antonio in San Martino.
Am Platz mit der Kirche.
Er weiß …

Das Licht des Handys erlosch mitten im Satz.

Der Akku war leer.

Mara fluchte, dass es in der Höhle hallte. Dann riss sie sich zusammen und zählte innerlich bis fünfzig. Dabei kroch ihr die Kälte auf die Haut. Die Höhle war tief und feucht. Was sollte sie hier unten machen ohne Licht?

Sechsundvierzig, siebenundvierzig, achtundvierzig, neunundvierzig … Sie rief das Handy aus dem Standby zurück und drückte auf »Senden«. Wenige Atemzüge blieb das Licht an, dann erlosch es wieder.

Sie hatte keine Ahnung, ob die Nachricht abgegangen war. Plötzlich ergriff sie eine tiefe Schwäche. Sie musste sich hinsetzen. Am liebsten wäre sie in Tränen ausgebrochen.

Der Padre würde doch sicher Hilfe holen.

Bestimmt waren schon Leute unterwegs.

Wie war das eigentlich passiert? Wie kam es, dass sie hier heruntergestürzt war?

Sie versuchte, sich zu erinnern, und jetzt, im Nachhinein, wuchs in ihr ein beunruhigender Gedanke.

Plötzlich war da eine Erinnerung. Der Moment, in dem sie fiel, in dem sie spürte, dass sie etwas von hinten in den Abgrund schob. Sie hatte sich noch festhalten können, und nur das hatte verhindert, dass sie mit dem Kopf voran hier unten aufgeschlagen war.

Und in diesem einen Moment wurde ihr klar, dass der Padre für ihren Sturz verantwortlich war. Die Erkenntnis fügte sich in das Puzzle der vielen anderen seltsamen Dinge ein, für die sie blind gewesen war – blind, weil sie einfach an diesen Ort gelangen wollte.

Der Padre hatte gewusst, dass sie kam. Er hatte mit seinen Lippen ihren Namen geformt. Er hatte gewusst, dass sie eine lange Reise hinter sich hatte.

Er steckte mit Deborah und Quint unter einer Decke.

Nein, falsch!

Wenn der Priester wusste, wo sich der Ort befand, und wenn Deborah und Quint wie Mara und Jakob den Ort suchten, dann hätte die Amerikanerin sich nicht mit ihren Aktionen in Wien aufgehalten. Sie hätte sich sofort nach Italien aufgemacht, um hier das zu suchen, was sie haben wollte.

Die letzten Relikte der Orphiker.

Ein Loch in einem Berg. Ein Haufen Steine.

Oder gab es hier noch mehr?

Mara steckte das Handy weg und suchte ihre Taschen ab. Sie fand ein Feuerzeug. Immerhin.

Sie drehte sich zu dem dunklen Raum um, der hinter ihr lag.

Die Finsternis schien sie anzublicken wie ein düsteres, geheimnisvolles Lebewesen.

Sie riss die Flamme an.

Ihr Blick fiel auf einen weiten, runden Raum, von dessen hinterer Wand ein kleinerer, dunkler Eingang abzweigte. Er war ordentlich in den Fels gehauen und wirkte wie eine Tür. Sie war eindeutig nicht natürlichen Ursprungs, sondern Menschenwerk. Mara konnte sogar so etwas wie eine Umrandung erkennen. Und eine Verzierung über dem oberen angedeuteten Querbalken. Ein geschwungenes Symbol. Es sah aus wie eine Lyra.

Das Zeichen der Orphiker.

Ihr Finger wurde heiß, sie musste die Flamme löschen und einen Moment warten.

Dann machte sie wieder Licht. Sie ging ein paar Schritte.

Neben der Tür lag etwas und grinste sie an.

Vor Schreck ließ sie das Feuerzeug los. Es klapperte vor ihr auf den Boden.

Verdammter Mist.

Ihr Herz schlug wild, als sie sich hinkniete und suchte. Bange Momente vergingen, in denen sie immer wieder dieses Gesicht vor sich sah, das Grinsen. Da war ein Toter. Er lag auf dem Rücken, den Kopf etwas erhöht auf einen Stein gebettet.

Ein Schauer überfiel sie, als ihr klar wurde, dass sie sich weiter in Richtung der Leiche und der Tür vortastete. Sie hielt inne. Einen Moment lang hörte sie nur ihren keuchenden Atem.

Sie spürte den Blick des Toten. Jedes Härchen auf ihrem Körper schien sich aufzurichten, und sie überkam ein Zittern – so stark, dass ihr nachgerade die Luft wegblieb.

Sie beugte sich wieder vor. Da war es, das Feuerzeug.

Sie riss es erneut an.

Er war immer noch da. Wie ein Wächter, der die Tür beaufsichtigte.

Ein dunkelhaariger Junge. Höchstens achtzehn Jahre alt. Er konnte noch nicht lange hier unten liegen. Er war kein bisschen verwest oder mumifiziert. War er wie sie hier heruntergestürzt?

War dafür auch Padre Antonio verantwortlich?

Sie ging den ganzen Bereich ab, der ihr zugänglich war. Dann kehrte sie zu der Stelle zurück, wo sie weit oben die Öffnung gesehen hatte. Jetzt war davon nichts mehr zu erkennen. Die Nacht musste endgültig hereingebrochen sein.

Immer wieder löschte sie das Feuerzeug. Die Momente, in denen sie sich umsehen konnte, waren kurz. Sie nahm den Schacht in Augenschein, durch den sie gefallen war. Vielleicht konnte sie doch den Aufstieg schaffen.

Dabei fiel ihr etwas Eigenartiges auf. Ein Draht, der von oben herunterhing. Gab es ein Seil oder eine andere Hilfe? Waren Leute hier unten gewesen? Mit Hilfsmitteln, die sie benutzen konnte?

Wenn sie wenigstens den Draht erreichen konnte.

Es war unmöglich, das Feuerzeug brennen zu lassen und gleichzeitig hinaufzuklettern. Sie steckte es sorgsam in die Tasche, tastete die Wand vor ihr ab und hob das Knie an.

Für ein, zwei Atemzüge gelang es ihr, den Fuß auf die Wand zu setzen und sich nach oben zu recken. Sie griff ins Leere über sich, aber sie konnte den Draht nicht erwischen. Wieder stellte sie sich hin, riss die Flamme an und sah nach oben. Sie prägte sich so genau wie möglich ein, wo der dünne Strich verlief.

Dann stand sie erneut im Finsteren, trat mit dem Fuß gegen die Mauer, stemmte sich nach oben – ohne Erfolg. Immer wieder wiederholte sie das Spiel, bis ihr die Knie schmerzten. Beim zehnten oder zwölften Mal verlor sie das Gleichgewicht und drohte, rückwärts nach hinten zu stürzen. Mit aller Kraft riss sie den Körper auf die linke Seite und knallte mit der Schulter gegen körniges Gestein. Der Schmerz durchzuckte sie wie ein Blitz. Als sie mühsam aufstand, pochte es in ihrem Oberarm. Verbissen versuchte sie es noch einmal.

Alle Kraft, Mara. Du musst alle Kraft in deine Beine legen. Und dann reck dich! Reck dich, so weit du kannst ...

Für einen Moment war ihr, als hebe ihr ganzer Körper vom Boden ab, als schieße sie in dem Schacht nach oben. In einer Schrecksekunde wurde ihr klar, dass sie wieder böse stürzen musste. Sie riss die rechte Hand nach oben, machte den Handteller so groß, wie sie nur konnte.

Da war der Widerstand!

Fein, aber fest. Dünn, aber solide.

Es war ein Draht, kein Zweifel. Oder ein Kabel. Aber es fühlte sich blank metallisch an.

Mara schnappte zu, und als sie wieder nach unten zu fallen drohte, bremste der Draht ihren Fall, doch er stoppte ihn nicht. Er gab unter Maras Gewicht nach. Neben ihr oder über ihr löste sich etwas, das kleine Gesteinlawinen losschickte. Sie kam auf den Füßen auf, ging in die Hocke und richtete sich auf. Sie hatte immer noch das dünne Metall in der Hand. Es war jetzt ziemlich lose.

Im Schein der zitternden Flamme sah sie, dass der Draht weit oben verschwand. Sie zog prüfend daran, und wie ein Stromkabel, das man aufrollt, kam ihr immer mehr entgegen. Am Ende der metallenen Leine hing etwas Längliches. Mara zog es ganz heran und betrachtete es im Schein der Flamme. Es sah aus wie zusammengerolltes, festes Papier oder Pappe. Eine Aufschrift in Blockbuchstaben war zu erkennen, daneben ein Symbol. Ein runder Kreis, von dem zur einen Seite strahlenförmige Striche abgingen …

Dynamit!

Mara ließ die Stange fallen.

Jemand wollte die Höhle sprengen!

Sie musste hier raus.

Aber nach oben konnte sie nicht. Der Draht war eine geringe Hoffnung gewesen, eine Hilfe zu finden, um vielleicht nach oben klettern zu können. Aber diese Idee musste sie begraben.

Blieb der zweite Weg. An der Leiche des jungen Mannes vorbei. Durch die Tür mit dem Lyrarelief darüber. Irgendwo musste sie doch hinführen.

Mara hatte das Gefühl, dass dieser Weg ohnehin der bessere für sie war.

Du bist hierhergekommen, um alles über die Orphiker herauszufinden. Nun musst du diesen Weg auch zu Ende gehen. Genau wie Orpheus selbst.

Du musst in den Hades hinunter.

Und du musst zurückkehren – trauriger, aber auch innerlich reicher.

Es gelang ihr, den Weg an dem toten jungen Mann vorbei zur Tür zurückzulegen, ohne die Flamme anzuzünden. Sie musste lächeln. Du kennst dich schon ziemlich gut hier unten aus, Mara. Als ob es dein Zuhause wäre.

Sie machte Licht, als der dunkle Durchgang noch etwa zwei Meter von ihr entfernt war. Er war schwarz.

Mara ging los. Als sie die Tür passierte, passte sie genau auf, wohin sie ging. Es war möglich, dass weitere verborgene Schächte nach unten führten, weitere Löcher, in die man stürzen konnte.

Aber sie betrat feste, gestampfte Erde. Das Ende des Raums, den sie betreten hatte, war nicht zu erkennen. Aber die Wände, die sich links und rechts in der Dunkelheit verloren, wirkten gerade. Wie Menschenwerk. Mara strich über die Oberfläche. Sie war gar nicht mehr in einer Höhle, sondern in einem Keller. In einem sehr großen Keller.

Etwas Dunkles war weiter hinten erkennbar. Es sah aus wie eine große Kiste. Mara löschte das Licht, weil sie wieder Gefahr lief, sich zu verbrennen, tastete sich im Dunkeln an der Mauer entlang und immer wieder mit einem Fuß nach vorn, bis er gegen den Behälter stieß.

Licht an.

Tatsächlich. Eine *sehr* große Kiste war das. Sogar groß genug, dass ein Mensch hineingepasst hätte. Mit Eisenbeschlägen. Sie bückte sich, um sie zu öffnen.

Keine Angst, sagte sie sich. Es wird keine Leiche darin sein.

Sie musste lange an dem Deckel rütteln. Als sie ihn aufbekam, rutschte eine Schicht Staub herab. Im Inneren lagen aufgeschichtete längliche Gebilde. Holzstäbe, die auf der einen Seite mit etwas Dickem, Schwarzem bestrichen waren.

Fackeln!

Sie nahm eine davon heraus.

Wie konnte man sie anzünden? Falls sie überhaupt noch funktionierten.

Sie versuchte es mit dem Feuerzeug, aber es ging nicht. Sie brauchte etwas Brennbares. Papier. Oder Pappe.

Sie legte Feuerzeug und Fackel beiseite und wühlte in ihren Taschen. Sie fand zwei, drei Papiertaschentücher, ein paar Zettel, Kassenbelege. Nur sehr kleine Papierfetzen.

Es muss gleich beim ersten Mal klappen!

Oder sollte sie erst den Raum absuchen? Vielleicht gab es ja Papier hier in der Nähe.

Andererseits fragte sie sich, ob Papier in dieser Höhle so lange existieren konnte. Sicher war sehr lange niemand mehr hier gewesen.

Aber es musste ja nicht unbedingt Papier sein.

Sicher ging auch Stoff.

Mara begann, sich auszuziehen. Die Jacke, das Sweatshirt. Was sollte sie nehmen? Worauf konnte sie am leichtesten verzichten?

Du kannst auf alles verzichten. Denn du wirst hier unten ohnehin nicht lange überleben, wenn du keinen Ausgang findest. Und wenn du ihn findest, wirst du am ehesten deine Jacke brauchen.

Sie trennte sich von ihrem T-Shirt, das sie auf der bloßen Haut trug, zog sich wieder an und riss das Hemd in Stücke. Es war gar nicht so einfach. Sie musste mit dem Daumen und Zeigefinger kleine Löcher hineinstechen und sie dann vergrößern.

Sie drehte die Papierchen und den Stoff ineinander.

Brannte Baumwolle überhaupt?

Sie wusste nicht, was sie sonst hätte tun können. Schließlich zündete sie das Gebilde an. Die Flammen leckten an dem Papier, sprangen darauf über und wurden größer. Mara hielt die Fackel hinein. Und als das Feuer schon auszugehen drohte, blieb es an dem Pech hängen. Es knisterte, als müsse sich das Pech von altem Staub und Schmutz befreien. Dann brannte es, und die Flammen erhoben sich steil und hell.

Es musste also irgendwo eine Luftzufuhr geben. Mara blickte nach oben. Die Decke war mindestens vier Meter hoch und gewölbt. Sie wirkte, als sei sie ebenfalls gemauert. Mara glaubte, in den Ecken dunkle Flecken zu erkennen, die so etwas wie Kamine sein konnten.

Sie drehte sich um, und ihr Blick fiel auf die gegenüberliegende Wand.

Was sie sah, drosch auf sie ein wie ein dissonanter Akkord.

Die erste Helligkeit kroch über die Hügel. Seine Haut war kalt wie Eis, und als er sich in dem unbequemen Autositz bewegte, spürte er die Feuchtigkeit in seinen Kleidern.

Bevor er eingeschlafen war, hatte Padre Antonio überlegt, ob es wirklich nicht zu gefährlich war, im Auto zu übernachten. Aber er musste sicher sein, dass Mara Thorn tot war. Und das hatte er am Abend zuvor nicht mehr nachprüfen können. Er brauchte Tageslicht dazu. Natürlich hätte er nach Hause fahren, ein paar Stunden schlafen und dann erneut aufbrechen können. Doch das wäre den Leuten im Städtchen verdächtig vorgekommen.

Wenn er hierblieb, konnte er behaupten, er habe die Nacht in Florenz verbracht, wo er gelegentlich dienstlich zu tun hatte. Das Erdbeben und die damit verbundenen Schäden an der Kirche waren ein guter Grund dafür.

Er trat ins Freie. Seine Blase drückte, und er wankte ins nahe Gebüsch. Seine Knie schmerzten.

Als er fertig war, zog er seine Jacke fest um seinen Körper und marschierte wieder los – durch den Hohlweg. Nach und nach wurde ihm bewusst, dass er seine Schritte beschleunigte. Bilder vom Vorabend tauchten in seinem Kopf auf. Wie die Gestalt des Mädchens in der Tiefe verschwunden war. Das Rieseln des körnigen Gesteins. Der dumpfe Laut, als sie unten aufschlug.

Der Padre hatte hinterhergeleuchtet. Der Strahl hatte nur ihre Beine getroffen, die hinter einem Felsbrocken herausragten. Es war ihm vorgekommen, als hätten sie sich noch bewegt, aber das konnte auch an dem Schattenspiel der Lampe liegen. Seine Hand hatte gezittert …

Und er hatte gerufen.

Aber nichts hatte sich da unten gerührt.

Endlich erreichte er den Platz.

Ohne zu zögern, kletterte er die Wand hinauf. Die Taschenlampe war glitschig von Schweiß. Er schaltete sie ein und ließ den Kegel durch den Schacht tanzen. Der sandige Boden erschien im Licht, und dann der Felsbrocken, neben dem Mara am Abend zuvor gelegen hatte.

Sie war verschwunden!

Der Padre glaubte, im Untergrund sogar Spuren zu sehen. Abdrücke von Maras Schuhen, längliche Rillen, die sie hinterlassen haben musste, als sie aufgestanden war.

Sie hatte es also geschafft.

Oder war sie ein paar Meter weiter zusammengebrochen, um dort zu sterben?

Ein eisiger Schauder packte den Padre. Und gleichzeitig durchzuckte ein quälender Schmerz seine Seele. Er war ein Mörder. Er sollte das bereuen und alles wiedergutmachen. Offenbar billigte der Allerhöchste seine Taten doch nicht. Tino, und jetzt Mara …

Es gab nur eins: Er musste alle Spuren beseitigen. Er hatte vorgesorgt. Wenn niemand mehr diese Höhle fand, würde ihm auch niemand einen Vorwurf machen können. Selbst wenn Mara aussagte, dass er sie in den Schlund gestürzt hatte, konnte sie das nicht beweisen, denn alles würde verschwunden sein.

Er robbte ein Stück an dem Felsabhang entlang. Endlich wurde der Draht sichtbar, den er zusammen mit den Dynamitstangen von der Baustelle verlegt hatte. Fieberhaft rief er sich ins Gedächtnis zurück, was er im Internet über Sprengungen gelesen hatte.

Es galt nun, einen Zünder anzubringen. Dafür hatte er gesorgt. Er würde sein Handy benutzen und es von irgendwo her anrufen. Das würde die Sprengung auslösen. Natürlich würde er der Kirchenbehörde dann erklären müssen, dass er es verloren hatte. Aber das war das geringste Problem.

Dass das alles so schnell gehen musste!

Eigentlich hatte er vorgehabt, eine günstigere Gelegenheit abzuwarten. Zum Beispiel ein neues Erdbeben. Ein Nachbeben, das vielleicht demnächst zu erwarten war. Die Erde bebte, und ein paar Stunden später fiel irgendwo abseits der Straße zwischen San Martino und Florenz der Berg in sich zusammen. Das konnte passieren …

Nun musste es eben jetzt geschehen.

Der Padre war nun nah an dem Draht. Er nahm das Ende und zog es ein Stück weiter zum Eingang des Schachts hin. Er musste sowieso noch einmal zum Auto zurück und Werkzeug holen.

Das Kabel war lose.

Was war da passiert?

Er hatte doch alles richtig verlegt – ganz nach den Vorgaben im Internet. Und nun hing hier der Draht einfach so herum?

Jemand musste sein Werk zerstört haben.

Ein Teil der Leitung hing in den Schacht hinunter. Mara musste ihn gefunden und daran gezogen haben.

Verdammter Mist!

Der Priester zog alles heraus, mitsamt den Dynamitstangen.

Einige waren noch richtig verlegt – oberhalb der Öffnung. Aber das reichte nicht.

Der Padre lagerte das Material auf dem schmalen Vorsprung und machte sich an den Abstieg.

Er musste Werkzeug holen.

Und noch einmal von vorn anfangen.

57

Mara stand vor ihrer Violine.

Tamara ragte aufrecht empor. Sie war riesig. Mindestens vier Meter hoch. Das Griffbrett mit dem Wirbelkasten stolz in die Höhe gereckt, schien sie durch die beiden F-Löcher auf Mara zu blicken wie eine strenge Göttin.

Und sie *war* ja auch eine Göttin.

Die Göttin der Orphiker.

Fast alle Oberhäupter der Sekte waren Geiger gewesen. Die Geige war das Instrument, das in der Neuzeit die antike Lyra abgelöst hatte. Und eine Lyra war es, die über der Schwarzen Violine schwebte. Ihre silbrige Farbe ließ sie wie eine Krone erscheinen.

Mara bekam weiche Knie, als sie sich dem Bild näherte, das die ganze Wand bedeckte. Der Schöpfer des Gemäldes hatte die Geige in eine Naturlandschaft eingebettet. Links und rechts konnte man so etwas wie Wald erkennen. Davor erstreckte sich eine Wiese. Mara ging mit der Fackel näher heran. Jetzt kam es ihr so vor, als würde sich ihr die Violine entgegenrecken. Ein seltsamer optischer Effekt, der wahrscheinlich durch das Flackern der Flamme entstand.

Auf der Wiese waren Personen zu erkennen. Sie wirkten winzig neben der riesenhaften Geige, aber die Gesichter waren sehr gut herausgearbeitet. Die Menschen trugen Kleidung unterschiedlicher Epochen. Einige hatten die typischen Barockperücken auf dem Kopf, ein anderer stand in schwarzem Frack da, der ihm um die schmale Gestalt zu schlottern schien. Seine Haare waren wirr und schulterlang. Sein Gesicht besaß eine hervorstechende Hakennase.

Das musste Paganini sein.

Der Padre hatte recht gehabt. Auch er gehörte zu den Orphikern. Wahrscheinlich war jeder einzelne von ihnen auf diesem Gemälde verewigt. Oder jedes Oberhaupt. Jede Orpheus-Reinkarnation.

Die Wiese war weitläufig und bot noch viel Platz. Die Sekte oder wie auch immer man die Vereinigung nennen wollte, hatte sicher ein längeres Bestehen geplant.

Als Mara noch näher an das Bild herangekommen war, wurde ihr klar, wie der optische Eindruck entstand, die Geige würde auf sie zukommen. Die Wand war nicht gerade, sondern konvex. Es war eine kreisförmige Wölbung, die sich Mara entgegenstreckte.

Wozu war das gut?

Sollte das Bild den Betrachter einschüchtern? Die Geige dreidimensional erscheinen lassen?

Wahrscheinlich. Schließlich war sie sehr naturgetreu wiedergegeben. Sogar der Glanz des Lacks auf dem schwarzen Holz war in die Malerei eingegangen, außerdem die Wölbung unter dem Steg.

Mara wurde von großer Trauer erfasst. Die Angst, nicht mehr aus dieser Höhle herauszukommen, hatte sie überwunden. Aber jetzt kam der Schmerz über Tamaras Verlust wieder hoch. Das Bild des fallenden Geigenkastens, der unaufhaltsam von der Brücke in die Donau stürzte.

Sie hatte diese Geige besessen. Sie hatte sie in der Hand gehalten. Sie hatte auf ihr gespielt. Sie war die Nachfolgerin von großen Musikern der Vergangenheit gewesen. Ob sie es jemals dazu gebracht hätte, die Orphiker anzuführen oder ihnen auch nur anzugehören, wusste sie nicht. Aber sie hatte die Geige gehabt. Sie hatte ihre Finger auf demselben Griffbrett bewegt wie Paganini persönlich. Wie Corelli und wie sie alle hießen.

Nun war die Tradition abgeschnitten wie ein Faden.

Als würde die Violine auf dem Bild diese Gefühle widerspiegeln, schien sich das Schwarz in der Mitte ihres Korpus auszubreiten wie ein finsteres, geheimnisvolles Wesen. Seltsam, dass es an dieser Stelle keinen Glanz gab, dass der Maler hier seine Waffen gestreckt und nichts von dem Lackeffekt wiedergegeben hatte.

Sie ging noch näher heran, und da bemerkte sie etwas, das ihr bisher noch gar nicht aufgefallen war. Das Dunkle im unteren Bereich der Geige, wo der Saitenhalter hinter der Kante befestigt war … es war nicht gemalt.

Es war ein Loch.

Eine Tür.

Mara stand nun dicht davor und sah nach oben, als wolle sie die Geige um Erlaubnis bitten einzutreten.

Die riesige Schnecke über dem Wirbelkasten, die herausstehenden Wirbel. Die Violine schien wie ein gewaltiges urzeitliches Wesen auf Mara herabzublicken. Das Bild verschwamm vor ihren Augen, und sie spürte, dass sie, sollte sie den Mut haben, den nächsten Raum zu betreten, vor eine Prüfung gestellt wurde.

Aber das war doch alles falsch!

Sicher – sie würde sich der Prüfung stellen. Sie würde gerne denselben Weg gehen, den die Anwärter der Orphiker damals gegangen waren. Es wäre ihr eine Ehre, Teil einer so alten Gemeinschaft zu sein.

Aber sie hatte kein Instrument.

Sicher waren ihre Vorgänger mit einer Geige, womöglich sogar mit der Schwarzen Violine hierhergekommen. Man hatte ihnen eine Aufgabe gestellt. Wahrscheinlich mussten sie etwas spielen. Etwas besonders Schweres. Sie mussten vor einer Jury ihre Kunst beweisen.

Aber Mara hatte keine Geige dabei.

Wenn sie jetzt auf die andere Seite ging, kam ihr das wie eine Entweihung vor. Sie hatte hier nichts verloren.

Entweder sie ging aus reiner Neugierde hinüber, doch dann

war sie keine Orphikern, sondern nur eine neugierige junge Frau, die etwas erfahren wollte.

Oder sie fühlte sich als Teil dieser alten, vielleicht ausgestorbenen, aber für sie immer noch lebendigen Gemeinschaft, dann musste sie auch deren Regeln einhalten.

Und wenn sie es nicht tat, hatte sie jede Chance verspielt, ein Mitglied zu werden. Ein für alle Mal.

Sie hatte die ganze Zeit nach oben gesehen. Es kam ihr vor, als habe sie diese Erkenntnis von dem Wesen empfangen, das dort auf dem Bild vor ihr stand.

Ich kann es nicht, dachte sie, und sie wusste, dass dieses Etwas vor ihr zuhörte und verstand.

Ich kann es nicht wagen.

Ich komme wieder, wenn ich bereit bin.

Das haben schon so viele vor dir gesagt.

Mara schrak aus ihren Gedanken auf. Einen Moment war es ihr, als habe sich die riesige Geige bewegt, als zeige sie eine Art von Reaktion. Oder war es nur ein Schattenspiel gewesen, erzeugt von der lodernden Fackel?

Aber sie hatte gesprochen!

In ihrem Kopf.

Viele haben vor dir an dieser Stelle gestanden.

Viele haben gezögert.

Manche haben Tage hier verbracht, bevor sie weitergingen.

Schon dieses Zögern hat gezeigt, dass einige von ihnen nicht bereit waren.

Mara konnte nicht entscheiden, ob ein Teil ihres Ichs diese Gedanken produzierte, oder ob es tatsächlich diese Göttin der Orphiker war.

Hat Orpheus gezögert?

Nein, das hat er nicht getan.

Orpheus war so von Liebe zu seiner Eurydike erfüllt, dass er alles daransetzte, in die Unterwelt zu gelangen.

Mara formulierte einen Gegengedanken: Es ging Orpheus

doch um die Liebe zu einem Menschen. Es ging ihm um die Liebe zu einer Frau, die er verloren glaubte. Ist das nicht etwas anderes? Er musste einen Menschen retten, der ihm viel bedeutet hatte.

Dieser Mensch war kein Mensch, Mara.

Aber wieso nicht? Es war Eurydike. Sie war seine Frau.

Du verstehst immer noch nicht den Sinn der Orpheus-Geschichte. Seine Geliebte war stets nur die Musik. Ein Künstler darf nur mit seiner Kunst verheiratet sein. Mit sonst niemandem. Und so ist die ganze Reise in die Unterwelt eine symbolische Reise in Orpheus' eigenes Ich gewesen. Als er zurückkam, war aus ihm ein wirklich großer Künstler geworden. Weil er sich selbst erkannt hatte. Groß, aber einsam.

Aber war das nicht ein Widerspruch? Ein größerer Künstler? Und trotzdem einsamer? Wenn er so ein großer Künstler war, musste er doch auch großen Erfolg gehabt haben. Und war ein Künstler, der Erfolg hatte, einsam?

Ja, sicher. Das war er. Erfolg sichert keine Freundschaften. Im Gegenteil. Man ist allein. Man ist umgeben von Menschen, die Geschäfte mit einem machen wollen. Man weiß nicht, wem man vertrauen kann.

Mara hatte keine Ahnung, ob es bei den alten Griechen schon so eine Art Showgeschäft gegeben hatte, aber sie wusste, wie die Dinge heute liefen. Und heute war Einsamkeit etwas, worunter erfolgreiche Leute durchaus leiden konnten. Und bei Paganini und seinen Kollegen der klassischen Musik war es sicher genauso gewesen.

Maras Gedanken verstummten. Und es verstummte auch die raunende Stimme, die in ihrem Kopf gewesen war.

Ihr wurde kalt. Aus dem dunklen Eingang im Korpus der riesigen Geige strömte ihr kalte Luft entgegen, als würde das Instrument einen frostigen Atem ausstoßen.

Ich sollte mich nicht in diesen Gedanken über den Sinn und die Bedeutung der Orpheus-Sage verlieren, dachte Mara.

Ich sollte versuchen herauszufinden, was hinter dem Gemälde verborgen ist. Wahrscheinlich ist es das Letzte, was ich in meinem Leben erfahre. Und dann will ich es auch wissen. Ich verzichte eben darauf, als Orpheus-Schülerin dieses seltsame Reich zu betreten, und gehe nur als Neugierige hinein.

Sie durchschritt die Tür. Dabei war ihr, als würde sie eine endgültige Entscheidung treffen. Es war etwas Unumkehrbares, zu dem sie sich entschlossen hatte.

58

Das Erste, was sie spürte, war fester Boden unter den Füßen. Steinerne, fest verfugte Platten, auf denen ihre Schritte leicht hallten.

Die Wände links und rechts traten so weit zurück, dass das Licht der Flamme sie kaum erreichte. Auch die Decke war weiter entfernt als in dem Raum zuvor.

Eigenartigerweise verschwand das Gefühl der Kühle sofort, nachdem Mara weitergegangen war. Ein seltsamer Druck lag ihr auf den Ohren. Es musste daran liegen, dass die akustischen Gegebenheiten hier ganz anders waren – und das wiederum hatte mit dem Raum zu tun.

Sie ging der rechten Mauer entgegen. Die Wand war hoch und verlief horizontal in einer geschwungenen Kurve. Sie besaß eine helle bräunliche Farbe, als sei sie gewissenhaft verputzt worden. In einiger Höhe, etwa drei, vier Meter über dem Boden und direkt unter der Decke, verlief eine Verzierung an der Wand. Kunstvoll verschlungene Linien, die sich wie ein Fries unter der Decke entlangschlängelten.

Sie ging die Wand ab, folgte ihren seltsamen Bogen. Auch die andere Seite der Mauer war abgerundet. Langsam wurde Mara klar, dass es in dem ganzen Raum keine Ecke, keinen rechten Winkel gab. Die Verzierung an der Wand änderte sich. Unter der geschwungenen Linie standen in deutlich erkennbaren Buchstaben zwei Wörter.

Giovanni Gritti, las Mara.

Das musste der Name des Mannes sein, der die Idee der Orphiker geboren hatte und auf den das Ganze zurückzuführen war.

Sie folgte weiter der bauchigen Mauer und fand noch mehr Namen. Es waren die gleichen, die der Padre ihr genannt hatte: Arcangelo Corelli, Alessandro Scarlatti …

Sie reihten sich mit vielen anderen aneinander, die Mara nicht kannte, und die alle italienisch klangen. Man konnte glauben, diese Leute hätten sich hier selbst verewigt, aber die Schrift wirkte abgezirkelt und ordentlich. Ein Name kam Mara ebenfalls bekannt vor. Giorgio Frederico Haendel. Die italienische Schreibweise des deutschen Komponisten Händel.

Sie leuchtete weiter die Wand aus. Nun hatte sie den Raum zu etwa drei Vierteln umrundet. Auch hier, auf der anderen Seite, hatte er diese abgerundete Form, bildete er eine Ausbuchtung. Als sie kurz darauf an all den Namen vorbeigegangen war und wieder an der Tür stand, durch die sie hereingekommen war, wurde ihr etwas klar.

Der Raum besaß die Form einer großen, liegenden Violine.

Und Mara war im Inneren des Instruments.

Es kam ihr vor, als seien die Fliesen, mit denen der ganze Raum ausgelegt war, auf dem geraden Weg in die Mitte ein wenig ausgetretener, etwas stärker benutzt als am Rand.

Sie versuchte zu schätzen, wann sie die Mitte erreicht hatte. Das Klangzentrum der imaginären steinernen Violine, in der sie sich befand.

Sie suchte nach Hinweisen an der Decke. Auch sie war der Oberfläche einer Geige nachgebildet.

In der Mitte bildete der Korpus jeder Violine einen kleinen Hügel, auf dem sich der Steg befand, über den die Saiten liefen und über den sich der Klang auf den gesamten Körper des Instruments übertrug.

Mara erblickte über sich die Wölbung der Decke. Der Raum wurde höher.

Und dann tauchte vor ihr etwas aus dem Dunkel auf.

Sie hatte es erwartet. Es war die Stelle, wo in einer echten

Geige der Stimmstock saß. Ein Holz, das Boden und Decke verband, gleich unter dem Steg, aber ein wenig seitlich gelagert.

Die Worte ihres Lehrers kamen ihr in den Sinn, der ihr die Violine erklärt hatte.

Den Stimmstock nennt man nur im Deutschen so, Mara. Im Italienischen heißt er anima, *im Französischen* âme, *und das bedeutet nichts anderes als* Seele.

Auch dieser unterirdische Raum, diese steinerne Geige hatte eine solche Seele.

Es war ein schmales schwarzes Gebilde. Eine eiserne Wendeltreppe.

Sie besaß kein Geländer, keine Seitenwand. Die engen Stufen führten wie ein Korkenzieher in die Höhe.

Mara leuchtete nach oben.

Hier musste die Höhle besonders hoch sein, denn die Flamme erreichte die Decke nicht.

Sollte sie hinaufgehen?

Ob das Ding nach all der Zeit überhaupt noch hielt?

Wie auch immer. Wenn sie weiter in dieses Labyrinth vordringen wollte, brauchte sie neue Fackeln. Am besten gleich drei oder vier. Sie musste zurück in den Vorraum, wo die Kiste stand.

Sie ging zurück, verließ den Hohlraum, der eine Geige darstellte.

Kaum hatte sie den Durchgang hinter sich gebracht, hörte sie ein Geräusch.

War da jemand?

Hatte man sich auf die Suche nach ihr gemacht?

Hatte Padre Antonio doch Hilfe geholt?

Na endlich. Sie wurde gerettet. Alles war gut.

»Hallo?«, rief sie. »Ich bin hier.«

Nur die Flamme der Fackel knisterte. Sonst war nichts zu hören. Sekundenlang.

»Hallo …«

Ein Stein kollerte. Ganz weit hinten, wo der Schacht nach oben ging.

Mara ging den ganzen Weg zurück.

Tatsächlich! Da war ein Licht. Der Schein einer elektrischen Lampe.

Als der Schein von Maras Fackel auf sie traf, erkannte sie zwei Gestalten in Stiefeln und Overalls.

Die eine war Quint.

Und die andere Deborah.

»Hallo, Mara«, sagte sie.

Das darf nicht wahr sein, dachte Padre Antonio, als er auf den Platz vor der Kirche einbog.

Vor seiner Einfahrt wartete schon wieder jemand. Ein blonder junger Mann. Er trug eine Jeans und eine dünne hellbraune Lederjacke. Er war blond, recht groß gewachsen. Blaue Augen.

Kein Einheimischer.

Es war so klar, wie die Sonne, die sich zugegebenermaßen heute hinter einer dünnen Schicht aus diesigen Wolken verbarg, dass das ein Fremder war.

Und dass er auf Padre Antonio wartete.

War das vielleicht ein Polizist?

Jemand von der Kriminalpolizei?

Nein, der Wagen, der neben ihm stand, trug das Logo einer Autovermietung. Außerdem, so dachte sich der Padre das zumindest, kamen Kripobeamte sicher meist zu zweit.

Er ließ seinen kleinen Kombi in die Einfahrt rollen und achtete gar nicht auf den jungen Mann. Aber kaum war der Geistliche ausgestiegen, kam er auf ihn zugelaufen.

»Padre Antonio?«

»*Sì.*«

Was sollte er sagen? Er konnte sich ja nicht verleugnen.

»Darf ich Sie etwas fragen? Sprechen Sie Deutsch? Verstehen Sie mich?«

Der Padre verstand, aber das gab er nicht zu. Er runzelte die Stirn, schüttelte den Kopf. Aber damit erreichte er nur, dass es der junge Mann jetzt auf Italienisch versuchte.

»Mara Thorn?«, fragte er. *»Conosce Mara Thorn?«*

Mein Gott, dachte der Padre. Wie soll ein einfacher Soldat Deines Glaubens damit fertigwerden?

Am liebsten hätte er sich in die Kirche zurückgezogen und gebetet. Aber das ging nicht. Er musste sich dem Besucher stellen, bevor er noch mehr auffiel.

Ob noch mehr Leute kommen würden, um nach ihr zu suchen?

Aber das wäre ja sinnlos, wenn er …

Nun tat der Padre so, als erinnere er sich erst jetzt daran, dass er doch die deutsche Sprache verstand.

»Sie suchen Mara Thorn?«

»Ah, Sie verstehen mich«, sagte der junge Mann. »Sie hat mir geschrieben, dass Sie bei Ihnen ist.«

Geschrieben? Wann sollte sie das getan haben? Und das Mädchen hatte behauptet, niemand wüsste, dass sie hergereist war.

Dem Padre fiel plötzlich ein, dass diese jungen Leute ja ständig ihre Handys bei sich hatten. Dass sie damit Nachrichten schrieben. Hatte Mara Thorn es geschafft, eine Mitteilung aus der Höhle abzusetzen?

Wenn das der Fall war, blieb nicht viel Zeit. Wenn sie da unten bei Bewusstsein war, dann konnte sie jederzeit wieder etwas schreiben. Und sogar den Padre beschuldigen.

»Und? Ist sie hier? Bitte sagen Sie es mir. Die Zeit drängt.«

»Sie war hier«, sagte der Padre. »Danach ist sie aufgebrochen.«

»Aufgebrochen? Wohin?«

»In die Hügel. Sie hat einen bestimmten Ort gesucht.«

Auf einmal kam dem Padre eine Idee.

»Ich weiß auch nicht, was sie dort wollte. Aber ich habe sie selbst hingebracht. Sie wollte dann die Gegend weiter alleine erkunden.«

»Zeigen Sie mir, wo das ist!«, sagte der Mann. »Ist das weit von hier?«

Der Geistliche spielte den Unschuldigen, setzte noch eins drauf. »Glauben Sie, dass Ihr etwas passiert ist?«

»Das kann ich Ihnen jetzt nicht erklären. Die Zeit drängt. Bitte. Wo haben Sie sie hingebracht?«

»Ich könnte es Ihnen auf einer Karte zeigen.«

»Dann tun Sie es bitte.« Der junge Mann schritt auf die Haustür zu.

Dem Padre blieb nichts anderes übrig, als ihn in sein Arbeitszimmer zu lassen. Während sie die enge Treppe hinaufgingen, unterstrich er immer wieder seine Besorgnis und brachte seine Verwunderung zum Ausdruck. »Ich verstehe nicht«, sagte er, »was an der Gegend da hinten in den Hügeln so interessant sein soll. Ich war sehr verwundert über das Mädchen. Und jetzt kommen Sie … Offenbar auch aus Deutschland …«

»Aus Wien«, korrigierte der Mann.

»Na gut, aus Wien … Das ist ziemlich weit, um so einen alten Steinbruch in der Toskana zu besichtigen.«

Er holte einen Plan aus der Schublade. Als er ihn ausgebreitet hatte, schien der Mann mit seinen Augen alles aufzusaugen.

»Es war hier«, sagte der Padre und deutete auf die Stelle abseits der Straße, die von Florenz heraufkam.

»Was ist dort?«, fragte der Mann.

»Was meinen Sie damit?«

»Ein Wald? Ein Platz? Sie haben eben von einem Steinbruch gesprochen.«

»Ja, ein Steinbruch. Eine Felswand. Und oben eine Höhle. Wissen Sie, ich glaube, sie ist durch das Erdbeben vorige Woche entstanden.«

»Woher wissen Sie das denn?«

»Na ja, wir werden oft von solchen Erschütterungen heimgesucht.« Der Padre verfiel wieder in sein altes Sprüchlein. »Es ist doch seltsam, dass der Herr gerade das Land, in dem Seine heilige Kirche ihre Heimat gefunden hat, so sehr mit Erdbeben straft.«

»Das meine ich nicht.«

»Wie bitte?«

»Ich meine, woher wissen Sie, dass diese Höhle erst seit Kurzem offen ist? Das klingt, als hätten Sie ein Auge darauf, was sich dort oben verändert.« Während der junge Mann das sagte, blickte er auf die Karte und schien etwas herauslesen zu wollen, was weit mehr war als die reine Ortsangabe. Er drehte den Kopf leicht, fuhr über die Papierfläche und ließ den Finger genau auf der Stelle ruhen, wo früher einmal die Villa Gritti gestanden hatte.

Der Padre rang nach einer Erklärung.

»Da oben sind manchmal Jäger unterwegs«, sagte er. »Und die bringen solche Neuigkeiten in den Ort. Ich selbst bin nie zuvor dort oben gewesen.«

»Und woher wussten Sie dann, wohin sie Mara bringen mussten?«

Der Padre konstruierte eine Ausrede und hoffte inständig, dass der junge Mann sie schluckte.

»Sie hatte selbst Karten dabei. Allerdings waren sie nicht detailliert.«

Das Wunder geschah, und der junge Mann schluckte die Erklärung. »Darf ich das hier mitnehmen?«, fragte er.

»Natürlich. Bringen Sie sie mir nur zurück.«

»Oder möchten Sie mitkommen?«

»Nein, das geht nicht. Ich habe nicht so viel Zeit. Ich habe Pflichten als Seelsorger, wissen Sie.«

Der junge Mann nahm die Karte, legte sie zusammen, bedankte sich und ging.

Kaum hatte der Padre hinter ihm die Haustür verschlossen, stieg er wieder in sein Arbeitszimmer hinauf und setzte sich hinter den Schreibtisch. Dann sah er auf die Uhr. Der junge Mann würde sich beeilen. Er würde eine knappe Stunde brauchen, bis er an der Höhle war. Er würde genau wie Mara hineinklettern. Nach ihr suchen.

Der Padre sah zu seinem Telefon.

Eine Stunde.

Dann würde er eine ganz bestimmte Nummer wählen.

Und dann würde endlich alles vorbei sein.

59

»So sieht man sich wieder«, sagte Deborah und ging einen Schritt auf Mara zu. Ihr helles Haar floss über den dunklen Overall und glänzte im matten Licht der Lampe, die Quint in der einen Hand hielt. Mit der anderen umschloss er einen Revolver, der auf Mara zielte. Hinter ihnen war ein Seil zu erkennen, das den Schacht hinaufführte. Dort mussten sie heruntergeklettert sein.

»Und ich wusste, dass wir uns wiedersehen«, fuhr Deborah fort, kam ein paar Schritte näher und legte etwas Längliches, Dunkles auf den Boden. »Es ist vorbestimmt.« Die Szene erinnerte an die Übergabe von Geschenken zwischen Eroberern und Eingeborenen. Mara sah auf den Gegenstand und konnte es nicht fassen. Es war ein Geigenkasten. Nicht ihrer, in dem Tamara gewesen war. Den hatte ja die Donau verschluckt.

»Du hast mir eine Geige mitgebracht?«, fragte sie.

»Nicht irgendeine Geige. Mach den Kasten auf.«

Mara ging in die Knie, legte die mittlerweile ohnehin fast erloschene Fackel neben sich auf den Boden und öffnete die Verschlüsse.

»Tamara«, rief sie, als sie den Deckel hob. Sie war es. Ohne Zweifel.

Der Lack glänzte auf dem schwarzen Holz. Vorsichtig nahm sie das Instrument heraus, zupfte probeweise an den Saiten. Ihr Bogen war auch da. Obwohl Mara wusste, dass sie sich in keiner glücklichen Situation befand, durchrieselte sie Erleichterung.

»Glaubst du, ich riskiere, dass die Geige zerstört wird?«, sagte Deborah und lachte kalt. »In dem Kasten, den ich auf der Donauinsel dabeihatte, war nichts. Und du hast statt der versprochenen Dokumente nur wertloses Papier mitgebracht. Somit wären wir also quitt.«

»Du gibst mir Tamara zurück?«, fragte Mara.

»Erinnere dich an unseren Deal. Ich habe die Absicht, daran festzuhalten. Denn nun sind wir am Ziel. Und es ist nicht nur mein Ziel, sondern auch deines, Mara. Sonst wärst du doch nicht hier. Ich bitte es dir also noch einmal an: Lass uns zusammenarbeiten. Lass uns Aufnahmen machen, die wir der ganzen Welt verkaufen können. Hier unten. In dem geheimen Raum der Orphiker. Ich bin sicher, hier kommt deine Musik ganz besonders gut zur Geltung.«

Sie ist vollkommen wahnsinnig, schoss es Mara durch den Kopf. Sie hatten den Versammlungsort der Orphischen Akademie gefunden, gut. Deborah würde in kürzester Zeit herausfinden, was es mit diesem Ort auf sich hatte. Sie würde die mit Sicherheit reizvollen Gegebenheiten in dem angrenzenden Raum erkennen, der wie eine Violine geformt war. Aber welche Bedeutung für irgendeine blöde PR-Kampagne hatte es schon, ob Mara wirklich auf ihrer Geige und in diesem Raum spielte? Und das Wichtigste fehlte ja noch. Wo waren die Melodien des Orpheus, die hier angeblich versteckt sein sollten? Wo war die antike Musik, mit der man wilde Tiere besänftigen konnte?

»Hier unten ist nichts«, sagte Mara. »Nur ein Raum. Keine Melodien, keine Noten oder so was.«

Deborah schüttelte den Kopf. »Darum geht es auch gar nicht. Verstehst du das immer noch nicht? Es geht nur darum, dass es diesen Ort gibt. Orte haben Atmosphäre. Sie haben Zauber. Sie vermitteln Spiritualität. Nimm die Geige. Du wirst hier improvisieren. Und wir werden es aufzeichnen.«

Jetzt erkannte Mara, dass Quint am Gürtel eine Tasche trug. Er entnahm ihr ein kastenförmiges Gerät – etwas größer als eine Zigarettenschachtel. Mara wusste, was das war. Ein sogenanntes Tascam – ein Aufnahmegerät, das klein, aber trotzdem qualitativ sehr hochwertig war.

»Ich sehe«, sagte Deborah, »da hinten geht es weiter. Ich denke, du hast die Gegebenheiten hier schon ganz gut erforscht. Geh vor, wir folgen dir.«

»Da liegt eine Leiche«, sagte Mara kühl. Dabei drückte sie Tamara an ihre Brust wie ein Kind.

Deborah ging zu dem toten Jungen, sah dann aber Mara an. »So kann es gehen, wenn man zu neugierig ist. Mal sehen, wie du dich anstellst. Vielleicht liegen ja gleich zwei da.«

»Was habt ihr mit Jakob gemacht? Ist er tot?«

»Wir haben ihn befragt und laufen lassen. Es kann sein, dass er auch noch hier auftaucht. Dann wissen wir, was wir zu tun haben. Wenn nicht, solltest du auch nicht traurig sein. Die Männer sind alle gleich. Also los, nun geh schon. Oder hast du Angst? Ich kann mir nicht vorstellen, dass Zerberus hier auf uns wartet.«

In der gespenstischen Beleuchtung wirkte der Raum mit den Rundungen seltsam verzerrt. Deborah ließ sie bis zur Wendeltreppe gehen, nahm dann selbst eine Lampe heraus und leuchtete die Wände ab.

»Der Schüler muss ins Innere eindringen«, sagte sie. »So steht es in einer Schrift, die ein wenig von den Ritualen der Orphiker beschreibt. Leider gab es davon nicht viele, und ich habe diese Aussage immer als eine Metapher empfunden. Als einen poetischen Vergleich. Ins Innere der Musik, was heißt das schon? Nun sehe ich, dass sie es wörtlich gemeint haben. Interessant.« Sie legte den Kopf in den Nacken und sah an der Wendeltreppe hoch. »Wo geht's denn da hin?«

»Ich weiß es nicht«, sagte Mara. »Ich wollte gerade eine neue Fackel holen, um sie dort oben hin mitzunehmen, da bin ich euch begegnet.«

»Ich kann es mir denken«, sagte Deborah. »Da geht es zu den Logenplätzen.«

»Logenplätze? Ist das ein Theater?«

Sie lächelte. »Na sicher, Mara. Im übertragenen Sinne. Der Prüfling musste sich hier ins Innere der Violine stellen und spielen. Die Orphiker saßen in einer anderen Etage und hörten ihm zu. Der Klang hatte hier unten in diesem Raum Gelegenheit, sich zu einer großen Wolke zu verdichten, bevor er in die oberen Bereiche kommt. Das Prinzip ist bekannt. Nach ihm ließ Richard Wagner in der zweiten Hälfte des 19. Jahrhunderts den Orchestergraben in seinem Festspielhaus in Bayreuth bauen. Auch dort mischen sich die Töne des Orchesters in einem abgedeckten Raum, bevor sie in den Zuschauerraum entlassen werden. Dort hat man dann das Gefühl, die Klänge kämen aus dem Nichts. Man kann sie nicht orten, verstehst du? Sie sind Raum, und sie entstehen aus dem Raum.«

Sie gab Quint ein Zeichen, und er reichte ihr das kleine Aufnahmegerät.

»Wir sollten keine Zeit verlieren. Fangen wir an. Dein Freund aus Wien könnte auftauchen, und er würde uns nur stören. Du kennst das ja sicher. Es gibt nichts Schlimmeres, als Störungen bei Musikaufnahmen. Man hat sich gerade so schön eingespielt, und dann gibt es ein Geräusch, und alles ist zunichte.« Sie nahm das Gerät und ihre Lampe, packte die mittlere Verstrebung der Wendeltreppe und ging hinauf. Die Treppe quietschte ein wenig, aber sie hielt. Mara fragte sich, wie es dort oben, wo Deborah ankam, aussehen mochte. Kurz darauf kam sie wieder herunter.

»Ich dachte, du wolltest zuhören?«, fragte Mara.

»Das Gerät ist aktiviert und läuft. Beste Aufnahmequalität. Du kannst beginnen. Quint und ich gehen in den anderen Raum zurück und behalten dich im Auge. Damit du keine Dummheiten machst. Aber was solltest du hier schon groß tun? Wenn du nicht willst, dass dieser Raum dein Grab wird, dann spiel! Spiel, als hinge dein Leben davon ab!«

Tamara lag in ihrer Hand. Sie zupfte wieder nervös die Saiten an. Dabei sah sie Quint und Deborah davongehen. Und mit jedem Schritt, den sie sich von ihr entfernten, wurde es dunkler.

Schwärze, Finsternis um sie her.

Im Dunkeln auf der Schwarzen Violine spielen …

Die dunkle Farbe der Geige verschmolz mit der Dunkelheit um sie her. Und kaum hatte die Finsternis das Licht verschluckt, setzte sie Tamara an und spielte. Die Geige war nicht verstimmt, die Saiten klangen perfekt und rein.

Eigentlich ist das unmöglich, fuhr es Mara durch den Kopf. Nach der langen Zeit. Und in dieser Umgebung.

Normalerweise reagierte ein Streichinstrument auf alles. Auf Erschütterungen, auf Veränderungen der Luftfeuchtigkeit, auf Kälte und Wärme.

Als Mara die ersten Töne auf den leeren Saiten anstrich, erschrak sie fast – so rein und klar, so voluminös erhob Tamara ihre Stimme. Und Maras Hände, ganz warm und trocken, griffen auf der tiefsten, der G-Saite ein paar Noten, und dann durchwanderte Mara die Tonleiter bis hinauf zum allerhöchsten Ton kurz vor dem Ende des Griffbretts.

Und zwei Dinge wurden ihr in diesem Moment mit absoluter Gewissheit klar.

Sie war diejenige, die berechtigt war, dieses Instrument zu spielen.

Und dieses Instrument, Tamara, die Schwarze Violine, war nach Hause gekommen.

Mara stieg die Tonleiter wieder herunter, griff gebrochene Akkorde und Doppelgriffe, und erst nach der ausgelassenen Freude über das Wiederfinden, das Wiedersehen, das Wiederhören, nach dem Freudenfest, bei dem Mara das unbeschreibliche Gefühl überschwemmte, Tamara sei wirklich etwas Lebendiges, verfiel sie in eines ihrer eigenen Stücke.

»Horizons of Harmony.«

Sie rutschte einfach hinein. Sie dachte nicht darüber nach, sie wählte nicht. Alles geschah von selbst. Sie schwang sich in die Musik, und sie spielte wirklich um ihr Leben.

Und Tamara erzählte. Von den Orphikern. Von Menschen in bunter Renaissancetracht, die in großen, hellen und mit goldbemaltem Stuck verzierten Räumen beisammensaßen, vor sich Zeichnungen von Orpheus mit der Lyra, und die davon träumten, diese Musik wieder zu klingendem Leben zu erwecken. Die sich schworen, nicht nachzulassen, bevor sie nicht die Geheimnisse der Musik ergründet hatten.

Und Tamara erzählte von weitläufigen Barockgärten mit weißen Statuen, Wasserbassins und streng geschnittenen Hecken, wo unter blauem Himmel eine Hofgesellschaft Platz nahm. Die Damen und Herren in Perücken fächelten sich Luft zu und lächelten mit ihren geschminkten Gesichtern. Vor ihnen saß ein kleines Orchester. Die Musiker trugen Kniebundhosen und ebenfalls Perücken. Einer davon, in auffallend dunkler Kleidung, war Corelli, der jetzt die Violine ansetzte und nur wenige Noten spielte, die er wiederholte, sodass sie sich im Kreise drehten. Aber nach und nach entwuchsen diesen Noten Improvisationen. Wie ein Feuerkreisel, der sich immer schneller dreht und dabei die abenteuerlichsten Farbschattierungen annahm, waren diese Improvisationen, in die auch das Orchester einfiel.

Und Tamara erzählte so anschaulich, dass Mara alles vor sich sah – so detailliert, dass sie sogar die Geige erkannte, die Corelli spielte. Die Schwarze Violine, ihre Violine. Tamara. Und wieder wechselte das Bild. Ein schlaksiger Geiger im Frack, der ihm um die dürre Figur schlotterte, eine Hakennase, die aus dem bleichen Gesicht herausragte, spinnenbeindünne weiße Finger, die Tamara zum Weinen, zum Schreien, aber dann auch wieder zum süßen Singen brachten. Aus dem bunten Nebel der Improvisationen tauchte das Bild einer Insel im glatten, spiegelnden Meer auf. Die Toteninsel, wo man Paganinis Leiche aufbewahrt hatte, jahrzehntelang, bevor sein Erbe ihn auf einem Friedhof begraben durfte.

Mara spielte und spielte, und sie wusste nicht, wie viel Zeit vergangen war, als etwas aus der Dunkelheit auf sie zustürmte. Ihr Arm wurde zur Seite gerissen. Ihr Spiel verstummte. Ihr Herz schien einen Moment auszusetzen.

Mit einer schnellen Bewegung wandte sie sich in die andere Richtung, hinein ins Dunkel, weg von dem Etwas, das sie angefallen hatte wie ein Untier aus der Tiefe.

Mara blieb stehen, fühlte die plötzliche Stille, die sie zu erdrücken schien und in der nur ihr eigener Atem pumpte, begleitet vom Rauschen ihres Bluts, das mit jedem der harten Herzschläge lauter zu werden schien.

»Mara?«, flüsterte das Etwas aus dem Dunkel.

»Mara, wo bist du?«

Wieder wurde sie gepackt.

»Schnell, wir müssen weg. Folg mir!«

Ein Licht erschien. Es war eine Taschenlampe. Und Mara erkannte, wer da im Dunkel auf sie zugestürmt war.

»Jakob?«

»Nun komm schon!«

»Wohin?«

Ein weiteres Licht erschien. Von der anderen Seite. Wo Deborah und Quint warteten.

»Was ist?«, rief Deborah von hinten. Das Licht von dort kam näher.

Jakob packte Mara am Arm und zog sie in die andere Richtung, quer durch den Raum, der in der Form einer Violine gebaut war. Sie wusste nicht, wo es da hinging. Sie hatte den Raum nicht ganz erforschen können. Deborah und Quint wahrscheinlich auch nicht.

»Es hat keinen Sinn wegzulaufen«, rief Deborah. »Da hinten kommt ihr nicht weit.«

Jakob blieb stehen und leuchtete die Wand ab. Mara drehte sich um. Auch Quint und Deborah waren stehen geblieben und ähnelten in ihren Overalls und in dem unwirklichen Licht der Lampen zwei Außerirdischen aus dem Film *Unheimliche Begegnung der dritten Art*.

»Das hätte ich mir denken können«, ertönte Deborahs Stimme. »Herr Lechner ist uns gefolgt. Ich frage mich, wie es ihm gelungen ist, an uns vorbeizukommen.«

Quint hob einen Arm. Etwas Dickes war an dessen Ende zu erkennen. Ein Schatten, von dem Mara wusste, was sich dahinter verbarg. Es war eine Pistole.

»Keine Sorge«, sagte Deborah. »Dir geschieht nichts, Mara. Wir müssen nur dafür sorgen, dass wir den Herrn hier loswerden. Wir können ihn nicht gebrauchen.«

Mara wollte Jakob etwas zurufen. Sie wollte ihn zur Eile antreiben.

Tu irgendwas. Wir müssen hier raus. Weg von diesen Wahnsinnigen.

Aber es war alles nur in ihren Gedanken. Sie drückte Tamara an sich. Die Violine und den Bogen.

Quint zielte. Sollte Mara sich vor Jakob werfen?

Im letzten Moment kam ihr eine Idee. Es würde nicht viel helfen, aber jede Sekunde, die sie lebten, zählte. Ein Déjà-vu schoss ihr durch den Kopf. Die Szene, als sie – Quint völlig ausgeliefert – im Wald gestanden hatte.

»Runter«, zischte sie Jakob zu.

Sie ließen sich beide fallen. Mara schützte ihre Geige.

Quints Schuss pfiff dicht an ihnen vorbei und sprengte hinter ihnen etwas von der Mauer ab. Steinsplitter trafen Mara.

Der Amerikaner rief etwas. Hob die Waffe erneut.

Wollte schießen.

Mara sah nach oben auf seine Gestalt. Und plötzlich war es,

als würde seine dunkle Silhouette wie in einem Puppenspiel hin- und hergeschleudert. Sie verlor das Gleichgewicht. Ein mörderisches Grollen drang durch die Höhle. Es kam von weit hinten, wo der Einstiegsschacht lag, und arbeitete sich zu ihnen vor. Es schob eine Welle der Zerstörung vor sich her. Die Lampen, die Deborah und Quint beleuchtet hatten, wurden trübe. Sie verschwanden in einem dichten Nebel aus Staub und Geröll und verloschen ganz.

Jakob packte Mara erneut am Arm, riss sie in Richtung der rückwärtigen Wand, die auf einmal verschwunden zu sein schien. Oder gab es da einen Durchgang, den sie nicht bemerkt hatte? Ein Durchgang, den Jakob suchte, indem er fluchend die Wand ableuchtete.

Mara blieb die Luft weg. Staub drang in ihre Nase und in ihre Lunge. Sie rang nach Atem und war plötzlich wie gelähmt, doch Jakob zog sie weiter. Sie befahl ihren Beinen zu gehen, mit Jakob Schritt zu halten, zu rennen. Sie hielt an, weil ein unbändiger Hustenreiz sie erfasst hatte. Doch Jakob kannte keine Gnade.

»Weiter«, schrie er. »Wir müssen weiter.«

Alles in Mara schrie danach, sich einfach hinzusetzen. Auszuruhen. Aber Jakob ließ es nicht zu.

»Es wird gleich besser gehen«, rief er.

Mara keuchte und spuckte.

Endlich kam sie zu Atem.

Sie sah sich um. Sie waren in einem Gang. Jakobs Lampe leuchtete wieder.

»Geht es?«, fragte er.

Sie beugte sich vor und hustete, Tamara an sich gepresst. Die Schwarze Violine war nicht mehr schwarz. Sie war von hellem Staub bedeckt. Aber unversehrt.

»Wo sind wir?«, fragte Mara.

»Komm weiter.«

Jakob folgte dem Gang, und Mara blieb nichts anderes übrig, als Tamara zu nehmen und hinter ihm herzugehen. Der Gang wurde enger. Geröll bedeckte den Weg.

Weit hinten schien Tageslicht hereinzuscheinen.

»Warte hier«, sagte Jakob und legte die Lampe auf den Boden. »Ich gehe vor. Warte auf mich.«

»Aber warum?«, rief Mara. »Wo sind wir?« Doch seine Gestalt verschwand irgendwo weiter hinten. Einen Moment hörte sie noch seine Schritte, dann wurde es still. Dafür schien sich der helle Schein auszudehnen.

Wie lange sollte sie warten? Sie hob die Lampe auf.

Wieso lässt du mich hier alleine?, dachte sie. Was ist, wenn Deborah und Quint kommen? Der Keller ist eingestürzt. Sind sie tot? Oder haben auch sie diesen Durchgang entdeckt und kommen mir nach?

Sie leuchtete in den Gang, durch den sie gekommen waren, aber der Lichtschein verlor sich in der Dunkelheit.

Hatte es ein neues Erdbeben gegeben?

Das Dynamit. War es demjenigen, der es installiert hatte, gelungen, die Höhle doch noch zu sprengen?

Wie auch immer, sie musste hier heraus.

Sie nahm die Lampe, drückte Tamara an sich und ging entschlossen den Gang weiter. Jakob hatte nicht gesagt, wie lange sie warten sollte. Und er hatte auch nicht gesagt, was geschehen würde. Ob er vorhatte, zurückzukommen und sie zu holen.

Sie gelangte in einen runden Raum mit gemauerten Wänden. Schiefe Stufen aus Natursteinen führten steil nach oben. Mara konnte nicht erkennen, wo sie endeten. Sie machte sich an den Aufstieg, roch plötzlich frische Luft, roch Erde und Laub. Der Ausgang war durch wucherndes Gebüsch versperrt, und als Mara sich hindurchgearbeitet hatte, stand sie unter dem nächtlichen Himmel, der überraschend hell war und an dem der Mond zwischen den Wolken leuchtete. Sie war umgeben von kleinen Bäumen und Büschen. Sie ging ein paar

Schritte und erkannte den Rest einer Mauer, der quer durch das Terrain ging. Efeu hatte sich darübergeschlungen. Ein kleiner Nadelbaum krallte sich mit seinen Wurzeln an den Steinen fest.

Wind kam auf, und es kam Mara vor, als habe ihr Erscheinen ihn heraufbeschworen. Sie sah sich um, aber außer den Mauern und dem lichten Wald war nichts zu erkennen. Sie hatte keine Ahnung, wo sie hingehen sollte.

»Jakob?«, rief sie, aber wie zum Hohn streifte der Wind stärker durch das Laub der Bäume und säuselte dabei, als wolle er ihr etwas sagen, was sie aber nicht verstand.

»Jakob, wo bist du?«

Ein paar Schritte, und sie war an der Mauer. Und plötzlich kam etwas in ihr Blickfeld, das nicht hierherzugehören schien. Ein großer blauer Rucksack. Es war einer von der Sorte, wie sie Weltenbummler benutzten. Er schien brandneu zu sein.

Mara öffnete ihn und begann, den Inhalt zu untersuchen.

Es war Kleidung in ihrer Größe darin: eine Jeans, ein Sweatshirt, sogar eine Lederjacke. Ein Umschlag mit Geld. Mara zählte zweitausend Euro. Schließlich zog sie ein weiteres zugeklebtes Kuvert hervor, auf dem in Blockbuchstaben ihr Name stand.

Sie öffnete ihn nicht, zog lediglich die neue, saubere Kleidung an und packte alles in den Rucksack zurück. Sogar Tamara hatte darin Platz. Sie würde bald einen neuen Kasten für sie kaufen.

Während sie das Gelände durchwanderte, hoffte sie immer noch, auf Jakob zu stoßen. Aber nach und nach wurde ihr klar, dass sie ihn nicht wiedersehen würde, wenn er es nicht wollte.

Irgendwann war ihr, als höre sie einen Motor in der Ferne aufheulen. Sie blieb still stehen und lauschte. Nach einiger Zeit brummte wieder irgendwo ein Fahrzeug vorbei. Sie wanderte in die Richtung, aus der das Geräusch gekommen war.

Schließlich erreichte sie eine Straße. Sie ging so lange, bis sie eine Bushaltestelle fand. Im künstlichen Neonlicht las sie Jakobs Brief.

Liebe Mara,
wenn Du das liest, hast Du es geschafft, Deinen Verfolgern zu entkommen. Sicher wunderst Du Dich, dass ich Dich den letzten Rest des Wegs zurück ins Licht – um den Vergleich mit Orpheus weiterzuführen – alleine gehen lasse. Aber es gibt eine ganze Reihe von Dingen, die ich Dir verschwiegen habe und aus denen ich Dich unbedingt heraushalten muss.

Es geht dabei um die Alten Seelen, *über die Dir ein Unbekannter in der Nähe von Berlin zum ersten Mal erzählt hat und vor denen Dich Georg warnte. Du hast darüber selbst einiges herausgefunden, als Du in Rons Wohnung im Internet recherchiert hast. Du weißt, dass es Menschen gibt, die an die Wiedergeburt glauben und mit gezielten Rückführungen in ihre alten Leben zurückkehren, um daraus zu lernen. Genau das tun die* Alten Seelen. *Sie sammeln Informationen über die Vergangenheit, die sie in Rückführungen in frühere Leben gewinnen. Sie machen Zeitreisen, wenn Du so willst.*

Ich gehöre zu den Alten Seelen *– oder besser: Ich versuche schon lange, einer von ihnen zu werden. Aber es ist schwer, in den Rückführungen echte Berichte aus alten Zeiten von eingebildeten Informationen über alte Zeiten zu trennen. Ich gehöre zu denen, die glauben, im früheren Leben Bibliothekar in der berühmten antiken Bibliothek von Alexandria gewesen zu sein. Es gab dort einen Bibliothekar namens Zenodotos von Ephesos, genannt Zeno. Wenn es mir gelingen könnte, in meinen Rückführungen Teile dieser Bibliothek, die irgendwann im 1. Jahrhundert nach Christus einem Brand zum Opfer fiel, wiederzugewinnen, hätte ich eine Menge geleistet. Nicht nur für die* Alten Seelen, *sondern auch für die Menschheit. Unschätzbare geistige Werte lagen in dieser Bibliothek. Wer weiß? Vielleicht auch die Melodien von Orpheus. Mir* *kam die Idee, ob es mir nicht gelingen könnte, eine Reinkarnation von Orpheus zu finden, um seine Musik direkt lebendig werden zu lassen.*

Aber die Alten Seelen *sind rigoros, wenn jemand darin versagt.*

Wer versagt, muss sterben.

Und das möchte ich Dir nicht antun.

Ich glaube nicht, dass Dich jetzt noch jemand verfolgt. Wenn Du Dich noch vor dem Unbekannten aus dem verlassenen Haus bei Berlin fürchten solltest, sei unbesorgt. Dieser Mann war ich. Ich habe versucht, an Dich heranzukommen – etwas ungeschickt, das gebe ich zu, aber dann hatte Georg eine bessere Idee. Er ist übrigens wirklich Dein Vater. Deine Mutter war der Spross eines Mannes, der Ende des 19. Jahrhunderts den Nachlass der Orphiker aufkaufte. Das Material verstreute sich in alle Winde. Immerhin ist die Violine übrig geblieben. Ich glaube nicht, dass es die Orphiker heute noch gibt.

Bau mit der Schwarzen Violine eine neue Karriere auf. Ich bin sicher, es wird Dir gelingen.

Wenn es mir gelingt, die Alten Seelen *abzuschütteln, melde ich mich bei Dir.*

Such mich bitte nicht.

Jedenfalls nicht real.

Jakob.

Zwei Tage später war Mara zurück in Berlin.

Sie brachte ihr Gepäck mitsamt Tamara, für die sie in Florenz einen neuen Kasten erstanden hatte, in einem Schließfach unter. Dann ging sie in ein Internetcafé und surfte, bis sie die Meldung gefunden hatte, nach der sie suchte:

MYSTERIÖSE EXPLOSION IN FLORENZ

Florenz. Das ländliche Gebiet nordöstlich von Florenz wurde am Nachmittag von einer Explosion erschüttert. Zwei amerikanische Touristen, deren Leihwagen in der Nähe gefunden wurde, werden seitdem vermisst. Die Behörden gingen zunächst von einem erneuten Erdbeben in der Region aus, fanden dann aber Hinweise auf eine illegale Sprengung. In diesem Zusammenhang wurde der Pfarrer der kleinen Gemeinde San Martino, die etwa zehn Kilometer vom Unglücksort entfernt liegt, festgenommen. Ein Polizeisprecher erklärte, der Geistliche leide unter einer psychischen Störung, weil er immer wieder behauptet habe, den Eingang zur Hölle verschließen zu müssen …

60

Er tauchte in die Schwärze ein – oder besser: Er bemühte sich, so zu tun, als würde er in die Schwärze eintauchen, und er wusste, dass sein Gegenüber seinen Betrug leicht erkennen konnte.

»Wie heißt du?«, ertönte eine tiefe Männerstimme, die er schon kannte.

»Mein Name ist Giulio.«

Der Mann zögerte, wie er es erwartet hatte. Doch eine der wichtigsten Regeln bei der Rückführung besagt, dass man das Medium nicht ablenken, nicht verwirren durfte.

»Wo bist du?«

»Ich sehe ... eine grüne Landschaft. Einen Park. Eine Villa mit roten Dachziegeln. Ich lebe in Italien.«

»Wie heißt die nächste größere Stadt?«

»Florenz.«

»Sprichst du kein Italienisch?« Misstrauen drang aus der Stimme des alten Mannes. Aber er war darauf vorbereitet.

»Nicht sehr gut. Ich komme aus Deutschland, aus Preußen. Eigentlich heiße ich Julius. Julius Gmelin. Ich habe nur die italienische Schreibung meines Namens angenommen und nenne mich Giulio Gemino. Ich bin erst vor einigen Tagen hier eingetroffen. Hier ist es sehr schön. Es ist viel wärmer als bei uns im Königreich Preußen, die Luft duftet geradezu, und es gibt sehr viel Musik. Die Musik liebe ich ganz besonders. Wegen der Musik bin ich hergekommen. Ich spiele die Violine.«

»Welches Jahr schreibt ihr?«

»Wir schreiben das Jahr 1761.«

»Hat dich jemand aus Italien in den Dienst genommen?«

Er wartete mit der Antwort. Er musste Pausen einlegen, damit es echt wirkte.

»Ich bin auf eigene Faust hierhergereist. Ich hoffe, in einen Kreis von Musikern aufgenommen zu werden. Es ist eine Akademie, die auf den Spuren unseres großen Vorgängers wandelt.«

»Eures großen Vorgängers? Wer soll das sein?«

»Orfeo.«

»Wie heißt der Herr, dem das Anwesen gehört, auf dem du dich aufhältst?«

»Sein Name ist Gritti. Er ist für die Musiker eine Art Maecenas. Alle sind ihm sehr dankbar. Doch wer in den erlauchten Kreis aufgenommen werden will, muss eine Prüfung ablegen. Er muss sein Können beweisen. Es heißt, man muss für die Prüfung tief hinunter in die Erde. An irgendeinen Ort, der unter diesem grünen Park liegt. So wie Orpheus selbst in die Tiefen hinabgestiegen ist, um das zu erhalten, was ihm das Liebste war – seine geliebte Eurydike. Wobei es eigentlich die Musik ist, die er mitbrachte. Es heißt, seine Musik sei viel reicher und ausdrucksvoller gewesen, nachdem er zurückgekehrt war. Weil er ein großes Gefühl zu besingen hatte. Einen Schmerz. Und so fürchte ich mich ein wenig vor der Prüfung. Ich fürchte mich, weil ich glaube, dass man auch mir einen Schmerz zufügen wird.«

Er ließ seine Worte wirken. Und er wusste genau, dass sie wirken würden. Wie alle Rückführungen wurde auch dieses Gespräch für spätere Analysen aufgezeichnet, aber auch schon während der Sitzung von einem unsichtbaren Helfer überprüft. Und dieser Helfer würde jetzt herausfinden, dass es diese Villa bei Florenz gegeben hatte, die einem gewissen Gritti gehörte. Nur die Information, dass sich dort die Orphische Akademie getroffen hatte, dass dort Geheimnisse der orphischen Traditionen zu finden waren, dürfte selbst für die

Alten Seelen etwas Neues sein. Und Neues wollten sie. Wer ihnen Neues brachte, nützte ihnen.

Zeit verging. Stille lastete auf dem Raum. War der alte Mann noch da? Es war normal, dass man, wenn die direkte Ansprache ausblieb, von selbst zurückkehren konnte, und er überlegte, ob er das simulieren sollte.

Er öffnete langsam die Augen.

Das große, holzgetäfelte Zimmer. Der Mann hinter dem blanken Schreibtisch mit der dramatischen Maserung.

»Wo war ich?«, fragte Jakob und räusperte sich.

Der Mann musterte ihn. »Das war nicht das, was wir verabredet hatten«, sagte er.

»Ich verstehe nicht.«

»Dein Auftrag, dein Dienst, den du selbst vorgeschlagen hast, war ein anderer. Du solltest jemanden finden, dessen Seelenwanderung bis zu Orpheus in die Antike zurückreicht. Stattdessen gibst du dich als jemand aus, der zu einer angeblichen Orphischen Akademie der Barockzeit gehört.«

Jakob tat erstaunt. »Wie bitte? Ich gebe mich nicht aus, ich …«

»Dann erkläre mir das. Erst ein Bibliothekar der Bibliothek von Alexandria. Nun das.«

»Ich weiß es doch nicht. Ich weiß nicht, wie sich meine früheren Leben mit den Traditionen des Orpheus verstricken. Ich weiß nur, dass ich …«

Nein, das durfte er nicht sagen. Er durfte nicht zugeben, dass er schon so lange von dem Thema gefesselt war. Sie würden ihm wieder vorwerfen, in den Rückführungen selbst Erforschtes als selbst Erlebtes zu verkaufen.

»Was weißt du?« Der Blick des Mannes war unerbittlich.

»Ich weiß nur, dass Musik in mir manchmal eine Ahnung auslöst. Nur manche Musik. Musik aus der Barockzeit. Als habe ich sie selbst einmal gespielt. Dabei beherrsche ich gar kein Instrument.«

Der Mann nickte wohlwollend. So etwas gab es. Das blieb im Rahmen.

»Hast du eine Reinkarnation des Orpheus gefunden?«, fragte er. »Wie du es angekündigt hast?«

Jakob nickte.

»Wer ist es?«

»Es ist eine Frau.«

Der Mann zog die dicken Augenbrauen nach oben. Es war lange darüber gestritten worden, ob Reinkarnationen mit dem Wechsel der Geschlechter möglich waren. Mittlerweile hatte man sich darauf geeinigt, dass es das gab. Wenn auch selten.

»Also gut. Hast du ihren Namen?«

»Natürlich.«

Der Mann schob ihm ein Blatt hin. »Schreib ihn auf. Wir werden ihn überprüfen, wie du weißt. Und wir werden versuchen, an die Person heranzukommen. Ich hoffe, sie ist unseren Ideen gegenüber offen.«

Jakob nahm das Blatt und den Füllfederhalter, den ihm der Mann reichte. Er schrieb: Deborah Fleur. »Sie ist Rechtsanwältin«, sagte er dann.

»Woher weißt du, dass sie infrage kommt?«

»Überprüfen Sie sie.«

Der Mann stand auf und verließ den Raum. Seine Schritte verloren sich in den weitläufigen Gängen.

Als er zurückkam, blickte er ernst.

»Du weißt, was mit ihr geschehen ist?«

Jakob spielte seine Überraschung, so gut er konnte. »Ich weiß es nicht. Ist sie etwa …«

Der Mann nickte. Dann taxierte er Jakob mit einem Blick, der zwischen Misstrauen und Bewunderung zu schwanken schien.

»Niemand hat bis vor einer Stunde gewusst, dass sie es war, die mit einem Begleiter in Italien umkam. Die Personalien waren noch nicht zugeordnet worden. Es geschah in der Nähe einer Villa … Ein gewisser Gritti war einer der Herren, die dort lebten. Und ein gewisser Gmelin hat einst dort gewirkt, ein ehemals preußischer Hofviolinist, dessen Spuren sich in Italien verlieren … Das hast du nicht wissen können.« Er schüttelte ungläubig den Kopf und setzte sich schwerfällig. »Nein, du hast es nicht wissen können …«

Zwei weitere Tage später besaß Mara einen neuen Laptop. Sie hatte sich in einem kleinen Hotel eingemietet und nutzte das WLAN. Ungeduldig wartete sie darauf, bis die Twinworld-Software installiert war. Dann trat sie – zum ersten Mal seit Langem – in die virtuelle Welt ein.

Kaum hatte sich ihr Avatar dort in der grünen Landschaft materialisiert, wo sie zuletzt Deborah getroffen hatte, da flammte ein heller Blitz auf, und die Figur eines Mannes erschien. Über seinem Kopf schwebte sein Name. Jakob.

Ich wusste, dass Du mich hier suchen würdest, schrieb er in den Chat. *Bist Du in Sicherheit?*

Das bin ich. Danke für alles. Und Du? Bist Du den Alten Seelen *entkommen?*

Deswegen warte ich hier.

Mara zögerte einen Moment, doch dann suchte sie im Internet die Seite des Hotels, in dem sie war, und kopierte den Link in die Chatzeile.

Bis bald, tippte sie.

Bis bald.

Und schon tauchte der Blitz alles wieder in gleißende Helligkeit.

Jakobs Avatar war verschwunden.

Mara stellte den Computer ab.

Und wartete.

Anmerkung des Autors

»Ich wollte wie Orpheus singen«, heißt ein frühes Lied von Reinhard Mey. Aber nicht nur den prominenten Liedermacher unserer Tage bewegte dieser Wunsch. Viele Musiker der Vergangenheit spürten nicht nur mit Liedern, Opern und anderen auf Orpheus bezogenen Werken den Künsten des legendären Sängers nach – so manchen setzte man sogar mit ihm gleich. So brachte es zum Beispiel der englische Barockkomponist Henry Purcell zum Ehrentitel »Orpheus Britannicus«. Über seine Bedeutung als Musiker hinaus war Orpheus aber auch eine religiöse Figur und gilt wie im Roman beschrieben tatsächlich als Religionsstifter. Interessante wissenschaftliche Details dazu fand ich im Hamburger Jahrbuch zur Musikwissenschaft Band 21: *Der Orpheus-Mythos von der Antike bis zur Gegenwart*, herausgegeben von Claudia Maurer Zenck, darin besonders im Artikel »Die Orphik – Mysterienreligion oder Philosophie?« von Dorothea Frede. Natürlich habe ich die darin enthaltenen Ideen literarisch abgewandelt und verändert – auch die Bezüge zur erwähnten »Arkadischen Akademie«, die es tatsächlich gegeben hat, die aber wohl in der Realität keine Verbindung zu einer »Orphischen Akademie« besitzt. Denn diese habe ich erfunden. Ohne das Buch »erklären« zu wollen, möchte ich anmerken, dass es mir nicht darum ging, einen Roman zu schreiben, der – aufgeladen mit einer Krimihandlung – Musikgeschichte lehrt, sondern ich wollte etwas über die Bedeutung erzählen, die Musik für die Menschen haben kann. Insofern knüpfe ich an meinen Thriller *Die 5. Passion* an, in der es um Johann Sebastian Bachs

»heilige Musik« ging. »Die Orpheus-Prophezeiung« stellt mit ihrem heidnisch-antiken Thema dazu einen Kontrast dar.

Ich danke meiner Agentin Petra Herrmanns und meiner Lektorin Dr. Barbara Heinzius für die Geduld und die vielen Ermunterungen, mit der sie dieses Projekt begleitet haben. Außerdem danke ich Gerhard Seidl für sein eingehendes Lektorat und meiner Frau Claudia für den ersten großen Korrekturdurchgang – und Frau Mirjam Kohler von der Kölner Pandion AG dafür, dass ich Entscheidendes über das Innere des nördlichen Kölner Kranhauses erfahren konnte.

O. B.

Oliver Buslau

begann Ende der 90er-Jahre seine Autorenkarriere als Erfinder des Wuppertaler Privatdetektivs Remigius Rott, der in bisher sieben Krimis seine Fälle löste. Darüber hinaus schrieb er unter anderem den Thriller »Die fünfte Passion« um ein verschlüsseltes Geheimnis in einer Partitur von Johann Sebastian Bach. Oliver Buslau wurde 1962 geboren, wuchs in Koblenz auf und arbeitete während und nach dem Studium der Musikwissenschaft und Germanistik in Köln und Wien als Musikjournalist und PR-Texter. Danach war er bei der Schallplattenfirma EMI Classics tätig. Sein Interesse für die handwerklichen Seiten des Schreibens brachte ihn auf die Idee, die Zeitschrift *TextArt – Magazin für Kreatives Schreiben* zu gründen, die seit dem Jahr 2000 erscheint und die er als Chefredakteur und Mitherausgeber leitet. Oliver Buslau ist als Bratschist und Pianist Mitglied der 2011 gegründeten Krimiautorenband »Hand's Up! & The Shooting Stars«.

www.oliverbuslau.de

Mehr von Oliver Buslau:

Die fünfte Passion. Roman
(als E-Book erhältlich)

GOLDMANN
Lesen erleben